澹軒文集今注

〔明〕马愉 著
马庆洲 校注

山东人民出版社·济南
国家一级出版社 全国百佳图书出版单位

图书在版编目（CIP）数据

澹轩文集今注/马庆洲校注.--济南：山东人民出版社，2018.7（2019.2重印）

ISBN 978-7-209-11480-6

Ⅰ．①澹… Ⅱ．①马… Ⅲ．①马愉（1395-1447）-文集②古典诗歌-诗集-中国-明代③古典散文-散文集-中国-明代 Ⅳ．①I214.82

中国版本图书馆CIP数据核字(2018)第129317号

澹轩文集今注

DANXUAN WENJI JINZHU

马庆洲 校注

主管部门 山东出版传媒股份有限公司
出版发行 山东人民出版社
出 版 人 胡长青
社　　址 济南市英雄山路165号
邮　　编 250002
电　　话 总编室（0531）82098914
　　　　 市场部（0531）82098027
网　　址 http://www.sd-book.com.cn
印　　装 山东省东营市新华印刷厂
经　　销 新华书店

规　　格 16开（155mm×230mm）
印　　张 39
字　　数 500千字
版　　次 2018年7月第1版
印　　次 2019年2月第2次
印　　数 701—1700
ISBN 978-7-209-11480-6
定　　价 88.00元

谨以此书纪念先祖澹轩公，并向所有为保存与传播澹轩公遗墨做出贡献的前修时贤致敬！

先祖无美而称之，是诬也；有善而弗知，不明也；知而弗传，不仁也。此三者，君子之所耻也。

——《礼记·祭统》

澹轩公马愉画像(临朐马氏家族藏)

临朐状元祠正厅外景(坐落于朱位村中,建于明万历年间。马庆洲 2013 年 12 月摄)

临朐状元林外景(地处朱位村西南高冈。陵园原占地 100 多亩,满园苍松翠柏;墓前碑碣森然,石像惟妙惟肖。“文革”中惜遭毁坏,今为复建。马庆洲 2013 年元月摄)

“状元基业”匾(迟凤翔书。原嵌于马愉藏书之地“澹轩书阁”门楼上,书阁被毁后移至祠堂。马庆洲 2013 年 12 月摄)

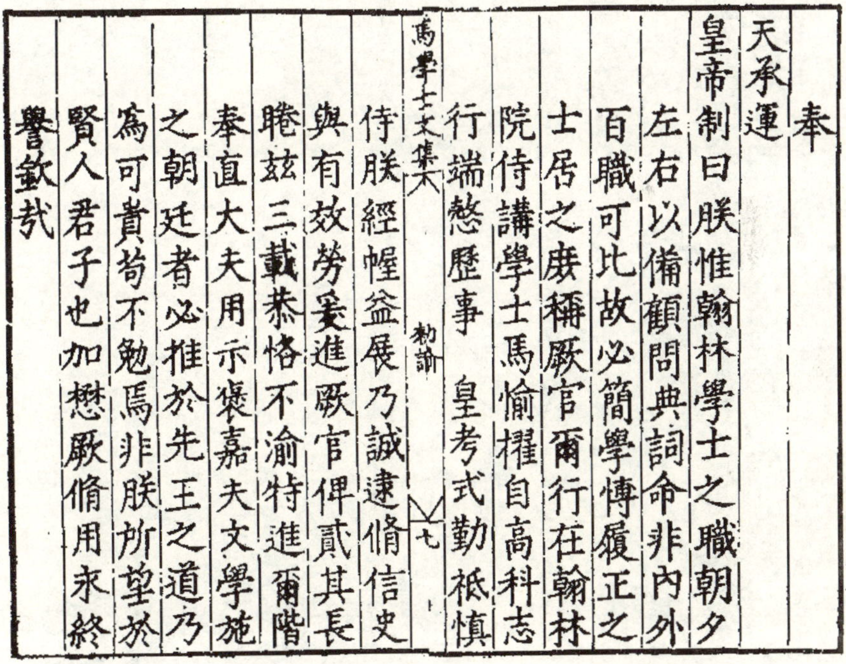

奉
天承運
皇帝制曰朕惟翰林學士之職朝夕
左右以備顧問典詞命非內外
百職可比故必簡學博履正之
士居之庶稱厥官爾行在翰林
院侍講學士馬愉擢自高科志
行端慤歷事　皇考式勤祇慎

馬學士文集六　勑諭　七

侍朕經幄益展乃誠逮脩信史
與有效勞爰進厥官俾貳其長
勝茲三載恭恪不渝特進爾階
奉直大夫用示褒嘉夫文學施
之朝廷者必推於先王之道乃
為可貴苟不勉焉非朕所望於
賢人君子也加懋厥脩用永終
譽欽哉

嘉靖四十一年刻本《马学士文集》书影(见《四库全书存目丛书》,齐鲁书社,1997)

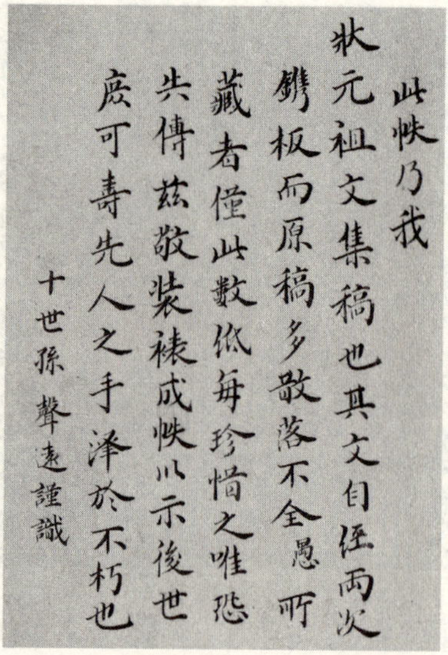
此帙乃我
狀元祖文集稿也其文自經兩次
鐫板而原稿多散落不全愚所
藏者僅此數紙每珍惜之唯恐
失傳茲敬裝裱成帙以示後世
庶可壽先人之手澤於不朽也
十世孫 聲遠謹識

马声远藏澹轩公手迹题记

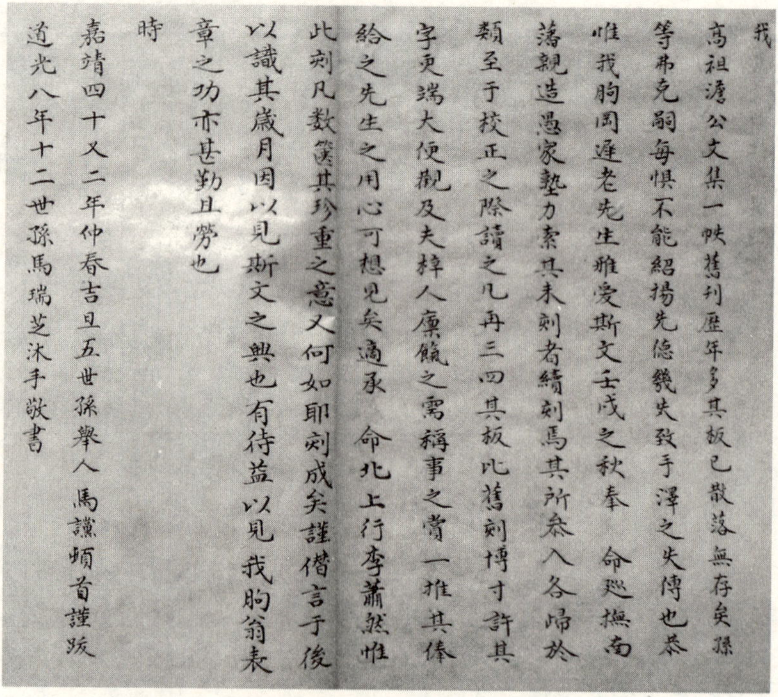
我
高祖澹公文集一帙舊刊歷年多其板已散落無存矣孫
等弗克嗣每懼不能紹揚先德幾失致手澤之失傳也忝
唯我朐冏逕老先生雅愛斯文壬戌之秋奉　命巡撫南
藩親造愚家塾力索其未刻者續刻焉其所參入各歸於
類至于校正之際讀之凡再三四其板比舊刻博寸許其
字更端大便覩及夫梓人廩餼之需稱事之賞一准其俸
給之先生之用心可想見矣適承　命北上行李蕭然唯
此刻凡數篋其珍重之意又何如耶刻成矣謹僭言于後
以識其歲月因以見斯文之興也有待益以見我朐翁表
章之功亦甚勤且勞也
時
嘉靖四十又二年仲春吉旦五世孫舉人馬讜頓首謹跋
道光八年十二世孫馬瑞芝沐手敬書

道光八年马瑞芝抄《马学士文集》书影

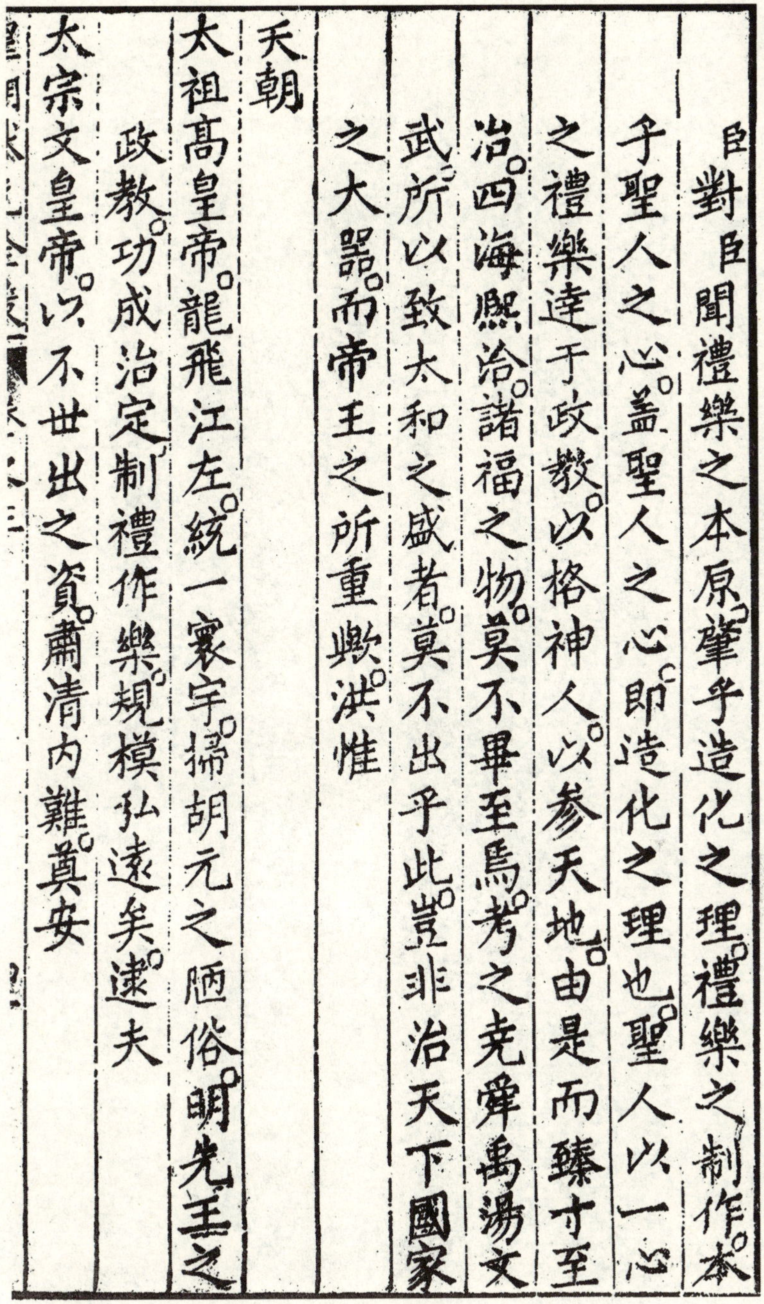

臣對臣聞禮樂之本原肇乎造化之理禮樂之制作本
乎聖人之心蓋聖人之心即造化之理也聖人以一心
之禮樂達于政教以格神人以參天地由是而臻于至
治四海熙洽諸福之物莫不畢至焉考之堯舜禹湯文
武所以致太和之盛者莫不出乎此豈非治天下國家
之大器而帝王之所重歟洪惟
天朝
太祖高皇帝龍飛江左統一寰宇掃胡元之陋俗明先王之
政教功成治定制禮作樂規模弘遠矣逮夫
太宗文皇帝以不世出之資肅清内難奠安

马愉《廷试策》书影（采自《皇明历科状元全策》，北京，国家图书馆藏）

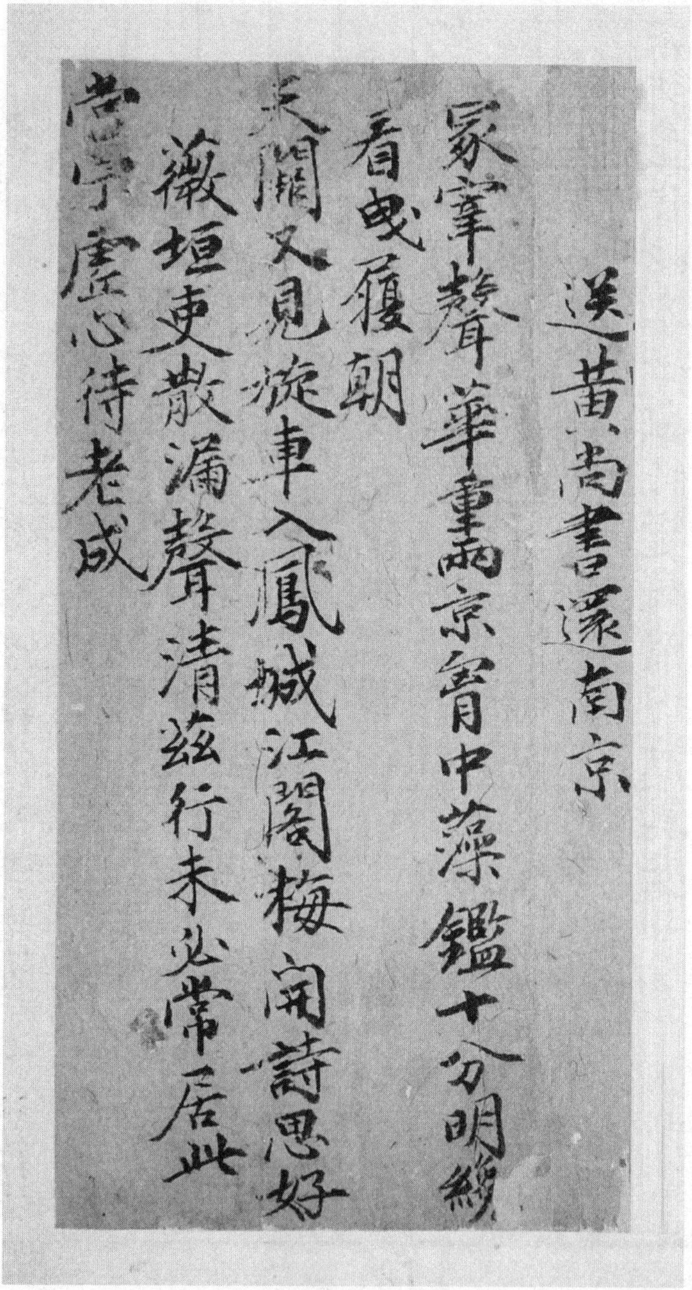

送黃尚書還南京

冢宰聲華重兩京胄中藻鑑十分明緩

看曳履朝

天闕又見旋車入鳳城江閣梅開詩思好

薇垣吏散漏聲清茲行未必常居此

當宁虛心待老成

马愉手迹（之一）

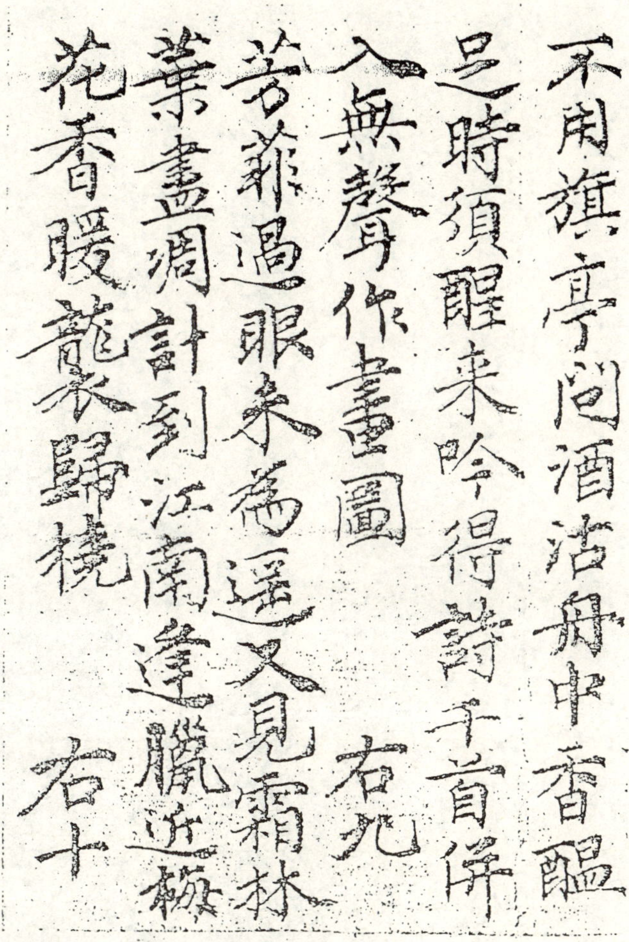
不閑旗亭問酒沽舟中香醞
足時須醒来吟得詩千首傳
入無聲亦作畫圖　右九
苦菲過眼来為遥又見霜林
葉盡凋計到江南逢臘近梅
花香暖龍衣歸橈　右十

马愉手迹（之二）

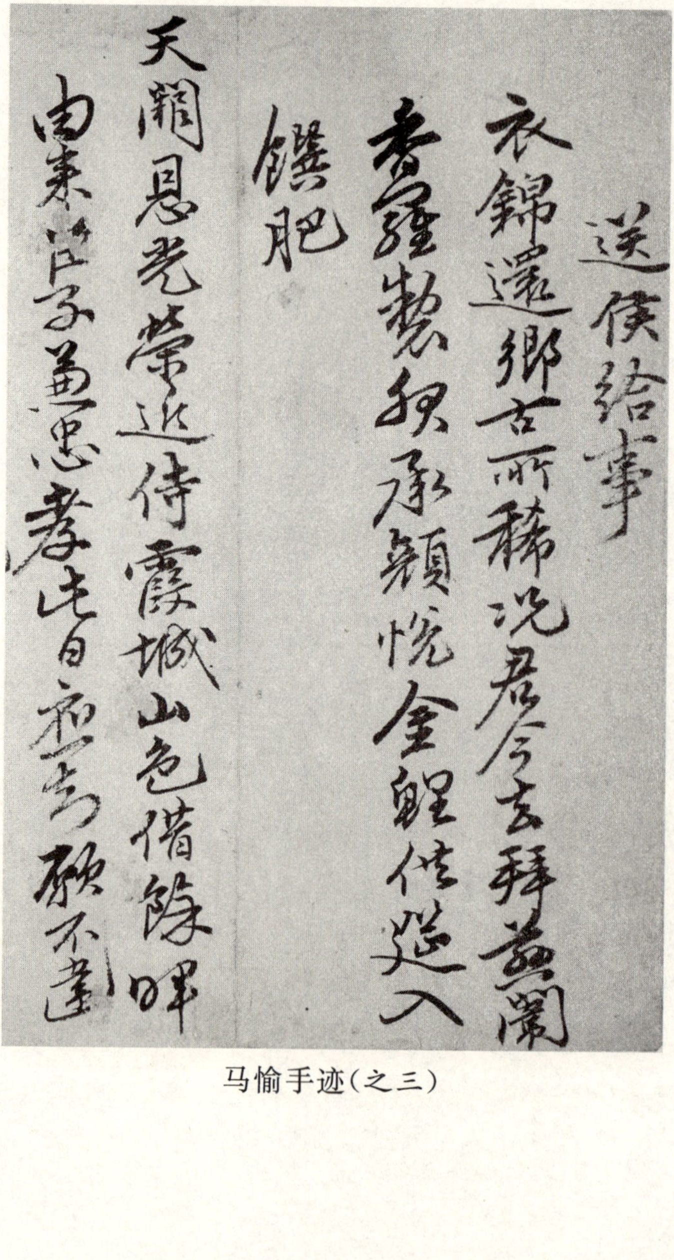

马愉手迹（之三）

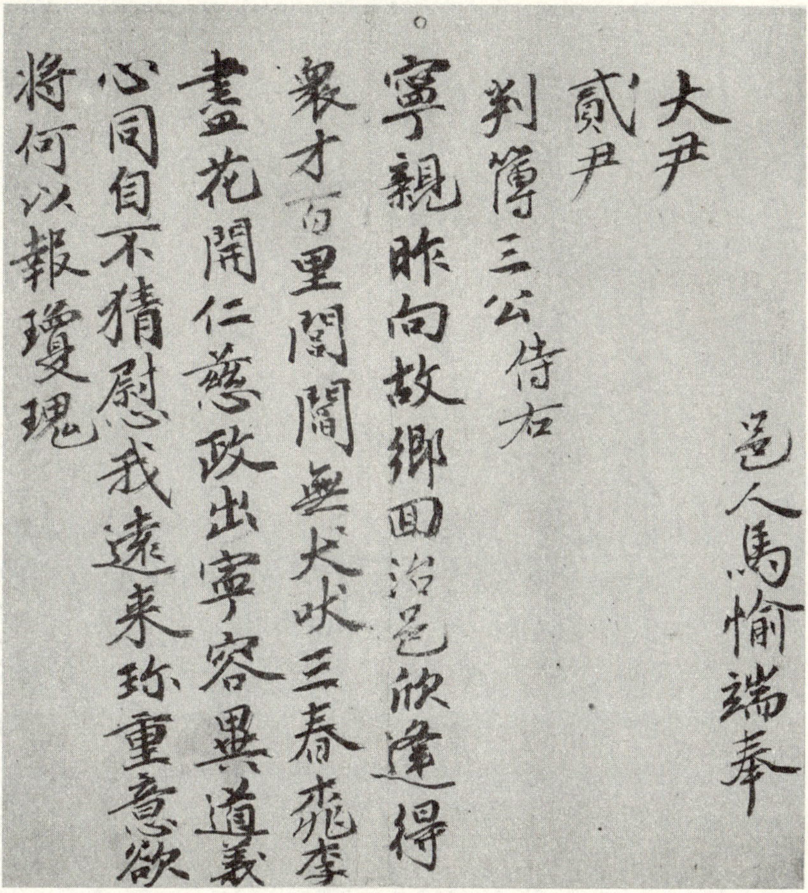

邑人馬愉端奉
大尹
貳尹
判簿三公侍右
寧親昨向故鄉回治邑欣逢得
衆才百里閭閻無犬吠三春桃李
盡花開仁慈政出寧容異道義
心同自不猜慰我遠来珍重意欲
將何以報瓊瑰

马愉手迹（之四）

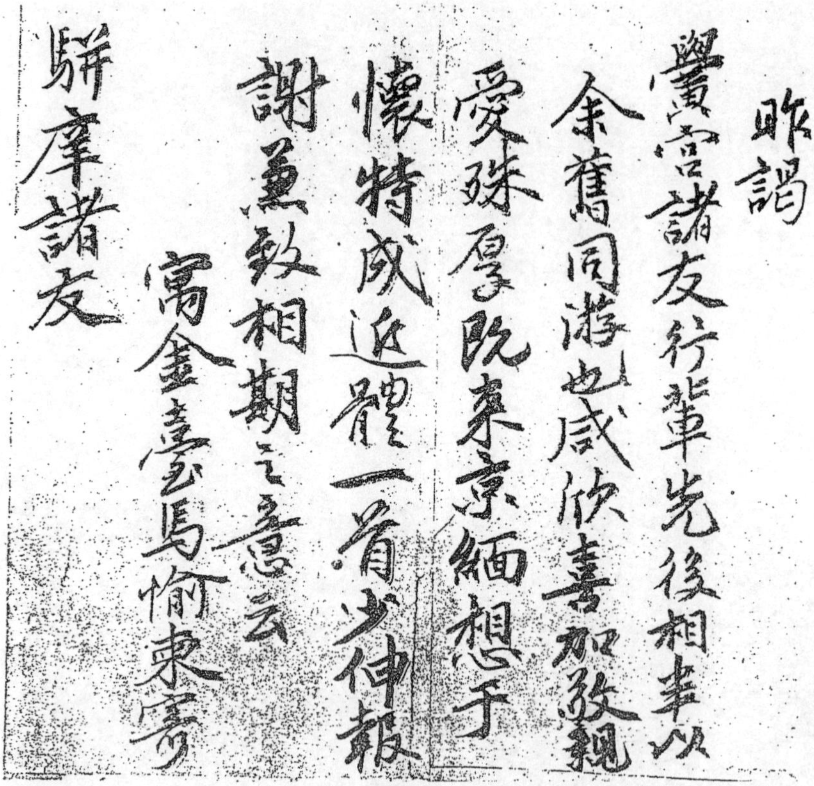

昨謁
黌宮諸友行輩先後相率以
余舊同游也咸欣喜加敬親
愛殊厚既來京缅想于
懷特成近體一首少伸報
謝兼致相期之意云
寓金臺馬愉書寄
駢庠諸友

马愉手迹(之五)

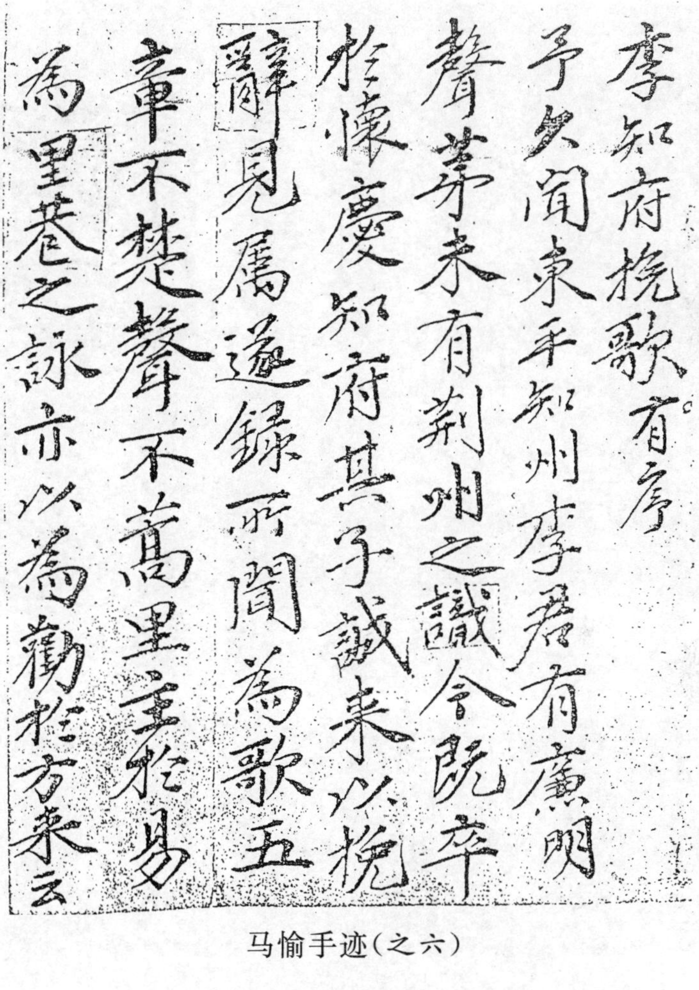
李知府挽歌有序

予久聞東平知州李君有廉明聲華，來有荊州之識。今既卒於懷慶知府，其子誠來以挽辭見屬，遂録所聞爲歌五章。不楚聲，不蒿里，主於易爲里巷之詠，亦以爲勸於方來云。

马愉手迹(之六)

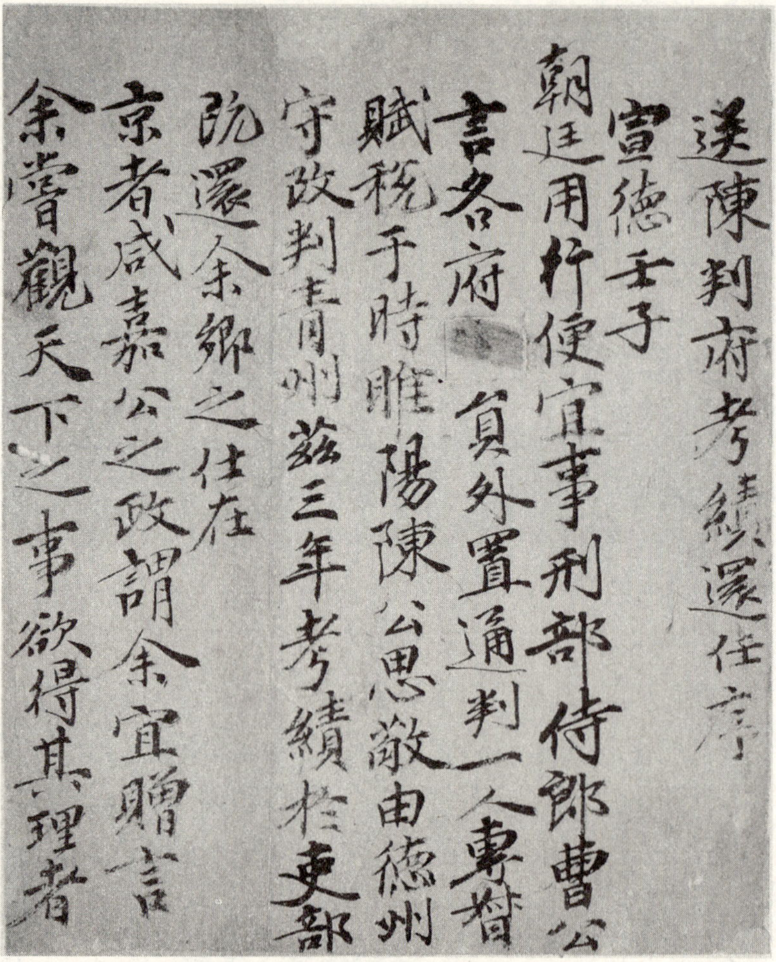

送陳判府考績還任序

宣德壬子

朝廷用行便宜事刑部侍郎曹公

言各府員外置通判一人專督

賦稅于時睢陽陳公思敬由德州

守政判青州兹三年考績於吏部

既還余鄉之仕在

京者咸嘉公之政謂余宜贈言

余嘗觀天下之事欲得其理者

马愉手迹(之七)

前言

马愉(1395—1447),字性和,号澹轩,明山东青州府临朐县朱位里(今属潍坊市临朐县东城街道)人。马氏远祖为东汉伏波将军扶风(今陕西兴平)马援。约当十三世纪初叶,有名近者为青州府学教授,任满致仕,遂卜居临朐。自近至愉之父士贤,六世为儒,多以教书为业,乐善好施,称誉乡里。马愉生于洪武二十八年(1395)九月,自幼聪慧异常,四岁便能读书属对。入邑学后,备览群籍,"力学至忘寝食,为文章敏赡,不务雕斫,而浑厚典雅,自不可及"(嘉靖《临朐县志》)。永乐十八年(1420),以礼经夺省魁。宣德二年(1427),大魁天下,时年三十三岁。

中国古代的科举制度,肇始于隋代,经过唐、宋、元数朝的发展,至明朝而达于极盛。明代,学校与科举相结合,科举成为读书人入仕的唯一正途。由于历史的原因,有明一代进士大多出自东南诸省。明自洪武四年(1371)开科,前十五科皆南北士合试,南人数量占绝对优势。宣宗即位后,采纳杨士奇建议,开始实行南北分别取士,南取六十,北取四十(既而又分南、北、中卷,以百名为率,南取五十五,北取三十五,中取十)。宣德二年科考,为宣宗登位后首次开科,俗称"龙飞榜",朝廷上下,对此科寄予厚望,重视有加。马愉为明代开科以来第十七位状元,也是时人公认的北方第一位状元,杨士奇在《宣德二年进士题名记》中称:"前此南北士合试,未有北士占首选者,有之,实自今始。"

马愉廷试第一,即被授予翰林院修撰,宣宗还勉其努力进学,以备将来重用。宣德九年(1434)秋,宣宗特别挑选史官及庶吉士三十七人进学文渊阁,"以愉为首"(《明史·马愉传》)。正统元年(1436),经杨士奇举荐,马愉充任经筵讲官,正统二年(1437),升为侍读学士。正统三年,与修《宣宗实录》成,升侍讲学士。正统五年(1440)二月,马愉以本官入内阁,参预机务(明代不设宰相一职,凡入阁者,即称宰辅。时宰辅共五人,首辅为杨士奇,另四人为杨荣、杨溥、马愉、曹鼐)。正统十年(1445),马愉升任礼部右侍郎。正统十二年(1447)九月初三,马愉突发中风,倒地不能言语。英宗闻讯,急遣御医诊视,并每日赐药。然终回天无力,九月乙未(初六日),马愉辞世,享年五十有三。马愉遽逝,英宗十分痛惜,特赠翰林院学士、资善大夫、礼部尚书;并循师保例赐赙万缗(即一万贯),派礼部尚书胡濙致祭,又赐谥号"襄敏"。史称"赐官兼职自愉始"(《明史·马愉传》)。

自释褐入朝,马愉就身居翰林清要之地,终以状元身份入阁,官至翰林院学士、礼部侍郎,以道德文章,赢得朝野尊重及后人景仰。检视明代有关正史野乘,所见皆为褒奖之辞,这对身居庙堂之高者而言,洵为不易。《明史》本传称论马愉"以文学受知两朝,端重简默,门无私谒,论事务宽厚",盖棺之论充溢着崇尚之情。

马愉一生著述颇丰,然自为官始,即一直在朝中,且积年为帝师,故所著诗文,以优游述怀感遇之类为主,多为讲章、序跋、铭记等实用文体。刘珝评价其文章云:"馆阁鸿儒,平居为诗赋,为记序,为志说,为杂著,用字著语,皆有程度,典雅新邃,一归于正。"(《马学士澹轩文集序》)

马愉中道谢世,文稿多散落,部分手稿藏于家人手中。成化十四年(1478),山东承宣布政使司左参政邢居正巡视临朐,从马愉后人手中索得其手稿,并嘱托青州知府刘时勉校雠锓梓,以广其传。刘时勉校正后,时任户部尚书兼文渊阁大学士寿光人刘珝为之作序,以《澹轩文集》之名刊刻流传,时为成化十六年(1480),上距马愉去世三十三年。此即所谓"成化本"。此本今已佚,其真实面貌无从详考。据《四库全书总目》可知,清乾隆时,此本犹存,四库馆臣即据"浙江巡抚采进本"著录。此本"凡诗赋四卷、杂文三卷，第六卷又有歌诗错杂其中。盖随得随编，故先后无序”(《四库全书总目·集部·别集类存目二》)。

至嘉靖时，成化本“其板已散落无存”(《续刻马学士文集跋》)，存世本亦如鲁殿灵光，极为稀见，迟凤翔欲“觅其原梓善本，俱已时远无存”(《续刻马学士文集序》)，仅于历下(今济南)书肆中检得残编一帙。嘉靖四十一年(1562)秋，时任都察院右佥都御史、临朐籍进士迟凤翔，借回故乡之机，亲访马氏家塾，从马愉裔孙手中检得未刊手稿若干篇，携至“抚治郧阳等处提督军务都御史”任上，令郧阳府学训导林震、生员秦守卿二人重加校阅，合先后所得，厘为八卷，交付郧阳府知府张循，招募刻工刻印流传。迟凤翔作《序》，马愉五世孙举人马说作《跋》。刻成之时，在嘉靖四十二年仲春。此即“嘉靖本”。

嘉靖本在成化本基础上，重加编排增订，眉目更清晰，所收愈完备，字更端大便观。除增补马愉17篇“经筵讲章”外，还多收录了97篇(首)诗文。《四库全书》存目中著录之“《别本澹轩集》八卷”，即为此本。嘉靖本共收经筵讲章17篇，颂、赋5篇，诗280首(含挽诗98)、赞6则，歌3篇，铭5篇，记5篇，跋11则，序101篇，哀词3篇，计诗文436篇(首)(有两篇文字基本相同，其一今作存目处理)。笔者今又辑得马愉佚文5篇(含残篇二)，佚诗3首，正统十年会试批语19条。马愉存世作品基本尽于此矣。

自成化至嘉靖，前后不足百年，而马愉文集濒于云散，幸赖迟氏景仰乡贤，重修《澹轩文集》，使一代状元遗墨重又汇于一帙。然而，随着时光流逝，嘉靖本亦日加稀见。据临朐地方志载，清道光年间，马愉嫡孙马尔森“书工欧阳”，“尝手写《澹轩集》二函，藏于家，精妙无匹，盖实录也。今其抄集犹存朱位马氏家”(《临朐续志·杂记》)。道光八年(1828)，马愉十二世孙马瑞芝工笔抄写《马学士文集》，较完整地保存了嘉靖迟刻本的原貌。但书中留有训言：“此书不可轻易借与人看、借与人抄，如有借去看、借去抄者，给他一二本看，抄完备送来，再给一二本可也。珍而藏之，世世守之，不可视为易得。”因是之故，此本亦长期深藏闺中，不为外人所知，更无从传播。另据《临朐续志·艺文略》载：“明马愉《澹轩集》八卷，见旧志，今存。民国十一年，济南举行历史博物展览会，曾寄呈陈列，后经评议给奖。”《续志》所云“寄呈”者是刻本，还是马瑞芝抄本，其详已无从考订。《临朐续志》纂修于民国二十四年，这是迄今所见民国以前有关《澹轩文集》最晚的一点信息。自此之后，又逢中华大地多灾多难，数十年间动荡不安，斯文渐灭，科举被污名化，状元也少有人关注，即使马氏嫡裔对《澹轩文集》的存在也鲜有知者。

斗转星移，时光流至20世纪80年代，临朐马氏族人中有心者始获知马愉诗文的一丝线索，便据以展开搜寻，经艰苦努力，先后找到《马学士文集》手抄本二至四卷和一至六卷两个本子。他们据此加以整理，于1987年3月刊印六卷本《马学士文集》（内部印本，未公开出版）。他们找到的“一至六卷本”，实即马瑞芝抄本的一部分。马瑞芝抄本所据即迟凤翔刻本。抄本一遵原书格式、行款，小楷工笔，字迹娟秀，虽历经一百八十余年沧桑，辗转流传，依然光洁如鲜。惜此书亦间有阙页、阙字，据此亦可推知，迟刻本至道光时已难见全本矣。

1997年，《四库全书存目丛书》由齐鲁书社出版，其中《马学士文集》八卷所据为华东师范大学图书馆藏明嘉靖四十一年迟凤翔刻本。经查证，华东师范大学所藏本几可断定成海内孤本，此本2013年4月入选第四批《国家珍贵古籍名录》。可惜的是，此亦非全本，有3个缺页。此外，在临朐马愉后人手中尚保存有马愉手迹25通（由不同人发现于不同时期，但来源当一致，猜测是收藏者出于安全考虑不想全部示人而已）。这是其十世孙马声远装裱成帙的，时间大约在清初。2011年，临朐县史志办公室将其中12通以《马愉手札》之名，制成经折装式册叶，以楠木盒函之，亦颇稀见。2013 年，黄山书社出版《明别集丛刊》第一辑，嘉靖本《马学士文集》收录其中。这就是今所能考见马愉诗文流传情况。

需要说明的是，马愉文集之名，明代以来的各种史志均称《澹轩文集》（个别省称《澹轩集》），《四库全书总目》著录时，亦复如是。迟氏刻本《序》作《续刻马学士澹轩文集序》，目录作“澹轩马学士文集目录”，书眉题作“马学士文集”当是省称。据此，此次整理一仍其旧，称《澹轩文集》，而不采用《四库全书存目丛书》的称法。

由于各种机缘，2012 年冬，不佞开始《澹轩文集》的整理工作。起初，纯是缘于个人的喜好，当然，其中也有一份对祖先的崇敬和责任。然而，接下来，自己也意想不到的是，文集中的内容是如此的丰富和有趣，而考索其中的人与事，也是一项具有挑战性的任务。由于马愉发身高科，居翰林二十载，所交游者皆为当朝精英，极一时之选。研读其诗文，不仅能了解明宣德、正统时期士人的生活及交游，加深对古代知识分子的理解，同时，这也算得上是对明代科举制度的个案剖析。对不佞而言，这一切都是全新的。因而，乐此不疲，欲罢不能，倏忽就是三载。在此期间，《澹轩文集校注》入选“国家社会科学基金后期资助项目”，这纯是偶然的不虞之喜，使我更感责任重大。在如履薄冰的心态下，对书稿几经修订，2014 年 9 月底，《澹轩文集校注》通过国家社会科学规划办公室验收，并于 2015 年 11 月由山东人民出版社正式出版发行。

对不佞个人而言，校注《澹轩文集》的初衷，本是想使其有一个完整本子，并能化身千百，免于再次失传之虞。因而，在文字的校勘上所下功夫较多，且采用的是繁体竖排的形式，更适于相关领域的研究者使用。但在整理过程中，我也深感做一简体本的必要。从小处而言，马愉后世子孙绵延不绝，在临朐聚族而居，他们中不少人也渴望能更多地了解一下自己的先祖，以光前继后。但时下对多数人而言，阅读繁体不无困难。所有这些，坚定了我做一个简体版的决心，于是便有了这本《澹轩文集今注》。

书以“今注”名，首先是考虑到与繁体版的“校注”能有所区别，其次，也是为了名实相副。两者的区别，主要在字、词的解释方面，相比《澹轩文集校注》，《今注》更加详细，而对一些用典的出处则尽可能从简。相信，借助注释，具备中等文化程度的读者，基本上可以读懂本书。而对于那些想全面了解马愉的读者，两书可以互相参看。

由于资料有限，目前尚无更多版本可资参校，加之笔者材属樗栎，学养有所不逮，书中疏漏在所难免，尚祈方家不吝指教。

马庆洲

2015 年 7 月 2 日凌晨改定于北京

11 月 4 日借修订之机再作润色

凡　例

一、本书以华东师范大学图书馆藏明嘉靖本《马学士文集》(《四库全书存目丛书》影印本)为底本,以临朐马瑞芝抄本(简称"朐抄本")为参校。此外,临朐马氏后人所藏《世德集》(乾隆年间所修《马氏族谱》卷首,收录有与马愉相关的敕谕、碑记等)及马愉手迹二十五通,均作为重要参校资料。校记径以注释形式出现。

二、文中减字标以圆括号,增字标以方括号。原书阙字,以及漫漶而又无法补足者,以"□"标注。个别明显刻印错误,如"己"与"已"与"巳"、"焉"与"马"、"予"与"子"等,径予改正。

三、注释以分句为单位,串讲以句子为单位。注码,放在分句的后面。为省却读者前后翻检之劳,对一般性字词的注释,不避重复,基本上不用"参见"的方式,只根据文意,有繁简之分。占篇幅较多的人名、历史事件、典故等,则采用参注形式。由于涉及年号较为频繁,同一注释中,同一年号对应公元纪年只在首次出现时标注一次。

四、对俗体字、异体字等,根据出版的相关规定及古籍整理的常见做法,参照《异体字整理表》及权威辞书,予以统一。人名、地名用字,则尽量保持原貌。

五、对非常见字、破音字,均加注现代汉语拼音,拟音依《汉语大词典》(缩印本,汉语大词典出版社,1997)。

六、底本目录与正文所标,有不尽一致处,今择善而从,加以统一,于正文注释中略作说明。《经筵讲章》底本无细目,今予以补足(取原文关键句,起指示作用而已),以便观览。

目　录

前　言 …………………………………………………… 1
凡　例 …………………………………………………… 1
马学士澹轩文集序 ………………………………………… 1
澹轩历受诰词　录冠于首 ………………………………… 1
赠翰林学士资善大夫礼部尚书马公行状………………… 1
赠学士礼部尚书马公神道碑铭 ………………………… 1
续刻马学士澹轩文集序 ………………………………… 1

卷之一

经筵讲章　凡十七章　续刻 ……………………………… 3
子张问仁于孔子…………………………………………… 3
子张问明…………………………………………………… 5
子贡问政…………………………………………………… 7
武王、周公其达孝矣乎 …………………………………… 9
知者无不知也 …………………………………………… 11
人皆有所不忍 …………………………………………… 13
天下有风 ………………………………………………… 14
诏：中外臣庶[许]直言朝政阙失、民间疾苦 ………… 16
克明峻德，以亲九族……………………………………… 18
禹敷土 …………………………………………………… 19
八、庶征…………………………………………………… 22
天聪明，自我民聪明……………………………………… 24

启乃心，沃朕心 …………………………………………………… 25
冬十有二月，会齐侯 ……………………………………………… 27
孟轲去齐 ………………………………………………………… 29
初起太学，帝还视之 ……………………………………………… 32
二月诣国子监 …………………………………………………… 35
颂 ………………………………………………………………… 37
瑞星颂　有序　续刻 ………………………………………… 37
驺虞颂　并序　续刻 ………………………………………… 39
平胡颂　有序　续刻 ………………………………………… 41
应　制 …………………………………………………………… 45
黄鹦鹉诗 ………………………………………………………… 45
玄兔赋　有序 …………………………………………………… 46

卷之二

诗 ………………………………………………………………… 51
代户部某人贺瑞星　续刻 …………………………………… 51
赐元夕观灯　续刻 …………………………………………… 51
甲子四月朔，将赴太庙陪祀，斋房沐发偶成 ……………… 52
文渊阁和杨少师韵 …………………………………………… 53
奉和少傅东里杨先生送杨允宽觐省后还闽中十绝韵
　续刻 ………………………………………………………… 55
奉和雨中口号录呈苗学士先生 ……………………………… 58
奉和育斋雨中见寄之韵 ……………………………………… 59
冬至日奉亲寿　续刻 ………………………………………… 60
寿刘编修父 …………………………………………………… 60
寿齐主事父 …………………………………………………… 61
寿黄主事母 …………………………………………………… 62

寿许处士　七月七日 …………………………… 63
赠淮守杨君 …………………………………… 64
赠临邑许君 …………………………………… 65
赠余友姚君子大 ……………………………… 67
赠医士宁得中　续刻 ………………………… 69
送少保杨先生展墓 …………………………… 69
送黄尚书 ……………………………………… 70
送黄尚书还南京　续刻 ……………………… 71
送魏尚书致仕归南康 ………………………… 72
送蔺学士致仕　二首 ………………………… 74
送李学士省墓　续刻 ………………………… 75
送魏侍郎之南京吏部 ………………………… 76
送程都御史养疾 ……………………………… 76
送顾都御史致仕　续刻 ……………………… 77
送陈祭酒 ……………………………………… 78
送平江伯南京董马政 ………………………… 79
送汤参将 ……………………………………… 80
送陈侍读省父　续刻 ………………………… 81
送尹侍读 ……………………………………… 82
送陈侍讲还南京　续刻 ……………………… 83
送孙修撰省亲还豫章　续刻 ………………… 84
送钟修撰省母 ………………………………… 85
送杨仲举修撰省墓　续刻 …………………… 86
送萧江　编修孟勤子也 ……………………… 87
送龚编修荣归侍亲 …………………………… 88
送吴编修节还乡省母 ………………………… 88
送谢编修省母 ………………………………… 90
送萧同年孟勤编修省墓 ……………………… 90

送李检讨 …………………………………………………… 91
送陈检讨致仕还姑苏　续刻 ………………………… 92
送侯给事 …………………………………………………… 93
送张承翰御史之任南京 …………………………… 94
送彭御史提学 ………………………………………… 95
送方御史出巡浙江　续刻 ………………………… 96
送成御史分巡福建　续刻 ………………………… 97
送查郎中致事　续刻 ……………………………… 98
送南京礼部沈员外考绩还任 ……………………… 99
送卫主事以嘉省墓 …………………………………… 99
送尚宝丞宋士皋之南京 …………………………… 100
送刘布政致仕 ………………………………………… 101
送鲍员外除山西参政　续刻 ……………………… 101
送江副使省母 ………………………………………… 102
送刘宪副致仕 ………………………………………… 103
送邢中书省墓　续刻 ……………………………… 104
送云南徐佥事　续刻 ……………………………… 105
送黄知府之开封　续刻 …………………………… 106
送何太守之太平 ……………………………………… 106
送济南傅太守致仕 …………………………………… 107
送两淮谢运同考绩还任 …………………………… 108
送赣州同知 …………………………………………… 109
送泰和余知县复任 …………………………………… 109
送刘玭知县之莆田 …………………………………… 110
送南京吴助教　续刻 ……………………………… 111
送广东都司周经历还任 …………………………… 111
送王知事省亲还太平　续刻 ……………………… 112
送沈教授校文山西　续刻 ………………………… 113

送胡教授致仕 …… 113
送宁国周县丞 …… 114
送黄生赴南京国学　续刻 …… 115
送王昌训省兄 …… 116
送刘仲方　续刻 …… 116
城阳孙明授上海县县丞 …… 117
谢河东孔运副惠琴兼寄葡萄酒 …… 118
寄泰州张司训 …… 119
闻姚子大门人获登科者四人因寄以贺　续刻 …… 119
次韵寄答张宗道先生 …… 120
寄云庵程公琰　续刻 …… 120
寄谢县官　续刻 …… 121
寄谢骈庠掌教陈先生　续刻 …… 122
秋夜怀姚子大　续刻 …… 122
怀　友 …… 123
永嘉县丞思母　续刻 …… 124

卷之三

题恩荣堂 …… 127
题承恩堂 …… 127
题茂恩堂 …… 128
题永丰罗修龄忠义堂 …… 129
题(惠)[会]昌伯具庆堂 …… 130
题具庆堂 …… 131
题椿萱堂 …… 132
题寿宁堂 …… 133
寿椿堂为孔宪使题 …… 134

题于县丞积庆堂　续刻……………………………… 136
慈训堂为南阳汪同知题……………………………… 136
题金华刘通判慈侍堂………………………………… 138
题杨御史孝思堂……………………………………… 139
题王自瑄思亲堂　续刻……………………………… 140
克复堂为新淦宋常固题……………………………… 141
题一乐堂送林恒简省亲　续刻……………………… 142
题周节妇贞节堂……………………………………… 144
题刘给事中知年堂…………………………………… 145
题蒋文荣乐耕堂……………………………………… 146
题刘永锡崇敬斋　续刻……………………………… 146
题八景学士仙峰……………………………………… 148
题王天官水竹居……………………………………… 148
题赖编修清流读书庄………………………………… 150
宴杨鸿胪东郭草亭…………………………………… 150
题彭主事东麓甘泉　续刻…………………………… 151
题李知州�川书屋　三首…………………………… 152
题王训导芝轩………………………………………… 153
题李医士橘井………………………………………… 155
题王氏洪祈书舍……………………………………… 155
题城南草堂…………………………………………… 156
题松泉山居　续刻…………………………………… 157
瞻云轩为广西欧文题………………………………… 157
题松竹轩……………………………………………… 158
宜晚轩………………………………………………… 159
题汤都指挥画虎图…………………………………… 160
题金台送别图赠南京太学王博士…………………… 161
题金华王镇抚孝感卷　续刻………………………… 162

题李镇抚公余清趣卷　续刻 …………………… 163
题庐陵义民陈勖让恩荣堂卷 …………………… 164
题庐陵陈宏德德星堂卷 …………………… 164
题孙医士存仁堂卷 …………………… 165
题高漫士云山图　续刻 …………………… 166
题芸窗夜读卷 …………………… 167
题草阁清吟图 …………………… 168
题梅赠赵司业 …………………… 169
题周侍郎墨梅 …………………… 170
题梅寄深州宋太守 …………………… 171
题竹赠邹员外宜 …………………… 171
怪石幽篁 …………………… 172
枯木竹石 …………………… 172
题竹四首 …………………… 173
题　竹　续刻 …………………… 174
题画竹 …………………… 174
题　梅 …………………… 175
寒梅双鹊 …………………… 175
题葡萄 …………………… 176
题画秋景 …………………… 176
题　画 …………………… 176
帐 …………………… 177
纸　帐 …………………… 178
被 …………………… 178
纸　被 …………………… 178
履 …………………… 178
屐 …………………… 179
锦 …………………… 179

舟……………………………………………………………… 179
渔　舟…………………………………………………………… 180
钓　竿…………………………………………………………… 180
车……………………………………………………………… 181
闻沾恤典………………………………………………………… 181
林间行读………………………………………………………… 182
渔樵问答………………………………………………………… 183
坐石观泉………………………………………………………… 183
题高节凌云……………………………………………………… 183

卷之四

赞 ……………………………………………………………… 187
吴处士像………………………………………………………… 187
寒山像…………………………………………………………… 187
素心廖先生像…………………………………………………… 188
廖母黎恭人像…………………………………………………… 189
忠孝二像………………………………………………………… 189
歌 ……………………………………………………………… 190
青云阁歌………………………………………………………… 190
小瀛洲歌　为吏部王尚书行俭题……………………………… 192
题怪石幽竹　六言……………………………………………… 194
铭 ……………………………………………………………… 194
公勤堂铭　续刻………………………………………………… 194
静虚斋铭　有序………………………………………………… 196
赋 ……………………………………………………………… 197
祯槐堂赋　续刻………………………………………………… 197
记 ……………………………………………………………… 199

恩荣堂记　续刻……………………………… 199
宝善堂记…………………………………… 202
素履轩记　续刻……………………………… 203
吴氏先茔八景图记…………………………… 205
菊坡记……………………………………… 207
跋 ………………………………………… 211
题崔太仆春日宴桃李园诗卷后……………… 211
题晏知府重庆堂……………………………… 213
书泗水令李君传后…………………………… 214
书董用和传后………………………………… 216
书商器图后…………………………………… 217
题怀德堂卷后………………………………… 219
题宜晚轩(存目)……………………………… 220
题怡轩　并序………………………………… 220
素履轩引…………………………………… 222
张氏四子字说………………………………… 225
谦益居士说…………………………………… 226

卷之五

序 ………………………………………… 233
会试录后序…………………………………… 233
少保黄公挽诗后序…………………………… 235
送祭酒李公致仕序…………………………… 238
吴太卿宅宴集序……………………………… 241
送大理寺少卿陈公考满序…………………… 242
送许修撰归省序……………………………… 244
送江编修归省诗序…………………………… 246

送高编修致仕序　续刻 …………………………… 249
贺给事中章君升秩诗序 ……………………………… 251
送中书舍人寇顺中还乡省母序 ……………………… 252
送户科给事薛君省墓焚黄序 ………………………… 254
赠李给事考绩序 ……………………………………… 256
赠石给事考绩叙 ……………………………………… 258
送陈御史还任南京序 ………………………………… 259
赠顺天府尹王公序 …………………………………… 260
送张郎中就医还乡序 ………………………………… 262
送郑郎中致仕还乡序 ………………………………… 263
谢郎中挽诗序 ………………………………………… 265
贺张员外荣任序 ……………………………………… 267
送余员外考绩还南京序 ……………………………… 269
送朱员外还乡省墓序 ………………………………… 271
送王员外致仕序 ……………………………………… 273
俞员外挽诗序 ………………………………………… 274
赠工部主事李景阳序 ………………………………… 276
送徐主事还乡省母序 ………………………………… 277
送欧阳主事荣考诗序 ………………………………… 279
送续以仁升秩主事序 ………………………………… 282
赠王主事序 …………………………………………… 283
赠徐主事序 …………………………………………… 285
送徐主事还乡省母序 ………………………………… 286
送钦天监吴冬官还乡省墓序 ………………………… 288

卷之六

序 ………………………………………………………… 293

送参政杨公之任福建序 …………………… 293
送参政董公之任山东序 …………………… 295
送丘宪副之任河南序 …………………… 298
送耿参议序 …………………… 300
送阎佥宪之任陕右序 …………………… 302
送薛佥事之任山东序 …………………… 304
送戴佥宪考绩还任序 …………………… 306
赠翁都指挥序 …………………… 308
王都指挥宅宴序 …………………… 311
太守孟公德政序 …………………… 313
送黄太守之任庐州序 …………………… 315
送孟太守之青州序 …………………… 317
送黄太守之严州序 …………………… 320
送郭太守还邳州序 …………………… 322
送杨太守之任庆远序 …………………… 323
送李太守之任东莱序 …………………… 325
送青州二守严公还任序 …………………… 328
送朱通判序 …………………… 329
赠督工靳判府序 …………………… 331
送徐通判还任东昌序 …………………… 333
送陈判府考绩还任序　续刻 …………………… 334
送张节判之赵州诗序 …………………… 336
送谢德辰还剡川序 …………………… 338
送郭判府考绩还任序 …………………… 340
送郭通判考绩序 …………………… 341
送许通判致仕还乡序 …………………… 343
送节推彭君还郡序 …………………… 345

送赵纪善序 …… 346
送姚助教出宰沁水序 …… 349
送蔡指挥还乡雷州卫序 …… 350
送金华陈经历还任序 …… 352
送王经历谢事南归序 …… 354
送郝照磨董工代还序 …… 356

卷之七

序 …… 361
送孝义刘知县朝回序 …… 361
送任知县朝回序 …… 362
赠乐平王知县序 …… 364
赠陈知县复治新城序 …… 366
送张大尹复任荥泽序 …… 369
赠宋贰尹考绩还任序 …… 371
送饶阳贰尹庄士廉考绩复任序 …… 373
赠颜县丞复任序 …… 375
送傅判簿之任序 …… 376
送李主簿还任辽东序 …… 378
送陈判簿考绩还任诗序 …… 379
送卢训导序 …… 381
赠尤训导之泰安州学序 …… 382
送张训导之任蕲水县学序 …… 384
送临朐县幕吴君辞官归南昌序 …… 386
送吴县幕还临朐序 …… 388
赠王所正考绩序 …… 389

送国子生彭彦常归省序 …………………………… 391
送高生卒业南京国学序 …………………………… 392
送太学生武叔诚归省序 …………………………… 394
送上舍高腾远省墓序 ……………………………… 395
送陈良医致仕序 …………………………………… 398
无锡医学训科李公挽诗序 ………………………… 399
赠医学典科考绩还莒序 …………………………… 401
送涂尚美之任序 …………………………………… 402
送刘源清还乡养母序 ……………………………… 405
送李孟彰还乡诗序 ………………………………… 407
送井敬安之官序 …………………………………… 408
赠戚文美还辽东序 ………………………………… 409
詹通叔亨字序 ……………………………………… 411
赠孝子李文莹序 …………………………………… 413
义民传后序 ………………………………………… 415
庆封氏母寿诗序 …………………………………… 417
贞节堂诗序 ………………………………………… 419
春江别意图诗序 …………………………………… 421
岁寒三友序 ………………………………………… 423
送沈子茂序 ………………………………………… 424

卷之八

墓志铭 ……………………………………………… 429
故行在广东道监察御史刘君墓志铭 ……………… 429
故昭武将军山西都司都指挥佥事苗公合葬
墓志铭 ……………………………………………… 432

故处士马公墓志铭……………………………… 435
挽　诗……………………………………………… 438
挽阁下□□先生　续刻…………………………… 438
挽致仕尚书黄公　续刻…………………………… 439
挽户部王侍郎……………………………………… 440
礼部章侍郎挽章　续刻…………………………… 442
挽工部李侍郎父…………………………………… 443
挽李侍郎…………………………………………… 444
挽洪侍郎母夫人…………………………………… 445
挽□侍郎同妻淑人………………………………… 446
挽虞侍郎…………………………………………… 447
挽尹侍读子………………………………………… 448
挽王修撰母史安人　续刻………………………… 449
挽邢编修　续刻…………………………………… 450
挽封何检讨………………………………………… 451
挽刘给事母………………………………………… 451
挽邓给事母………………………………………… 453
挽给事中陈宜父处士……………………………… 453
挽张给事父………………………………………… 454
挽给事中屈伸父母………………………………… 455
挽侯御史父母……………………………………… 455
挽康御史…………………………………………… 456
挽陈郎中铉………………………………………… 457
挽陆郎中母………………………………………… 458
挽陈郎中…………………………………………… 458
挽王员外父　续刻………………………………… 459
挽蒋主事祖母姚宜人……………………………… 459
挽兵部吴主事父母………………………………… 460

挽顾主事父…………………………………………………… 461
挽程司务母…………………………………………………… 462
挽湖广罗宪使………………………………………………… 463
挽尹参议徐母孺人　续刻………………………………… 464
挽李知府　续刻…………………………………………… 465
挽何知府……………………………………………………… 466
挽李知州　续刻…………………………………………… 467
挽方进士母…………………………………………………… 469
挽阎都指挥　续刻………………………………………… 470
挽王千户　续刻…………………………………………… 471
挽石首陈教谕………………………………………………… 472
挽钱所副妻…………………………………………………… 473
挽睢州陈吏目………………………………………………… 473
挽静诚陈先生　续刻……………………………………… 474
挽吴景亮　续刻…………………………………………… 475
挽王淑人　续刻…………………………………………… 476
挽恭人孙氏…………………………………………………… 477
挽孺人王氏…………………………………………………… 477
挽华母孺人…………………………………………………… 478
挽李夫人……………………………………………………… 479
挽章孺人……………………………………………………… 480
挽贵溪善妇冯孺人…………………………………………… 480
挽王孝子……………………………………………………… 481
挽义民胡有初………………………………………………… 481
挽淮安纪医人父母…………………………………………… 482
挽无姓处士　续刻………………………………………… 483
挽李志刚……………………………………………………… 484
挽陈叔刚……………………………………………………… 485

挽熊景方……………………………………………………… 486
挽泰和陈仲恒………………………………………………… 487
挽周岐凤　续刻……………………………………………… 488
挽武陵邓处士………………………………………………… 490
挽处士马公…………………………………………………… 490
挽龙处士……………………………………………………… 491
挽柳处士……………………………………………………… 492
挽罗处士……………………………………………………… 492
挽俞廷辅……………………………………………………… 493
挽陈叔刚父…………………………………………………… 494
挽连景贤……………………………………………………… 495
挽钱允中……………………………………………………… 496
挽陈克逊　续刻……………………………………………… 497
挽居密处士　续刻…………………………………………… 497
挽张光启　续刻……………………………………………… 498
挽周时立　续刻……………………………………………… 499
挽张伯铭　续刻……………………………………………… 499
挽松江钱处士………………………………………………… 500
哀　辞………………………………………………………… 501
曾学士哀辞…………………………………………………… 501
朱尚宝哀辞…………………………………………………… 503
刑部员外王佐母太安人罗氏哀辞　有序…………………… 506
后　序………………………………………………………… 509
张昇跋………………………………………………………… 509
马说跋………………………………………………………… 510

附 录

一、马愉诗文拾遗 …………………………………… 515
廷试策 …………………………………………… 515
修城隍庙记 ……………………………………… 518
景信公墓石几记 ………………………………… 519
贺瑞雪诗 ………………………………………… 520
题邓郎中孝行录后(残篇) ……………………… 520
游沂山百丈崖 …………………………………… 520
柬寄骈庠诸友 …………………………………… 521
正统元年会试批语 ……………………………… 521
正统十年会试批语 ……………………………… 521
淮安府增修学舍记(残) ………………………… 523
二、马愉轶闻传说选编 ………………………………… 524
1. 巧对学友 ……………………………………… 524
2. 巧对官员 ……………………………………… 524
3. 巧对塾师 ……………………………………… 525
4. 智买"十菜" ………………………………… 525
5. 画巧千匹马 …………………………………… 525
6. 智对樵夫 ……………………………………… 526
7. 巧渡美女 ……………………………………… 526
8. 显扬启蒙师 …………………………………… 527
三、马愉历史文献选编 ………………………………… 528
1. 陈循:礼部侍郎兼翰林侍讲学士赠翰林学士
礼部尚书马公墓志铭 …………………………… 528
2. 杨士奇:宣德二年进士题名记 ………………… 530

3.(明)廖道南:文渊阁学士赠礼部尚书马愉 …… 531
4.(明)顾祖训汇编:状元马愉 …………………… 532
5.(清)张廷玉等:马愉传 …………………………… 532
6.马愉著述相关记载 ………………………………… 533
参考文献 ……………………………………………… 535
跋 ……………………………………………………… 547

马学士澹轩文集序[1]

君子所以有誉于今后者，亦曰言之是托。夫言之精者为文，文岂易言哉？弗遇其时，弗文也；弗充其气，弗文也；弗正其学，弗文也[2]。粤自造书契以来[3]，世有升降，而文与之俱。宋不唐，唐不汉，汉不春秋战国，春秋战国不三代黄虞[4]，如老者不可复少，势不得不然也。况文以气为主，所养者正，则英华之发见者亦正。苟失所养，不易则艰[5]，不隐则怪，不晦则诞[6]，不俚则夸[7]，其弊至于不可言者。乃若好学之君子者出，遭世隆平，养气正大，又通(念)[贯]乎群经[8]，蒐猎乎百子[9]，浸淫乎诸史，蕴于其心，发于其言[10]，沛然为一代之文。其所以有誉于今后者[11]，职斯而已。

齐鲁之墟[12]，东有大海，西有岱山[13]。士生于兹，若圣、若贤、若君子，昭然可数。百年以前，不可尚已；百年以后，兼前三者而一之，[若]临朐马先生性和其人焉。先生生于海岱之间，上无师传，独能奋志于学，日取群经、百子、诸史，矻矻然穷之不释[14]，且气禀淳正，无问识不识，皆称曰君子。为文肖其为人，无所谓艰易、怪隐、晦诞、夸俚之习。积益深而发益宏，不数载间，大魁天下。方是时，为宣庙绍统之初，诏礼部科举，岁取百人，南士什六，北士什四，合南北士试之，先生独占魁焉。此盖隆平之时，文明之化，人材之出，骎骎唐虞三代[15]，不春秋战国、不汉、不唐、不宋也。

嗣是，长史局，长翰苑，登内阁，晋位少宗伯，参预机密，润色治道，与修《宣庙实录》《五伦》《君鉴》诸书，蔚然馆阁鸿儒。平居为诗赋，为记序，为志说，为杂著，用字著语，皆有程度，典雅新邃，一归于正。惜乎中道谢世，稿之散落人间，不获睹其全焉。

吾藩大参邢君居正[16]，[按]巡（临）临朐[17]，即其家，索其稿，仅得是。乃属青州太守刘君时勉校雠锓梓[18]，以广其传。噫！先生之文虽未全，其所遇之时，所养之气，所学之富，皆可即此而溯知也[19]。彼千江之波，其水同（原）[源]；千枝之秀，其木同本。即一波一叶，亦可以求水木之本原。然则先生之文，岂不可即此而逆其全耶？《传》曰："诵其诗，读其书，不知其人，可乎？"[20]后之欲景范先生者，宜（必）有征于斯。若夫贤大参、太守寿斯集于不朽[21]，其用心之仁，又不可不知[22]。

成化庚子岁仲秋穀旦[23]，资政大夫、太子少保、户部尚书兼文渊阁大学士、知制诰、经筵官，兼修国史、玉牒青齐刘珝书[24]。

【注释】

① 此文撰者为刘珝。珝（1426—1490），字叔温，号古直。明山东青州府寿光县阳河里（今属青州市）人。正统十三年（1448）进士。改庶吉士，授编修。宪宗即位，迁太常卿，兼侍读学士，直经筵日讲。成化十年（1474），进吏部左侍郎；次年，兼翰林侍讲学士，入阁参预机务。寻进吏部尚书，加太子少保、文渊阁大学士。《文华大训》成，加太子太保，进谨身殿大学士。成化二十一年（1485）九月，以亲老致仕。弘治三年（1490）卒，谥"文和"。所著《古直先生文集》，《四库全书》著录于"存目"中。《明史》有传。此文亦见《古直先生文集》，题为《马先生文集序》。今据以校订，不一一出注。

② 遇、充、正：《古直先生文集》分别作"遭""养""充"。

③ 粤（yuè）：助词，用于句首，表示审慎的语气。书契：指文字。

④ 黄虞：黄帝、虞舜的合称。"黄"，《古直先生文集》作"唐"。

⑤ 艰：指文思不畅。

⑥ 诞：指言论虚妄夸诞，说大话。

⑦ 俚：粗俗，不文雅。

⑧ 通贯：通晓，贯通。贯，底本作"念"。

⑨ 蒐（sōu）猎：犹涉猎。百子：指诸子百家。

⑩ 其言：二字底本漫漶，据“朐抄本”及《古直先生文集》补。

⑪ 有誉于：三字底本漫漶，据“朐抄本”及《古直先生文集》补。

⑫ 墟：指故地。

⑬ 岱山：泰山的别称。《周礼・夏官・职方氏》：“河东曰兖州，其山镇曰岱山。”

⑭ 矻矻(kūkū)：勤劳不懈的样子。

⑮ 骎骎(qīnqīn)：渐进的样子。

⑯ 邢居正：邢表，字居正，别号拙庵。顺天府文安县(今属河北廊坊)人。天顺元年(1457)进士。授河南卫辉府获嘉县(今属新乡市)知县，以治绩擢彰德府(治所在今河南安阳市)知府。成化初，调卫辉府。升山东布政使司左参政，转右布政使。丁内艰服阕，以原官补四川。弘治初，拜右副都御史。邢表巡视临朐，事在成化十四年(1478)。“邢君居正”，《古直先生文集》作“邢公某”。

⑰ 按巡：巡视。底本作“巡临”，据《古直先生文集》改。

⑱ 刘时勉：刘钊，字时勉。直隶太平府当涂县(今属安徽马鞍山市)人。天顺四年(1460)进士，成化十一年(1475)任青州府知府。校雠：一人独校为校，二人对校为雠。谓考订书籍，纠正讹误。锓梓：刻板印刷。书板多用梓木，故称。

⑲ 溯：寻求，追溯。

⑳ “《传》曰”：见《孟子・万章下》。诵，朗读，念诵。读，研究。

㉑ 大参：参政的别称。指邢表。太守：指知府刘钊。太守，秦置郡守，汉景帝时改名太守，为一郡最高的行政长官。宋以后改郡为府或州，太守已非正式官名，只用作知府、知州的别称。明清时专指知府。寿：保存。

㉒ “若夫”以下数句：《古直先生文集》无。

㉓ 成化庚子：成化十六年(1480)。縠旦：良辰，晴朗美好的日子。旧时常用为吉日的代称。

㉔ 玉牒：历代皇族族谱称为玉牒。唐代已有，宋代每十年一修，沿及明清。

澹轩历受诰词

皇帝敕谕：(太子太保)［太师］、英国公张辅[1]，少傅、兵部尚书兼华盖殿大学士杨士奇[2]，少傅、工部尚书兼谨身殿大学士杨荣[3]，礼部尚书兼翰林院学士杨溥等[4]：

朕祇奉天命[5]，嗣承祖宗大宝，统御天下，用主神人。而即位以来，弗遑夙夜[6]，永惟厥道[7]，必学乃明。今以初九日御经筵[8]，命尔辅知经筵事[9]。士奇、荣、溥同知经筵事。詹事府少詹事兼翰林院侍读学士王直[10]，少詹事兼翰林院侍(读)［讲］学士王英[11]，翰林院侍读学士李时勉、钱习礼[12]，侍讲学士陈循[13]，侍读苗衷[14]，侍讲高穀[15]，修撰马愉、曹鼐[16]，兼经筵官。溥、衷、穀、愉、鼐，专侍讲读。翰林春坊等衙门儒臣，分直侍讲。

夫道原于天，尧、舜、禹、汤、文、武以隆政教，而周公、孔子阐明之，我祖宗世所师法，以安天下。卿等宜端心竭诚，相与讲论，务归至当，毋隐而弗彰，毋曲以徇好，庶几明之于心[17]，诚之于行，以兴治化[18]，以(济)［福］苍生[19]，用不忝天与祖宗之命[20]。钦哉！故谕。

正统元年三月初二日。

【注释】

① 张辅(1375—1449)：字文弼。河南祥符(今属开封市)人，河涧王张玉之子。靖难之役，从战有功，封信安伯。永乐三年(1405)，进封新城侯。永乐六年，以征安南功，进封英国公。仁宗即位，掌中军都督府事，进太师。宣德元年(1426)，率军平定汉王朱高煦之乱。英宗即位，加号翊运佐理，知经筵、监修《实录》如故。历事四朝，三定交南。与"三杨"等同心辅政，二十余年，海内晏然。正统十四(1449)，

随明英宗北征，死于难。追封定兴王，谥“忠烈”。杨士奇《东里全集》(《文渊阁全书补遗》本，题作《敕谕开经筵》)及《翰林记》亦收录此诰，据以校订。

② 杨士奇(1366—1444)：名寓，字士奇，以字行，号东里，谥文贞。江西泰和县人。官至礼部侍郎兼华盖殿大学士，兼兵部尚书，历五朝，在内阁为辅臣四十余年，首辅二十一年。与杨荣、杨溥同辅政，并称“三杨”。“三杨”中，杨士奇以“学行”见长，先后担任《明太宗实录》《明仁宗实录》《明宣宗实录》总裁。著有《东里集》《东里续集》。《明史》有传。

③ 杨荣(1371—1440)：初名子荣，字勉仁，福建建安县(今建瓯市)人。建文二年(1400)进士，授编修。成祖即位，直文渊阁，更名为荣。历事成祖、仁宗、宣宗、英宗四朝，累官工部尚书，谨身殿大学士。宣德五年(1430)晋少傅，正统三年(1438)晋少师。正统五年，卒于杭州。谥“文敏”。著有《训子编》《北征记》《两京类稿》《玉堂遗稿》。《明史》有传。

④ 杨溥(1372—1446)：字弘济。湖广荆州府石首县(今湖北石首市)人。建文元年(1399)，湖广乡试第一名(解元)。次年，中庚辰科进士。授翰林院编修。永乐中，侍皇太子为洗马。永乐十二年(1414)，因太子遣使迎帝迟，为汉王所谗，系狱十年，读书不辍。仁宗继位，被释放，擢翰林学士，掌弘文观事。宣宗即位，召入内阁，典机务。宣德九年(1434)，升礼部尚书。正统三年(1438)四月，晋太子少保兼武英殿大学士。正统十一年(1446)七月卒，年七十五。赠太师，谥“文定”。有《杨文定公集》《水云录》。《明史》有传。

⑤ 祇奉：敬奉。天命：古以君权为神授，统治者自称受命于天，谓之天命。

⑥ 遑：闲暇。夙夜：朝夕，日夜。

⑦ 永惟：深思，常念。

⑧ 经筵：汉唐以来帝王为讲论经史而特设的御前讲席。宋代始称经筵，置讲官以翰林学士或其他官员充任或兼任。宋代以每年二月至端午节、八月至冬至节为讲期，逢单日入侍，轮流讲读。元、明、清三代沿袭此制，而明代尤为重视。除皇帝外，太子出阁后，亦有讲筵之设。

⑨ 知：主持，执掌。

⑩ 王直(1379—1462)：字行俭，号抑庵。江西泰和县人。永乐二年(1404)进士。授修撰。历仕仁宗、宣宗，迁少詹事，兼侍读学士。正统三年(1438)，修《明宣宗实录》成，升礼部侍郎；八年，升吏部尚书。在翰林二十余年，稽古代言编纂记注之事，多出其手笔。秉诠事十四年，为时名臣。卒谥"文端"。著有《抑庵文集》。

⑪ 王英(1376—1450)：字时彦，号泉坡。江西金溪县人。永乐二年(1404)进士，选庶吉士。永乐帝以其慎密，令掌机密文字。与修《太祖实录》，授翰林院修撰。仁宗时，累进右春坊大学士。又修太宗、仁宗实录。正统元年(1436)，总裁《明宣宗实录》，升礼部侍郎。正统十三年(1448)进南京礼部尚书。历仕四朝，朝廷大制作，多出其手。卒谥"文安"。著有《泉坡集》。

⑫ 李时勉：名懋，以字行，号古廉。江西安福县人。永乐二年(1404)进士，选庶吉士，预修《太祖实录》，书成，升翰林侍读。宣德初，升国子监祭酒。掌国子监六年中，言传身教，视学生为子弟，深受敬重。正统十二年(1447)春，辞官还乡，朝臣及国子生近三千人送出崇文门外。景泰元年(1450)四卒。赐谥"忠文"。有《古廉集》。钱习礼(1373—1461)：名干，以字行。江西吉水人。永乐九年(1411)进士。选庶吉士，授翰林院检讨。与修《明宣宗实录》，累官礼部侍郎。王振乱朝纲，钱耻屈居其下，乞归。卒谥"文肃"。

⑬ 陈循(1385—1462)：字德遵，号芳洲。江西泰和县人。永乐十三年(1415)一甲一名进士，授修撰。历事永乐、景泰五朝。宣德初，入直南宫，进侍讲学士。正统九年(1444)，入文渊阁典机务。次年，进户部右侍郎兼学士。正统十四年"土木之变"时，支持于谦。景帝即位，进户部尚书，继进少保兼文渊阁学士，加太子太傅，进华盖殿大学士仍兼文渊阁。英宗复位，谪戍辽东，后昭为平民。有《芳洲集》《东行百咏集句》。

⑭ 苗衷(1381—1460)：字公彝，南直隶定远县(今属安徽)人。永乐九年(1411)年一甲二名进士。授翰林院编修。宣德初，预修两朝实录，转侍读。正统元年(1436)，以杨士奇荐，充经筵讲官。正统三

年，与修《宣宗实录》成，升侍读学士。正统十年，擢工部右侍郎，入文渊阁典机务。十二年，升兵部右侍郎。景泰初，进兵部尚书。以老疾乞致仕。天顺四年卒，谥“文康”。有《雪窝稿》《史阁记闻》《归田录》。

⑮ 高榖(1390—1460)：字世用，号育斋。南直隶兴化县(今江苏兴化市)人。永乐十三年(1415)一甲二名进士。选庶吉士，授中书舍人。洪熙初，擢翰林侍读。正统元年(1436)，以杨士奇荐，充经筵讲官。正统三年，与修《宣宗实录》成，升侍讲学士。正统十年，进工部右侍郎，入文渊阁典机务。景泰初，进工部尚书兼翰林学士。累迁东阁大学士、谨身殿大学士。英宗复位，辞归。天顺四年(1460)卒，谥“文义”。

⑯ 修撰：官名。唐代史馆有修撰，掌修国史，宋有集英殿、右文殿等修撰。至元时，翰林院始设修撰。明清因袭之，一般于殿试揭晓后，一甲第一名进士(状元)即授翰林院修撰。曹鼐(1402—1449)：字万钟。北直隶真定府宁晋县(今属河北邢台)人。宣德八年(1433)一甲一名进士，授翰林院修撰。正统元年(1436)，以杨士奇荐，充经筵讲官。正统三年，与修《宣宗实录》成，进侍讲。正统五年，入文渊阁典机务。正统十年，进吏部左侍郎兼翰林学士。正统十四年(1449)，随英宗亲征，遭土木堡之变，战死军中。景帝继位，赠少傅、吏部尚书、文渊阁大学士，谥“文襄”。英宗复位，加赠太傅，改谥“文忠”。

⑰ 庶几：差不多，近似。

⑱ 治化：指治理国家、教化人民。

⑲ 苍生：指百姓。济，《东里全集》《翰林记》均作“福”，据改。

⑳ 忝(tiǎn)：羞辱，有愧于。

奉天承运，皇帝制曰：朕惟翰林学士之职，朝夕左右，以备顾问，典词命[①]，非内外百职可比。故必简学博履正之士居之，庶称厥官。尔行在翰林院侍讲学士马愉[②]，擢自高科[③]，志行端悫[④]，历事皇考[⑤]，式勤祗慎[⑥]。侍朕经幄[⑦]，益展乃诚。逮修信史，与有效劳；爰进厥官，俾贰其长[⑧]；眷兹三载[⑨]，恭恪不渝[⑩]。特进尔阶奉直大夫[⑪]，用示褒嘉。夫文学施之朝廷者，必推于先王之道，乃为可贵。苟不勉焉，非朕所望于贤人君子也。加懋厥修⑫，用永终誉。钦哉！

正统六年六月二十七日。

【注释】

① 典：掌管，主持。词命：词翰策命。

② 行在：天子巡幸所在之地。燕王朱棣夺取皇位后，于永乐元年(1403)在北京设立留守司、行府、行部等机构，称“行在六部”。永乐十八年(1420)九月，诏以明年元旦改京师为南京，定北京为京师，设六部，去“行在”之称。仁宗朱高炽登基后，欲迁都南京，命北京诸司仍称“行在”。正统六年(1441)十一月，以宫殿成，正式定都北京，北京不再称为“行在”。侍讲学士：官名，从五品。

③ 高科：科举高第。

④ 端悫：正直诚谨。

⑤ 皇考：对亡父的尊称。这里指明宣宗朱瞻基。

⑥ 祗慎：敬慎。

⑦ 经幄：犹经筵。

⑧ 贰：增益，增添。

⑨ 眷：恩遇，恩宠。

⑩ 恭恪：恭敬谨慎。《国语·楚语上》：“自卿以下至于师长士，苟在朝者，无谓我老耄而舍我，必恭恪于朝，朝夕以交戒我。”

⑪ 奉直大夫：文散官名。明代从五品初授奉训大夫，升授奉直大夫。

⑫ 懋(mào)：勤勉，努力。

奉天承运，皇帝制曰：讲读之臣，所以考质疑义①，非专诵习而已②；馆阁之职，所以备资顾问，非专辞命而已③。国家列官，以馆阁兼讲读，往往宠以重秩，固有自来④。而朕尤意向之，盖信任之笃，委托之重，非其他可比也。然非文学该洽、操履淳正之士⑤，则不轻畀⑥。故礼部右侍郎兼翰林侍讲学士马愉，早自贤科，荣魁多士[⑦]，首擢官于史局，再迁秩于经筵，既公纪载之精[⑧]，亦勤讲读之久，比参机政[⑨]，益慎弗渝。顾眷遇之方殷[⑩]，胡寿龄之不副？宜有显赐，以慰朕怀。兹特赠卿翰林院学士、资善大夫、礼部尚书[⑪]。咨尔冥灵，光我宠数。钦哉！

正统十二年十月十四日。

【注释】

① 考质：咨询质疑。

② 诵习：诵读以学习。

③ 辞命：辞令，应对的言辞。

④ 自来：由来。

⑤ 该洽：广博。操履：操守。

⑥ 畀：赐予。

⑦ 多士：众多的贤士。

⑧ 纪载：用文字记录。纪，通“记”。

⑨ 参机政：指马愉入内阁。机政，国家枢机政务。

⑩ 眷遇：殊遇，优待。

⑪ 资善大夫：文散官名。金始置。明为正二品初授之阶。

[维正统十二年岁次丁卯九月庚寅朔，越十八日丁未][①]，皇帝遣礼部尚书胡濙赐祭礼部右侍郎兼翰林侍读学士马愉[②]，曰：

卿以先朝初科进士第一，累官翰苑，兼侍经筵，迁亚春卿[③]，荣膺宠眷。始终莅职，二十余年。英伟之才，笃实之学，恭勤端慎，简在朕心[④]。顾倚毗之方殷[⑤]，胡疾疢之遽及[⑥]。医初承命，哀讣来闻，追念相从，实深伤悼。特赠卿翰林院学士、资善大夫、礼部尚书，赐以赙仪[⑦]，仍兹遣祭，用表始终之意[⑧]。卿灵不昧，尚克歆承！

正统十二年。

【注释】

① 此诏《世德集》及《临朐续志·金石》中均存,今据以校订。

② 胡濙(1375—1463):字源洁,号洁庵。南直隶武进县(今属江苏常州市,改区)人。建文二年(1400)进士,授兵科给事中。永乐元年(1403),迁户科都给事中。五年,受明成祖派遣,访查建文帝下落,永乐十四年还。擢礼部左侍郎。洪熙间,召为行在礼部侍郎。宣德元年(1426)四月,进礼部尚书。宣宗卒后,与杨士奇等同为顾命大臣。正统十四年(1449),土木之变后,极力主张坚守北京,并与兵部侍郎于谦谋定退敌之策。景泰初年,进太子太傅。历事六朝,任礼部尚书三十余年。英宗复位,以老致仕。卒赠太保,谥"忠安"。有《芝轩集》。

③ 亚春卿:指礼部侍郎。春卿,周代春官为六卿之一,掌邦礼。后因称礼部长官为春卿。

④ 简在:犹存在。《论语·尧曰》:"帝臣不蔽,简在帝心。"

⑤ 倚毗:倚重亲近。毗,《世德集》及《临朐续志》均作"注"。

⑥ 疾疢:泛指疾病。疾疢,《世德集》及《临朐续志》均作"疢疾"。

⑦ 赙仪:犹赙礼。仪,《世德集》及《临朐续志》均作"葬"。

⑧ 意:《世德集》及《临朐续志》均作"义"。

[维]正统十二年岁次丁卯[1],十二月戊午朔[2],越初三日庚申,皇帝遣山东布政司左参议黎琏赐祭礼部右侍郎兼翰林院侍讲学士马愉[3],曰:

卿以文学侍从之臣,擢居馆阁,讲论撰述[4],克效勤诚[5]。方重倚毗,遽然长逝,奄及窀穸[6],感悼益增[7]!特兹遣祭,用答贤劳。卿灵有知,尚其歆飨[8]!

【注释】

① 此诏《世德集》中存,据以校订。

② 朔:旧历每月初一。

③ 黎琏：交趾（今越南北部）人。监生。正统四年（1439）三月，升山东布政司左参议。正统十四年（1449）三月，任广东布政司左参政。景泰六年（1455），升江西布政司右布政使。天顺元年（1457），以民请，任广东布政司右布政使。赐祭：大臣身故，皇帝敕使往祭。

④ 撰述：著述。撰，《世德集》作"传"。

⑤ 勤诚：勤勉忠诚。

⑥ 窀穸（zhūn xī）：也作"窀夕"。墓穴。

⑦ 感悼：感伤哀悼，伤感。

⑧ 歆飨：同"歆享"。神灵享受供物。

奉天承运，皇帝敕曰：国家简文学之士[①]，列职于翰林，而修撰、编修、检讨，则谓之史官，所以备纪载之公，而传信于天下后世也。兹惟遴选，不轻畀人。尔行在翰林院修撰马愉，发身贤科[②]，擢魁廷选[③]，逮任史职，勤慎有年。兹特授尔阶为儒林郎[④]，锡之敕命[⑤]，以示褒嘉。古之论良史者盖曰："明足以周万事之理，道足以适天下之用，智足以通难知之意，文足以发难显之情，然后其任可得而称，非徒优游以养荣名而已[⑥]。"尚益毖懋[⑦]，光我训词。钦哉！

宣德五年八月二十四日。

【注释】

① 简：选择，选用。

② 贤科：科举时代对选拔官吏所分科目的美称。这里指进士出身。

③ 廷选：由朝廷选任。这里指殿试。

④ 儒林郎：文散官名。隋文帝初置。明从六品初授承务郎，儒生出身者升授儒林郎，吏员出身者升授宣德郎。

⑤ 锡：赐予。敕命：明清赠封六品以下官职的命令。

⑥ 优游：悠闲自得。荣名：令名，美名。

⑦ 毖：谨慎，戒慎。懋（mào）：勤勉，努力。

赠翰林学士资善大夫礼部尚书马公行状[1]

公讳愉，字性和，号澹轩。其先系出扶风[2]。宋时，讳近者为青州教授，遂家临朐。高祖讳庆，曾祖讳天（骖）［驷］[3]，祖讳景信。世业儒，皆有隐德，不仕。父士贤，以公贵，封翰林修撰[4]，再封翰林侍讲学士、阶奉直大夫，淳德懿行，乡称古人长者。母刘氏，继魏氏，皆赠宜人[5]；张氏封宜人[6]。

公生四岁，知读书，能属对[7]，声律出口不思，动有奇语。祖父异而钟爱之，抚其顶曰："儿他日当大吾门。"八岁，母卒，哭踊如成人[8]。三日勺饮不入口[9]，朝夕哀慕，遂致瘠毁[10]，终丧久之始愈。魏继育公甚有恩义，丧之亦然。稍长，补邑庠弟子员[11]，潜心笃学，殆忘食寝[12]。处朋辈，无狎言戏行[13]，师友咸器重之。部使者莅学，以考诸生，得公之文，惊曰："奇才！勉之，必魁天下[14]，勿自足也！"以礼经中永乐庚子乡荐第三[15]。赴会试，道遇疾而归。闭门读书，屏绝人事，数年，无所不窥。宣德丁未，礼部中前选，廷试，擢进士第一。赐朝服银带，除翰林修撰[16]。

今上为皇太子[17]，将御春宫听学[18]，欲选用臣属。宣宗皇帝御文渊阁，召公等十余人，试"诸葛孔明可与兴礼乐论"。公所作称旨，赐宝楮[19]，月给灯烛费，使益进学，盖将为辅导计也。上嗣位，正统元年，同考礼部会试，简拔精允。既而诏开经筵[20]，以公兼经筵官，赐白金、宝楮、彩币[21]。日以二帝三王周孔之道、正心修身经纶之要[22]，讲说左右，研极旨趣，反复敷畅[23]，所以开导上心，辅成圣德者（备）［益］至。上深嘉纳[24]，时赐金带及时服、食物尤厚。以秩满，升侍读。三年，纂修《宣庙实录》成，升翰林侍讲学士，赐金币如故事[25]。五年，奉旨入文渊阁[26]，预闻机务[27]。

十年，主考礼部贡士[28]。未几，拜礼部右侍郎兼侍讲学士[29]。

公自释褐登朝二十年[30]，致位清显[31]。承顾问，被宠遇，谋猷密勿[32]，赞襄之益居多[33]。士大夫以为荣，而公歉然若不胜[34]，夙夜祗慎[35]，以清静自守，门无私谒[36]，澹如也。上益重公之贤。

十二年九月壬辰，晨起将趋朝，风中，仆不能言。上闻，遣中官并善药[37]，以医来视。越乙未，卒，年五十有三。讣闻，上深嗟悼，赐赙钞二千锭及棺敛[38]，遣礼部尚书胡濙致祭[39]。特赠翰林学士、资善大夫、礼部尚书[40]。归其丧，命有司为营宅兆[41]。公卿士大夫吊者相属[42]，莫不陨涕痛惜焉[43]。

公为人端重简默[44]，和厚谦慎，喜愠不见[45]，人莫窥其际。与人无贵贱少长言，如恐伤之。尤乐道人善，未尝及人之过。性至孝，事继母，曲尽诚意[46]，得其欢心。厥父学士先生惟公一子，欲迎就养，以年高不可，乃尽推其俸给于乡以养亲，甘旨丰备[47]。每有内赐嘉味，必推使附之。先生在家遘疾，公忽心动，徬徨不寐。翼日，即以情乞归视。上允之，命驰驿往[48]，加赐道里费。公至，先生感激喜甚，疾愈。未浃旬[49]，谓公曰："荷圣天子宠恩，吾幸复生。汝宜速还，竭忠图报，毋以我为念也。"

公笃于为义，不事厚蓄，所得禄赐，遇乡人居京师贫者周之，寒且饥者衣食之，死则棺敛之，无吝色。为文章，敏赡有法[50]，不务雕斫[51]，而浑厚驯雅，自不可及。有文集若干卷，藏于家。配陈氏，封宜人，有贤行，与公合德。子男二，曰徵曰徽。女一人，淑婉，未行[52]。孙男一人，石麟。以是年□月□日葬于□乡之原。

宁忝公同年[53]，从公游，且厚知公平生为详。故述其大节为行状，乞辞于大人先生，用垂不朽云。

翰林侍讲学士杜宁谨状。

【注释】

① 此行状由马愉同榜进士杜宁撰。杜宁（1404—1473），字宗谧，浙江

天台县(今属台州市)人。永乐二十一年(1423)举人。宣德二年(1427)一甲二名进士,授翰林院编修。宣德五年(1430),升修撰。正统三年(1438)四月,升为翰林侍讲。正统十三年(1448),与高穀出任会试考试官。正统十四年(1449)秋,升为南京礼部右侍郎。成化九年(1473)七月,卒于故里,年七十。著有《乐全集》。此文《世德集》中存,文字与底本有异文,今据以校订,不一一出注。

② 扶风:汉时将京兆尹、左冯翊、右扶风称三辅。东汉移右扶风治槐里(今陕西兴平东南)。三国魏改为扶风郡。临朐马氏家谱所记,以东汉马援为始祖。援(前14—49),字文渊。扶风茂陵人。东汉开国功臣之一,累官伏波将军,封新息侯。马氏以扶风为郡望。

③ 驷:底本作“骖”。《神道碑铭》及《墓志铭》均因此而误。据《世德集》及族谱,当为“驷”,今据改。

④ 封:封建时代推恩臣下,将官爵授予其父母。父母存者称封,死者称赠。封赠之制,起于晋与南朝宋,至唐始备。最初仅及于父母,唐末五代以后,始上追曾祖、祖、父母三代,往往以子孙的官位为赠。《明会要·职官十六》:“京官满一考及外官满一考,而以‘最’闻者,皆给本身诰敕。七品以上,皆得推恩其先。五品以上授诰命,六品以下授敕命,曾祖、祖、父皆如其子孙官。”

⑤ 宜人:明代五品官妻、母封宜人。

⑥ 张氏:马愉父亲士贤继室。据《士贤公祭石几记》:“继魏氏,中岁遭折。又继张氏。内相咸德,并以宜人封赠。”张氏系北去朱位数里的弥南村人。据《临朐村镇志略·东城卷》载,该村原有马愉后姥姥坟墓及墓志碑,“文革”中被毁。

⑦ 属(zhǔ)对:作对子。

⑧ 哭踊:丧礼仪节。边哭边顿足。《礼记·檀弓上》:“夫礼,为可传也,为可继也;故哭踊有节。”《汉书·礼乐志》:“哀有哭踊之节,乐有歌舞之容。”

⑨ 勺饮:一勺汤水。言汤水量少。《左传·定公四年》:“申包胥如秦乞师……立依于庭墙而哭,日夜不绝声,勺饮不入口,七日。”

⑩ 瘠(jí):瘦弱。

⑪ 邑庠:明清时称县学为邑庠。弟子员:明清对县学生员的称谓。

⑫ 食寝:《世德集》作“寝食”。

⑬ 狎(xiá)言:轻佻的话。

⑭ 魁:指居第一位,中第一名。

⑮ 永乐庚子:永乐十八年(1420)。乡荐:唐宋应试进士,由州县荐举,称“乡荐”。后世称乡试中式为领乡荐。

⑯ 除:拜官,授职。翰林修撰:唐代史馆有修撰,掌修国史,宋有集英殿、右文殿等修撰。至元时,翰林院始设修撰。明清因袭之,一般于殿试揭晓后,一甲第一名进士(即状元)即授翰林院修撰。

⑰ 今上:指明英宗朱祁镇。

⑱ 春宫:即东宫。太子宫。

⑲ 楮(chǔ):指纸。楮,是一种落叶乔木。叶子和茎上有硬毛,花淡绿色,雌雄异株,果实球形。也称“构”或“榖”。楮皮可制皮纸,故有此代称。

⑳ 经筵:汉唐以来帝王为讲论经史而特设的御前讲席。宋代始称经筵,置讲官以翰林学士或其他官员充任或兼任。元、明、清三代沿袭此制,而明代尤为重视。除皇帝外,太子出阁后,亦有讲筵之设。

㉑ 彩币:指赏赐的财帛。

㉒ 经纶:整理丝缕、理出丝绪和编丝成绳,统称经纶。引申为筹划治理国家大事。

㉓ 敷畅:铺叙而加以发挥。

㉔ 嘉纳:赞许并采纳。多为上对下而言。

㉕ 故事:先例。

㉖ 文渊阁:明代宫内贮藏典籍及皇帝讲读之所。明太祖始建于南京奉天门东。成祖迁都北京,又于宫内东庑南建文渊阁。后置文渊阁大学士。

㉗ 预闻:指参与其事并得知内情。机务:机要事务。多指机密的军国大事。

㉘ 主考礼部贡士:指马愉正统十年出任会试主考官。

㉙ 礼部:官署名。隋唐以后为六部之一,包括客曹及祠部之职掌,管理国家的典章制度、祭祀、学校、科举和接待四方宾客等事之政令。长官为尚书。历代相沿不改。侍郎:古代官名。汉制,郎官入台省,三年后称

侍郎。隋唐以后，中书、门下及尚书省所属各部皆以侍郎为长官之副。明清时设左右二侍郎，正三品。侍讲学士：官名。唐始设，初属集贤殿书院，职司撰集文章、校理经籍。宋时由他官之有文学者兼任。属翰林学士院。元明清翰林院均置此职，讲论文史，甚为清显。

㉚ 释褐：脱去平民衣服。比喻始任官职。

㉛ 清显：清要显达的官位。

㉜ 谋猷：计谋，谋略。“谋”：《世德集》作“谟”。密勿：勤勉努力。

㉝ 赞襄：辅助，协助。

㉞ 歉然：不满足的样子。

㉟ 祗（zhī）慎：敬慎。

㊱ 私谒：因私事而干谒请托。

㊲ 中官：宦官。

㊳ 赙（fù）钞：为助办丧事而赠送给丧主的钱。《世德集》无“钞”字。

㊴ 胡濙：见前《澹轩历受诰词》注。

㊵ 资善大夫：文散官名。金始置。明为正二品初授之阶。

㊶ 宅兆：墓地。

㊷ 相属（zhǔ）：接连不断。属，连接。

㊸ 陨涕：流泪。

㊹ 简默：简静沉默。

㊺ 见：《世德集》作“形”。

㊻ 曲：《世德集》无。

㊼ 甘旨：美味的食物。特指养亲的食物。

㊽ 驰驿：驾乘驿马疾行。

㊾ 浃旬：一旬，十天。

㊿ 敏赡：敏捷而丰富。

51 雕斫：刻意修饰文辞。

52 行：出嫁。

53 忝（tiǎn）：有愧于。常用作谦辞。同年：古代科举考试同科中试者之互称。

赠学士礼部尚书马公神道碑铭[①]

天之生才，固将为世用，然亦关乎国家之气运焉。人君怀治道经远之虑，旁求贤才，尊礼荣养，以备任用，是能副天之意。贤才充夫天之所以与我者，随所任用，以行其道，是能副君之意。上焉者，其道德法乎帝王，勋业著于社稷，铿锵振耀[②]，流闻永世，固非众人(之)[所]易及[③]。其次，学问足以阐明治理，文章足以黼黻鸿猷[④]，光明俊伟，名著一代，若汉之董贾[⑤]，唐之韩陆[⑥]，宋之欧苏[⑦]。诸君子(盖)[皆]本天之所生，国家气运所关，岂易得哉？肆历代贤明之君，所以汲汲焉简拔储养[⑧]，以膺国家之用[⑨]，非徒尔也[⑩]。

我朝圣圣相承，教化浃洽[⑪]，贤才彬彬辈出，其学问文章，追美夫古之君子，盖有其人矣。宣宗皇帝即位初，屡诏中外[⑫]，博访学文才能之士，用图治理。明年，值龙飞第一科[⑬]，上曰："自古制科以得人为盛，愿得忠孝士足矣。"及试毕开卷，首选得临朐马愉[⑭]。制科北人占首选者，自公始。上甚悦，授翰林修撰，且勉进学，以期后用。

今上将御春宫[⑮]，宣宗皇帝欲选贤才备臣属[⑯]，拔翰林官及进士共三十一人，比永乐初二十八宿例，绩学秘阁，恩礼有加。公，其首也。被召试"诸葛孔明可与兴礼乐论"，公所作称旨，赐以宝楮[⑰]，益勉进学。

今上嗣位之明年，改元正统，诏开经筵，馆阁之臣多预选(择)，[特擢]礼部尚书兼翰林学士杨公溥等五人，日侍讲读。公与(之)[焉]，岁时屡赐三品服带。二年，以秩满，升侍读。三年，以《宣庙实录》成，恩升侍讲学士。五年，预闻机务于文渊阁。十年，迁礼部右侍郎兼侍讲学士。十二年九月六日，以疾卒，享年五十有三。初得疾，上日赐药，遣医视疗。既卒，深加悼惜，特循师保例，赐赙万缗及棺椁，赠翰林学士、资善大夫、礼部尚书。自前文武大臣赠官者，率加其正职，公始并兼职加之，盖出特恩[也]。复遣礼部尚书胡濙谕祭[18]，命有司归丧，营葬于乡[19]。葬毕，其子入谢，诏为国子生。

公遭际圣明，恩礼隆厚，存殁光荣。何其如是之盛也？盖公端厚凝重，谨畏勤恪。其侍经筵，惟以帝王仁义之道为陈，进退从容，有古君子风。其在秘阁，凡所论事，务存宽厚，不尚琐细，得大臣体。初，少师杨公士奇展墓还[20]，言及所历郡县预备仓皆废弛，甚至垣址弗存者，民何所济？或曰："兹废已久，比比[皆]然，其何能理？"公徐曰："政之兴废在人。此养民之要[21]，岂可少缓耶？"少师公即议以闻，[诏]遣廷臣遍历郡邑，修弊举废，民争出粟实廪，所在充足，蒙其济者，不可胜计。郡县疑狱被系，岁久不决，有诖误致死者[22]。(少师)公累以为[少师]言，曰："古云死者不可复生，感伤和气，率由于此。"遂议以(言)[上]，诏遣中(内)[外]法司练达刑名者详审之，直其冤，多所全活。夷寇鼠窃扰边[23]，朝廷命[将]率兵往剿之，会其别部四十余徒来，有请执之，朝议佥同。上遣左右问于馆阁，时独公与予合辞对曰："朝廷以赏善罚恶为治。苟赏罚至公，则人心信服。若因恶以执其善，岂为治之道？"左右辩问再三，公终不易辞。上从之，赏其使，遣回。部属感悦，皆相率来谢。凡论，言不轻先发，俟人尽其所长，审其可否，惟义是从，故于事多所裨益，率类此。公与礼闱，两为考官，克尽乃心。遣祭先圣孔子，及凡陪祀，必诚敬兼至。简在上心，推恩优待，虽没身不衰。

性聪敏，自四岁知读书，稍长，出语惊人。大父喜曰："是儿必光大吾家！"暨选补邑庠生，刻志苦学，至忘寝食[24]。师友咸器重之。上官课试，观其所作，必以"奇才"称之。永乐庚子，以礼经魁乡选第三[25]。遘疾，不获会试，因得肆力问学[26]，遂膺首选。

既入翰林，种学绩文[27]，日大以肆。平居至孝，八岁失恃[28]，执丧如成人。事继母，尽孝敬。以父母春秋高，无他兄弟奉养，请以所得俸给于乡以养亲。凡受诰封赠，推恩及亲。再继母张氏，累封宜人[29]。其初，继母魏氏未得请，公恳陈其情，特恩给之。父尝得疾，公心动，即请于朝，诏给驿及道里费归省。既至，父喜即愈，人咸以孝诚所感。公自处，愈若不逮，襟度闲雅。（于）[与]士大夫交，谦恭和易；有忤之者，亦不较。乡人往来者，率以礼相接，略不以势位介意。公平生实行若此，其符忠孝之期，宜矣！使天假之以年[30]，其所就庶几追美古之君子[矣]。惜乎，竟以中年而没！故自勋贵至公卿大夫[士]，皆哀悼痛惜无已也。

公讳愉，字性和。其先扶风人。在宋，有讳近者，为青州儒学教授，因家临朐。曾祖天(骖)[驷]，祖景信，皆业儒，有隐德。父士贤，乡称善人，封翰林修撰、儒林郎，再封翰林侍讲学士、奉直大夫。母刘氏，累(赠)[封]宜人。继母魏氏、张氏，封赠如制，皆自公推恩也。配陈氏，有淑行，封安人[31]，进封宜人。子男二人，长即徵，次徽。女一，淑婉。孙男一人，石麟。所著文章若干卷，藏于家。时户部侍郎兼翰林学士陈公尝为志以葬[32]。徵复奉其父执侍讲杜宗谧所为状属予文[33]，刻诸墓石。予自[入翰林，至擢]经筵馆阁十五年，于兹进退起居，未尝一日相离，正资丽泽之益[34]，而公遽溘先朝露[35]，墓石之文，予(岂)[讵]可辞邪？敬述其概而铭之，曰：

公昔挺生海岱间[36]，清气洒洒起尘寰[37]。登岱匪但穷巑岏[38]，观海直欲瞰波澜。远究羲轩扣玄关[39]，(往)[近]师孔颜造杏坛[40]。文章五彩备凤鸾，乘时飞向青云端。高叫阊阖呈琅玕[41]，引领群仙谒金銮。明良遭际天颜欢，云龙风虎何盘桓。飘缨垂组光儒冠[42]，操觚濡毫耸世观[43]。日侍圣(学)[君]靡敢安，(秖)[抵]掌帝制竭寸丹[44]。功成回首遽盖棺[45]，清风明月路漫漫。神游八极天地宽[46]，玉埋九泉松柏寒。殊恩没后犹重颁，穹碑懿行人难攀[47]。於乎！君子(竟)[永]不还。

正统十三年。

【注释】

① 神道碑，是立于墓道前记载死者生平事迹的石碑，以汉杨宸所题《太尉杨公神道碑铭》为最早。秦汉以来，死有功业，生有德政者皆可立碑。晋宋之世，始盛行天子及诸侯立神道碑。明代胡侍《真珠船》："(金石例)三品以上神道碑，五品以下不铭碑，谓之墓碣。"(《坟碑之制》)马愉神道碑铭由嘉议大夫、吏部左侍郎、翰林院侍讲学士曹鼐(详见前《澹轩历受诰词》注)撰。立石时间为"正统十三年岁次丙辰十一月长至日"。隆庆五年(1571)十一月至隆庆六年九月曾加重修。此文《世德集》中存，明代焦竑编《国朝献征录》节录"宣德皇帝即位初"至"率此类"，今据以校订，不一一出注。

② 铿锵(kēnghōng)：形容文辞铿锵有力。振耀：照耀，显耀。

③ 众人：一般人。

④ 黼黻：辅佐。鸿猷：鸿业，大业。

⑤ 董贾：指西汉的董仲舒和贾谊。董仲舒，广川郡(今河北景县)人。汉武帝时，系统地提出了"天人感应""大一统"学说及"罢黜百家，表彰六经"的主张。贾谊，洛阳(今河南洛阳东)人。少有才名，文帝时任博士，迁太中大夫，因受朝中旧臣排挤，谪为长沙王太傅。三年后被召回长安，为梁怀王太傅，梁怀王坠马而死，贾谊深自歉疚，抑郁而亡，年仅33岁。董、贾二人的文章各具体特色，董文严密，贾文雄辩。

⑥ 韩陆：指唐代的韩愈和陆贽。韩愈，字退之，河南河阳(今河南省孟州市)人，世称"韩昌黎""昌黎先生"。唐代古文运动的倡导者，被后人尊为"唐宋八大家"之首。陆贽，字敬舆。吴郡嘉兴(今浙江嘉兴)人。大历五年(770)进士，继中博学宏词科。德宗立，诏为翰林学士。贞元八年(792)，拜中书侍郎同平章事。贞元十一年，为户部侍郎裴延龄构陷，贬中州别驾。永贞元年(805)卒，谥号宣，世称陆宣公。工诗文，尤长于制法政论。所撰诏书、奏议等，善于将诚挚的感

情与精当议论融合在一起，具有感人的力量。苏轼奏议亦深受其影响。有《翰苑集》。

⑦ 欧苏：指宋代的欧阳修和苏轼。欧阳修，字永叔，号醉翁、六一居士，吉州永丰（今江西省永丰县）人。官至翰林学士、枢密副使、参知政事，谥号文忠，世称欧阳文忠公。苏轼，字子瞻，又字和仲，号东坡居士。北宋眉州眉山（今四川省眉山市）人。宋仁宗嘉祐二年（1057）进士。诗、词、文诸体兼工，各擅其胜，代表了北宋文学的最高成就。

⑧ 所以：《世德集》在“汲汲焉”后。

⑨ 膺：承受，接受。

⑩ 非徒尔也：《世德集》无此四字。

⑪ 浃洽：贯通。

⑫ 中外：朝廷内外，中央和地方。

⑬ 龙飞：《周易·乾》：“飞龙在天，利见大人。”孔颖达疏：“若圣人有龙德，飞腾而居天位。”遂以“龙飞”为帝王的兴起或即位。

⑭ 首选：科举时代以第一名登第的人。

⑮ 春宫：即东宫。太子宫。用以指代太子。

⑯ 臣属：犹臣下。

⑰ 宝楮（chǔ）：指金银钱币。楮，纸币。

⑱ 谕祭：天子下旨祭臣下。

⑲ 营葬：办丧事。

⑳ 展墓：省视坟墓。

㉑ 要：《世德集》作“道”。

㉒ 诖误：贻误，连累。

㉓ 夷寇：指外族入侵的战祸。鼠窃：像鼠一样偷窃。

㉔ 寝食：《世德集》作“食寝”。

㉕ 选：《世德集》作“荐”。

㉖ 肆力：尽力。

㉗ 种（zhòng）学：培养学识。

㉘ 失恃：丧母。语本《诗经·小雅·蓼莪》：“无父何怙，无母何恃。”

㉙ 宜人：明清时，五品官妻、母封宜人。

㉚ 之:《世德集》无。

㉛ 安人:明清时,六品官之妻封安人。

㉜ 陈公:指陈循。见前《澹轩历受诰词》注。陈循撰有《礼部侍郎兼翰林侍讲学士赠翰林学士礼部尚书马公墓志铭》,见本书《附录》。

㉝ 父执:父亲的朋友。语出《礼记·曲礼上》:"见父之执,不谓之进,不敢进;不谓之退,不敢退;不问,不敢对。"杜宗谧:即杜宁。详上篇《赠翰林学士资善大夫礼部尚书马公行状》。

㉞ 丽泽:语出《周易·兑卦》,意为两泽相连,其水交流犹如君子朋友通过讲学来交流学问。

㉟ 溘先朝露:指生命比朝露消失得还快。形容死得过早。

㊱ 挺生:指杰出。

㊲ 尘寰:人世间。

㊳ 巑岏(cuánwán):峻峭的山。

㊴ 羲轩:伏羲氏和轩辕氏(黄帝)的并称。玄关:佛教称入道之门。

㊵ 孔颜:孔子与其弟子颜渊的并称。杏坛:相传为孔子聚徒授业讲学处。泛指授徒讲学之所。

㊶ 阊阖:传说中的天门。借指朝廷。琅玕:似珠玉的美石。比喻优美的文辞。

㊷ 飘缨:冠缨飘动。指在朝为官。

㊸ 操觚:执简。指写作。濡毫:濡笔。指蘸笔书写或绘画。操:《世德集》作"掺"。

㊹ 抵(zhǐ)掌:掌握。抵,底本作"秪",据《世德集》改。帝制:指朝廷的法制。

㊺ 功成:《世德集》作"成功"。

㊻ 八极:八方极远之地。

㊼ 穹碑:圆顶高大的石碑。

续刻马学士澹轩文集序[1]

窃惟斯文之在宇宙[2]，岂独有关夫人材之盛衰而已哉？然而，国运之污隆[3]，气化之淳漓[4]，亦莫不于是焉系之矣。何者？夫有一代之兴，运祚方隆[5]，则乾坤精粹之气会合。冲和钟之于人[6]，则真纯未散。以是发而为文，匪雕匪琢，天趣浑成[7]，而至理盈溢，犹酒之玄，犹音之稀。其天下之至味至声，质而不俚，淡而不厌者欤？

今观前辈马公之作，其殆有契于是者乎？是故捧读经筵诸章，见其有启心沃心之道焉；应制诸篇，见其有昭功颂美之忠焉。时与上大夫赓和[8]，辞雅而婉，义正而明，兹非訚訚之遗矩乎[9]？与下大夫吟哦，进之理道，而勉之未贞，又非侃侃之流风乎[10]？或泻游宴之怀[11]，而节之以礼义之中正，乐而不淫也[12]；或宣悲悼之情，而原之以命数之几微[13]，哀而不伤也[14]。赠士大夫之谢政者，既已嘉其恬退，而复谕以君恩之不可忘，岂往而不反者之心乎[15]？贺士大夫之晋秩者，既已宣其芳美，而复勉以官常之不可玷，岂溺而不止者之为乎？推而感寓感兴，悲时悼俗，以至下逮于飞潜蠢动之微[16]，农圃医卜之贱者[17]，则又莫不物各付物、以人治人，卒不诡于圣贤之道，而咸得夫性情之正者矣。噫！我公之文，岂直为东土之秀，而关系于国家者，非小补也。

愚总角游乡校时[18]，已知窃慕私淑[19]，且亟欲得公之遗文而读之。偶于历下书肆检得残编一帙，即东藩参伯邢君所校刻者[20]。嗣是，觅其原梓善本，俱已时远无存矣。愚于公之贤裔诸孙曰邑博仲衡、国子生亚衡[21]，暨邑庠生宗儒、宗商者相为友善[22]，乃于家塾中检得散乱遗稿若干篇，即今目录中注有“续刻”

者是也。维时愚适有提督抚治三藩之命[23]，随携此以行，乃于视政暇日，令郧阳府学训导林震、生员秦守卿者[24]，重加校阅，合先后所得者，厘为八卷[25]，分为四册，付太守张君循募工刻之以传[26]。因而深叹我朝运化之隆，故一时人文乃有如斯之盛美者也。若我公之行义在乡闾[27]，事业在朝著[28]，已有太史公采而纪之矣[29]，愚末学又何敢复赘云？

时嘉靖四十一年，岁次壬戌，孟冬吉旦，赐进士出身、都察院都御史后学迟凤翔谨序。

【注释】

① 此序为迟凤翔嘉靖四十一年(1562)所撰。迟凤翔，字德徵，号朐冈。山东临朐县人。嘉靖二十三年(1544)进士。初授户部主事，历兵部职方武选司郎中、陕西布政司右参政。嘉靖三十八年，升都察院右佥都御史。嘉靖四十一年九月，升大理寺卿。嘉靖四十二年十一月，升户部右侍郎；四十四年九月，转刑部右侍郎。嘉靖四十五年二月，升兵部左侍郎。为官清正，卓有政绩，年七十致仕归。嗜经书，日握铅椠，与诸生讲艺不辍。著有《四书说》《易经说》《朐冈集》等。卒祀乡贤。

② 斯文：儒士，文人。

③ 污隆：升与降。常指世道的盛衰或政治的兴替。

④ 淳漓：厚与薄。多指风俗的淳厚与浇薄。

⑤ 运祚：国运祚福。

⑥ 冲和：指真气、元气。语本《老子》："冲气以为和。"钟：汇聚，集中。

⑦ 天趣：自然的情趣，天然的风致。

⑧ 赓和：续用他人原韵或题意唱和。

⑨ 訚訚(yínyín)：说话和悦而又能辨明是非的样子。

⑩ 侃侃：和乐貌。

⑪ 游宴：交游宴饮。

⑫ 乐而不淫：快乐而不放荡。指有节制，不过分。

⑬ 几微:犹预兆,隐微。

⑭ 哀而不伤:悲伤而不过分。儒家诗教的重要命题。指诗歌、音乐不失中和之美。

⑮ 反:同“返”。

⑯ 飞潜:指鸟和鱼。蠢动:泛指动物。

⑰ 农圃:指农家。医卜:医生和卜人。

⑱ 总角:古时儿童束发为两结,向上分开,形状如角,故称总角。借指童年。乡校:古代地方学校。

⑲ 私淑:私自敬仰而未得到直接的传授。《孟子·离娄下》:“予未得为孔子徒也,予私淑诸人也。”赵岐注:“淑,善也。我私善之于贤人耳,盖恨其不得学于大圣也。”

⑳ 参伯邢君:指邢居正。见前《马学士澹轩文集序》注。

㉑ 仲衡:指马玑,字仲衡,号月亭。嘉靖四十年(1561)岁贡,授直隶保定府安州训导,后升华亭教谕,未及行而卒。亚衡,指马珩(1503—1549),字亚衡,号合川。嘉靖十七年(1538)贡生。“性孤洁,好学。以亲老不仕,卒于家”(嘉靖《临朐县志》)。二人均为马愉曾孙,其父为马晕,祖父为马徵。迟凤翔有《马氏四贤赞》(见《世德集》),记述璇、玑、瑶、珩兄弟四人事迹甚详。

㉒ 庠生:科举时代称府、州、县学的生员。明清时为秀才的别称。宗儒、宗商:皆马愉玄孙,马璇长子、次子。马训,字宗儒,号一斋。马诰,字宗商,号二斋。任山西定襄县教谕,有佳誉。康熙《定襄县志》称其:“义利之辨明,校阅之功不怠。以尤去。”

㉓ 抚治:安抚治理。

㉔ 郧阳府:明宪宗成化十二年(1476)置,治所在郧县(今湖北十堰市郧阳区)。领郧、房、竹山、竹溪、上津、郧西、保康七县。林震:广东广州府三水县(今佛山市三水区)人。贡生,任郧阳府学训导。隆庆元年(1567),任广东高州府石城县(今湛江廉江市)教谕。秦守卿:郧阳府学贡生,仕否不详。

㉕ 厘:分,分开。

㉖ 太守:知府别称。张循:号鹭岩。河南固始县人,嘉靖十六年(1537)

举人。嘉靖三十三年，擢南京陕西道监察御史。嘉靖三十八年(1559)，任郧阳府知府。同治《郧阳志》称其“待人平恕，而政令严明，有犯不少纵”(卷五下《宦绩》)。

㉗ 乡闾：古以二十五家为闾，一万二千五百家为乡，因以乡闾泛指民众聚居之处。这里指家乡，故里。

㉘ 朝著：朝班。语本《左传·昭公十一年》“朝有著定”。杜预注：“著定，朝内列位常处，谓之表著。”

㉙ 太史公：指史官。

澹轩文集今注

【卷之一】

经筵讲章[①]

子张问仁于孔子[②]。孔子曰："能行五者于天下为仁矣。""请问之。"曰："恭、宽、信、敏、惠。恭则不侮，宽则得众，信则人任焉，敏则有功，惠则足以使人。"

这是《论语》第十七篇里记孔子答徒弟子张问仁的说话。子张以"为仁"的道理问于孔子，孔子答他说："能行五者于天下为仁矣。"孔子的意思说：仁道虽大，为仁的功夫只在此五者。子张请问其目，孔子答他说："恭、宽、信、敏、惠。恭则不侮，宽则得众，信则人任焉，敏则有功，惠则足以使人。"

如何是"恭则不侮"？"恭"是恭敬，"侮"是侮慢[③]。凡人居处、执事，能正其衣冠，尊其瞻视[④]，无一息怠惰，则下面人望其容貌，都悚然敬畏[⑤]，无有敢亵慢的[⑥]。如何是"宽则得众"？"宽"是宽容，"众"谓众人。凡人居上临下，能度量宽弘，规模广大，无一些急迫，则下面人仰其德化，都心悦诚服，无有不归向的。如何是"信则人任焉"？"信"是信实，"任"是可倚仗的意思。在上的人，能以诚信自持，凡事件件都着实去做，无一些虚诈，则下面人都知他是可以担当事务的人，自然倚靠他做主宰。如何是"敏则有功"？"敏"是敏速，"功"是为事有成功。在上的人，凡行事疾捷快当[⑦]，足以鼓率众人[⑧]，则下面人自然奔走服力，趋事赴工[⑨]，不敢怠惰，凡百所为，大事小事，都有成功。如何是"惠则足以使人"？"惠"是恩惠，"使人"是容易使动人。在上的人，能以恩泽及人，使之衣食充足，安生乐业，仰视俯育[⑩]，都遂其愿，则下面人自然尽心竭力，听其役使[⑪]，虽劳苦也不辞，虽患难也不避。

臣谨按：此章，子张以仁为问，孔子以五者告他。效验为何？

正是他平日所欠阙的[12]，说他若能行这五者，便有如此的效验。盖以“恭”是仁之著，“宽”是仁之量，“信”是仁之实，“敏”是仁之力，“惠”是仁之泽，五者都是仁道验见出来的。人能存心以五者为主，则无非僻之杂[13]，而心德可存[14]。行事以五者为主，则无悖谬之失[15]，而事理可得。凡行此五者，必自一家一国，以至于天下，都要公平、周遍[16]。若但有些间断亏阙，怎么行得仁道？这虽是一时告门人的说话，若从这里推广将去，帝王政事也不过如此。如帝舜温恭[17]，成汤克宽[18]，武王敦信[19]，大禹克勤[20]，文王惠鲜鳏寡[21]，这都是能行这五者道理的。所以，天下平治，后世不能及。于此可见，孔子的言语，无不是彻上彻下之道[22]，万世帝王所当取法[23]。伏惟圣明留心[24]。

【注释】

① 经筵讲章，是讲官在经筵上宣讲的讲稿。明代经筵的礼仪，《礼部志稿》载：“每月初二、十二、二十二会讲。每日止用讲读官四员，学士轮流侍班。不用侍卫，侍仪执事等官、侍班讲读等官入见，行叩头礼，东西分立。先读书，次读经，或读史。每伴读十数遍后，讲官直说大义，惟在明白易晓。讲读后，侍书官侍。上习书毕，各官叩头退。”（卷六十七）经筵进讲的地点，始定于正统元年（1436）三月，在文华殿。寒暑（五月至七月，十月至十二月）暂停。

② “子张问仁”一段：见《论语·阳货》。子张，孔子学生颛孙师，字子张，小孔子四十八岁。

③ 侮慢：对人轻忽，态度傲慢，乃至冒犯无礼。

④ 瞻视：观瞻。指外观。

⑤ 悚然：肃然恭敬的样子。

⑥ 亵慢：轻慢，不庄重。

⑦ 疾捷：快速。快当：快速，迅速。

⑧ 鼓率：擂鼓率领。

⑨ 趋事：办事，立业。

⑩ 仰视俯育:对上侍奉父母,对下养育妻儿。泛指维持全家生活。

⑪ 役使:驱使,支配。

⑫ 欠阙:同“欠缺”。缺少,不足。

⑬ 非辟:邪恶。

⑭ 心德:指人的意识与性情。

⑮ 悖缪:悖理荒谬。

⑯ 周遍:普遍;遍及。

⑰ 舜:五帝之一,传说中我国父系氏族社会后期部落联盟的贤明首领。姚姓,有虞氏,名重华,史称虞舜或舜。相传受尧禅让,后禅位于禹,死在苍梧。温恭:温和恭敬。

⑱ 成汤:商朝开国之君。又称武汤、武王、天乙等。克:能够。宽:度量宽宏,宽厚。

⑲ 武王:指周武王。姬姓,名发,文王之子,灭商后建立周朝。敦信:尊重信义。

⑳ 禹:姒姓,名文命,鲧之子。原为夏后氏部落领袖,奉舜命治理洪水,疏通江河,兴修沟渠。据传治水十三年中,三过家门不入。后被选为舜的继承人,舜死后即位,建立夏代。后世视为圣王。

㉑ 惠鲜鳏寡:对鳏寡孤独施以恩惠。惠鲜,惠赐。

㉒ 彻上彻下:贯通上下,通达上下。

㉓ 取法:取以为法则,效法。

㉔ 伏惟:下对上的敬辞,表示希望。

子张问明[①]。子曰:“浸润之谮,肤受之愬,不行焉,可谓明也已矣。浸润之谮,肤受之愬,不行焉,可谓远也已矣。”

这是《论语》第十二篇里孔子答子张问明的事。子张是孔子的徒弟。他问孔子说:人欲要心里明白透彻[②],尽知天下人情,是是非非,无一些昏昧[③],这道理是怎么?孔子答他说:“浸润之谮,肤受之愬[④],不行焉,可谓明也已矣。浸润之谮,肤受之愬,不行焉,可谓远也已矣。”

如何是"浸润之谮,肤受之愬"?"浸润",是水中浸物渐渍不骤的意思[5]。"谮",是以谗言败坏人的德行。"肤受",是有利害之事伤着己身的意思。"愬",是以诳言告诉自己的冤抑[6]。"不行",是不听信。"明",是见得分明。"远",是思虑广远。且如有人心里嫉妒,欲要败坏人,便捏合一端不好的事[7],毁人短处。又恐人不信他,不敢正直指着说,只把闲言冷语从容宛转,微露出那人的过失,务要使人不觉得信他,生起疑忌心来,便把那人离间了。若我心里先有个主张,察知他情伪[8],他虽这等说,我终不信他屈怪了人,这便是"浸润之谮不行"。又或有人心里诡诈[9],欲要陷害人,便虚状一件惊骇人的事来告愬。又恐人不听他,必多生些事头[10],本只被人骂,便说某人打他;本只被人打,便说某人要杀他。都说伤着他肌肤的模样,务要使人不免得听他,激起暴怒性来,便把那人诬害了。若我心里自有个分晓[11],察知他的虚实,他虽这等说,我终不听他枉罪了人,这便是"肤受之愬不行"。浸润之谮不行,则必无偏信之失;肤受之愬不行,则必无偏听之过。这等呵,岂不是至明的人?不惟一二人的谮愬不行,虽天下人的言语,万几的事务[12],都能辨别详审,无一毫壅蔽[13]。这等呵,岂不是识见十分广远的人?看来孔子这意思,只欲人凡听言语,须先把自己的心做定主宰,去审察他,然后才不为奸邪小人诳言诈语所欺蔽得[14]。此章书虽是一时答子张的说话,其于帝王听言处事之际,尤为切要[15]。

臣考之帝舜有曰:"朕堲谗说殄行,震惊朕师。"[16]伊尹告太甲有曰:"视远惟明,听德惟聪。"[17]既曰"朕堲谗说殄行",则间言必不能入[18],其无偏听可知。既曰"惟明""惟聪",则乱言必不能行,其无偏信可知。所以虞商之世[19],用人至当,刑罚至公,治化隆盛[20],后世不可及。伏惟皇上以孔子之言为法,以虞商之事为鉴。

【注释】

① "子张问明"一段:见《论语·颜渊》。

② 透彻:详尽而深入。

③ 昏昧:愚昧,糊涂。

④ 愬(sù):同“诉”。诉说,告发。

⑤ 渐(jiān)渍:浸润。

⑥ 诳言:谎话。冤抑:冤屈。

⑦ 捏合:伪造,虚构。

⑧ 情伪:真假,真诚与虚伪。

⑨ 诡诈:狡诈,欺诈。

⑩ 事头:犹事情,事体。

⑪ 分晓:明白,清楚。

⑫ 万几:《尚书·皋陶谟》:“无教逸欲有邦,兢兢业业,一日二日万几。”孔安国传:“几,微也。言当戒惧万事之微。”后以“万几”指帝王日常处理的纷繁的政务。也泛指执政者处理的各种政务。

⑬ 壅蔽:遮蔽,阻塞。

⑭ 诳言:谎骗,说谎话。诈语:骗人的话,假话。

⑮ 切(qiè)要:确切扼要。

⑯ “朕堲(jí)谗说殄(tiǎn)行”二句:见《尚书·舜典》。意思是说,我厌恶谗毁的言论和危害的行为,会使我的民众震惊。堲,厌恶。殄,危害。师,民众。

⑰ “视远惟明”二句:见《尚书·太甲中》。意思是说,观察远方要眼明,顺从有德要耳聪。

⑱ 间(jiàn)言:离间的话。

⑲ 虞:朝代名。指帝舜有天下之号。舜,五帝之一。姚姓,有虞氏,名重华,史称虞舜或舜。商:朝代名。前十六世纪商汤灭夏所建,都亳。中经几次迁都,盘庚时迁殷(今河南安阳),因亦称殷。

⑳ 隆盛:兴隆昌盛。

子贡问政①。子曰:“足食,足兵,民信之矣。”

这是《论语》第十二篇记孔子答子贡问政的言语。子贡是孔子的徒弟。他以为政的事请问孔子,孔子答他说:足食、足兵、民信三件。

如何是“足食”？夫食以养生，如鱼依水，如木依土。鱼无水则死，木无土则枯，人无食则不能存活。所以，为政的要足食，国家少差使[②]，教百姓每都得依时耕种收获，不科征[③]，不刻剥苦害百姓[④]。百姓每三年耕，必有一年的粮食；九年耕，必有三年的粮食。这等呵，百姓每都有饱饭吃[⑤]，官府仓廪也有余粮[⑥]，便遇水旱灾伤，百姓每不受饥寒，官府里钱粮也不乏用。这便是“足食”。如何是“足兵”？兵是朝廷的军马，要他防奸御侮[⑦]，保障百姓每，国家不可无的。所以，为政的又要足兵。国家平日养兵，要他强壮，常常操练他，要他惯熟。或遇草寇生发，或遇边境骚扰，著他守，他守的坚固；著他战，他无不胜的。这便是“足兵”。如何是“民信之矣”？“信”，是百姓每以诚实相与[⑧]，无有相欺相背的意思。这“信”字，又从人君教化上来。国家既使百姓每都得食，不饥馁[⑨]，又有军马保卫他得安稳，便可以施教化，使百姓每都知道礼义廉耻，都知道尊君爱亲。这等呵，人心自然和协[⑩]，上下相信，百姓怎么有那离叛的？这便是“民信之矣”。

臣谨按：为政之道，食以养民，兵以安民，信以结民心，三者皆不可无。然这“信”字，本从“足食”“足兵”的功效说来。若推所以取信之本，则在人君。孔子曰：“敬事而信。”[⑪]曾子曰：“与国人交，止于信。”[⑫]这便是取信与百姓的根本。为人君的，躬行仁义[⑬]，施之政事，守而勿失，以存大信于天下，天下之民莫不信服，则足以广礼乐之化，成雍熙之治[⑭]。伏惟圣明留意。

【注释】

① “子贡问政”一段：见《论语·颜渊》。

② 差(chāi)使：差遣，派遣。

③ 科征：征收赋税。

④ 刻剥：侵夺剥削。

⑤ 每：词缀，用同“们”。

⑥ 仓廪：贮藏米谷的仓库。

⑦ 御侮：指抵御外侮。

⑧ 相与：相处，相交往。

⑨ 饥馁：饥饿。

⑩ 和协：同心协力。

⑪ “敬事而信”句：见《论语·学而》。意思是说，严肃认真地对待工作，信实无欺。

⑫ “与国人交”二句：见《礼记·大学》。原句是：“为人君，止于仁；为人臣，止于敬；为人子，止于孝；为人父，止于慈；与国人交，止于信。”

⑬ 躬行：亲身实行。

⑭ 雍熙：和乐升平。

子曰：“武王、周公其达孝矣乎！夫孝者，善继人之志，善述人之事者也。”

这是《中庸》第十九章，子思引孔子所言武王、周公的孝达乎天下，皆由中庸的道理，推广之以至其极。与上章说舜大孝、文王无忧的意思一般。

如何说“武王、周公其达孝矣乎”？“孝”，是奉事父母的道理[①]，众人所能知能行的。武王、周公推广这道理，以继其祖考太王、王季、文王的统绪[②]，伐罪救民而有天下[③]，身不失天下的显名，尊为天子，富有四海之内，宗庙享之[④]，子孙保之。周公辅佐武王[⑤]，安定天下，成就文王、武王的志意[⑥]，追尊祖考太王、王季[⑦]，上祀先公以天子之礼。又制为礼法，以教天下，使天下后世为子孙的，皆得致其孝敬。所以，孔子说武王、周公的孝，乃天下人通称其孝，非众人所能，所以为“达孝”。如何是“夫孝者，善继人之志，善述人之事”？“继”，是继续的意思。“志”，是心志。“述”，是尊守的意思。“事”，是已成的事业。孔子因说武王、周公达孝，又推广这孝的意思说：为人子孙，当以祖宗的心为心，祖宗心志欲为好勾当[8]，当时未曾为，子孙当继其心志而成就之；祖宗已行的事业，可为后世法则的，子孙当遵守而行。这便是“善继人之志，善述人之事”。如武王缵先王的统绪以有天下[9]，周公成文武之德，追崇其先祖。这便是继志、述事的大勾当。

臣因是考之，宋儒真德秀以为[10]，祖宗的法度，当持守而持守固为继述[11]，当变通而变通亦为继述，何也？帝王致治的道理[12]，有万世之常经[13]，有一时之权宜[14]。如《洪范》五“皇极”言[15]，人君居中建极[16]，为天下表仪[17]，此万世之常经也；六“三德”曰“正直”“刚”“柔”[18]，因时制宜，用其中于民，此一时之权宜也。其要只在保国家、安天下。人君因孔子继述之言，讲求《洪范》之理，则足以明时中之道[19]，足以成致治之功。伏惟圣明留意。

正统四年二月十二日进讲。

【注释】

① 奉事：侍候，侍奉。

② 统绪：指宗族系统。

③ 伐罪：讨伐有罪者。

④ 享(xiǎng)：供祭品奉祀祖先。

⑤ 周公：姬姓，名旦，也称叔旦。文王之子，武王之弟，成王之叔。辅佐武王灭商。武王崩，成王年幼，周公摄政，辅佐治理天下，天下臻于大治。后世视为圣贤的典范。

⑥ 志意：意愿。

⑦ 追尊：为死者追加尊号。

⑧ 勾(gòu)当：事情。

⑨ 缵(zuǎn)：继承。

⑩ 真德秀：字景元，后更为希元，福建浦城(今浦城县)人。本姓慎，因避孝宗讳改姓真。南宋后期著名理学家，朱熹之后理学正宗传人。

⑪ 继述：继承。

⑫ 致治：使国家在政治上安定清平。

⑬ 常经:固定不变的法令规章。

⑭ 权宜:暂时适宜的措施。

⑮ 洪范:《尚书》中的一篇,主要讲治理国家必须遵循的九条大法。洪,大;范,法则。第五条是"皇极"。

⑯ 建极:建立中正之道。

⑰ 表仪:表率,仪范。

⑱ 三德:《洪范》第六条。"一曰正直,二曰刚克,三曰柔克"。刚克,指过分刚强;柔克,指过分柔顺。

⑲ 时中:儒家谓立身行事,合乎时宜,无过与不及。

孟子曰:"知者无不知也,当务之为急;仁者无不爱也,急亲贤之为务。尧舜之知而不遍物,急先务也;尧舜之仁不遍爱人,急亲贤也。"

这是《孟子·尽心》上篇,孟子说:知者无所不知①,但行时,当以先务为急②;仁者无所不爱,但行时,当以亲贤为先。

如何说"知者无不知也,当务之为急"?"知者",是识达道理的人。"当务",是所当先行的事。孟子说,识达道理的人③,心体光明,于天下的事无有不知的。若所行不知缓急先后,何以为知?必须把紧要的事先着力去行,则事无有不治,而其知大矣。如何说"仁者无不爱也,急亲贤之为务"?"仁者",是有仁德的人。"贤",是贤人君子。孟子说,有仁德的人,存心宽大,天下的人都是所爱的,若不分别贤愚,混于所爱,何以为仁?必须先亲爱贤人君子而信任之,则恩无不洽,而其仁溥矣④。孟子又把尧舜所行来证这事,说有知识的莫如尧、舜,尧、舜有天下,如治历明时⑤,察璇玑玉衡⑥,以齐七政,都是先把紧要的事行,其余小事且缓缓理会。又说,有仁德的莫如尧舜,尧舜治天下时,访问大臣,举用八元八恺⑦,都是先亲近贤人君子。以下百姓虽不曾一个个亲爱他,因用的都是贤人君子,故以下百姓自然得所了⑧。这便是"尧舜之知而不遍物,急先务也;尧舜之仁不遍爱人，急亲贤也”。

臣谨按：此章朱子《集注》取丰稷所解说：“知者若不急于先务，虽遍知人之所知、遍能人之所能，徒弊精神，而无益于天下之治；仁者若不急于亲贤，虽有仁民爱物之心，小人在位，无由下达，聪明日蔽于上，而恶政日加于下。”⑨其说深得孟子的意思。伏惟皇上，讲求知仁之全体大用，体念孟子所言⑩，取法于尧舜⑪，知以先务为急，仁以亲贤为先，用成雍熙泰和之治⑫，以福苍生⑬，天下幸甚。

正统三年八月初二日进讲讫。

【注释】

① 知：同“智”。

② 先务：首要的事务。

③ 识达：识鉴并洞达。

④ 溥：广大。

⑤ 治历：制定历法，研究历法。明时：阐明天时的变化。

⑥ “璇(xuán)玑玉衡”二句：语见《尚书·舜典》：“在璇玑玉衡，以齐七政。”璇玑、玉衡，都是古代的测天仪器。孔颖达疏引蔡邕曰：“玉衡长八尺，孔径一寸，下端望之以视星辰。盖悬玑以象天而衡望之。”璇，美玉。齐，定，指定准。七政，古天文术语。说法不一，一说，指日、月和金、木、水、火、土五星；一说，指天、地、人和四时；一说，指北斗七星，以七星各主日、月、五星，故曰七政。

⑦ 八元：古代传说中高辛氏的八个才子。《左传·文公十八年》：“高辛氏有才子八人：伯奋、仲堪、叔献、季仲、伯虎、仲熊、叔豹、季狸，忠肃共懿，宣慈惠和，天下之民，谓之‘八元’。”元，善，指其善于事也。八恺：相传古代高阳氏的八个才子。《左传·文公十八年》：“昔高阳氏有才子八人：苍舒、隤敳、梼戭、大临、尨降、庭坚、仲容、叔达，齐圣广渊，明允笃诚，天下之民谓之‘八恺’。”恺，和，指其和于物。

⑧ 得所：指得到安居之地或合适的位置。语出《诗经·魏风·硕鼠》：

“乐土乐土，爰得我所。”

⑨“此章朱子”一段：见朱熹《孟子集注》。朱子，指朱熹，字元晦、一字仲晦，号晦庵、晦翁等。南宋著名理学家、教育家，世称朱子。他用毕生精力所撰《四书章句集注》，是其代表作之一，自元代起，成为科举考试的标准教科书，影响甚巨。丰稷，字相之，谥清敏，明州鄞县（今浙江宁波）人。北宋嘉祐四年（1059）进士，官至工部尚书兼侍读。为官清苦廉直，又博学多闻，遍注经传，遗著多散佚，近人张寿镛辑有《丰清敏公诗文辑存》一卷。

⑩ 体念：体验。

⑪ 取法：取以为法则，效法。

⑫ 泰和：太平。

⑬ 苍生：指百姓。

孟子曰：“人皆有所不忍，达之于其所忍，仁也；人皆有所不为，达之于其所为，义也。”

这是《孟子·尽心》下篇，孟子说：仁义根于人心，皆有所不忍、有所不为。但为私欲所害，则于事或有所忍、有所为的人，能把所不忍的心，达之于所忍，把所不为的事，达之于所为，便是仁义。

“仁”，是心上慈爱的道理①，人人所同有的。所以，见人迫于饥寒，见人陷于水火，便有恻隐的心②。或因私欲遮蔽，将这恻隐的心都昧了③，却为残忍害人的事，这便是不仁。孟子说，人若常把恻隐的心推行将去，不为残忍害人的事，这等呵，则天下万物都在所爱之内，这便是仁。所以说“人皆有所不忍，达之于其所忍，仁也”。“义”，是心上分别是非的道理，也是人人所同有的。所以，于那不合道理的，如穿踰为盗的事④，皆有羞恶的心⑤。或为私欲牵引，将这羞恶的心都昧了，于富贵贫贱取舍之间，为所不当为，这便是不义。孟子说，人若常把这羞恶的心推行将去，凡所为的都要合道理，这等呵，则平日所为岂有不是的。

所以说“人皆有所不为，达之于其所为，义也”。

臣谨考之，孟子论王天下之道，有曰：“古之人所以大过人者，无他焉，善推其所为而已矣。”[⑥]窃以为，仁义的心虽众人所同，推而行之，则莫大于人君。何也？人君为天下主宰，推广其不忍的心，则必轻刑、薄税、省差徭[⑦]，使天下的百姓皆安于仁。推广其所不为的事，则必去谗远色，贱货而贵德，使国家的政事皆合于义，则仁义之效广大无穷。伏惟圣明，体念孟子所言，推广仁义之心，以隆古帝王之治[⑧]，斯世斯民之万幸也。

正统三年九月十二日讲讫。

【注释】

① 慈爱：仁慈爱人。多指上对下或父母对子女的爱怜。

② 恻隐：同情，怜悯。

③ 昧：迷乱，惑乱。

④ 穿踰(yú)：也作“穿窬”。挖墙洞和爬墙头。指偷窃行为。

⑤ 羞恶：对自己或别人的坏处感到羞耻厌恶。

⑥ “有曰”句：见《孟子·梁惠王上》。

⑦ 差(chāi)徭：徭役。

⑧ 隆：尊崇，尊重。

《象》曰：“天下有风，姤。后以施命诰四方。”

这是《周易·姤卦·大象传》[①]，孔子发明圣人体姤之象，以施命令，遍诰天下的意思。

《姤卦》乾上巽下[②]，以二象言之，乾为天，巽为风。“姤”，是相遇。风是阴阳和气吹嘘播扬[③]，为天之号令，所以鼓舞万物，遂其生者也。其行于天下，周遍广被，物无不遇。故说“天下有风，姤”。圣人君主万邦，观风行天下，无不周遍之象，故施命令，以遍诰四方。何也？圣人秉大德至仁，统理万邦[④]，以一身之礼乐，为天下之礼乐，以一身之法度，为天下之法度，而后万姓皆归于善。然非发号施令，何以警天下之人？诰之不周遍，则此得闻而彼或不闻，何以通天下之心志，一天下之视听[5]？圣人体天道，制为礼乐法度，遍诰万方，如风之流行，凡囿于天地之间者，莫不鼓舞动荡，以遂其生，所以说“后以施命诰四方”。

臣谨考之，唐虞三代[6]，若《书》之“训诰誓命”之文[7]，《洪范》“皇极之敷言”[8]，皆命令诰于四方者也。当时臣民奉承之[9]，如风之鼓动，归于政化，皆此道也。孔子于《姤卦》发明其理，所以示天下后世，欲一道德而同风俗，必体天为治，而后尽其道也。洪惟圣朝，太祖高皇帝革胡元之弊习[10]，制为《大诰三编》[11]，申明中国之旧章[12]，使人知为善避恶，即《易》卦之道也。伏惟圣明观大《易》之象，体帝王之心[13]，法祖宗之道[14]，谨号令之施，以为法于天下，垂裕于悠久[15]，万世幸甚也。

【注释】

① 姤(gòu)卦：是《周易》六十四卦之第四十四。象传：也称象辞。《周易大传》十篇之一。分上下两篇，共四百五十条。其中解释六十四卦卦名卦义的有六十六条，称为“大象”；解释三百八十六爻爻辞的有三百八十六条，称为“小象”。解释卦名、卦义的都以卦象为根据，解释爻辞的也多以爻象(包括爻位元)为根据，因此题其篇曰“象”。

② 乾上巽下：指《姤卦》卦象，乾在上巽在下，即䷫。

③ 吹嘘：呼气。播扬：散布，扬弃。

④ 统理：统辖治理。

⑤ 一：统一。

⑥ 唐虞：唐尧与虞舜的并称。亦指尧与舜的时代，古人以为太平盛世。三代：指夏、商、周。

⑦ 训诰誓命：《尚书》的几种文体。《尚书序》：“芟夷烦乱，剪截浮辞，举其宏纲，撮其机要，足以垂世立教，典、谟、训、诰、誓、命之文凡百篇。所以恢弘至道，示人主以轨范也。”后世把典、谟、训、诰、誓、命，称为

《书》之六体。训，教导之词。诰，用于会同时的告诫。誓，军中发布有关告诫、约束将士的号令。命，王命，朝命。

⑧ 皇极之敷言：见《尚书·洪范》。原文作“曰皇极之敷言，是彝是训，于帝其训。凡厥庶民，极之敷言，是训是行，以近天子之光”。马融曰：“王者当尽极行之，使臣下布陈其言。是大中而常行之，用是教训天下，于天为顺也。凡厥庶民，亦尽极敷陈其言于上也。”皇极，帝王统治天下的准则。即所谓大中至正之道。孔颖达疏：“皇，大也；极，中也。施政教，治下民，当使大得其中，无有邪僻。”

⑨ 奉承：承受，遵行。

⑩ 胡元：对元朝的贬称。

⑪ 大诰三编：洪武十八年（1385）到二十年之间，朱元璋连续发布了四篇文告，统称《大诰》，包括《大诰》《大诰续编》《大诰三编》和《大诰武臣》。《大诰三编》共四十三条。

⑫ 中国：指中原地区。

⑬ 体：体会，体察。

⑭ 法：仿效，效法。

⑮ 垂裕：为后人留下业绩或名声。

诏：中外臣庶[许]直言朝政阙失、民间疾苦。①

这是《宋史》纪宋哲宗即位之初下诏求言的事。先是，尝令百官言时政阙失②。及司马光自洛阳赴阙③，请广开言路，于是上封事者以千数④。至是，又虑时政阙失⑤，尚多民间疾苦未尽得闻，复诏内外群臣百姓，皆得直言⑥，无有所隐。史臣屡书之，以见哲宗初政，即能求言纳谏，留心政事，深察民隐，而知为治之先务也。元祐之初⑦，政有可观，而无愧于熙宁、元丰之间⑧，盖有所自来矣⑨。

臣谨按：自古圣帝明王，未有不求言以通治道者。故其听政之际，史在前书过失⑩，工诵箴谏⑪，瞽诵诗谏⑫，公卿比谏⑬，士传言谏⑭，庶人论于道⑮，商贾议于市，然后君得闻其过失也。闻其过失而改之，见义而从之，是以事行而不悖，天下永安矣。若尧之“稽于众，舍己从人”[16]，舜之“明四目，达四聪”[17]，禹之“设六谏”“拜昌言”[18]，汤之“从谏弗咈”“改过不吝”[19]，以及汉、唐、宋贤明之君，愿治之主[20]，未有不汲汲于求言者也[21]。诚以人君能开心虚己，听纳其言，可采者用之，不可者置之，则上自公卿、大夫之贵，下逮黎庶、刍荛之贱[22]，莫不咸怀忠良，思陈善道，而治化臻雍熙之盛矣[23]。伏惟皇上，远法尧舜禹汤之道，大开言路，以通下情，使善言毕阅，政事修举[24]，安宗社于泰山[25]，福苍生于悠久[26]。斯世斯民，不胜幸甚。

【注释】

① 此诏见《宋史·本纪第十七·哲宗一》，是哲宗即位当年（1085）六月的事。《宋史》“庶”下有“许”字，今据补。

② “尝令”一事：是哲宗即位当年五月的事。

③ 司马光：字君实，号迂叟，陕州夏县（今山西夏县）涑水人。北宋政治家、文学家、史学家。主持编纂中国历史上第一部编年体通史《资治通鉴》。赴阙：入朝。指陛见皇帝。

④ 封事：密封的奏章。古时臣下上书奏事，防有泄漏，用皂囊封缄，故称。

⑤ 阙（quē）失：失误，错误。

⑥ 直言：直言敢谏。

⑦ 元祐：宋哲宗赵煦的第一个年号，共使用九年。

⑧ 熙宁、元丰：皆宋神宗年号。

⑨ 自来：由来。

⑩ 史：史官。在王左右的史官，担任祭祀、星历、卜筮、记事等职。书：记载。

⑪ 工：古代特指乐官。诵：朗读，念诵。箴谏：规诫劝谏的话。

⑫ 瞽（gǔ）：乐官。古代以瞽者为之，故称。

⑬ 公卿：三公九卿的简称。比（bǐ）谏：以事类为比，进行规劝。

⑭ 传言：出言，发言。《仪礼·士相见礼》：“凡言，非对也，妥而后传言。”俞樾《群经平议·仪礼一》：“传言者，相传而言也。见于君者或非一人，必待前人言讫，后人乃接续而言，不相儳越也。”（卷十五）

⑮ 庶人：平民，百姓。

⑯ “稽于众”二句：见《尚书·大禹謨》。稽，参考。

⑰ “明四目”二句：见《尚书·舜典》。四目，观察四方的眼睛。达，至，通。四聪，听四方之聪。聪，听力。

⑱ 拜昌言：见《尚书·皋陶谟》。昌言，善言，正当的言论。

⑲ 从谏弗咈（fú）：见《尚书·伊训》。从，听从。咈，违背，违逆。改过不吝：见《尚书·仲虺之诰》。意为，改正错误态度坚决，不犹豫。吝，吝惜。

⑳ 愿治：希望得到大治。

㉑ 汲汲：心情急切的样子。

㉒ 黎庶：黎民。刍荛：指草野之人。

㉓ 治化：指治理国家、教化人民。

㉔ 修举：推行。

㉕ 宗社：宗庙和社稷的合称，借指国家。

㉖ 苍生：指百姓。

克明峻德，以亲九族。九族既睦，平章百姓。百姓昭明，协和万邦。黎民于变时雍。

这是《尚书·尧典》篇。尧是上古时圣人，十六岁做帝，好生有功德在天下。这一章是当时史官说，尧治天下时，有这等的大功德。

“克”字解作“能”字。“峻”字解作“大”字。“德”是行的好勾当，都是心上的道理。尧本是圣人，它只怕自己心上天理有暗昧处，好生用心去整理。史官因一个“明”字说不尽，又加一个“克”字，便是尧的德，光明如日月一般。尧的德行不比寻常人德行，史官于“德”字上加一个“峻”字，便见尧的德如天地一般。“九族”是尧一家的亲族，尧自己有这般大德，和顺他一家的亲族[①]，他那一家亲族都相和睦。“百姓”是那京都近处的人。“平”是均平的意思。尧把这大德去均平整治那百姓每，百姓每都晓得为善，无有昏昧为不善的。“万邦”是天下诸侯之国。“于变”是变恶为善。“雍”是和的意思。尧把他的德去抚安那天下的人[②]，天下的人以前有不好的，都改过做好勾当，所以天下都和顺。这等看来，尧能明白自己的大德化他一家，又化及一国，又化及天下。当时的人都无一个不好的，这是多大的功德！孔子说：“大哉尧之为君！惟天为大，惟尧则之。”[③]因此上，天下后世为帝王的，都以帝尧为法度。伏惟圣明留意。

【注释】

① 和顺：和睦顺从，和睦融洽。

② 抚安：安抚。安顿抚慰。

③ “孔子说”句：见《论语·泰伯》。原句作：“大哉尧之为君！巍巍乎！唯天为大，唯尧则之。”则，学习，效法。

禹敷土，随山刊木，奠高山大川。

这是《尚书·禹贡》篇[①]，是记大禹治水的大节。当唐尧之时，洪水为患，尧命鲧治之[②]，九年无成功。及舜摄位[③]，复命禹治之，然后水土平治。《禹贡》一篇，是纪禹之成功。这三句是包括这一篇的事。

如何是“敷土”？“敷”字解做“分”字，分别天下土地做九州。如河内之地[④]，为冀州[⑤]；东南据济水[⑥]，西北至河，为兖州[⑦]；东北至海[⑧]，西南至泰山，为青州[⑨]；东至海，南至淮[⑩]，北至泰山，为徐州[⑪]；北至淮，南至海，为扬州[⑫]；北距南条荆山[⑬]，南极衡山之阳[⑭]，为荆州[⑮]；西南至荆山[⑯]，北距大河，为豫州[⑰]；东距华山之阳[⑱]，西南据黑水[⑲]，为梁州[⑳]；西据黑水，东距西河[㉑]，为雍州[㉒]。

这便是“敷土”。如何是“随山刊木”？“刊”是除去的意思。当时洪水横流，平地皆水，所可见者只是山，而山之树木茂盛，无有道路。禹乃遂山势高下[23]，相视便宜[24]，刊除树木[25]，开通道路，使人得以用工。这便是“随山刊木”。如何是“奠高山大川”？“奠”字解做“定”字。禹既因山川界限，分天下为九州，每州之内又定山最高的、水最大的为一州的纪纲。如冀州的霍山，杨州的会稽山，兖州的济水，雍州的黑水、西河。这等高山大川，都表识出来，以为各州的纪纲。这便是“奠高山大川”。

臣谨按：禹先分别了各州的疆界，而后通道路，而后定高山大川，其次第盖如此。然其分别九州，非出禹的私智[26]，天文、地理区域各定。故星土之法[27]，则有九野[28]，而在地者，必有高山大川为之限隔。风气不通，人生其间，风俗亦不同，禹亦因其自然之势分别之耳。禹八年于外，三过其门而不入，而后水土平治，千万世之下，仰其成功，亦惟顺其水土之性而治之。考《禹贡》一篇，九州之下，各纪其疆界，记所用功之地，而后书其所贡之物，不强其所无[29]；分土地高下，以定赋入[30]，取民有其制；而后随山浚川[31]，以疏其源委[32]；而后制为五服[33]，详内略外，各得其宜。至于草木、鸟兽、夷狄、异类[34]，亦使之各得其所，而终之以德化为本。于此可见圣人经理天下，仁之至而义之尽也。伏惟圣明留心。

正统四年二月十二日进讲。

【注释】

① 禹贡：《尚书》中的一篇。它以地理为径，分当时天下为九州，是中国古代一篇重要的地理学文献。

② 鲧(gǔn)：传说中中国古代部落酋长名，号崇伯。禹之父。曾奉尧命治水，因筑堤堵水，九年未治平，被舜杀死在羽山。

③ 摄位：代理君位元。

④ 河内:古代指黄河以北的地区。河,古代专指黄河。

⑤ 冀州:古九州之一。《尔雅·释地》:“两河间曰冀州。”郭璞注:“自东河至西河。”

⑥ 济水:古四渎之一。包括黄河南北两部分,河北部分源出河南济源县西王屋山,下游屡经变迁。河南部分本是从黄河分出来的一條支流,因分流处与黄河北济口隔岸相对,因而被古人视为济水的下游。后下游为黄河所夺,黄河以南不再有所谓济水。

⑦ 兖州:古九州之一。在今山东省内。《尚书·禹贡》:“济、河惟兖州。”《尔雅·释地》:“济河间曰兖州。”

⑧ 海:指渤海。

⑨ 青州:古九州之一。《尚书·禹贡》:“海岱惟青州。”岱,泰山。

⑩ 淮:水名,即淮河。源出河南省桐柏山,东流经河南、安徽等省到江苏省入洪泽湖。

⑪ 徐州:古九州之一。《尚书·禹贡》:“海岱及淮惟徐州。”《尔雅·释地》:“济东曰徐州。”海,黄海。淮,淮河。约当今江苏、山东、安徽的部分地区。

⑫ 扬州:古九州之一。辖今之苏、皖、赣、浙、闽诸省。《尚书·禹贡》:“淮、海惟扬州。”《尔雅·释地》:“江南曰杨州。”

⑬ 距:抵达,通到。南条荆山:《尚书·禹贡》“导岍及岐,至于荆山”孔颖达疏:“旧说以为三条。《地理志》云:《禹贡》北条荆山,在冯翊怀德县南。南条荆山,在南郡临沮县东北。”

⑭ 极:至,到达。衡山:一名岣嵝山,又名霍山,古称南岳。位于湖南中部。相传舜南巡和禹治水都到过这里。

⑮ 荆州:古九州之一。在荆山、衡山之间。《尚书·禹贡》:“荆及衡阳惟荆州。”

⑯ 荆山:山名。在今湖北省南漳县西部。漳水发源于此。

⑰ 豫州:古九州之一。《尚书·禹贡》:“荆河惟豫州。”《周礼·夏官·职方氏》:“ 河南曰豫州。”

⑱ 华山:又称太华山。五岳之一,古称“西岳”。在陕西省华阴市南,北临渭河平原,属秦岭东段。阳:山之南。

⑲ 黑水:或谓即张掖河,或谓即党河(均在今甘肃),或谓即大通河(在今青海),诸说不一。

⑳ 梁州:古九州之一。《尚书·禹贡》:"华阳黑水惟梁州。"

㉑ 西河:指今山西、陕西间的黄河。

㉒ 雍州:古九州之一。《尚书·禹贡》:"黑水西河惟雍州。"孔颖达疏:"计雍州之境,被荒服之外,东不越河,而西逾黑水。王肃云'西据黑水、东距西河',所言得其实也。"

㉓ 遂:顺从。

㉔ 相(xiàng)视:视察,察看。便宜:方便,顺当。

㉕ 刊除:削除。

㉖ 私智:个人的智慧。常与公法相对,指偏私的识见。

㉗ 星土:古时以为山川之精,上应星辰,故以星宿分主九州地域或诸侯封域。这些地域或封域即称星土。

㉘ 九野:九州的土地。

㉙ 强:底本漫漶,据"朐抄本"补。

㉚ 赋入:赋税。

㉛ 随:底本漫漶,据"朐抄本"补。浚川:疏通河道。

㉜ 源委:指水的发源和归宿。

㉝ 五服:古代王畿周边,以五百里为一区划,由近及远分为侯服、甸服、绥服、要服、荒服,合称五服。

㉞ 夷狄:古称东方部族为夷,北方部族为狄。常用以泛称除华夏族以外的各族。异类:指不同种类的事物。

八、庶征:"曰雨,曰旸,曰燠,曰寒,曰风,曰时。五者来备,各以其叙,庶草蕃庑。一极备凶,一极无凶。"

这是《洪范》第八畴[1],箕子说天道之休咎[2],本乎人君德政所感召的道理。

"八"是《洛书》之文,"征"是征验,说天道为人事的征验,有雨、旸、燠、寒、风五者,所以谓之庶征[3]。天地之气,蒸而为雨,所以润物;散而为旸,所以晅物。阴往则阳来,则为燠,万物于是而畅茂。阳往阴来则为寒，万物于是而成就。天地之气，嘘而为风，以动万物。一岁之中，宜雨而雨，宜旸而旸，当热而热，当寒而寒，宜风而风，无少欠缺，不失时候，由是草木微物亦皆蕃盛。这便是“曰雨，曰旸，曰燠，曰寒，曰风，曰时。五者来备，各以其叙，庶草蕃庑”。庶草微物亦皆繁盛，则百谷丰登可知。“极备”是过多，“极无”是过少。雨、旸、燠、寒、风，这五者不可过多，不可过少。雨多而旸少，则有水涝之患；雨少而旸多，则有旱干之灾。过热而不寒，则物不成；过寒而不热，则物不茂。风不以时，或过多，或过少，则万物不遂其生。这便是“一极备凶，一极无凶”。

臣谨按：天地之化，不出乎阴阳五行，人君以参天地、赞化育为功者也④。在天为五行，在人为五事。人君于貌、言、视、听、思，皆求当乎理，则五事修而致天地之和。而雨、旸、燠、寒、风，备而不失其序，是谓休征⑤；五事失，则五者或极备，或极无，是谓咎征⑥。此天人之理，相为感通。箕子之告武王至矣⑦。《中庸》曰“致中和，天地位焉，万物育焉”⑧，亦此理也。伏惟圣明，明天人之理，全中和之德，行皇极之道，以参天地、赞化育，俾海宇苍生，同乐雍熙太和之治⑨，诚斯民斯世之至愿也⑩。

【注释】

① 洪范：《尚书》中的一篇。洪，大。范，法。洪范，就是大法。

② 休咎：吉凶，善恶。

③ 庶征：众多征兆。庶，众多。

④ 赞：辅佐，说明。化育：化生长育。

⑤ 休征：吉祥的征兆。

⑥ 咎征：过失的报应，灾祸应验。

⑦ 箕子：纣王叔父，因封于箕，故称箕子。他劝谏纣王，纣王不听，便披发佯狂，被纣囚禁。

⑧“中庸”数句:见《礼记·中庸》。中和,是中庸之道的主要内涵。儒家认为能“致中和”,则天地万物均能各得其所,达于和谐境界。位,指占据其应有的位置。

⑨雍熙:和乐升平。太和:太平。

⑩至愿:恳切的愿望,最大的愿望。

天聪明,自我民聪明;天明畏,自我民明威。达于上下,敬哉有土。

这是《尚书·皋陶谟》篇皋陶告帝舜的言语[1]。皋陶因上文说“天叙”“天秩”“天命”“天讨”,又申说天以民为心,人君当存敬心,然后能合天与民的心。所以说“天聪明,自我民聪明;天明畏,自我民明威。达于上下,敬哉有土”。

如何是“天聪明,自我民聪明”?“聪”是无所不闻,“明”是无所不见。皋陶说:天的聪明,无所不闻,无所不见。何尝有耳听,何尝有目看,只是把百姓每的耳目做耳目。百姓每听的,便是天听的;百姓每见的,便是天见的。所以说“天聪明,自我民聪明”。如何是“天明畏,(是)[自]我民明威”?[2]“明”是光显那善良的[3],“畏”是倾覆那凶恶的。皋陶说,天道福善祸淫,善良的必光显,凶恶的必倾覆。天何尝有心,有好那一个人,恶那一个人,只是把百姓每的好恶做好恶。百姓每好的,便是天好的;百姓每恶的,便是天恶的。所以说“天明畏,自我民明威”。如何是“达于上下,敬哉有土”?“上”是说天,“下”是说百姓,“有土”是说人君。皋陶意思说:人但见天在上,不与百姓相接,百姓在下,与天不相关,却不知天理所存,便是百姓每心的所存;百姓每的心,便是天的心。为人君的,把敬谨的心,奉顺上天,不敢轻忽百姓;把敬谨的心,爱惜百姓,不敢违背天心。这便是“达于上下,敬哉有土”。

臣谨按:皋陶陈说安民的道理,极言天人一理,而终归于敬哉一言。何也？盖敬者，圣人传心的要法[4]，国家致治的根本[5]。人君持心修身，恒存戒惧[6]，莅政临民[7]，不敢轻忽。至于用力之久，心与理一，习与性成，以建中和之极，而天地以位，万物以育，皆不出乎此敬。孔子曰"修己以安百姓"[8]，《中庸》曰"君子笃恭而天下平"[9]，皆是此理。伏惟皇上，致勤于圣学，以成治功，天下幸甚。

【注释】

① 皋陶(gāoyáo)：传说虞舜时的司法官。

② 自：底本作"是"，据《尚书》原文改。

③ 光显：荣显。

④ 要：底本漫漶，据"朐抄本"补。

⑤ 致治：使国家在政治上安定清平。

⑥ 戒惧：警戒恐惧。

⑦ 临民：治民。

⑧ "孔子曰"句：见《论语·宪问》。意思是，修养自己来使所有老百姓安乐。

⑨ 笃恭：纯厚恭敬。

启乃心，沃朕心。若药弗瞑眩，厥疾弗瘳。若跣弗视地，厥足用伤。惟暨乃僚，罔不同心，以匡乃辟。俾率先王，迪我高后，以康兆民。

这是《商书·说命》上篇，高宗既以"舟楫""霖雨"为喻，倚望傅说[1]，又欲其开心见诚，救其所失，指示其所不见，而与同僚同心辅佐他，循守先王的道理[2]，遵行乃祖成汤的法度[3]，以安天下百姓。

如何是"启乃心，沃朕心"？"启"，是开发的意思。"沃"，是灌溉的意思。高宗说：大臣事君，必以心相感。傅说你教诲我，当输诚竭忠[4]，无有隐匿，使我的心性开悟，万善众理皆得于心，便如江河水浸灌万物透彻一般。又说："若药弗瞑眩，厥疾弗瘳。""瞑眩"，是病人饮了苦药，头目昏闷的意思。高宗说：如人有病，不将苦药治呵，怎么得痊愈？比喻说，我若有差失，傅说你当苦口谏正[5]，便如用苦药治病一般。又说："若跣弗视地，厥足用伤。""跣"，是跣足行。人跣足行，若不看地上呵，必然伤了足。比喻说，我于政事上有见不明处，傅说你当明白指示我，莫使我如那跣足行不看地伤了足的一般。又说："惟暨乃僚，罔不同心，以匡乃辟。俾率先王，迪我高后，以康兆民。"高宗又说：为大臣的，不但以一身事君，当以众贤事君，傅说你当与僚属、卿大夫、士众人[6]，同心辅我。"先王"，是说古昔帝王。"高后"，是指乃祖成汤说。高宗说：古先帝王治天下的道理，傅说你当同心辅佐我，循行着；我祖成汤治天下的法度，傅说你当同心辅佐我，遵守着。使天下的百姓，人人都得安居乐业，无饥寒困苦。这等呵，才尽得你的职任。这是高宗期望傅说深切的意思。

臣窃惟：自古人君修德图治，必资于大臣；为大臣者，必能辅君成德，然后能安天下。然君臣之间，必诚意交孚[7]，然后善言日闻，治道日成。帝舜咨询百揆、四岳有曰，"予违，汝弼。汝无面从，退有后言"，"臣作朕股肱耳目"[8]，皆是此意。高宗命傅说，欲其以心格心；又欲其苦言以救其失，明白指示其所行；又欲其与同僚协心辅佐，率循先王及乃祖所行，以安天下。其言谆切[9]，至再求助于辅臣者如此，宜其为三代之贤主也。伏惟皇上，取法高宗，求言辅德，以安生民，以隆治道[10]，以配尧舜禹汤之盛，天下幸甚，宗社幸甚。

正统三年十月二十二日讲。

【注释】

① 倚望：依赖敬仰。傅说(yuè)：商王武丁时宰相。传说本为傅岩筑墙之奴隶，武丁得之，举以为相，国大治。

② 循守：恪守，遵守。

③ 乃：其，他的。

④ 输诚：献纳诚心。

⑤ 谏正：谏诤，规劝。

⑥ 僚属：属官，属吏。

⑦ 交孚：互相信任。

⑧ “帝舜咨询”数句：见《尚书·益稷》。咨询，访问，征求意见。百揆，总理国政之官。四岳，相传为共工的后裔，因佐禹治水有功，赐姓姜，封于吕，并使为诸侯之长。“予违”句，意为，我有过失，你就辅助我。你不要当面顺从，背后又去议论。股肱：大腿和胳膊。比喻左右辅佐之臣。

⑨ 谆切：真诚、恳切。

⑩ 隆：使兴盛。

冬十有二月，会齐侯、宋公、陈侯、卫侯、郑伯、许男、滑伯、滕子，同盟于幽。

这是春秋鲁庄公十六年事。当时齐桓公图伯[①]，合诸侯尊周，故孔子书之。

“会”，是会合。齐侯是齐桓公，宋公是宋桓公[②]，陈侯是陈宣公[③]，卫侯是卫惠公[④]，郑伯是郑厉公[⑤]。许、滑、滕，三国名[⑥]。伯、子、男，是爵。“盟”，是刑牲歃血[⑦]，要质鬼神[⑧]，以信相结，誓不相背的意思。“幽”，是宋地[⑨]，在今河南境内。周自平王东迁[⑩]，王纲不振[⑪]，威权下移[⑫]，诸侯专擅[⑬]，互相侵伐[⑭]。齐桓以安攘为己任[⑮]，会列国于北杏[⑯]，以图创伯。然人心不齐，携贰者多[⑰]。至是会合宋、鲁、陈、卫、郑之君，许、滑、滕之长，于幽之地，相与结盟，以申尊天子、攘夷狄之义，以誓同心守信义之言，诸国君长，莫不从矣。孔子皆以爵书之，盖嘉其同尊周也。惟鲁不称“公”，何也？既盟之后，郑侵宋不朝，齐桓乃执其臣叔詹[⑱]，詹逃而鲁纳之。是时，齐桓始伯，仗义以盟，而鲁首叛盟，《春秋》

不书“公”，恶失信也。夫自天子至于庶人，壹是皆以信为主[19]。故孔子以信易食答子贡之问[20]，君子以信易生，重桓王之失。匹夫不敢违信，况国君乎？自昔尧、舜、禹、汤、文、武之为君，未有不惇信以为治[21]。是以唐虞三代雍熙之盛，有非后世之所能及也。伏惟圣明，考《春秋》之所书，而以尧、舜、禹、汤、文、武为法。国家幸甚，天下幸甚[22]。

【注释】

① 齐桓公：春秋时齐国国君，前685—前643年在位。姜姓，名小白。他任用管仲进行改革，国力逐渐强大起来，他安定东周王室的内乱，多次大会诸侯，订立盟约，成为春秋时的第一个霸主。伯（bà）：通“霸”。称霸，做诸侯的盟主。

② 宋桓公：春秋时宋国国君，前681年—前651年在位。子姓，宋氏，名御说。

③ 陈宣公：春秋时陈国国君，前692年—前648年在位。妫姓，名杵臼。

④ 卫惠公：春秋时卫国国君，前699年—前697年、前686年—前669年在位。姬姓，卫氏，名朔。卫宣公之子，卫懿公之父。惠公三年（前697），左右公子作乱，废掉惠公，改立其叔公子黔牟为君，惠公于是逃到了齐国。卫君黔牟十年（前686），齐襄公率领诸侯攻卫国，杀卫君黔牟，复立惠公为君。

⑤ 郑厉公：春秋时郑国国君。姬姓，名突。前后在位共十一年。

⑥ 许：公元前11世纪周分封的诸侯国，姜姓。在今河南许昌东。战国初为楚所灭。许男，指许穆公。滑：周代国名，姬姓，在今河南偃师市。滕：西周分封的诸侯国名。在山东滕州一带。

⑦ 刑牲：古时为了祭祀或盟约而杀牲畜。歃（shà）血：古代盟会中的一种仪式。盟约宣读后，参加者用口微吸所杀牲之血，以示诚意。一说，以指蘸血，涂于口旁。

⑧ 要质：立盟。

⑨ 幽：在今河南兰考境内。

⑩ 平王：周平王，西周幽王之子，前770—前720年在位。姬姓，名宜臼。前770年，西周灭亡，平王由晋文侯、郑武公、卫武公、秦襄公夹辅，东徙洛邑（今河南洛阳王城公园一带），东周开始。

⑪ 王纲：天子的纲纪。

⑫ 威权：威势和权力。

⑬ 专擅：独揽。

⑭ 侵伐：兴兵越境讨罪，进攻他国。

⑮ 安攘：排除祸患，使天下安定。

⑯ 北杏：齐地，在今山东东阿县境。

⑰ 携贰：离心，有二心。

⑱ 执：拘捕。叔詹：郑国大夫。

⑲ 壹是：一概，一律。

⑳ “孔子以信易食”句：当指《论语·颜渊》子贡问政事。原文作：子贡问政。子曰：“足食，足兵，民信之矣。”子贡曰：“必不得已而去，于斯三者何先？”曰：“去兵。”子贡曰：“必不得已而去，于斯二者何先？”曰：“去食。自古皆有死，民无信不立。”

㉑ 惇（dūn）信：重视信用。惇，注重，重视。

㉒ 自“天下幸甚”至下一节《孟轲去齐》中“问毁明堂”，底本缺页，据“朐抄本”补足。

孟轲去齐。

这是周赧王元年[①]，《通鉴》纪孟轲仕齐不遇而去的事[②]。

孟轲是鲁国邹县人，孔子孙子思的门人[③]。齐本诸侯之国，周末僭称王[④]。当时七国争雄，所用之士如商鞅、吴起、孙子之徒[⑤]，皆以智谋相尚[⑥]，战争为贤。又处士杨朱、墨翟[⑦]，异端之言，蛊惑人心。孟轲以亚圣之资，生于其时，叹世道陵夷[⑧]，悯人心陷溺[⑨]，乃述尧舜禹汤文武周公孔子之道，以正人心，息邪说，思济斯民，周流诸国。至鲁国，平公沮于臧仓[⑩]；至魏国，魏侯问何以利国，孟子对以仁义[⑪]。道既不合，皆不见用。滕文公虽有慕道之心[12]，而其国势微弱，道亦难行。当时齐为大国，其势可以行道安天下，宣王又天资诚朴[13]，可与为善。于是适齐[14]，宣王任以为卿。宣王问齐桓、晋文之事[15]，孟子告以王道[16]；问交邻国之道，告以以大事小、以小事大之言；问贤者所乐，而言当以天下为忧乐；问毁明堂[17]，而曰："王欲行王政则勿毁。"孟子所言皆王道之大者，惜宣王私意固蔽已深[18]，终不能用，孟子乃还其职而去。然必三宿而后出齐邑[19]，其心欲宣王改悔召用，犹可与为治。及其不知改悔，然后浩然而归。有曰："王如用予，则岂徒齐民安，天下之民举安。"又曰："夫天未欲平治天下也。如欲平治天下，当今之世，舍我其谁也？"此孟子之心切于爱君忧民，未尝一日忘天下。朱子《纲目》书曰"孟轲去齐"，以著大贤济时行道之本心，以责齐宣王不能用贤，而伤世道之微也。

臣惟圣贤出处去就[20]，关天下、国家之盛衰。尧、舜、禹有皋、夔、稷、契之佐[21]，商汤、文、武有伊、傅、周、召之佐[22]，而后致雍熙泰和之盛。春秋战国之时，孔子、孟子实天下之真儒，帝王之良弼[23]，使当时有贤君能用之，则足以复帝王之治。惜乎世不见用，道终不行。孔子退而删述六经[24]，孟子著书七篇[25]，以明帝王治天下大经大法，遵之则治，违之则乱，为后世虑远矣。盖圣贤之道，原于天理人心，孔孟虽不见用于当时，而其教则垂于万世，以见天理常存，人心不泯也。伏惟圣明，尊崇其道，简任贤才[26]，以绍帝王之盛治[27]，以开万世之太平。天下幸甚，斯民幸甚。

【注释】

① 周赧(nǎn)王：东周最后一位国王。姬姓，名延。前 314—前 255 年在位。《说文·赤部》："赧，面惭而赤也。"刘伯庄曰："赧，惭之甚也。轻微危弱，寄住东、西，足为惭赧，故号之曰赧。"(胡三省音注《资治通鉴》卷三引)

② 通鉴：指朱熹编《资治通鉴纲目》。司马光《资治通鉴》卷三记载周赧王元年齐王问孟子是否伐燕之事。

③ 子思：名伋，字子思，孔子嫡孙。春秋时期著名思想家。受教于孔子弟子曾参，孔子的思想学说由曾参传子思，子思的门人再传孟子。后人把子思、孟子并称思孟学派。

④ 僭(jiàn)：超越本分，冒用在上者的职权、名义行事。

⑤ 商鞅：战国时政治家。卫国人，公孙氏，名鞅，初为魏相国叔痤家臣，后入秦说服秦孝公变法图强。孝公六年(前356)，实行变法。后因战功封於(wū)(今河南西峡东)商(今陕西商洛市东南)十五邑，号商君，因称商鞅。吴起：战国时兵家，卫国左氏(今山东定陶西)人，善用兵。辅佐楚悼王变法，促进了楚国的富强，楚悼王死后，被旧贵族杀害，变法失败。孙子：指春秋时著名军事家孙武。著有《孙子兵法》。

⑥ 相尚：互相超过。

⑦ 处士：有才德而隐居不仕的人。杨朱：战国初期的道家，主张全性保真。墨翟：春秋战国之际思想家，墨家学说的代表，主张“兼爱”“非攻”“非乐”等。

⑧ 陵夷：由盛到衰。

⑨ 陷溺：使人处于水深火热之中，祸害人。

⑩ 平公：鲁平公，战国时鲁国国君。鲁景公之子，在位二十年。臧仓：鲁平公宠臣。平公将见孟子，臧仓加以阻止。事见《孟子·梁惠王下》。沮(jǔ)：阻止。

⑪ “至魏国”三句：事见《孟子·梁惠王上》。魏侯，指魏惠王，名罃(yīng)，魏武侯之子，前370年继位。前362年，由旧都安邑迁都大梁，所以又称梁惠王。孟子见梁惠王，梁惠王开口便问“叟，不远千里而来，亦将有以利吾国乎？”孟子用帝王当行仁义来回答他。

⑫ 滕文公：战国中期滕国(今山东滕州市)国君。

⑬ 宣王：指齐宣王。战国时齐国国君，田姓，名辟疆。威王之子，前319—前301年在位。他招致天下文人学士来到齐国“稷下学宫”，使稷下学宫进入鼎盛时期，齐国也得以强盛。

⑭ 适：到，往。

⑮ 齐桓:指齐桓公。详本卷《冬十有二月》篇注。晋文:指晋文公。春秋时晋国国君,姬姓,名重耳,前636—前628年在位。献公之子,遭骊姬之乱,逃亡在外达十九年,后在秦兵护送下回国,继君位。继位后,整顿内政,树立了政治威信,最终称霸诸侯。

⑯ 王道:儒家提出的一种以仁义治天下的政治主张。与“霸道”相对。

⑰ “问毁明堂”:事见《孟子·梁惠王下》。明堂:古代天子宣明政教的地方,凡朝会、庆赏、养老、教学等活动,均在此处举行。

⑱ 固蔽:蔽塞不聪,不谙事理。

⑲ 三宿:三夜。指时间较久。

⑳ 去就:离去或接近。指担任官职或不担任官职。

㉑ 皋:皋陶,传说是虞舜时刑官。夔(kuí):相传舜时乐官。稷:周之先祖。相传姜嫄践天帝足迹,怀孕生子,因曾弃而不养,故名之为“弃”。虞舜命为农官,教民耕稼,称为“后稷”。契(xiè):传说中商的祖先,为帝喾之子。舜时佐禹治水有功,任为司徒,封于商,赐姓子氏。

㉒ 伊:伊尹,商汤时贤相。名伊,一名挚,尹是官名。相传生于伊水,故名。是汤妻陪嫁的奴隶,后助汤伐夏桀,被尊为阿衡。傅:傅说(yuè),商王武丁时宰相。周:周公,姬姓,名旦,文王之子,武王之弟,采邑在周(今陕西岐山北)。武王去世后,成王年幼,由其摄政,平定管蔡之乱,巩固了西周政权。他制礼作乐,并建立典章制度。召(shào):召公,名奭,周文王之子,武王之弟。因封于召(今陕西岐山西南),所以称召公。

㉓ 良弼:良佐。弼,辅佐天子的大臣。

㉔ 六经:指诗、书、礼、易、乐、春秋。

㉕ 著书七篇:指《孟子》一书,有《梁惠王》《公孙丑》《滕文公》《离娄》《万章》《告子》《尽心》七篇,每篇各有上下两篇。

㉖ 简任:经过选择而任用官员。

㉗ 绍:承继。

初起太学,帝还视之。

这是《通鉴纲目》纪汉光武建武五年起太学的事①。

“太学”，是天子学名，即今之国子监[2]。“视”，是天子亲临视之。光武承汉叶中衰之后[3]，奋起南阳，兴复汉室[4]，投戈讲艺[5]，息马论道[6]。至是，乃建太学于洛阳城南开阳门外，作讲堂[7]，大其规制，刻石经四部于堂前。时帝北巡，自鲁而还，车驾亲幸其学，博士弟子皆赐赉有差[8]。朱子特书曰：“初起太学，帝还视之。”曰“初起”，以见光武能以此为先务[9]。不曰“幸”而曰“视”，以见光武能以师道为重。

臣尝考之，国家建太学，以明教化、育贤才，治道盛衰之所关也。虞、夏、商、周，皆立学于国[10]，天子视之，则释奠于先圣先师[11]，讲明道德，肄习礼乐[12]，所以人才辈出，风俗淳美，而天下以治。至秦而尽废之。汉高不事《诗》《书》[13]，文景于礼乐之事[14]，谦让未遑[15]。武帝始兴学校[16]，置弟子员[17]。至哀平之末[18]，遭莽之乱[19]，亦废弛矣[20]。光武中兴之初，修复先王政教，至明帝尊师重傅[21]，临雍拜老[22]。永平之间[23]，教化修明[24]，礼乐文物[25]，焕然可观[26]，实光武有以启之也。

洪惟圣朝，太祖高皇帝[27]，混一天下[28]，首建国学，车驾亲幸，释奠孔子，命师儒讲明典礼。太宗文皇帝即位之初[29]，幸太学，命祭酒、司业讲五经[30]，崇儒重道之心，光昭万世[31]。伏惟皇上，体祖宗之心，尊行孔子之道，以明教化，以育贤才，为天下礼乐之宗主[32]，隆唐虞三代之盛治。斯道幸甚，斯民幸甚。

【注释】

① 汉光武建武五年：是公元 29 年。光武，东汉光武帝刘秀。刘秀于公元 25 年即皇帝位，建元建武，定都洛阳，史称东汉。

② 国子监：中国古代的教育管理机关和最高学府。晋称国子学，北齐称国子寺。隋至清，称国子监。清末改革学制，自光绪三十二年(1906)起设学部，国子监并入学部。

③ 叶：世，代。中衰：中道衰落。

④ 兴复：恢复。

⑤ 投戈：放下武器。指休战。

⑥ 息马：放马，使马休息。

⑦ 讲堂：儒师讲学的堂舍。

⑧ 赐赉（lài）：赏赐。

⑨ 先务：首要的事务。

⑩ 国：指国都。

⑪ 释奠：在学校设置酒食以奠祭先圣先师的一种典礼。

⑫ 肄习：学习，练习，演习。

⑬ 汉高：指汉高祖刘邦。

⑭ 文景：指汉文帝、汉景帝。

⑮ 谦让：谦虚退让。指文景时期实行无为而治的政策。未遑：没有时间顾及。

⑯ 武帝：指汉武帝刘彻。

⑰ 弟子员：汉代对太学生的称谓。

⑱ 哀平：汉哀帝和汉平帝的并称。此时，外戚把持朝政，西汉大权旁落，气数将尽。

⑲ 遭莽之乱：指王莽篡汉。

⑳ 废弛：废弃懈怠。指应施行而未施行。

㉑ 明帝：指汉明帝刘庄，光武帝刘秀之子。

㉒ “临雍拜老”：事在汉明帝永平二年（59）。临，皇帝亲临。雍，辟（bì）雍，即太学。拜老，行养老礼。

㉓ 永平：汉明帝年号。

㉔ 修明：整饬昭明。

㉕ 文物：指礼乐制度。古代用文物明贵贱，制等级，故云。

㉖ 焕然：光明貌。

㉗ 太祖高皇帝：指明朝开国之君朱元璋。

㉘ 混一：齐同，统一。

㉙ 太宗文皇帝：即明成祖朱棣（1360—1424），明朝第三位皇帝。

㉚ 祭酒：官名。汉代有博士祭酒，为博士之首。西晋改设国子祭酒，隋

唐以后称国子监祭酒，为国子监的主管官。司业：学官名。隋以后国子监置司业，为监内的副长官，协助祭酒，掌儒学训导之政。至清末始废。

㉛ 光昭：照耀。

㉜ 宗主：众所景仰归依者。

二月诣国子监。

这是《通鉴纲目》朱熹书唐太宗幸学崇教的事。

“国子监”，即古之太学。古者，天子之元子、众子[①]，公卿大夫之元子，士之适子[②]，与民间俊秀[③]，皆教于其中；凡养老、习射，皆行于此[④]。唐太宗贞观十四年[⑤]，乃诣国子监，观行释奠礼，命祭酒孔颖达讲《孝经》[⑥]，赐诸生帛有差[⑦]。是时，太宗大征天下名儒为学官，数幸国学[⑧]，使诸儒讲论。诸生有能明一经以上者，皆得补官。增筑学舍千二百间，生徒至三千二百六十人。自屯营飞骑诸武卫[⑨]，亦给教官，使授一经，其间有能通经者，亦听贡举[⑩]。于是，四方学者云集京师，乃至高丽、百济、新罗、高昌、吐蕃诸酋长[⑪]，亦遣子弟请入国学。升讲席者至八千余人。太宗又以师说多门，章句繁杂，命孔颖达与诸名儒考订五经注疏，谓之“正义”[⑫]，令学者习之。朱熹于《纲目》备书之，以表太宗兴学重道，足为后世之法。

臣切惟[⑬]：自古圣人建国君民，皆以教学为先，盖以风化所本[⑭]，人才所自出也。三代盛时，立教之法，极为详备；而天子、公卿躬行于上，言行政事皆可师法，故其治化、人才皆极其盛。后汉明帝尊师重傅，临雍拜老，宗戚子弟莫不受学。唐太宗大召名儒，增广生员[⑮]，庶几先王之道。然而治化、人才，终不能比隆于古者，诚以躬行之实有未至也[⑯]。洪惟国家圣圣相承，皆以崇儒重道为心。太祖高皇帝、太宗文皇帝，皆尝亲幸太学，释奠先师，命师儒讲说经理。由是教化、人才亦极其盛，非汉唐所能及也。伏惟圣明，体祖宗之心，崇圣贤之道，建皇极以端其本⑰，延师儒以广其规⑱，则人心淑而士习正⑲，道德一而风俗同矣。岂不有光于祖宗，而媲美于帝王也哉！

【注释】

① 元子：嫡长子。众子：指嫡长子以外的诸子。

② 适：通“嫡”。

③ 俊秀：才智杰出的人。

④ 养老：指养老礼。古代对年高德劭的老者按时饷以酒食而敬礼之的礼节。习射：指习射礼。

⑤ 贞观十四年：640年。

⑥ 孔颖达：字冲远，冀州衡水（今属河北）人。生于北齐后主武平五年（574），八岁就学，日诵千言，熟读经传，善于辞章。隋大业初，选为“明经”，授河内郡博士，补太学助教。入唐，任国子监祭酒。奉唐太宗命编纂《五经正义》，融合南北经学家的见解，是集魏晋南北朝以来经学大成的著作。

⑦ 有差：不一，有区别。

⑧ 数（shuò）：屡次。

⑨ 屯营：军营。飞骑：唐禁军名。贞观十二年（638）唐太宗置左右屯营于玄武门，其兵称“飞骑”。

⑩ 贡举：指科举考试。

⑪ 高丽：古国名，在今朝鲜半岛。百济：古国名。在今朝鲜境内。新罗：朝鲜半岛古国。503年开始定国号为“新罗”。660年和668年，新罗联合唐朝先后灭亡百济和高句丽。670年—676年唐朝新罗战争后，新罗统一了朝鲜半岛大同江以南地区，称为统一新罗。9世纪末期，统一新罗分裂成“后三国”。935年，“后三国”被高丽统一。高昌：西域古国。高昌故城位于吐鲁番市东45公里处，始建于公元前1世纪汉代。吐蕃：公元七至九世纪，我国古代藏族所建政权。据有今西藏地区全部，盛时辖有青藏高原诸部，势力达到西域、河陇地区。

⑫ 正义：一种经、注兼释的注释。是古籍注释体例之一。

⑬ 切惟:犹“窃惟”。

⑭ 风化:风教,风气。

⑮ 生员:国学及州、县学在学学生。

⑯ 躬行:亲身实行。

⑰ 皇极:帝王统治天下的准则。即所谓大中至正之道。

⑱ 延:聘请。师儒:指教官或学官。

⑲ 淑:善。士习:士大夫的风气,读书人的风气。

颂

瑞星颂① 有序

宣德五年十二月丁亥夜,含誉星现②,以彰国家万万年太平之盛,诚古今所罕见者,实由皇上至孝深仁,格于上天之所致也③。凡在臣间民,罔不欢贺。臣某备员翰苑④,恭睹上瑞,不胜欣忭⑤,谨拜手稽首而献颂曰⑥:

惟皇膺运⑦,抚临九五⑧。文教恢弘⑨,度越前古⑩。祗奉宗庙⑪,礼备精诚。孝养圣母⑫,敬竭至情。深仁厚泽,洽于万国⑬。华夏蛮夷⑭,罔不戴德⑮。太和之气⑯,格于上苍⑰。三辰顺轨⑱,五纬宣光⑲。惟兹良夜,玉宇廓清⑳。瑞星乃现,垂彩晶荧。光连九游㉑,其色黄白。炳焕台垣㉒,近拱紫极㉓。灿烂碧霄㉔,焜耀丹阙㉕。列宿藏辉㉖,六合澄澈㉗。其象伊何?圣德之著。天启厥祥,是曰含誉。皇图巩固㉘,海宇弥宁㉙。四方欢庆,咸播歌声。微臣作颂,嵩呼稽首㉚。仰祝圣皇,亿万年寿。

【注释】

① 瑞星,古代指吉祥之星。据《明史》记载,宣德五年“十二月丁亥,有

星如弹丸，见九斿旁，黄白光润，旬有五日而隐”(《天文志三》)。颂，文体的一种，以颂扬为宗旨。陆机《文赋》：“颂优游以彬蔚，论精微而朗畅。”刘勰《文心雕龙·颂赞》：“原夫颂惟典雅，辞必清铄，敷写似赋，而不入华侈之区；敬慎如铭，而异乎规戒之域。”

② 含誉星：星名，瑞星之一。

③ 格：感通，感动。

④ 翰苑：翰林院的别称。

⑤ 欣忭(biàn)：喜悦。忭，高兴。

⑥ 拜手：亦称“拜首”。古代男子跪拜礼的一种。跪后两手相拱，俯头至手。稽(qǐ)首：古时一种跪拜礼，叩头至地，是九拜中最恭敬者。

⑦ 膺运：犹膺期。承受期运。指受天命为帝王。

⑧ 抚临：据有，统治。九五：指帝位。

⑨ 文教：指礼乐法度，文章教化。恢弘：博大，宽宏。

⑩ 度越：超过。

⑪ 祇(zhī)奉：敬奉。

⑫ 圣母：对皇太后的尊称。

⑬ 洽：周遍，广博。

⑭ 华夏：原指我国中原地区，后复包举我国全部领土而言，遂又为我国的古称。蛮夷：古代对四方边远地区少数民族的泛称。

⑮ 戴德：感戴恩德。“戴”字底本漫漶，据“朐抄本”补。

⑯ 太和：天地间冲和之气。

⑰ 格：感通，感动。

⑱ 三辰：指日、月、星。顺轨：遵循运行的轨道。

⑲ 五纬：金、木、水、火、土五星。宣：发散。

⑳ 玉宇：指太空。廓清：明净，清澈。

㉑ 九游：星名。《史记·天官书》：“三曰九游。”张守节正义：“九游九星，在玉井西南，天子之兵旗，所以导军进退，亦领州列邦。”

㉒ 炳焕：照耀。台垣：都察院、六科的并称。柏台之名起于汉朝。御史府中多植柏树，而朝廷禁省，统称台阁，所以御史府别称柏台。至明朝设都察院，与六部平行，合称“七卿”。都察院设左右都御史各一

人，称为“台长”；正途出身授职监察御史，称为“入台”。特设而无专署的，有六科给事中，习惯上通称为“垣”，与“台”相对。

㉓ 拱：环绕。紫极：星名。借指帝王的宫殿。

㉔ 碧霄：青天。

㉕ 焜耀：明照，照耀。丹阙：赤色的宫阙。借指皇帝所居的宫廷。

㉖ 列宿：众星宿。

㉗ 六合：天地四方。指整个宇宙空间。

㉘ 皇图：王朝的版图。亦指王朝。

㉙ 海宇：犹海内、宇内。指国境以内之地。

㉚ 嵩呼：汉元封元年（前110）春，汉武帝登嵩山，从祀吏卒皆闻三次高呼万岁之声。后臣下祝颂帝王，高呼万岁，亦谓之“嵩呼”。

驺虞颂　并序[1]

臣闻：圣人在位，治化流行，及于昆虫草木[2]，是以和气充溢，格于上下，天降嘉瑞[3]，以昭德美，非偶然之所致也。钦惟皇帝陛下[4]，缵承列圣[5]，统绍百王[6]，体天地好生之心，子育黎庶[7]，故六气宣和[8]，百灵效顺[9]。是故祯祥屡臻[10]，不可纪极[11]。乃宣德己酉春[12]，有驺虞二，产于滁之石固山[13]，南京守臣致之来献[14]，赐群臣观之于廷，咸踊跃欢忭[15]，以为真盛世之大瑞，非皇上大德深仁，安能感召之至若是哉！臣某叨居翰苑[16]，目睹奇祥，不容以默，谨撰颂辞一篇，拜手稽首，以献颂曰：

圣皇受命，统驭万方[17]。功承列圣，德冠百王。仁恩汪洋[18]，覃及四裔[19]。昆虫草木，罔不生遂[20]。二气宣和[21]，嘉瑞用彰[22]。惟彼仁兽，产于滁阳[23]。匪虎匪彪[24]，匪熊匪罴[25]。匪形之异，乃兽之奇。质凝霜雪[26]，被以玄文[27]。炳然修尾[28]，长倍于身。不食生物[29]，弗履生草[30]。繄惟至性[31]，自然驯扰[32]。守臣得之，献于金门[33]。臣民快睹，莫不欢欣。载歌载颂，维此上瑞。斯瑞既臻[34]，诸福毕至。天监昭昭[35]，眷维圣德。欢声雷动，洽于万国。微臣浅陋[36]，躬睹嘉祥。愿祝圣寿，与天永长。

【注释】

① 驺虞，传说中的义兽。据史载，宣德四年(1429)正月，滁州来安县有驺虞二，见于石固石，南京守臣襄城伯李隆献给朝廷，宣德皇帝诏赐群臣观之。廷臣杨溥、杨荣、杨士奇、夏原吉等都献颂鸣瑞。

② 治化：治理国家、教化人民。

③ 嘉瑞：祥瑞。

④ 钦惟：发语词。犹言敬思。

⑤ 缵(zuǎn)承：继承。

⑥ 统绍：继承统绪。百王：历代帝王。

⑦ 子育：抚爱、养育如己子。黎庶：黎民。

⑧ 六气：自然气候变化的六种现象。指阴、阳、风、雨、晦、明。宣和：疏通调和。

⑨ 百灵：各种神灵。效顺：表示忠顺，投诚。

⑩ 祯祥：吉祥的征兆。《礼记·中庸》："国家将兴，必有祯祥；国家将亡，必有妖孽。"孔颖达疏："祯祥，吉之萌兆。祥，善也。言国家之将兴，必有嘉庆善祥也。"

⑪ 纪极：终极；限度。引申为穷尽。

⑫ 宣德己酉：即宣德四年(1429)。

⑬ 石固山：在今安徽来安县。道光《来安县志》云："在县东北二十八里。势甚高险，望之上圆如鼓而面平……明宣德四年，山下民舍产驺虞二，黑质白章，驯扰不惊，州守以闻尚书。黄福作颂，夏原吉作赋，以进请受贺，不许。"(卷一《舆地志·山川》)

⑭ 守臣：镇守一方的地方长官。

⑮ 欢忭：喜悦。

⑯ 叨(tāo)：犹忝。表示承受之意。常用作谦辞。

⑰ 统驭：统辖，驾驭。万方：万邦。引申指天下各地。

⑱ 汪洋：形容恩情深厚。

⑲ 覃(tán):蔓延,延及。四裔:指四方边远地带的人。
⑳ 生遂:生育,生长。
㉑ 二气:指阴、阳。古人认为,二气合而万物生。
㉒ 用:因此。
㉓ 滁(chú):水名。源出安徽省肥东县中北部,折而东流,经全椒县、滁州市、来安县等地,至南京六合区注入长江。古称涂水。阳:山南水北为阳。石固山在滁水之北。
㉔ 匪(fěi):同“非”。不,不是。
㉕ 罴(pí):熊的一种。俗称人熊或马熊。
㉖ 质凝霜雪:意为此兽像凝结的霜雪一样白。质,形体,外貌。
㉗ 玄文:黑色的花纹。
㉘ 炳然:光明的样子。修:长。
㉙ 生物:指活的动物。
㉚ 生草:青草,新生之草。
㉛ 繄(yī):语气助词。
㉜ 驯扰:顺服。
㉝ 金门:以黄金为装饰的门。代指宫廷。
㉞ 臻:到,达到。
㉟ 天监:上天的监视。昭昭:明亮。
㊱ 浅陋:指见闻狭隘,见识贫乏。

平胡颂[①]　有序

钦惟皇上,以圣神文武之资,秉奉天子民之诚[②],统绍祖宗鸿业;宵旰惓惓[③],究惟治理,文恬武嬉,万方宁谧[④]。兹惟宣德三年秋,岁功落成[⑤]。爰因农隙之时,修讲武备[⑥],习练戎卒[⑦],毕率六师,巡于北鄙[⑧]。忽以边警[⑨],谍闻残胡余孽[⑩],窃牧塞外。皇上遂乃奋厉圣武[⑪],肆用殄绝[⑫],丑孽闻骇,欲为深遁[⑬]。皇上复命飞骑，扼其归径，捣及巢穴，悉俘其众，靡有孑遗[14]，驼马牛羊，不可以数计。于是沙漠肃清，边陲永靖[15]。即日班师还京，献馘郊庙[16]，天地协和[17]，神人胥庆[18]。伏睹天兵自九月乙卯入塞，迄甲子，未弥旬而干戈遂戢[19]。非皇上神武不杀之德，有以格于天地，通于神明，其成功之速，何其如是哉？臣某，一介儒生，疏庸无似[20]，叨蒙圣恩，赐登甲第[21]，授职词垣[22]。臣惟日竞切报称未能[23]，幸睹圣德神功，高出前古，光昭祖宗[24]，诚足以超三皇而跻五帝矣[25]。是宜形之咏歌[26]，勒之金石[27]，以垂亿万年无疆之休[28]。臣不胜欣忭之至，乃拜手稽首，谨献颂曰：

天佑圣明，乾坤清宁。华夷一统[29]，海宇升平。六十余年，列圣相继。皞皞熙熙[30]，群生咸遂。于惟圣皇，敬宗尊祖。抚夏怀夷，崇文右武[31]。东南之蛮，西北之戎，奔走梯航[32]，捧琛献宝[33]。时维仲秋，巡于朔方。白旄黄钺[34]，威武奋扬[35]。蠢尔残胡，敢恣滋窃[36]。皇赫斯怒[37]，肆用殄绝。猛士桓桓[38]，如貔如熊[39]。铁骑骏奔[40]，如飙如风[41]。旌旗斯麾，耀日晃星。金鼓斯震[42]，击雷薄霆。指示发踪[43]，悉由圣算。金戈未加[44]，丑虏遁窜。皇命虎将，电驰以追[45]。捣其巢穴，擒厥渠魁[46]。种落收俘[47]，靡有遗类。驼马牛羊，不可数计。武功以捷[48]，边尘以清[49]。天戈载戢，还凯神京[50]。告成于庙，讯馘于廷[51]。神人交贺，载播歌声。四方万国，咸仰帝德。鼓舞欢忻，赞扬莫极。惟皇弘烈[52]，焕后光前。宗社巩固，宝历弥延[53]。惟天佑圣，万寿无穷。臣拜稽首，谨颂神功。

【注释】

① 胡，是古代对北方和西方的民族如匈奴等的称呼。据《明史·宣宗本纪》载：宣德三年八月“丁未，帝自将巡边。九月辛亥，次石门驿。兀良哈寇会州，帝帅精卒三千人往击之。乙卯，出喜峰口，击寇于宽河。帝亲射其前锋，殪三人，两翼军并发，大破之。寇望见黄龙旂，

下马罗拜请降，皆生缚之，斩渠酋。甲子，班师。癸酉，至自喜峰口。”文中所咏即为此事。

② 子民：爱护人民。

③ 宵旰(gàn)：“宵衣旰食”的省称。天不亮就穿衣起身，天黑了才吃饭。形容非常勤劳，多用以称颂帝王勤于政事。惓惓(quánquán)：忠谨的样子。

④ 宁谧：安定平静。

⑤ 岁功：一年农事的收获。

⑥ 武备：军备。指武装力量、军事装备等。

⑦ 戎卒：兵士。

⑧ 六师：周天子所统六军之师。周制一万二千五百人为师。后以为天子军队之称。北鄙：北方边境地区。

⑨ 边警：边境的警报。

⑩ 谍：谍报。

⑪ 奋厉：激励，振奋。

⑫ 肆：突袭。殄(tiǎn)绝：灭绝。

⑬ 遁：逃跑。

⑭ 孑遗：遗留，残存。

⑮ 边陲：边境。靖：安定。

⑯ 献馘(guó)：古时出战杀敌，割取左耳，以献上论功。馘，指所割下的耳朵。亦泛指奏凯报捷。郊庙：古帝王祭天地的郊宫和祭祖先的宗庙。

⑰ 协和：和睦，融洽。

⑱ 胥(xū)：皆，都。

⑲ 戢(jí)：收藏兵器。引申指停止战争。

⑳ 疏庸：也作“疏慵”。粗疏平庸。无似：无比。

㉑ 甲第：科举考试中的第一等。

㉒ 词垣：词臣的官署，如翰林院之类。

㉓ 报称：报答。

㉔ 光昭：彰明显扬，发扬光大。

㉕ 三皇：传说中上古三帝王。所指说法不一。一般指伏羲、神农、黄

帝。跻(jī):逾越,超越。五帝:上古传说中的五位帝王。说法不一,一般指黄帝(轩辕)、颛顼(高阳)、帝喾(高辛)、唐尧、虞舜。

㉖ 形:表现。咏歌:吟咏歌唱。

㉗ 金石:指古代镌刻文字、颂功纪事的钟鼎碑碣之属。

㉘ 休:称赞,赞美。

㉙ 华夷:指汉族与少数民族。后亦指中国和外国。

㉚ 皞皞:广大自得的样子。熙熙:和乐的样子。

㉛ 右武:崇尚武功。

㉜ 梯航:亦作"梯杭"。"梯山航海"的省语。指长途跋涉。

㉝ 琛(chēn):珍宝。常作贡物。

㉞ 白旄:古代的一种军旗。竿头以牦牛尾为饰,用以指挥全军。黄钺:饰以黄金的长柄斧子。天子仪仗,亦用以征伐。

㉟ 奋扬:奋发激扬。

㊱ 恣:放纵,放肆。

㊲ 赫怒:盛怒。

㊳ 桓桓:勇武、威武的样子。

㊴ 貔(pí):一种似虎的猛兽。

㊵ 骏奔:急速奔走。

㊶ 飙(biāo):旋风,暴风。

㊷ 金鼓:指钲。其形似鼓,故名金鼓。

㊸ 发踪:指挥调度。

㊹ 金戈:戈的美称。借指雄师劲旅,威武的军士。

㊺ 电驰:迅疾的样子。

㊻ 厥:其,他的。

㊼ 种落:种族部落。

㊽ 揵(qián):举,扬。"胸抄本"作"建"。

㊾ 边尘:指边境战事。

㊿ 神京:帝都,首都。

51 讯馘:指古代战争中的俘虏和已毙之敌。讯,鞫讯所获生俘。馘,割取死敌左耳以计功。

㊷ 弘烈：巨大的功业。

㊸ 宝历：指国祚，皇位。

应　制

黄鹦鹉诗[1]

有鸟鹦鹉来炎方[2]，黄金毛羽真非常。献身万里达明光[3]，九重欢赏称奇祥[4]。仙姿不用玄翠妆，况数雪衣与绿裳。金精孕质天然章[5]，禔被一色合中央[6]。肯与鸟鹊同颉颃[7]？要观阿阁巢凤凰[8]。雕旋金索日正长[9]，珊瑚碧树依宫墙。多机巧语慧且良，丹咮半启何琅琅[10]。无劳左右调宫商[11]，音韵自协笙与簧[12]。春风瑶圃琼枝芳[13]，碧桃和露啄天香[14]。曈曈初日呈扶桑[15]，时随凤辇鸣朝阳[16]。彤墀赐观环珮锵[17]，微臣稽首为揄扬[18]：名垂万古歌虞唐[19]。

【注释】

① 应(yìng)制，特指应皇帝之命写作诗文。刘球《黄鹦鹉颂·序》云："宣德七年春，西土有以黄鹦鹉进者，钦蒙皇上赐与群臣观之。……臣躬承恩遇，目睹殊祥，用竭芜陋之才，为黄鹦鹉颂一首以献。"（《两溪文集》卷三）金幼孜、夏原吉、刁嘉言等均有同一主题的诗。此诗亦当为同一时期之作。

② 炎方：泛指南方炎热地区。

③ 明光：汉代宫殿名。后亦泛指朝廷宫殿。

④ 九重：指帝王。

⑤ 金精：指月亮。章：花纹。

⑥ 禔(zhī)：通"祇"。但。

⑦ 颉颃(xiéháng):鸟上下翻飞的样子。

⑧ 阿:高大。

⑨ 旋(xuàn):铜锡盘。戴侗《六书故》:“今之铜锡盘为旋,取旋转为用也。”索:绳索。

⑩ 咮(zhòu):禽鸟嘴。琅琅:象声词。形容清朗、响亮的声音。

⑪ 宫商:五音中的宫音与商音。泛指音律。

⑫ 笙、簧:两种管乐器。

⑬ 瑶圃:产玉的园圃,指仙境。琼枝:传说中的玉树。

⑭ 碧桃:古诗文中多特指传说中西王母给汉武帝的仙桃。天香:指宫廷中用的熏香。

⑮ 曈曈:明亮的样子。扶桑:神话中的树名,传说日出于扶桑之下,拂其树杪而升,因谓为日出处。亦代指太阳。

⑯ 凤辇:皇帝的车驾。鸣朝阳:鸣于朝阳。

⑰ 彤墀(chí):宫殿的赤色台阶或赤色地面。借指朝廷。环珮:古人所系的佩玉。《礼记·经解》:“行步则有环珮之声,升车则有鸾和之音。”锵(qiāng):形容金、玉等的撞击声。

⑱ 揄扬:宣扬。

⑲ 虞唐:唐尧与虞舜的并称。亦指尧与舜的时代,古人以为太平盛世。

玄兔赋[①] 有序

宣德四年夏四月,宁夏守臣以玄兔来进。皇帝赐群臣观之,莫不欢忻称异,以为希世太平之嘉瑞也。臣叨居翰苑,目睹奇祥,不胜忻跃之至[②],谨拜手稽首而献赋曰:

惟皇嗣极,统坤握乾。体元亨而育物[③],施文德以协天[④];溥仁化于诸夏[⑤],霈流泽于八埏。奉宗社而诚至,礼百神而敬宣。是以召两间之应[⑥],集诸福之全。爰兹西土,有瑞乃生,水德之孕[⑦],望舒之精[⑧],虽托形于卯宿[⑨],实具质于玄冥[⑩]。黝然其色[11]，犹缁涅而墨润[12]；苍然其毳[13]，宛雾滃而云凝[14]。匪三穴之狡类[15]，真八窍之最灵[16]。当其深春早夏，瑶草芬芳，或脱踪于月窟，或露质于高冈。值守臣之敬慎，时巡警于疆场。瞻瑞气之氤氲[17]，获盛世之祯祥。不惊骇以奔走[18]，如豢扰之驯良。讵网罗之可致[19]，岂虞获之并将[20]。于是贮以雕笼，献于九重，育于灵囿[21]。麟凤相从，饮醴泉之清洁[22]，卧上苑之英茸[23]。何群兔之敢并，视百兽而独崇。伟斯瑞之来现，实圣德之昭融[24]。祝圣寿于万亿，惟天地而攸同。

【注释】

① 玄兔，黑色的兔子。底本《目录》中“玄兔”前有“献”字。

② 忻跃：欢欣鼓舞。

③ 元亨：大吉。元，大。亨，通。

④ 文德：指礼乐教化。与“武功”相对。

⑤ 溥（fū）：通“敷”，布。诸夏：周代分封的中原各个诸侯国，泛指中原地区。也指中国。

⑥ 两间：天地之间。指人间。

⑦ 水德：古代阴阳家称帝王受命的五德之一，指以水而德王。《史记·秦始皇本纪》：“始皇推终始五德之传，以为周得火德，秦代周德，从所不胜。方今水德之始，改年始，朝贺皆自十月朔。”文中所言玄兔来自宁夏，为秦故地，所以说水德。

⑧ 望舒：神话中为月驾车的神。借指月亮。

⑨ 卯宿：秦汉后以十二生肖配十二地支，以兔为卯。

⑩ 玄冥：神名。北方之神。

⑪ 黝然：深黑色。

⑫ 缁（zī）：黑色。涅（niè）：黑泥。

⑬ 苍：青色。毳（cuì）：鸟兽的细毛。

⑭ 雾滃（wěng）：云雾四起。

⑮ 三穴：三个洞穴。《战国策·齐策四》：“冯谖曰：‘狡兔有三窟，仅得

免其死耳。今君有一窟，未得高枕而卧也。请为君复凿二窟。’”

⑯ 八窍：眼、耳、鼻、口为七窍，生殖孔、排泄孔合为一窍，共为八窍。这里泛指动物。

⑰ 氤氲(yīnyūn)：弥漫的样子。

⑱ 惊骇：惊慌害怕。

⑲ 讵(jù)：副词。表示反诘。相当于“岂”“难道”。

⑳ 虞：古代掌管山林川泽之官。

㉑ 灵囿：周文王苑囿名。泛指帝王畜养动物的园林。

㉒ 醴泉：甜美的泉水。

㉓ 上苑：皇家的园林。茸(róng)：指细草。

㉔ 昭融：光大发扬。

澹轩文集今注

【卷之二】

诗

代户部某人贺瑞星[1]

圣皇仁孝格苍天[2]，乾象呈辉含誉悬[3]。瑞彩回临黄道畔[4]，祥光正拱紫宸边。晶荧可睹明孤月，澄彻无垠照八埏[5]。青琐小臣欣上瑞[6]，嵩呼忭舞玉阶前[7]。

【注释】

① 户部，六部之一，掌全国疆土、田地、户籍、赋税、俸饷及一切财政事宜。本诗所作时间，当与卷一《瑞星颂》同时。

② 格：感通，感动。含誉：指含誉星。

③ 乾象：天象。旧时以为天象变化与人事有关。

④ 黄道：地球一年绕太阳转一周，我们从地球上看成太阳一年在天空中移动一圈，太阳这样移动的路线叫作黄道。它是天球上假设的一个大圆圈，即地球轨道在天球上的投影。黄道和天球赤道相交于北半球的春分点和秋分点。

⑤ 八埏（yán）：八方边远的地方。

⑥ 青琐：装饰皇宫门窗的青色连环花纹。借指宫廷。

⑦ 嵩呼：臣下祝颂帝王，高呼万岁。忭（biàn）舞：高兴得手舞足蹈。忭，高兴。

赐元夕观灯[1]

元宵灯火庆年丰[2]，鳌驾三山接太空[3]。万象回临双阙下[4]，群仙遥降五云中[5]。花开琪树珠玑灿[6]，酒泛金(樽)[杯]玛瑙红[7]。(环珮珊瑚称万寿)[乐奏九成天上曲][8]，(圣)[吾]皇正宴紫霄宫[9]。

【注释】

① 元夕：旧称正月十五日为上元节，是夜称元夕，与“元夜”“元宵”同。《静志居诗话》卷一《明宣宗》：“景陵当海宇承平之日，肆意篇章。尝于九年元夕群臣观灯，各献诗赋，汇成六册。惜今已无存。”据此推断，此诗当作于宣德九年元夕。此诗手迹存，据以校订。

② 年丰：指年成丰收。

③ 鳌(áo)：传说中海中能负山的大鳖或大龟。三山：传说中的海上三神山。

④ 万象：宇宙间一切事物或景象。双阙：古代宫殿、祠庙、陵墓前两边高台上的楼观。借指京都。

⑤ 五云：青、白、赤、黑、黄五种云色。古人视云色占卜吉凶丰歉。

⑥ 琪树：仙境中的玉树。珠玑：珠宝，珠玉。

⑦ 金杯：泛指精美的杯子。玛瑙：玉髓的一种。品类甚多，颜色光美，可制器皿及装饰品。

⑧ “乐奏”句：底本作“环珮珊瑚称万寿”，据手迹改。九成：犹九阕。乐曲终止叫成。

⑨ 吾：底本作“圣”。据手迹改。紫霄：指帝王所居。

甲子四月朔，将赴太庙陪祀，斋房沐发偶成[1]

公署初成结构工[2]，儒臣深荷圣恩隆[3]。北门新制依双阙[4]，上界清光接九重[5]。斋沐不缘将对越[6]，论思那得暂从容[7]。砌花檐鹊相欢笑，似与吾心乐趣同。

【注释】

① 甲子年，明英宗正统九年(1444)。朔，旧历每月初一。据《明英宗实录》载，这年四月，英宗“享太庙”。太庙，帝王祭奠祖先的家庙。明太庙在天安门东侧。1924年辟为和平公园，1950年改为现名“劳动人民文化宫”。陪祀，陪从祭祀。斋房，斋戒的居室。陪祀太庙是一件十分荣显的事情，陪祀者不仅品级要高，而且一定是品行端正，深受皇帝信赖的人。偶成，就是偶然写成。

② 公署：古代官员办公的处所。结构：指建筑物构造的式样。工：工巧，精致。

③ 圣恩：帝王的恩宠。

④ 双阙：古代宫殿、祠庙、陵墓前两边高台上的楼观。

⑤ 清光：清亮的光辉。多指月光、灯光之类。

⑥ 斋沐：斋戒沐浴。对越：犹对扬。答谢颂扬。

⑦ 论思：议论、思考。特指皇帝与学士、臣子讨论学问。从容：悠闲舒缓，不慌不忙。

文渊阁和杨少师韵①

燮调和气绝祲氛②，元老看看近八旬③。黼黻补裳心贯日④，珠玑落笔语惊人⑤。每于旱岁为霖雨⑥，共说当朝重席珍⑦。馆阁清闲无暑气⑧，制来新曲胜阳春。

【注释】

① 文渊阁：明代宫内贮藏典籍及皇帝讲读之所。明太祖始建于南京奉天门东。成祖迁都北京，又于宫内东庑南建文渊阁。后置文渊阁大学士。杨少师：指杨士奇。见卷前《澹轩历受诰词》注。少师，官名，“三孤”之一。周代始置，为君国辅弼之官，地位次于太师。北周以

后历代多沿置，与少傅、少保合称“三少”，亦称“三孤”。“三孤”为“三公”(太师、太傅、太保)之副。

② 燮调(xiètiáo)：协和，调理。和气：古人认为天地间阴气与阳气交合而成之气。万物由此“和气”而生。《老子》：“万物负阴而抱阳，冲气以为和。”祲(jìn)氛：邪恶之气。

③ 元老：天子的老臣。后称年辈、资望皆高的大臣或政界人物。

④ 黼黻(fǔfú)：礼服上所绣的华美花纹。

⑤ 珠玑：比喻美好的诗文、绘画等。

⑥ 霖雨：甘雨，时雨。

⑦ 席珍：座席上的珍宝。比喻儒者美善的才学。

⑧ 馆阁：北宋有昭文馆、史馆、集贤院三馆和秘阁、龙图阁等阁，分掌图书经籍和编修国史等事务，通称“馆阁”。明代将其职掌移归翰林院，故翰林院亦称“馆阁”。暑气：盛夏时的热气。

拂拂东风挹晓氛[1]，苏焦一雨过中旬[2]。云移绮户初迎日[3]，凉透纱衣总快人[4]。挥笔旋裁颁下诏，席毡坐食赐来珍[5]。叨陪自愧无才思[6]，恳诲应同发育春[7]。

【注释】

① 拂拂：风吹动的样子。挹(yì)：吸取。

② 中旬：一个月的中间十天，即从十一日到二十日。

③ 绮户：彩绘雕花的门户。

④ 快人：使人畅快。

⑤ 毡(zhān)：羊毛或其他动物毛制成的块片状材料。

⑥ 叨陪：谦称陪侍或追随。才思：才气和思致。

⑦ 发育：使萌发、生长。

奉和少傅东里杨先生送杨允宽觐省后还闽中十绝韵①

远从闽峤趋京国②，为别亲庭已数年③。白发元臣辅明主④，玄成行复继韦贤⑤。

【注释】

① 奉和，指作诗词与别人相唱和。少傅东里杨先生，指杨士奇。见卷前《澹轩历受诰词》注。杨士奇有《送杨允宽贤良省觐后南还》十首（见《东里续集》卷六十一），徐有贞亦有《和少傅东里杨先生送杨允宽还建安十绝句次其韵》（见《武功集》卷五）。杨允宽，是杨荣长子杨恭。史载："恭，荣子。自幼慷慨博学，以荣当国，引嫌不仕。荣没，荫补尚宝寺丞，升少卿卒。处家，积而能施。邻盗尝逼境，相戒勿犯，杨氏且为扃钥而去。子士伟，第进士。"（《明一统志》卷七十六）觐省，指探望双亲。第九、第十两首手迹存。

② 闽峤（jiào）：福建境内的山路。京国：京城，国都。

③ 亲庭：指父母。

④ 元臣：重臣，老臣。

⑤ 玄成：韦贤少子。韦贤于汉宣帝时为丞相，元帝时，玄成复以明经历位至丞相。后借指能继承先辈相位的人。韦贤：字长孺，鲁国邹（今山东邹城东南）人。性质朴，善求学，精通《诗》《礼》《书》，号称邹鲁大儒。前 71 年，代蔡义为丞相，封扶阳侯，卒谥"节侯"。

紫荆花底共徘徊①，舞罢莱衣更举杯②。此日暂随征雁去③，春风还逐雁同来。

【注释】

① 紫荆：落叶乔木或灌木。叶圆心形，春开红紫色花。

② 莱衣：指小儿穿的五彩衣或小儿的衣服。着莱衣表示对双亲的孝养。《艺文类聚》卷二十引《列女传》："老莱子孝养二亲，行年七十，婴儿自娱，著五色彩衣。尝取浆上堂，跌仆，因卧地为小儿啼，或弄乌鸟于亲侧。"后因以"彩衣""莱衣""莱服""斑衣""莱庭""五彩戏""老莱戏""老莱服""斑衣戏彩"等，用作侍亲至孝之典。

③ 征雁：迁徙的雁，多指秋天南飞的雁。

文彩翩翩一俊英[①]，日勤坟典效先氓[②]。客边几度来宁省[③]，足慰严亲爱国情[④]。

【注释】

① 翩翩：形容文采优美。俊英：才能出众的人。

② 坟典：三坟、五典的并称。用为古代典籍的通称。先氓（méng）：即先民。

③ 客边：客人或外地人。宁省：探望年长的亲属。

④ 严亲：指父母。

晚俟金莲出禁围[①]，复承严命下京畿[②]。相逢未尽相亲意，忍对清樽话别违[③]。

【注释】

① 俟：等待。金莲：指花灯。禁围：犹禁闱。指内宫。

② 严命：对君父、长上之命的敬称。京畿：国都及其行政官署所辖地区。

③ 清樽：酒器。亦借指清酒。别违：别离。

潞渚秋深雁影高[①]，西风萧瑟送轻舠[②]。一心自是亲情切，夜夜关山入梦劳。

【注释】

① 潞(lù)渚：潞河之渚。潞，水名，即今北京通州区以下的北运河。明清时期，水路出京的必经地。渚，小洲。王立道《祭李封君文》："蓟门日惨，潞渚风凄。灵其遄归，首丘是依。"(《具茨集·文集》卷七)

② 轻舠(dāo)：轻快的小舟。

家居孝友遵严训①，稳称关西贤子孙②。今日识荆惭独晚③，未能论契倒芳樽④。

【注释】

① 孝友：事父母孝顺、对兄弟友爱。严训：父训，父命。

② 关西：指杨震。后汉华阴人杨震，通晓诸经，时称"关西孔子"。官至太尉。为杨荣远祖。

③ 识荆：初次识面的敬辞。李白《与韩荆州书》："白闻天下谈士相聚而言曰：'生不用万户侯，但愿一识韩荆州。'何令人之景慕一至于此耶！"韩荆州，名朝宗，初历左拾遗，累迁荆州长史，喜识拔后进，当时士咸归重之。

④ 芳樽：精致的酒器。亦借指美酒。

阀阅门墙在闽粤①，森森万木绿阴周②。贤翁事业今伊传③，建水无穷一派流④。

【注释】

① 阀阅：祖先有功业的世家、巨室。门墙：指门庭。

② 森森：树木繁密的样子。

③ 贤翁：尊称他人父亲。翁，父亲。伊：你。

④ 建水：即建溪，闽江上游三大溪流中最大的一支，流经建安县。

驿路迢迢天向明[①]，聆窗惊觉晓寒清[②]。客中无限思亲意，尽逐离愁付墨卿[③]。

【注释】

① 驿路：驿道，大道。迢迢：道路遥远的样子。

② 惊觉：受惊而觉醒，惊醒。

③ 离愁：离别的愁思。墨卿：墨的戏称。

不用旗亭问酒沽[①]，舟中香酝足时须[②]。醒来吟得诗千首，并入无声作画图。

【注释】

① 旗亭：酒楼。悬旗为酒招，故称。酒沽：酒的买卖。

② 香酝：指美酒。

芳菲过眼未为遥[①]，又见霜林叶尽雕。计到江南逢腊近[②]，梅花香暖袭归桡[③]。

【注释】

① 芳菲：香花芳草。

② 腊(là)：岁末。因腊祭而得名，通指农历十二月或泛指冬月，常与"伏"相对。

③ 归桡(ráo)：归舟。桡，船桨。代指小船。

奉和雨中口号录呈苗学士先生[①]

三度波推水际房[②]，连宵犹听雨声长[③]。万家忍见栖行潦[④]，尺素焉能达未央[⑤]。自笑沙鸥无定所，谩嗟仓鼠有余粮[⑥]。虚斋坐对惟同道，幸赐新诗洗结肠⑦。

【注释】

① 口号，古诗标题用语。表示随口吟成，和“口占”相似。始见于南朝梁简文帝《仰和卫尉新渝侯巡城口号》诗。后为诗人袭用。苗学士，指苗衷。见卷前《澹轩历受诰词》注。

② 际：靠近，接近。

③ 连宵：犹通宵。

④ 行潦(lǎo)：沟中的流水。潦，积水。

⑤ 尺素：小幅的绢帛。古人多用以写信或文章。故用以代指书信。未央：本为汉宫名，借指宫殿。

⑥ 谩(màn)嗟：空叹。谩，通“漫”，胡乱，随便。

⑦ 结肠：指愁思。

奉和育斋雨中见寄之韵①

迂拙常惭醉不醒②，每于危处觅安宁。知风未可同干鹊③，御疾何曾贮茯苓④。小筏为舟才得渡⑤，洪流冲户已难扃⑥。堪嗟此日谋爰处⑦，那似先生识最灵。

【注释】

① 自此至《寿黄主事母》前四首，底本缺页，据“朐抄本”补。育斋，指高穀。见卷前《澹轩历受诰词》注。

② 迂拙：迂阔笨拙。

③ 干鹊：即喜鹊。其性好晴，其声清亮，故名。

④ 茯苓：寄生在松树根上的菌类植物。中医用以入药，有利尿、镇静等作用。

⑤ 筏：水上交通工具。用竹或木编排而成，或用牛羊皮等制囊而成。

⑥ 扃(jiōng):关闭。

⑦ 爰:代词。这里,那里。

冬至日奉亲寿①

长年日日盼亲庭②,今侍尊颜喜倍生③。内酝赐来堪荐寿④,彩衣著处始怡情⑤。须知寸草心难尽⑥,但愿灵椿老更荣⑦。尚想萱堂居故里⑧,兹晨应亦念神京⑨。

【注释】

① 此诗系正统八年(1443)冬至日,马愉为因受封进京谢恩的父亲士贤公祝寿而作。

② 亲庭:指父母。

③ 尊颜:对长者仪容的敬称。

④ 内酝:皇家作坊酿造的酒,即御酒。荐:进献,送上。

⑤ 彩衣:指孝养父母。详本卷《奉和少傅东里杨先生送杨允宽觐省后还闽中十绝韵》注。

⑥ 寸草心:喻子女对父母的微小心意。

⑦ 灵椿:古代传说中的长寿之树。典出《庄子·逍遥游》:"上古有大椿者,以八千岁为春,八千岁为秋。"用来比喻父亲。

⑧ 萱堂:《诗经·卫风·伯兮》:"焉得谖草,言树之背。"毛传:"谖草令人忘忧;背,北堂也。"谓北堂树萱,可以令人忘忧。古制,北堂为主妇之居室。后因以"萱堂"指母亲的居室,并借以指母亲。

⑨ 神京:帝都,首都。

寿刘编修父①

西江科第早闻名,家学相传在一经。乡里白眉推旧德②,云霄丹桂播芳馨[3]。壶中乐事逢初度[4]，天上恩封属暮龄[5]。更喜仙郎携彩去[6]，称觞应在德星亭[7]。

【注释】

① 刘编修，指刘定之。字主静，号呆斋，江西永新县（今属吉安市）人。自幼聪颖，由其父授其读书。正统元年（1436）会试第一，殿试一甲三名。授翰林院编修。京城大水，应诏陈十事。秩满，进侍讲。天顺改元，调通政司左参议，仍兼侍讲。寻进学士。成化二年（1466），入直文渊阁，进工部右侍郎，兼翰林学士。成化四年（1468），进礼部左侍郎。次年卒于官，追赠礼部尚书，谥"文安"。著有《周易图释》《呆斋集》《宋论》《否泰集》等。刘定之父名髦，字孟恂，永乐六年举人，以身体故未再进取，以子定之贵封翰林院编修、文林郎。正统十年十月九日，以疾终于家，年七十三。著有《石潭存稿》三卷。

② 白眉：《三国志·蜀书·马良传》："马良，字季常，襄阳宜城人也。兄弟五人，并有才名，乡里为之谚曰：'马氏五常，白眉最良。'良眉中有白毛，故以称之。"后因以喻兄弟或侪辈中的杰出者。

③ 丹桂：桂树的一种。旧时称科举中第为折桂，因以丹桂比喻科第。芳馨：犹芳香。喻美好的名声。

④ 壶中：壶中物，指酒。初度：指生日。

⑤ 暮龄：晚年。

⑥ 仙郎：俊美的青年男子。

⑦ 称觞：举杯祝酒。德星：古以景星、岁星等为德星，认为国有道有福或有贤人出现，则德星现。借以指贤士。

寿齐主事父[1]

尘外萧闲六十春[2]，人间初度庆兹辰。客来函谷关中老[3]，馔出蟠桃宴上珍[4]。寿拟期颐由厚德[5]，福从皇极锡斯人[6]。清朝令子承恩渥⑦,行看乌纱换葛巾⑧。

【注释】

① 齐主事,当指齐整,山东济宁州(今济宁市)人。永乐二十一年(1423)癸卯科乡试解元。宣德二年(1427)进士,仕至户部郎中。宣德五年也有进士叫齐整,为河南开封府祥符县人。任主事的齐整,当是济宁人,此人与马愉同年,必有交往。主事,是明代各部司官中最低的一级,官阶正六品。此诗手迹存,题作《齐主事父寿六十诗》。

② 萧闲:潇洒悠闲,寂静。

③ "客来"句:用老子骑牛过函谷关之典。函谷关,关名。古关为战国秦置,在今河南灵宝市境。因其路在谷中,深险如函,故名。

④ 蟠桃:神话中的仙桃。

⑤ 期颐:一百岁。

⑥ 皇极:指皇帝。锡:赐予。

⑦ 清朝:清明的朝廷。恩渥:帝王给予的恩泽。

⑧ 乌纱:古代官员所戴的乌纱帽。泛指官帽。葛巾:用葛布制成的头巾。指隐士的服饰。

寿黄主事母①

耿耿宝婺星②,光芒烛瑶池③。华筵寿阿母④,正值深秋时。蟠桃罗嘉实⑤,霞觞捧琼酏⑥。鹤发明清霜⑦,酡颜康且怡⑧。况承锦诰封⑨,珠翟华葳蕤⑩。兹辰乃初度,祝庆欢诸儿。彩衣映瑜珥⑪,拜舞纷褵褷⑫。一祝母之寿,再祝母之禧。人心有至愿⑬,天道岂遐而⑭。所贵在好德,骈锡应无涯⑮。

【注释】

① 黄主事,当指黄平。字衡夫,四川叙州府富顺县(今属自贡市)人。

正统元年(1436)进士。正统三年擢为吏部主事。其父为黄璇(字公瑾),见本卷《送黄知府之开封》注。

② 耿耿:明亮的样子。宝婺:星名,即婺女星,借指女神。多用以称扬贵妇。

③ 烛:照耀。

④ 华筵:丰盛的筵席。寿:祝寿。

⑤ 嘉实:佳美的果实。

⑥ 霞觞:犹霞杯。琼酏(yí):美酒。酏,米酒。

⑦ 鹤发:白发。清霜:寒霜,白霜。

⑧ 酡(tuó)颜:指老年人面色红润。

⑨ 锦诰:对皇帝制敕的尊称。封:指诰封。明清对五品以上官员及其先代和妻室以皇帝的诰命授予封典,谓"诰封"。

⑩ 彩衣:指孝养父母。详本卷《奉和少傅东里杨先生送杨允宽觐省后还闽中十绝韵》注。葳蕤(wēiruí):华美的样子。

⑪ 瑜珥:女子耳上的装饰品。

⑫ 拜舞:跪拜与舞蹈。古代朝拜的礼节。褵褷(líchǐ):离披散乱的样子。

⑬ 至愿:最大的愿望。

⑭ 遐而:遥远。

⑮ 骈锡:不断的赏赐。锡,赐予。涯:极限。

寿许处士[①]　七月七日

乌鹊桥成渡汉津[②],人间此日庆生申[③]。西王母降瑶池近[④],南极星辉玉宇新[⑤]。兰桂重欢天上客[⑥],衣冠盛集洛中人[⑦]。醉来笑阅长生箓[⑧],海屋筹添不厌频[⑨]。

【注释】

① 许处士,不详所指。处士,本指有才德而隐居不仕的人,后亦泛指未

做过官的士人。

② 乌鹊桥：即鹊桥。神话传说，旧历七月初七之夜，乌鹊填天河成桥，以渡牛郎、织女相会。汉津：银汉。

③ 生申：申伯诞生之日，后用为生日之祝词。

④ 西王母：中国古代神话中的女仙人。旧时以为长生不老的象征。

⑤ 南极星：星名，即南极老人星。《史记·天官书》“狼比地有大星，曰南极老人”，唐张守节正义：“老人一星，在弧南，一曰南极，为人主占寿命延长之应。”玉宇：用玉建成的殿宇，传说中天帝或神仙的住所。

⑥ 兰桂：兰和桂。二者皆有异香，常用以比喻美才盛德或君子贤人。

⑦ 衣冠：衣和冠。古代士以上戴冠，因用以指士以上的服装。洛中人：指帝都中人。洛，本为东周都邑名，借指都城。

⑧ 长生箓（lù）：长生簿。箓，簿籍。

⑨ 海屋筹添：亦省作“海屋”“海筹”。祝寿之词。苏轼《东坡志林·三老语》：“尝有三老人相遇，或问之年……一人曰：‘海水变桑田时，吾辄下一筹，尔（迩）来吾筹已满十间屋。’”

赠淮守杨君①

[淮守杨君]今来朝京师，既还，谒予。尝闻友人姚君称其为政有声②。为赋近体一首，以赠其行云。

柏台遴选寄专城③，千里江淮任不轻。驭吏惟凭三尺法④，传家犹有四知名⑤。双旌带月今朝阙⑥，五马行春每劝耕⑦。伫见政成膺峻擢⑧，甘棠遗爱起歌声⑨。

【注释】

① 淮守杨君，指淮安知府杨理。陕西耀州（今铜川市耀州区）人。永乐九年（1411）举人。擢河南道御史。宣德元年（1426）九月，出任淮安同知。五年，知府缺，以所属县州官民奏请，补其缺。太守，是明清

时对知府的专称。淮安府，属南直隶，“太祖丙午(1366)四月为府。领州二，县九”(《明史·地理一》)。府治在山阳县(今淮安市区)。

② 姚君：指姚鹏。参本卷《赠余友姚君子大》。姚鹏曾任淮安府学训导。有声：有声誉。

③ 柏台：御史台的别称。汉御史府中列植柏树，常有野鸟数千栖其上。后因以柏台称御史台。遴选：挑选，选拔。专城：指任主宰一城的州牧、太守等地方长官。

④ 三尺法：指法律。古代以三尺竹简书法律，故称。

⑤ 四知：指廉洁自持、不受非义馈赠。《后汉书·杨震列传》：“当之郡，道经昌邑，故所举荆州茂才王密为昌邑令，谒见，至夜怀金十斤以遗震。震曰：‘故人知君，君不知故人，何也?’密曰：‘暮夜无知者。’震曰：‘天知，神知，我知，子知。何谓无知!’密愧而出。”又《传赞》：“震畏四知。”震为杨君祖先，故曰传家。

⑥ 双旌：指高官之仪仗。朝：朝见。阙：指朝廷。

⑦ 五马：汉时太守乘坐的车用五匹马驾辕，因用为太守的代称。行(xíng)春：指官吏春日出巡。劝耕：犹劝农。鼓励农民努力耕作。

⑧ 伫(zhù)：企盼，期待。峻擢：高升，越级提拔。

⑨ 甘棠：即棠梨。《史记·燕召公世家》：“周武王之灭纣，封召公于北燕……召公巡行乡邑，有棠树，决狱政事其下，自侯伯至庶人各得其所，无失职者。召公卒，而民人思召公之政，怀棠树不敢伐，哥咏之，作《甘棠》之诗。”后遂以“甘棠”称颂循吏的美政和遗爱。

赠临邑许君①

[临邑许君]初为黄门给事②。宣德初，用知者荐③，擢守广西之太平④。再守河间几十年⑤，郡以治称。民心爱戴，若子弟之于慈父母焉。虽戎伍之卒⑥，亦知敬仰。及满赴京，军民陈奏乞留不可得，垂涕送者填道。徙守彰德⑦，治如河间。兹以老

辞，诏许致仕[8]。缙绅荣之，各赋诗为别。时属暮秋，因题曰“黄花致政”。余雅重公素履有过人者[9]，为赋近体一章，续诸群生之编云。

粲粲金钱发旧篱[10]，清标应共岁寒期[11]。宁论黄霸登庸日[12]，却喜渊明归去时[13]。三郡有声黎庶咏[14]，一心无愧老天知。人生富贵还乡少，况有儿孙奉寿卮[15]。

【注释】

① 许君，指许侃(1375—1456)。字彦刚，山东临邑县(今属德州市)人。永乐六年(1408)举人。十一年授礼科给事中，二十三年改兵科。宣德三年(1428)，升户科左给事中。宣德五年(1430)十一月，出为广西太平知府。两年后丁尤归家葬母。三年服除，复授河间知府。任职九年，秩满考核最优，晋升正三品俸禄。徙河南彰德知府，一年后，致仕归乡。

② 黄门给事：给事黄门侍郎的省称。官名。秦置，西汉沿置，与黄门侍郎同在黄门(宫门色黄)之内供职，故名。东汉将两官合并，名为给事黄门侍郎，简称“给事黄门”。

③ 用：因为。

④ 太平：指太平府。明太祖洪武九年(1376)，设广西承宣布政使司，内划分为十一个府和三个直隶州统辖各县。太平府为其中之一，治所崇善(今崇左)。

⑤ 河间：指河间府。河间古称瀛洲，宋大观二年(1108)，改瀛洲为河间府。元至元二年(1265)，改府为路，属中书省。明洪武元年(1368)，改河间路为河间府，属新设之河南分省。二年(1369)三月，河间府属北平行省。永乐十九年(1421)正月，属京师。

⑥ 戎伍：行伍，军队。

⑦ 彰德：彰德府，治所在安阳(今河南安阳)。

⑧ 致仕：辞去官职。

⑨ 雅：一向。素履：比喻质朴无华、清白自守的处世态度。

⑩ 粲粲：鲜明的样子。金钱：比喻黄叶。

⑪ 清标：俊逸。岁寒：一年的严寒时节。

⑫ 黄霸：字次公，淮阳郡阳夏（今河南太康）人。汉宣帝时，历任扬州刺史、颍川太守，为政外宽内明，被誉汉代最好的地方官。登庸：指得到选拔任用。庸，用。

⑬ 渊明：陶渊明，字元亮，号五柳先生，世称靖节先生，入刘宋后改名潜。东晋浔阳柴桑（今江西省九江市）人。曾做过几年小官，后弃官归去，赋《归去来辞》。

⑭ 黎庶：黎民。

⑮ 卮（zhī）：古代一种酒器。

赠余友姚君子大[①]

［姚君子大］奉命按节川蜀[②]，余惜其有阅岁之别[③]，为赋二律以赠，且致相期之意云[④]。

朝乘骢马下台端[⑤]，豸绣为衣铁作冠[⑥]。秦塞云山春见雪[⑦]，锦江秋水昼生寒[⑧]。私无自息风涛恶[⑨]，法立须平蜀道难[⑩]。归觐有期称入奏[⑪]，杜陵诗句在江干[⑫]。

【注释】

① 姚子大，即姚鹏。字子大，山东莒州（今日照莒县）人。永乐十八年（1420）举人。初授淮安府学训导。史称“博洽多能，文学古雅，操行不贰，勤于教导，士皆服从”（《淮安府志》卷十九）。正统八年（1443）七月，擢为监察御史。景泰元年（1450）闰正月，升江西按察司佥事。

② 按节：停挥马鞭。表示徐行或停留。川蜀：指四川。古为蜀国之地，故称。

③ 阅岁：经过一年。

④ 相期：期待，相约。

⑤ 骢马：青白色相杂的马。下台端：指离开御史台。

⑥ 豸(zhì)绣:古时监察、执法官所穿的绣有獬豸图案的官服。

⑦ 秦塞:犹言秦地。塞,山川险阻之处。秦国四周有山川险阻,自古称为"四塞之国"。李白《蜀道难》诗:"尔来四万八千岁,不与秦塞通人烟。"

⑧ 锦江:岷江分支之一,在今四川成都平原。传说蜀人织锦濯其中则锦色鲜艳,濯于他水,则锦色暗淡,故称。

⑨ 风涛:风浪。

⑩ 蜀道难:指入蜀道路艰难。

⑪ 归觐:归谒君王父母。

⑫ 杜陵:指唐代诗人杜甫。杜陵,本是地名,在今陕西省西安市东南。古为杜伯国。秦置杜县,汉宣帝筑陵于东原上,因名杜陵。杜甫祖籍杜陵,也曾在杜陵附近居住,故常自称杜陵野老、杜陵野客、杜陵布衣。759年冬,杜甫为避"安史之乱",携家入蜀,辗转来到成都。次年春,在成都西郊浣花溪畔修建茅屋居住,称成都草堂。杜甫先后在此居住近四年,创作诗歌流传至今的有240余首。江干:江边。

独持宪节省民风[①],蜀道都归历览中[②]。剑阁战功闻汉相[③],成都儒化说文翁[④]。连城枯槁均沾泽,远道狐狸尽避骢。好展丹衷图报国[⑤],封章频遣达天聪[⑥]。

【注释】

① 宪节:廉访使、巡按等风宪官所持的符节。

② 蜀道:蜀中的道路。亦泛指蜀地。历览:遍览,逐一地看。

③ "剑阁"句:指诸葛亮事迹。剑阁,指剑阁道,连接川陕间的栈道。相传为诸葛亮所造,并由此率兵北伐,屡建战功。汉相,即指诸葛亮,曾为蜀汉的丞相。

④ 文翁:西汉景帝时蜀郡太守。他兴办教育,在成都设置学官,创建官学,培养人才,蜀中学风大兴,渐与齐鲁之学齐名。文翁兴学,成为汉朝郡县办学的开端。

⑤ 丹衷:赤诚之心。

⑥ 封章：言机密事之章奏皆用皂囊重封以进，故名封章。亦称封事。天聪：对天子听闻的美称。

赠医士宁得中①

一室寻常近市廛②，芳名曾为两京传③。仙方得自浮丘伯④，善药储从葛稚川⑤。门外客来车似水，炉中丹就日如年。仁人信识多阴理⑥，早晚承恩雨露边⑦。

【注释】

① 医士，就是医生。宁得中，生平履历不详。此诗手迹存。

② 市廛：指店铺集中的市区。

③ 两京：指明之北京、南京。

④ 浮丘伯：古代传说中的仙人。

⑤ 葛稚川：即东晋葛洪。字稚川，自号抱朴子，东晋丹阳郡句容（今江苏句容县）人。少好学，究览典籍，尤好神仙导养之法。晋元帝辟为丞相掾，以平贼功，赐爵关内侯。咸和初，选为散骑常侍，辞不就，入罗浮山。优游闲养，著述不辍。著有《抱朴子》等。著有《抱朴子》等。

⑥ 信识：准确的识见。

⑦ 雨露：比喻恩泽。

送少保杨先生展墓①

郢水湘川许暂游②，圣恩特为相臣优。春深驿路莺花满③，雨湿江皋草木柔④。五鼎远陈丘垄荐⑤，一心常切庙堂忧⑥。来时莫向熏风后⑦，当宁虚心倚召周⑧。

【注释】

① 少保杨先生，指杨溥。见《澹轩历受诰词》注。展墓，省视坟墓。杨溥于正统六年(1441)二月归省，此诗当作于此时。

② 郢(yǐng)：春秋战国时楚国都城。故址在今湖北省江陵县纪南城。楚文王定都于此。前 278 年，秦拔郢，地入秦。这里代指楚地。湘川：即湘江。发源于广西临桂县，上游称潇水，零陵以北始称湘江。至湘阴县入洞庭湖后归长江。为湖南境内最大河流。

③ 莺花：莺啼花开。泛指春日景色。

④ 江皋：江岸，江边地。

⑤ 五鼎：古代行祭礼时，大夫用五个鼎，分别盛羊、豕、肤(切肉)、鱼、腊五种供品。丘垄：坟墓。荐：进献，送上。

⑥ 庙堂：朝廷。借指以君主为首的中央政府。

⑦ 熏风：和暖的风。指初夏时的东南风。相传舜唱《南风歌》云"南风之熏兮，可以解吾民之愠兮。南风之时兮，可以阜吾民之财兮"。后因以"熏风"指《南风歌》。

⑧ 当宁(zhù)：处在门屏之间。宁，古代宫室门内屏外之地。君主在此接受诸侯的朝见。故借以指皇帝。召周：周成王时共同辅政的周公旦和召公奭的并称。两人分陕而治，皆有美政。

送黄尚书①

乞归未许遂闲身②，圣主分明眷旧臣。邦治重惟根本地③，铨衡犹赖老成人④。初辞玉阙天颜近⑤，晓望江亭柳色新。遥计皂轮临画省⑥，莺花如锦凤城春⑦。

【注释】

① 黄尚书，指黄宗载(1366—1444)。一名垕，字厚夫。江西富州(今丰

城市)人。洪武三十年(1397)春榜进士。任行人,历左右司副,迁司正。永乐元年(1403),升湖广按察使司佥事。坐事,谪杨青驿丞,后起官任御史。巡按交趾,时称得体。还,擢詹事府丞。洪熙元年(1425),擢行在吏部右侍郎。宣德元年(1426),奉命清军浙江。宣德十年七月,以年逾七十乞致仕,未许,转任左侍郎;九月,升南京吏部尚书。正统八年(1443)五月致仕,九年七月卒。居官廉正,学问文章,俱孚时望,为公卿大夫所推重。《明英宗实录》载,正统三年十一月,黄宗载"自陈年过七十衰病日侵乞致仕,上以老成,方隆倚任,不允所请,仍令视事"(卷四十八)。杨荣《送黄尚书复任诗序》云:"吏部尚书剑江黄公宗载来自南京,以年老恳乞致政,皇上图任旧人,弗俞其请,仍命还莅部事。行在礼部侍郎兼翰林侍读学士临川王君时彦暨词垣诸君,相与赋诗赠之。"(《文敏集》卷十一)据此推知,此诗及后《送黄尚书还南京》均当作于正统三年十一月。

② 乞归:请求辞职回乡。

③ 根本地:指京城。

④ 铨衡:衡量轻重的器具。引申指考核、选拔人才。

⑤ 玉阙:指皇宫、朝廷。

⑥ 皂轮:指皂轮车。黑色车轮的牛车,有勋德的诸王三公乘用。

⑦ 凤城:京都的美称。此处指南京。南京有著名的凤凰台,乾隆《江南通志》载:"凤凰台在江宁县保宁寺后。南宋元嘉十六年,秣陵王觊见三异鸟,文彩五色,众鸟附翼群集,时谓之凤。乃置凤凰里,起台于山,因名。"(卷三十)李白有脍炙人口的七律《登金陵凤凰台》。

送黄尚书还南京①

冢宰声华重两京②,胸中藻鉴十分明③。才看曳履朝天阙④,又见旋车入凤城⑤。江阁梅开诗思好,薇垣吏散漏声清⑥。兹行未必常居此,当宁虚心待老成⑦。

【注释】

① 黄尚书,指黄宗载,见前《送黄尚书》注。此诗手迹存。

② 冢宰:周官名,为六卿之首。指尚书。声华:犹言声誉荣耀。两京:指北京和南京。明朝开国定都南京,后迁都北京。

③ 藻鉴:品藻和鉴别人才。

④ 曳履:拖着鞋子。形容闲暇、从容。天阙:天子的宫阙,亦指朝廷或京都。

⑤ 旋车:回师之车。

⑥ 薇垣:唐开元元年(713)改称中书省为紫微省。简称微垣。元代称行中书省为薇垣。明洪武九年(1376),改元代行中书省为承宣布政司,亦沿称为薇省或薇垣。清初也称布政司曰薇垣或薇署。故明清时常以薇垣称相当于中书省的中枢机构或布政司。漏声:铜壶滴漏之声。

⑦ 当宁(zhù):指皇帝。老成:旧臣,老臣。

送魏尚书致仕归南康①

八座名卿贵②,先朝宠擢初③。邦刑承重托④,庙议赖嘉谟⑤。仁恤春阳似⑥,操持铁石如⑦。乞身何早计⑧,知止是先图⑨。只为求参术,非缘忆鲙鲈⑩。那堪士论惜,却喜圣恩殊。龙敕褒荣重,黄金礼赐余。耆英怀洛社⑪,祖席羡东都⑫。回首天犹近,还乡梦已俱。江湖何浩荡,松菊未荒芜。得酒邀陶谢⑬,延生问葛卢⑭。匡时应有疏,还拟报唐虞⑮。

【注释】

① 魏尚书,指魏源(1382—1444)。字文渊,江西建昌县(今南城县)人。永乐四年(1406)进士。授监察御史。宣德十年(1435)七月,升刑部

尚书。正统二年(1437),出理大同宣府边务,调整将卒,增设亭障,边备大饬,称一时“能臣”。正统八年三月,以疾辞归,次年卒。《明史》有传。致仕,辞去官职。南康,指南康府,属江西布政司,领星子、都昌、建昌、安义四县。

② 八座:古代中央政府的八种高级官员。历朝制度不一,所指不同。后世多以指称尚书之类高官。名卿:有声望的公卿。

③ 宠擢:宠爱提拔。

④ 刑:刑法,法度。

⑤ 庙议:朝廷的谋议。嘉谟:犹嘉谋。

⑥ 仁恤:仁爱体恤。春阳:春天的阳光。

⑦ 操持:指出处行藏。

⑧ 乞身:古代以做官为委身事君,故称请求辞职为乞身。

⑨ 知止:指懂得适可而止,知足。

⑩ 忆脍鲈:即忆以鲈鱼做的脍。语出《世说新语·识鉴》:吴人张季鹰在洛阳做官,秋风起,因忆吴中鲈鱼脍,便弃官归。鲙鲈:即鲈脍。这句连同上句讲的是:致仕回家是求药治病,并不是因为思念家乡好吃的东西。

⑪ 耆英:高年硕德者之称。洛社:即洛阳耆英会。宋代,文彦博与富弼、司马光等聚集洛阳高年者共十三人(一说十一人)置酒相乐,称“洛阳耆英会”。

⑫ 祖席:饯行的宴席。东都:此处指洛阳。

⑬ 陶谢:晋末南朝宋初诗人陶潜、谢灵运的并称。陶善写田园诗,谢长于山水诗,两人都擅长描写自然景物。

⑭ 葛卢:指晋代精通医术的葛洪和古代名医扁鹊(别称卢医),代指医术高明的人。

⑮ 唐虞:唐尧与虞舜的并称。亦指尧与舜的时代,古人以为太平盛世。此处指明朝朝廷。

送蔺学士致仕[1]　二首

早从京邸接芳邻[2]，况复同官又几春。学馆久推耆旧德[3]，词林共羡老成人。两朝趋讲承恩数[4]，此日悬车荷宠新[5]。祖道旗亭秋欲暮[6]，绿尊重酌莫辞频[7]。

【注释】

① 蔺学士，指蔺从善(1374—1446)。字有恒，河南彰德府磁州(今河北磁县)人。洪武二十六年(1393)举人。初授山东陵县教谕，稍迁扬州府学教授。历翰林院编修、侍读。宣德五年(1443)五月，与修两朝实录，升司经局洗马。正统三年(1438)，与修《宣宗实录》成，升翰林院学士。正统八年四月，以年老致仕。正统十一年二月卒。为人方正沉静，忠诚朴实，有威望。

② 京邸：京都的邸舍。芳邻：对邻居的美称。

③ 学馆：学舍，学校。耆旧：年高望重者。

④ 恩数：指朝廷赐予的封号等级。

⑤ 悬车：辞去官职。古人一般至七十岁辞官家居，废车不用，故云。

⑥ 祖道：古代为出行者祭祀路神，并饮宴送行。旗亭：酒楼。悬旗为酒招，故称。

⑦ 绿尊：酒杯。尊：同“樽”。

君去青山作近邻，从知华发倍生春[1]。儿童共迓瀛洲客[2]，冠盖相倾洛社人[3]。白酒酿成香正美，黄花开遍色尤新。三台游乐多怀古[4]，吟对西风兴转频[5]。

【注释】

① 华发：花白头发。指年老，老年人。

② 迓(yà)：迎接。瀛洲客：指有殊荣的人。详本卷《送李检讨》注。

③ 冠盖相倾：指一见如故。古语云“有倾盖如故，有白首如新”，此化用其意。冠，礼帽。盖，车盖。洛社：见《送魏尚书致仕归南康》注。

④ 三台：指三国时曹操所建铜雀台、金虎台、冰井台，故址在今河北临漳县三台村。蔺从善是磁州人，正属此地。

⑤ 兴（xìng）：指诗兴。

送李学士省墓[①]

视草频年在禁围[②]，松楸长望思依依[③]。西清暂辍青绫直[④]，南国荣看昼锦归[⑤]。宫柳雨晴蝉正急，江篱风淡雁初飞。豆笾已遂蒸尝愿[⑥]，好促征帆上帝畿[⑦]。

【注释】

① 李学士，指李时勉。见卷前《滄轩历受诰词》注。《明英宗实录》卷四十三载：正统三年六月“甲子，行在翰林院学士李时勉奏：‘臣备官侍从三十余年，未获归展桑梓。比来妻子相继沦亡，一门之内，孤苦茕茕，情迫于衷。属以史事方严，未敢言私。今史已完，乞赐一归。’上悯其情，从之。”

② 视草：古代词臣奉旨修正诏谕一类公文，称“视草”。禁围：犹禁闱。指内宫。

③ 松楸：松树与楸树。墓地多植，因以代称坟墓。特指父母坟茔。依依：形容思慕怀念的心情。

④ 西清：西厢清净之处。后指帝王宫内游宴之处。青绫：青色的有花纹的丝织物。古时贵族常用以制被服帷帐。

⑤ 昼锦：喻富贵还乡。

⑥ 豆笾：祭器。木制的叫豆，竹制的叫笾。蒸尝：本指秋冬二祭，后泛指祭祀。

⑦ 征帆：指远行的船。帝畿：犹京畿。指京都或京都及其附近地区。

送魏侍郎之南京吏部[①]

少宰重迁荷宠荣[②]，铨衡独掌向南京[③]。斯文共惜交情旧[④]，公论多归藻鉴明[⑤]。潞渚别时霜正白，江城到日雪初晴[⑥]。寒梅次第开东阁[⑦]，彩笔题诗思倍清[⑧]。

【注释】

① 魏侍郎，指魏骥(1373—1471)。字仲房，号南斋，浙江萧山(今杭州萧山区)人。永乐三年(1405)举人。次年，以进士副榜授松江府儒学训导。召修《永乐大典》。书成，还任。荐任太常博士。宣德元年(1426)，升吏部考功员外郎，转任南京太常寺少卿。正统三年(1438)，诏试行在吏部授左侍郎，次年实授。八年，改任礼部左侍郎，以年老力衰请求致仕，未获准，改任南京吏部侍郎。十四年，迁南京吏部尚书。景泰元年(1450)致仕。致仕二十余年，四方仰德。九十八岁卒，赐祭葬，谥“文靖”。著有《南斋前后集》《松江志》《理学正义》《南斋摘稿》等。《明史》有传。

② 少宰：明清为吏部侍郎的俗称，也叫少冢宰。宠荣：犹尊荣。

③ 铨衡：指主管选拔官吏的职位。亦指主管选拔官吏的部门之长。

④ 斯文：指儒士，文人。

⑤ 藻鉴：品藻和鉴别人才。

⑥ 江城：临江之城市、城郭。这里指南京。

⑦ 东阁：东厢的居室或楼房。明清两代大学士殿阁之一。

⑧ 彩笔：五彩之笔。江淹少时，曾梦人授以五色笔，从此文思大进，晚年又梦一个自称郭璞的人索还其笔，自后作诗，再无佳句。后人因以“彩笔”指词藻富丽的文笔。

送程都御史养疾[①]

几年执法佐乌台[②]，雕鹗群中识俊才[③]。曾向酒泉严虎旅[④]，又从铜柱净氛埃[⑤]。微痾偶属思休暇[⑥]，圣主深恩许暂回。勿药有期须赴阙[⑦]，乡心莫为更迟回[⑧]。

【注释】

① 程都御史，指程富（1389—1458）。字好礼，南直隶徽州府歙县（今属安徽黄山市）人。永乐十二年（1414）举人。授陕西道监察御史。宣德九年（1434），巡按江西，值大盘山贼暴发，富直捣其巢，俘获甚众，升大理寺少卿。正统六年（1441），任都察院右佥都御史，八年，转左。督运云南军储，征讨麓川（治今云南瑞丽县）。正统十年六月，升右副都御史。以疾乞致仕，天顺二年（1458）七月卒。据《明英宗实录》卷一百四十五载，程富回乡治疾，事在正统十一年九月。

② 乌台：指御史台。

③ 雕鹗（è）：雕与鹗，均为猛禽。比喻才望超群者。

④ 酒泉：今甘肃酒泉。程富曾参赞陕西、甘肃军务。

⑤ 铜柱：东汉时，交趾（今越南）女子徵侧、徵贰反，马援奉命率兵平定，并在其地立铜柱，为汉之极界。氛埃：污浊之气，尘埃。比喻战乱。

⑥ 微痾（ē）：小病。

⑦ 勿药：不服药。指病愈。赴阙：入朝。指陛见皇帝。

⑧ 乡心：思念家乡的心情。

送顾都御史致仕[①]

帝命亲承不易尧[②]，中台独立见清操[③]。平反久羡明三尺[④]，谢事今知及二毛[⑤]。箧里龙章新赐诏[⑥]，坐中豸绣旧宫袍[⑦]。归来松菊应无恙[⑧]，绿野堂开兴趣高[⑨]。

【注释】

① 顾都御史，指顾佐（1376—1446）。字礼卿，河南太康县（今河南太

康)人。建文二年(1400)进士。除庄浪知县。永乐初,入为御史。从成祖北征,巡视关隘,迁江西按察副使,召为应天尹。刚直不挠,吏民畏服,人比之“包孝肃”。北京建,转任顺天府尹。宣德间,擢右都御史。纠黜贪纵,朝纲肃然。正统元年六月,因病致仕。十一年九月卒。《明史》有传。

② 尧:指贤明、能干的君主或圣人。

③ 中台:即尚书省。秦汉时尚书称中台,谒者称外台,御史称宪台,合称三台。魏晋宋齐并称尚书台,梁陈后魏北齐隋则称尚书省。唐时曾更名中台,后又改为尚书省。独立:超凡拔俗,与众不同。清操:高尚的节操。

④ 平反:把冤屈误判的案件纠正过来。三尺:指法律。

⑤ 二毛:指老年人黑白二色的头发。

⑥ 箧(qiè):小箱子。大曰箱,小曰箧。龙章:指皇帝的文章。

⑦ 豸绣:古时监察、执法官所穿的绣有獬豸图案的官服。

⑧ 松菊:松与菊不畏霜寒,因以喻坚贞节操或具有坚贞节操的人。

⑨ 绿野堂:唐代裴度的别墅名,故址在今河南省洛阳市南。裴度为唐宪宗时宰相,晚年辞官退居洛阳,于午桥建别墅,种花木万株,名曰“绿野堂”。裴度野服萧散,与白居易、刘禹锡等作诗酒之会,不问人间事。

送陈祭酒①

丰姿萧洒重词垣②,璧水师儒位独尊③。京国盍簪论契阔④,故园行乐荷新恩⑤。焚黄况有函中诰⑥,荐俎还将涧底蘩⑦。丰镐旧都王化在⑧,愿言须早赴桥门⑨。

【注释】

① 陈祭酒,指陈敬宗(1377—1459)。字光世,号澹然居士,又号休乐老

人。浙江慈溪县（今属宁波市）人。永乐二年（1404）进士，选庶吉士。与修《永乐大典》，授刑部主事。又与修《五经四书大全》，再修《明太祖实录》，授翰林侍讲。宣德二年（1427），转南京国子监司业。宣德九年，进祭酒。德望文章，名闻天下，为士林所重，与北京国子监祭酒李时勉并以“贤祭酒”知名，称“南陈北李”。景泰元年（1450）九月，与尚书魏骥同引年致仕。英宗天顺三年卒，谥“文定”。著有《澹然集》五卷。

② 丰姿：风度仪态。词垣：词臣的官署，如翰林院之类。

③ 璧水：指太学。师儒：古代指教官或学官。

④ 京国：京城，国都。盍簪：指士人聚会。语出《周易·豫》：“勿疑，朋盍簪。”契（qiè）阔：久别。

⑤ 行乐：消遣娱乐。

⑥ 焚黄：品官新受恩典，祭告家庙祖墓，告文用黄纸书写，祭毕即焚去，谓之焚黄。后亦称祭告祝文为焚黄。《词林典故》载：“焚黄之式，起于宋时，盖为居官晋秩，以封赠诰词别誊于黄纸而焚之，荣其亲也。”（卷四）

⑦ 荐：进献。俎（zǔ）：古代祭祀、燕飨时陈置牲体或其他食物的礼器。蘩（fán）：即白蒿。

⑧ 丰镐：周的旧都。文王邑丰，在今陕西西安西南丰水以西。武王迁镐，在丰水以东。其后周公虽营洛邑，丰镐仍为当时政治文化中心。明人用以借指留都南京。王化：天子的教化。

⑨ 愿言：思念殷切的样子。桥门：古代太学周围环水，有四门，以桥通，故名。

送平江伯南京董马政[1]

骕牝孳蕃遍四郊[2]，分巡时见遗星轺[3]。貂蝉奉使而今重[4]，云锦成群此日饶[5]。淮甸秋风禾尽熟[6]，江天凉雨木初雕。公余采得诗千首，总是康衢颂帝尧[7]。

【注释】

① 平江伯，当指陈佐。陈瑄之子。瑄(1365—1433)，字彦纯，直隶庐州合肥县(今安徽合肥市)人。早年跟随徐达征战，靖难之役时，率领水师投降燕王朱棣。朱棣即位后，封平江伯，食禄一千石，赐诰券，世袭指挥使。宣德八年(1433)，卒，追封平江侯，赠太保，谥恭襄。宣德十年二月，佐袭封平江伯。董，是督察，监督。马政，是历代政府对官用马匹的牧养、训练、使用和采购等的管理制度。《明宣宗实录》卷七载：宣德十年秋七月，"命驸马都尉赵辉、平江伯陈佐，往南北二太仆寺印记马七万八千余匹"。本诗当即作于此时。

② 騋牝(láipìn)：泛指马。语出《诗经·鄘风·定之方中》："騋牝三千。"騋，身高七尺的马。牝，雌性的马。孳蕃：滋生蕃衍。

③ 分巡：指出巡的官员。星轺(yáo)：使者所乘的车。

④ 貂蝉：貂尾和附蝉，古代为侍中、常侍等贵近之臣的冠饰。泛指显贵的大臣。此处代指平江伯。奉使：奉命出使。

⑤ 云锦：织有云纹图案的丝织品。明清时为宫廷织品，用于宫廷服饰、赏赐等。借指达官显贵。

⑥ 淮甸：淮河流域。

⑦ 康衢：四通八达的大路。颂帝尧：指歌颂当时的朝廷。

送汤参将①

使君衔命下蓬莱②，千里江淮虎帐开③。总羡祭遵非恃武④，也知刘晏更多才⑤。万艘带月随潮上⑥，双节凌秋觐阙回⑦。佐国有功同御武，芳名应不愧云台⑧。

【注释】

① 汤参将，指汤节。南直隶庐州府庐江县(今属合肥市)人(《漕运通

志》作“高邮人”，疑误）。正统四年（1439），以江西都指挥充漕运右参将。《明一统志·扬州府·名宦》载：汤节“宣德初，调高邮卫指挥使。训练士卒，整饬城垣，楼橹器械，无不坚好。尤能恤军爱民，好贤礼士，歼湖寇，赈贫穷，建露筋女祠，以励风俗。勉军余，就学以知礼义，绰有儒将风。升参将，益著能声。”（卷十二）参（cān）将，武官名。明置，位次于总兵、副总兵。明代陆容《菽园杂记》云，正统四年“汤节充参将，此设参将之始也”（卷九）。此诗当即作于汤节赴任时。

② 使君：尊称奉命出使的人。衔命：遵奉命令。蓬莱：蓬蒿草莱。借指草野。

③ 虎帐：指将军的营帐。

④ 祭（zhài）遵：字弟孙，颍川颍阳（今河南许昌）人。从光武帝征天下，拜征虏将军，封颍阳侯，为东汉“云台二十八将”之一。笃好儒学，选拔人才，全用儒术。又建议为孔子立后，奏请设置五经大夫。《后汉书》有传。

⑤ 刘晏：字士安，唐曹州南华（今山东东明县）人。多才多艺，历任吏部尚书同平章事、领度支、铸钱、盐铁等使。掌管财政二十多年，实施了一系列的财政改革措施，为安史之乱后唐朝的经济发展做出了重要的贡献。

⑥ 艘（sōu）：船的总称。

⑦ 双节：指高官之仪仗。凌秋：越秋，指秋后。

⑧ 云台：汉宫中高台名。东汉明帝永平三年（60），汉明帝刘庄在南宫云台阁，命人为在东汉建立过程中战功最著的二十八位将领画像，称为“云台二十八将”。范晔《后汉书》为二十八将立传，称赞他们“咸能感会风云，奋其智勇，称为佐命，亦各志能之士也”（卷二十二《朱景王杜马刘傅坚马列传》）。

送陈侍读省父①

临岐何事倍踟蹰②，十载论交思有余③。南省校文曾共席④，东华待漏每连裾[5]。独辞枫陛恩荣重[6]，遥念椿庭定省疏[7]。此去一门多乐事，不缘昼锦耀乡闾[8]。

【注释】

① 陈侍读，指陈询。字汝同，松江府华亭县(今属上海市)人。永乐十六年(1418)进士。选庶吉士，授翰林院编修。与修《宣宗实录》成，升侍读。正统十二年二月，升侍讲学士。正统间，因拒绝与擅权太监王振合作，被贬为安陆县知县。“土木之变”后，被景帝召回，任大理寺少卿。景泰五年(1454)，升国子监祭酒。天顺二年(1458)致仕，卒于家。

② 临岐：本为面临歧路，后亦用为赠别之辞。踟蹰：徘徊不前的样子。

③ 论交：结交，交朋友。

④ 南省：指礼部。唐人以尚书省在大明宫之南，故谓之南省。亦特指隶属尚书省的礼部。

⑤ 东华：明时中枢官署设在宫城东华门内，因以借称中央官署。待漏：百官清晨入朝，等待朝拜天子，谓之“待漏”。漏，古代计时器。连裾：犹连袂。

⑥ 枫陛：指朝廷。陛为皇宫的台阶，代指皇宫。

⑦ 椿庭：《庄子·逍遥游》谓上古有大椿长寿，《论语·季氏》篇记孔鲤趋庭接受父训，后因以“椿庭”为父亲的代称。定省：子女早晚向亲长问安。《礼记·曲礼上》：“凡为人子之礼，冬温而夏凊，昏定而晨省。”郑玄注：“定，安其床衽也；省，问其安否何如。”

⑧ 昼锦：《汉书·项籍传》载，秦末项羽入关，屠咸阳。或劝其留居关中，羽见秦宫已毁，思归江东，曰：“富贵不归故乡，如衣锦夜行。”后遂称富贵还乡为“衣锦昼行”，省作“昼锦”。乡闾：家乡，故里。

送尹侍读[1]

别君对酒不胜情，十载交知托老成[2]。裁史玉堂同载笔[3]，题诗上苑共听莺[④]。官河白雁随帆去[⑤]，文水黄花照绣行[⑥]。却计离愁相慰日，重看鸣珮入承明[⑦]。

【注释】

① 尹侍读，指尹凤岐（？—1459），字邦祥。江西吉水县（今属吉安市）人。永乐十五年（1417）解元，次年登进士第，选庶吉士。历编修、修撰。与修《宣庙实录》，书成，升侍读。为文敏捷详赡，性刚直，得罪当道，以剩员退归，不复召用而卒，士论惜之。

② 老成：指年高有德的人。

③ 裁史：修史。裁，创作，写作。玉堂：指翰林院。载笔：携带文具以记录王事。此句指马愉曾与尹凤岐一起修史。

④ 上苑：皇家的园林。

⑤ 官河：指运河。

⑥ 黄花：指菊花。

⑦ 鸣珮：古人在腰间佩带玉饰，行走时使之相击发声。比喻出仕在朝。承明：古代天子左右路寝称承明，因承接明堂之后，故称。

送陈侍讲还南京[①]

多君迁秩荷恩频[②]，两度相逢意转亲。朝著共推人似玉[③]，词林何惮鬓如银。孤舟远载金台月[④]，匹马重游白下春[⑤]。闻说堂阴多种竹，题来诗句更清新。

【注释】

① 陈侍讲，指南京翰林院侍讲陈用。用，字时显，福建莆田县人。永乐元年（1403）癸未科乡试第一，永乐九年辛卯科进士。选庶吉士。时行在开东馆，征天下名儒纂修《五经》《四书》及《性理大全》诸书，用预焉，书成授南京翰林院检讨。宣德三年闰四月，升本院修撰。正

统三年八月，升侍讲。掌院事。

② 多君：感君。迁秩：官员晋级。

③ 朝著：犹朝班，泛称朝廷百官之列。

④ 金台：指古燕都北京。

⑤ 白下：古地名。在今江苏南京市西北。唐移金陵县于此，改名白下县。后因用为南京的别称。

送孙修撰省亲还豫章[①]

词苑动遐思[②]，乡关念久违[③]。暂辞儤直去[④]，独荷宠恩归。客路经残暑，行舟对落晖[⑤]。匡庐潮水急[⑥]，牛斗剑光微[⑦]。城古江长绕，地灵山四围。落帆依岸渚[⑧]，俯首拜庭闱。陆橘秋初熟[⑨]，翰鲈晚更肥[⑩]。双亲颜若驻，诸李玉相辉。只为娱心志[⑪]，非徒侈锦衣[⑫]。膝前称庆罢[⑬]，还早上京畿。

【注释】

① 孙修撰，指孙曰恭。字恭斋，江西丰城县（今属宜春市）人。永乐二十一年（1423）中乡试，次年中一甲第三名进士。授翰林院编修。宣德五年（1430）五月，升翰林院修撰。正统三年（1438）四月，与修《明宣宗实录》成，升翰林院侍读。为人端志雅操，学行醇笃，为文简古有法度，深受内阁“三杨”器重。豫章，古郡名，治所在今江西南昌。

② 遐思：深长的思念。

③ 乡关：故乡。

④ 儤（bào）直：官吏在官府连日值宿。儤，古代官吏值班人。

⑤ 落晖：夕阳，夕照。

⑥ 匡庐：指江西庐山。相传殷周之际有匡俗兄弟七人结庐于此，故称。

⑦ 牛斗：指牛宿和斗宿。传说吴灭晋兴之际，牛斗间常有紫气。雷焕告诉尚书张华，说是宝剑之气上冲于天，在豫东丰城。张华派雷为

丰城令，得两剑，一名龙泉，一名太阿，两人各持其一。张华被诛后，失所持剑。后雷焕子持剑过延平津，剑入水，但见两龙各长数丈，光采照人。见《晋书·张华传》。后常用以为典。

⑧ 渚：水边。

⑨ 陆橘：用陆绩怀橘遗母的典故。陆绩，三国时吴人。六岁时，见袁术于九江，怀橘遗母，时称其孝。

⑩ 鲈(lú)：鲈鱼。“翰鲈”，用张季鹰“忆鲈脍”的典故。张季鹰，名翰。参本卷《送魏尚书致仕归南康》注。

⑪ 心志：心意。

⑫ 锦衣：精美华丽的衣服。指显贵者的服装。

⑬ 称庆：道贺。

送钟修撰省母①

知君长日念慈闱②，却喜天恩许暂归③。行处风光多逸兴④，故园山色有余辉⑤。紫荆花发沾春酒⑥，慈竹阴浓覆舞衣⑦。尚忆玉堂秋夜月⑧，重来相赏莫相违。

【注释】

① 钟修撰，指钟复(1399—1443)。字弘彰，江西永丰县人。宣德八年(1433)一甲三名进士，授翰林院编修。宣德九年八月，进学文渊阁。正统三年，与修《明宣宗实录》成，升修撰。累官翰林院侍讲。著有《玉川文集》六卷。

② 慈闱：母亲的代称。

③ 天恩：指帝王的恩惠。

④ 逸兴：超逸豪放的意兴。

⑤ 余辉：残留的辉光。

⑥ 春酒：冬酿春熟之酒。亦称春酿秋冬始熟之酒。

⑦ 慈竹：竹名。又称义竹、慈孝竹、子母竹。丛生，一丛或多至数十百竿，根窠盘结，四时出笋。竹高至二丈许。新竹旧竹密结，高低相倚，若老少相依，故名。

⑧ 玉堂：宫殿的美称。

送杨仲举修撰省墓[①]

征书昔见起沧洲[②]，十载编摩侍冕旒[③]。紫诰褒封先垄贲[④]，锦衣归祀圣恩优[⑤]。松楸久映吴门月[⑥]，鸿雁遥看楚塞秋。此去衷情君已遂，旧游重赋思悠悠。

【注释】

① 杨仲举，即杨翥(1369—1453)。字仲举，南直隶吴县(今江苏苏州市)人。少孤贫，随兄戍武昌，授徒自给。杨士奇微时，流寄窘乏，翥辄解馆舍让之，而自己教授他所。杨士奇心贤之，及贵，荐举杨翥经明行修。宣德时，授翰林检讨，历编修、修撰，与修三朝实录。正统中，诏为郕王朱祁钰府僚，为长史。正统十年，告老归吴。景泰元年(1450)，拜礼部左侍郎。景泰三年，进礼部尚书，给禄致仕。年八十五卒。著有《希颜斋集》。《明史》有传。

② 征书：指征召或征调的文书。沧洲：滨水的地方。古时常用以称隐士的居处。

③ 编摩：犹编集。冕旒：指皇帝。

④ 紫诰：指诏书。古时诏书盛以锦囊，以紫泥封口，上面盖印，故称。先垄：祖先的坟墓。贲(bì)：华美光彩的样子。

⑤ 锦衣：精美华丽的衣服。指显贵者的服装。

⑥ 松楸：松树与楸树。墓地多植，因以代称坟墓。吴门：指苏州或苏州一带。为春秋吴国故地，故称。

送萧江　编修孟勤子也[①]

青春儒业说箕裘[②]，侍膳常年客帝州[③]。独对兰膏经岁月[④]，肯同纨袴属交游[⑤]。东风又喜随归旆[⑥]，故里还应奉彩舟。看取云霄腾踏日[⑦]，楚天香满桂花秋。

【注释】

① 萧编修孟勤，指萧镃(zī)(1393—1464)。字孟勤，江西泰和县(今属吉安市)人。宣德二年(1427)进士。宣德八年(1433)，选庶吉士。英宗继位后，授翰林院编修。正统三年(1438)，进侍读。正统十二年三月，任国子监祭酒。累官太子少师、户部尚书，兼翰林学士。学问精博，文章尔雅。有《尚约居士集》。其子萧江，生平不详。徐有贞亦有诗十解送之，并序云："孟勤子江，初自西昌来省。今侍其还，别余乞诗。因赋小诗十解送之。"(《武功集》卷五)据徐诗，萧江是三月离开京城的。编修，官名。属翰林院，位次修撰，与修撰、检讨同为史官。底本诗题作《送萧江编修孟勤子也》，其中"编修孟勤子也"六字，当为作者自注，刊刻时误入正题中。

② 青春：指青年时期，年纪轻。说(yuè)：喜好，喜爱。后多作"悦"。箕裘：《礼记·学记》："良冶之子，必学为裘，良弓之子，必学为箕。"良冶、良弓，指善于冶金、造弓的人。意谓子弟由于耳濡目染，往往继承父兄之业。后因以"箕裘"比喻祖上的事业。

③ 侍膳：陪从尊长用膳。帝州：指京都。

④ 兰膏：古代用泽兰子炼制的油脂。可以点灯。

⑤ 纨袴：细绢制的裤。古代贵族子弟所服。后因称富贵人家的子弟为纨绔子弟，含鄙薄意。

⑥ 旆(pèi)：古代旐末状如燕尾的垂旒。泛指旌旗。

⑦ 云霄：天际，高空。喻指高位。腾踏：提起脚踏或踢。比喻宦途得意。

送龚编修荣归侍亲[①]

荣君归侍别君难[②]，共喜皇恩似海宽。锦诰几年承赐渥[③]，彩衣今日又承欢[④]。黄柑绿橘盘中荐[⑤]，碧水丹山行处看[⑥]。只恐九重思俊彦[⑦]，征书不久下金銮[⑧]。

【注释】

① 龚编修，指龚锜。字台鼎，一字良器，福建建安县（今南平建瓯市）人。宣德元年(1426)乡试中举。宣德五年一甲二名进士，授翰林院编修。因事连坐，被贬为民。正统十三年(1448)，为民贼所害。《福建通志》称："锜性孝友博学，好吟咏，善书。"（卷四十七）有《蒙斋集》。其子沅，字孔殷，成化进士，累官督税两浙。据《翰林记》卷五载，龚锜得请归省，当正统四年。侍亲，就是侍奉父母。

② 荣：以为荣。

③ 锦诰：对皇帝的制敕的尊称。渥(wò)：优厚。

④ 彩衣：指孝养父母。详本卷《奉和少傅东里杨先生送杨允宽觐省后还闽中十绝韵》注。承欢：指侍奉父母。

⑤ 荐：祭品。

⑥ 行处：走过的地方。

⑦ 九重：指帝王。俊彦：杰出之士，贤才。

⑧ 征书：指征召或征调的文书。

送吴编修节还乡省母[①]

送君向江右[②]，千里觐慈亲[③]。鸾诰承恩重[④]，宫袍赐锦新[⑤]。暂知辞玉署[⑥]，明发别京尘[⑦]。祖席临长陌[⑧]，归途属暮春[⑨]。花香轻拂面，莺语巧留人[⑩]。为客情偏适，还家喜更频。

北堂开寿宴[11]，先垄荐清蘋[12]。行乐真奇遇[13]，思君乃大伦[14]。石渠方纂辑[15]，兰棹莫逡巡[16]。黄菊经霜后[17]，相期拜紫宸[18]。

【注释】

① 吴编修节，指吴节(1397—1481)。字与俭，号竹坡。江西安福县(今属吉安市)人。宣德五年(1430)进士。八年十一月，选庶吉士。十年，擢翰林院编修。正统十年(1445)，升侍讲。己巳之变，条陈十余事，皆国家大政，多见采纳。景泰元年(1450)十月，任南京国子监祭酒。终太常寺卿，致仕。年八十五卒。有《吴竹坡文集》五卷，诗集二十八卷。

② 江右：长江下游以西的地区。指江西。

③ 觐：拜见。慈亲：慈爱的父母。

④ 鸾诰：天子封赠之辞。

⑤ 宫袍：古代官员的礼服。

⑥ 玉署：指玉堂。翰林院别称。

⑦ 京尘："京洛尘"的省称。比喻功名利禄等尘俗之事。

⑧ 祖席：饯行的宴席。长陌：长路。

⑨ 暮春：春末，农历三月。

⑩ 莺语：莺的啼鸣声。

⑪ 北堂：指母亲的居室。

⑫ 先垄：祖先的坟墓。蘋(pín)：植物名。也称四叶菜、田字草。多年生草本。生浅水中，叶有长柄，柄端四片小叶成田字形。

⑬ 奇遇：意外奇特的相逢或遇合。

⑭ 大伦：基本伦理道德。

⑮ 石渠："石渠阁"的省称。西汉皇室藏书之处，在长安未央宫殿北。纂辑：编集。

⑯ 兰棹：兰舟。逡巡：有所顾虑而徘徊不前的样子。

⑰ 黄菊：黄色的菊花。

⑱ 紫宸：泛指宫廷。

送谢编修省母①

临岐那忍对青尊②，一曲离歌一断魂。念我久陪趋琐闼③，喜君暂得乐乡园④。青山客路初闻雁⑤，白发慈亲正倚门。衣锦称觞情未已⑥，征车还促觐天阍⑦。

【注释】

① 谢编修：指谢琏（1398—1453）。字重器，福建龙溪人。宣德二年（1427）一甲三名进士，授翰林院编修。正统初年，与修《明会典》等。正统十年（1445），升翰林院侍讲。迁南京户部右侍郎，次年兼掌南京兵部事务。景泰四年，卒于任上。著有《奏笺》百卷及《玉堂藏集》。杨荣《送翰林谢编修归省序》："宣德六年春，翰林编修清漳谢琏重器以初考秩满，得援例推恩，封父如其职，母为太孺人，兹将奉其敕命归省，诣予告别。"（《杨文敏集》卷十一）

② 临岐：指分别。青尊：盛酒的酒杯。酒别名绿蚁，故称。

③ 琐闼：镌刻连琐图案的宫中小门，亦指代朝廷。

④ 乡园：家园，故乡。

⑤ 客路：指旅途。

⑥ 称觞：举杯祝酒。已：止。

⑦ 征车：古代征召贤达使用的车子。天阍：帝王宫殿的门。

送萧同年孟勤编修省墓①

当年射策旧同文②，词苑多才独羡君③。辞阙只知情暂别④，临岐那忍袂初分⑤。官河杨柳供春色⑥，故里松楸绕白云⑦。荐罢蘋蘩来更早⑧，扁舟莫遣滞江渍⑨。

【注释】

① 萧同年孟勤编修：指萧镃。见本卷《送萧江编修孟勤子也》注。同年，是古代科举考试同科中试者之互称。唐代同榜进士称同年，明清乡试、会试同榜登科者皆称同年。马愉与萧镃皆为宣德二年进士，所以称同年。

② 射策：汉代考试取士方法之一。泛指应试。

③ 词苑：词坛。

④ 辞阙：京官外放，赴任前朝见皇帝。

⑤ 临岐：分别。

⑥ 官河：指运河。

⑦ 松楸：指坟墓。

⑧ 荐：祭祀时献牲。蘋蘩：蘋和蘩。两种可供食用的水草，古代常用于祭祀。泛指祭品。

⑨ 江濆(fén)：江岸。亦指沿江一带。

送李检讨[①]

朝来鸣珮出瀛洲[②]，诏许南还宠渥优[③]。东观暂辞紬史笔[④]，北堂深慰倚门忧[⑤]。彩衣时著供春酒[⑥]，锦鲤频携入膳羞[⑦]。行乐未容淹岁月[⑧]，鹓行早约拜宸旒[⑨]。

【注释】

① 李检讨，当指李绍(1407—1471)。字克述，江西安福县(今属吉安市)人。宣德八年(1433)进士。选庶吉士。宣德十年八月，授翰林院检讨。杨士奇卧病，英宗遣使询问人才，杨士奇以李绍等五人荐。土木之变时，反对京师南迁。累升翰林侍讲学士。天顺二年(1458)，升礼部右侍郎，致仕。成化中，召为国子祭酒，未赴而卒。

检讨，官名，宋有史馆检讨。明时始属翰林院，位次于编修，与修撰、编修同谓之史官。

② 鸣珮：比喻出仕。瀛洲：唐太宗为网罗人才，设置文学馆，任命杜如晦、房玄龄等十八名文官为学士，轮流宿于馆中，暇日，访以政事，讨论典籍。又命阎立本画像，褚亮作赞，题名字爵里，号“十八学士”。时人慕之，谓“登瀛洲”。事见《新唐书·褚亮传》。后来常用“登瀛洲”“瀛洲”比喻士人获得殊荣，如入仙境。

③ 宠渥：皇帝的宠爱与恩泽。

④ 东观：东汉洛阳南宫内观名。明帝诏班固等修撰《汉记》于此，书成名为《东观汉记》。章和二帝时为皇宫藏书之府。后因以称国史修撰之所。紬史：编纂史书。

⑤ 北堂：指母亲的居室。用以代称母亲。倚门：《战国策·齐策六》：“王孙贾年十五，事闵王。王出走，失王之处。其母曰：‘女朝出而晚来，则吾倚门而望；女暮出而不还，则吾倚闾而望。’”后因以“倚门”或“倚闾”谓父母望子归来之心殷切。

⑥ 彩衣时著：指孝养父母。详本卷《奉和少傅东里杨先生送杨允宽觐省后还闽中十绝韵》注。春酒：冬酿春熟之酒。亦称春酿秋冬始熟之酒。

⑦ 膳羞：美味的食品。

⑧ 淹：迟，迟缓。

⑨ 鹓(yuān)行：指朝官的行列。宸旒：帝王之冠。借指帝王。

送陈检讨致仕还姑苏[①]

昔被天书召[②]，趋朝拜冕旒[③]。经筵资考订[④]，石室事编紬[⑤]。共羡词华烂[⑥]，偏承宠数优[⑦]。新霜惊点鬓[⑧]，恩诏赐归休[⑨]。阙下辞仙侣[⑩]，吴中觅旧游。梦回江月晓，家近渚云秋。逸兴多佳句[⑪]，闲盟伴野鸥。酒船随去住，贺监拟风流[⑫]。

【注释】

① 陈检讨，指陈继(1370—1434)。字嗣初，号怡庵，南直隶吴县(今江苏苏州市)人。幼孤，母吴氏，躬织以资诵读。比长，贯穿经学，人呼为“陈五经”。奉母至孝，府县交荐，以母老不就。仁宗即位，开弘文阁，召为国子博士，寻改翰林五经博士，直弘文阁。宣宗初，迁检讨。宣德七年，解官归。次年五月卒，年六十五。以文章擅名翰林，尤善写竹。著有《怡庵集》。姑苏，苏州吴县的别称，因其地有姑苏山而得名。

② 天书：帝王的诏书。

③ 冕旒：古代大夫以上的礼冠。顶有延，前有旒，故曰“冕旒”。天子之冕十二旒，诸侯九，上大夫七，下大夫五。借指帝王。

④ 经筵：汉唐以来帝王为讲论经史而特设的御前讲席。宋代始称经筵，置讲官以翰林学士或其他官员充任或兼任。元、明、清三代沿袭此制，而明代尤为重视。考订：考核订正。

⑤ 石室：古代藏图书档案处。紬(chōu)：缀缉。

⑥ 词华：文采。

⑦ 宠数：帝王给予的礼数。

⑧ 新霜：指新添的白发。

⑨ 归休：辞官退休，归隐。

⑩ 仙侣：指人品高尚、心神契合的朋友。

⑪ 逸兴：超逸豪放的意兴。

⑫ 贺监：唐代诗人贺知章曾官秘书监，晚年自号秘书外监，故称。拟：比拟，类似。风流：犹遗风，流风余韵。

送侯给事①

衣锦还乡古所稀，况君今去拜慈闱②。香罗制服承颜悦③，金鲤供筵入馔肥④。天阙恩光荣近侍⑤，霞城山色借余晖⑥。由来臣子兼忠孝，此日应知愿不违。

【注释】

① 侯给事，指侯臣。字仲勋，浙江临海县(今台州临海市)人。宣德八年(1433)进士。其从兄侯润(字仲玑)为其同科进士。正统元年(1436)四月，擢刑科给事中，以忠直闻。历广西参议，终河南布政使。筑黄河堤闸，人立石纪功。所著有《青琐薇垣》等集。给事，官名，给事中的省称。秦始置。明朝置给事中，掌侍从、谏诤、补阙、拾遗、审核、封驳诏旨，驳正百司所上奏章，监察六部诸司，弹劾百官，与御史互为补充。另负责记录编纂诏旨题奏，监督诸司执行情况；乡试充考试官，会试充同考官，殿试充受卷官；册封宗室、诸藩或告谕外国时，充正、副使；受理冤讼等。品卑而权重。初定为正五品，后数改更其品秩。此诗手迹存。

② 慈闱：母亲的代称

③ 香罗：绫罗的美称。承颜：顺承尊长的颜色。指侍奉尊长。

④ 馔(zhuàn)：食物，菜肴

⑤ 天阙：天子的宫阙，指朝廷或京都。恩光：犹恩泽。近侍：指亲近帝王的侍从之人。

⑥ 霞城：指赤城山，在浙江省天台县北，状如城墙雉堞，土色皆赤，望之似霞，故名。此处借指侯臣家乡。余晖：比喻天子恩泽。

送张承翰御史之任南京①

(十年皋席玩池芹)[芹池分教振斯文]②，荐绣欣承宠命新③。饯别满倾燕市酒④，乘骢遍踏凤城春⑤。中台风纪须才俊⑥，公论声华属(缙)[搢]绅⑦。况是箕裘出儒素⑧，芳名应许继前人⑨。

【注释】

① 张承翰，即张金陵，以字行。江西吉水县人。翰林院检讨张伯颖之子。宣德七年(1432)举人。宣德八年会试，中乙榜，选送国子监进学。“分教应天府学九载”(杨溥《赠御史张承翰之官南京》)。正统十一年(1446)正月，由应天府学训导擢南京河南道监察御史。后出任广西象州知州。监察御史，官名，始设于隋开皇二年(582)。唐御史台分为三院，监察御史属察院，宋元明清因之。明清废御史台设都察院，通常弹劾与建言，设都御史、副都御史、监察御史。监察御史分道负责，因而分别冠以某某道地名。此诗当即作于其赴任之时。之任，是赴任、上任之意。此诗手迹存，据以校订。

② “芹池”句：底本作“十年皋席玩池芹”，据手迹改。芹池：指学校。斯文：指礼乐教化。

③ 宠命：加恩特赐的任命。古代对上司任命的敬辞。

④ 燕(yān)市：指燕京。即今北京市。燕市酒，即北京酒。

⑤ 凤城：京都的美称。此处指南京。

⑥ 风纪：风教纲纪。

⑦ 声华：声誉荣耀。搢绅：插笏于绅带间，旧时官宦的装束。借指士大夫。

⑧ 箕裘：比喻祖上的事业。详本卷《送萧江》。儒素：宿儒，名儒。

⑨ 芳名：犹美名。

送彭御史提学①

明时敷教崇儒术②，菽粟斯民在六经③。荐绣三秋劳使节④，江淮千里候文星⑤。重看棫朴彬彬出⑥，更喜弦歌处处听⑦。岁晚驱驰应不倦⑧，芳声行见薄青冥⑨。

【注释】

① 彭御史,指彭勖(1390—1453)。字祖期,号春庵,江西永丰县(今属吉安市)人。永乐十三年(1415)进士。授南雄府学教授,后改建宁教授。正统元年,授监察御史,督南畿(指南京)学政。后出任山东按察司副使。“土木之变”后,以直言不容,致仕归乡。《明史》有传。《明英宗实录》卷十七载,正统元年五月,从少保户兼部尚书黄福建议,添设提调学校官员。提学,官名,大致上负责教育行政,掌管各级学校及学生授业科举之事。自此诗至《永嘉县丞思母》,底本《目录》置于卷二之中,然正文中此诗前有“马学士文集卷之三”字样。第三卷为题赠诗,与卷二不类。今从底本《目录》,归第二卷。

② 明时:指政治清明的时代。古时常用以称颂本朝。敷教:布施教化。

③ 菽粟:豆和小米。泛指粮食。此处指教育。六经:六部儒家经典,即《易》《诗》《书》《春秋》《礼》《乐》。

④ 三秋:指秋季的第三月,即农历九月。

⑤ 文星:即文昌星,又名文曲星。相传文曲星主文才,后亦指有文才的人。

⑥ 棫朴:白桵和枹木。《诗经·大雅》中有《棫朴》篇,《诗序》称是咏“文王能官人也”,故多以喻贤材众多。彬彬:美盛的样子。

⑦ 弦歌:依琴瑟而咏歌。指礼乐教化。

⑧ 驱驰:策马快跑。比喻奔走效力。

⑨ 青冥:形容青苍幽远。指青天。

送方御史出巡浙江①

路入东南眼界宽,青骢到处列城欢②。狐狸避道藏踪迹,雕鹗冲霄振羽翰③。两浙冰消春水碧,一冠豸压晓霜寒④。此行定见敷恩泽,多少疮痍待抚安⑤。

【注释】

① 方御史，指方勉(1393—1470)。字懋德，南直隶歙县(今属安徽黄山市)人。永乐十三年(1415)进士。选庶吉士。正统二年(1437)正月，由太常博士转任监察御史，出巡江浙。弹劾不避权贵。正统五年正月，擢湖广按察司佥事。累官湖广布政司右参议，天顺初致仕。有《怡庵集》。

② 青骢：毛色青白相杂的骏马。

③ 鹗(è)：鸟名。雕属。性凶猛，背褐色，头顶颈后及腹部白色，嘴短脚长，趾具锐爪，栖水边，捕鱼为食，俗称鱼鹰。羽翰：翅膀。

④ 冠(guān)：古代官吏所戴的礼帽。豸(zhì)：指獬豸，古代传说中的神兽，一角，能辨曲直。古代御史所戴的帽子，即以獬豸作装饰，称为豸冠。

⑤ 疮痍：创伤。指困苦的民众。

送成御史分巡福建①

闽南万里问民情，乌府推君誉独清②。骢马始从京国去③，绣衣还过故乡行④。三山见月云初静⑤，八闽闻风胆已惊⑥。愿把素心留庶物⑦，从来公道自生明。

【注释】

① 成御史，指成规，字孟周。南直隶长洲(今江苏苏州市)人。永乐十八年(1420)举人。正统二年正月，由顺天府学训导擢为监察御史，巡按福建。正统七年六月，被罢为民。其父允，字公恩，永乐元年举人，辰州教授。

② 乌府：指御史府。

③ 骢马：青白色相杂的马。指御史所乘之马或借指御史。京国：京城，

国都。

④ 绣衣:绣衣直指的省称。汉武帝天汉年间,民间起事者众,地方官员督捕不力,因派直指使者衣绣衣,持斧仗节,兴兵镇压,刺史郡守以下督捕不力者亦皆伏诛。后因称此等特派官员为"绣衣直指"。绣衣,表示地位尊贵;直指,谓处事无私。后亦称"绣衣使者"。绣衣直指本由侍御史充任,故亦称"绣衣御史"。王莽时改称"绣衣执法"。亦省称"绣衣吏"。

⑤ 三山:福州城中西有闽山,东有九仙山,北有越王山,故福州又称三山。

⑥ 八闽:福建省的别称。福建古为闽地。宋时始分为八个府、州、军,元代分为福州、兴化 、建宁、延平、汀州、邵武、泉州、漳州八路,明代改八路为八府,因有八闽之称。

⑦ 素心:纯洁的心地。庶物:众物,万物。

送查郎中致事①

宦途渐觉雪盈巅②,诏许南归思浩然。双佩初辞丹阙下③,此心先到白云边。柴桑旧约能同醉④,击壤新诗取次联⑤。况有园田生意在,不须重费买山钱。

【注释】

① 查郎中,指查孚(一作桴)。字济海,江西星子县人。永乐二年(1404)进士。永乐十一年,授礼部仪制司主事,后为郎中。六十八岁时致仕,时约当正统四年(1439)。郎中,官名。始于战国。秦汉沿置。掌管门户、车骑等事;内充侍卫,外从作战。隋唐迄清,各部皆设郎中,分掌各司事务,为尚书、侍郎之下的高级官员。致事,同"致仕",辞去官职。

② 雪盈巅:指白发满头,如雪满山巅。

③ 丹阙:赤色的宫阙。借指皇帝所居的宫廷。

④ 柴桑:古县名。西汉置,因县西南有柴桑山得名,治所在今江西省九江市西南。陶渊明晚年隐居故里柴桑,后因以“柴桑”代指故里。

⑤ 击壤:指《击壤歌》。古歌名。相传唐尧时有老人击壤而唱此歌。

送南京礼部沈员外考绩还任①

两迁清秩春卿属②,夙见才华众所推。仙珮昨来朝魏阙③,除书重捧下彤墀④。舟经淮浦潮声静,霜落江城曙色迟⑤。想到粉闱公事少⑥,凤凰台上好题诗⑦。

【注释】

① 沈员外,不详所指。

② 清秩:清贵的官职。春卿:指礼部官员。

③ 魏阙:古代宫门外两边高耸的楼观。借指朝廷。

④ 除书:拜官授职的文书。彤墀:即丹墀。借指朝廷。

⑤ 江城:临江之城市、城郭。此处指南京。

⑥ 粉闱:尚书省别称。明代不设尚书省,各部直接对皇帝负责。这里指礼部。

⑦ 凤凰台:古台名。在今江苏省南京市南面。李白《登金陵凤凰台》是咏此台之诗中最负盛名者。

送卫主事以嘉省墓①

东吴风景久关情②,此日归来喜倍生。千里松楸饶雨露③,九原泉壤被恩荣④。锦衣明映江花烂,画鹢遥随柳絮轻⑤。适意故园谁不羡⑥,还须及早上神京⑦。

【注释】

① 卫以嘉，即卫靖，字以嘉。南直隶昆山县(今江苏昆山市)人。洪熙初，以能书荐授中书舍人，直文渊阁，升礼部主事。与修《明宣宗实录》，进食五品俸。谨厚能诗，善画枯木竹石。著有《公余清兴集》。

② 东吴：泛指古吴地。约当今江苏、浙江两省东部地区。

③ 松楸：松树与楸树。墓地多植，因以代称坟墓。

④ 九原：泛指墓地。泉壤：犹泉下，地下。指墓穴。

⑤ 画鹢：船的别称。

⑥ 适意：称心，合意。

⑦ 神京：帝都，首都。

送尚宝丞宋士皋之南京①

凤池清誉著②，迁秩向南京③。圣主优才俊，交游怅别情。树红经潞渚，梅发到江城。相送看征雁④，春来好寄声。

【注释】

① 宋士皋，即宋怀，字士皋。江西吉水县人(今属吉安市)。父子环，永乐二年进士，历吏部郎中、王府长史。宣德八年(1433)进士。正统元年(1436)十月，擢中书舍人。九年秩满，迁南京尚宝司丞。景泰六年(1455)，以九年任满升本卿。尚宝丞，官名。西吴(明朝前身)元年(1376)，设尚宝司。掌宝玺、符牌、印章。设卿一人，正五品，少卿一人、从五品，司丞三人、正六品。初以侍从儒臣、勋卫领卿，勋卫大臣子弟奉旨始得补丞。后常以恩荫寄禄，无常员。迁都北京后，尚宝司称外尚宝司，南京亦仍设尚宝司卿一人，而实已无宝可掌。凡需用宝玺时，外尚宝司用揭贴赴宦官尚宝监请旨，至宫内女官尚宝司领取，外尚宝司用宝时，宦官监视，用毕，由宦官缴进。

② 凤池:“凤凰池”的省称。禁苑中池沼。魏晋南北朝时设中书省于禁苑,掌管机要,接近皇帝,故称中书省为“凤凰池”。明代,朱元璋废中书省,以六部掌庶政。此处指朝廷要害机构。

③ 迁秩:指官员晋级。

④ 征雁:迁徙的雁,多指秋天南飞的雁。

送刘布政致仕[①]

高步瀛洲三十年[②],岭南方伯重才贤[③]。生平宦况清如水,此日归心快若川。紫蟹谩倾燕市酒[④],白鸥偏狎楚江船。好山入目应无数,雅称吟怀兴浩然[⑤]。

【注释】

① 刘布政,指刘永清。字汝弼,号定庵。湖广石首县(今湖北石首市)人。永乐九年(1411)进士。选庶吉士。历官翰林检讨、修撰、侍讲。正统元年(1436),出任广东右布政使。公平廉恕,讼简民安,深得民望。正统五年七月,自陈老疾,乞致仕,获准。布政,是布政使的省称。明初,沿元制,于各地置行中书省。明洪武九年(1376),撤销行中书省,以后陆续分为十三个承宣布政使司,全国府、州、县分属之,每司设左、右布政使各一人,为一省最高行政长官。

② 高步瀛洲:比喻士人得到荣宠,如登仙界。参本卷《送李检讨》注。

③ 岭南:指五岭以南的地区,即广东、广西一带。方伯:指布政使。

④ 燕市酒:指京城北京的酒。

⑤ 雅称:美称。吟怀:作诗的情怀。

送鲍员外除山西参政[①]

十年清誉重南宫[②],参佐名藩秩更崇。自古旬宣称召伯[③],

由来勤俭说唐风[④]。云开太岳千峰出[⑤],河泻龙门万派通[⑥]。此去黔黎待咨问[⑦],棠阴春暖好乘骢[⑧]。

【注释】

① 鲍员外,指鲍时。江西安福县(今属吉安市)人。永乐二十二年(1424)进士。宣德五年,任礼部主事。正统元年,擢礼部员外郎。《明英宗实录》卷三十四亦载,正统二年九月"行在礼部员外郎鲍时为山西右参议"。《山西通志》卷十二《职官谱三》亦载,鲍时正统间任山西右参议。诗题中"参政"当为"参议"之讹。除,是授官。明于布政使下设左、右参议,无定员,分守各道,并分管粮储、屯田、清军、驿传、水利等事。

② 清誉:美好的名声。南宫:尚书省的别称。谓尚书省象列宿之南宫,故称。此处指礼部。

③ 旬宣:周遍宣示。旬,通"巡",巡视。宣,告示于众。语本《诗经·大雅·江汉》:"王命召虎,来旬来宣。"召(shào)伯:指召公奭,文王之子,封于召,助武王灭商有功,谥康公。

④ 唐风:指《诗经·唐风》。唐国在今山西中南部一带,其地土瘠民贫,勤俭质朴。故《唐风》也多苦寒之音。

⑤ 太岳:指太岳山。

⑥ 龙门:即禹门口。在山西省河津市西北和陕西省韩城市东北。黄河至此,两岸峭壁对峙,形如门阙,故名。

⑦ 黔黎:黔首黎民。指百姓。

⑧ 棠阴:棠树树荫。比喻惠政或良吏的惠行。骢(cōng):青白色相杂的马。

送江副使省母[①]

外台奏绩觐神京[②],遂省慈闱荷圣情[③]。建水共看荣昼锦[④],

杭城还见送归旌[5]。函中紫诰龙光粲[6]，堂上珠冠鹤发明。况复故园秋色好，金盘行寿荐香橙[7]。

【注释】

① 江副使，指浙江按察司副使江镇(tiě)。福建建安县(今建瓯市)人。永乐二年(1404)三甲进士。选翰林院庶吉士。宣德二年(1427)七月，由交趾道监察御史升浙江按察司副使。正统五年(1440)十二月，升广东布政司右参政。明代按察使，是管理一省监察、司法的长官。

② 外台：唐代至德以后，三司监院带御史衔的，号外台，得察风俗，检举不法。监察院属三司，故后来监司也号外台。

③ 慈闱：称母亲。

④ 建水：指建溪，建安境内的一条河流。代指江镇家乡。

⑤ 杭城：指杭州城。江镇曾为浙江按察副使，有政声。

⑥ 紫诰：指诏书。古时诏书盛以锦囊，以紫泥封口，上面盖印，故称。

⑦ 金盘：金属制成的盘。行寿：祝寿。荐：进献，送上。

送刘宪副致仕①

征雁倦飞翼[2]，眷眷怀林丘[3]。人生必宦达[4]，贵在知归休。虽云古所制，几能遂斯谋？昼锦故乡行[5]，良荷君恩优。望望大江右[6]，西风送轻舟[7]。山川不改观，先业余田畴。朋旧话初别，少壮今白头。尊酒日相乐[8]，赤松从遨游[9]。思昔抱奇才，扶摇八极周[10]。豸冠试柏府[11]，持斧鸣华驺[12]。继登外台佐，劲节扬风猷[13]。每使狐鼠避，常怀黔黎忧[14]。兹焉谢羁绊[15]，素心于以酬[16]。俯仰穹壤间[17]，快哉何悔尤[18]。

【注释】

① 刘宪副，似指刘禄。字子敏，江西泰和县人。举弟子员，入太学。选

山东道监察御史。建文二年(1400),以言事忤权贵,黜为福州侯官令。永乐初,征拜河南道监察御史,寻升山东按察司副使。改广东。考满,以疾告归。

② 征雁:迁徙的雁,多指秋天南飞的雁。飞翼:指展翅飞翔。

③ 林丘:树木与土丘。泛指山林。

④ 宦达:官位显达,仕途亨通。

⑤ 昼锦:指富贵还乡。

⑥ 望望:瞻望的样子,依恋的样子。

⑦ 轻舟:轻快的小船。

⑧ 尊酒:杯酒。

⑨ 赤松:即赤松子。相传为上古时神仙。

⑩ 八极:八方极远之地。

⑪ 豸冠:即獬豸冠。借指纠察、执法的官员。柏府:御史府的别称。

⑫ 持斧:指执法或皇帝派出的御史等执法之官。华驺(zōu):指华丽的车子。驺,掌管养马并管驾车的人。

⑬ 风猷:指人的风采品格。

⑭ 黔黎:黔首黎民。指百姓。

⑮ 羁绊:犹言束缚牵制。

⑯ 素心:心地纯朴。

⑰ 俯仰:低头抬头。形容时间短暂。穹壤:指天地。

⑱ 悔尤:犹怨恨。

送邢中书省墓①

卓荦文华众所推②,金台邂逅托相期③。题名已共登春榜④,染翰还看到凤池⑤。马鬣几年劳梦想⑥,龙章此日被恩私⑦。乡园南去多行乐,樽酒相过总故知⑧。

【注释】

① 邢中书,指邢恭。字克敬,河南郑州(今河南郑州市)人。宣德二年

(1427)进士,选庶吉士。宣德八年三月,授中书舍人。正统三年(1438)十二月,擢监察御史。累官翰林院编修。王直《赠邢克敬序》:"荥阳邢恭克敬之为中书舍人三年矣,以称职闻上,赐之敕命,赠其父为中书舍人,母为孺人。克敬念二亲之不待也,援例告归焚黄于墓下。上又赐之钞而遣之。"(《抑庵文集·后集》卷十八)据此推知,邢恭是次归省在正统元年(1436)。中书,官名。中书舍人的省称。隋唐时为中书省的属官。明清废中书省,于内阁设中书舍人,掌撰拟、缮写之事。

② 卓荦:超绝出众。

③ 金台:指古燕都北京。

④ 春榜:春试中式的名榜。指进士榜。

⑤ 染翰:指作诗文、绘画等。凤池:即凤凰池。指朝廷中枢机构。

⑥ 马鬣:坟墓封土的一种形状。指坟墓。

⑦ 龙章:对皇帝文章的谀称。

⑧ 樽酒:杯酒。

送云南徐佥事①

黄甲同登已拜官②,外台又见试征鞍③。北天爽气三秋阔,南极清霜六月寒。万里文身推髻俗,千年金马碧鸡坛④。乘骢几度咨询遍,应有新题入画看。

【注释】

① 徐佥事,指徐仲麟。江西上饶县(今属上饶市)人。宣德二年(1427)二甲进士。正统三年(1438)七月,由刑部湖广司主事升任云南按察司佥事。景泰三年(1452)五月,升湖广提刑按察司副使。佥事,官名。明代提刑按察使司属官有佥事,无定员,分道巡察。

② 黄甲同登:指徐氏与马愉为同榜进士。黄甲,科举甲科进士及第者

的名单,因用黄纸书写,故名。

③ 征鞍:指旅行者所乘的马。

④ 金马、碧鸡:传说中的神物。金马碧鸡的传说,最早见于《汉书·王褒传》,但二者到底为何物,自来众说不一。宣德年间,昆明建金马、碧鸡二坊。

送黄知府之开封①

画省中郎守汴州②,三年献绩总称优。家声远继黄丞相③,德政重闻郭细侯④。一派河流清绕甸,四郊禾黍绿盈畴。遥知五马行春日⑤,黎庶欢歌满道周⑥。

【注释】

① 黄知府,指黄璇(一作"璿")。字公瑾,四川叙州府富顺县(今属自贡市)人。永乐十三年(1415)进士。由户部主事升郎中。宣德十年(1435)五月,擢为河南开封府知府。知府,官名,府的行政长官,管辖所属州县。知府又尊称太守、府尊,亦称黄堂。

② 画省:指尚书省。此处指户部。汴州:今河南开封市。古称梁、汴,又称汴梁。

③ 黄丞相:指黄霸(前130—前51),字次公,西汉淮阳阳夏(今河南太康)人。少学律令,武帝末,补侍郎谒者,历河南太守丞,时吏尚严酷,而霸为政宽和。官至丞相,封建成侯。

④ 郭细侯:即郭伋(前39—47年),字细侯,东汉扶风茂陵(今陕西兴平)人。官至太中大夫,有德政。

⑤ 五马:指知府的车驾。代指知府。

⑥ 黎庶:黎民。道周:路旁。

送何太守之太平①

新捧除书下九关②,圣情深慰远人安。边城喜迓双旌到③,

驿路休言万里难。夷獠从今闻礼乐[4]，雕题由此变衣冠[5]。知君更有冰霜操，可使蛮烟六月寒[6]。

【注释】

① 何太守：指何□（《太平府志》《广西通志》均失考）。正统八年任广西太平府知府。明太平府，元太平路，至元二十九(1292)年置。明洪武二年(1369)七月为府。领州十七，县三。

② 除书：拜官授职的文书。

③ 双旌：泛指高官之仪仗。

④ 夷獠：古代对西南少数民族之称。礼乐：礼节和音乐。古代帝王常用兴礼乐为手段以求达到尊卑有序远近和合的统治目的。代指教化。

⑤ 雕题：在额上刺花纹。古代南方少数民族的一种习俗。衣冠：指文明礼教。

⑥ 蛮烟：指南方少数民族地区山林中的瘴气。

送济南傅太守致仕[1]

老成剑江士[2]，作守古齐州[3]。久羡声华重[4]，兼闻善最优。青冥期显擢，白发遂归休。五马深山道[5]，双旌卫水舟[6]。闲情鸥鸟狎，遗爱庶民讴[7]。尚想二堂记[8]，芳馨更与俦。

【注释】

① 傅太守，指傅佐。江西丰城县甘塘人。宣德五年(1430)十一月，任山东济南府知府。

② 剑江：源出章贡，由清江绕丰城县折而西北为剑江，亦名剑水。又东流入鄱湖(《江西通志》卷七)。用以代称丰城。

③ 齐州：北魏皇兴三年(469)改冀州置，治历城县(今山东济南市)。隋

大业初改为齐郡。唐武德元年(618)又改为齐州。辖境约当今山东省济南、章丘、济阳、禹城、齐河、临邑等市县地。北宋政和中升为济南府。

④ 声华：犹言声誉荣耀。

⑤ 五马：指知府车驾。

⑥ 双旌：泛指高官之仪仗。

⑦ 遗爱：指留于后世而被人追怀的德行、恩惠、贡献等。

⑧ 二堂记：北宋著名文学家曾巩于熙宁年间知齐州时，在泺水处(今济南趵突泉)建历山之堂和泺源之堂二堂，并撰《齐州二堂记》记之。

送两淮谢运同考绩还任①

清霜激冽柏台中②，仗节江淮作运同。不改埋轮当日志③，宁论煮海此时功④。会储有籍国输足，卤地无禾民食丰。奏绩南还正春暮，杨花随旆舞东风⑤。

【注释】

① 谢运同，指谢衡。浙江仁和县(今杭州市区)人。永乐二十二年(1424)进士。宣德三年(1428)十一月，授监察御史。正统二年(1437)，任两淮盐运同知。正统七年，叶思铭接任两淮盐运同知，据此推知，此诗当作于正统五年谢衡三年考绩时。

② 柏台：御史台的别称。

③ 埋轮：东汉顺帝时，大将军梁冀专权，朝政腐败。汉安元年(142)选派张纲等八人巡视全国，纠察吏治，余人皆受命之部，而纲独埋其车轮于洛阳都亭，曰："豺狼当路，安问狐狸！"遂上书弹劾梁冀，揭露其罪恶，京都为之震动。后以"埋轮"为不畏权贵，直言正谏之典。

④ 煮海：煮海水为盐。

⑤ 旆(pèi)：古代旐末状如燕尾的垂旒。泛指旌旗。

送赣州同知[①]

十年佐郡住东瓯[②]，今喜荣迁向赣州。麾仗初迎新别驾[③]，车屏不是旧缇由[④]。劝农春足山田雨，行部时闻稚子讴[⑤]。它日政成重考最，伫看鸣珮侍宸旒[⑥]。

【注释】

① 赣州同知，指方以正。字秉中，浙江永嘉县人。永乐十三年(1415)进士。授吏部考功主事。宣德年，出为福建建宁府通判。九年秩满，擢为赣州府同知。有《藏山名世集》。同知，官名，称副职。

② 东瓯：温州及浙江省南部沿海地区的别称。此处指温州。

③ 麾仗：旌旗仪仗。

④ 缇(tí)由：即“缇油”。古代车轼前屏泥的红色油布。《汉书·循吏传·黄霸》：“居官赐车盖，特高一丈，别驾主簿车，缇油屏泥于轼前，以章有德。”后以“缇油”为殊遇之标志。

⑤ 行(xíng)部：巡行所属部域，考核政绩。

⑥ 鸣珮：比喻出仕。宸旒：帝王之冠。借指帝王。

送泰和余知县复任[①]

昔闻分郡符，制锦坐名邑[②]。公庭却纷扰，不威奸自戢[③]。皎然冰玉姿，岂容尘累入。述职觐明光[④]，恩渥涣沾浥[⑤]。竣事乃言还，东风送归楫[⑥]。爰有葑菲词[⑦]，敢荐琼瑰集。天子慎民牧，求之恒汲汲[⑧]。循良在抚字，谁云征科急？愿言轸茕嫠[⑨]，勿使怀忧悒[⑩]。

【注释】

① 余知县，指余耀，字叔炫。福建兴化府莆田县(今莆田市区)人。永

乐十三年(1415)进士。初授进贤知县,任九载。正统二年,任泰和知县。寻以杨士奇荐,授吉安府通判,仍掌太和县事。调饶州府通判、同知。此诗手迹存。

② 制锦:《左传·襄公三十一年》:“子皮欲使尹何为邑。子产曰:‘少,未知可否。’子皮曰:‘愿,吾爱之,不吾叛也。使夫往而学焉,夫亦愈知治矣。’子产曰:‘不可……子有美锦,不使人学制焉。大官、大邑,身之所庇也,而使学者制焉。其为美锦,不亦多乎?’”后因以“制锦”为贤者出任县令之典。

③ 戢(jí):收敛,止息。

④ 明光:指朝廷宫殿。

⑤ 恩渥:帝王给予的恩泽。

⑥ 归楫:归船。楫,船桨。代指船。

⑦ 葑菲:《诗经·邶风·谷风》:“采葑采菲,无以下体。”郑玄《笺》:“此二菜者,蔓菁与葍之类也,皆上下可食,然而其根有美时有恶时,采之者不可以其根恶时并弃其叶。”后因以“葑菲”用为鄙陋之人或有一德可取之谦辞。

⑧ 汲汲:心情急切的样子。

⑨ 轸:顾念,悯惜。茕嫠(lí):寡妇。

⑩ 忧悒:愁闷抑郁。

送刘玭知县之莆田①

诗书早已取科名,事业初闻在此行。单父昼琴多逸暇②,萍乡更鼓独分明③。循良自古资儒术,抚字先须问野氓④。想到劝农春雨后,棠阴歌咏有新声⑤。

【注释】

① 刘玭(pín),字求素。江西安福县(今属吉安市)人。永乐十九进士、

翰林院侍讲刘球之弟。正统四年(1439)进士。正统六年,任莆田县知县。在邑九年,绩满当去,民乞留者以万计,不果。入为刑部主事,升员外。后被诬入罪,谪戍辽阳。在辽五年,卒于戍所。

② 单(shàn)父:春秋时鲁国邑名。故址在今山东省单县南。孔子弟子宓子贱为单父宰,甚得民心,孔子美之。后因以喻有治绩的郡县或官员。逸暇:安逸空闲。

③ 萍乡:指漂浮异乡。更鼓:报更的鼓声。

④ 抚字:指对百姓的安抚体恤。野氓:农民,平民。

⑤ 棠阴:棠树树荫。比喻惠政或良吏的惠行。

送南京吴助教①

几年游宦重斯文,华秩重迁荷宠恩。桂馆清才人共羡,成均宿学士多尊[2]。官河雪霁迷长渚,驿路梅开映远村。悬想金陵明到日[3],好怀高咏对芳樽[4]。

【注释】

① 吴助教,指吴颙,字伯昂。南直隶长洲县(今江苏苏州市)人。永乐元年(1403)举人。始为县教谕,升教授。满,进右春坊右司谏。洪熙元年九月(1425),擢南京国子监助教。宣德九年(1434),迁翰林院检讨,仍领助教事。此诗手迹存。

② 成均:古之大学。泛称官设的最高学府。

③ 金陵:古邑名。战国楚威王七年(前333)灭越后在南京清凉山(石城山)设金陵邑。故以之为南京的别称。

④ 芳樽:精致的酒器。亦借指美酒。

送广东都司周经历还任①

帅阃南临岭海滨[2],谋谟珍重得斯人[3]。清才可比芙蓉客,雅度真同入幕宾[④]。考绩新沾天阙命,还官重拜故园亲。刺藤花发桄榔暗[⑤],候骑应多驻水津[⑥]。

【注释】

① 周经历,生平履历不详。都司,明代都指挥使司为一省掌兵的最高机构,简称都司。经历,是官名,明清都察院、通政使司、布政使司、按察使司等亦置经历,职掌出纳文书。

② 帅阃:镇抚一方的军事首长。

③ 谋谟:谋划,制定谋略。

④ 雅度:高雅的风度。

⑤ 桄榔:木名。俗称砂糖椰子、糖树。

⑥ 候骑:担任侦察巡逻任务的骑兵。

送王知事省亲还太平[①]

□簪哦松自昔年[②],今知幕府羡才贤[③]。□车锡宠颁双阙[④],彩服宁亲下九天[⑤]。郭外黄花添醉兴,江边红树映归船。莼羹鲈鲙秋方美[⑥],正好承欢向膝前。

【注释】

① 王知事,生平履历不详。知事,明清时代的属官名。明清之廉访司、通政司、按察司、盐运司等及各府皆置知事。

② 哦松:唐元和初,博陵崔斯立为蓝田县丞,官署内庭中有松、竹、老槐,斯立常在二松间吟哦诗文,事见韩愈《蓝田县丞厅壁记》。后因以“哦松”谓担任县丞或代指县丞。

③ 幕府:本指将帅在外的营帐。后亦泛指军政大吏的府署。

④ 双阙:古代宫殿、祠庙、陵墓前两边高台上的楼观。借指宫门。

⑤ 彩服:犹彩衣。指孝养父母。详本卷《奉和少傅东里杨先生送杨允

宽觐省后还闽中十绝韵》注。

⑥ 莼羹：莼菜做的羹。鲈脍：鲈鱼脍。《世说新语·识鉴》："张季鹰辟齐王东曹掾，在洛，见秋风起，因思吴中菰菜羹、鲈鱼脍，曰：'人生贵得适意尔，何能羁宦数千里以要名爵！'遂命驾便归。俄而齐王败，时人皆谓为见机。"后因以"莼鲈""鲈脍""鲈鱼脍""思鲈""思莼鲈"等，指思念家乡而放弃仕途。

送沈教授校文山西①

独持藻鉴太行西②，三晋人才属品题。鱼目混真知欲辨，骊珠呈彩定高跻③。灯前得意朱衣合④，天外飘香桂影低。文运况逢嘉泰日⑤，五星光耀正联奎⑥。

【注释】

① 沈教授，不详何人。校文，此处指主持乡试。

② 藻鉴：品藻和鉴别人才。引申为担任品评鉴别人才的职务。

③ 骊珠：宝珠。传说出自骊龙颔下，故名。比喻珍贵的人或物。

④ 朱衣：大红色的公服。指穿着朱衣的职官。

⑤ 文运：指科举应试的运气。

⑥ 五星：指水、木、金、火、土五大行星，即东方岁星（木星）、南方荧惑（火星）、中央镇星（土星）、西方太白（金星）、北方辰星（水星）。古代星命术士以人的生辰所值五星之位来推算禄命，因以指命运。

送胡教授致仕①

凤池染翰蚤蜚声②，泮水陶镕擅六经③。得意休官头半白，知交饯别眼同青④。从前宦况风中叶，此后闲身水上萍。归去正逢秋色好，故园松菊未凋零。

【注释】

① 胡教授，不详所指。

② 凤池：即凤凰池。唐代刘知几《史通·史官建置》："暨皇家之建国也，乃别置史馆，通籍禁门，西京则与鸾渚为邻，东都则与凤池相接。"此处指翰林院等掌管国史的机构。染翰：以笔蘸墨。翰，笔。指作诗文、绘画等。蚤：通"早"。

③ 泮水：古代学宫前的水池，形状如半月。后多以指代学宫。

④ 青：青眼，指对人喜爱或器重。与"白眼"相对。

送宁国周县丞[1]

适用资良器[2]，致身自儒冠[3]。夙怀济人具，佐政百里间。万家善风俗，八品无瘝官[4]。淹骥众所憾，亦复叹栖鸾。兹焉诚小试，远大犹探丸。谅君尚德义，志在轸民艰[5]。抚字乃所愿[6]，斯言奚足叹。方今公道明，清议崇丘山[7]。求才视利钝，臧否每殊观[8]。牛刀在鸡厨[9]，庖丁施亦难[10]。终当荐清庙[11]，游刃析髀髋[12]。

【注释】

① 周县丞，指周伦，字五典。江西吉水人。正统六年(1441)，由辟举任安徽宁国县(今属宣城)县丞。《民国宁国县志》称：伦"律身严谨，进退悉有程度，于学校尤惓惓焉，迁镇南州同知。"(《政治志下·名宦》)。周叙《送周县丞复任宁国序》云："族子伦，字五典。今岁之夏，以宁国邑丞秩满六载，入觐阙下，考课优最，循例复任，缙绅士大夫咸赋诗送之。"(《石溪周先生文集》卷六)据此推测，此诗当作于正统十二年。

② 良器：犹大器。比喻杰出的人才。

③ 儒冠：古代儒生戴的帽子。借指儒生。

④ 瘝(guān)官：指不称职的官吏。瘝，旷废。

⑤ 轸：痛惜。

⑥ 抚字：指对百姓的安抚体恤。

⑦ 清议：对时政的议论，社会舆论。

⑧ 臧否：品评，褒贬。殊观：不同的观点。

⑨ 牛刀：宰牛的刀。语出《论语·阳货》："子之武城，闻弦歌之声。夫子莞尔而笑曰：'割鸡焉用牛刀？'"后常以喻大材器。

⑩ 庖丁：厨师。

⑪ 荐：进献，送上。清庙：即太庙。古代帝王的宗庙。

⑫ 游刃：指观察事物透彻，技艺精熟，运用自如。析：劈，剖。髀髋：大腿和臀部。

送黄生赴南京国学①

一经膺贵帝京来，校艺文场识俊才。已见南宫称荐赏②，还从璧水荷栽培③。桥门灯火三更雨④，章贡亲庭万里怀⑤。他日鱼龙成变化⑥，待看簪绂拜蓬莱⑦。

【注释】

① 黄生，不详何人。国学，指国子监。

② 南宫：指礼部会试，即进士考试。

③ 璧水：指太学。

④ 桥门：古代太学周围环水，有四门，以桥通，故名。

⑤ 章贡：章水和贡水的并称。亦泛指赣江及其流域。亲庭：指父母。

⑥ 鱼龙：中国古代传说，鲤鱼跳过龙门便能化身为龙。鱼龙变，意指身份发生彻底的变化。

⑦ 簪绂:冠簪和缨带。古代官员服饰。亦用以喻显贵,仕宦。

送王昌训省兄[①]

青春衣彩侍金闺[②],又省难兄促马蹄[③]。千里庭闱依北斗[④],三秋鸿雁集西齐[⑤]。华峰木落山容瘦[⑥],鹊渚烟生水面低[⑦]。几伴轩车游历下[⑧],断碑犹识少陵题[⑨]。

【注释】

① 王昌训,即王祐,礼部侍郎王英次子。其兄王裕,字昌问,宣德二年进士,正统四年,出为山东按察副使。参卷三《题王训导芝轩》。

② 衣彩:指孝养父母。金闺:闺阁的美称。

③ 难兄:犹贤兄。

④ 庭闱:指父母居住处。

⑤ 西齐:齐国西部,此处指济南。

⑥ 华峰:指济南东北郊的华山(又名华不注)。

⑦ 鹊渚:指济南西北郊鹊山附近的水面。

⑧ 轩车:有屏障的车。古代大夫以上所乘。亦泛指车。历下:指济南大明湖中之历下亭。

⑨ 少陵题:唐天宝四载(745)夏,杜甫游济南历下亭,即席赋《陪李北海宴历下亭》,内有“海右此亭古,济南名士多”之句。

送刘仲方[①]

忆昔相逢日,交情十载余。饮醇资益友[②],丽泽愧多疏[③]。班史曾烦笔[④],文园忽上书[⑤]。暂从求异药,不是慕闲居。燕塞征鸿远[⑥],漳河落木初。临岐重酌罢[⑦],握手欲何如?

【注释】

① 刘仲方,生平履历不详。

② 饮醇:《三国志·吴书·周瑜传》“惟与程普不睦”,裴松之注引晋虞溥《江表传》:“普颇以年长,数陵侮瑜。瑜折节容下,终不与校。普后自敬服而亲重之,乃告人曰:‘与周公瑾交,若饮醇醪,不觉自醉。’”后遂以“饮醇”指受到宽厚对待而心悦诚服。

③ 丽泽:指两个沼泽相连。《周易·兑》:“丽泽兑,君子以朋友讲习。”朱熹《周易本义》:“两泽相丽,互相滋益,朋友讲习,其象如此。”后比喻朋友互相切磋。

④ 班史:指《汉书》。因《汉书》为班固所作,故称。

⑤ 文园:指汉代文学家司马相如。因其曾任文园令。

⑥ 征鸿:即征雁。迁徙的雁,多指秋天南飞的雁。

⑦ 临岐:本为面临歧路,后亦用为赠别之辞。

城阳孙明授上海县县丞[①]

城阳孙明(受)[授]上海丞,理邑[之]赋[入]。将之官,来别,求予言。予以其筮仕初即得巨邑,临于有众,宜慎历履,为乡邑荣。(聊直)[为且]述五言体一章,以致私期之意云。

之子阳城彦,致身一何蚤[②]。彩服耀乡园,上官吴淞道。吴淞佳丽地,邑佐亦非小。期云宣德泽,存心安稚耄[③]。古人重抚字[④],催科书下考。子今发轫初[⑤],万里跬步杪[⑥]。忠信士之持,举世贱浮躁。淑慎以卫躬,迪吉理所召[⑦]。明哲睹未形[⑧],非义始弗蹈。仕而优则学,远大日可造。勉旃当自矢[⑨],永言端厥抱。久矣闻终誉,庶足慰朋好。

【注释】

① 城阳,汉置城阳郡,郡治在莒(今山东莒县),因以代指莒州(明属青

州府）。孙明，莒州人，正统九年(1444)任上海县丞。题目底本正文未刻，据《目录》补。“朐抄本”作《赠城阳孙明》。此诗手迹存，手迹《序》置诗后，今一并据改。原《序》后署有：“正统甲子中秋，翰林侍讲学士、奉直大夫兼修国史、经筵官齐郡马厶识。”

② 致身：指出仕。一何：多么。蚤：通“早”。

③ 稚耄：老幼。

④ 抚字：指对百姓的安抚体恤。

⑤ 发轫：拿掉支住车轮的木头，使车前进。借指出发，起程。

⑥ 跬步：半步，跨一脚。杪(miǎo)：树木末端，树梢。形容微小、细微。

⑦ 迪吉：表示吉祥，安好。

⑧ 明哲：指明智睿哲的人。未形：指事情尚未显出迹象、征兆。

⑨ 自矢：犹自誓。立志不移。

谢河东孔运副惠琴兼寄葡萄酒①

焦桐斲就自平阳②，为忆知音远寄将。只恐夜凉清不寐，葡萄佳酿试新尝。

【注释】

① 河东孔运副，指孔哲，字文明。山东莒州人(今日照莒县)。永乐十二(1414)举人。官河东盐运副使。正统十年(1445)三月，擢为庆阳府知府。盐运使，全称为“都转盐运使司盐运使”，简称“运司”。专设于两淮、两浙、福建等产盐各省。其下设有运同、运副、运判、提举等官。元朝始置，明清两朝沿用。

② 焦桐：琴名。东汉蔡邕曾用烧焦的桐木造琴，后因称琴为焦桐。平阳：指平阳府，治所在今山西临汾市。

寄泰州张司训[1]

每怀张郡博，道义重乡情。心迹虽为客，音书屡至京。海门天日阔，秋月桂香清。耄士多成就[2]，论功在圣明。

【注释】

① 张司训，生平不详。司训，县学教谕的别称。泰州，明属扬州府，今属江苏省。

② 耄：似当为“髦”。髦士：英俊之士。

闻姚子大门人获登科者四人因寄以贺[1]

丹桂飘香八月开[2]，一时高折四枝来。群仙固有凌云具，也是梯阶几日培。

【注释】

① 姚子大，见本卷《赠余友姚君子大》注。据《淮安府志》，正统年间该府举乡荐超过四人的年份，惟有正统三年，是年六人上榜，时姚鹏恰为淮安府学训导。此诗当作于是年秋乡试放榜以后。

② 丹桂：桂树的一种。

谈道多闻绎茧丝，六经端在得明师。莫言泮水波澜浅[1]，几度鱼龙变化时。

【注释】

① 泮水：古代学宫前的水池，形状如半月。

次韵寄答张宗道先生[1]

每怀桑梓相逢日，南北今违二十年。焦尾无从弹古调[2]，青绫慚自理陈编[3]。几随明月过三峡，屡见征鸿越百川。深喜师垣能刮目，白头何用叹寒毡[4]。

【注释】

① 张宗道，生平履历不详。从诗中“每怀桑梓相逢日”一句看，似为临朐人。次韵，是依次用所和诗中的韵作诗，也称步韵。世传次韵始于白居易、元稹，称“元和体”。

② 焦尾：琴名。泛指好琴。

③ 青绫：青色的有花纹的丝织物。古时贵族常用以制被服帷帐。借指系有青绫绶带的官印。

④ 寒毡：形容寒士清苦的生活。《新唐书·文艺传中·郑虔》：“（郑虔）在官贫约甚，澹如也。杜甫尝赠以诗曰：‘才名四十年，坐客寒无毡’云。”

寄云庵程公琰[1]

城阳一别几年华，每忆先生乐事多。药径春风留杖屦[2]，云庵晴日护烟霞。从酣邻酒情偏适，自写仙方眼未花。应想壮游山万里，诗怀犹似在天涯。

【注释】

① 程琰，生平履历不详。

② 杖屦：老者所用的手杖和鞋子。

八秩年过鬓已丝，犹闻强健似常时。养身只藉君臣药，遣兴[①]多凭胜负棋。问字有人频载酒[②]，看云无日不题诗。儿孙共喜为供具[③]，好约松乔话寿期[④]。

【注释】

① 遣兴：抒发情怀，解闷散心。

② 问字：《汉书·扬雄传》载，扬雄多识古文奇字，刘棻曾向其学奇字。后来称从人受学或向人请教为"问字"。

③ 供具：陈设食具，备供酒食。

④ 松乔：神话传说中仙人赤松子与王子乔的并称。寿期：寿命，寿限。

寄谢县官[①]

宁亲昨向故乡回[②]，治邑欣逢得众才。百里闾阎无犬吠[③]，三春桃李尽花开。仁慈政出宁容异，道义心同自不猜。慰我远来珍重意，欲将何以报琼瑰[④]。

【注释】

① 马愉回乡宁亲，受到县中地方官慰问，回京后写诗寄谢。县官，指县中官吏。此诗手迹存，无题，前有《序》，云："昨承恩命，归觐二亲，获见邑贤大夫。三公一心，义气和同，是用政理民康，邑中宴然。以予远归，屡致慰意。及来京，萦忆载怀，不能已已，遂述一律，聊将谢忱，敬祈电瞩是幸。邑人马愉端奉，大尹、贰尹、判薄三公侍右。"

② 宁亲：省亲。

③ 闾阎：里巷内外的门。泛指民间。

④ 琼瑰：比喻美好的诗文。

寄谢骈庠掌教陈先生[1]

每念斯文义气同，芹池今喜又相逢[2]。雄辞荷赠琼瑶丽，高意何殊斗岳崇。久见诸生沾(雨化)[化雨][3]，从知归客沐光风。交情不比东流水，只在临岐怅别中[4]。

【注释】

① 骈庠，指马愉家乡临朐县的县学。临朐县，古称骈邑。明宣德间，临朐有教谕陈旻，陈先生当指此人。掌教，明时称府、县教官及书院主讲。此诗手迹存，前有《序》，云："昨承赠言，辞每过溢，佩服弗胜。兹成中人近体一首，聊致谢意，希笑览幸之。邑人马愉端奉骈庠掌教陈先生讲席。"

② 芹池：指学宫、学校。

③ 化雨：长养万物的时雨。比喻循循善诱，潜移默化的教育。底本作"雨化"，据手迹改。

④ 临岐：本为面临歧路，用为赠别之辞。

秋夜怀姚子大[1]

明月辉辉照榻前，思君几度不成眠。空怜岁序驰如箭[2]，每忆风神直似弦[3]，芹水多情留蠹简[4]，梅窗得意在银笺[5]。春来淮浦逢归雁，好寄新题到日边[6]。

【注释】

① 姚子大，见本卷《送余友姚君子大》注。此诗当作于姚鹏在淮安任府学训导期间。

② 岁序：岁时的顺序，岁月。

③ 风神：风采，神态。

④ 芹水：指学宫、学校。蠹简：被虫蛀坏的书。泛指破旧书籍。

⑤ 银笺：指书信。

⑥ 日边：比喻京师附近或帝王左右。

客路关河几度分，晚归常对月纷纷。知兄富学成多士[1]，愧我疏才奉圣君。海国蒹葭秋落雁[2]，蓟门烟火暮连云[3]。不知何日西窗里，风雨潇潇夜共闻。

【注释】

① 多士：古指众多的贤士。此处意指踏入仕途。

② 蒹葭：芦苇。用以泛指思念异地友人。

③ 蓟门：即蓟丘。古地名。在北京城西德胜门外西北隅。此处代指北京。

怀　友[1]

城南雨霁觉新凉，灯火相亲兴味长。辟蠹芸生香霭霭[2]，吾伊声动玉琅琅[3]。鸢鱼理趋资探索[4]，贤哲渊微赖讨详[5]。看取前程鹏万里，家声端许继流芳[6]。

【注释】

① 本诗抒发对友人的怀念之情，然，所怀不详何人。

② 蠹(dù)：蛀虫。芸：指芸香。香草名。花叶香气浓郁，可入药，有驱虫、祛风、通经的作用。

③ 吾伊：伊吾，咿唔。读书声。琅琅：象声词。形容清朗、响亮的声音。

④ 鸢鱼：即“鸢飞鱼跃”。指万物各得其所。

⑤ 渊微：深沉精微。讨详：审慎周详地讨究。

⑥ 家声：家族世传的声名美誉。

永嘉县丞思母[1]

游子以何远，双亲别几年。望云常在睇[2]，戏彩更无缘[3]。梦绕合肥北[4]，心驰雁岩前。何时遂归省，锦鲤荐芳筵[5]。

【注释】

① 永嘉县丞，不详所指。据光绪《永嘉县志》载，宣德至正统年间，永嘉县丞有于建、吴豫、方珍、刘正、黎存信。永嘉，今属浙江省温州市。

② 望云：仰望白云。指思念家乡，思念父母。睇(dì)：斜视。

③ 戏彩：指孝养长辈。

④ "梦绕"二句：从文意上看，诗中主人公是北方人，长期在南方做官，思母心切，做梦到了安徽合肥以北，心里着急却仍然还在南方。"雁岩"，当指北雁荡山。永嘉县在此山之南。

⑤ 锦鲤：鳞光闪烁的鲤鱼。荐：进献，送上。

澹轩文集今注

【卷之三】

题恩荣堂[1]

诗礼传家有祖风，若人承业日滋隆。积而能散从来少，仁者存心自不同。发粟已周多多食，褒书遥降九重宫[2]。高堂千古金川上，耿耿龙光夜烛虹[3]。

【注释】

① 恩荣堂，是郑宗鲁为珍藏朝廷所赐玺书而建。郑宗鲁，江西新淦县(今新干县)人，因出谷二千石赈饥，获赐玺书，旌为义民。杨士奇有《恩荣堂记》(见《东里续集》卷一)。明代对仗义疏财的富民，常用旌表为“义民”的形式来酬答，是一种道德表扬，着重于名义。《明会典·预备仓》载:“凡民愿纳谷者，或赐奖敕为义民，或充吏，或给冠带散官。”“凡民人纳谷一千五百石，请敕奖为义民，仍免本户杂泛差役；三百石以上，立石题名，免本户杂泛差役二年。”(卷二十二)义民对旌表的敕书要加善藏，有的特建一阁宝藏之，有的则把所居之房屋改名为“旌义堂”“乐义堂”“荣恩堂”等。

② 九重宫:皇宫。

③ 耿耿:明亮的样子。龙光:皇帝给予的恩宠，荣光。龙，通“宠”。

题承恩堂[1]

早侍清朝鬓已皤[2]，此生何幸沐恩波[3]。身依日月光华近[4]，泽及松楸雨露多[5]。荐俎每因怀澧浦[6]，首丘仍许筑岩阿[7]。画堂昼永多闲暇[8]，高咏南山天保歌[9]。

【注释】

① 承恩堂，宣宗皇帝为吏部尚书蹇义敕建宅第。蹇义(1364—1435)，

初名璐，字宜之。四川保宁府巴县（今属重庆市）人。洪武十八年（1385）进士，授中书舍人。为人质直孝友，僚友间未尝一语伤物。谙熟朝廷典章制度，通达礼仪。建文时，升吏部右侍郎。永乐初，任吏部尚书。成祖北巡，辅太子监国，军国事皆依办。历事五朝，政绩卓著。英宗即位未逾月，以疾卒。追赠太师，谥“忠定”。宣德七年（1432）十月，蹇义御赐宅第落成，宣宗赐宴祝贺，“六卿长贰、都御史咸在”（杨士奇《承恩堂记》）。本诗当即作于此时。

② 清朝：清明的朝廷。皤（pó）：白色。

③ 恩波：指帝王的恩泽。

④ 光华：光芒，光彩。

⑤ 松楸：松树与楸树。墓地多植，因以代称坟墓。

⑥ 荐俎（zǔ）：指进献供品。荐，进献，送上。俎，古代祭祀、燕飨时陈置牲体或其他食物的礼器。

⑦ 首丘：比喻归葬故乡。岩阿：山的曲折处。

⑧ 昼永：白昼漫长。

⑨ 天保：上天保佑，使之安定。后引申指皇统、国祚。

题茂恩堂[①]

玉瓒承黄流[②]，灵蓍溢膏泽[③]。厚赋不易受，嘉庆匪浪得[④]。猗彼西江湄，乔然挺松梓。婆娑散繁阴，蓊郁蔽庭陀[⑤]。乃有磊魂才[⑥]，作幕乌台端[⑦]。清标重时辈[⑧]，绩最闻金銮。宝敕五色文，煌煌焕宸章[⑨]。华服被双亲，怡然乐高堂。一门萃和气，骈蕃锡多祉[⑩]。令闻继无穷[⑪]，更喜诸孙子。

【注释】

① 茂恩堂，熊尚初堂名。尚初，江西南昌县人。宣德间，由吏员举授都察院都事，转经历。正统十一年（1446）十月，升福建泉州知府，有善

政。汀寇犯境，势猖獗，城危急。尚初率民兵敌之，单骑出城，为流矢所中卒。有司嘉其忠，配享忠臣庙。

② 玉瓒：圭瓒。古代礼器。为玉柄金勺，祼祭时用以酌香酒。泛指酒盏。黄流：指酒。

③ 灵蓍：占卜用的蓍草。膏泽：滋润作物的雨水。比喻恩惠。

④ 嘉庆：吉祥喜庆。亦指喜庆的事。

⑤ 庭戺（shì）：即戺庭，阶下庭前。戺，堂廉。亦指堂廉下的台阶。

⑥ 磊磈（kuǐ）：众石累积貌。亦喻胸中不平之气。

⑦ 乌台：指御史台。

⑧ 清标：清美出众。

⑨ 宸章：皇帝所作的诗文。

⑩ 骈蕃：繁多。

⑪ 令闻：美好的声誉。

题永丰罗修龄忠义堂①

昔闻令祖著英风②，今见云孙义气同③。一旅独期匡国难④，千金无惜济人穷。遗文传播留贤迹，优诏褒崇出圣衷⑤。翼翼高堂揭华扁⑥，林泉光耀烛晴虹⑦。

【注释】

① 罗修龄，江西永丰（今属吉安市）人。光绪《吉安府志》载："罗修龄，永丰人。大盘山盗起，朝廷命有司捕之。修龄集乡兵三百人，具白粲百斛以从。正统中，复输谷二千五十石备赈济。奏名，赐敕，旌为义民。"（卷三十六《人物·义行》）忠义堂，即为纪念朝廷表彰而建。罗修龄等旌为义民，在正统五年，此诗约当作于此时。此诗"胸抄本"云"有题无诗"，并脱《题惠昌伯具庆堂》和《题具庆堂》两首，今对比底本，恰是一页，知"胸抄本"所据底本有脱页。

② 英风：高尚的风格和气节。

③ 云孙：从本身算起的第九代孙。泛指远孙。

④ 匡：挽救，救助。

⑤ 优诏：褒美嘉奖的诏书。

⑥ 翼翼：庄严雄伟的样子。

⑦ 林泉：山林与泉石。指隐居之地。晴虹：即灯。

题（惠）[会]昌伯具庆堂①

善行多年著，名门百福臻。流芳承世泽，偕老际昌辰②。戚里声华重，皇家宠数频。貂蝉尊伯爵③，翚翟表夫人④。素发联双鬓，高年并七旬。松乔跻寿域⑤，龟鹤羡长春。函谷真图现⑥，瑶池宝箓新⑦。埙篪清满耳⑧，兰蕙秀怡神⑨。贵显今无比，光荣古莫伦。画堂称庆处⑩，和气溢津津⑪。

【注释】

① 会昌伯具庆堂，是邹平孙继宗兄弟奉亲之堂。孙忠，字主敬。山东邹平人。初名愚，宣宗为其改名忠。初任永城县主簿，监修天寿山陵，有功升鸿胪寺序班。宣宗即位，册封其女为贵妃，忠为中军都督佥事。宣德三年（1428），胡皇后被废，孙贵妃被册封为皇后，忠封为会昌伯。景泰三年（1452）卒，终年八十五岁。赠会昌侯，谥康靖。英宗复辟，加赠太傅、安国公，改谥恭宪。成化十五年（1479）再赠太师、左柱国。有子五人：继宗、显宗、绍宗、续宗、纯宗。孙继宗，字光辅。宣德初，授府军前卫指挥使，后改锦衣卫指挥使。景泰初，进升都指挥佥事，旋承父爵。天顺元年（1457），发动夺门之变，进为侯爵，加号“奉天翊卫推诚宣力武臣”，特进光禄大夫、柱国。诸弟为都指挥佥事者，都改为锦衣卫都指挥佥事。成化三年（1467）八月，加太傅。卒赠郯国公，谥“荣襄”。《明史》有传。“会”，底本作“惠”，据

《明史》改。

② 昌辰：犹盛世。

③ 貂蝉：貂尾和附蝉，古代为贵近之臣的冠饰。

④ 翚翟：后妃的礼服。

⑤ 松乔：神话传说中仙人赤松子与王子乔的并称。

⑥ 函谷：指函谷关。关名。古关为战国秦置，在今河南灵宝市境。因其路在谷中，深险如函，故名。汉元鼎三年（前114）移至今河南新安县境，去故关三百里。据《史记·老子韩非列传》，老子西过函谷关，关尹令喜强之，“老子乃著书上下篇，言道德之意五千言而去”。

⑦ 宝箓：指传说中凤凰先后授予黄帝和帝尧的图箓。用以象征天命。引申指皇统、皇业。

⑧ 埙篪：埙、篪皆古代乐器，二者合奏时声音相应和。因常以“埙篪”比喻兄弟亲密和睦。

⑨ 兰蕙：兰和蕙，皆香草。多连用以喻贤者。

⑩ 画堂：古代宫中有彩绘的殿堂。泛指华丽的堂舍。称庆：道贺。

⑪ 津津：充溢的样子。

题具庆堂[①]

古人云具庆，为乐双亲年[②]。双亲偕老不易得，五福蕃锡良由天[③]。千乘有客彭城裔[④]，阴德相传知几世。田园富夥子孙贤，鹤发椿萱乐无际[⑤]。仲子有才登仕途，彩服尝向庭闱趋[⑥]。埙篪迭奏叶笙竽[⑦]，骈蕃嘉祉集门闾[⑧]。朝登具庆堂，夕登具庆堂。儿心拜祝殊未央，焉能日日称霞觞[⑨]。食禄贵云在补报，誓将佳誉为亲光。誓将佳誉为亲光，丹衷耿耿期无忘。

【注释】

① 此具庆堂不详所指，时以“具庆”名堂者为数不少。具庆，是指父母

俱存。

② 年：指长寿。

③ 五福：五种幸福。《尚书·洪范》："五福：一曰寿，二曰富，三曰康宁，四曰攸好德，五曰考终命。"西汉桓谭《新论》："五福：寿、富、贵、安乐、子孙众多。"

④ 千乘：古邑名，春秋时齐地。在今山东高青高苑镇北。彭城：春秋时宋邑，秦置县。治今江苏徐州市。

⑤ 椿萱：《庄子·逍遥游》谓大椿长寿，后世因以椿称父。《诗经·卫风·伯兮》："焉得谖草，言树之背。"谖草，萱草。后世因以萱称母。椿、萱连用，代称父母。

⑥ 彩服：犹彩衣。用老莱子穿彩衣为戏娱亲之典。详卷二《奉和少傅东里杨先生送杨允宽觐省后还闽中十绝韵》注。庭闱：内舍。多指父母居住处。

⑦ 叶(xié)：同"协"。和洽，相合。笙竽：笙和竽。两种乐器，因形制相类，故常联用。

⑧ 骈蕃：繁多。嘉祉：福祉。

⑨ 霞觞：犹霞杯。盛满美酒的酒杯。

题椿萱堂[①]

漆园有佳树[②]，春秋逾八千。北堂有忘忧[③]，历岁滋长延。花树久相依，敷荣竞鲜妍[④]。雨露日培植，风霜无迍邅[⑤]。椿堂寿莫比，繁阴蔽庭前。堂上双慈颜，鹤发皓盈颠[⑥]。兰桂森玉立[⑦]，晨昏奉华筵。殷勤祝亲年，高歌眉寿篇[⑧]。

【注释】

① 椿萱堂，不详所指。

② 漆园：古地名。战国时庄周为吏之处，在今安徽蒙城县。也借以指

庄子。佳树：指《庄子》中写到的椿树。《庄子·逍遥游》："上古有大椿者，以八千岁为春，八千岁为秋，而彭祖乃今以久特闻。"

③ 北堂：古代居室东房的后部。为妇女盥洗之所。《诗经·卫风·伯兮》"焉得谖草，言树之背"，毛传："背，北堂也。"因而，也以北堂指母亲的居室。

④ 敷荣：开花。

⑤ 迍邅(zhūnzhān)：处境不利，困顿。

⑥ 盈颠：满头。颠：头顶，头。

⑦ 兰桂：兰和桂。比喻贤子孙。

⑧ 眉寿：长寿。

题寿宁堂①

圣神闵民命②，爰契造化心③。为医济夭折，其术流于今。谓人禀寿期，定数初难谌④。享福在康宁，疾痛胡侵寻。一或至不幸，保卫将所任。假尔有恒者，谈笑回呻吟。举世重道义，匪人奚所钦。猗彼东吴彦⑤，肘后悬千金⑥。经德谅不回，传业独精深。指诀片言凭⑦，视色施砭针⑧。上池受奇秘⑨，匕勺兴颠沉⑩。刱来住京邑⑪，赴愬森如林⑫。危殆藉生全，狼狈安席衾⑬。兹实造窔奥⑭，何资术与参。翼翼树高堂，著词光璆琳⑮。期众跻寿宁⑯，此意由衷忱。用以示来裔，永言师规箴⑰。

【注释】

① 寿宁堂，不详所指。

② 闵：通"悯"。怜恤，哀怜。

③ 造化：自然界的创造者。亦指自然。

④ 定数：气数，命运。宿命论认为国家的兴亡、人世的祸福皆由天命或某种不可知的力量所决定，因称为"定数"。谌(chén)：相信。

⑤ 猗:叹词,表示赞叹。东吴:泛指古吴地。约当今江苏、浙江两省东部地区。

⑥ 千金:唐代孙思邈撰医书《千金方》,认为人命贵于千金,治人一命,等于施舍千金,故称。

⑦ 指诀:要诀。

⑧ 砭针:同“砭石”。古代用以治痈疽、除脓血的石针。

⑨ 上池:“上池水”的省称。指凌空承取或取之于竹木上的雨露。后用以名佳水。

⑩ 匕勺:指取约的用具。匕,古代取食的用具,曲柄浅斗,有饭匕、牲匕、疏匕、挑匕之分。状类后代的羹匙。

⑪ 京邑:京都。

⑫ 赴愬:奔走求告。

⑬ 狼狈:比喻艰难窘迫。衾:大被。

⑭ 窔奥:屋的东南角谓窔,西南角谓奥,比喻隐暗之处。

⑮ 璆琳:泛指美玉。

⑯ 跻:升登,达到。

⑰ 师:师法。规箴:劝勉告诫之词。

寿椿堂为孔宪使题[①]

古人善颂祷[②],恒言必以寿。或拟南山高[③],或比松柏茂。臣子重君亲,蔼然发忠厚。岂无多愿欲[④],所贵五福首。彼美观察使[⑤],系出鲁东后。立朝扬清芬,持身谢纤垢。握符制衡襄,令闻犹一口。时来朝至尊,陈词省严父。衣绣关西道,秋风动高柳。闾里增光声,足慰睽违久。椿庭不知老[⑥],俨若商颜叟。霜花才染鬓,精神仍抖擞。儿心一何喜,埙篪况迭奏[⑦]。高堂揭华扁,光彩照晴昼。康强过古稀,逾八复望九。不但介期颐[⑧],惓惓诵冈阜[⑨]。人生贵积善,积善天所佑。矧惟皇极君[⑩],敛福锡九有[11]。愿言谐所祈，俯仰慎无负。

【注释】

① 孔宪使，当指孔文英（1394—1456）。文英，字世杰。陕西庆阳府安化县（今甘肃庆城县）人，徙襄阳。永乐十九年（1421）进士。授江西庐陵知县，迁浙江道监察御史，调河南道。清理军政，有老成才。正统五年（1440）正月，迁湖广按察使。景泰元年（1450）正月，升大理寺卿，镇守紫荆关督练军马。景泰六年二月，转刑部左侍郎。景泰七年五月，卒于官。诗中“衣绣关西道”句，与孔文英为陕西人相合；“宪使”，系对按察使的美称，与其官位相合。又《明英宗实录》卷一百二十六载，正统十年二月，孔文英父丧，据此可以推测，此诗当作于正统五年之后，十年之前。

② 颂祷：赞美祝福。

③ “或拟”二句：《诗经·小雅·天保》有“如月之恒，如日之升。如南山之寿，不骞不崩。如松柏之茂，无不尔或承。”

④ 愿欲：志愿，欲念。

⑤ 观察使：官名。唐于诸道置观察使，位次于节度使。中叶以后，多以节度使兼领其职。无节度使之州，亦特设观察使，管辖一道或数州，并兼领刺史之职。凡兵甲财赋民俗之事无所不领，谓之都府，权任甚重。宋观察使为虚衔，无定员。元代废。这里借指按察使。

⑥ 椿庭：指父亲。

⑦ 埙篪：埙、篪皆古代乐器，二者合奏时声音相应和。

⑧ 期颐：一百岁。

⑨ 冈阜：指《诗经·天保》。其中有“如山如阜，如冈如陵，如川之方至，以莫不增”之句。

⑩ 矧（shěn）：况且。皇极：指皇帝。

⑪ 九有：九州，九域。

题于县丞积庆堂[①]

五福畀之人[②]，所本在好德。玄化司钧衡，锱铢罔差忒[③]。伊惟忠厚家，奕世善是力[④]。绵绵瓜瓞繁[⑤]，嘉庆斯以集。厅松有贞操，挺挺干霄直。隆冬与春阳，柯叶曾改易[⑥]。庭闱登遐龄[⑦]，怡然享康食。兄弟式相好，友于日益笃[⑧]。堂下五株桂，森森映瑶席[⑨]。诗书为菑畲[⑩]，家声迈畴昔[⑪]。眷言皇极人[⑫]，信乃天所骘[⑬]。我歌积庆诗，用纵斯千释。

【注释】

① 于县丞，颇疑即卷二所云“永嘉县丞”于建。

② 五福：五种幸福。详本卷《题具庆堂》注。

③ 差忒(tè)：差错，误差。

④ 奕世：累世，代代。

⑤ 瓜瓞：比喻子孙蕃衍，相继不绝。

⑥ 柯叶：枝叶。

⑦ 遐龄：高龄，长寿。

⑧ 友于：指兄弟友爱。

⑨ 瑶席：指珍美的酒宴。

⑩ 菑畲(zīshē)：耕耘。耕稼为民生之本，故以喻事物的根本。

⑪ 畴昔：往日，从前。

⑫ 眷言：回顾貌。言，词尾。

⑬ 骘(zhì)：安排。

慈训堂为南阳汪同知题[①]

父没儿年弱，慈亲擅义方[②]。治家心独苦，择傅虑何长。灯火劳深夜，诗书继远香。断机应并美[3]，丸胆可同芳[4]。白发期成就[5]，青云遂显扬[6]。菁莪游璧水[7]，别驾出南阳[8]。寄鲊犹频戒[9]，平反每问详[10]。临民当轸恤[11]，报国欲无忘。政绩称名郡，仁声自北堂[12]。惟怀歌陟屺[13]，不敢听甘棠[14]。风化知攸始，人心重典常[15]。行看书太史，千载播休光[16]。

【注释】

① 汪同知，指汪庭训。浙江温州府瑞安县（今改市）人。宣德四年贡生，初授南阳府同知，"刚介有风裁"（乾隆《瑞安县志》卷七《选举》），曾重修南阳府衙。改御史，景泰间，升扬州府知府。其父汪士宁，封扬州府知府。同知，官名，称副职。

② 义方：指教子的正道，或曰家教。

③ 断机：断织。相传孟轲少时，废学归家，孟母方绩，因引刀断其机织，曰："子之废学，若吾断斯织也。"轲因勤学自奋，师事子思门人，遂成大儒。后遂用为母亲督子勤学的典故。

④ 丸胆：唐代柳仲郢母韩氏善训子，仲郢幼嗜学，其母尝和熊胆丸，使夜咀咽以助勤。后"和熊胆""和胆""丸胆"便用为母亲教子勤学之典。

⑤ 白发：指家中父老。

⑥ 青云：喻高官显爵。显扬：显亲扬名。

⑦ 菁莪：《诗经·小雅》中《菁菁者莪》一诗，《毛诗序》以为："乐育材也，君子能长育人材，则天下喜乐之矣。"后因以"菁莪"指育材。

⑧ 别驾：通判的习称。

⑨ 寄鲊（zhǎ）：《晋书·列女传·陶侃母湛氏》："侃少为寻阳县吏，尝监鱼梁，以一坩鲊遗母。湛氏封鲊及书，责侃曰：'尔为吏，以官物遗我，非惟不能益吾，乃以增吾忧矣。'"后常以"寄鲊"称赞子孝母贤。

⑩ "平反"句：《汉书·隽不疑传》："每行县录囚徒还，其母辄问不疑：'有所平反，活几何人？'即不疑多有所平反，母喜笑。"

⑪ 轸（zhěn）恤：深切顾念和怜悯。

⑫ 北堂：代称母亲。

⑬ 陟屺：为思念母亲之典。《诗经·魏风·陟岵》："陟彼屺兮，瞻望母

兮。”

⑭ 甘棠：即棠梨。用称颂循吏的美政和遗爱。

⑮ 典常：常道，常法。

⑯ 休光：盛美的光华。比喻美德或勋业。

题金华刘通判慈侍堂[1]

灵椿既云摧[2]，萱华独芬馥。诗书有遗业，苦心躬教毓。和熊志弥坚，断机心何酷。多子若慈训[3]，青云继芳躅[4]。分符佐黄堂[5]，政声总称榖[6]。忠摅答君恩[7]，孝思分亲福。三釜旨甘备[8]，定省旷昏旭[9]。兹焉拜家庆，高堂试华服。蹁跹屡纷舞[10]，霞觞荐醺醁[11]。春风上酡颜，欢忻讵能录[12]。母寿天所报，子心未云足。所职在仁政，所怀酬顾复[13]。捧书辞板舆[14]，白云疑望目。愿谐臻期颐[15]，慈竹荫恒绿。平反遵素言[16]，寄鱼托流竹[17]。爱日笃不忘[18]，展矣前哲续[19]。勉旃为民仪[20]，于以敦浇俗[21]。

【注释】

① 刘通判，指刘实。字嘉秀，号敬斋。江西安福人。宣德五年(1430)进士。居三年，选庶吉士。正统初，任金华府通判。召修《宋元通鉴纲目》，擢南雄知府。因忤朝使宦官，被诬下狱，瘐死。《明史》有传。通判，官名，设于各府，分掌粮运及农田水利等事务。

② 灵椿：古代传说中的长寿之树。比喻父亲。

③ 慈训：母或父的教诲。

④ 芳躅(zhú)：指前贤的踪迹。

⑤ 分符：犹剖符。谓帝王封官授爵，分与符节的一半作为信物。黄堂：太守衙中的正堂。借指太守。

⑥ 榖：善，良。

⑦ 摅：施展。

⑧ 三釜:亦作“三鬴”。古代一般年成每人每月的食米数量。用以比喻菲薄的俸禄。

⑨ 定省:指子女早晚向亲长问安。

⑩ 蹁跹(piánxiān):旋转的舞姿。

⑪ 霞觞:霞杯。醺醁(xūnlù):美酒。

⑫ 讵:副词。表示反诘。相当于“岂”“难道”。

⑬ 顾复:指父母之养育。《诗经·小雅·蓼莪》:“父兮生我,母兮鞠我。拊我畜我,长我育我,顾我复我,出入腹我。”

⑭ 板舆:古代一种用人抬的代步工具。多为老人乘坐,后用以代指官吏在任迎养父母之词。

⑮ 期颐:一百岁。

⑯ 平反:见上首诗《慈训堂为南阳汪同知题》。

⑰ 寄鱼:指送出书信。

⑱ 爱日:西汉扬雄《法言·孝至》:“事父母自知不足者,其舜乎!不可得而久者,事亲之谓也,孝子爱日。”后以“爱日”指儿子供养父母的时日。

⑲ 展:实在,真正。

⑳ 勉旃(zhān):努力。多于劝勉时用之。旃,语助词,之焉的合音字。

㉑ 浇俗:浮薄的社会风气。

题杨御史孝思堂①

双亲成永隔,禄养更无期②。每忆趋庭日③,宁忘和胆时。羹墙徒在目④,风木屡兴悲⑤。幸有褒封诰,乌台荷宠私⑥。

【注释】

① 杨御史,指杨禧,字佑之。云南大理府太和县(今大理市)人。永乐九年(1411)举人。任四川雅州荥经县(今属雅安市)教谕,上书言时政,词激切,上怒,系之狱,寻得释。授直隶永平府昌黎县(今河北昌

黎)县令。尽心民事,政教大行,考满,民乞留再三,在任十八年,政声卓著。宣德三年(1428)十一月,升四川道监察御史。正统四年(1439)十月,擢广西庆远府知府。擢广西左参政,仍知府事。景泰中,进广西布政司左参政。本书卷六《送杨太守之任庆远序》云:“又以父母殁,荣弗建,乃为‘孝思堂’著其志,缙绅多咏之。”

② 禄养:以官俸养亲。古人认为官俸本为养亲之资。

③ 趋庭:《论语·季氏》:“(孔子)尝独立,鲤趋而过庭。曰:‘学诗乎?’对曰:‘未也。’‘不学诗,无以言。’鲤退而学诗。他日,又独立,鲤趋而过庭。曰:‘学礼乎?’对曰:‘未也。’‘不学礼,无以立。’鲤退而学礼。”鲤,孔子之子伯鱼。后因以“趋庭”谓子承父教。

④ 羹墙:《后汉书·李固传》:“昔尧殂之后,舜仰慕三年,坐则见尧于墙,食则睹尧于羹。”后以“羹墙”为追念前辈或仰慕圣贤的意思。

⑤ 风木:比喻父母亡故,不及奉养。典出《韩诗外传》。

⑥ 乌台:指御史台。

题王自瑄思亲堂①

严亲隔九原②,慈母别千里。既违班衣侍③,曷能呈(淑)[菽]水④。耿耿游子怀,悲切殊无已。旅食京华晨⑤,羹墙恒宛辞⑥。还忆行时衣,密缝劳柔指。此情欲何为,望云歌陟屺⑦。有日遂归来⑧,既裸娱甘旨⑨。况当明盛时,以孝风多士。愿子勿徒为,期在显扬只⑩。

【注释】

① 王自瑄,生平不详。

② 九原:九泉,黄泉。

③ 班衣:即斑衣。用老莱子穿彩衣为戏娱亲之典。详卷二《奉和少傅东里杨先生送杨允宽觐省后还闽中十绝韵》注。

④ 菽水：豆与水。指所食唯豆和水，形容生活清苦。后常以“菽水”指晚辈对长辈的供养。菽，底本作“淑”，据“朐抄本”改。

⑤ 旅食：客居，寄食。

⑥ 羹墙：指追念前辈。详本卷《题杨御史孝思堂》注。

⑦ 陟屺：为思念母亲之典。

⑧ 有日：有期，不久。

⑨ 祼(guàn)：祭名。以香酒灌地。

⑩ 只(zhǐ)：语气词。表终结或感叹。

克复堂为新淦宋常固题[1]

粤惟兹华堂[2]，乃在金水滨。载构孰云初，宋氏之先民。慨昔罹芜没[3]，梅溪实更新。厥考既复广[4]，尚将期后人。之子绍儒术，仕途耀簪绅[5]。鸣琴坐三邑，禄资尤充殷。葺理敢怠遑[6]，美哉其奂轮[7]。于以荐豆笾[8]，还为序天伦。少保国元老[9]，词藻光嶙峋[10]。颜楹曰克复[11]，谓能亢宗亲[12]。兹晨承恩归，优游乐无垠[13]。篇什勒堂中[14]，永以垂来昆[15]。

【注释】

① 宋常固，即宋常。江西新淦县(今新干县)人。永乐十六年(1418)进士。先任职于吏部，后任广东雷州府遂溪县(今属湛江市)知县，宣德三年(1428)，出任广东惠州府龙川县(今属河源市)知县。王直《克复堂记》云：“旌阳令宋常固既请老而归，介中书舍人金辅伯谒予，告曰：‘常固世家新淦之金滩，元季之乱，先庐皆毁焉。大父梅溪稍复修治以居。先考宏善尝慨然欲有为，会以贤良征，弗克遂。常固昨为龙川令，以尤归，念前人之志未就也，乃治旧址，作新堂，崇卑广狭，式中度程。少保金先生喜其能复旧观，名之曰克复堂。”(《抑庵文集·后集》卷五)

② 粤(yuè):助词,用于句首。表示审慎的语气。

③ 芜没:掩没于荒草间,湮灭。

④ 厥考:他的父亲。

⑤ 簪绅:犹簪带。

⑥ 葺理:修理,整治。

⑦ 奂轮:即美轮美奂,形容房屋的高大和众多。奂,言众多。

⑧ 豆笾:祭器。木制的叫豆,竹制的叫笾。

⑨ 少保:指金幼孜(1368—1432)。名善,以字行。江西新淦县徘山(今属峡江县罗田镇)人。建文二年(1400)进士,授户科给事中。永乐元年(1403),任翰林检讨。累迁右谕德兼侍讲 。永乐十二年,迁翰林学士。永乐十八年,与杨荣并为文渊阁大学士。仁宗即位后,拜户部右侍郎兼文渊阁大学士,旋加太子少保兼武英殿大学士。洪熙元年(1425),进礼部尚书兼大学士。宣宗时,修两朝实录。宣德六年十二月(1432 年初)卒,赠少保,谥"文靖"。著有《北征诗》《北征录》等。《明史》有传。

⑩ 嶙峋:形容气节高尚,气概不凡。

⑪ 颜楹:指题写匾额。

⑫ 亢:高,彰显之意。

⑬ 优游:悠闲自得。

⑭ 篇什:《诗经》的"雅"和"颂"以十篇为一什,所以诗章又称"篇什"。

⑮ 来昆:后代子孙。

题一乐堂送林恒简省亲①

五福兼全世所稀,君家乐事更无涯②。灵椿覆户清荫合,慈竹侵阶淑景迟。丛桂总知为国器③,九苞风自振廷仪④。玉堂紬史符公论⑤,讲席探经荷宠私。天上锡归娱彩绣,膝前称庆奏埙篪⑥。龙章灿烂颁恩命⑦,翟衣辉煌映鬓丝⑧。共说朗陵占象异[9]，宁论宝氏衔环奇[10]。归来春酒为亲祝，海上三山即寿期[11]。

【注释】

① 林恒简，即林文（1389—1476），字恒简，福建莆田县（今莆田市区）人。宣德五年（1430）进士第三，授翰林院编修。正统初年（1436），与修《宣宗实录》成，升修撰。曾两次出任会试考官。景泰三年（1452），升左春坊左谕德兼修撰。次年修《历代君鉴》，升左庶子兼侍讲。景泰七年（1456）修《寰宇通志》成，升庶子仍兼侍讲。天顺初年，改尚宝卿，兼职如旧。天顺八年（1464），宪宗即位，以旧讲读官升太常少卿兼翰林侍读学士。其诗格温淳，自成一家，被士大夫们推为"醇儒"。成化十二年（1476）卒，赠礼部左侍郎，谥"襄敏"。著有《澹轩文稿》。杨荣《一乐堂诗序》云："行简以省视久旷，言其情于上，许以暂归，其同官诸君子庆幸之，因取孟氏之所云者名其家居之堂曰'一乐'，相率赋诗为赠，以申祝颂之情。"（《文敏集》卷十一）

② 无涯：无穷尽，无边际。

③ 国器：指可以治国的人材。

④ 九苞：凤的九种特征。后用为凤的代称。

⑤ 紬（chōu）：缀缉。

⑥ 埙篪：壎、篪皆古代乐器，二者合奏时声音相应和。因常以"壎篪"比喻兄弟亲密和睦。

⑦ 龙章：对皇帝文章的谀称。

⑧ 翟（dí）衣：古代贵妇用翟羽为饰或织以翟羽纹样的衣服。翟，长尾的野鸡。

⑨ 朗陵：指东汉荀淑，字季和，颍川颍阴人。少有高行，博学而不好章句。安帝时，征拜郎中，后再迁当涂长。为大将军梁冀所忌，出补朗陵侯相。莅事明理，称为神君。

⑩ 衔环：嘴里衔着玉环。比喻感恩报德，至死不忘。晋干宝《搜神记》："汉时弘农杨宝，年九岁时，至华阴山北，见一黄雀为鸱枭所搏，坠于树下，为蝼蚁所困。宝见悯之，取归。置巾箱中，食以黄花。百余日，毛羽成，朝去暮还。一夕三更，宝读书未卧，有黄衣童子向宝再

拜,曰:‘我西王母使者,使蓬莱。不慎为鸱枭所搏。君仁爱见拯,实感盛德。’乃以白环四枚与宝,曰:‘令君子孙洁白,位登三事,当如此环。’”(卷二十)

⑪ 海上三山:传说中的海上三神山。

题周节妇贞节堂①

袅袅女萝丝②,托彼长松边。永言式相附,长松惟所天。风雨见飘忽,松乃为之颠。女萝复何依,终期在黄泉。人生贵贞操,良怀岂苟然。三复柏舟咏③,载吟黄鹄篇④。襁褓有遗孤,丝发维重悬。高堂并垂白⑤,所奉乏肥鲜⑥。百忧疚厥衷,苦辛宁自言。矢心蹈节义⑦,冰雪历愈坚。旌异有明诏,华表凌云烟。我歌铭此堂,千载留青编⑧。

【注释】

① 周节妇,指吉水李邦振妻周氏。雍正《江西通志·列女》载:“李邦振妻周氏,吉水人。洪武间,邦振兄邦武以坐累见逮至京。邦振从行兄病卒,邦振亦哀毁而死,周年二十二,守节事姑,抚子沂浴。后沂浴作贞节堂,学士周叙为序。”(卷九十九)周叙所撰《贞节堂诗序》,载《石溪周先生文集》卷六。马愉与周叙同在翰林院,颇有交谊,此诗之作疑与其有关。

② 袅袅:同“嫋嫋”。轻盈纤美的样子。女萝:植物名,即松萝。多附生在松树上,呈丝状下垂。

③ 柏舟:《诗经·鄘风》篇名。《柏舟序》:“柏舟,共姜自誓也。卫世子共伯蚤死,其妻守义,父母欲夺而嫁之,誓而弗许,故作是诗以绝之。”后因以谓丧夫或夫死矢志不嫁。

④ 黄鹄:指妇女的守节不嫁和空闺寂寞。汉刘向《列女传》载:鲁陶婴少寡,鲁人闻其义,将求焉。婴闻之,乃作歌明己之不更二也。其歌

曰："悲黄鹄之早寡兮七年不双。"

⑤ 垂白：白发下垂。谓年老。

⑥ 肥鲜：指腴美的食物。

⑦ 矢心：发誓，下决心。

⑧ 青编：青丝简编。借指史籍。

题刘给事中知年堂[①]

母氏跻遐寿[②]，儿怀喜惧并[③]。忧衰深虑切，爱日此心诚[④]。三釜初为养[⑤]，连枝并擢英。灵萱沾润泽[⑥]，慈竹更敷荣[⑦]。望八颜逾健，稀年眼倍明。断丝犹力教[⑧]，和胆尚严程[⑨]。海屋筹容算[⑩]，黄门愿始平。好教生事孝，无弛后来名。

【注释】

① 刘给事中，指刘益。字宗益，江西吉水县（今属吉安市）人。宣德八年（1433）进士。授兵部给事中。封驳弹劾，务尽大体。官至祭酒。其父刘宗平，为翰林院检讨。其弟刘观，字崇观，正统四年进士，不喜为官，辞职归里。此诗手迹存，目录中无"题"字。

② 跻：达到。遐寿：高龄，高寿。

③ 喜惧并：既高兴又惶恐。《论语·里仁》："子曰：'父母之年，不可不知也。一则以喜，一则以惧。"

④ 爱日：指儿子供养父母的时日。

⑤ 三釜：比喻菲薄的俸禄。

⑥ 灵萱：萱即萱草，又称忘忧草。古称母亲居室为"萱堂"。后因以"萱"为母亲或母亲居处的代称。

⑦ 慈竹：竹名。又称义竹、慈孝竹、子母竹。丛生，一丛或多至数十百竿，根窠盘结，四时出笋。竹高至二丈许。新竹旧竹密结，高低相倚，若老少相依，故名。敷荣：开花。

⑧ 断丝：用孟母断织之典。

⑨ 和胆：指母教。详本卷《慈训堂为南阳汪同知题》。

⑩ 海屋："海屋筹添"的省称。祝寿之词。详卷二《寿许处士》。

题蒋文荣乐耕堂[①]

百亩生涯郭外村，此心真趣与谁论。羞将钩钓营时利，但藉犁锄具夕飧[②]。莘野不烦王使聘[③]，隆中无假故人尊[④]。于今令子登清要[⑤]，自有荣恩及九原[⑥]。

【注释】

① 蒋文荣，即蒋荣，字文荣。松江府上海县（今上海市）人。以子性中贵，封江西右参议。蒋性中，字用和。宣德二年进士。历刑科给事中、兵科左给事中。景泰二年(1451)，升江西布政司参议。

② 夕飧(sūn)：晚餐。飧，晚饭。

③ 莘野：《孟子·万章上》："伊尹耕于有莘之野。"赵岐注："有莘，国名。伊尹初隐之时，耕于有莘之国。"后以"莘野"指隐居之所。

④ 隆中：山名。在湖北省襄阳县西，临汉水。东汉末，诸葛亮隐居于此。故人：旧交，老友。

⑤ 清要：指地位显贵、职司重要而政务不繁的官职。

⑥ 九原：九泉，黄泉。文中借指先祖故人。

题刘永锡崇敬斋[①]

天伦由至性[②]，好德在秉彝[③]。圣人语大贤，兄弟必怡怡[④]。轲论义之实[⑤]，从顺理其宜。诗言阋墙衅[⑥]，若彼又奚为。彭城有茂族[⑦]，家世西江湄。食饮聚千指[⑧]，和睦无乖违[⑨]。常杖五株联，韡韡叶相辉[10]。或结巢由徒[11]，甘作林壑姿[12]。或吐瑶华音[13]，喈喈来庭仪[14]。季也更绝俗，勤劬敦书诗[15]。晨兴奉伯仲[16]，俨若闻严慈[17]。序乐何可言，雍雍鸣埙篪[18]。斋居揭华扁，更欲恒自持。笃敬思靡懈[19]，君实平生期。愿言谨终始，令誉垂无涯[20]。

【注释】

① 刘永锡，生平不详。

② 天伦：天然伦次。指兄弟。

③ 秉彝：持执常道。《诗经·大雅·烝民》："民之秉彝，好是懿德。"

④ 怡怡：兄弟和睦的样子。

⑤ 轲：指孟轲，即孟子。孟子对"义"有许多精深的论述。

⑥ 阋(xì)墙：语本《诗经·小雅·常棣》："兄弟阋于墙，外御其务。"谓兄弟相争于内。后用以指内部相争。

⑦ 彭城：指今徐州。彭城郡原为西汉的楚国。汉宣帝地节元年(前69)改置彭城郡，治所在彭城县(今江苏省徐州市)。刘邦祖籍丰县，起家于沛县，丰县和沛县后来均属彭城郡，彭城被视为刘姓的正宗郡望。

⑧ 千指：一人十指，千指，形容人多。

⑨ 乖违：背离，违背。

⑩ 韡韡：光明华美的样子。

⑪ 巢由：巢父和许由的并称。相传皆为尧时隐士，尧让位于二人，皆不受。因用以指隐居不仕者。

⑫ 林壑：山林涧谷，指隐居之地

⑬ 瑶华：玉白色的花。比喻诗文等的珍美。

⑭ 喈喈：和谐、融洽的样子。

⑮ 勤劬：辛勤劳累。

⑯ 晨兴：早起。

⑰ 严慈：指父母。

⑱ 雍雍：声音和谐。

⑲ 笃敬：笃厚敬肃。

⑳ 令誉：美好的声誉。

题八景学士仙峰[①]

谁谓山为学士峰？想应图画有仙纵。苍峦晓叠如文现，碧屿春阴似墨浓[②]。自古岳灵生仲甫[③]，于今名士见元龙[④]。投闲准拟多诗思，杖屦行吟许我从[⑤]。

【注释】

① 学士峰，据乾隆《浙江通志》卷十九《山川十一》载：（分水县）"旧《浙江通志》在县西四十里，十八峰排列，故名。"不知诗中所咏是否即此山。

② 屿(yǔ)：平地小山。

③ 仲甫：即仲山甫，事周宣王为卿士，佐宣王成中兴之治。

④ 元龙：即陈登，字元龙，东汉下邳淮浦（今江苏涟水西）人。为人忠亮高爽，有扶世救民之志。建安初，奉使赴许，向曹操献灭吕布之策，授广陵太守，加伏波将军。又迁东城太守。年三十九卒。

⑤ 杖屦(jù)：拄杖漫步。屦，单底鞋。

题王天官水竹居[①]

西昌旧业接云林[②]，景趣清高自古今[③]。奕叶诗书留庆泽[④]，三槐门第继芳阴[⑤]。庭栖彩凤尝仪世，潭起蟠龙几作霖。八座只金居第一[⑥]，九重日日沐恩深。

【注释】

① 王天官，指王直。见卷前《澹轩历受诰词》注。天官，指吏部尚书。

杨荣亦有《水竹居为王学士题》(《杨文敏集》卷三)。周叙《水竹居为冢宰王先生赋》云:"水竹居,美君子也。君子寓物以比德,有取于水与竹,极天下清逸之趣,莫逾焉。家焉而居之,宦游而图之,无往而不与之接,不以富贵崇高易其平素志。故是诗之有作也。"(《石溪周先生文集》卷一)据杨士奇《题王氏水竹居序》,此诗当作于正统八年(1443)。

② 西昌:指江西泰和县。三国时吴置西昌县。隋改为安丰,寻改为太和。故城在今泰和县西。旧业:先人的事业。云林:隐居之所。

③ 景趣:由景色而生的情趣。

④ 奕叶:累世,代代。庆泽:指皇帝的恩泽。

⑤ 三槐:宋王祐尝手植三槐于庭,曰:"吾子孙必有为三公者。"后其子旦果入相,天下谓之三槐王氏。世因以"三槐"为王氏之代称。

⑥ 八座:指称尚书之类的高官。

前人卜筑事幽栖①,万玉森森绕碧溪。月照骊珠当户出②,风翻舞凤傍檐低。高情曾共袁宏赏③,曲径从教蒋诩迷④。画省披图乡思切⑤,彩毫日日有新题。

【注释】

① 卜筑:择地建筑住宅,即定居之意。

② 骊珠:宝珠。传说出自骊龙颔下,故名。

③ 袁宏:字彦伯,小字虎,时称袁虎。东晋陈郡阳夏(今河南太康)人。初入仕途,谢尚引为参军。袁宏文笔典雅,才思敏捷,后为大司马桓温府记室。恒温卒后,入为吏部郎,授东阳太守。太元初去世。今存《后汉纪》三十卷。

④ 蒋诩:汉杜陵(今陕西西安)人,哀帝时官兖州刺史,以廉直名,王莽执政,告病返乡,终身不出。其庭院中有三条小路,只与羊仲、求仲二位隐士来往。后来人们把"三径"作为隐士住所的代称。

⑤ 披图:展阅图籍、图画等。

题赖编修清流读书庄[①]

玉堂归去暂闲居[②]，重葺清流郭外庐。剩积图书盈万卷[③]，还劳灯火效三余[④]。牙签映日明窗隙[⑤]，芸草生香辟蠹鱼[⑥]。赋罢焦桐时一操[⑦]，满庭修竹舞清虚。

【注释】

① 赖编修，指赖世隆，字德受。福建汀州府清流县（今属三明市）人。宣德五年（1430）进士，授翰林院编修。有才略。正统中，坐事降浙江台州府经历。后召还，已卒。有《玉堂稿选》二卷。有书庄在清流县南。杨士奇《赖编修读书庄诗引》云："翰林编修赖世隆，旧有读书庄在清流县南。今以例暂归，求余诗。世隆直义而有清雅之趣，为赋四时各一首。"（《东里续集》卷六十一）

② 玉堂：指翰林院。

③ 剩（shèng）积：增益，增加。

④ 三余：三国魏鱼豢《魏略》记董遇释"三余"曰"冬者岁之余，夜者日之余，阴雨者时之余也"。后以"三余"泛指空闲时间。

⑤ 牙签：系在书卷上作为标识以便翻检的签牌，用牙骨等制成。

⑥ 蠹鱼：虫名，即蟫。又称衣鱼。蛀蚀书籍衣服。体小，有银白色细鳞，尾分二歧，形稍如鱼，故名。

⑦ 焦桐：琴名。东汉蔡邕曾用烧焦的桐木造琴，后因称琴为焦桐。

宴杨鸿胪东郭草亭[①]

东郭路迢遥[②]，茅亭静轩敞[③]。值兹休暇期，联镳纵幽赏[④]。主人乐嘉宾，高怀同浩荡。殽核旅行厨[⑤]，丝竹发清响[⑥]。好鸟相和鸣，飞花自飘扬[⑦]。民物属熙皞[⑧]，康衢共击壤[⑨]。

【注释】

① 杨鸿胪，指鸿胪寺卿杨善(约1382—1458)。字思敬，北直隶大兴县(今北京大兴)人。年十七为诸生。成祖起兵，预城守有劳，授典仪所引礼舍人。永乐元年(1403)，改鸿胪寺序班。累官进右寺丞。仁宗即位后，擢为本寺卿。英宗即位后，擢升为礼部左侍郎，兼管鸿胪寺。天顺二年(1458)卒，赠兴济侯，谥"忠敏"。《明史》有传。鸿胪寺，官署名，主要掌朝会仪节等。东郭草亭，是杨善的别业。《明一统志》云："在府东南，本朝兴济伯杨善别业也。地可数十百亩，周回缭以垣，中建小亭，上覆以茅。亭后有房三楹，为宴集之所。绕亭杂植奇花异果，每朝士休暇宴游，及饯迎宾友，咸憩于此。"(卷一)据杨士奇《东郭草亭宴集诗序》(《东里续集》卷十四)，正统元年三月十五，杨士奇等讲臣十人至此郊游宴乐，畅饮赋诗。

② 迢遥：远的样子。

③ 轩敞：宽敞明亮。

④ 联镳(biāo)：并骑而行。镳，马嚼子。与衔合用，衔在口中，镳在口旁。青铜制或铁制，也有用骨、角制的，上面可系銮铃。

⑤ 肴核：肉类和果类食品。行厨：指传送酒食。

⑥ 丝竹：弦乐器与竹管乐器之总称。亦泛指音乐。

⑦ 飘扬：飘扬。飘动飞扬。

⑧ 熙皞：和乐，怡然自得。

⑨ 击壤：指击壤歌。古歌名，相传唐尧时有老人击壤而唱此歌。

题彭主事东麓甘泉①

苍山西畔隐君居，中有源泉涌跳珠。泻出甘芳疑蔗密，挹来清味似醍醐②。非缘卓锡缁流辟③，只许濯缨孺子喇④。几度竹窗风雨夕，泠泠寒玉间笙竽⑤。

【注释】

① 彭主事,指彭贯。字进唯,别号一斋。江西安福县(今属吉安市)人。正统元年(1436)进士。二年十月,擢为刑部主事。八年十一月,升浙江按察佥司事。天顺四年(1460)十二月卒,年五十三。其子彭彦克(天顺元年)、彭华(景泰五年)、彭礼(成化八年)也先后中进士,时称"父子四进士"。彭贯故里在安福县武功山东麓大智村。

② 醍(tí)醐:从酥酪中提制出的油。比喻美酒。

③ 卓锡:卓,植立;锡,锡杖,僧人外出所用。因谓僧人居留为卓锡。缁流:僧徒。僧尼多穿黑衣,故称。

④ 濯缨:洗濯冠缨。语本《孟子·离娄上》:"沧浪之水清兮,可以濯我缨。"后以"濯缨"比喻超脱世俗,操守高洁。斞(jū):挹,酌。底本漫漶,"朐抄本"作"挹"。从全诗用字、音律上看,不妥。

⑤ 泠泠(línglíng):同"泠泠"。形容声音清越。

题李知州�川书屋[1]　三首

螺溪新卜筑[2],翠筱护横塘[3]。绝胜辋川墅[4],(浑如)[清幽]何氏庄[5]。临池翻雪楮[6],摊帙散芸香[7]。白发投闲日[8],琴尊乐趣长[9]。

【注释】

① 李知州,指李信圭,字君信。江西泰和县(今属吉安市)人。洪熙时举贤良,授清河(今属江苏淮安市)知县,有惠政于民,正统元年(1436),升蕲州知州。清河民诣阙乞留,命以知州理县事。十一年(1446)冬,被举荐为处州知府。卒于官。《明史》入《循吏传》。筠川书屋,据诗意,当在李氏家乡泰和南冈。此诗手迹存,据以校订。

② 螺溪:泰和境内的一条河流。李氏世居螺溪旁南冈村。卜筑:择地

建筑住宅。

③ 筱(xiǎo):小竹,细竹。

④ 辋川:水名,即辋谷水。诸水会合如车辋环凑,故名。在陕西省蓝田县南,源出秦岭北麓,北流至县南入灞水。唐代诗人王维曾在此居住。

⑤ 清幽:底本作“浑如”,据手迹改。

⑥ 雪楮:白纸。

⑦ 芸香:香草名。花叶香气浓郁,可入药,有驱虫、祛风、通经的作用。

⑧ 投间:置身于清闲境地。

⑨ 琴尊:琴与酒樽为文士悠闲生活用具。

辟居托佳兴①,幽景似湘川②。种笋成蓁竹,通流引百泉。堆床余简帙③,绕舍尽灾田。有待抛簪笏④,高歌一放船。

【注释】

① 佳兴:指雅兴。

② 湘川:即湘江。

③ 简帙:指书籍。

④ 抛簪笏:指告老还家。

地僻尘纷净①,超然水竹居。澄光明几席,翠色荫庭除②。门接新开径,家藏旧日书。归来孙子长,准拟课三余③。

【注释】

① 尘纷:指纷乱的尘世。

② 庭除:庭院。

③ 三余:泛指空闲时间。

题王训导芝轩①

师席何人似,槐阴有俊贤②。练囊迎白日③,玄发拥青毡④。

髦世初蒙育[⑤]，灵芝已兆先。蟠美芹水上，濯秀小斋前。烨烨连茎美[⑥]，煌煌五色鲜[⑦]。宁论芬九叶[⑧]，应儗堕三鳣[⑨]。自是斯文庆，宜烦太史编[⑩]。珠玑盈锦轴[⑪]，喜为赋新篇。

【注释】

① 王训导，指王祐。字昌训，江西金溪县（今江西抚州临川）人。抚州儒学训导。王直《赠王训导序》云："王祐昌信，今詹事府少詹事兼翰林侍讲学士王公时彦子，监察御史昌问弟也。王氏故金溪儒家，其尊府以学行闻天下久矣。昌信承家学之懿，早有誉缙绅间，于是抚州儒学缺训导，以币走其门请焉。既至京师，试在高等，遂授职以去。"（《抑庵文集·后集》卷十一）王直云王祐字昌信，但从其兄字昌问看，颇疑"信"为"训"字之讹。

② 槐阴：指祖先的荫庇。宋王佑尝手植三槐于庭，曰："吾子孙必有为三公者。"后其子旦果入相，天下谓之三槐王氏。（见宋邵伯温《闻见前录》卷八）

③ 练囊：绢袋。

④ 青毡："青毡故物"的省称。晋裴启《语林》："王子敬在斋中卧，偷人取物，一室之内略尽。子敬卧而不动，偷遂登榻，欲有所觅。子敬因呼曰：'偷儿，石染青毡是我家旧物，可特置否？'于是群偷置物惊走。"（《太平御览》卷七〇八引）《晋书·王献之传》也载此事。后遂以"青毡故物"泛指仕宦人家的传世之物或旧业。

⑤ 髦世：优秀的后代。

⑥ 烨烨：灿烂，鲜明。

⑦ 煌煌：光彩夺目的样子。

⑧ 九叶：九代。

⑨ 儗(nǐ)：比拟。堕三鳣：东汉杨震明经博览，屡召不应，有鹳雀衔三鳣鱼飞集讲堂前，人谓蛇鳣为卿大夫服之象；数三，为三台之兆。后果位至太尉。事见《后汉书·杨震传》。后每用以为典，指登公卿高位的吉兆。

⑩ 太史：指史官。

⑪ 珠玑：珠宝，珠玉。比喻美好的诗文绘画等。锦轴：锦、绫装裱的卷轴。

题李医士橘井[1]

开云种碧玉，凿石启灵泉。阴覆玄芝圃[2]，源通析木川[3]。七方群疫愈[4]，勺饮寿年延[5]。神事已千古，君今得秘传。

【注释】

① 李医士，当指李敏(1392—1446)，字思讷。祖籍汴梁，北宋南渡至苏州。曾祖李文俊，祖父李原美，皆儒医。父李文翰，为无锡医学训科。叔伯为明初儒生、太医李士文。李敏医术高超，医德高尚，深受时人敬重。橘井：相传苏仙公修仙得道仙去之前对母亲说："明年天下疾疫，庭中井水，檐边橘树，可以代养。井水一升，橘叶一枚，可疗一人。"来年果有疾疫，远近悉求其母治疗。皆以得井水及橘叶而治愈。见晋葛洪《神仙传・苏仙公》。后因以"橘井"为良药之典。

② 玄芝：黑芝，灵芝的一种。

③ 析木：古代幽燕地域的代称。古代以析木次为燕的分野，属幽州。

④ 七方：中医指大方、小方、缓方、急方、奇方、偶方、复方七种方剂。

⑤ 勺饮：一勺汤水。言汤水量少。

题王氏洪祈书舍[1]

淳安自古嘉山水[2]，洪祈林壑尤绝美。中有幽人结小堂，乐以诗书探至理。垂垂万轴悬牙签，连屋堆床盈素几。通宵窗下课儿读，长爇兰膏继夕晷[3]。闲门斜径少尘迹，客来问字多知己[4]。时复清尊与相对[5]，笑谈声出烟霞里。优游其乐几余年，庭前佳树青葱起。金台喜见皎然枝，信识槐阴多庆祉[6]。

【注释】

① 王氏洪祈书舍，当在淳安，详情无考。

② 淳安：县名，属浙江省。

③ 爇(ruò)：烧，焚烧。兰膏：古代用泽兰子炼制的油脂。可以点灯。

④ 问字：《汉字·扬雄传》载，扬雄多识古文奇字，刘棻曾向其学奇字。后来称从人受学或向人请教为“问字”。

⑤ 清尊：酒器。亦借指清酒。

⑥ 槐阴：指祖先的荫庇。庆祉：福泽。

题城南草堂①

高人托佳趣，卜地向韦曲②。斩茅牵薜萝③，构此数椽屋。匪徒纵遐览，良足畅幽独。积书如邺侯④，时课儿孙读。频纡长者辙，门巷无尘俗。临风闻松声，鉴池清可掬。鹤舞常当轩，花草竞芬馥。人儗蒋氏宅⑤，谁复羡金谷⑥。真堪放吟思，况乃消棋局⑦。何日一攀游，暂为解烦熇⑧。

【注释】

① 城南草堂，不详所指。

② 韦曲：地名。唐代位于长安城南郊，因韦氏世居于此得名。即今陕西省西安市长安区。其地北有凤栖原，南有潏水、神禾原，依山傍水，风景秀丽，为唐时游览胜地。此处代指卜得好地方。

③ 茅：茅草。薜萝：薜荔和女萝。两者皆野生植物，常攀缘于山野林木或屋壁之上。

④ 邺侯：唐李泌累封邺县侯，家富藏书。后用为称美他人藏书众多之典。

⑤ 儗(nǐ)：同“拟”，比拟。

⑥ 金谷：即金谷园，晋石崇于金谷涧（在今河南省洛阳西北）中所筑园馆。

⑦ 棋局：指弈棋。二字底本漫漶，据“胸抄本”补。

⑧ 烦熇（hù）：烦燥。熇，热的样子。

题松泉山居①

高人自是远浮荣②，卜筑偏求物外清。翠盖覆檐宁识岁，碧流环舍不知名。风来时听鸣琴韵，夜静尝闻漱玉声③。尽日柴门无客到④，溪桥斜处薜萝横⑤。

【注释】

① 松泉山居，不详所在。

② 高人：指隐士。浮荣：虚荣。

③ 漱玉声：指泉流漱石，声若击玉。

④ 柴门：用柴木做的门。代指贫寒之家。

⑤ 薜萝：薜荔和女萝。两者皆野生植物，常攀缘于山野林木或屋壁之上。

瞻云轩为广西欧文题①

亲庭南望粤天长，目断飞云似太行。可是宦游情最切②，不知何日舞斑裳③。

【注释】

① 欧文，不详何人。

② 宦游：外出求官或做官。

③ 斑裳:犹斑衣。裳,下身的衣服。指老养父母。用老莱子穿彩衣为戏娱亲之典。详卷二《奉和少傅东里杨先生送杨允宽觐省后还闽中十绝韵》注。

五岭云兴自郁林[1],家山驻目客怀深[2]。人生欲识君亲分,忠孝无忘尽此心。

【注释】

① 五岭:大庾岭、越城岭、骑田岭、萌渚岭、都庞岭的总称,位于今江西、湖南、广东、广西四省之间,是长江与珠江流域的分水岭。

② 驻目:凝视。

题松竹轩[1]

问君何事爱松竹?为爱同心傲岁寒。不绚纷华荣席上,频移清影到檐端。月明常见栖玄鹤[2],风度时看舞翠鸾。何日携壶坐轩槛[3],共餐赤实对琅玕[4]。

【注释】

① 松竹轩,不详。

② 玄鹤:黑鹤。

③ 携壶:传说东汉费长房见一老翁挂着一把壶在卖药,卖好药后就跳进壶里。第二天,费长房去拜访他,和他一起入壶,但见房屋华丽,酒菜丰盛。费于是向他学道。事见《后汉书·方术传下·费长房》。后以"携壶"指行医。轩槛:栏板。

④ 琅玕:形容竹之青翠,亦指竹。

宜晚轩[1]

朱槿绚朝花[2]，夭桃逞春妍[3]。焉可以此态[4]，偃蹇寒霜前[5]。卓彼东篱英[6]，赋性乃异天[7]。白帝欲还轸[8]，青娥正飞铅[9]。离离粲馨芬[10]，净色方自娟[11]。凄飚纵摇落[12]，劲质曾少捐。回视众妩媚[13]，摧折成纷颠。幽哉隐逸心[14]，岁晏谁与怜[15]。繄惟靖节翁[16]，夷犹三径边[17]。只缘有宿契[18]，爱赏独怡然。旷怀邈千古[19]，斯驾良难骈[20]。高人托佳情[21]，轩以宜晚言。永以追遐风[22]，敦彼驰芳鲜。

【注释】

① 本篇底本第四卷中亦收，题作《题宜晚轩》，两篇仅个别文字有出入，当系重出。或一为草稿，一为定稿，其情不可考。今保留此篇，第四卷中作存目处理。

② 朱槿：落叶灌木，叶阔卵形，花红、白色。观赏植物。又名“佛桑”“扶桑”等。

③ 夭桃：《诗经·周南·桃夭》：“桃之夭夭，灼灼其华。”后以“夭桃”称艳丽的桃花。春妍：指春天妍丽的景色。

④ 可：底本第四卷中作“能”。

⑤ 偃蹇：犹困顿。

⑥ 东篱英：指菊花。东晋陶渊明《饮酒》诗之五：“采菊东篱下，悠然见南山。”后因以东篱指种菊之处。

⑦ 赋性：天性，品性。

⑧ 白帝：古神话中五天帝之一，主西方之神。还轸：回车。

⑨ 青娥：即青女。主司霜雪的女神。飞铅：射出子弹。此处指霜雪。

⑩ 离离粲馨芬：底本第四卷中作“篱粲散馨芬”。

⑪ 娟：底本第四卷中作“涓”。

⑫ 飙：旋风，暴风。摇落：雕残，零落。

⑬ 妩媚:姿容美好。此处指各种各样艳丽的花。

⑭ 幽哉:底本第四卷中作“眷兹”。

⑮ 岁晏:一年将尽的时候。指人的暮年。

⑯ 靖节翁:指陶渊明,字元亮,号五柳先生,私谥靖节,浔阳柴桑人。东晋诗人,曾做过几年小官,后辞官回家,从此隐居。

⑰ 三:底本第四卷中作“动”。“三径”,指隐士住所。陶渊明《归去来兮辞》中有“三径就荒,松菊犹存”句。夷犹:从容自得。

⑱ 宿契:宿缘。

⑲ 旷怀:豁达的襟怀。

⑳ 驾:第四卷中作“贤”。骈:并列。

㉑ 高人托佳情:底本第四卷中“伊人托高情”。

㉒ 遐风:影响深远的教化。指仁义道德之类。

题汤都指挥画虎图①

卧当岩壑静,黄芦惊秋风。咆哮振长叹,闪烁明双瞳。桓桓何雄武②,宁假丹青工③。岂云卫藜藿④,清时肃元戎⑤。威风慑百灵⑥,貔貅屯云从⑦。终当靖万里⑧,魑魅绝行踪⑨。

【注释】

① 汤都指挥,似指汤节,见卷二《送汤参将》注。都指挥使司,简称都司,是明朝设立于地方的军事指挥机关。掌一方军政,统率其所辖卫所,属五军都督府而听从兵部调令。与承宣布政使司、提刑按察使司合称三司。

② 桓桓:勇武、威武的样子。

③ 丹青:画工的代称。

④ 藜藿:藜和藿。指贫贱的人。

⑤ 元戎:指主将,统帅。

⑥ 百灵：各种神灵。

⑦ 貔貅：两种猛兽。多连用以比喻勇猛的战士。云从：比喻随从之盛。

⑧ 靖：安定。

⑨ 魑魅：古谓能害人的山泽之神怪。常喻指坏人或邪恶势力。

题金台送别图赠南京太学王博士[①]

明发出都城，送客金台路。台畔集冠绅[②]，相携话情素。羡君此来难同论，远朝明主兼娱亲。彩服试罢奉严命[③]，兰桡促驾官河津[④]。南去金陵行几许，回首金台每延伫[⑤]。也知移孝即为忠，桥门诸生望时雨[⑥]。况君系出三槐裔[⑦]，西昌儒业传家世。尊翁当代秉钧衡[⑧]，白发丹心擅经济[⑨]。君抱奇才游璧水[⑩]，士类陶成资化理[⑪]。青毡事业岂能羁[⑫]，行看图南九万里[⑬]。

【注释】

① 南京太学王博士，指王直次子王稹（cí），字希稷。王直，见卷前《澹轩历受诰词》注。《万历野获编·词林》："王稹者，江西泰和县人，吏部尚书王文端（直）次子也。以布衣荐授本县训导，升南京国子博士。再升翰林检讨，署监丞事。三年考满入京，适南京翰林学士邢宽卒，吏部奏以稹旧职掌南院。又三年丁母尤，卒于家。以布衣入翰林，一异也；以检讨从七品史馆，而握词林篆，二异也；邢起家状元，而稹布衣继之，三异也；其推掌院印时，文端公方为冢宰在事，而子膺异数，不一引嫌，四异也；天顺改元，旧臣诛逐殆尽，文端亦革少傅致仕，时稹在南院，亦无人指摘之，五异也。盖文端重望，非有私于子，而时犹淳朴，言事者亦未尝有穿凿搜抉之习，遂无物色及之者。"（卷十）

② 冠绅：比喻仕宦。

③ 彩服：犹彩衣。用老莱子穿彩衣娱亲之典。详卷二《奉和少傅东里

杨先生送杨允宽觐省后还闽中十绝韵》注。严命：君父、长上之命。

④ 兰桡：小舟的美称。官河：指大运河。津：渡口。

⑤ 延伫：久立，久留。

⑥ “桥门”句：形容太学生盼望其到来。时雨，应时的雨水。

⑦ 三槐：宋王佑曾手植三槐于庭，曰：“吾子孙必有为三公者。”后其子果入相，天下谓之三槐王氏。

⑧ 尊翁：指王稌之父王直，时任吏部尚书。吏部负责官员的选拔、考核等，故称“秉钧衡”。

⑨ 经济：经世济民。

⑩ 璧水：指太学。

⑪ 陶成：陶冶使成就。

⑫ 青毡：泛指仕宦人家的传世之物或旧业。详本卷《题王训导芝轩》。

⑬ 图南：比喻人的志向远大。《庄子·逍遥游》载：北冥有鱼，其名为鲲。化而为鸟，其名为鹏。鹏之徙于南冥也，水击三千里，抟扶摇而上者九万里，背负青天而莫之夭阏者，“而后乃今将图南”。

题金华王镇抚孝感卷①

昔人有至行，昭遐达两间。芝草产丘垄，祥鸟集树端。伟矣将门子，纯诚世所艰。高堂奉亲柩，即彼窀穸安②。仓卒值群虎③，咆哮怒以环。傧亲既奔仆④，子独悲心酸。由来物同仁，感此不为患。缙绅有大笔，如椽揭其颜。愿子推是孝，报君摅寸丹⑤。黾勉两无遗⑥，千古名不刊⑦。

【注释】

① 金华王镇抚，不详何人。

② 窀穸：墓穴。

③ 仓卒：即“仓猝”。匆忙急迫。值：遭遇。

④ 傧(bīn):指陪伴。

⑤ 摅(shū):施展。寸丹:"一寸丹心"的省称。指一片赤诚之心。

⑥ 黾勉:勉励,尽力。

⑦ 刊:更改。

题李镇抚公余清趣卷[1]

沙场走马猎初还,细柳垂门尽日闲[2]。倚阁摊书开翠幔[3],凭栏敲句对青山[4]。数声唳鹤松庭下[5],一曲瑶琴绮席间[6]。正是太平烽火熄[7],画蛇长弛不须弯[8]。

【注释】

① 李镇抚,似指李隆。字彦平,襄城伯李浚子,南直隶和州人。年十五嗣封。雄伟有将略。数从北征,出奇料敌,成祖器之。既迁都,以南京根本地,命隆留守。仁宗即位,命镇山海关。未几,复守南京。读书好文,论事侃侃,清慎守法,尤敬礼士大夫。本篇描述其公余活动。《明诗纪事》收录此诗,个别文字有异。

② 细柳:用"细柳营"之典。汉文帝时,周亚夫为将军,屯军细柳。帝自劳军,至细柳营,因无军令而不得入。于是使使者持节诏将军,亚夫传令开壁门。既入,帝按辔徐行。至营,亚夫以军礼见,成礼而去。帝曰:"此真将军矣!曩者霸上,棘门军,若儿戏耳!"(《史记·绛侯世家》)。后遂称军营纪律严明者为细柳营。细柳,在今陕西省咸阳市西南。"垂",《明诗纪事》及"朐抄本"作"辕"。

③ 翠幔:青绿色帐幕。

④ 敲句:推敲诗句。

⑤ 唳鹤:即鹤唳,鹤鸣。

⑥ 瑶琴:用玉装饰的琴。

⑦ 烽火熄:指战乱停止。

⑧ 画蛇：指墙上的雕弓映照在酒杯中而形成的弯曲的影子。因形似蛇，故称。多用作武臣卧疾或赋闲之典。“画蛇”，《明诗纪事》及“胸抄本”作“雕弓”。

题庐陵义民陈勖让恩荣堂卷①

令祖乡推保障功，贤孙今复振高风。千斯散尽心无吝，万命生全义不穷。褒典新烦三使节，玺书遥下九重宫②。堂中常见迎蕃祉③，耿耿龙光夜烛虹④。

【注释】

① 陈勖让，生平履历不详。恩荣堂，参本卷《题恩荣堂》注。“恩荣”底本正文作“荣恩”，从底本《目录》改。

② 玺书：指皇帝的诏书。九重宫：皇宫。

③ 蕃祉：多福。

④ 耿耿：明亮的样子。龙光：指皇帝给予的恩宠，荣光。龙，通“宠”。

题庐陵陈宏德德星堂卷①

太丘高节汉贤良②，千载云孙有此堂③。犹似诸荀同聚会，还闻太史奏祯祥④。芝兰牣室称名族⑤，诗礼传家重义方⑥。况是词林攀桂客⑦，多才端可继流芳。

【注释】

① 庐陵陈宏德，生平履历不详。德星堂，是陈氏宗族建祠祭祀先祖陈寔之堂名。寔，字仲弓，东汉颍川许（今河南许昌长葛市）人。少为县吏都亭刺佐，后为督邮，复为郡西门亭长，四为郡功曹，五辟豫州，

六辟三府，再辟大将军。司空黄琼辟选理剧，补闻喜长，宰闻喜半岁；复再迁除太丘长，故号"太丘"。与子纪、谌并著高名，时号"三君"。又与同邑钟皓、荀淑、韩韶以清高有德行闻名于世，合称为"颍川四长"。《后汉书》即以四人合传(见卷六十二)。荀淑，字季和，颍川颍阴(今许昌魏都区)人，荀卿十一世孙，官至朗陵侯相，办事明断，时称"神君"。其子八人，皆才学出众，誉称"八龙"。陈、荀二人志同道合，交往甚密。一日，陈寔携子二人及小孙陈群，拜访荀淑。淑设宴款待，八子(俭、昆、靖、焘、任、爽、肃、敷)侍陪，两家欢乐至极。此时，朝中太史夜观天象，说众德星相聚，于是奏称"德星聚奎，其五百里内有贤人焉"。汉灵帝派人查访，知是退隐的陈寔率子孙与荀淑等人游于许昌西湖。汉灵帝遂在许昌西湖敕建"德星亭"。自此以后，陈氏族人便以"德兴"或"聚德"为堂号，绵延不绝。自本诗正文以下至《题芸窗夜读卷》中"箕裘是所钦"，底本缺页，今据"胸抄本"补。

② 高节：高尚的节操。

③ 云孙：泛指远孙。

④ 祯祥：吉祥的征兆。

⑤ 芝兰：芷和兰。皆香草。比喻优秀子弟。芝，通"芷"。牣(rèn)：盈满，充塞。

⑥ 义方：指教子的正道，或曰家教。

⑦ 攀桂：攀援或攀折桂枝。比喻科举登第。

题孙医士存仁堂卷①

卜筑京华岁已深②，只储良药不储金。传家总是活人术③，种德宁忘济物心。夜火丹还常伏虎，春风杏熟自成林④。从知思邈仙源远⑤，又见云仍重至今⑥。

【注释】

① 孙医士，太医院医士，生平不详。杨荣有《存仁堂为孙太医题》："人

为万物灵，具此恻隐心。存之有其要，勿为物欲侵。是心一云丧，不异兽与禽。孙氏世业医，利济恩惠深。施药不图报，恪守厥祖箴。以兹种阴德，芥视千黄金。春意妙流动，盎然满胸襟。杏花烂云日，橘叶敷繁阴。怀哉苏与董，此术无古今。愿言保终始，允矣人所钦。”（《文敏集》卷三）杨士奇有《存仁堂》：“肘后名方直百金，越人带下业精深。功多为有江湖迹，世远皆存天地心。橘叶香浮苏氏井，杏花春蔼董家林。凤楼东畔新堂构，大扁光华众所钦。”（《东里续集》卷五十九）据此推知，此诗作于孙医士存仁堂新构成之时。

② 卜筑：择地建筑住宅，即定居之意。

③ 活人：使人活。

④ “春风”句：相传三国吴董奉隐居庐山，为人治病不取钱，但使重病愈者植杏五株，轻者一株，积年蔚然成林。后因以“杏林”代指良医，并以“杏林春满”“誉满杏林”等称颂医术高明。

⑤ 思邈：孙思邈，唐朝京兆华原（今陕西耀州区）人，著名的医师与道士，被后人誉为“药王”。

⑥ 云仍：远孙。

题高漫士云山图①

白云缥缈乱山深②，最喜幽栖傍翠岑③。茅屋几家松柏暗④，石梯数里薜萝侵⑤。门前流水通南浦，村外长桥接远林。有客抱琴何处至？只知来共岁寒心。

【注释】

① 高漫士，指高棅（bǐng）（1350—1423），字彦恢，后改名廷礼，号漫士。福建长乐县（今属福州市）人。永乐初以布衣征为翰林待诏，迁典籍。其诗、书、画时人称为“三绝”，艺术成就甚高。书法推崇米芾，山水画学元人高房山，笔力苍古，墨气秀润，自成一家。临摹方壶的

烟云山水画，尤其精妙绝伦。论诗主唐音，所撰《唐诗品汇》为明初诗歌复古的里程碑，也是中国文学的重要评论著作。另著有《啸台集》《水天清气集》《唐诗拾遗》《唐诗正声》。《御定历代题画诗类》《御选宋金元明四朝诗》《明诗综》均收录此诗，异文较多，

② 山深：深山的倒装。

③ 幽栖：幽僻的栖止之处。指隐居的地方。栖：《明诗综》作"居"。翠岑：苍翠的山峰。岑，山小而高。

④ 柏：《明诗综》作"栝"。暗，《明诗综》作"绕"。

⑤ 数里：《明诗综》等作"五丈"。薜萝：薜荔和女萝。两者皆野生植物，常攀缘于山野林木或屋壁之上。

题芸窗夜读卷①

月转芸窗寂，藏修足用心。千金酬一刻②，尺璧易分阴。散帙盈绿几，垂帷整素襟。焚膏情正适③，继晷趣弥深④。咫尺亲贤哲，搜罗贯古今。助勤思警枕⑤，喻理玩磨针⑥。旧得须紬绎⑦，新闻贵讨寻。惜年犹水逝，恐坠若渊临。纨绮非吾慕⑧，箕裘是所钦⑨。三余无废日⑩，五夜振琅音⑪。席上从知聘，城南何用吟。云霄看显达⑫，宫桂郁森森。

【注释】

① 芸窗，指书斋。

② "千金"二句：都是形容时光的珍贵。尺璧，直径一尺的璧玉。言其珍贵。

③ 焚膏：指夜间继续工作或学习。

④ 继晷：指夜以继日。

⑤ 警枕：用圆木做的枕头，熟睡则欹动，容易觉醒。

⑥ 磨针：意指肯下功夫。取"若要功夫深，铁杵磨成针"之意。

⑦ 细绎:引出端绪。引申为阐述。

⑧ 纨绮:精美的丝织品。引申为富贵安乐的家境。

⑨ 箕裘:比喻祖上的事业。详卷二《送萧江》。

⑩ 三余:泛指空闲时间。

⑪ 五夜:即五更。琅音:指读书声。

⑫ 显达:显赫闻达。

题草阁清吟图[1]

草阁清吟图,西昌萧君某即其乡所居之景为之也[2]。为鸿胪序班[3],以书翰与事中书[4],予尝识之。秩满,今补山西藩司幕职[5],求题于予,为书之。

高人托佳趣[6],卜筑青山隈。草阁构新成,寥阒落何幽哉[7]。千峰罗绮屏,万顷波萦回。嘉禾杂修篁,繁阴翳庭阶[8]。南薰洞蓑薄[9],六月绝炎埃[10]。檐前暑雨霁,乌斗蝉声哀。凭阑一遐览[11],触目兴吾怀。挥毫落云笺[12],璀璨盘琼瑰[13]。藻丽穷洪纤[14],豪气轰霆雷。上以薄风骚[15],颜谢尤兼该[16]。纵思浩无极,清尊时复开[17]。真谓羲皇人[18],追往栗里侪[19]。眷兹悠赏心,尘虑为寒灰[20]。他日谢冠缨[21],还歌归去来[22]。

【注释】

① 标题底本无,据《目录》补。

② 西昌:指江西泰和县。三国时吴置西昌县。隋改为安丰,寻改为太和。故城在今泰和县西。

③ 鸿胪序班:鸿胪寺官员。鸿胪寺,是明代掌管朝会、筵席、祭祀赞相礼仪的机构。

④ 书翰:文字。

⑤ 藩司:明清时布政使的别称。主管一省民政与财务的官员。幕职:

地方长官的属吏，因在幕府供职，故称。

⑥ 高人：志行高尚的人。多指隐士、修道者。

⑦ 寥阒（qù）：寂静。

⑧ 庭阶：庭院。

⑨ 南薰：指从南面刮来的风。蘩薄：茂密的草丛。

⑩ 炎埃：暑热。

⑪ 阑：门前栅栏，栏杆。遐览：远望。

⑫ 云笺：有云状花纹的纸。

⑬ 璀璨：光彩绚丽。琼瑰：比喻美好的诗文。

⑭ 洪纤：大小，巨细。

⑮ 风骚：指《诗》中的《国风》和《楚辞》中的《离骚》。借指诗文。

⑯ 颜谢：南朝宋诗人颜延之与谢灵运的并称。

⑰ 清尊：酒器。借指清酒。

⑱ 羲皇人：伏羲时人。羲皇，即伏羲氏。古人想象羲皇之世其民皆恬静闲适，故隐逸之士自称羲皇上人。

⑲ 栗里：地名。在今江西省九江市西南。陶潜曾居于此。侪：辈，类。

⑳ 寒灰：犹死灰。比喻不生欲望之心或对人生已无任何追求的心情。

㉑ 谢冠缨：指辞官。

㉒ 归去来：指东晋陶渊明所作辞赋《归去来兮辞》。用为归隐之典。

题梅赠赵司业[①]

老树西湖姿，托根璧水涯。开花冰雪乡，万玉凝琼枝。素艳岂逞媚，贞心孰与期。夙契广平好[②]，仍堪和靖怡[③]。玄冥肃严令[④]，皓月临清池。群卉陨寒冱[⑤]，孤标时自持[⑥]。蹊下有桃李，朝日借涵滋。春风结佳实，终当和鼎彝[⑦]。

【注释】

① 赵司业，指赵琬，字叔琰。南直隶常州府武进县（今属江苏常州）人。

永乐九年(1411)举人,授教谕,升翰林待诏。未几,升国子监司业,官终右春坊右谕德。赵琬画梅竹知名当世,其别号“梅”(《别号录》卷八),杨士奇有《题赵琬司业竹》二首,亦可佐证。

② 广平:指晋代周处。因其曾任广平太守,故称。处(238—299),字子隐。东吴吴郡阳羡(今江苏宜兴)人。年少时曾为祸乡里,后改过自新,留下“周处除三害”的传说。

③ 和靖:指林逋,北宋人。隐于杭州西湖孤山,不娶,种梅养鹤以自娱,人谓之“梅妻鹤子”,后世常以“逋仙”称誉之。

④ 玄冥:神名,冬神。严令:寒冷的时节。

⑤ 寒沍(hù):严寒冻结,极寒。

⑥ 孤标:指山、树等特出的顶端。形容人品行高洁。

⑦ “春风”二句:指梅树上结的梅子,可以调味。鼎彝,古代祭器。

题周侍郎墨梅①

万木寒僵雀不哗,满林春意是谁家?须知一种调羹味②,先作江南万树花。

【注释】

① 周侍郎,指周忱(1381—1453),字恂如,号双崖。江西吉水县人。永乐二年(1404)进士。选庶吉士。永乐三年,成祖择二十八人,令进学文渊阁。忱自陈年少乞预,成祖嘉其有志,许之。寻擢刑部主事,进员外郎。忱有经世才,浮沉郎署二十年,人无知者,独夏原吉奇之。洪熙元年(1425),迁越府长史,以善理财知名。宣德五年(1430),因杨荣荐举出任工部右侍郎,巡抚江南。创立平米法,总督税粮、漕运、营造等。偕苏州知府况钟奏请减免重赋。历宣德、正统两朝,在江南凡二十年,惠政大著,诸所建明,皆著为令。景泰二年(1451),以工部尚书致仕。景泰四年十月卒,谥“文襄”。有《双崖集》。《明史》有传。

② 调羹：调和羹汤。多用作皇帝赏识臣下之典。

题梅寄深州宋太守[①]

逋仙写出江南景[②]，为寄房渊五马侯[③]。愿得清标同意味，不惭何逊在扬州[④]。

【注释】

① 深州，明属北直隶真定府，洪武二年立，领县一。宋治在静安(今深州南)，明移治今县(今改市)。宋太守，生平履历不详。同治《深州风土记》卷七《明职官表》载正统元年饶阳知县为宋徵，颇疑宋徵应为知州，即诗中所云深州宋太守。

② 逋仙：指北宋林逋。见本卷《题梅赠赵司业》注。

③ 五马侯：汉时太守乘坐的车用五匹马驾辕，因用“五马”借指太守的车驾。此处代指知府

④ 何逊：字仲言，东海郯(今山东兰陵县)人。南朝梁诗人。八岁能诗，弱冠州举秀才，官至尚书水部郎。有集八卷，今失传，明人辑有《何水部集》一卷。《初学记》卷二十八载其《咏早梅诗》(一云《扬州法曹梅花盛开》)：“兔园标物序，惊时最是梅。衔霜当路发，映雪拟寒开。枝横却月观，花绕凌风台。朝洒长门泣，夕驻临邛杯。应知早飘落，故逐上春来。”杜甫《和裴迪登蜀州东亭送客逢早梅相忆见寄》中称“东阁官梅动诗兴，还如何逊在扬州”。

题竹赠邹员外宜[①]

孤标劲节出林间，独饱风霜傲岁寒。料得粉闱公事少[②]，挥毫常对此君看。

【注释】

① 邹宜，江西吉安府庐陵县(今属吉安市)人。宣德二年(1427)进士。授行人。

② 粉闱：尚书省的别称。此处指朝中机构。

怪石幽篁[1]

孤峰峭立何瑰奇[2]，藓护苔封岁亦迟。不是此君多意味，世间俗士讵能医[3]。

【注释】

① 幽篁，指幽深的竹林。

② 瑰奇：美好特出。

③ 讵：岂，难道。

枯木竹石

古木凌寒竹坞深，半岩苍翠湿清阴。何当便作林泉客[1]，岁晚来游共此心。

【注释】

① 林泉客：指隐士。

题竹四首

春到潇湘淑气多[1]，斑斑苍玉欲成柯。何当截作伶伦管[2]，奏向虞廷表泰和[3]。

【注释】

① 潇湘：湘江与潇水的并称。多借指今湖南地区。淑气：温和之气。

② 伶伦管：指竹乐器。伶伦，传说为黄帝时的乐官。古以为乐律的创始者。

③ 虞廷：指虞舜的朝廷。代称政治清明的朝代。

长养乾坤雨露深，笋能成干叶成阴。晋贤有意同尊俎[1]，应待巾车话素心[2]。

【注释】

① 晋贤：指“竹林七贤”。魏正始年间，嵇康、阮籍、山涛、向秀、刘伶、王戎及阮咸七人，常在当时的山阳县（今河南辉县、修武一带）竹林之下，喝酒、纵歌，肆意酣畅，世谓竹林七贤。尊俎：盛酒肉的器皿。尊，盛酒器；俎，置肉之几。用为宴席的代称。

② 巾车：有帷幕的车子。素心：本心。

绿绕亭台万万枝，客来共赏习家池[1]。醉归何处西风急，正是潇湘夜雨时。

【注释】

① 习家池：一名高阳池。在湖北襄阳岘山南。《晋书·山简传》：简镇襄阳，“诸习氏，荆土豪族，有佳园池，简每出嬉游，多之池上，置酒辄醉，名之曰高阳池 。”后多借指园池名胜。

霏霏玉屑压琅玕[①]，好景吟诗得句难。独理丝桐寄闲趣[②]，此君相对不知寒。

【注释】

① 琅玕：似珠玉的美石。

② 丝桐：指琴。古人削桐为琴，练丝为弦，故称。

题 竹

一川烟雨簇琳琅[①]，小院风生六月凉。坐对不知尘虑远[②]，却疑身世在筼筜[③]。

【注释】

① 琳琅：精美的玉石。借指美好的事物。

② 尘虑：犹俗念。

③ 筼筜（yúndāng）：一种皮薄、节长而竿高的竹子。

翠玉亭亭只数柯，南薰才入舞婆娑。清标自足供吟思[①]，绝胜渭川千亩多[②]。

【注释】

① 清标：清美出众。

② 渭川：即渭水。亦泛指渭水流域。

题画竹

一川烟雨画生寒，舞凤褵褷湿翠翰[①]。天上归来春正好，几回吟咏倚阑看。

【注释】

① 褵褷(líshī):离披散乱的样子。翠翰:碧色的翅羽。

题　梅

铁干苍皮冰玉姿,芳菲独在岁寒时。八闽地暖春先到[①],画省须看第一枝[②]。

右墨梅不知何人作,翰林编修谢重器持赠牧伯方公[③],且求余题。余尝识公,知其为老成人,盖老而其操愈励者,必将有以自贶于兹云。

【注释】

① 八闽:福建省的别称。福建古为闽地,宋时始分为八个府、州、军,元代分为福州、兴化、建宁、延平、汀州、邵武、泉州、漳州八路,明代改八路为八府,因有八闽之称。

② 画省:指朝中机构。

③ 谢重器:即谢琏。见卷二《送谢编修省母》注。牧伯:称州郡长官。

寒梅双鹊

冰姿霜节岁寒开[①],已报阳和地下回[②]。双鹊飞来缘底事[③]?声声报喜自天来。

【注释】

① 冰姿:淡雅的姿态。霜节:犹霜操。坚贞的节操。

② 阳和：春天的暖气。借指春天。

③ 底事：何事。

题葡萄

累累紫乳碧藤长，万颗匀含玉露香。浪说凉州多异味[①]，何如金碗赐琼浆[②]。

【注释】

① 浪说：漫说，别说。凉州：今甘肃省武威市。《凉州府志备考》引《地理风俗记》云："汉武帝元朔三年，改雍州曰凉州，以其金行，土地寒凉故也。"凉州扼河西走廊之门户，为中原与西域交流的重要通道。

② 琼浆：仙人的饮料。比喻美酒。

题画秋景

一色秋天静，登临眼界宽。孤舟横野渡[①]，茅屋隔层峦。卷幔看岩瀑[②]，围棋坐石滩。夕阳归兴懒，红树最堪观[③]。

【注释】

① 野渡：荒落之处或村野的渡口。

② 幔：幕布。

③ 红树：指经霜叶红之树，如枫树等。

题　画[①]

倛颜相躯[②]，昂裾引袪[③]。奋迅若趋[④]，企眄望舒[⑤]。其所为也，吾不知其何居；盖脱灵于度索[6]，而禳祓于庭除[7]。

【注释】

① 本诗所题何画不清楚，据内容，当是人物画。

② 倛(qī)：古代驱除疫鬼时用的面具。又叫倛头。

③ 裾(jū)：衣服的前后襟。亦泛指衣服的前后部分。祛(qū)：除去，消除。

④ 奋迅：形容鸟飞或兽跑迅疾而有气势。

⑤ 望舒：神话中为月驾车的神。借指月亮。

⑥ 度索：即度索君，神名。

⑦ 禳祓(rángfú)：除邪消灾的祭祀。庭除：庭院。

佹乎其形[1]，威乎其灵。攘臂怒睛[2]，若啸若凭。若其状也，吾不可得而名；若其所以然也，则将问诸丹青[3]。

【注释】

① 佹(guǐ)：乖戾。

② 攘臂：捋起衣袖，伸出胳膊。常形容激奋的样子。

③ 丹青：丹砂和青雘，可作颜料。代称画工。

帐

低垂红锦密，高挂紫绡轻[1]。宝鸭香频爇[2]，羊羔酒谩倾。

【注释】

① 绡(xiāo)：薄的生丝织品；轻纱。

② 宝鸭：即香炉。因作鸭形，故称。爇(ruò)：烧，焚烧。

纸　帐

轻明低覆斗，细皱薄生纹[①]。疑是围寒雪，浑如卧白云。

【注释】

① 皱：衣、物等经折叠而显出痕迹。

被

吴绫裁处美[①]，蜀锦制来新[②]。卧暖浑无腊，眠安总是春。

【注释】

① 吴绫：古代吴地所产的一种有纹彩的丝织品，以轻薄著名。

② 蜀锦：指四川生产的彩锦。

纸　被

非为丞相诈，特爱楮生香[①]。卷处潮翻席，舒时月满床。

【注释】

① 楮(chǔ)：指纸。楮皮可制皮纸，故有此代称。

履

饰足形犹古，裁罗样更新[①]。蹑珠多贵客，行雪有贫人。

【注释】

① 罗:稀疏而轻软的丝织品。

屐

历历金为齿[①],砼砼木作形[②]。游山应适意,涉径最便轻。

【注释】

① 历历:排列成行。

② 砼砼:象声词。形容行走声。

锦

织文从禹贡[①],奇样出秦川[②]。挑字工偏巧,濯江色更鲜。

【注释】

① 禹贡:《尚书》中一篇。“九州”之说见于此篇。

② 秦川:古地区名。泛指今陕西、甘肃秦岭以北平原地带。因春秋、战国时地属秦国而得名。

舟

制作三皇始[①],周流万古通。已为浮海具,尤有济川功。

【注释】

① 三皇:传说中上古三帝王。

渔 舟

孤帆依岸渚①,一叶泛汀洲②。举网惊飞鹭,鸣榔起宿鸥③。

【注释】

① 岸渚:即岸边。

② 汀洲:水中小洲。

③ 鸣榔:敲击船舷使作声。用以惊鱼,使入网中。或为歌声之节。榔,用以击打船舷发声的木棒。

钓 竿

坐把丝纶系①,行看香饵投。富春终避汉②,渭水已兴周③。

【注释】

① 丝纶:钓丝。

② “富春”句:用严光隐居之典。严光,字子陵,会稽余姚(今浙江余姚)人。原姓庄,因避东汉明帝刘庄讳而改姓严。少有高名,与刘秀一起游学。其后助刘秀起兵。刘秀称帝后,多次延聘他,但他隐姓埋名,退居富春山。

③ “渭水”句:传说西周姜太公钓于渭,被周文王聘请,后辅佐武王伐纣兴周。

车

轩皇初作古[①]，商制最为中。驷乘输兵赋[②]，蒲轮召隐翁[③]。

【注释】

① 轩皇：即黄帝轩辕氏。车，相传是黄帝时发明的。

② 驷乘：指一车四马。

③ 蒲轮：指用蒲草裹轮的车子。转动时震动较小。古时常用于封禅或迎接贤士，以示礼敬。

闻沾恤典[①]

闻沾恤典，独坐偶成二律，再和前韵。录奉苗、高二先生[②]，发一卢胡耳[③]。

十二年来住破房，构成那有一旬长。垣墉齐败波犹汹[④]，瓴甋斜倾夜未央[⑤]。地阔何从容庋椟[⑥]，年丰谁信缺糇粮[⑦]。寒酸大抵多前定，笑断朱楼公子肠[⑧]。

【注释】

① 恤典，是指朝廷对去世官吏分别给予辍朝示哀、赐祭、配飨、追封、赠谥、树碑、立坊、建祠、恤赏、恤荫等的典例。题目底本未刻，据《目录》补。

② 苗、高二先生：指苗衷、高榖。二人与马愉同时入阁预机务。

③ 卢胡：笑声发于喉间。

④ 垣墉：墙。

⑤ 瓴甋（língdì）：砖块。未央：未半。

⑥ 庋（guǐ）椟：放东西的架子。

⑦ 糇(hóu)粮:食粮,干粮。

⑧ 朱楼:富丽华美的楼阁。

病来愁卧几曾醒,沉灶颓垣失所宁。詹尹若能推卜筮[①],医和何必用参苓[②]。愿逢年谷秋多熟,甘处柴关夜不扃[③]。况复九重施恤典[④],好同勤切祝三灵[⑤]。

【注释】

① 詹尹:古卜筮者之名。

② 医和:春秋时秦国良医。医为职业称谓,和是名字。参苓:中药名。人参与茯苓。有滋补健身的作用。

③ 柴关:柴门。指寒舍。扃(jiōng):关闭。

④ 九重:指天子。

⑤ 勤切:指殷切的关怀。三灵:指天、地、人。

林间行读

适兴依林樾[①],逍遥乐此心。练囊随杖屦[②],缃帙散光阴[③]。贤圣遗风远,鸢鱼至理深[④]。高怀千古上,自不染尘襟[⑤]。

【注释】

① 适兴:遣兴。林樾:林木,林间隙地。

② 练囊:绢袋。

③ 缃帙:浅黄色书套。亦泛指书籍、书卷。

④ 鸢鱼:"鸢飞鱼跃"的省称。指万物各得其所。

⑤ 尘襟:世俗的胸襟。

渔樵问答

生计烟波与碧岑[①]，白云深处有知音。相逢一笑斜阳暮，说尽红尘万古春[②]。

【注释】

① 碧岑：青山。

② 红尘：指人世。

坐石观泉

闻说匡庐万丈峰[①]，峰前飞瀑似垂虹。欲寻濯足知何地[②]？却见湍声落望中。

【注释】

① 匡庐：指江西的庐山。相传殷周之际有匡俗兄弟七人结庐于此，故称。

② 濯足：洗去脚污。语出《孟子·离娄上》："沧浪之水清兮，可以濯我缨；沧浪之水浊兮，可以濯我足。"后以"濯足"比喻清除世尘，保持高洁。

题高节凌云[①]

挥毫拂生绡[②]，写出潇湘景[③]。落落碧玉蕤[④]，直节一竿挺。昂藏凌紫虚[⑤]，临风力逾劲。明月当窗轩[⑥]，扶疏散清影[⑦]。只疑凤翔下，奇毛衔鲜整[8]。锵然振瑶华[9]，飞上丹山顶。

【注释】

① 本诗当为一幅画竹之画而题咏。高节，指高耸的竹竿。竹有节，故称。

② 生绡(xiāo)：未漂煮过的丝织品。古时多用以作画，因亦以指画卷。

③ 潇湘：指湘江。因湘江水清深故名。

④ 落落：稀疏，零落。

⑤ 昂藏：气度轩昂。紫虚：天空。因云霞映日而天空呈紫色。

⑥ 窗轩：窗户。

⑦ 扶疏：枝叶繁茂分披的样子。

⑧ 鲜整：鲜明整齐。

⑨ 锵然：形容金宝珠玉等声音清脆。瑶华：玉白色的花。

澹轩文集今注

【卷之四】

赞

吴处士像[1]

衣冠古雅[2]，襟度雍容[3]。粹乎其外，耿乎其中[4]。味道腴于至理[5]，备行义于厥躬。择仁义以为居，厚伦理而全宗。噫！玉韫璞而山辉木润[6]，若人任师表于乡也，安得不长夫仁厚之风。

【注释】

① 吴处士，不详所指。

② 古雅：古朴雅致。

③ 襟度：襟怀与气度。

④ 耿(gěng)：光明，照耀。

⑤ 腴：丰厚，富裕。

⑥ 韫(yùn)：蕴藏。

寒山像[1]

空山寄食[2]，寒岩隐迹。笑月吟风，颠狂莫识。丰干饶舌[3]，泄我神密[4]。遁身石罅，山完无隙。

【注释】

① 寒山，唐代长安(今西安)人。出身于官宦之家，多次投考不第，出家为僧，三十岁后隐居于浙东天台山，因自号寒山子。善为诗，有《寒

山诗集》。

② 寄食：依附别人生活。

③ “丰干”二句：丰干，又作封干，唐代高僧，居天台山国清寺，与寒山友善。寒山的名望，是丰干向外透露的，故曰：“丰干饶舌，泄我神密。”

④ 石罅(xià)：石缝。罅，裂缝，缝隙。

素心廖先生像[①]

襟度潇洒，气貌端凝[②]。后生楷范[③]，乡里仪刑[④]。教子登二卿之贵，致身膺鸾诰之荣[⑤]。享禄养之丰裕[⑥]，乐寿域之康宁[⑦]。盖好德之实，固有以备诸己；而行义之著，尤有以示法于云仍者耶[⑧]！

【注释】

① 廖先生，指廖庄之父廖孟素。廖庄，字安止，号东山。江西吉水县(今属吉安市)人。宣德五年(1430)进士。八年，选庶吉士。历事六科，英宗初，授刑科给事中。正统八年(1443)八月，授大理寺左寺丞；十一年十一月，迁南京大理少卿。天顺五年(1461)，擢礼部右侍郎，改刑部。成化初，召为刑部左侍郎。逾年卒。赠尚书，谥“恭敏”。《明史》有传。

② 端凝：庄重。

③ 楷范：典范，模范。

④ 仪刑：楷模，典范。

⑤ 鸾诰：天子封赠之辞。

⑥ 禄养：以官俸养亲。古人认为官俸本为养亲之资。

⑦ 寿域：指人人得尽天年的太平盛世。

⑧ 云仍：亦作“云礽”，远孙。比喻后继者。

廖母黎恭人像[①]

生于华族[②]，归于名家[③]。孝敬著闻，柔慈孔嘉[④]。主中馈惟崇乎俭勤[⑤]，治衣服不近于靡奢。得所天而遂偕老之愿，因子贵而被命服之华[⑥]。是宜乐鼎俎之荣养[⑦]，而膺福祉于无涯也耶[⑧]！

【注释】

① 廖母黎恭人，指廖庄之母黎氏。见前《素心廖先生像》注。恭人，明为四品官员之妻的封号。如系赠封母或祖母，则称太恭人。

② 华族：高门贵族。

③ 归：女子出嫁。

④ 柔慈：温和仁慈。孔嘉：非常美好。

⑤ 中馈：指家中供膳诸事。

⑥ "贵"字：底本漫漶，据"朐抄本"补。命服：指官员及其配偶按等级所穿的制服。

⑦ 鼎俎：鼎和俎。

⑧ 福祉：幸福，福利。

忠孝二像[①]

千载风云，一时鱼水[②]。恢复炎祚[③]，慨任诸己。二《表》忠诚[④]，伊傅间比[⑤]。成功在天，人心无已。

【注释】

① 忠，从诗中所咏推测，"忠"当指诸葛亮。"孝"，似指李密（224—287）。密，又名虔，字令伯。三国蜀犍为郡武阳县（今四川省彭山县）人。幼年丧父，母亲改嫁，由祖母刘氏抚养成人。密虽境遇不

佳，但自幼好学，师从于谯周门下，博览五经。早年曾任蜀尚书郎、大将军主簿等职。蜀亡后，以奉养祖母为由，谢绝晋邓艾之请，辞不出仕。泰始三年(267)，晋武帝下诏征密为太子洗马，密又以照料年迈祖母为由，作《陈情表》，言辞恳切，感人至深，得晋武帝恩许。祖母亡故后，出任太子洗马，官至汉中太守。

② 鱼水：比喻君臣相得。

③ 炎祚：五行家称刘汉以火德王，因以“炎祚”指汉的国统。三国蜀刘备自称得汉之正统，故亦指蜀汉。

④ 二表：指诸葛亮的前后《出师表》。

⑤ 伊傅：伊尹和傅说的合称。二人为商代贤相。

士有卓行，孑立无伍[1]。祖孙为命，夙婴艰阻。隐居终养，浮云圭组[2]。伟哉斯人，高风万古。

【注释】

① 孑立：孤立。

② 浮云：此处作视若浮云意。圭组：印绶。借指官爵。

歌

青云阁歌[1]

青云之阁临江浒[2]，岁月迢迢经几许？贻谟垂训由先图[3]，伟矣裔孙绳祖武[4]。伊先有美号雪楼[5]，文物江南第一流。词华已许超前代，累累旋复绍箕裘[6]。武冈再振家声起[7]，肯构肯堂实所始[8]。大扁青云颜厥楣，欲俾云仍承此志[9]。山水嵘澄地高亢[10]，户牖玲珑碧霄上[11]。左图右史足自娱[12]，刻晷兰膏事幽惕[13]。廷仪十载躬栽培，致身早已依蓬莱[14]。昔日成均见脱颖[15]，作宾画省称清才[16]。官居恒有家山趣，不忘平生旧读处。能令斯阁复一新，启迪来叶光前续[17]。吁嗟程氏孙，子当自惟，燕歌游处非徒为，诗书满架乐朝夕，增辉遐躅期无涯，增辉遐躅期无涯。

【注释】

① 青云阁，程南云重修祖居并重新命名。程南云，字清轩，号远斋。江西南城县人。永乐初，以能书与修《永乐大典》，授中书舍人。升吏部稽勋司郎中兼翰林侍书，供职内阁。正统四年(1439)十一月，进太常寺少卿，十三年，转寺卿。天顺初致仕，二年(1458)正月卒。书工五体，尤精篆隶，为时所尚。正统初，奉命书长陵等碑。喜作雪梅、雪竹，极妙。歌，诗歌体裁的一种。

② 江浒：江边。

③ 垂训：垂示教训。

④ 裔孙：远代子孙。绳：继承。祖武：先人的遗迹、事业。武，步武，足迹。

⑤ 雪楼：程钜夫(1249—1318)之号。钜夫，元代江西建昌(今江西南城)人，祖籍郢州京山(今属湖北)。初名文海，因避元武宗庙讳，改用字代名，号雪楼，又号远斋。宋亡后入大都(今北京)，留宿卫。元世祖试以笔札，改授应奉翰林文字，累官翰林学士承旨。历仕四朝，号为名臣。追封楚国公，谥“文宪”。有《雪楼集》三十卷。程南云系程钜夫玄孙。

⑥ 箕裘：比喻祖上的事业。详卷二《送萧江》。

⑦ 家声：家族世传的声名美誉。

⑧ 肯构肯堂：《尚书·大诰》：“若考作室，既厎法，厥子乃弗肯堂，矧肯构?”孔传：“以作室喻政治也，父已致法，子乃不肯为堂基，况肯构立屋乎?”后因以“肯堂肯构”或“肯构肯堂”比喻子能继承父业。

⑨ 云仍：比喻后继者。

⑩ 高亢:指地势高。与“低洼”相对。

⑪ 户牖:门和窗。

⑫ 左图右史:周围都是图书。谓嗜书好学。

⑬ 兰膏:古代用泽兰子炼制的油脂。可以点灯。

⑭ 致身:指出仕。蓬莱:蓬蒿草莱。借指草野。

⑮ 成均:古之大学。泛称官设的最高学府。这里指国子监。

⑯ 画省:指尚书省。清才:卓越的才能。

⑰ 来叶:后世。

小瀛洲歌　为吏部王尚书行俭题[①]

昔闻三神山[②],溟渤五万里[③]。今看图画中,曾何盈尺咫。圆娇方壶疑可数[④],琼岛千峰出烟雾[⑤]。灵槎遥通银汉来[⑥],下瞰丹丘犹指顾。朝阳初上云霞明,紫芝瑶草环敷荣[⑦]。金阙玉阙常不扃[⑧],个中人物皆长生。为笑昔人何太愚,欲因方士探其区[⑨]。徐市楼船卒莫返[⑩],遂令瀛洲想象成虚无。东华甲第连霄汉[⑪],图书牣积逾东观[⑫]。唐室何劳重邺侯[⑬],襄阳米氏徒夸诞[⑭]。画省归来豁怀抱[⑮],同游更有商颜皓[⑯]。对酌常分沆瀣杯[⑰],供盘屡荐安期枣[⑱]。主人况是方士裔,身近蓬莱托所地。常把天章五色文[⑲],散向人间作清气[⑳]。

【注释】

① 吏部王尚书行俭,即王直。见卷前《澹轩历受诰词》注。杨荣《小瀛洲诗序》:“礼部侍郎兼翰林侍读学士西昌王君行俭,官于朝者几四十年,清修力行,于凡天下瑰奇珍丽、工妙可喜之物,人所甚好而宝重之者,一无所欲。而独积经史图籍、古今百家之书,多至数千百卷,于居后创一轩以藏之。轩静深闳廓,绝喧嚣而脱埃氛。君于公退则峨冠正襟,焚香端坐其间,欲其有所披阅研究,随取而得无一不

具焉。尝言：'汉时学者称东观为老氏藏室、道家蓬莱山者，以幽经秘箓无不在故也。斯轩虽小，而所藏之书几于东观，因名之曰小瀛洲。'学士大夫闻者，咸发诸赋咏。"(《文敏集》卷十一)

② 三神山：传说东海中仙人所居之山，即蓬莱、方丈、瀛洲。

③ 溟渤：溟海和渤海。多泛指大海。

④ 方壶：传说中神山名。一名方丈。

⑤ 琼岛：传说中的仙岛，仙人的居所。

⑥ 灵槎：能乘往天河的船筏。典出晋张华《博物志》卷十："近世有人居海渚者，年年八月有浮槎去来，不失期，人有奇志，立飞阁于查上，多赍粮，乘槎而去。"

⑦ 敷荣：开花。

⑧ 金阙：道家称天上有黄金阙，为仙人或天帝所居。玉阙：传说中天帝、仙人所居的宫阙。扃(jiōng)：关门。

⑨ 方士：方术之士。古代自称能访仙炼丹以求长生不老的人。

⑩ 徐市：秦方士，齐人。《史记·秦始皇本纪》："齐人徐市等上书，言海中有三神山，名曰蓬莱、方丈、瀛洲，仙人居之。请得斋戒，与童男女求之。于是遣徐市发童男女数千人，入海求仙人。"

⑪ 东华：传说仙人东王公又称东华帝君，省称"东华"。

⑫ 牣(rèn)积：堆积。牣，充塞。东观：东汉洛阳南宫内观名。东汉明帝诏班固等在此修撰《汉记》，书成名为《东观汉记》。章、和二帝时为皇宫藏书之府。后因以称国史修撰之所。

⑬ 邺侯：唐李泌累封邺县侯，家富藏书。后用为称美他人藏书众多之典。

⑭ 襄阳米氏：米芾(1051—1107)，字元章，号襄阳漫士、海岳外史、鹿门居士。祖籍山西太原，后定居江苏镇江。因个性怪异，举止颠狂，遇石称"兄"，膜拜不已，因而人称"米颠"。宋徽宗诏为书画学博士，人称"米南宫"。米芾能诗文，擅书画，精鉴别，集书画家、鉴定家、收藏家于一身，是"宋四书家"之一。

⑮ 画省：指尚书省。

⑯ 商颜皓：指商山四皓，简称"四皓"。秦末隐士东园公、夏黄公、绮里

季、甪里四人，因避秦乱世而隐居商山，采芝充饥，四人年皆八十多岁，须眉皓白，世称为商山四皓。

⑰ 沆瀣（hàngxiè）：夜间的水气，露水。指仙人所饮。

⑱ 安期枣：传说中的仙果名。

⑲ 天章：犹天文。指分布在天空的日月星辰等。

⑳ 清气：引申为光明正大之气。

题怪石幽竹[①] 六言

翠玉临庭潇洒，苍岩当户崔嵬[②]。栖息便为安稳，何劳原上悲哀。

【注释】

① 此诗手迹存。底本目录无“题”字，据补。

② 崔嵬：高耸的样子。

铭

公勤堂铭[①]

刑部侍郎杨侯彦谧，采褒嘉语，名其堂曰“公勤”。盖欲视警，以求乎不负也。间以求言，故为铭以相之。铭曰：

善事服众，匪公弗得。树勋立业，匪勤不克。克己循理，公孰与俦。无倦匪懈，勤孰与侔[②]。是以君子，务其在己。天爵既修[③]，人爵自至[④]。有伟杨侯，公勤名堂。副以吾力，褒自纶章[⑤]。《书》戒灭私[⑥]，《易》勉不息[⑦]。积善有庆[⑧]，惠迪乃吉[⑨]。昔闻其语，今见斯人。骎骎夙夜[⑩]，造何可伦[⑪]。

【注释】

① 公勤堂，杨宁的堂号。宁(1400—1458)，字彦谧。南直隶徽州府歙县(今属安徽黄山市)人。永乐十五年(1417)举人，宣德五年(1430)进士。授刑部主事，机警多才能，负时誉。正统初年，随尚书魏源巡视宣大。正统四年(1439)，随都督吴亮征讨麓川(今云南省瑞丽市)。正统六年，再随兵部尚书王骥平乱，以功升刑部右侍郎。后巡抚江西，未几召为礼部尚书，以足疾改南京刑部。致仕卒。铭，文体的一种，古代常刻于碑版或器物，或以称功德，或用以自警。《明文衡》卷十八收录此文。

② 侔(móu)：齐等，相当。

③ 天爵：天然的爵位。指高尚的道德修养。因德高则受人尊敬，胜于有爵位，故称。《孟子·告子上》："仁义忠信，乐善不倦，此天爵也；公卿大夫，此人爵也。"《明文衡》中"天""人"二字位置互换，与文意不符，疑有误。

④ 人爵：爵禄，指人所授予的爵位。

⑤ 纶章：即诏书。

⑥ 灭私：《尚书·周书·周官》："凡我有官君子，钦乃攸司，慎乃出令，令出惟行，弗惟反。以公灭私，民其允怀。学古入官。议事以制，政乃不迷。"

⑦ 不息：《周易·乾卦·象》："天行健，君子以自强不息。"

⑧ 积善：累积善行。《周易·坤》："积善之家，必有余庆；积不善之家，必有余殃。"

⑨ 惠迪乃吉：《尚书·大禹谟》："惠迪吉，从逆凶。"孔安国传："迪，道也。顺道吉，从逆凶。"后因以"迪吉"表示吉祥，安好。

⑩ 骎骎(qīnqīn)：马疾速奔驰的样子。形容疾速。

⑪ 可伦：可比。

静虚斋铭[1] 有序

湖广佥宪方君[2]，观省之余[3]，问学不懈。尝取周子之言[4]，名其斋居曰“静虚”，至京求予题。是岂易言哉？夫静虚者，无欲之谓也。盖言作圣之事，岂常人可易言哉？君职风纪，日鞅掌于庶务[5]，其嗜学如此，而又以是榜之目前，盖有知圣人心境之天[6]，明通公溥，豁然一物之无有。人当常加警省，不可自汩于物欲[7]，而不为之振拔也。予推其义，而为之铭曰：

湛彼太虚[8]，冲漠其如[9]。寂然不动，万有乃俱[10]。人克厥天，物欲是祛[11]。光风霁月[12]，皦皦其初[13]。仰昔圣贤，曾异庭除[14]。深藏不有，大智若愚[15]。卓彼下学[16]，自示广居[17]。允矣攸蹈[18]，永惟敬且[19]。

【注释】

① 静虚斋，方勉斋名。方勉，见卷二《送方御史出巡浙江》注。

② 佥宪：佥都御史的美称。明都察院置，分左、右，正四品，位次于正三品之左、右副都御史。

③ 观省：观察，观看。此处指巡按各地。

④ 周子：指周敦颐（1017—1073）。字茂叔，号濂溪，道州营道县（今湖南道县）人。曾官大理寺丞、国子博士。晚年知南康军，治所在今星子县城。曾游览庐山，为其山水所吸引，因筑室庐山莲花峰下的小溪上，取营道故居濂溪以名之，后人遂称为濂溪先生。理学的创始人之一。著作有《太极图说》和《通书》等，后人编为《周子全书》。周敦颐认为，作为圣人之本的“诚”是“寂然不动”的，所以只有主静才能达到与“诚”合一的境界，也才能“立人极”。而主静（静虚）在于“无欲”。所以，学圣之要在于“无欲”“静虚”。他说：“‘圣可学乎？’曰：‘可’。曰：‘有要乎？’曰：‘有’。‘请问焉。’曰：‘一为要。一者，

无欲也。无欲则静虚动直。静虚则明，明则通；动直则公，公则溥。明通公溥，庶矣乎！'"(《通书·圣学第二十》)

⑤ 鞅掌：指职事纷扰烦忙。庶务：各种政务，各种事务。

⑥ 天：指天性与生命。

⑦ 汩(gǔ)：沉迷。

⑧ 太虚：指空寂玄奥之境。

⑨ 冲漠：虚寂恬静。

⑩ 万有：犹万物。

⑪ 祛(qū)：除去，消除。

⑫ 光风霁月：形容雨过天晴时万物明净的景象。光风，雨后初晴时的风。霁，雨雪停止。

⑬ 皦皦：清白，光明磊落。

⑭ 庭除：庭院。

⑮ 大智若愚：指谓才智极高的人，不炫耀自己，表面上看来好像愚笨。

⑯ 下学：指学习人情事理的基本常识。

⑰ 广居：宽大的住所。儒家用以比喻仁。

⑱ 允：语气助词。矢：发誓。

⑲ 永惟：深思，常念。且(jū)：语气词，用于句末。

赋

祯槐堂赋[①]

伊惟相卜，乃洛东隅[②]。堂成三楹，面阳以居。匪雕甍而刻桷[③]，惟质俭而素如。盖将于以展蒸尝之敬[④]，于以聚宗族之娱。倏乃天报积善[⑤]，坤载效灵[⑥]，爰有嘉禾[⑦]，产于中庭。始穿庸而萌蘖[8]，忽挺直以峥嵘；匪栽培而自茂，不沃灌而滋荣。是木也，非杞，非梓，匪桃，匪梅，钟德于火，其名曰槐。是为虚星之精，寔兆位于公台。王氏三株，已见征于美咏；窦家五桂[9]，于兹亦逊其材。干排雪霜，枝撑风雨。高拂层霄，深蟠厚土。叶密密而云屯[10]，花蕤蕤而金吐[11]。幄成数亩之繁阴，凉却三伏之炎暑。盖以人事集庆，先物发祥，是生贤俊，厥家用昌。掇巍科以扬烈[12]，步乌基而耀芳。俯幼学而无愧，仰前修而有光。悲夫！灵椿已老[13]，槐则斯存；言念风木[14]，感惕并臻。追肯构之惓惓[15]，景严训之谆谆[16]，庶其保斯堂于永固，播休馨于后昆也[17]。

【注释】

① 祯槐堂，李贤《祯槐堂赋》云："监察御史房君子仪，洛阳人也，其尊甫既构堂以居，忽有槐生其下，已而蓊然畅茂，子仪亦大显。人以是槐为房氏积庆之兆，遂名其堂曰祯槐。"（《古穰集》卷二十）房子仪，即房威，字子仪。河南省河南府洛阳县（今洛阳市）人。宣德二年（1427）进士。宣德八年八月，擢为广东道监察御史。正统六年二月，授直隶保定府涞水县（今属河北）知县。

② 洛：指洛阳。东隅：东侧。

③ 甍（méng）：屋脊，屋栋。桷（jué）：方形的椽子。

④ 蒸尝：本指秋冬二祭。泛指祭祀。

⑤ 倏乃：忽然。积善：累积善行。

⑥ 效灵：显灵。

⑦ 嘉禾：生长奇异的禾，古人以之为吉祥的征兆。

⑧ 庯：通"墉"，墙。萌蘖：植物开始萌芽。

⑨ 窦家五桂：五代窦禹钧有五个儿子，家教甚严，文行并优，均先后中进士，时人赞为"窦氏五龙"。

⑩ 云屯：如云之聚集。形容盛多。

⑪ 蕤蕤（ruíruí）：茂盛的样子。

⑫ 巍科：犹高第。古代称科举考试名次在前者。

⑬ 灵椿:古代传说中的长寿之树。比喻父亲。

⑭ 风木:比喻父母亡故,不及奉养。

⑮ 肯构:比喻子能继承父业。详本卷《青云阁歌》。

⑯ 严训:父训,父命。

⑰ 休馨:美好的声誉。后昆:后嗣,子孙。

记

恩荣堂记[①]

水之源渊洪涌溢,其流必派分而不息焉;木之本蟠固深厚[②],其末必条达而日盛焉[③]。是之谓在物之理然耳。人道之生,必由乎祖宗之盛大,阴骘培植之深且厚故[④]。其胤嗣蕃衍[⑤],续继承传,瓜瓞累累[⑥],膺福履之骈集[⑦],增门户之光耀。斯理的然[⑧],犹旦之承夜,不可易者。今观永丰聂万纪氏所筑之恩荣堂,其有征乎?

聂,故邑之磊原巨姓,既析之下市,又析古巷,子孙日长而益蕃,田业屡分而益增。万纪之曾大父、大父暨考[⑨],世习诗书,有隐行,重乡里。万纪夙谨孝弟,尤善治生。自古巷又析双溪,居有园池之胜,沃壤之饶,廪庾日充[⑩]。日恒思以周不给[⑪],凡官府有所征敛营缮,必首先输力供亿,邑大夫每义之。与诸释老之宫、通津之梁[⑫],苟有败圮而须葺焉者,即捐赀募役以成,念在济人,不少靳[⑬]。有子四,诸孙茁然日长,皆教以孝弟礼义,俾修于家。

正统庚申[⑭],江西岁荐饥[⑮],会朝廷有劝分之令[⑯],万纪慨然曰:“积以自富,孰若散以与众?矧周人之急,是吾志乎!”乃出粟二千石,输于官。有司上闻,蒙赐敕褒其义,且旌门闾⑰。万纪端拜而受。于是里闬姻戚⑱,扶老相庆。万纪列俎绎觞以会之。乃谓诸子曰:“吾老矣,幸承先人余泽,致有今日。而又为太平之民,得以升斗之余⑲,益常盈之需,是效涓滴于沧海,致绝埃于岱岳也。而蒙恩宠之加于衡茅⑳,吾何修而克任乎!”既以所居之中筑堂数楹,以庋玺书㉑,而[颜]曰“恩荣”㉒。既而又曰:“上天雨露之施,纤荄必被㉓,而纤荄固无答于上天也。然而犹以萧为焫燎㉔,气得上达。吾受朝廷恩光,不可不诣觐以谢。”将行,会以疾卒。有日煊者,其家嗣也。既治葬,乃承父志,墨缞上京师㉕,进名于大鸿胪㉖。达拜已,托其姻友国子生李光训㉗,诣予求堂记,用述其事。

予曰:“噫!《书》云:‘厥父[基],厥子乃弗肯堂,矧肯构?厥父菑,厥子乃弗肯播,矧肯获?’㉘盖谓人子克绍父志为难。日煊不远数千里,赍亡父之命㉙,以毕蜉蝣答大化之心㉚。且求文以传,图其不泯,盖欲增大先业,有匪但为宜构肯获者矣。”

予故为之文,俾聂氏子孙观而诵焉,知祖宗之传有自㉛,阴骘培植之厚以致之。而万纪行义之著,可为家训,永绳而弗替云㉜。

【注释】

① 恩荣堂,江西永丰聂万纪所筑。正统五年(1440),聂氏以捐粟二千五十石助官,获赐敕褒奖,为庋藏诏书,于所居之中筑堂数楹,题曰“恩荣”。记,文体的一种。以叙事为主,兼及议论抒情和山川景观的描写。

② 蟠固:根深柢固。

③ 末:树梢。

④ 阴骘:阴德。

⑤ 胤嗣:后嗣,后代。蕃衍:繁盛众多。

⑥ 瓜瓞(dié):比喻子孙蕃衍,相继不绝。

⑦ 福履:福禄。

⑧ 的(dí)然:明显的样子。

⑨ 曾大父:即曾祖父。大父:祖父。考:称死去的父亲。

⑩ 廪庾:粮仓。

⑪ 不给:供给不足,匮乏。

⑫ 通津:四通八达之津渡。

⑬ 靳:吝惜。

⑭ 正统庚申:正统五年(1440)。

⑮ 荐饥:连年灾荒。

⑯ 劝分:劝导人们有无相济。

⑰ 门间:指乡里、里巷。

⑱ 里闬:指乡里。姻戚:犹姻亲。

⑲ 升斗:容量单位。十合为升,十升为斗。借指少量的米粮、口粮。

⑳ 衡茅:衡门茅屋,简陋的居室。

㉑ 庋(guǐ):置放,收藏。玺书:指皇帝的诏书。

㉒ 颜:底本脱,据"朐抄本"补。颜,指题字于匾额上。

㉓ 荄(gāi):草根。

㉔ 焫(ruò):同"爇"。烧,焚烧。

㉕ 墨缞(cuī):黑色丧服。

㉖ 大鸿胪:专掌一般殿廷礼仪的官员。

㉗ 李光训:生平履历不详。

㉘ "《书》云"句:见《尚书·大诰》。"厥父"二字,"朐抄本"作"若考作室,既底法",疑据《尚书》改。底本"厥父"下脱一字,今据《春秋集传详说》补。

㉙ 赍(jī):携带。

㉚ 蜉蝤:即"蜉蝣"。虫名。幼虫生活在水中,成虫褐绿色,有四翅,生存期极短。比喻微小的生命。大化:指宇宙,大自然。

㉛ 有自:有其原因。

㉜ 绳:继承。

宝善堂记①

吾邑干尚䌹，为(台)[邑]之著姓②。自其考公异父，尝以“宝善”命其所居之堂。尚䌹复构而新之，仍其旧扁以书③，请予记。

予不及识公异父，而因其名堂，亦可知其贤矣。夫善人得乎天，所以为明德之理也。古之圣贤，知善之在己，为物欲昏之，其心业业然④，无时弗致谨惧，犹恐或失而忘之；于所居户牖、几席、觞豆、盘器之属⑤，莫不铭之以自儆⑥，其孜孜于善如此。后世居室有扁，盖其遗意。而能知之者，或取山水之胜、登临之美，或慕楼阁之丽、玩赏之适，要皆以夸耳目之娱而已。公异父独名其居“宝善”，非夸人也，亦曰自儆耳，可谓不贤乎？矧世之所宝而竞取者，金玉锦绣、珠玑珍异之物，穹居广厦、腴田沃壤之利⑦，皆竭心力以致之。毅然为子孙计，曾不能数世。或子孙既替而为人所取，甚者以是致覆亡之祸，不寤往往相藉也⑧。公异父能以善为宝，则人莫之取，而子孙亦可保其所有，不贤者能之乎？宜尚䌹之惓惓不忘也⑨。

予之贤公异父，将以愧世之浮名其居⑩，与夫贪冒徇利⑪，而子孙不能守者也。又以勉尚䌹念其先训，以迪于善⑫，庶几庆及后之人也。尚䌹年富力强，尝长乡税，能时征输⑬，振贫匮，不殖利自厚⑭，盖无愧其“宝善”之训也。苟能由之弗已，足为一乡之善士，进而为一国、为天下之善士，则孰能御之哉？此公异父之心，亦予之所望尚䌹也。

尚䌹名锦，少与予善云。

【注释】

① 宝善堂，干锦之父干异父所居之堂，干锦复构而新之，仍其名。干

锦，字尚絅，山东临朐县人，曾掌管乡里税收。

② 邑：底本作“台”，据“朐抄本”改。

③ 扁：匾额。后多作“匾”。

④ 业业：危惧的样子。

⑤ 觞豆：觞与豆。古代盛酒肴之具。

⑥ 自儆（jǐng）：自我告诫。

⑦ 穹居：高大的住所。

⑧ 相藉：互相枕藉，互相践踏。指数量多，接连不断。

⑨ 惓惓（juànjuàn）：念念不忘。

⑩ 愧：使惭愧。

⑪ 贪冒：贪得，贪图财利。

⑫ 迪：蹈行，实行。

⑬ 征输：征收赋税。

⑭ 殖利：生利，营利。

素履轩记①

西昌有隐德君子曰萧德会氏，名其读书之轩曰“素履”，盖取《履》“初九”之义②，属其子婿尚书膳部员外郎曾[序]求余记③。

余尝绎《易》之辞曰：“素履往，无咎。”谓初以阳德居下，安处其位，不有其德。犹君子隐居其下，安受贫贱，不慕荣利。即见在所居之位，乐其日用之常，泊乎无营④，淡乎无欲者也。而其志之所向，意之所适，无往而不自得。盖由其所履，一安于恬素⑤，无慕乎其外，充然自足，盎然有余，人莫能知，而己独造焉者。故《象辞》又曰：“素履之往，独行愿也。”德会以是名轩，得非味于《易》书之旨，将以自觃⑥，而安于“素履”者乎？

德会世为西昌之巨族，居邑东乡桃源里，田野沃饶，殖产丰夥[7]，藏室富厚，在一乡右。有山林、泉石、花竹幽胜之概。家积书如邺侯[8]，以教子姓、族党、乡人之后进。初尝举进士，不果第，遂辍举子业，日惟讲求前言往行[9]，可为齐家、治身之法者，必究其微意所在而服行之。尝语人曰："士出与处，均有得焉。于国观光[10]，进扬王庭，固所愿。然而其怀道居贞，盘桓于下[11]，以自逸其心，岂不亦绰绰然有余裕哉！"自是深居隐约，不复有仕进意，日与亲朋宾友，杖屦消摇、壶觞吟咏于丘园陇亩之间[12]。时西昌之在朝闻人[13]，若翰林学士曾公辈[14]，多欲荐之者，德会皆力辞。人或劝其出，乃摇首曰："人不有义，命耶！吾前已试之矣。于今欲老而违之，可乎？"余不复应。长者故老闻其言而韪之[15]。

孟子曰："尊德乐义，则可以嚣嚣矣！"[16]若然，则德会其可谓乐义之俦乎？能安于义命而不失，其可谓几于"素履"而"无咎"者乎！德会之志诚有出于是耶，则兹轩之名其有取焉尔矣。

是为记。

【注释】

① 素履轩，江西泰和县萧某（字德会）读书斋。泰和古称西昌，萧氏世居泰和仙槎乡桃源里，是邑中大族。

② 履：《周易·履卦》。初九：初，是指卦自下向上数第一爻。九，指阳爻。下文"素履往，无咎"，即为本卦之词。

③ 膳部：古官署名。掌祭器、牲豆、酒膳及藏冰等事。唐代设膳部郎中、员外郎，属礼部。明改膳部为精膳司。"曾"后底本有阙字。据本卷后文《素履轩引》，曾序乃萧德会之婿，故此处阙字当为"序"，据补。曾序，泰和人。宣德二年进士。景泰五年(1454)九月，由礼部员外郎擢广西右参议。天顺六年(1462)三月，转左。

④ 泊：淡泊，恬静。无营：无所谋求。

⑤ 恬素：恬淡朴素。

⑥ 贶:通"况"。比况。

⑦ 丰夥(huǒ):丰足,富饶。

⑧ 邺侯:称美他人藏书众多之典。详本卷《青云阁歌》。

⑨ 前言往行:指前代圣贤的言行。

⑩ 观光:观览国之盛德光辉。

⑪ 盘桓:徘徊,逗留。

⑫ 杖屦:指拄杖漫步。

⑬ 闻人:有名望的人。

⑭ 曾公:指曾棨(1372—1432),字子启,号西墅。江西永丰人。永乐二年(1404)状元,授修撰。成祖诏试,立笔言就,文词极佳,帝爱其才。参与《永乐大典》的编纂。升侍讲,多随帝幸,进侍读学士。仁宗朝,迁左春坊大学士兼翰林院侍读学士。宣宗朝,进少詹事。工诗,能书法,尤长于草书。宣德六年卒,谥"襄敏"。

⑮ 韪(wěi):以为是,赞赏。

⑯ "孟子曰"句:见《孟子·尽心上》。意思说,尊崇道德,喜爱仁义,就可以安详自得了。嚣嚣,自得无欲的样子。

吴氏先茔八景图记①

南京领国子助教事、翰林检讨姑苏吴君颙,考绩来京,持其《先茔八景图》告于余曰:"颙先世居河南,自几代祖某,当宋末,徙居苏城齐门内。至曾祖实夫,家道殷富,大倍于前。乃置第卜筑②,构崇楼数楹,下有园池、竹木、花卉幽雅之胜。日邀亲朋宾旧、文士大夫,相与睹玩觞咏其中③。由是先世家业未成者以成,后人养生丧死可以给足者,有所承受矣。祖会之,亦善治生。父朗,复克继述④。颙自幼在侍,奉若先父之志,以先世茔域未立⑤,乃捐重赀,市长洲彭华乡高阜之地⑥,第列兆次⑦,序昭穆⑧,而合葬焉。既葬,树以松柏,表以碑铭。逮颙中科第,由教谕升教授[9]，满，被选入春坊[10]，为司课。自司课徙助教，九年，迁检讨，仍领助教事。在宦途者四十余年，而先世丘垄恒在念[11]，未尝一息置也。故绘诸图，藏之巾笥[12]，时以展观，则家山之趣俨然在目[13]，庶几寓吾之思矣！敢请文为记。”

余闻其辞，知君于亲无日而忘者也。及览其所绘八景，又见吴中山川之秀，景物之丽，远近掩映，襟带左右[14]，奇状胜概，悉为吴氏先陇。吴君又求能赋者为之题咏，欲永其传，其用心何其远哉！昔陈后山作《思亭记》有曰[15]：“升高以望松梓，下丘垄而行墟墓之间，荆棘莽然，狐兔之迹交道，其有不思其亲者乎？”吴君以违先垄之久且远，时阅斯图，则如亲行于松梓榛莽之间者，亦此意也。他日归来，登拜于墓，睹松柏之蓊郁[16]，览八景之罗列，则必俨仪像于仿佛，聆謦咳于杳冥[17]，怵惕悲哀不能已已[18]，又岂直展图而兴起其孝思者乎！

【注释】

① 吴氏，指吴颙。见卷二《送南京吴助教》注。先茔，先人坟茔。

② 卜筑：择地建筑住宅，即定居之意。

③ 觞咏：指饮酒赋诗。

④ 克：能够。继述：继承。

⑤ 茔域：墓地。

⑥ 市：购买。

⑦ 兆次：墓地的顺序。

⑧ 昭穆：古代宗法制度，宗庙或宗庙中神主的排列次序，始祖居中，以下父子（祖、父）递为昭穆，左为昭，右为穆。

⑨ 教谕：学官名。宋代在京师设立的小学和武学中始置教谕。元明清县学亦置教谕，掌文庙祭祀，教育所属生员。教授：学官名。宋代除宗学、律学、医学、武学等置教授传授学业外，各路的州、县学均置教授，掌管学校课试等事，位居提督学事司之下。元代诸路散府及中州学校和明清的府学亦置教授。

⑩ 春坊：太子宫所属官署名。唐置太子詹事府，以统众务；左右二春坊，以领诸局。历代相承，属官时有增减。明清时实际成为翰林院编修、检讨开坊升转之所。

⑪ 丘垄：坟墓。

⑫ 巾笥：即巾箱。

⑬ 家山：指故乡。俨然：齐整有序的样子。

⑭ 襟带：衣襟和腰带。指山川屏障环绕，如襟似带。

⑮ 陈后山：指陈师道（1053—1102）。字履常，一字无已，号后山居士，彭城（今江苏徐州）人。宋哲宗元祐二年（1087）苏轼等荐其文行，起为徐州教授，五年移颍州教授。元符三年（1100），除秘书省正字。一生安贫乐道，闭门苦吟，有"闭门觅句陈无已"之称。为"苏门六君子"之一，江西诗派"三宗"之一。有《后山先生集》《后山词》。

⑯ 蓊郁：草木茂盛的样子。

⑰ 謦咳：咳嗽。亦借指谈笑，谈吐。杳冥：指高远之处。

⑱ 怵惕：戒惧，惊惧。

菊坡记

"菊坡"二大字，宋理宗皇帝书赐故右丞相、金紫光禄大夫、开府仪同三司、上柱国、南海郡开国公、赐金紫鱼袋，食邑一千六百户、食实封六百，赠太师，谥清献，崔公与之之家也[①]。公子孙宝藏，距今二百三十余年，楮墨尚新[②]。公六世孙伯胄，偕七世孙裕，将摹勒上石[③]，刻置公祠，用垂永久。复走京师，求予志其下方，欲俾来叶观之，知其所自，益加宝重。庶几追念乃祖之武，思有以振起，无坠辱。

按史，公字正子，广县人。生平每慕韩魏公为人[④]。韩尝言"士之保初节易，保晚节难"[⑤]，故诗有"不羞老圃秋容淡，且看黄花晚节香"之句[⑥]。公心契之,因自号曰"菊坡"。及老而归,又目所居之寝曰"晚节堂"。既殁,门人李昴英者[⑦],侍讲经筵,询论及公,帝追念不已,遂有是锡。盖公忠贞之言,直谅之节[⑧],有以仰副渊衷[⑨],维持社稷。而帝至是始有悔于既往,悼惜老成[⑩],发乎情,有不能已然。

公少负义气,俯视当世,慨然于熙宁、元祐诸贤[⑪]。初举进士,累迁淮东安抚。时有与虏和好之议,公即遗书宰相,力诋其非,以为彼方得志,恐辱国体。卓然远略,有过人者。总蜀师,将士辑睦[⑫],军政肃然,边防益密。始至,军食不充,公调度转饷,不数年,公私给足,廪庾盈溢,兵民相安,帖然无扰。代还,虏谍知之,遂大入。公再临边,虏惊惧奔遁。公以疾归广,蜀人思之,为肖像,与张忠定、赵清献并祀于成都仙游阁上[⑬]。盖公以诚信结于人心,威名著于夷夏[⑭]。既至暮龄[⑮],清操愈励,真视二公无愧。家居,累召不起。会广州戍卒衔怨以叛,攻掠近鄙。适有经略安抚兼知广州之命至,公亟力疾起,即家治事,谕以顺逆,凶党即散。事平,复致其命。善用权以济时,熨安反侧[⑯],有不得已也。朝廷伟其识,趣召愈急[⑰],待以执政之位。公连章固辞[⑱],复条陈时政十余事,其言皆切于治体,匡扶国势,摧折权奸,排斥佞幸[⑲],精忠之发,皎然日星之明,屹然砥柱之立。当时士大夫闻者,咸嘉叹之。公虽未久立朝以当大柄,其忧国为民,自幼至老,未始一息怠。慕韩公之风以自况者[⑳],庶其有卒云。

岭海之陬[㉑],古称遐僻[㉒],人才之生,唐有张文献公九龄[㉓],宋初有余忠襄公靖[㉔],声名事业,正大光明,所谓杰然者也。公晚出其乡,虽不遇夫开元、庆历之盛[㉕],得行其志而周旋职务,随分勠力[㉖],清风峻节,磊落瑰奇,与二公先后相望,岂非其山川之秀,钟灵为人特然而起者欤[㉗]?广之人必将观于斯,尚将有以感于斯。

【注释】

① 菊坡,宋理宗书赐崔与之大字。崔与之,字正之,号菊坡,广东增城人。南宋光宗绍熙四年(1193),登进士第。授浔州司法参军,调淮西提刑司检法官,特授广西提点刑狱。嘉定中,权发遣扬州事、主管淮东安抚司公事,知成都府兼本路安抚使。端平元年(1234),授广东经略安抚使兼知广州。二年,除参知政事。三年,拜右承相兼枢密使。历侍光、宁、理三朝四十七年。卒赠少师,谥"清献"。著有《崔清献公集》。"金紫光禄大夫"等,皆为封号。

② 楮(chǔ)墨:纸与墨。借指诗文或书画。

③ 摹勒:依样描字刻石。

④ 韩魏公:指韩琦(1008—1075)。字稚圭,自号赣叟,相州安阳(今属河南)人。天圣进士。初授将作监丞,历枢密直学士、陕西经略安抚副使、陕西四路经略安抚招讨使。与范仲淹共同防御西夏,名重一时,时称"韩范"。嘉祐元年(1056),任枢密使;三年,拜同中书门下平章事。英宗嗣位,拜右仆射,封魏国公。神宗立,拜司空兼侍中,出知相州、大名府等地。熙宁八年(1075)卒,年六十八。谥"忠献"。著有《安阳集》五十卷。《宋史》有传。

⑤ "士之"二句:见韩琦《寝室题匾·晚节堂》。

⑥ "不羞"二句:见韩琦《崔府堂前》。

⑦ 李昴英:字俊明,号文溪。广东番禺人,南宋名臣。早年受业崔与之门下,主修《春秋》。南宋宝庆二年(1226)探花。著有《文溪集》《文溪词》等。

⑧ 直谅:正直诚信。

⑨ 渊衷:渊深的胸怀。多用来称颂皇帝。

⑩ 老成:指旧臣,老臣。

⑪ 慨然:感情激昂的样子。熙宁:宋神宗赵顼的一个年号(1068—1077),共使用 10 年。元祐:宋哲宗赵煦的第一个年号(1086—1094),共使用九年。

⑫ 辑睦:和睦。

⑬ 张忠定：指张咏，字复之，自号乖崖。濮州鄄城（今属山东）人。北宋太宗、真宗两朝名臣，卒谥“忠定”。太平兴国间进士。累擢枢密直学士，真宗时官至礼部尚书。赵清献：指赵抃（biàn）（1008—1084），字阅道。宋衢州西安（今浙江衢州市）人。景祐元年（1034）进士，任殿中侍御史，弹劾不避权势，时称“铁面御史”。为政简易，长厚清修，日所为事，夜必衣冠露香以告于天。累官至参知政事，以太子少保致仕，卒谥“清献”，苏轼曾为之作《清献公神道碑》。

⑭ 夷夏：夷狄与华夏的并称。古代常以指中国境内的各族人民。

⑮ 暮龄：晚年。

⑯ 熨安：安抚。

⑰ 趣（cù）：赶快，从速。

⑱ 连章：接连上章。

⑲ 佞倖：指以善于谄谀得君主宠幸之臣。

⑳ 自况：自比。

㉑ 岭海：指两广地区。其地北倚五岭，南临南海，故名。

㉒ 遐僻：边远偏僻之地。

㉓ 张文献公九龄：张九龄（678—740），字子寿，一名博物。韶州曲江（今广东韶关市）人。长安年间进士。官至中书侍郎同中书门下平章事。后罢相，为荆州长史。忠耿尽职，秉公守则，直言敢谏，选贤任能，不徇私枉法。被誉为“岭南第一人”。有《曲江集》。

㉔ 余忠襄公靖：余靖（1000—1064），本名希古，字安道，号武溪。韶州曲江（今属广东韶关）人。天圣二年（1024）进士。庆历四谏官之一。历官集贤校理、右正言，使契丹，还任知制诰、史馆修撰、集贤院学士等职，卒谥“襄”。有《武溪集》二十卷。

㉕ 开元：唐玄宗李隆基年号（713—741）。庆历：是宋仁宗赵祯的年号（1041—1048）。

㉖ 勠力：勉力，并力。

㉗ 钟灵：指灵秀之气汇聚。

跋

题崔太仆春日宴桃李园诗卷后①

景物因人而胜。竹林以七贤②，兰亭以逸少③，杜陵韦曲④，香山洛社⑤，诸胜概皆其名公闻人，尝所游憩，以乐于当时。若杜子美之于何将军山庄⑥，重游迭咏，则尤抗然者也⑦。而其篇什垂之于今，铿然锵然⑧，风流高致⑨，若可想见。今观翰林诸公，宴游太仆之园，觞咏穷日⑩，兴怀无已⑪，清赏之乐⑫，不减于昔。予是以知士大夫当太平无事之日，治事有间，必思所适，以畅怀抱⑬；舒写性情⑭，发之咏咏，摹写造化⑮，有不徒为酣觞之乐而已也。矧是会七人⑯，皆其文章名世之杰然者也⑰。没者声光闻誉，传之海内，士皆能称之；存者据要津⑱，列侍从⑲，为多士师范⑳，事业炳著㉑，伟焉岿焉㉒。而珠玉之什㉓，当与昔人所遗并传永久，无疑也。余因观是卷，特书于后云。

【注释】

① 崔太仆，指太仆寺少卿崔奎，字文奎。直隶宛平县（今属北京市）人。洪熙初，任淮安府山阳县丞。宣德元年（1425）五月，升太仆寺丞。满九载，年七十三，例当退，自陈守城功，特升少卿，时在正统三年（1438）四月。正统十二年，已八十三岁，复自陈，升太仆寺卿。八十六始致仕。王直《春日宴桃李园诗》云："太仆崔公有园在城南，杂植桃李，虽服官政，而时清事简，得以从容于此园。当春花盛开，风日和煦，乃与学士曾公八人者游而宴焉。……曾公即序其诗，崔公又以求予言。"（《抑庵文集·后集》卷三十六）

② 竹林以七贤：魏晋时嵇康、阮籍、山涛、向秀、刘伶、阮咸、王戎七个名士，在山阳县（今河南辉县、修武一带）竹林之下，喝酒、纵歌，肆意酣畅，世称“竹林七贤”。

③ 兰亭以逸少：兰亭在今浙江省绍兴市西南之兰渚山上。东晋永和九年（353），王羲之与谢安等同游于此，王羲之作《兰亭集序》，名垂千古。逸少，是王羲之的字。

④ 杜陵：杜陵在今陕西省西安市东南。古为杜伯国。秦置杜县，汉宣帝筑陵于东原上，因名杜陵，并改杜县为杜陵县。韦曲：唐代位于长安城南郊，因韦氏世居于此得名。即今陕西省西安市长安区。其地北有凤栖原，南有潏水、神禾原，依山傍水，风景秀丽，为唐时游览胜地。

⑤ 香山：在今河南省洛阳市龙门山之东。白居易曾在此筑石楼，自号香山居士。洛社：宋欧阳修梅尧臣等在洛阳时组织的诗社。

⑥ 杜子美：即杜甫。何将军山，位于长安南边明德门外樊川北原上，据现存杜甫诗文看，他前往游览先后有两次，留下了《陪郑广文游何将军山林十首》《重过何氏五首》十五首咏园林的诗，极受后人称赞。

⑦ 抗然：高亢的样子。

⑧ 铿然锵然：形容作品音节流畅，言语有力。

⑨ 风流：形容文学作品超逸佳妙。高致：高尚或高雅的情致、格调。

⑩ 觞咏：指饮酒赋诗。

⑪ 兴怀：引起感触。

⑫ 清赏：指幽雅的景致。

⑬ 怀抱：心怀，心意。

⑭ 舒写：同“舒泻”。抒发，发泄。

⑮ 造化：指大自然。

⑯ 矧（shěn）：况且，而况。

⑰ 杰然：特出不凡的样子。

⑱ 要津：指显要的职位、地位。

⑲ 侍从：宋代称翰林学士、给事中、六尚书、侍郎为侍从。泛指名卿巨公。

⑳ 多士：众多的贤士。也指百官。

㉑ 炳著:显著。

㉒ 岿焉:高大独立的样子。

㉓ 珠玉:比喻美好的诗文。

题晏知府重庆堂[①]

重闱近期颐[②],萱亲过古稀[③]。儿为五马使[④],侈锦乡园归。升堂拜家庆[⑤],庭户生春辉。酡颜并如驻[⑥],鹤发明相依。兰荪粲柯玉[⑦],森然植前阶。俯仰穹壤间[⑧],此乐胡可涯[⑨]。霞觞荐芳俎[⑩],爱日何舒迟[⑪]。五福世罕具,一门今萃之。爰著重庆辞,揭于堂之楣[⑫]。昭代多闻人[⑬],篇什联璠瑰[⑭]。匪徒歌盛事,于以敦民彝[⑮]。

【注释】

① 晏知府,指晏毅。四川重庆府璧山县(今属重庆市)人(璧山明初并入巴县,明成化十九年复置。故一说巴县人)。永乐二十一年(1423)举人。正统年间,任云南曲靖军民府知府。景泰元年(1450)五月,升为江西布政司右参政,仍领直隶池州府知府。历官至云南布政司左参政。天顺二年(1458),致仕。重庆,指祖父母与父母俱存。杨荣亦有《重庆堂为曲靖知府晏毅题》(见《文敏集》卷五)。

② 重闱:指祖父母。期颐:一百岁。

③ 萱亲:母亲。

④ 五马使:指知府。汉时太守乘坐的车用五匹马驾辕,因用五马指太守的车驾。

⑤ 拜家庆:久别归家省亲

⑥ 酡颜:指脸色红润。

⑦ 兰荪:指佳子弟。

⑧ 穹壤:指天地。

⑨ 涯：边际，极限。

⑩ 霞觞：霞杯。芳俎：对祭祀用盛牲器具的美称。芳，言馨香洁净。

⑪ 舒迟：犹舒徐。从容不迫的样子。

⑫ 揭：高悬。

⑬ 昭代：政治清明的时代。常用以称颂本朝或当今时代。

⑭ 篇什：《诗经》的“雅”和“颂”以十篇为一什，所以诗章又称“篇什”。

⑮ 民彝：人伦。

书泗水令李君传后[①]

莆田黄谦传泗水令李宁事[②]，该括而核[③]，简正而彰，磊落乎数百十言[④]。非独为今之守令者劝，抑亦为后之史家录循吏者张本也[⑤]。吾于其间，窃有观焉。考耆德[⑥]，礼高年[⑦]，固为治之先政。近世以来，俗随势迁，浸以偷薄[⑧]，居牧民者，往往自为尊大。民之居下，非有谀辞令色及以事相从者[⑨]，弗获接于燕间之际[⑩]。况百岁之人，癯老尫羸[⑪]，待毙蓬筚[⑫]，何有意乎衣冠车马之临[⑬]？而官处剧冗者，或困于鞅掌[⑭]，好简略者[⑮]，或易于傲忽[⑯]，孰肯释安屈己，下礼于环堵哉[⑰]？李令于其邑百年者四人，馈以肉帛，躬款室庐而侑之[⑱]，其可谓勤矣。且人之既老，孰不厚计子孙、私便一家[⑲]，遑恤他人哉？

今邑之李旺者乃有曰：“荷侯枉顾[⑳]，惠莫大焉。尚愿举斯心加诸邑民，俾安居乐业，恒如今日，老氓之望也。”不以一言私及子孙，不其贤矣乎！昔新城三老[㉑]，启高祖以君臣之义；壶关三老[㉒]，悟孝武以父子之仁。不知今日之事，其信然否耶？如其然也，旺之言若此，为令者因而扩之，其所补岂浅浅哉？于是不独著令之美[㉓]，且以见鲁人之言之忠厚有如是也。后之观人风者[㉔]，尚考于斯。

【注释】

① 泗水令李君,指李宁。永乐十五年(1417),任泗水知县。

② 黄谦:字益甫,福建莆田人。初以明经录,永乐二年(1404)进士,授鲁府伴读。朝夕劝讲,因事纳忠。工诗文、书法,为士林所重。著有《原学斋稿》。

③ 该括:包罗,概括。

④ 磊落:众多委积的样子。

⑤ 循吏:守法循理的官吏。

⑥ 耆德:年高德劭、素孚众望者之称。

⑦ 高年:老年人。

⑧ 偷薄:浇薄,不敦厚。

⑨ 令色:伪善、谄媚的脸色。

⑩ 燕间:公余之时,闲暇。

⑪ 癯(qú):瘦。尪羸(wānglé i):瘦弱。亦指瘦弱之人。尪,孱弱,瘦弱。羸,衰病,瘦弱。

⑫ 蓬筚:"蓬门荜户"的省语。用草、树枝等做成的门户。形容穷苦人家所住的简陋房屋。

⑬ 衣冠车马:指达官显贵。

⑭ 鞅掌:指职事纷扰烦忙。

⑮ 简略:疏阔。

⑯ 傲忽:傲慢。

⑰ 环堵:四周环着每面一方丈的土墙。形容狭小、简陋的居室。借指贫穷人家。

⑱ 室庐:居室,房舍。

⑲ 私便:指为己营利。

⑳ 枉顾:屈尊看望。称人来访的敬辞。

㉑ 三老:古代掌教化之官。乡、县、郡均曾先后设置。《汉书·高帝纪上》载新城三老董公向汉王刘邦陈述君臣之义事。

㉒ 壶关三老:令狐茂,壶关县人。汉武帝时,封为壶关三老。征和(前

92—前89)年间，武帝宠臣江充专权，群臣不齿。卫太子起而杀之。武帝欲加罪太子，太子遂举兵反。武帝益怒，发兵讨之，太子兵败逃亡。令狐茂仗义执言，作《上武帝讼太子冤书》力陈是非。武帝读后始悟，乃诏太子，太子已卒。武帝悔恨不已，诛灭江充全族，作思子之宫，赐令狐茂所在村为“崇贤”。

㉓ 令：指县令李宁。

㉔ 人风：民风，民情。

书董用和传后[1]

孔子曰：“德不孤，必有邻。”[2]德非仁义之谓乎？仁义之谓德，非人心所同然乎？夫然，故有感必类应，不能自遏也。观太仆少卿沈公志行著《钱塘董用和传》，及悉俞叔铭、吴纯伯事，皆所谓仁义之所发者。观用和垂老困穷，孑然一身，弗于故所识，而直依叔铭，一见相好若侨札[3]，亡町畦[4]。盖其平生义气必欲有合，而非世俗鄙吝可偶也[5]。叔铭，衣食用和[6]，终其身亡以易，非其知用和之心者克然乎？纯伯，严子弟礼于用和，卒能为服终[7]，心丧复不忘其遗嘱[8]，亦可谓亡负用和者。之三子固皆贤矣，非太仆公详识之，亦将泯焉而无闻于世。然则太仆公，其重三子者之行而乐道其善乎？抑其感于是心之同然而相成其美乎？噫！其尤厚也已夫[9]。

【注释】

① 董用和传，沈升所撰。杨士奇《题董以中传后》云：“沈志行著《董以中传》，述以中深于医，且德其愈母之疾，而又悉其素行。”（《东里续集》卷十九）沈升（1376—1446），字志行，浙江海宁人。永乐二年（1404）进士。选翰林院庶吉士，官刑部主事。历四川、河南布政司参议。宣德十年（1435），擢太仆寺少卿，卒于官。太仆寺，古代中央

官署之一。主要掌牧马之政令。

② “孔子曰”二句：见《论语·里仁》。

③ 侨札：指春秋郑国公孙侨（子产）与吴国公子季札。季札至郑，与子产一见如故，互赠缟带纻衣。事见《左传·襄公二十九年》。后因以“侨札”比喻朋友之交。

④ 亡：通“无”。下文中几处用法同。町畦：田界。比喻规矩，约束。

⑤ 鄙吝：形容心胸狭窄。

⑥ 衣食（yì）：给人穿衣与饮食。

⑦ 卒：终于，最后。

⑧ 心丧：指老师去世，弟子守丧，身无丧服而心存哀悼。

⑨ 已夫：罢了。

书商器图后①

辛酉冬，戚里儒教东鲁鹿君嵓得铸器于市②，高尺许，制象特异，不类今作者。底、盖皆有铭志文字。嵓归，稽诸《博古图》③，考其款识④，其文曰：“惟王九祀世昌。”盖商人以祀为年，又其制度与商宗庙彝器合⑤，因知其为商器。嵓不敢藏，乃进之于上，赐楮币⑥，宴赉优厚⑦。岩复图其形，用存古意，求予题其左方。

予观之，窃有叹焉。昔武王伐殷，迁九鼎于郏鄏⑧。周历将终⑨，九鼎沦于泗⑩，秦皇使人入水求之，卒莫能得；唐得岐阳石鼓⑪，获睹宣王中兴之盛⑫，及史籀大篆⑬，荐绅播之，以为无前之美。夫殷鼎去秦仅千年，而已不可得。石鼓之于唐，尚不满二千，而夸美无极。彼皆为器之大而宜寿者，犹以为难。兹其器之微者，距今且将三千余岁，而不为蚩氓庸工所扑掷、陶镕土壤瓦砾所剥蚀沦灭⑭，顾乃得寿如此⑮，果神灵护守而然耶？或其中藏武库⑯，王人大族世守，偶流落于民间？不然，则近代之人慕古而作，欲因以见古人制器之遗意？是未可知也。然其出，适圣天子新明堂、朝万方[17]。而嵩以儒雅之士，独能识之，所谓物之数穷而通，由晦而显，必俟其时与人，不偶然而致也。因书以识之。

【注释】

① 本文系正统六年(1441)冬为鹿嵩绘《商器图》所作跋。鹿嵩，山东兖州府济宁州(今济宁市)人，永乐三年(1405)举人(万历《兖州府志》、《山东通志》)，累官广信府同知。按：道光《济宁直隶州志》作熊岩(《山东通志》同)，永乐十三年举人。

② 戚里：颜师古《汉书》注："于上有姻戚者，则皆居之，故名其里为戚里。"儒教：指儒学教授。

③ 博古图：当指《宣和博古图》，简称《博古图》。宋徽宗敕撰，王黼编纂。三十卷。大观初年(1107)开始编纂，成于宣和五年(1123)之后。该书著录了宋代皇室在宣和殿收藏的自商代至唐代的青铜器839件。

④ 款识(zhì)：古代钟鼎彝器上铸刻的文字。

⑤ 制度：规模，样式。彝器：古代宗庙常用的青铜祭器的总称。如钟、鼎、尊、罍、俎、豆之属。

⑥ 楮币：指一般的纸币。宋、金、元时发行的"会子""宝券"等纸币，因其多用楮皮纸制成，故名。

⑦ 宴赉：宴饮赏赐。

⑧ 九鼎：相传夏禹铸九鼎，象征九州，夏商周三代奉为象征国家政权的传国之宝。战国时，秦楚皆有兴师到周求鼎之事。周显王时，九鼎没于泗水彭城下。郏鄏(jiárǔ)：周朝东都。故地在今河南省洛阳市。郏，山名，即北邙山。

⑨ 周历：代指周朝。

⑩ 汜：水名，发源于河南省巩义市东南，北流经荥阳市汜水镇西，北注入黄河。周鼎沦于"泗水"，颇疑"汜"为"泗"字之讹。

⑪ 岐阳：岐山之南。石鼓：东周初秦国刻石。形略像鼓，共有十个，上

刻籀文四言诗，现存北京故宫博物院。

⑫ 宣王：姬姓，名静（一作靖），周厉王之子，周朝第十一位王，前827年—前781年在位。即位后，整顿朝政，讨伐侵扰周朝的戎、狄和淮夷，使已衰落的周朝一时复兴，史称“宣王中兴”。

⑬ 大篆：汉字书体的一种。相传周宣王时史籀所作，故亦名籀文或籀书。秦时称为大篆，与小篆相区别。

⑭ 蚩氓：敦厚而愚昧的人。沦灭：消失，埋没。

⑮ 顾乃：却，反而。

⑯ 武库：泛指藏器物的仓库。

⑰ 新、朝：都是使动用法。明堂：帝王宣明政教的地方。凡朝会、祭祀、庆赏、选士、养老、教学等大典，都在此举行。万方：万邦，各方诸侯。

题怀德堂卷后①

信阳陈君义民，以父母既蚤即世②，念劬劳之无报③，筑堂而扁之曰“怀德”，于以寓羹墙之思④，起居食息而不忘也。既又绘图，装潢成卷，求缙绅大夫诗文，以发挥其义。

嗟夫！鞠育之恩⑤，不可以名矣。天地之大德曰生。吾生于亲，而德有甚于天地。德惟大，故吾生事葬祭必以礼⑥，他无所容报。然而犹有生不能躬养，死不获送终，怅然抱终天之痛，此堂所由作也。呜呼！可以感也夫。君自永乐初宾余邑幕，劳心谆谆⑦，视民如子，爱之而惟恐伤。自去至今，人犹念之。再典东阿、盖城两邑，政绩尤著。于以知君慈祥温谅出乎天性，则所爱慕父母终身而不忘者，即为政爱民之所由本也。先正云“亲亲而仁民”⑧，君其有焉。君去余邑十五年，今始会京师，间以卷示余，余为题其后以归⑨。

【注释】

① 怀德堂，是陈义民为纪念父母而建。陈义民，河南信阳人。据本文

所述，曾在山东临朐县做幕职，再转东阿、盖城。

② 蚤：通“早”。

③ 劬劳：劳累，劳苦。

④ 羹墙：指追念前辈或仰慕圣贤。详本卷《题杨御史孝思堂》注。

⑤ 鞠育：抚养，养育。

⑥ 生事：指父母在世时奉事之。

⑦ 谆谆：忠谨诚恳的样子。

⑧ 亲亲而仁民：见《孟子·尽心章句上》。

⑨ 归(kuì)：通“馈”。赠送。

题宜晚轩（存目）

本篇与第三卷《宜晚轩》文字基本相同，当系重出，此处存目。

题怡轩　并序

《彼荆》，美兄弟也。姑苏孙氏某，以医鸣京师，以昆季几人居于乡[①]，友于之情常切念而不忘也[②]，乃作轩，名之曰“怡”。盖取诸孔子“兄弟怡怡”之意[③]。间告予，为赋《彼荆》之什归之[④]。

奕奕有轩[⑤]，彼荆孔蕃[⑥]。厥枚既分[⑦]，厥有弟昆[⑧]。和乐且贤[⑨]，奏篪与埙[⑩]。怡怡是言，永矢弗谖[⑪]。

渠渠有堂[⑫]，彼荆孔良。厥条既芳，曰季与荒[⑬]。和乐且康，于于是将[⑭]。式好伊何？哲言孔彰。载服厥膺，永矢弗忘[⑮]。

楚楚有楹[⑯]，郁彼斯荆。厥芳苾馨[⑰]，伊难弟兄。和乐既翕[⑱]，式好则宁。无言墙阋[⑲]，无然炭冰[⑳]。刑于尔家[㉑]，仪于尔乡。刑嘉是承，永树弗崩。

粲粲有阶[㉒]，彼荆孔材。既硕既茂，惟德之培。以也同气，钟秀孔阶[23]。既岐既嶷[24]，式和好怀[25]。斯爱永惇[26]，无嫌尔猜。愿言敬之，式彰克谐。

【注释】

① 昆季：兄弟。长为昆，幼为季。

② 友于：《尚书·君陈》："惟孝友于兄弟。"后即以"友于"为兄弟友爱之义。

③ 兄弟怡怡：见《论语·子路》："朋友切切偲偲，兄弟怡怡。"怡怡，指兄弟和睦的样子。

④ 归(kuì)：通"馈"。赠送。

⑤ 奕奕：高大的样子。

⑥ 孔蕃：十分茂盛。孔，甚，很。

⑦ 枚：树干。

⑧ 弟睍(kūn)：弟兄。睍，同"昆"，兄。

⑨ 和乐：和睦安乐。

⑩ 篪、埙：皆乐器。

⑪ 矢：通"誓"，发誓。谖(xuān)：通"萱"。忘记。

⑫ 渠渠：深广的样子。

⑬ 季：指物之幼嫩者。

⑭ 于于：自得的样子。

⑮ 永矢：发誓永远要做某事。常用于否定语前。矢，通"誓"。

⑯ 楚楚：排列整齐的样子。楹：厅堂的前柱。

⑰ 苾(bì)馨：芬芳。苾，芳香。

⑱ 翕(xī)：和合，聚合。

⑲ 墙阋(xì)：即阋墙。指兄弟相争于内。后用以指内部相争。阋，争吵，争斗。

⑳ 无然：不要这样。炭冰：炭热而冰冷。比喻不能相容。

㉑ 刑：做榜样。

㉒ 粲粲：鲜明的样子。

㉓ 钟秀：聚集灵秀之气。

㉔ 岐嶷：形容幼年聪慧。

㉕ 好怀：好兴致。

㉖ 惇(dūn)：敦厚，笃实。

素履轩引[1]

先生西昌东乡人也[2]。其里曰桃源，其族为里之著姓，硕大蕃衍[3]，代有闻人。尚诗礼，习矩度[4]，耆俊英迈华茂而豪爽者众[5]。室庐鳞次[6]，赀产之富[7]，甲于邦族。善假贷贯售[8]。由是四方之人士，日礼于其间。先生处其间，泊然以居[9]，读古人之书，明乎吉凶、消长、进退、存亡之道；不矫激[10]，不诡随[11]，超越乎流辈[12]。少习举子业[13]，既而不偶于有司[14]，即深自晦遁，未尝干贵达以图振拔[15]，而时亦少有知己者。修身听命，盖有味于《易》之旨。尝为里塾子弟师，信从者众。晚节益坚，逍遥徜徉[16]，自肆于山水间[17]。性嗜酒，朋旧宾客之至，辄引壶觞、具醇醪以酌之[18]，陶然而醉，吟咏赋诗以自适，人未有知其趣者。

予尝游其地，睹其山之势，峰峦奇秀，卓绝乎东南，盘纡踊跃，环拱乎西北。草木秀茂，冬夏常蔚然[19]。涧壑之水，分为两溪，合流于前。澄潭浅渚，层陂曲障[20]，灌溉乎田亩，不啻万顷[21]，无旱涝之患。故其族人多获其利，各据其胜，诚幽丽奇处也。意其间必多隐君子者，先生其俦耶[22]。先生杖屦往来[23]，玩物适情[24]，鹿门、柴桑[25]，不是过也。东里先生、松臞学士[26]，尝馆其族[27]，词翰文墨，充溢乎简册[28]，先生于文字中交久也。学士尝欲荐之，固以老疾辞，安于恬退[29]，遂其优游之愿[30]。乃辟一轩，坐作动息于其中。奉先裕后，循理之常，初无外驰之慕、外物之挠。今年几七十矣，儒冠衣履，俯仰宇宙，探万化之玄[31]。或有问难者，辨博古今事实，当时人物之驰骛华靡[32]，后有成败者，洞烛无隐[33]。故多所敬惮而怀服者[34]。噫！德以周身，而善足以及人，“不汲汲于富贵，不戚戚于贫贱”[35]，斯之谓与[36]？

序[37]，先生婿也。喜先生享有寿祉[38]，嗣孙满前，皆有成立[39]；痛先学士之捐世[40]，未有以发扬隐德，姑撮其大概，求名言以贻之。先生姓萧，字德会，“素履”，其轩号。其父安石先生，洪武中以明经举仕，终广东盐课提举[41]。先生世其家学云。

【注释】

① 素履轩，萧德会的轩名。参本卷《素履轩记》。引，文体名。唐以后始有此体，大略如序而稍为简短。

② 西昌：指江西泰和县。

③ 蕃衍：繁盛众多。

④ 矩度：规矩法度。

⑤ 耆俊：年老而才能优异者。英迈：才智超群。华茂：繁盛。

⑥ 室庐：居室，房舍。鳞次：像鱼鳞那样依次排列。

⑦ 赀产：财产。赀，通“资”。

⑧ 假贷：借贷。

⑨ 泊然：恬淡无欲的样子。

⑩ 矫激：犹诡激。奇异偏激，违逆常情。

⑪ 诡随：指不顾是非而妄随人意。

⑫ 流辈：同辈。

⑬ 举子业：举业。

⑭ 有司：官吏。古代设官分职，各有专司，故称。

⑮ 贵达：显贵的人。振拔：提拔。

⑯ 徜徉：犹徘徊。盘旋往返。

⑰ 自肆：放纵任意。

⑱ 壶觞：酒器。醇酽：指味道浓厚的酒。

⑲ 蔚然：草木茂密的样子。

⑳ 陂(bēi)：池塘湖泊。

㉑ 不啻：不仅，何止。

㉒ 俦(chóu):辈,同类。

㉓ 杖屦:拄杖漫步。

㉔ 适情:顺适性情。

㉕ 鹿门:鹿门山的省称。在湖北省襄阳区。唐孟浩然曾隐居此山。柴桑:古县名。西汉置,因县西南有柴桑山得名,治所在今江西省九江市西南。借指以东晋隐士陶渊明。因其故里在柴桑,故称。

㉖ 东里先生:指杨士奇。见卷前《澹轩历受诰词》注。松臞学士:指曾鹤龄(1382—1441)。字延年,又字延之,号松坡,一号臞(qú)叟。江西泰和人。幼勤学,博究经史,与兄椿龄参加永乐三年(1405)乡试均中。因家贫,让其兄先赴京会试(中永乐四年进士),自己在家教馆养母。永乐十九年(1421),中一甲一名进士。历官翰林院修撰、侍读,至侍讲学士、奉训大夫。与修《成祖实录》《仁宗实录》《宣宗实录》。为官尽职尽责。诗文俱佳。正统六年(1441)三月,暴病卒,年五十九。有《松臞集》。

㉗ 馆:就馆,教私塾。

㉘ 简册:书籍。

㉙ 恬退:淡于名利,安于退让。

㉚ 优游:休养。

㉛ 万化:万事万物,大自然。

㉜ 华靡:华丽奢靡。

㉝ 洞烛:明察。

㉞ 敬惮:敬畏。

㉟ "不汲汲"二句:见陶渊明《五柳先生传》。汲汲:心情急切的样子。戚戚:忧惧的样子。

㊱ 与(yú):语气词。表疑问或反诘。

㊲ 序:指曾序。见本卷《素履轩记》注。

㊳ 寿祉:长命而幸福。

㊴ 成立:成就。

㊵ 先学士:指萧德会之父萧安石。捐世:犹弃世。人死的婉辞。

㊶ 盐课:指办理盐课事务。提举:官名。宋枢密院编修敕令所有提举,

宰相兼；同提举，执政兼。此外，有提举常平仓、提举茶盐、提举水利等官。元明沿其制。

张氏四子字说[①]

人之于甚爱，虽以器物之微，必与之以嘉美之名。且欲其坚植重贵，悠久靡替，恒惧其戕害殀折、陨坠颠覆之将临，避远之不暇，况其于子乎？故世之名子者，有以吉庆祝，有以盛誉称，有类以器用，有期以负任，有道其恒性之良，有谕其进修之极。爱之重而愿之深，顾之远而虑之切，用心无所不至，有以焉[②]。

淮阳张伯恭氏，有丈夫子四人[③]。既冠[④]，乃命其伯曰彝，仲曰宗，叔曰黼[⑤]，季曰黻[⑥]。彝字秉之，宗字继之，黼字绣之，黻字冕之。盖彝，常也，秉则执守之意。执其常姓而不失，则得之天者全。《诗》谓"民之秉彝，好是懿德"是已[⑦]。宗，训曰尊；继，续也。续，序祖宗而不替，则传之后者远。《诗》谓"以似以续，续古之人"是已[⑧]。黼，裳之绣文，采之章也。《诗》有"衮衣绣裳"[⑨]。黻，亦裳之绣文[⑩]；冕，冠也。有黼黻必加冕，则宗庙朝廷文章之美备矣。

伯恭之所名子者，欲其贤且昌，以取重于世，其意不既深且远哉？然愿欲之者，父之志；其修省操履而不坠令名者，则己之责也。为张氏子者，其志父之志，服父之训；不戕厥天，不忝厥宗祖[⑪]；求其如黼黻文章之美[⑫]，庶几于命名之意少有副矣。勉乎哉！勉乎哉！尝闻张氏自先以医业传，伯恭之父彦文，为郡医学官，世有令德；四子善孝友，并敦义让，乡里重之，知张氏箕裘有绍矣[⑬]。其宗者，尤乐易[⑭]，读书明礼义，教授乡里，行谨饬。此以艺游京师，谒予，请其说。具疏如右，俾归以自勖[⑮]。

【注释】

① 张氏四子字说，意为解释张氏四个儿子的“字”。张氏，指张伯恭，淮阳（今属河南周口）人。

② 有以：犹有因。有道理，有规律。

③ 丈夫子：儿子。古代子女通称子，男称丈夫子，女称女子子。

④ 冠（guàn）：古代男子到成年时举行加冠礼，叫做冠。一般在二十岁。

⑤ 黼（fǔ）：古代礼服上白黑相间的花纹，取斧形，象临事决断。

⑥ 黻（fú）：古代礼服上绣的黑与青相间的亚形花纹。

⑦ “民之秉彝”二句：见《诗经·大雅·烝民》。秉彝，保持常性。彝，恒常之性。懿德，美德。

⑧ “以似以续”二句：见《诗经·周颂·良耜》。似，通“嗣”，与“续”同义。古之人，指先祖。这两句意为，今后将继续不断祭祀社稷之神，要继承祖先的传统。

⑨ 衮（gǔn）衣绣裳：见《诗经·豳风·九罭》。衣上绣着龙为“衮衣”。绣裳，是绣有花纹的裙子。

⑩ 文：指刺画花纹。

⑪ 忝：羞辱，有愧于。

⑫ 黼黻文章：古代礼服上所绣色彩绚丽的花纹。泛指华美鲜艳的色彩。

⑬ 箕裘：比喻祖上的事业。

⑭ 乐（lè）易：和乐平易。

⑮ 勖（xù）：勉励。

谦益居士说①

闽龙溪有怀道抱贞、卑抑退巽、以隐自守者②，曰杨姓，文昌字。居邑之赤岭，以耕读课子孙，足迹罕入城府，自号曰“谦益居士”。或笑之曰：“子以黄冠野服[3]，穷处于下，居无所庇，行无所为，簪组弗之婴[4]，钧衡弗之执[5]，讥议何召？毁誉何如[6]？夷犹斯世[7]，不知其所累，则卑抑退缩固所分耳。而乃务曰‘谦益’，予不知子之所以名也。借使子不居以谦[8]，则王公非子援，卿士非子狎[9]，矜夸豪纵之徒[10]，非子将何所陵驾而骄蹇傲忽哉[11]？子年几耄[12]，发已白，视听就衰，筋力不任[13]。家已传之子孙，且令子洞明《易》数、地理之学，闻著遐迩，将振起厥家，宜于子所足矣，又何益之复求？”

居士闻之，曰：“噫，客过矣！子政未知予之所存[14]，又乌知予之所以名乎？予诚齐民[15]，且老死，位固无所加于人，名固无所矜于世。然恒不敢忽，所谨者盖二仪：父母以完躯畀予，冀予修制检省[16]，日继月续，不使羞俯仰而累乎造物者[17]，庶可也。予观天下之理，所以求全而无毁者，惟谦为然。故《易》著其卦曰‘谦，亨。君子有终’[18]。至推其辞则曰‘天道亏盈而益谦’[19]。盖盈则必亏，而谦则受益，天道之与谦也如此。明其象[20]，则又曰‘地中有山’[21]。山至高，物而在地中，则高而不居，德而不有，非谦退之义乎？尝闻古人，大圣人尧舜，以天下让，而犹曰‘于德，弗嗣’[22]；大禹祗德矣，而犹以‘满招损，谦受益’为戒[23]；武王执竞矣[24]，而尚父犹以‘敬胜吉，怠胜凶’为儆[25]；孔子不以圣居，曰‘我无能焉’[26]；颜子不有其德[27]，曰‘愿无伐善，无施劳’[28]。圣贤之为圣贤，必崇谦虚而嘉退谦，曷尝有自足心，以故圣益圣、贤(亦有)[益贤][29]。卫之武公[30]，九十犹陈抑诗之戒，彼又何人哉？某自少奉先人教，有知以来，见善固师之，见不善亦师之。举天下之善技万分不一，其能穷天下之可欲，万端不一敢取。幸天假之以康宁，锡之以温饱，夷夷嬉嬉[31]，延息七十有三年[32]。贱息仅克任负薪[33]，而又遭逢盛世，莫知莫识，为太平氓，愚窃自庆有不容以言罄悉者[34]。予岂不知夫聃氏之止足荣生三乐也哉[35]？训不云‘为山九仞，功亏一篑’[36]，止吾止也。某也薄山之景、垂木之露，甘蓬荜以待毙而已[37]，尚奚敢求益为？但未能从先人地下，启手启足，未卜何期。脱或一有不幸，则一生事皆非所足，吾为是惧，故不忘所训。客真谓吾有所求耶？客过矣！客过矣！”

客不复能诘，退而语诸翰林编修谢君重器[38]。重器，其乡人，余同年进士第三人，诚信君子也。比外艰起复来京[39]，为余道其事。余嘉其说有理，为著于篇，用备史氏览采[40]。

【注释】

① 谦益居士，姓杨，名不详，字文昌，福建龙溪（今属三明市）人。据《明英宗实录》，谢琏正统二年十月尚在制中，三年四月，“以其监试岁贡生员不严”，“下锦衣卫狱，寻释之”（卷四十一）。以此推测，此文作于正统三年春的可能性较大。

② 卑抑：谦恭忍让。退巽（xùn）：卑顺，谦让。

③ 黄冠野服：粗劣的衣着。借指平民百姓。有时指草野高逸。

④ 簪组：冠簪和冠带。

⑤ 钧衡：比喻国家政务重任。

⑥ 如：“胸抄本”作“加”，于意为胜。或为手民之误。

⑦ 夷犹：从容自得。

⑧ 借使：假设连词。假如，倘若。

⑨ 狎：亲近。

⑩ 矜夸：夸耀。

⑪ 骄蹇：傲慢，不顺从。傲忽：傲慢。

⑫ 耄（mào）：年老，高龄。古称大约七十至九十岁的年纪。

⑬ 筋力：体力。

⑭ 政：通“正”。只，就。

⑮ 齐民：平民。

⑯ 检省：检验查看。

⑰ 俯仰：一举一动。造物者：特指创造万物的神。

⑱ “谦”句：见《周易·谦》。

⑲ 天道亏盈而益谦：见《周易·谦》之《彖》辞。

⑳ 象：指卦象。

㉑ 地中有山：见《周易·谦》之《象》辞。

㉒ 于德，弗嗣：见《尚书·舜典》。原句作“舜让于德，弗嗣”。孔安国传：“辞让于德不堪，不能嗣成帝位。”

㉓ “满招损”句：见《尚书·大禹谟》。

㉔ 执竞：谓自强不息。《诗经·周颂·执竞》：“执竞武王，无竞维烈。”朱熹《诗集传》：“竞，强也。言武王持其自强不息之心，故其功烈之盛，天下莫得而竞。”

㉕ 尚父：指周代吕望。“敬胜吉”二句：语出《太公兵法·武王践阼》，为逸文。

㉖ 我无能焉：见《论语·宪问》：“子曰：‘君子道者三，我无能焉：仁者不忧，知者不惑，勇者不惧。’子贡曰：‘夫子自道也。’”

㉗ 颜子：指颜渊。孔子弟子。

㉘ “愿无伐善”二句：见《论语·公冶长》。伐，夸耀。施，表白。

㉙ 益贤：底本作“亦有”，据“朐抄本”改。

㉚ 卫武公：姬姓，卫氏，名和，卫国第十一代国君，前812年—前758年在位。《诗经·大雅》中有《抑》篇，《毛诗序》以为“卫武公刺厉王，亦以自警也”。《国语·楚语》：“昔卫武公年数九十有五矣，犹箴儆于国，曰：自卿士以下至师长士，苟在朝者，无谓我老耄而舍我，必恭恪于朝，朝夕以交戒我。闻一二之言，必诵志以纳之，以训道我。……于是乎作《懿》，戒以自儆也。”

㉛ 夷夷：快乐的样子。

㉜ 延息：指延长生命。

㉝ 贱息：对自己的谦称。负薪：背柴。

㉞ 罄：全，遍。

㉟ 聃氏：指老子。据《史记·老子韩非列传》，老子“姓李氏，名耳，字聃，周守藏室之史也”。著有《老子》五千言，是道家学派的创始人。止足：指凡事知止知足，不要贪得无厌。《老子》云：“知足不辱，知止不殆，可以长久”。

㊱ “为山九仞”二句：见《尚书·旅獒》。意思是说，堆九仞高的山，只差

一筐土而未能成功。比喻做一件事只差最后一点努力未能完成。

㊲ 蓬荜:“蓬门荜户”的省语。用草、树枝等做成的门户。形容穷苦人家所住的简陋房屋。

㊳ 谢重器:谢琏。见卷二《送谢编修省母》注。

㊴ 外艰:旧称父丧或承重祖父之丧。起复:官员遭父母丧,守制尚未满期而应召任职。

㊵ 史氏:史家,史官。

澹轩文集今注

【卷之五】

序

会试录后序[1]

治化之盛[2]，关乎气运之盛[3]，然亦系乎贤才众多，相与辅成[之][4]；而贤才之出，则又本乎上之作新鼓舞以致然也[5]。《书》言“俊乂在官”[6]，必繇帝舜之“翕受敷施”；《诗》咏“济济多士”[7]，必自文王[之]“誉髦斯士”[8]。我国家膺天明命，运际亨嘉，文教丕隆，政化清穆[9]，薄海内外咸起帝臣之愿，不以遐僻而有间者，岂无所自然哉！钦惟皇上缵承列圣[10]，益弘化理。嗣历服之初[11]，即御经筵，讲学论道，日夕益勤；躬视太学，释奠先师孔子，尊崇圣道；诏天下有司董劝学政[12]，以风励士类。故为士者咸感激砥砺，力于奋庸[13]，欲建立事功，垂声光于永久者[14]，彬彬焉出。其人才众多，足以媲美乎虞周之朝，宜其治化之盛，亦比隆于虞周之世也。迺正统乙丑春二月，天下贡士千二百人，就试于礼部。至期，尚书臣濙[15]，以考试官请。皇上命臣习礼、臣愉往莅其事[16]。壬子，锁院[17]；癸丑、丙辰、己未，凡三命题试(之)。逮撤棘[18]，得其文之优等者百五十人。小录既成[19]，臣愉谨序其后。

窃惟士修于家，养于学，朝夕涵泳[20]，培植性情，启迪志虑，必以德行、道艺为本。而科目之取，必试之以文辞者，盖德行、道艺蕴于心，欲见诸事为之著，非言焉不足以发之，文则言之成章者也。然文必以理为主，然后见其学之正、言之纯，庶乎其道德之文，匪徒为驰骋骈俪、缘(节)[饰]藻绘而已[21]。诸士子生逢全盛之日，大音正完，而能以文得儁[22]，登名兹录，蔼乎其德义之发，行将奉清问[23]，膺宠命[24]，列官显要，尚其以是言体诸身、措诸事，仰思古贤哲所以宅心制行[25]，图惟远大[26]，泽润生民，翼赞圣化[27]，而有以鸣国家之盛，尤足以见所学为正大高明之归矣。愿相与勉旃[28]。

【注释】

① 会试，是会集各省举人在京城的考试，乃集中会考之意。会试之称起于元代。明代会试定为三年一科，于乡试次年举行。《明史·选举制二》载："子、午、卯、酉年乡试。辰、戌、丑、未年会试。乡试以八月，会试以二月，皆初九日为第一场，又三日为第二场，又三日为第三场。"（卷七十）。会试由礼部主持，故又称为"礼部试"或"礼闱"。又因是在阴历二月举行，已是春天，故又称"春闱"。正统十年（1445），马愉出任会试考官。此文即作于是科录毕后。顾炎武云："《会试录》《乡试录》主考试官序其首，副主考序其后，职也。"（《日知录》卷十九）。今据《正统十年会试录》校订。

② 治化：指治理国家、教化人民。

③ 气运：气数，命运。

④ 相与：互相，交相。

⑤ 作新：比喻教化百姓，移风易俗。

⑥ 俊乂在官：见《尚书·皋陶谟》，全句作"翕受敷施，九德咸事，俊乂在官"。意思是说，普遍任用，具有九德的人都担任官职，那么在职的官员就都是才德出作的人了。翕，合。敷，普遍。施，用。事，任职。俊乂，才德出众的人。才德过千人为俊，百人为乂。

⑦ 济济多士：见《诗经·大雅·文王》。济济，多而整齐的样子。

⑧ 誉髦斯士：见《诗经·大雅·思齐》。意指选拔英杰之士。"文王"二字后，《会试录》有"之"字，据补。

⑨ 清穆：清静，清和。

⑩ 缵（zuǎn）承：继承。

⑪ 历服：久远之业。指王位。"历"字前，《会试录》有"大"字。

⑫ 诏：《会试录》作"屡敕"。

⑬ 奋庸：指努力建立功业。

⑭ 声光:声誉风光。

⑮ 尚书臣濙:指胡濙。见卷前《澹轩历受诰词》注。

⑯ 习礼:指钱习礼。见卷前《澹轩历受诰词》注。

⑰ 锁院:科举考试的一种制度。宋代为防止考官作弊而设。凡各级贡举考试,试前数日,考官须同入贡院,于院内拟题,收领试纸,排定座位图。直至试毕,定出应试者等第后,才开院,考官方可出院。礼部试,自锁院至开院,限期一月。如因事未毕,可再延十天。

⑱ 撤棘:亦作"彻棘"。撤除试院门前棘枝,借指考试工作结束。因放榜日关闭贡院,并于门口设置荆棘,以防落第者闯入喧闹,放榜后始撤去,故称。《旧五代史·和凝传》:"贡院旧例,放榜之日,设棘于门及闭院门,以防下第不逞者。凝令撤棘启门,是日寂无喧者,所收多才名之士,时议以为得人。"

⑲ 小录:明清科举乡试、会试后,主考挑选中式卷中之佳作,刊印成用于进呈之文集。又称"试录""程文"。俗称"闱墨"。

⑳ 涵泳:深入领会。

㉑ 骈俪:对偶藻饰之辞。缘饰:文饰。藻绘:彩色的绣纹。指文辞,文采。骈,《会试录》作"妍"。饰,底本作"节",据《会试录》改。

㉒ 得儁:指及第。

㉓ 奉清问:这里指参加殿试。清问,明审详问。《尚书·吕刑》:"皇帝清问下民,鳏寡有辞于苗。"

㉔ 宠命:加恩特赐的任命。对上司任命的敬辞。

㉕ 宅心:放在心上,用心。制行:指德行。

㉖ 图惟:谋划,考虑。

㉗ 翼赞:辅佐。

㉘ 勉旃(zhān):努力。多于劝勉时用之。旃,语助词,之焉的合音字。

少保黄公挽诗后序[①]

少保兼户部尚书东莱黄公卒于南京[②],讣闻,为惙朝一夕[③],

赐祭,敕有司营葬事,恩礼至矣。少师公碑于神道[4],少保公传其行事[5],祭酒公为志于墓[6],所以著闻于世显矣。公之殁,奚其憾?然而,两京大夫士闻之者,罔不震悼惊叹,嗟不能已,乃为诗章哀挽,用写其悲伤痛惜之意,又何其厚耶!其仲子琮编以为帙[7],礼部侍郎兼翰林侍讲学士临川王公弁诸首[8],复请予赘其末。

予与公为邻郡[9],夙昔闻公名[10],窃尝兴慕。宣德初,公自交趾还[11],始获见。公仪观魁梧[12],襟度豪迈[13],且其学博而识端,其中确然如金石[14],挺然若桢桧者[15],人无及之。稽其平生履历大段[16],当危险则以死自分,不为回曲之辞[17]。抚南交,则深得夷情,是境以安。及代,则变作矣。比再至,已为其所陷矣。夷见公,皆不忍伤,乃以舆舁送之还[18]。逮守南京,切切以国事为心,弗遑恤厥家。教子读书,惟务明道理、安勤俭,戒其无进取。尝奏言置风宪官,专督学政,以培治本,识者称为第一好事。夫是,则公之所以被荣光于既殁也无愧,而诸士大夫述作称道,发于悲痛悼惜之余者,又岂能已哉?后之人观于斯,然后可以想见公之为人。夫既知公之为人,宁不有感慕兴叹于其间耶?特为序于后。

【注释】

① 少保黄公,指黄福(1363—1440)。字如锡,别号后乐翁,山东莱州府昌邑县(今属潍坊市)人。洪武甲子年(1384)中乡试,次年入太学。洪武三十年(1398)上书朱元璋,论当世之急务,获赞赏,破格升为工部右侍郎。明成祖进南京,擢为工部尚书。永乐三年(1406),改任刑部尚书。洪熙元年(1425),任工部尚书兼詹事府詹事,此后随侍皇太子居南京。宣德四年(1429),改任户部尚书。宣德七年,任南京户部尚书,掌管南京兵部事。英宗即位,升少保兼户部尚书,进阶光禄大夫。正统四年(1439)冬,病重,仍抱病主持公务,次年春,卒于南京。英宗闻讣,为其罢朝一日。成化三年(1467),朝廷又加增太保,谥“忠宣”。有《黄忠宣公文集》十三卷。

② 东莱:古地名,在今山东省北胶河以东。《国语·齐语》:“通齐国之

鱼盐于东莱，使关市几而不征。”韦昭注：“东莱，齐东莱夷也。”

③ 惙：通“辍”，停止。

④ 少师公：指杨士奇。见卷前《澹轩历受诰词》注。杨士奇撰有《光禄大夫少保户部尚书黄公神道碑铭》（见《东里续集》卷二十七）

⑤ 少保公：指杨溥。见卷前《澹轩历受诰词》注。

⑥ 祭酒公：指陈敬宗。见卷二《送陈祭酒》注。陈敬宗所撰《少保兼户部尚书黄公墓志铭》收入《澹然居士文集》中。

⑦ 仲子：对兄弟中排行为第二者的尊称。据《黄氏族谱》，黄福共七子，琮行二。

⑧ 王公：指王英。见卷前《澹轩历受诰词》注。

⑨ 予与公为邻郡：明代，马愉家乡临朐县属青州府，黄福家乡昌邑属莱州府，两府相邻。两县今同属潍坊市。

⑩ 夙昔：泛指昔时，往日。

⑪ 交趾：对安南、越南的别称。越南于10世纪30年代独立建国后，宋称其国为交趾，以其国本交趾地。永乐三年（1405），交趾动乱，朝廷命黄福去两广治军。动乱平息后，交趾大治。黄福在边疆为官十九年，仁宗时回京。宣德元年，留守边疆的官吏实施暴政，激起交趾人的反抗，黄福受命再次前去平息。其刚到时，官兵战败，黄福被当地义兵逮捕，黄福欲自杀，交趾叛军拜下泣求，称其是交趾的父母官，如果他当时没走，不至于走到反叛这一步。于是派人去守护，并赠送白金粮食，送其出境外。下文“及代……送之还”，即指此事。

⑫ 仪观：仪表。

⑬ 襟度：襟怀与气度。豪迈：气魄大，豪放不羁。

⑭ 确然：刚强，坚定。

⑮ 挺然：挺拔特立的样子。

⑯ 履历：指经历。大段：大略，大体。

⑰ 回曲：曲折。

⑱ 舆：轿子。舁（yú）：抬，扛。

送祭酒李公致仕序[1]

国子祭酒李公时勉，屡以年至辞位，上以公老成，方为诸生楷范[2]，资所造就，未之俞也[3]。今岁，公复力辞，辞甚恳至[4]，上愍然重于久劳[5]，允之。诸生皆彷徨怅怏[6]，如失慈父母然，上章乞留，不可得。上复命有司给驿舟以行[7]，在朝士大夫为诗文饯之。于是，六馆之士送出都门外[8]，拜伏拥道上，随行数十里，依依不释去。翰林修撰商辂[9]，监察御史周鉴、罗篪[10]，尝从公学，以赠行之辞为属。

时有问于予者曰："前此固有以祭酒辞位而去者，未闻诸生亲爱如此其厚，不知诸生于公以何情而若是？是所惑。"

予曰："祭酒，师也；诸生，弟子也。师、弟子相与[11]，关乎人道甚大。人道有以恩属者，有以义属者：曰父子焉，曰君臣焉。父子、君臣，必繇学而益明，故师、弟子介乎君臣、父子之间，恩、义兼尽者也。故自古儒先任师道之责，必推明道德，以厚伦化，以淑诸人，步趋声咳[12]，足以师表一时，仪范后进[13]，副天下人望[14]。而弟子被其训育，赖以陶成[15]，恩义有足入人之深，结人之固，金石胶漆有不能逾者。则夫人之声光传闻于后[16]，铿然镝然[17]，口耳言论之相接，不独载诸简策文字之间而已[18]。韩昌黎始入学日[19]，使学官会讲经理，生徒奔走听闻，喜曰：'自韩公为祭酒，国子监不寂寞矣。'宋郑穆以待制兼祭酒[20]，诸生尊其经术，服其教约。及请去，卿大夫各为诗赠，诸生空学出，祖汴东门外[21]，观者如堵。繇唐至宋数百年，至今又数百年，其间居是位有年，至留不得去，去而得蒙恩遇之厚，与人亲爱敬慕若此者，复几何人？公在翰林余四十年，累官学士，掌词命，典文衡[22]，历事四朝，问学道德，为国老成[23]。尝进谠言[24]，裨益时政，朝野著闻[25]，为公卿士大夫所敬慕旧矣。比太学师席久虚，上不以他命，特举以畀公[26]，盖出于简在[27]，非泛泛选也。六年于兹，凡监学宿弊为病于众者，公则去之；事有逆置违众情者，公则更之；诸生有艰窘、疾病者，公则恤之。日与诸生讲论经史，分书、律、算数等学，日使肄习[28]，严其程课，诸生赖以成就。南宫论秀[29]，监学率占十二三，前此盖未尝有也。天下皆谓师道之得人如此。故今已仕之士，感公之乐育，有不能忘；而年锐方进者，喜得依归，冀其有成。而公遽去，于怀有不能平。盖公之恩义入人之深，结人之固，如此诸生得不亲爱敬慕，惓惓而不释者乎[30]？诸生与公也，出于师、弟子之情当然也，非有所矫拂而为也[31]。”

问者唯唯，退。予遂书其辞于卷云。

【注释】

① 祭酒李公：指李时勉。见卷前《澹轩历受诰词》注。正统十二年(1447)春，李时勉辞官还乡，朝臣及国子生近三千人送出崇文门外。

② 楷范：典范，模范。

③ 未之俞：即未俞之。俞，允许。

④ 恳至：恳切。

⑤ 愍然：怜悯的样子。愍，同“悯”。

⑥ 怅怏：惆怅不乐。

⑦ 驿舟：即驿船。驿站用的船。

⑧ 六馆：国子监的别称。唐制，国子监领国子学、太学、四门、律学、书学、算学，统称六馆。宋元以后，渐加合并，以至仅存国子一学，但后世仍以六馆指国子监。

⑨ 商辂(1414—1486)：字弘载，号素庵，浙江严州府淳安县(今属杭州市)人。正统十年(1445)一甲一名进士。历仕英宗、代宗、宪宗三朝，历官兵部尚书、户部尚书、太子少保、吏部尚书、谨身殿大学士，时人称“我朝贤佐，商公第一”，卒谥“文毅”。著有《商文毅疏稿略》《商文毅公集》等。

⑩ 周鉴：湖北黄州府麻城县人。罗篪：江西南昌府南昌县人。两人均

为正统十年进士。

⑪ 相与：相处，相交往。

⑫ 声咳：咳嗽或发出的声音。借指谈笑，谈吐。

⑬ 仪范：作为典范。

⑭ 副：相称，符合。

⑮ 陶成：陶冶使成就。

⑯ 声光：声誉风光。

⑰ 铿锵(kēnghōng)：形容声音洪亮。

⑱ 简策：即简册。由竹简编连而成。后指史籍、典籍。

⑲ 韩昌黎：即韩愈，字退之，唐河内河阳(今河南孟州市)人。自谓郡望昌黎，世称韩昌黎。唐代古文运动的宣导者，明人推为唐宋八大家之首，与柳宗元并称"韩柳"。元和十五年(820)，韩愈召拜国子监祭酒。对国子监存在问题，大加整顿，重振国子监。

⑳ 郑穆：字闳中，侯官(今福州市)人。北宋皇祐五年(1053)进士，初任河南府寿安主簿，后为国子监直讲。元祐初，召拜国子祭酒。元祐三年(1088)，为荆王侍讲，又为杨王翊善。元祐六年(1091)，请老，又与祠。给事中范祖禹疏留，不报；太学生数千人谒阙请留，亦不报。穆既归，公卿大夫各为诗赠其行，至空太学，出祖汴东门外。元祐七年卒。

㉑ 汴(biàn)：北宋都城汴京，在今河南省开封市。

㉒ 文衡：指判定文章高下以取士的权力。评文如以秤衡物，故云。

㉓ 老成：指年高有德的人。

㉔ 谠言：正直之言，直言。

㉕ 著闻：著名，闻名。

㉖ 畀：赐予。

㉗ 简在：犹存在。语本《论语·尧曰》："帝臣不蔽，简在帝心。"

㉘ 肄习：学习，演习。

㉙ 南宫论秀：指礼部会试。南宫本为南方星宿名，汉朝为尚书省之雅称，唐宋后用以比拟礼部。因举人群集于礼部会试，故称。

㉚ 惓惓：念念不忘。

㉛ 矫拂：拂逆，违背。

吴太卿宅宴集序[①]

掌选部郎云间吴公孟寅[②]，被推为太仆卿。命下之日，朝绅士夫往将扬觯以庆[③]，需予辞申其意。

或曰："公之在铨曹岁且久[④]，其才识猷为[⑤]，绰著能声，而操履益端重[⑥]。至于品第人物[⑦]，予夺禄秩，惟公惟明，泽及于人者亦博矣。兹焉列九卿[⑧]，位通显[⑨]，固宜然[⑩]。是职也，独以马政一务系之，得无非要乎？"

予曰："不然。君子孰不欲泽加乎民？夫欲加泽于民，必身试而力与之，然后为慊于心。知马政为国之一务，殊不知国之大事在戎，非乘马之备，则非所谓戎矣。国朝以马政属太仆，正以仆臣所典在戎事，而马之畜牧一自乎民，故太仆于民最切也。且寺之置于京师，凡厢衔节帅，暨畿内外河北、山东咸所制，以时审岁计，阅赢缩[⑪]，为太卿则又总其实以献于上。而其要尤在均民力、省困弊、节负逋[⑫]，惟是所务皆民事，奚直畜牧而已乎？矧圣天子宵旰图治[⑬]，方且求助于庶府百司之臣，共底康济乎民[⑭]。太卿宁不加之意，必询老成耆德以属之乎[⑮]？公拜兹命，宁不体上惓恳爱民盛意[⑯]，殚力厥施庸副攸寄乎？又宁不兢惕自厉[⑰]，求副于古之闻人，庸慰诸君子素所期乎[⑱]？于是，不尤见公之利泽及人为益博大否乎？"

众曰："然。"

遂书于右以为祝。

【注释】

① 吴太卿，指吴敬，字孟寅。南直隶上海县（今上海市）人。以楷书生写《永乐大典》，书成，入太学，擢行在吏部文选清吏司主事。历升员外郎、郎中。九年秩满，升四品。正统五年（1440）五月，擢太仆寺

卿。以疾乞致仕。天顺六年(1462)冬十月卒。太卿,太仆卿的省称。始置于春秋,称太仆。秦、汉沿袭,为九卿之一,掌皇帝的舆马和马政。魏晋沿置。南朝不常置。北齐始称太仆寺卿,历代相沿不改。清光绪年间废。

② 选部:吏部代称。云间:松江府别称。

③ 士夫:士大夫,读书人。扬觯:举起酒器。古时饮饯时的一种礼节。

④ 铨曹:主管选拔官员的部门。

⑤ 猷为:指功业。

⑥ 操履:操守。

⑦ 品第:评定并分列次第。

⑧ 九卿:古代中央政府的九个高级官职。历代多设九卿。周以少师、少傅、少保、冢宰、司徒、宗伯、司马、司寇、司空为九卿。秦以奉常、郎中令、卫尉、太仆、廷尉、典客、宗正、治粟内史、少府为九卿。汉以太常、光禄勋、卫尉、太仆、廷尉、大鸿胪、宗正、司农、少府为九寺大卿(即九卿)。以后各朝的名称、司职略有不同。

⑨ 通显:指官位高、名声大。

⑩ 宜然:应该这样。

⑪ 赢缩:指财物之多少,有余和不足。

⑫ 负逋:拖欠。亦指拖欠的钱财。

⑬ 宵旰(gàn):即宵衣旰食。天不亮就穿衣起身,天黑了才吃饭。形容非常勤劳,多用以称颂帝王勤于政事。旰,晚,迟。

⑭ 康济:安抚救助。

⑮ 耆德:年高德劭、素孚众望者之称。

⑯ 惓恳:恳切。

⑰ 兢惕:戒惧。自厉:慰勉警戒自己。

⑱ 庸:连词,以。

送大理寺少卿陈公考满序①

大理乃司刑狱之职,即古所谓士师、廷尉②,其流则理官,法家明法审令者为之。凡天下刑狱，必于是乎平而后断焉。所以执刑罚之中而用之于民，其任岂轻也哉！国家稽古立制，置大理于诸寺之首，详谳秋官宪台之狱寺之长[③]，曰卿，曰少卿，以统其属。然必以才德硕美，属朝野之素望者[④]，然后为之，则与古专以法律之吏为之殊远矣。盖以任人不专于刑，而必欲周于庶事焉。

是以吴郡陈公，由缮部郎中升大理少卿，而复命兼领工部营缮之务，以公廉直勤慎，博干多能故耳。且公之临政，凡所设张错置[⑤]，必本于宽大，而舍其苛细，然后约之以法制。于是自京畿储备竹木所需，悉以检点调度[⑥]，常备周给，事虽剧而人不劳，威不严而工愈辑，属官僚胥吏及隶氓之在役者，靡不畏义怀德以敬仰之。非巨人长者之于事，有以异乎人之为之也，固如是乎？兹以三年秩满，循例考绩。而襄事之员外郎钱继宗甫与其掾[⑦]，并某等隶公之属有年，于兹知公之善，亦已稔矣[⑧]，可无一言以彰乎？乃为之请。

予惟士大夫有德于己，其见用于政，不必择其事之可治，而惟审其才之可施。故于所遇，无不可以获可成之效。譬之大阿之(话)[铦][⑨]，如断犀削玉[⑩]，不假用力。犀、玉，物之至坚者，犹可以断之，若治他物，何施而不利哉？公之董工御众，其能刬繁刈剧已如此[⑪]，若俾专职刑狱以尽其才，必能使刑罚清平，民无冤滥[⑫]，而于张、唐、戴之迹可寻矣，尚有法律之吏云乎哉？

【注释】

① 陈公，指陈恭。字孟起，浙江鄞县(今宁波市鄞州区)人。永乐三年(1405)举人。授兴化府(今福建莆田)通判，升工部郎中。宣德二年(1427)五月，升大理寺右少卿。大理寺，是掌管刑狱的官署。秦汉置廷尉，掌刑辟。北齐设大理寺，历代相沿。明清与刑部、都察院为三法司，会同处理重大的司法案件。少卿，正卿的副职。考满，是明

代官吏考核的方法之一，是对每一位任职到一定期限的官员进行的一般性考核。办法是以三年为期，三年初考，六年再考，九年通考，三考为满。考满之日，由有关部门量其功过，分成上、中、下三等，依此为据决定其升降去留。

② 士师：古代执掌禁令刑狱的官名。廷尉：官名。秦始置，九卿之一，掌刑狱。汉初因之，景帝时改称大理，武帝时复称廷尉。东汉以后，或称廷尉，或称大理，又称廷尉卿。北齐至明清皆称大理寺卿。

③ 详谳（yàn）：仔细考察。

④ 素望：犹素志。一向的愿望。

⑤ 设张：设置，张设。错置：处置，安排。错，通“措”。

⑥ 检点：查点。

⑦ 钱继宗：生平履历不详。掾：官府中佐助官吏的通称。

⑧ 稔（rěn）：熟悉。

⑨ 大阿：即太阿。古宝剑名。相传为春秋时欧冶子、干将所铸。铦（xiān）：锋利。底本作“话”，误，径改。

⑩ 犀：指犀牛皮。

⑪ 刓（tuán）繁刈（yì）剧：指裁处繁剧的政务。刓，裁决，治理。刈，消除，除去。

⑫ 冤滥：指断狱冤枉失实。

送许修撰归省序①

正统己未秋八月之吉②，翰林修撰宁阳许君，道中乞归省③，诏可。诸朝绅饯之，以予在相知，后命言以侑行④。予惟自识君从之游者，已逾纪⑤。予尝推其先进⑥，言议观善⑦，取益良多。于言，奚所辞？

君之归，有过人者三：曾子曰：“君子之所谓孝也者，国人称愿然曰‘幸哉！有子如此’。”⑧所谓有子，世俗人非不有子也，有未为难也。有没世而名不称;有于身蔑知所宅,而殆及其亲者。君自少修于家,闻于乡,为名进士,从事中秘,拜官翰林,既再迁,咸克举厥官。仁宗朝,蒙赐敕封其亲以官,光显矣。凡再归省,又非以侈衣锦之荣,而念其亲之衰,由衷情然,既则有喜惧焉,有诚确焉⑨。于时族戚宗姻,少长咸在,得观法于君,罔不咨嗟称愿,谓世之人子罕能及。孟子以父母在堂、兄弟无故为乐之大,世之不得于此者,奚啻千万⑩。君二亲俱年几八秩,日向康强,君为承颜称寿于高堂。尊俎之间⑪,以有膳饮,以奉起居寒燠⑫。诸昆若弟⑬,怡怡忻忻,以雍以睦,笃友于以相好,不啻歌《棠棣》、奏埙篪也⑭。《书》"九,五福"⑮,寿继之曰富,谓世之人有得其寿,乃困弱不振,而无所为养,则非所以享寿者。君则有禄俸赐予,有膏腴丰壤⑯,廪庾储时⑰,足以具甘旨、娱心志,是宜以奉亲寿也。然君之归,有得人之难全,兼人之未备,亦岂无所自哉?《书》曰:"予攸好德,尔则锡之福,时人斯其惟皇之极。"⑱君家东鲁⑲,得于诗书道德之泽,奕世累善⑳,固非一日。况遭遇国家以忠厚仁义培植斯世,陶养士类,君宜以儒业显用于时,而光大其家声也㉑。若其拜阙里㉒,登泰岳㉓,过汶上㉔,渡临济,慨古怀贤,旷意肆志㉕,其有得于吟咏之间者必多,予弗能知也。

【注释】

① 许修撰,指许彬,字道中,号东鲁。山东宁阳县人(今属泰安)。永乐十三年(1415)进士。选庶吉士,授翰林院检讨。与修明仁宗、宣宗实录。累官翰林院修撰、太常少卿。英宗复位后,进礼部侍郎,入直文渊阁。为石亨所忌,左迁陕西参政。卒谥"襄敏"。有《东鲁先生文集》。

② 正统己未:正统四年(1439)。吉:朔日。即农历每月初一。

③ 道中:中途,半途。

④ 侑行:以酒食送行。侑,劝。多用于酒食、宴饮。

⑤ 纪:纪年单位,十二年为一纪。

⑥ 先进:前辈。

⑦ 言议:议论,言论。

⑧ “曾子曰”句:见《礼记·祭义》。称愿,称许羡慕。

⑨ 诚确:诚实。

⑩ 奚啻:何止,岂但。

⑪ 尊俎:古代盛酒肉的器皿。尊,盛酒器;俎,置肉之几。用为宴席的代称。

⑫ 寒燠:冷热。

⑬ 昆弟:兄弟。

⑭ 棠棣:《诗经·小雅》篇名。主旨在宣导兄弟血亲团结。

⑮ 九,五福:指《尚书·洪范》所论“洪范九畴”之九—“五福”,即“一曰寿,二曰富,三曰康宁,四曰攸好德,五曰考终命”。考寿终,老而善终。考,老。

⑯ 膏腴:指土地肥沃。

⑰ 廪庾:粮仓。

⑱ “《书》曰”句:见《尚书·洪范》。攸,行,指任用。福,爵禄。惟,思。

⑲ 东鲁:原指春秋鲁国。后以指鲁地。宁阳古属鲁国。

⑳ 奕世:累世,代代。

㉑ 家声:家族世传的声名美誉。

㉒ 阙里:孔子故里。在今山东曲阜城内阙里街。

㉓ 泰岳:泰山。

㉔ 汶上:汶水之北。泛指春秋、战国时期齐国之地。

㉕ 肆志:快意,纵情。

送江编修归省诗序①

宣宗皇帝之五年春②,临轩策士③,得百人,赐甲第三等④,循旧章也。既而念文学士不可概以有司任使⑤,馆阁清密,尤不可不储才以备后用。乃复进诸士于内阁[6]，凡三试，拔得词翰优者八人，优赐宠之[7]，命读书中秘[8]，充广问学。蜀之江津江君时用，由百人中预兹列。癸丑岁[9]，复益若干人。甲寅之秋[10]，圣虑愈勤，再合三科士试之，通得三十有七人。既俱赐赉[11]，益奖谕之。盖法太宗文皇帝遗意[12]，以期待臣下，猗欤渥哉。予以备数丁未科士，亦厕其间，始与时用获接茵席[13]。无何，时用念母氏之老，别且久，思欲归，为一觞寿[14]，庶知朝廷礼臣下，而使不忘乎亲也。章上，今上皇帝允之。濒行[15]，同官相庆，赋诗以饯之，俾予为序。

予嘉时用沐兹荣渥[16]，志适情舒，诚人事之希遇，夫岂世常之所易得也哉？然谚有之："不有前修，曷善厥后。"人之修于身也正，故教之仪于家也严，及于人也博，故泽之滋于后也丰。时用之令先府君[17]，在太宗皇帝时[18]，以老成儒先涉历中外，参浙东、云南大藩政，所至有绩可书，士论归之。时用侍节南藩，于家庭之训固所多习，非善继乎人志、必欲成名乎学者，能然乎？宜乎世之为父者，以府君教子为法。凡子之学者，亦当以时用为勉。今其归，太夫人康强无恙，诸兄弟怡愉日侍，时用称觞献寿于高堂，尊俎之间[19]，一家之庆不可涯涘[20]。虽然，诸君子之诗，长篇短章，以写道里所由、风景时物，称时用之归之荣，终之望于时用者，欲为速来，以慰友朋之思也。时用尚勉旃[21]。

【注释】

① 江编修，指江渊(1400—1473)，字时用，号定庵。四川重庆府江津县(今重庆市江津区)人。宣德五年(1430)进士。选翰林院庶吉士，授编修。正统十四年(1449)，协助于谦等击退了瓦剌军，保卫了京师。历任刑部左侍郎兼翰林学士、太子太师、工部尚书等。英宗复辟后，被贬辽东。明宪宗成化元年(1465)，被昭令平反，官复原职。著有《锦荣集》《观光集》等。《明史》有传。

② 宣宗皇帝之五年：即宣德五年(1430)。

③ 临轩：皇帝不坐正殿而御前殿。殿前堂陛之间近檐处两边有槛楯，如车之轩，故称。

④ 甲第：明清时称进士。

⑤ 有司：官吏。古代设官分职，各有专司，故称。

⑥ “乃复进诸士于内阁”：据《明宣宗实录》载，宣德五年三月，大学士杨士奇、杨荣、金幼孜等奉命选萨琦、逯端、叶锡、陈玑、林补、王振(后改名恂)、许南杰、江渊八人为庶吉士，送翰林进学，给酒馔、房舍，月赐灯油钞，悉如永乐之例。这是明代正式创立庶吉士教习制度之始。

⑦ 优赐：厚赐。

⑧ 中秘：中书省和秘书省的合称。此处指朝中要害机构。

⑨ 癸丑岁：宣德八年(1433)。

⑩ 甲寅：宣德九年(1434)。《明宣宗实录》载：是年八月，“命行在翰林院修撰马愉、陈询、林震、曹鼐，编修林文、龚锜、钟复、赵恢，大理寺左评事张益，同庶吉士萨琦、何瑄、郑建、江渊、李绍、姜洪、徐理、林逋、赖世隆、潘洪、尹昌、黄瓒、方熙、许南杰、吴节、叶锡、王玉、刘实、虞瑛、赵智、陈金、王振、逯端、黄回祖、傅纲、萧镃、陈惠、陈睿三十七人于文渊阁进学。先是，上命翰林院简进士萨琦等于文渊阁进其文学。至是，并愉等召入左顺门试之，上亲第高下，赐赉有差；少詹事兼侍读学士王直有训励劳，赐钞一千贯”(卷一一二)。

⑪ 赐赉：赏赐。或指赏赐的东西。

⑫ 法：效法。太宗文皇帝：指明成祖朱棣。文，是“谥号”，是死后对其一生功过的概括。永乐二年三月，明成祖朱棣命庶吉士王直、陈敬宗、李时勉等二十五人，同首甲曾棨、周述、周孟简三人，周忱自陈，愿与其列，计二十九人，进学文渊阁，学士解缙领其事。

⑬ 茵席：褥垫，草席。

⑭ 觞寿：举杯饮酒，表示祝寿。觞，盛满酒的杯。亦泛指酒器。下文“称觞献寿”，意同。

⑮ 滨：临近。

⑯ 荣渥：厚恩。江渊之父江英，永乐初应求贤举知沧州，累升云南布政司左参议。

⑰ 令先府君：尊称他人亡父。

⑱ 太宗文皇帝：指永乐帝朱棣。

⑲ 尊俎：古代盛酒肉的器皿。常用为宴席的代称。

⑳ 涯涘：限量，穷尽。

㉑ 勉旃（zhān）：努力。多于劝勉时用之。旃，语助词，之焉的合音字。

送高编修致仕序[1]

正统甲子夏六月壬寅[2]，选部郎中东平张君文玉谒予馆[3]，曰："翰林编修金坛高公景升，甫得致事南归[4]，蠲吉戒行[5]。某忝在比邻，相与者数岁[6]，某雅敬其为人，常醺其德而师其行[7]，兹别所不忍也。其见公初陈请时，或有难之者云：'公年未至，步履强健如少壮人，且官于清华邃密之地[8]，匪俗婴鞅掌者比[9]，何求去速乎？'公应之曰：'夫出必有反也[10]，行必有止也。反之止之，惟见可之为先。奚必穷而后始反，困而后始止乎？吾自少举于乡，宦游三十有几年[11]，幸而所受者全，而未就衰朽。翰林为清高侍近，人所愿慕而不得至者，幸而处之，为荣已多矣。古人止足之戒不可忘，游鱼故渊之思不能已耳[12]！何俟瘫惫颠仆、形容雕瘁而后归耶[13]？于是见公不以宠利介意而决去之勇也。公使两典邑教，再分教国子，其弟子成就多出显仕。迨奉命使外国，宣布恩德，慰抚蛮夷[14]，克称使道，锡与便蕃[15]。及遭明荐，辍司业之命，擢居禁署[16]，与中贵游，未尝有一毫自足，每执谦恭于人。于是益见公雅重有量，人不易及也。某愿请以所见为著之文，庶足效相与之意。"

予闻而叹之。昔孔子称："晏平仲善与人交，久而敬之。"[17]

其意谓夫始敬终怠，人之恒态；久敬不衰，则其情愈厚，而交愈全，非其忠厚礼让相与者不然。予尝见景升称文玉于人曰："张公处要地而门清如水，有可敬也。"今文玉称公德行道义，累言不足，必求著于文以彰显之，则二公平昔以忠厚礼让相处、为交友之善[18]，可知矣。予为述之，用敦夫世之交友之谊云。

【注释】

① 高编修，指高迁，字景升。南直隶镇江府金坛(今属江苏镇江)人。永乐九年(1411)举人。署光山县教谕。升国子学监学正。改行人，使日本。还，擢编修。正统中，王振用事，以门生礼见，愿为粤援。迁谢绝，不与其通。正统九年，致仕归乡。

② 正统甲子：正统九年(1444)。

③ 选部：官署名。汉置，三国魏改为吏部。后用作吏部的代称。郎中：官名。始于战国。隋唐迄清，各部皆设郎中，分掌各司事务，为尚书、侍郎之下的高级官员。张文玉：张琛，字文玉。山东东平州(今泰安市东平县)人。永乐十八年(1420)举人，为衢州府同知。事父丧至孝，感动朝廷，授吏部文选司郎中。诠选公明，不久，升福建左布政使。在官七年，以清节闻天下。未几，以疾辞。

④ 致事：犹致仕。辞官。

⑤ 蠲(juān)吉：指斋戒沐浴，选择吉日。

⑥ 相与：相处，相交往。

⑦ 醺(xūn)：熏染，浸染。

⑧ 清华：指门第或职位清高显贵。邃密：幽深。指宫中禁地。

⑨ 鞅掌：指职事纷扰烦忙。

⑩ 反：同"返"。下句中"反"字同。

⑪ 宦遊：指外出求官或做官。

⑫ 游鱼故渊：用陶渊明"羁鸟恋旧林，池鱼思故渊"(《归园田居》其一)之意，形容故园之思。

⑬ 癃(lóng)惫：衰弱疲惫。颠仆：死亡。

⑭ 蛮夷：古代对四方边远地区少数民族的泛称。亦专指南方少数民

族。

⑮ 锡与:犹“锡予”,赐给。

⑯ 禁署:宫中近侍官署。

⑰ “孔子称”句:见《论语·公冶长》。晏平仲:即晏婴,谥平。春秋时期齐国大夫。齐灵公、齐庄公、齐景公时执政。

⑱ 平昔:往昔,往常。

贺给事中章君升秩诗序①

会稽章君用钦,丙辰进士,拜礼科给事中。未几,掌科事。居官恭慎严密,才识通敏,练达时政,遇事訾訾敢言②;驳正违失,屡有裨益,绰著声誉,同列咸称之。乃以绩奏,上亦察其能,命升本科都给事中。在朝士大夫能赋者,为篇什贺,属予序首简。

予知用钦先尊甫公③,永乐初登甲科④,时太宗文皇帝宠爱文士,命拟二十八宿,缉学中秘⑤,历官三朝,终礼部侍郎。清声伟望,至今人称之。用钦早受庭训,遂以科第效用于时,而被恩命之荣,信知其出于箕裘之传⑥,而材识器量企于远大,则尤不可以地位拘者。矧给事中之职,前代最为慎重,盖以操简牍、侍殿陛、出入禁密、参典机务⑦,有以导德泽、宣命令,官之最近者。故唐人作诗有“晨摇玉佩趋金殿,夕捧天书拜琐闱”之句⑧,则可见当时居是官者,进退闲雅,清高贵重,有从容自适之意。国朝以来,分设六科⑨,率简文学端方之士以居⑩,优礼超擢,殊异常品,慎重斯任尤甚。士之至是,宁不知自重耶?

用钦由贤科而出,所以摅诚竭心,欲仰答宠遇之厚,蕴蓄于中而未施者,人固难知。若夫诸公献规益之词,尽友朋之义,以道相辅,期用钦他日陟崇阶、历华要⑪,尚图惟远大,卒著夫致泽之效者，隐然见于歌咏之际，又不特如唐人颛言从容、闲适、清高、贵重而已也。因推其意，为序以著云。

【注释】

① 章君，指章瑾(1407—1450)，字用钦。浙江会稽县(今绍兴市)人。正统元年(1436)丙辰科进士。授礼科给事中。正统十年九月，升为本科都给事中。累官礼部右侍郎。景泰元年(1450)卒，年四十四。

② 訚訚：直抒己见，从容不迫的样子。訚，通"侃"。

③ 先尊甫公：指章瑾之父敞(1376—1437)。字尚文，号质庵。永乐二年(1404)甲申科三甲进士。选翰林院庶吉士，与修《永乐大典》。授刑部主事。宣德六年(1431)，升任礼部右侍郎。正统初年，转为礼部左侍郎。曾两次出使安南。正统二年十二月卒。有《质庵文集》。《明史》有传。

④ 甲科：明清通称进士为甲科。

⑤ 缉学：积累学识。

⑥ 箕裘：比喻祖上的事业。详卷二《送萧江》。

⑦ 参典：参与掌管。机务：机要事务。多指机密的军国大事。

⑧ "晨摇"二句：见王维《酬郭给事》。琐闱，镌刻连琐图案的宫中旁门。常用以指代宫廷。

⑨ 六科：明清官制设有六科给事中，简称六科，掌侍从、规谏、补阙、拾遗，分察吏、户、礼、兵、刑、工六部之事，纠其弊误。

⑩ 端方：庄重正直。

⑪ 崇阶：高位，高官。华要：犹显要。指显贵清要的职位。

送中书舍人寇顺中还乡省母序[①]

子之于亲，孰不欲高堂之上奉侍左右，调饮膳，供衣服，时寒暄[②]，问安否，承颜顺色，日就欢乐，以终其寿考[③]？此人人之共愿,而其间有不遂者。为其宦游四方,栖迟途旅[4],至数年不返,虽有父母在堂,不获其养,至有殁而不得记其颜色者。然虽不得养其口体[5],则或有以成其志;虽不得欢乐于其家,或得欢乐于其心。是不必遂其所愿之小,而成其所志之大矣。然非由君上之赐,臣子亦安能以自致哉?惟我国家优礼备至,凡文臣效职三年,行迹可录者[6],即以诰敕褒美,又推恩及其父母,以子官官之,存者命之归省,殁者令之展祝。臣子之受望外之赐[7],何其幸哉!

中书舍人寇公顺中,昔举进士,事翰林,于今凡数年。惇修职业不懈,以勤行能卓,著溢于词林诸老之谈。由是闻之于上,敕赠其父中书舍人,阶征仕郎,母封太孺人。既而又曰:"吾父捐馆数年[8],独以母存,托养诸弟,吾久旷问省,于子职歉焉。"乃援例以请,诏许之行。其寅章君暨予俱善于君[9],临别,欲赠之言。

惟君子之仕于世,不为无义,必为行以适厥志耳。志之既行,则在我之愿遂矣。惟君于科甲有名,处清华密要之地有年[10],以华服冠冕被于其亲,高其阀阅[11],则于祖宗有光。于今之去,予知其陈衣冠,奠尊俎[12],荐裸于丘垄之间[13],归而舞班衣[14],称寿觞[15],拜庆于高堂之上,死者以哀,生者以荣,尚何拘拘于膝下之事为足孝乎?公之思其父母者,于是而尽矣;其所不乐于心者,于是而释矣;而不遂其节之小而成其志之大,亦于是而备矣。若其亲戚宾朋,杯酒酣欢,以侈昼锦之荣者[16],君之心必有不在,而移孝为忠以事君者,方益切也。《诗》有云:"有冯有翼,有孝有德。"[17]予知君后日之来,厥修允著,以无负厥初,则国家欲求"冯翼孝德"之贤,必不君舍也。

【注释】

① 寇顺中,即寇厚,字顺中。山西临汾县(今临汾市)人。永乐十六年(1418)进士。宣德五年(1430)五月,以太宗、仁宗两朝实录成,擢大

理寺右评事。中书舍人，官名。明时内阁中的中书科，设有中书舍人，掌书写诰敕、制诏、银册、铁券等，为从七品。

② 寒暄：指问候起居寒暖。

③ 寿考：寿数，寿命。

④ 栖迟：滞留。

⑤ 口体：口和身体。

⑥ 行迹：事迹，行为。

⑦ 望外：出乎意料之外。

⑧ 捐馆："捐馆舍"的省称。抛弃馆舍。死亡的婉辞。

⑨ 寅：犹同寅。泛指同僚。章君：当指章谨，参上篇《贺给事中章君升秩诗序》。

⑩ 清华：指门第或职位清高显贵。

⑪ 阀阅：指门第、家世。

⑫ 尊俎：古代盛酒肉的器皿。尊，盛酒器。俎，置肉之几。

⑬ 祼(guàn)：祭名。以香酒灌地而求神。丘垄：坟墓。

⑭ 班衣：即斑衣。用老莱子穿彩衣为戏娱亲之典。详卷二《奉和少傅东里杨先生送杨允宽觐省后还闽中十绝韵》注。

⑮ 寿觞：祝寿的酒杯。

⑯ 昼锦："衣锦昼行"的省称。指富贵还乡。

⑰ "有冯(píng)有翼"二句：见《诗经·大雅·卷阿》。冯，辅佐。翼，帮助。这里均指贤臣。

送户科给事薛君省墓焚黄序①

皇朝举旧典②，以恩礼遇臣下，凡朝臣满三年，即锡之诰敕③，褒崇厥绩。又各以儿官品第封赠其父母，存者许之归省，殁者令之展祝。故凡子之有官，虽白衣草笠④，皆得博带峨冠⑤，侈荣乡里，而朽骨尘骸，亦得以含光被宠于九泉之下，臣子之愿欲遂矣。士君子遭逢，岂偶然哉？

户科给事中济南薛宗性，今年以秩满敕赠其父某为户科给事中，阶征仕郎，母杨氏为孺人。既而援例请命祭扫焚黄，诏可，仍给内帑为具祝需[6]。在朝缙绅翰林检讨许道中辈[7]，相与祖饯[8]，复命予以言。

予惟士之出仕于世，居官縻禄者[9]，岁以千数计，其得居清要、登近署者，有几何人？其能饬己励行、勉修臣职，身家荣烨而显及父母者，又几何人？惟宗性自读书问学，登甲科、入翰林、习译书，及给事黄门，簪笔廷陛[10]，于今垂若干年。厥声籍籍[11]，人谓其称，而膺褒嘉之典，亦宜其然也。兹衣冠毕陈，牲肴式奠，宣扬圣制[12]，高爵荣名。其若考若妣之灵，洋洋其来[13]，翼翼其临[14]，降兴于松楸墟墓之间[15]，歆享欢悦而自庆于泉壤者[16]，为何如哉？若其献祼既毕，彻笾卒豆[17]，锦衣昼游里闾之际[18]，第见济南山水为之争辉[19]，桑梓为之增秀矣。况济南为山东首郡藩镇，监司所在，名公硕臣宣化有年，宜其豪杰之出，重为世用，而得显融光耀如此。然而，于亲既显且尊，以毕其孝矣，而报君之忠，方将未艾者，于其来尚有以摅焉[20]。

【注释】

① 薛君，指薛理，字宗性。山东历城县(今济南市)人。永乐二十二年(1424)进士。洪熙元年(1425)七月，授户科给事中。宣德初，宦官骄横，理论劾剀切。授湖广衡州府知府，有惠政。数年，以疾辞归。明朝官吏三年一考，三考为秩满，薛理此次省墓当在宣德八年(1433)。焚黄，详卷二《送陈祭酒》。

② 旧典：旧时的制度、法则。

③ 诰敕：朝廷封官授爵的敕书。

④ 白衣：白色衣服。古代平民服。因以指平民。亦指无功名或无官职的士人。

⑤ 博带峨冠：士大夫的服饰。博带，宽大的衣带。峨冠，高冠。

⑥ 内帑(tǎng):指国库里的钱财。

⑦ 许道中:即许彬,见本卷《送许修撰归省序》注。

⑧ 祖饯:饯行。

⑨ 縻:通“靡”。耗费,浪费。

⑩ 簪笔:插笔于冠或笏,以备书写。古代帝王近臣、书吏及士大夫均有此装束。借指仕宦。

⑪ 籍籍:声名盛大的样子。

⑫ 圣制:犹御制。

⑬ 洋洋:喜乐的样子。

⑭ 翼翼:恭敬谨慎的样子。

⑮ 松楸:松树与楸树。墓地多植,因以代称坟墓。

⑯ 泉壤:泉下,地下。指墓穴。

⑰ 彻:撤去。笾、豆:古代祭祀及宴会时常用的两种礼器。竹制为笾,木制为豆。

⑱ 里闾:里巷,乡里。

⑲ 第见:只见。

⑳ 摅(shū):施展。

赠李给事考绩序[①]

户科给事中河中李君尚文,历任六载,有司上其最,诏就官,以俟九载而陟明焉[②]。所与游前秋官正於陵刘文禧暨在科诸君子[③],将执觯以庆[④],复需余言。

余谓斯庆也,实斯文君子之会[⑤],非若寻常嬉游泮涣、酣觞乐歌者比[⑥]。然而其大可乐有三美焉:世之士始就业庠序,初不敢必其能有成否;苟其材质有异,已见之重于师友,然亦未能卜其登高科显扬于时也。尚文繇邑庠领乡荐[⑦],为名进士,则师友及乡里士,皆钦仰闻望[⑧],以为不可及;至于族党宗戚,亦籍其荣庆矣。有繇科目进列于百司,庶职皆有务。然或琐末繁剧,营营不暇给,犹不免属于人,而得居近侍、据显要者盖鲜。尚文始筮仕即拜今官,其声光地位,有足荣于身矣。自古侍从之臣,或遭非其时,至于遑遑末路,颠踣委顿[9],不得畅其志。尚文出际圣明在上,任贤与能,嘉纳众论,一善不遗。凡士君子思欲裨于时、致之民者,悉得尽其言。况亲当献约之司,可自达于上而无所壅遏[10],又足以快其志意矣。夫具是三美,则于兹日安,得不为杯酒以相庆乎?尚文为人,端重清慎,行誉素闻于朝著者[11],不待余辞媚。异日膺重寄、登崇品[12],又奚待余言卜乎?

【注释】

① 李给事,指李素,字尚文。山西解州安邑县(今属运城)人。宣德五年(1430)进士。宣德九年十二月,授户科给事中。累官通政司右通政。史载其"刚直有为,敷奏详雅""卒,朝廷遣官谕祭"(乾隆《解州安邑县志·人物》)。

② 陟明:指进用贤能。

③ 秋官:通称掌司刑法的官员。於(wū)陵:古地名,在今山东邹平东南。刘文禧:生平履历不详。

④ 觯(zhì):古代饮酒器。圆腹,侈口,圈足,或有盖,形似尊而小。

⑤ 斯文:指文学。

⑥ 泮涣:自由放纵,无拘束。

⑦ 领乡荐:指考中举人。唐宋应试进士,由州县荐举,称"乡荐"。后世称乡试中式为领乡荐。

⑧ 闻(wèn)望:声望,名望。

⑨ 颠踣(bó):挫折困顿。委顿:颓丧,疲困。

⑩ 壅遏:阻塞,阻止。

⑪ 朝著:泛称朝廷百官之列。

⑫ 重寄:重大的托付。

赠石给事考绩叙①

礼科给事中应州石君信之，莅职三载，既奏最，上报就事，俟再命。同列举杯胥庆②，且求予为言。

予窃谓，士以雅量沉静为贵。盖器识宏博，则虚而弗有，退而弗矜，将无所不可。信之始为进士时，人贺曰："此为名流，至之者，人比之登仙。子取之若是其易，其何幸如之！"信之曰："吾幼而学，力而求，信命而至。若行之归，投之止，知所前而已矣。初乌知为幸与否耶？"既拜官，或谓："斯任，显官也，自虞命纳言，而历代以来咸加重，以其濡毫侍天子之前③，出内命令，封驳章奏，职亲邃密④，人瞻望企慕而不得至者。子今居之，其何荣如之！"信之则曰："人不学则已，学则必仕。得仕以达所志，固吾愿。若其班资崇卑，非吾所计，而遇则处之，又乌知其荣与否也？"迨考最，或谓："近侍之职不易称，奏言试功，尤责备焉。子居三载，誉闻籍籍⑤，著人耳目，人视之如拱玉合璧⑥，莹然靡瑾瑜之瑕⑦，其取重又何若是？"信之复曰："职君所畀，分吾所尽，吾任是事则尽所分。孔子大圣，犹曰'会计当'，况常人乎？吾亦惟当如是，初乌有取于人之重与否耶？"

人以其言告予，予谓君其有道之士乎哉！其言知所务矣，岂世常以虚为盈、先声后实所可伦拟⑧。信乎，裴行俭有言："士之致远，先器识，而后文艺。"⑨信之之雅器果如是⑩，则后来所至，孰得而知耶？故述以为叙。

【注释】

① 石给事，指石瑁(1399—1462)。字信之，山西应州(今应县)人。宣德八年(1432)进士。正统初，授礼科给事中。不久，升浙江金华府知府。在任期间开仓赈灾，多有德政。景泰三年(1452)，任福建右

布政使。天顺三年(1459),升南京礼部左侍郎,是岁冬召为本部尚书。天顺六年(1462)致仕。底本"考绩"作"考最",今从底本目录改。

② 胥庆:相互庆贺。

③ 濡毫:濡笔。指蘸笔书写或绘画。

④ 邃密:幽深。指宫中禁地。

⑤ 誉闻:名声。籍籍:声名盛大的样子。

⑥ 拱玉:大的玉。合璧:两个半璧合成一圆形,称之为合璧。

⑦ 瑾瑜:二美玉名。泛指美玉。

⑧ 伦拟:比较,比并。

⑨ 裴行俭:字守约,绛州闻喜(今山西闻喜东北)人,唐高宗时名臣。官至礼部尚书,兼右卫大将军,封闻喜县公。"士之致远"句,见《新唐书·裴行俭传》。器识,器局与见识。

⑩ 雅器:大才,高才。

送陈御史还任南京序①

岁九月之初,监察御史同邑陈廷用,考绩来自南京,逾月而还。在朝诸乡友谓予宜赠言。

予闻诸《老子》云:"仁者赠人以言。"②盖仁人之爱人,其言必忠以劝、直以切,以相助益,足为斯人之光重,然后为言之善。若徒主于誉谀,而不进于道义,是不以忠厚待其人,乌得为之言?予非敢窃"仁者"之名,然亦不能无所言也。

夫士负志任气,操明识可用之具,当其未显见时,虽处乎寻常侪辈中③,而人固已推重倾慕,期其光价。迨出而为仕,受之执事,随厥所畀而克举职业,得以显扬其亲者,有非止为一身一时之荣也。犹之玉焉,璞而蕴之,则光乎山川、润乎草木;假诸工人,则为琮、为璧、为圭璋、为瑚琏④,适诸宗庙朝廷之用。

廷用自处郡庠，绩学纂言[5]，而时师友莫不多其器识[6]，咸期之远大。及游国学，而国学之师友愈益重焉。为御史于南京，凡理刑狱，必求适厥中，而靡恃苛酷。若饬己，则清慎端约，人不能干以私[7]。宪台同列，公论归之。三载，以最闻，上锡之敕命，赠故父以是官，母封太孺人。兹再考，因请便道宁亲，恩命许之，衣绣南行。予知廷用之至也，乡人父老子弟夹道而迎，咸咨嗟叹羡[8]，以为不可及。然兹特一身一时之荣而已，岂不犹玉蕴而山辉，用而成器乎？然君子不以其所已试者为多，必以其所未足者为勉。尚虑所以报朝家宠待臣下德意[9]，行日励而职日修，令台中称名御史，则后日之至，孰可以量？

【注释】

① 陈御史，指陈琮，字廷用。山东临朐县人。永乐十五年(1417)举人。宣德三年(1428)夏四月，擢南京监察御史。

② “《老子》云”句：见《孔子家语》：“富者赠人以财，仁者赠人以言。”

③ 侪辈：同辈，朋辈。

④ 琮(cóng)：瑞玉。方柱形，中有圆孔。用为礼器、贽品、符节等。璧：玉器名。扁平、圆形、中心有孔。边阔大于孔径。古代贵族用作朝聘、祭祀、丧葬时的礼器，也作佩带的装饰。圭璋：两种贵重的玉制礼器。瑚琏：皆宗庙礼器。

⑤ 绩学：指治理学问。亦指学问渊博。纂言：撰述。

⑥ 器识：器局与见识。

⑦ 干：求，请求。

⑧ 叹羡：赞叹羡慕。

⑨ 朝家：朝廷。

赠顺天府尹王公序[1]

圣天子虑京师民庶猬集鳞比[2]，良恶混居，习好万殊，陷溺多辟[3]。欲道德齐礼，令一归乎正直，同乐富寿康宁之福。乃月朔之朝御[4]，外发谆谆之谕，俾家喻人悉，无戕厥生。复要敷宣是意[5]，必致周洽，则惟京尹之托，故选任之际，尤慎重而不敢轻也。去岁冬，顺天尹既迁秩六卿[6]，虚其位而未补者数月。一日，诏吏部曰："其为朕择庶官中才器老成、德望重厚、足符佥论者一二人[7]，以俟将有所使焉。"吏部钦奉惟谨，以光禄少卿宁阳王公惟善闻。上亦素知其名，遂令补焉。命下，朝野士夫识公者，咸以为宜，且曰："是厚重有德，堪长乎民者也。"居数月，政以简肃，民乃信服。户科给事中番易王君弼[8]，以公旧尝为僚友，喜公特被知遇，膺兹显擢[9]。又重公果于有为，克副任使，不孤吏部之所举与众所推重，又喜辇毂之下[10]，民受其惠也，求予言为赠。

窃惟是任也，地要务殷，自古治得其人为难。若所谓京兆，所谓河南，所谓开封，皆选名流为之。继而有超拜三公，旋登宰辅，表表然出，治绩著于当时，声光垂至于今[11]，若可想见者，代有其人焉。今日治两京以来，为之者不知其几矣，若人之贤能与否，与其治绩废举，人可数者，较然有公论在[12]。《诗》云："高山仰止，景行行止。"[13]公信道君子也，平素之蕴，人不可量。于此必不以其所能自足，又将取法前人之善而不止焉，直与古之所谓治京兆、治河南、治开封，表表然出[14]，振誉当时，垂声永久者，齐芳俪美而已，则其位之所至者，奚可量耶？

【注释】

① 顺天府尹王公，指王贤（1385—1467），字惟善。山东宁阳人。祖籍直隶通州（今北京通州区），元朝末年，祖辈避乱逃至山东，明朝初年迁至宁阳。永乐九年（1411）举人。历任河南鄢陵县儒学教谕、户科给事中、光禄寺少卿。正统九年（1441）冬十月，出任顺天府尹。卒赠户部尚书。顺天府，永乐元年（1403）改北平府置，建

为北京。十九年，定都于此，改称“京师”。治大兴、宛平。辖今北京市、天津市海河以北及河北长城以南，遵化市、唐山市丰南区以西，拒马河、大清河、海河以北和文安、大城县地。府尹，始于汉代之京兆尹。一般为京畿地区的行政长官。明代之应天、顺天，均置府尹。

② 猬集：比喻纷然聚集。鳞比：犹鳞次。

③ 陷溺：指使人处于水深火热之中，祸害人。

④ 月朔：每月的朔日。指旧历初一。

⑤ 敷宣：传播，宣扬。

⑥ 顺天尹：指王贤前任姜涛，字伯渊，山西忻州人，正统元年(1436)任顺天府尹。后升户部左侍郎。

⑦ 佥(qiān)论：众论。

⑧ 番易王君弼：指王弼，字廷辅。江西饶州府鄱阳县人。宣德癸丑(1433)进士，正统十四年，任顺天府丞。

⑨ 显擢：显耀地擢升。

⑩ 辇毂：皇帝的车舆。代指京城。

⑪ 声光：声誉风光。

⑫ 较(jiào)然：明显的样子。

⑬ “高山仰止”二句：见《诗经·小雅·车辇》。仰止，仰望。景行(háng)，大道。行，行走。用以指崇敬仰慕。

⑭ 表表：卓异，特出。

送张郎中就医还乡序①

君子之仕也，行其义也。谓之义，则出处进退，必合乎宜，中乎节，动之有礼，行之以道。然是虽在士之制心行己之不苟，皆本诸君上恩德宽大，张之必弛之，劳之必逸之，有所愿欲乐好，必令得遂之，一不咈乎下之情然也②。其忠利仁厚为何如！士生斯世，亦何其幸哉！兹于吾友张君居仁之归，益有以见之。

居仁为秋官郎中，未逾岁，得微疾，然是疾可不更医而起者[③]。居仁乃有桑梓之怀，浩然叹曰："身婴疾而縻禄，废岁月而瘝官[④]，士之耻也。"即上章请就医于家，情甚恳切，诏许暂归。愉因饯而属之曰："士之所以贵乎立于世者，以其知道也。君耻以疾废事，不縻其禄，毅然求归，果遂所志意，信能行其义矣。然可不知所本乎？常人于一言之诺而跬步不忘[⑤]，一饭之德而终身必报。况士于所事，得不要其始终乎？君始为主事，得推恩封亲，有禄赐之厚，衣冠之美，用荣耀身家、光显祖宗，为乡里歆艳羡慕[⑥]，与今遂所愿欲者，皆君上之赐也，可忽之乎？君归，节寒暑，慎主剂[⑦]，用玉自爱，早遂勿药之喜[⑧]，遄其趋朝，勉就职业，以图补报，以毕其志。庶几士之行义，达道所为，而于所事有以答所受之重，亦不孤平生自蕴与遭际之盛云。"

【注释】

① 张郎中，指张居仁，刑部郎中，生平不详。

② 咈(fú)：违背，违逆。

③ 更医：指经过医治。

④ 瘝(guān)官：旷废官职。

⑤ 跬步：半步，跨一脚。

⑥ 歆艳：歆羡，羡慕。

⑦ 主剂：犹剂量。

⑧ 勿药：不服药。指病愈。

送郑郎中致仕还乡序[①]

户部郎中灵寿郑君继宗，得请老[②]，在朝士夫荣其归，祈予言贶之[3]。

予谂之曰[4]:"大夫七十致仕,古礼也。或有系于国事不得去,则弗遂其志;其得去,或无所以归,则以官为家,著之异土;或归而田园故业不足以奉其身者,有矣。又其子孙惰逸,童柔不立,则不免累乎中,欲其揄扬舒笑,优游恬怡,以乐余年[5],得乎?郑君归,固遂所志,然于是数者,果何如?"

众曰:"咈矣[6]!君家距京师不满数百里,其近犹庭除然[7],其族盛大以蕃。六世祖在前元官至左丞[8],爵封赵国公,谥武毅。高祖为监丞[9],曾祖及父皆官五品。予知其为故家,园田畦畛[10],联亘阡陌。除公输外,素足以供伏腊、修先祝、仁三族、恤矜鳏寡[11],有不待仕禄而丰、贸迁而赢者[12]。且其子孙众多,森然玉立,雅敦诗书、修孝弟,骎骎乎有成[13],有足以承厥家矣!君幼有志节,以乡贡进士起家,两为主事,两为郎中,皆显仕,宜易至荣侈者。君所守若冰玉,自俸入外,问遗无所受[14]。一旦年至,乃不告诸友,不谋妻子,即上章拜天子、揖尚书而去。君处与出如是,今之归也,浩然自得,乐无涯涘[15]。盖脱然无纤芥之累其心胸也[16]。"

予闻而嘉之,复有以告曰:"君子居则乐其志,行则达其道。君出仕几三十年,其道施之于朝廷已多。今其归,尚以所志淑诸乡人、子弟,俾之为臣知必忠,为子知必孝。于以考德问业,如古所谓乡先生者,尤于君有深望焉。"故述以为赠。

【注释】

① 郑郎中,指郑昌。字继宗,北直隶灵寿县(今属河北石家庄市)人。永乐三年(1405)举人。授工部主事。有操守。仕至户部郎中。

② 请老:官吏请求退休养老。

③ 贶(kuàng):赠予。

④ 谂(shěn):规谏,劝告。

⑤ 揄扬：挥扬，扬起。

⑥ 咈(fú)：不。表示否定之词。

⑦ 庭除：庭院。

⑧ 六世祖：指郑温(1211—1291)。自幼沉勇果敢，胆识过人。生逢蒙元崛起，投笔从戎，加入元军，屡有战功。中统元年(1260)，忽必烈即皇帝位，赆郑温佩金虎符，升总管。至元六年(1269)，升怀远大将军。至元二十三年(1286)，升江浙右丞相。卒赠荣禄大夫、平章政事、柱国，谥“武毅”，追封赵国公。

⑨ 高祖：指郑温长子郑钦，以父功授右掖卫亲军千户，迁利用监丞。钦子克谌、克谌子惟和、惟和子彬，皆世袭其职。郑昌即为郑彬之子。

⑩ 畦畛：田间的界道。

⑪ 伏腊：古代两种祭祀的名称。“伏”在夏季伏日，“腊”在农历十二月。

⑫ 贸迁：贩运买卖。赢：余，满。

⑬ 骎骎：盛多的样子。

⑭ 问遗：指贿赂。

⑮ 涯涘：水边。引申为尽头。

⑯ 脱然：超脱无累。纤芥：细微。

谢郎中挽诗序①

刑部郎中谢君卒之日，朝绅大夫、士咸走哭吊，致奠赙焉②。既，又为哀词以挽之。其嗣蕃编以为帙③，请序。

夫挽诗之作，权舆于“三良”④，散漫于《九招》⑤，而流派至于《八哀》⑥。近代以来，作者益众。虽或格类音节今古不同，然其所以寄哀思、惜才贤、述往行，忧世为国、仁厚恻怛之诚⑦，则同出一感之机而不能遏者⑧。兹士大夫所以致哀于君，又岂得容于已哉？

君，句容人。童年善诗，有江东诸谢风⑨。其家以赀雄⑩，曾大父、大父咸有隐德[11];父思敬尤喜读书,敦礼让,善教子姓[12]。用是,遣君为邑庠弟子员,登名进士,履宦至奉政大夫、修正庶尹、兵刑两部郎中[13]。尝受诰追封其父如己官,母太宜人。兹盖天之所以报施其父之善者有征。然于君之所受,则有不可知者。君孝友于家,笃于学,信于师友,居官有善誉,治狱尤拳拳致谨[14],凡情有晦昧者[15],必为之昭雪,至死而获生者有矣。况其以卓识警敏之才[16],而立心制行有过人者。人皆望其登遐寿、跻显用[17],而年竟以五十二而终,未克大厥所施,岂非其数耶?然得正而毙,无所愧怍[18],朝绅士夫咸惓惓致悼[19],而哀挽之什发于衷情,激切之不能已者,又非其幸邪?是虽弗获于天,而获于人,诚为可贤也已。

君讳璘,字彦奎,其卒为正统五年四月二十有五日云。

【注释】

① 谢郎中,指谢璘,字彦奎。南直隶句容县(今属江苏镇江)人。永乐十三年(1415)进士。正统元年(1436)八月,擢为刑部主事。正统五年四月卒。

② 赙(fù):送给丧家的布帛、钱财等。

③ 嗣:子孙,后代。

④ 权舆:起始。三良:三贤臣。指秦穆公时的奄息、仲行、鍼虎。《诗经·秦风·黄鸟》毛序:“《黄鸟》,哀三良也。国人刺穆公以人从死,而作是诗也。”

⑤ 散漫:遍布。九招:舜时乐曲名。

⑥ 八哀:诗歌篇名。指唐杜甫伤悼王思礼、李光弼、严武、汝阳王李琎、李邕、苏源明、郑虔、张九龄等八人所作的八首五言古诗。

⑦ 恻怛:哀伤。

⑧ 机:灵感。

⑨ 江东诸谢:指南北朝时期江南谢姓诗人,如谢灵运、谢朓等,以才思敏捷著称。江东:长江在芜湖、南京间作西南南、东北北流向,隋唐

以前，是南北往来主要渡口所在，习惯上称自此以下的长江南岸地区为江东。

⑩ 赀(zī)：通“资”。货物，钱财。

⑪ 隐德：施德于人而不为人所知，谓之“隐德”。

⑫ 子姓：泛指子孙、后辈。

⑬ 奉政大夫：文散官名。金始置，正六品上，元升为正五品。明正五品初授奉议大夫，升授奉政大夫。修正庶尹：明代文勋官名。正五品。勋官，官称的一种。授给有功者以一定官称，有品级而无职掌。

⑭ 拳拳：勤勉的样子。

⑮ 晻(àn)昧：昏暗不明。

⑯ 警敏：机警敏捷。

⑰ 遐寿：高龄，高寿。

⑱ 愧怍：惭愧。

⑲ 惓惓：恳切的样子。

贺张员外荣任序①

宣宗皇帝御极时，每虑在廷大臣为百僚师表②，不可轻畀③。位或有缺，往往旷数年而无补者，必俟其人然后命之。又虑其访求不勤，则贤者不能以自达，屡敕在位为推中外老成硕德、朝野属望者④，亲择任焉。逮今上嗣位，聿遵先志⑤，既大简重臣，复念庶僚皆有所职⑥，而百工隳起之由系也，任亦不可不慎。乃敕大臣各察其属之善于职者，陟之位，用旌显之。于是刑部魏公首荐其属若干人⑦，皆升秩一等。济宁张君景隅，由浙江司主事在荐中，遂迁河南司员外郎，交游者属言为君贺。

予以为君之是举，果自必于尚书公之知耶，抑但知尽己之职，初不恤人知不知耶？将有善于已见诸行者不能掩，而人自不能不知之耶？是则尚书公之荐，非私也，公也。君之受斯荐也，亦宜也，非幸也。予尝观之天下之士，修已砺行者不少，而多不得伸厥志以图效万一，卒至汩溺凡庸而无闻者[8]，非独其命也，盖皆不得际夫时与人也。恭惟天子明圣，甄别淑慝[9]，以风励臣下[10]，凡有才者无不录，有德者无不庸。而名公大臣又能尽心推访，不没人善，则今之仕者，信有所遇矣。宜诸君以君之被荐为荣而贺，然不知君所以被荐之实，尤可贺也。夫刑罚之设，圣人不得已而用之。将以使人易避而难犯，岂职之者务为深刻，以媒蘖非辜为能事哉[11]？君盖平素以廉静公慎自持，用法平恕而不失之宽纵，行之著于舆论，非一日矣。不然，将恐保终之不暇，况望其获誉如此乎？虽然，今于兹固不负平生之所守，于其往也而益勉焉，则其所至岂可量乎？《诗》云："庶几夙夜，以永终誉。"[12]予于君是望。

【注释】

① 张员外，指张景隅，山东济宁人。任刑部主事，升员外郎。员外，即员外郎，本指正员以外的郎官。晋武帝始设员外散骑常侍，员外散骑侍郎，简称员外郎。隋开皇时，尚书省二十四司各设员外郎一人，为各司的次官。唐以后，直至明清，各部都有员外郎，位在郎中之次。

② 百僚：百官。

③ 畀(bì)：赐予。

④ 属望：期望。

⑤ 聿(yù)：助词。用于句首或句中。

⑥ 庶僚：百官。

⑦ 刑部魏公：指魏源。见卷二《送魏尚书致仕归南康》注。

⑧ 汩溺：沉迷，迷惑。

⑨ 淑慝：犹善恶。

⑩ 风励：用委婉的言辞鼓励、劝勉。

⑪ 媒蘖：酒母。比喻借端诬罔构陷，酿成其罪。

⑫“《诗》云”句：见《诗经·周颂·振鹭》。大意是，日夜谨慎勤勉，以长久保持美名荣誉。

送余员外考绩还南京序①

南京选部员外郎余君孟高，考绩诣行在②。既南还，行在之选部郎中吴君孟寅③，念以同官之好，暂合而复离也，有难于别，求余言赠之行。

余尝观山巨源举阮咸为铨曹郎④，尝称之曰“清直寡欲，万物不能移也”，天下后世咸以为公论，无贬议，于以见当时求典斯任，固不易其人。其称咸“清直寡欲，万物不能移”，亦以见当时求之，亦难其人。后世有以曹郎号为“小选”者，又有称“清选”者，皆为以时得人之雅称，不比寻常琐琐者耳⑤。诚以予夺禄爵，甄别士类，品第庸哲利钝⑥，随器酌量，俾称所执事，信斯柄之不可不得所操之者。国朝六卿官制，斟酌前代，迨今余七十年，其掌铨选得如彼所谓“清直寡欲”者，固为不少。自太宗文皇帝巡狩北京⑦，两京并置官，用人益多，而得人益盛，何也？盖士皆出于学校造育之久，常慕古人之高迈⑧，而寻常有所不屑也。

且闻余君世为闽中邵武人，为人和厚谦恭、易直文雅，温然古君子人。自以国子生释褐吏部司务⑨，在职修谨，清直寡欲之誉，已著见于昔，凡两京士大夫识者，多能称道。故冢宰举以为铨曹佐⑩，虽不明言其清直寡欲之闻，然其不遗人善，固已允惬公论矣。君居职不倦，凡南京所论次当上行在者，一以合至公，不以偏私，故士大夫誉之者日益加重。若君盖能不孤朝廷委任之盛，与冢宰之所称荐者。虽然，“高山仰止，景行行止”⑪，彼以清直寡欲之一言，流万世不废，使人读之如见其人。君尚以斯言益勉不懈，则不特今日之崇阶峻级为可必，而誉流于后者，尤不可以量。

【注释】

① 余员外,指余隆,字孟高。福建邵武府建宁县(今南平市)人。永乐六年(1408)举人,卒业太学,初选南京吏部司务,历官吏部文选司员外郎。《明一统志》称其:“性恬退,未尝蹑迹豪门,大为搢绅辈称许。”(卷七十八)

② 行在:天子巡幸所在之地。明朝最初定都南京。燕王朱棣夺得皇位后,决意迁都自己发迹之地燕京北平,永乐元年将北平升为北京,后又在北京设立六部,称“行在六部”。朱棣随后着力经营北京,兴修宫殿、疏浚运河,并经常前往北京办公。永乐十八年(1420),朱棣正式迁都北京,北京成为京师,不再称行在。金陵应天府则变为陪都。朱棣死后,明仁宗朱高炽登基,希望明朝的首都,是自己做太子监国时的故地金陵,又将北京改为行在。直到明英宗正统六年(1441)十一月,正式定都北京,北京恢复名义上的京师地位,不再称为“行在”。

③ 吴孟寅:见前《吴太卿宅宴集序》注。

④ 山巨源:名涛,西晋河内怀县(今河南省武陟县)人,与嵇康、阮籍、山涛、向秀、刘伶、王戎并称“竹林七贤”。阮咸:字仲容,西晋陈留尉氏(今属河南)人。阮籍之侄,与籍并称为“大小阮”。历官散骑侍郎,补始平太守。生平放浪不羁,精通音律。铨曹郎:主管选拔官员的长官。

⑤ 琐琐:形容事情细小,不重要。

⑥ 品第:评定并分列次第。利钝:指胜败,吉凶。

⑦ 太宗文皇帝:指朱棣。朱棣于永乐十八年(1420)迁都北京。

⑧ 高迈:高超,超逸。

⑨ 释褐:脱去平民衣服。比喻开始任官职。

⑩ 冢宰:指吏部尚书。

⑪ “高山仰止”二句:见《诗经·小雅·车舝》。仰,仰望。景行,大路。

送朱员外还乡省墓序[1]

秋官员外郎朱君公佐，得请告暂归，省其先人墓于湖州之归安[2]。卜以是日行，其寅僚祖饯都门外[3]。主事盱江丁君芹[4]，予同年友也，以赠言属予[5]。

予以为人子于亲，生而思养焉，终而思葬焉，没而远也，则思追祭焉，皆在礼然耳。然而，或出或处，聚散离合之不一，故或始逮养而终弗克葬，或葬焉而弗克时其奠祭者。观之《陟岵》之歌[6]，"昊天罔极"之咏[7]，盖皆所以寓哀思、著愤怨，于其子敬慕之心，有不可穷者。惟今国家以孝治天下，欲天下之为人子，悉得尽心于所生，故屡降德音。凡出而仕者，亲存则令其省亲，以禄养终；没则令其祭奠，又锡之诰敕，封赠之以官，俾享厥荣命。夫人子欲显亲扬宗，不愧仕进之道，至诚咸遂而无复憾。

君归，予知其肴俎豆、洁牲牢、明衣服[8]，肃然展敬于丘园松柏之间。而一念志虑[9]，怆然感通，则其亲之精神必有所知，欣然自庆于地下，洋洋乎如在其左右矣。退而修敬桑梓，聚集宗姻，于以序彝伦、笃恩爱、明长幼、兴礼让[10]，乡人父老子弟来为观法，咸称愿曰："幸哉，朱氏有子如此！"则君之志意于是乎伸，而荣幸有莫大焉。虽然，兹固朝廷优礼臣下盛典，苟非其平日克自树立、行义有所暴白者[11]，亦不得幸致。君以进士，始为行人[12]，将命四方，克宣布德意[13]，慑服夷情，士类多韪之[14]。及迁是秩，复称其听狱平恕[15]，未尝尚刻任文，以枉无辜，卿大夫甚重之，声誉闻于朝著者非一日，而今日之荣显不亦宜哉！予闻之："无言不雠，无德不报。"[16]君荷恩而归，以快其心志如此，尚其遄来[17]，用勉修职业，图致远大，庶有愈惬于志，不特侈为乡里之荣而已。

【注释】

① 朱员外,指刑部员外郎朱公佐,浙江归安人。

② 归安:古县名,在今浙江省湖州市。北宋太平兴国七年(982)置。明时,归安属湖州府,与乌程同城而治。1912 年,撤废归安县,与乌程县合并为吴兴县(今湖州市市辖区)。

③ 祖饯:饯行。

④ 丁芹:字廷用,江西建昌府新城县(今抚州黎川县)人。宣德二年(1427)进士。历官刑部主事、员外郎。

⑤ 属:同"嘱"。

⑥ 陟岵:《诗经·国风·魏风》篇名。是一首征人思亲之作,抒写行役之少子对父母和兄长的思念之情。

⑦ 昊天罔极:指父母对子女的恩情深厚,子女不知如何报答才好。昊天,苍天。罔,无。极,边际。

⑧ 俎豆:俎和豆。古代祭祀、宴飨时盛食物用的两种礼器。亦泛指各种礼器。牲牢:犹牲畜。

⑨ 志虑:精神,思想。

⑩ 彝伦:常理,常道。

⑪ 暴(pù)白:暴露。

⑫ 行人:官名。掌管朝觐聘问的官。《周礼·秋官》有行人。春秋、战国时各国都有设置。汉代大鸿胪属官有行人,后改称大行令。明代设行人司,复有行人之官,掌传旨,册封、抚谕等事。

⑬ 德意:布施恩德的心意。

⑭ 韪:赞赏。

⑮ 平恕:持平宽仁。

⑯ "无言不雠"二句:见《诗经·大雅·抑》。雠,答。

⑰ 遄(chuán):疾速。

送王员外致仕序[①]

秋官员外郎王君兼善[②]，秩满当迁，乃以疾请致仕。宣宗皇帝恩赐允之。缙绅咸以为荣，属予为之言。

予尝怪往古士大夫宦游于当世，故皆有投闲就散[③]，悬车解组[④]，骞然而逝者矣。然或为衒而弗售、忠而弗礼、咈所意向[⑤]，无所施其利。又或疾世愤俗，自不能至，不得已而去者，必欲务洁其名以自白，令人迹其所由，著不可掩抑，岂尽其人之道哉！盖不得夫宽肆优容之世，上之待下，有未逮而然也。惟我朝以忠信待士，宠任之意专，奖谕之道隆[⑥]，故天下士大夫陶成谦让忠厚之气，凡处进退，必以礼为之权度[⑦]，曾岂苟然哉？

王君以明经第进士，初拜行人[⑧]，将命四方，历九载而陟今官，其进为不轻以骤也。为刑官，莅事惟恕[⑨]，省曹称平。遂蒙赐诰褒奖，赠父以是官，封母及妻并为宜人[⑩]，荣光之被，为不滥以过也。今君年未耄、颜未衰，而遽以疾辞，其于荣利之间，为不贪冒苟吝如此[⑪]，其几于《老子》所谓“知止”“知足”者乎？然非际夫宽肆优容之世[⑫]，亦匪尔也。余于君之去，可以俾后人知盛时礼遇臣下之至，抑且有以观士风而敦廉让也[⑬]。故述以为言。

【注释】

① 王员外，指王兼善。生平履历不详。

② 秋官：通称掌司刑法的官员。

③ 投闲置散：指居于闲散不重要的职位。

④ 悬车：致仕。古人一般至七十岁辞官家居，废车不用，故云。解组：犹解绶。

⑤ 衒(xuàn)：沿街叫卖。咈(fú)：不。表示否定之词。

⑥ 奖谕：皇帝对臣下褒奖、表彰。

⑦ 权度:标准,法则。

⑧ 行人:官名。掌管朝覲聘问。明代设行人司,洪武二十七年(1394),定制行人司官四十员,咸以进士为之。掌捧节、奉使之事。

⑨ 恕:推己及人,仁爱待物

⑩ 宜人:明五品官妻、母封号。

⑪ 贪冒:贪得,贪图财利。

⑫ 宽肆:宽松。优容:宽待,宽容。

⑬ 抑且:况且,而且。廉让:清廉逊让。

俞员外挽诗序①

正统丙辰四月②,库部员外郎括苍俞君英③,卒于北京之官舍。在朝卿大夫素知君深者,既莫不走哭且吊其孤,复叹平昔与君游处,而一旦为九泉之别,于情有不能已,义不能忘。郁于中而见于外,为挽词若干篇,以写其哀思。凡君生平行义,可以行之宗族乡党、达于朝著,潜抱而未摅者,悉于是乎见。读之令人如与君接于前后左右,宛然在目也。所谓"诗可以观"④,兹其信欤!君嗣端编集为帙,间谒予序之。

呜呼!挽诗之作,岂徒然哉?或以哀贤人之不幸,或以感义烈之悲壮,或以伤时之多难,叹旧怀贤,而人事有乖睽⑤,遭遇有靡齐,皆有所为而为之。如《黄鸟》《薤露》⑥,洎乎"八哀"之属是已⑦。夫岂无故哉?今君易箦正寝非若长⑧,与横之不幸时⑨,与人事视君者,又得其常。而诸公之作如是,果何然哉?意盖以君之贤,生逢圣明之朝,其问学才猷,足以有为,而孝弟行义,足以范世,宜假之年,使之于大用,然后可也。何独于人世才逾五秩,而官止于此,未获尽沥平素衔志以终,诚有可悼焉者。则是诗之作,事虽异于古昔,而同出于有所为也。噫!使后人观之,宁不有叹于斯也夫？

【注释】

① 俞员外，指俞英，浙江丽水县（今丽水市莲都区）人。永乐十八年(1420)举人。徐有贞《挽俞员外英》："潇洒俞员外，风姿夐绝尘。昔为三署彦，今作九原人。后事存孤子，高堂有老亲。凄凉送归榇。泪尽潞河滨。"（《武功集》卷五）可与本文相比照。"俞"底本标题作"余"，《目录》、正文不误，据以径改。

② 正统丙辰：即正统元年(1436)。

③ 库部：指兵部武库清吏司。三国魏有库部郎。晋宋因之。隋初为库部侍郎，唐置库部郎中，为兵部之属司，掌军区、仪仗及乘舆等。明称武库清吏司。"武库，掌戎器、符勘、尺籍、武学、薪隶之事"（《明史·职官一》）。括苍：丽水古称，隋开皇九年(589)分松阳县置，以境内有括苍山得名，治所在今丽水东南。唐武德四年(621)复改为括州，后改为处州。元至元十三年(1276)改为处州路，至正十九年(1359)改为安南府，随后改为处州府。辖丽水、松阳、缙云等县，治丽水县。

④ 诗可以观：见《论语·阳货》："子曰：'小子何莫学夫《诗》？《诗》可以兴，可以观，可以群，可以怨。'"观，指观察社会。

⑤ 乖睽：背离。

⑥ 黄鸟：《诗经·秦风》篇名。《左传·文公六年》："秦伯任好卒，以子车氏之三子奄息、仲行、鍼虎为殉，皆秦之良也。国人哀之，为之赋《黄鸟》。"薤露：乐府《相和曲》名，是古代的挽歌。

⑦ 洎：到，至。八哀：指唐代杜甫伤悼王思礼、李光弼、严武、汝阳王李琎、李邕、苏源明、郑虔、张九龄八人所作的八首五言古诗。

⑧ 易箦：更换寝席。箦，华美的竹席。《礼记·檀弓上》："曾子寝疾，病，乐正子春坐于床下，曾元、曾申坐于足，童子隅坐而执烛。童子曰：'华而睆，大夫之箦与？'子春曰："止！"曾子闻之，瞿然曰：'呼！'曰：'华而睆，大夫之箦与？"曾子曰：'然。斯季孙之赐也，我未之能易也。元，起易箦！'"按古时礼制，箦只用于大夫，曾参未曾为大夫，

不当用，所以临终时要曾元为之更换。后因以称人病重将死为“易箦”。

⑨ 横(hèng)之不幸：意外遭遇不幸。横，意外，突然。

赠工部主事李景阳序①

士受任莅事，克敬君命，勤其职务，无施而不尽心，俾行业可观②，人归其誉，斯可谓贤矣。夫奚若是？存乎志焉耳。士患乎志无所定。志既有定，则持己也正，用力也颛，居官临政，虽当利害，确乎无所摇，断然无所惑。譬之游者将适燕③，既北其辕④，则期日可至⑤，必不返于越也⑥。志非豫定，行非素立，学不足以明理道，识不足以别重轻，则临利害，处重难，未有不择地便安，营济其私，而忽其所当务者。人之讥议有弗暇顾，况望其收誉于人而得谓贤乎？兹于工部主事郑州李景阳氏，可以观矣。

景阳之父尝为京县尹⑦，严于庭训。遣为郡庠生，克承师教，遂魁河南之乡贡，登丙辰进士第。初授兵部主事，在职未逾岁，僚寀皆称之。既迁工部，颛董工缮之务，最为丛委⑧。人或谓其：“独理繁剧，得无偏重？”景阳乃曰：“仕而食君禄，治天职，惟所分有任之而已矣，讵容以事之难易寓意其间哉？若曰惮劳就逸，庸人之情，适己自便之所为也，吾宁忍乎？况吾夫子云：‘事君，敬其事而后其食。’吾身服兹训，敢忘乎？”闻者皆叹服其言。兹以六载考绩，有司书其最，俟九载而陟明焉⑨。相知者求予言赠。

予既谓士之有为，由其志素定、行素立者然也。景阳之言若是，得非志行有立、明理道而不惑者能然乎？然语有云：“譬如平地，虽覆一篑⑩，进，吾往也。”景阳于是益加勉焉，则他日所至，可得量乎？

【注释】

① 李景阳，指李春，字景阳，河南开封府郑州（今郑州市）人。宣德七年（1432）乡试解元，正统元年（1436）二甲十七名进士。正统二年八月，授兵部主事。转工部，仕至郎中。《郑县志》记李春曾任宁波府知府，有误。丙辰榜还有一“李春”，三甲二十四名，籍贯是南直隶庐州府无为州县（今安徽芜湖无为县）人。据嘉靖及雍正《宁波府志》，任宁波府知府者当是此人。

② 行（xíng）业：德行功业，操行学业。

③ 适：到。燕（yān）：周代诸侯国。又称北燕。姬姓，周公奭之后，在今河北省北部和辽宁省西端，建都蓟（今北京城西南隅）。战国时为七雄之一，后为秦所灭。这里代指北方。

④ 北：朝北方。辕：车前驾牲口用的直木。压在车轴上，伸出车舆的前端。古代大车、柏车、羊车皆用辕，左右各一。代指车。

⑤ 期日：约定或预测的日数或时间。

⑥ 越：古国名。建都会稽（今浙江绍兴）春秋时兴起，战国时灭于楚。这里代指南方。

⑦ 京县：国都所辖之县。泛指京畿。民国《郑县志·选举志》载永乐间有贡生李现，“以楷书贡，任大兴县知县”（卷九）。永乐、宣德间郑州贡生李姓且任知县者仅此一人，此人或即李春之父。

⑧ 丛委：繁多，堆积。

⑨ 陟明：指进用贤能。

⑩ 篑（kuì）：盛土的竹筐。

送徐主事还乡省母序①

临桂徐君遂良，为刑部主事。秩满，以最称，蒙赐敕命，褒美父以是官，母封太安人。比又以母老故，陈乞归省。上允之。既行，士辈以为荣，祈予序赠之。

予尝观古人，有以富贵归故乡，夸而为荣者。彼盖谓士昔贫贱，处于闾阎畎亩之间[2]；一旦以艺术干于时君[3]，出而登于王朝，列职通显[4]，偶得经于里闬[5]，衣冠鲜丽、舆马赫奕[6]，足以骇耀其观瞻[7]，耸起其敬羡[8]，于于杨杨[9]，自以为快，如司马长卿持节西南夷[10]，道蜀里闬之所为是已。然彼固自以为荣，曾不知世之反以为诮焉者[11]。正以君子之仕，不徒贵其身，必欲推所志，以至显亲扬名而后已。此韩魏公节治相州，乃拳拳不以昔人所夸为荣，而以为戒，则公之贤于人较然矣[12]。夫(世)[士]之为仕[13]，苟其自处也重，出身也正，虽不期其荣而荣有余裕，奚必屑屑矜斯须之态[14]，傲乡里孺子哉？

予知遂良由庠序举乡贡，登进士第，为庶吉士。其所出既正，从事馆阁，两迁郎署，小心慎密，共职不懈，往往见称于卿大夫之谈，又其自处知所重者。今而膺褒之典，得推恩及亲，存殁咸贵，冠服烨然[15]，照耀乡里，亦其宜也。于是遂良虽不自为荣，而乡人之父老子弟，咨嗟叹羡，称其荣幸，有甚于昔人之所夸耀也。虽然，"无言不雠，无德不报"[16]，凡臣子得显亲扬名于时，固亦由问学修积而至，匪际乎圣天子在上，推举盛典，以旌劝臣士[17]，且将终身沦没无闻，尚何望荣及父母乎？遂良盍思之。归而称觞献寿[18]，为母氏一朝之荣，尚当遄还，用图报朝家礼遇之重[19]，树芳名于后，毋徒留连倾倒[20]，为乡里区区之恋[21]。

【注释】

① 徐贤，字遂良。广西桂林府临桂县(今属桂林市)人。永乐九年(1411)举人。永乐二十二年(1424)进士。选庶吉士。历刑部主事、员外郎。正统八年(1443)五月，升广东按察司副使。绰有政声，年未六十即引疾致仕，乡人高之。

② 闾阎畎亩：泛指平民。

③ 艺术：泛指六艺以及术数方技等各种技术技能。干(gān)：干谒。

④ 通显：指官位高、名声大。

⑤ 里闬(hàn)：里门。代指乡里。

⑥ 赫奕：显赫的样子。

⑦ 观瞻：瞻望。

⑧ 敬羡：敬仰羡慕。

⑨ 于于杨杨：十分自得的样子。

⑩ 司马长卿：司马相如，字长卿。西汉蜀郡成都(今四川成都)人，著名辞赋家。元光六年(前129)，奉汉武帝之命持节出使西南。当时，蜀中父老认为通西南夷没有什么用处，许多大臣也持此观点，相如便写下了有名的《难蜀父老》一文，阐明“通西南夷”的重大意义。

⑪ 诮(qiào)：嘲笑，讥刺。

⑫ 较(jiào)然：明显的样子。

⑬ “士”：底本作“世”，据“朐抄本”改。

⑭ 屑屑：介意的样子。斯须：须臾，片刻。

⑮ 烨然：光彩鲜明的样子。

⑯ “无言不雠”二句：见《诗经·大雅·抑》。雠，答。

⑰ 旌劝：表彰奖励。

⑱ 称觞献寿：举杯饮酒，表示祝寿。

⑲ 朝家：国家，朝廷。

⑳ 留连：留恋不舍。

㉑ 区区：小，少。形容微不足道。

送欧阳主事荣考诗序①

泰和欧阳广汤，余同年进士，为秋官主事。三载秩满，蒙赐敕命褒美，推恩及亲，僚辈以为荣，歌诗章贺之，俾余叙卷端。

惟欧阳氏称于庐陵旧矣②。自安福令万而下③，世以诗书文物相承，簪组联翩④，光明润迭。在宋，文忠公修⑤，进士起家，历登枢辅[6]，以道德文章，为三朝所知，天下学士大夫师尊之。所以弼成嘉祐、治平之政[7]，维持政教，长育人材[8]，皆其忠厚之气发之。我朝仁宗皇帝尝览公奏议，有生不同时之叹。在元，楚国大司徒刘阳文公玄[9]，亦以文章著述为学者宗。当时朝廷辞命、作名山大祠、金石铭刻，多其手笔。蕃夷诸国入朝贡者，无不争传其文以归。学士宋景濂先生序公集[10]，极尊称之。其他皆以后先文儒发身，登高科，为名进士、为御史郎吏、郡邑文学[11]，枚不可举。或隐德不仕，亦必以学行自持，辉润林壑[12]。欧阳氏之泽，抑何裕哉！所谓"清泉之下无浊流，嘉木之蘖无恶荫"也。昔江左称王、谢两家[13]，子弟之贤固多才艺，彼皆席父祖勋庸[14]，权世相仍[15]，风流豪侈，轩霍当时[16]。然于忠厚气象，视欧阳氏，吾未必信其然。欧阳氏之族，宜其愈久而愈蕃也。广汤虽远别于文忠、司徒之宗，而声光气习固不相蒙，然惟敦诗书、上忠厚[17]，其积习之来，不为无自。今当国家全盛之日，崇重科目之选，欧阳氏子孙不于是乎出，将何俟焉？

余雅识广汤为人，行谨而仁厚，盖克承厥先者。若夫规以道义，期之远大，以希二公之绪，则有诸君之诗在，兹不复赘。余惟道其家世云。

【注释】

① 欧阳主事，指欧阳汤，字广汤。江西泰和县人。宣德二年(1427)三甲进士。历官刑部主事、员外郎。

② 庐陵：旧县名。秦置，治今江西泰和西北。东汉末改置高昌。隋开皇中又改石阳为庐陵，治今吉水东北。唐永淳初移治今吉安市。

③ 安福令万：指欧阳万，唐僖宗乾符年间任安福县令，为江西庐陵欧阳氏始祖。

④ 簪组：冠簪和冠带。借指官宦。联翩：形容连续不断。

⑤ 文忠公修：指欧阳修，字永叔，号醉翁。吉州永丰(今江西吉安永丰)

人，自称庐陵人。谥号文忠，世称欧阳文忠公。北宋卓越的政治家、文学家、史学家。

⑥ 枢辅：指中央掌军权的大臣。

⑦ 嘉祐：北宋仁宗年号，共使用八年。治平：北宋时宋英宗赵曙年号。

⑧ 长育：养育，使之长大。

⑨ 文公玄：指欧阳玄，字原功，号圭斋，浏阳人。祖籍江西，系欧阳修族裔。元仁宗延祐二年(1315)赐进士出身，授官平江州同知，官至翰林学士承旨，去世后追封为楚国公，谥“文”。任国史院编修官时，奉诏修《皇朝经世大典》，并为总裁官。顺帝至正三年(1343)，诏修宋、辽、金三史，被召为总裁官。三史修成后，官拜翰林学士承旨。有《圭斋集》。

⑩ 宋景濂：宋濂(1310—1381)，字景濂。其先金华潜溪人，至濂迁浙江浦江。元至正九年(1349)，荐授翰林院编修，以亲老固辞。二十年，受朱元璋征召至应天(今江苏南京)，除江南儒学提举，命教授太子经书。明洪武二年(1369)，诏修元史，任总裁官，官至翰林学士承旨。正德间，追谥“文宪”。被推为“开国文臣之首”，“一代礼乐制作，濂所裁定者居多”(《明史·宋濂传》)。著有《宋学士文集》。

⑪ 郎吏：郎官，指侍郎、郎中等职。文学：儒生。亦泛指有学问的人

⑫ 林壑：山林涧谷。指隐居之地。

⑬ 江左：江东。指长江下游以东地区。东晋及南朝宋、齐、梁、陈各代的基业都在江左，故当时人又称这五朝及其统治下的全部地区为江左，南朝人则专称东晋为江左。

⑭ 勋庸：功勋。

⑮ 相仍：相继，连续不断。

⑯ 轩霍：“朐抄本”作“显赫”。

⑰ 敦：崇尚，注重。诗书：指《诗经》《尚书》，泛指典籍。上：通“尚”。崇尚，看重。

送续以仁升秩主事序[①]

翼城续以仁，由通政经历迁秩户部主事[②]，朝绅交游赋诗贺，求予序之。

予谓士凡家居问学，固罔不愿仕，然仕岂徒无益哉？故欲仕，必先明志所往，然后循以诣。又知所持重，足以自致，则无不可至。犹之御者，将有所适，必预取诸涂，然后驱以趋驶。然千里不待偾辕敝策而即至[③]，盖由所向既正，其进也亦罔有所艰。不尔，则违道背驰，望茫纡漫，骤虽疾而去愈远，纵终至，不为仆车罢马、息然汗骸者盖鲜[④]。

以仁以邑庠弟子员举乡贡[⑤]，继登戊戌进士第，盖能先志所往，然后由正以诣者。初尹真定新河县[⑥]，克祇德意，下流于民，甫三载，治行弥彰。会上计来京，留任通政司。莅事中秘，出入禁掖[⑦]，小心慎密，凡数年不懈，益勤守己，处官如一日。时宣宗皇帝在位，遂蒙推恩赐敕，封父以是官，母为孺人[⑧]。冠服烨然[⑨]，焜耀里闬[⑩]，人莫不荣之。迨满，又有户部之命，人愈以为荣。是皆朝家礼遇臣下，使之必报之盛典。盖亦以仁平素操履端重[⑪]，有足以致之耶。虽然，古人有一言之相契，一行之相符者，尚以身图所酬，况食禄于君，宁无所感乎？以仁盍思之[⑫]。于焉益力厥职，以图报于上，俾身家益以荣誉，庶人谓不为无益而仕，且谓交游不徒贺，而予不徒言。

【注释】

① 续以仁，即续旻，字以仁。山西翼城县(今属临汾市)人。永乐十六年(1418)戊戌科进士。选庶吉士，升编修。谪新河知县。改通政司经历，兼翰林院侍读。升户部主事、吏部郎中，兼翰林院五经博士。

② 通政经历：通政，是官署名，“通政使司”的简称，明代始设，其长官为

"通政使"。掌内外章奏和臣民密封申诉之件。经历，掌收发文移及用印，官从五品至正八品。

③ 偾(fèn)辕：覆车。

④ 罢(pí)：疲敝，惫乏。

⑤ 邑庠：县学。弟子员：对县学生员的称谓。举乡贡：指考中举人。乡贡，乡试。

⑥ 尹：治理，主管。新河县：明属京师真定府，今属河北省邢台市。

⑦ 禁掖：泛指宫廷。

⑧ 孺人：明七品官的母亲或妻子的封号。

⑨ 烨然：光彩鲜明的样子。

⑩ 焜(kūn)耀：光耀。焜，光明。

⑪ 平素：平时，向来。操履：操守。

⑫ 盍(hé)：表示反诘的副词。相对于"何不"。

赠王主事序[①]

仙居王氏一宁，为进士有名于时。朝廷方欲储才以待用，命所司慎择其人以闻，而一宁在选列。诏以为司勋主事[②]，不任以政绩，学于内廷。一宁遂得从容于进退之间，涵濡于诗书之内[③]，增其所已能，勉其所未至，充其器识而需大用，亦何其幸哉！交游之士来征予文庆之。

予初举进士至京师，辄识一宁之尊府监丞君于国子[④]。仪容严肃，动止优裕，而议论端谨，不妄有所毁誉，六馆之士皆师尊之。及予被选入翰林，彼此相敬，因获交焉。由是数相往还。于时，一宁方读书，专向于学，虽幼而以聪慧闻。监丞君庭训极严厉，而一宁笃于所习，未尝轻出入，自幼至长，不肯少离于诗书笔砚之间。朋侪之所敬让[⑤]，士夫之所爱羡，而监丞君亦自喜，以为必将大其家声。然则一宁之所以砥节砺行，学之成而为名进士，以跻朊仕者[6]，岂无自然哉？

予因念昔与监丞君交际之始，至今近二十年，君既物故[7]，予亦老矣。见一宁年少志锐，方有为于时，幸故人之有子，足以慰衰朽，安得不为之喜且羡耶！一宁其亦勉循厥职，敬慎操履[8]，以为远大之期，使勋业闻望[9]，炳然照映于一时[10]，而垂诸后世。庶几不负朝廷选任之意，交游属望之情[11]，与监丞君义方之训[12]，而予亦预有荣耀焉。一宁勉乎哉！予深有望于一宁者在此，其无以予言为厉己也。

【注释】

① 王主事，指王一宁（1396—1452）。名康，以字行，改字文通，号节斋。浙江仙居（今属台州）人。幼英敏，以聪慧闻于京城。永乐十六年（1418），登进士第。于文华殿供事，满考，改翰林院修撰。丁父尤，家居十年。宣宗即位后，"诏求文学词翰之士"，以《应蒙召试策表》《正万邦论》及《神京八景》等文词诗赋见赏回京。宣德五年十二月，任吏部稽勋司主事。与修《宣庙实录》成，进侍讲。正统十三年，迁礼部右侍郎。景泰二年（1451），值文渊阁，赞机务。景泰三年（1452）四月，加赠太子少师，是年七月卒，赠太子太保、礼部尚书，谥"文通"。王一宁为永乐十六年进士，宣德五年擢吏部主事，文中作者云与王一宁之父王峻用相识已近二十年，马愉进士及第在宣德二年，从时间上看，大有问题。且文中语气，完全是长者姿态，而马愉仅比王一宁长一岁。故颇疑此文真伪，暂且存疑。

② 司勋主事：吏部属官。

③ 涵濡：滋润，沉浸。

④ 尊府：对他人父亲的敬称。王一宁之父王峻用，洪武十八年（1385）进士。永乐二年（1404），出使高丽王国。曾任国子监学录、光禄寺寺丞、国子监监丞等职。

⑤ 朋侪：朋辈。

⑥ 朊（wǔ）仕：高官厚禄。朊，厚。

⑦ 物故：死亡。

⑧ 敬慎：恭敬谨慎。操履：操守。

⑨ 闻望：声望，名望。

⑩ 炳然：明显的样子。

⑪ 属望：期望。

⑫ 义方：指教子的正道，或曰家教。

赠徐主事序[①]

同郡徐君良辅，以太学生授户部主事，郡邑交游者求予序之。予与良辅自郡邑及京师相识几二十年[②]，其为人性行与其志之所存，予盖知其为然者。其居是职，宜矣。予尚奚言赠？

惟国家养士，熏陶渐渍[③]，期底于成，以资器使。然而选任之际，尤必论材辨等，以序职位，不欲使豫樟樗栎之相混也[④]。故吏部每选士，常不能百人，其间区别四五等，得为京职仅六七人焉，非才俊卓异者不与也。于其既任，则俸禄之厚养，轩冕之尊荣，隶仆之任使，随而畀之，非有所靳[⑤]。迨三载，仍锡诰敕，褒美推恩，封赐其亲，以荣于身家。待士至此，亦极矣。士于此固必欲仕，仕不徒仕，期于得地以行其学。夫既得矣，则闻之于昔者，即欲推之于今；修之于身者，即欲致之于民。凡其居一职、治一事，蚤夜勤恪[⑥]，无少肆忽其心，俾事功奋成，不落落居人后[⑦]，得誉于卿大夫间，无辜国家造育与所以选任之盛，然后可以言士之仕矣，岂徒为利禄哉？

良辅兹当筮仕之初[⑧]，获赞地官之政[⑨]，职居郎署，簪绶朝班[⑩]，于士辈亦荣矣。于以推其平昔所存，施诸政事之间，慎修职业[⑪]，不懈以勤，日见声华[⑫]，著于郎列，闻誉朝端[⑬]，承恩命以及于亲，其显融光耀，益甚矣！且今之仕者，由士而大夫，由大夫以至于卿，历等而进，犹阶而升堂也。良辅实士之翘楚者[14]，他日逾阶而进于大夫之任，可知也。

【注释】

① 徐主事，指徐弼，字良辅。山东益都县（今青州市）人。永乐间贡生，入太学，授户部主事，迁员外郎。正统十年（1445）九月，升河南布政司右参议。引年致仕，年九十四卒。其女适马愉长子马徵。

② 郡邑：府县。几：接近。

③ 渐（jiān）渍：浸润。引申为渍染，感化。

④ 豫樟：枕木与樟木的并称。比喻栋梁之材，有才能的人。樗栎：比喻才能低下的人。

⑤ 靳：吝惜。

⑥ 蚤夜：昼夜，早晚。蚤，通“早”。勤恪：勤勉恭谨。

⑦ 落落：孤独的样子。

⑧ 筮仕：古人将出做官，卜问吉凶。指初出做官。

⑨ 地官：古代六官之一。《周礼·地官·序官》：“乃立地官司徒，使帅其属而掌邦教，以佐王安扬邦国。”唐代武则天曾改户部为地官（很快复旧），因亦以地官称户部长官。

⑩ 朝班：泛称朝廷百官之列。

⑪ 慎修：谨慎修行。

⑫ 声华：声誉荣耀。

⑬ 朝端：朝廷。

⑭ 翘楚：本指高出杂树丛的荆树。比喻杰出的人材。

送徐主事还乡省母序①

仕而得禄以养其亲，与命数之秩荣及于亲[2]，是皆人子所共愿。然得遂其心者，盖无几。今自上士而下，幸而所获仕于朝，始得推恩，或秩次不及又不与焉[3]；禄赐兼两京，始听推养，或羡数不足者[4]，又不获焉。故士尝有为亲而仕，而卒不能养以为憾者。

予郡友徐君良辅，自宣德中为户部主事，其父已即世矣[5]。尝迎母氏至京就养，再阅岁[6]，而母氏以桑梓之思，不可留也。君遂以月俸之半移给诸子，俾共旨甘而代养焉[7]。及三载考最，赐敕命赠父如其官，母封太安人。今又得觐省于家，焚黄展祀，得遂所愿，不亦有过于人也哉？然君之归，登拜高堂，顾瞻母氏，酡颜鹤发[8]，华冠珠翟[9]，怡娱于家庭。而君入厨，馔视滋味，奉觞而进[10]，欢溢颜色然。又睹母氏年及耆艾[11]，定省旷疏[12]，则不能无欣戚交并者矣。登于丘垄[13]，陈乎豆笾，龙章荣命[14]，宣贲泉壤[15]，而君之诚固无不至。然视松柏苍苍，榛莽萧然，而先人音容仿佛如在[16]，则不能无凄怆怵惕者矣[17]。退而谒里闾、访故旧，长长少少，论叙平昔，于以修孝弟，敦礼让，以尽所谓"维桑与梓，必恭敬止"者矣[18]。予知君之归也，非徒侈昼锦之荣也[19]，盖有系乎伦教之大也。非特耀一家、夸一乡也，盖有以彰朝廷风励臣下、覃施恩德[20]，必泝及所生[21]，振举旷昔所未举，而特为一代之盛事也。在朝缙绅，咸以此意歌诗章赠君，而予序其事于卷端，为之张本也[22]。

【注释】

① 徐主事，见上篇《赠徐主事序》注。

② 命数：爵位或官职的品级。

③ 秩次：秩禄等级的高低。

④ 羡：指盈余。

⑤ 即世：去世。

⑥ 阅岁：经过一年。

⑦ 旨甘：美好的食物。常指养亲的食品。

⑧ 酡颜：指面色红润。

⑨ 翟：指用雉羽装饰的衣服、车子等器物。

⑩ 奉觞：举杯敬酒。

⑪ 耆艾：指老年。六十曰耆，五十曰艾。

⑫ 定省：子女早晚向亲长问安。

⑬ 丘垄：坟墓。

⑭ 龙章：指诏书，敕令。

⑮ 泉壤：犹泉下，地下。指墓穴。

⑯ 仿佛：隐约，依稀。

⑰ 悽怆：悲伤，悲凉。怵惕：戒惧，惊惧。

⑱ “维桑与梓”二句：见《诗经·小雅·小弁》。朱熹《诗集传》：“桑、梓二木。古者五亩之宅，树之墙下，以遗子孙给蚕食、具器用者也。”东汉以来一直以“桑梓”喻家园、故乡。

⑲ 昼锦：“衣锦昼行”的省称。指富贵还乡。

⑳ 风(fèng)励：用委婉的言辞鼓励、劝勉。

㉑ 泝：追溯，推求。今多写作“溯”。

㉒ 张本：作为伏笔而预先说在前面的话。

送钦天监吴冬官还乡省墓序[①]

今之钦天监，古太史星历官也。其职以明天文星象，推测日月进退，周天往来度数[②]，四时之相序，五行之相迭，候节蚤晚，气朔虚盈。凡庶征休咎之应，灾祥变异之至，皆为之造历制象，以前民用，所以敬天道而修人事也。故自古初圣神始为之制，历代因之弗易。若司马迁、公孙卿、壶遂、蔡邕、一行之流[③]，皆能遵用古法，究精其术，以相时君敬天勤民之意。国家设钦天监，置官日正、日副，又分置春官正、夏官正，秋与冬亦然。其即伊祁之命羲和[④]，若昊天制历象[⑤]，敬授人时[⑥]，而又分命仲叔宅四方、厘四时之意欤[7]？

昆陵吴君克宜[8]，由天文生为五官保章正，升冬官正，三年善于其职。上用褒奖，锡敕命旌其能，赠其父达以官，母为太安人。又给内帑[9]，俏归展省焚黄[10]。都邑之交游，祈予言赠。

予惟人于荣达利禄固在所欲，而得追及其亲，显于地下，为松梓之光者，尤所愿也。此必祖宗大隐德，子孙善承不怠，守其业以专以精，而又能宣力于国家，图称厥任，然后所愿可责矣。夫岂幸而致哉？尝闻克宜家世以斯业传，占候、推步、星历、气数之术[11]，究极玄奥，为江左阴阳家冠。且先世既多阴德，克宜实举其业，则其重膺褒秩、荣及于亲，宜矣！今之承恩奠扫，行次佳城，于时衣冠毕陈，尊俎载列[12]，而新封高爵称于若考若妣之灵，其自庆于泉壤之下，不可言矣。而克宜念亲报本之意，亦于是而妥焉。然子于亲既无所憾，则后日之来所以报君恩者，又奚可后哉？克宜诚如所志，人将谓忠臣孝子也，舍子而谁归？

【注释】

① 吴冬官，指冬官正吴克宜，南直隶常州（今属江苏）人。钦天监，是掌管观察天象、推算历法的官署。历代多设置，名称不同。周有太史，秦汉以后有太史令。隋设太史监，唐设太史局，后又改司天台，隶秘书省。宋元有司天监，仍与太史局、太史院并置。元又设有回回司天监。明改名钦天监。明钦天监设监正一人、监副二人。其术官有春、夏、中、秋、冬官正各一人，五官灵台郎八人，五官保章正二人，五官挈壶正二人，五官监候三人，五官司历二人，五官司晨八人，漏刻博士六人。本文中提到的“保章正”，专志天文的变化，以测定吉凶。

② 度数：指用以计量的标准。

③ 司马迁：字子长，西汉夏阳（今陕西韩城南）人。元封三年（前108），接替其父做太史令。太初元年（前104），与天文学家唐都壶遂等人共同制订了“太初历”。公孙卿：西汉时期人的方士。壶遂：西汉时梁（治今河南商丘南）人。通晓律令。蔡邕：字伯喈，东汉陈留（今河

南省开封)人。汉献帝时曾拜左中郎将,故后人称为“蔡中郎”。一行:唐代天文学家和佛学家,本名张遂,魏州昌乐(今河南省南乐县)人。

④ 尹祁:传说中上古帝王尧的姓氏。尧帝,姓尹祁,号放勋。羲和:羲氏与和氏的并称。传说尧曾命羲仲、羲叔及和仲、和叔两对兄弟分驻四方,以观天象,并制历法。

⑤ 若:顺从。昊天:苍天。昊,广大。历象:历法,天文星象。

⑥ 敬:表示谨慎严肃、至诚勤勉的态度。人时:民时。

⑦ 仲叔:指兄弟中排行第二者。这里指“羲氏与和氏”中的仲叔。宅:居住。厘(lí):治理,处理。

⑧ 昆陵:常州古称。常州春秋时属吴国,名延陵邑。秦代置延陵县,汉代改称昆陵。晋代分置武进县,改昆陵为晋陵。梁代改武进为兰陵。隋代改称常州,后来又改为兰陵郡。唐代置武进县,又设常州管辖武进县。宋代称为常州昆陵郡。元代称为常州路。明代初年称常春府,改晋陵为京临,改武进县为永定,后又改常春府为常州府,并京临于永定,再改永定为武进。清代分置阳湖县。民国初年废置常州府,将阳湖县并入武进县,别称兰陵或昆陵。

⑨ 内帑(tǎng):指国库里的钱财。

⑩ 展省:特指省视坟墓。焚黄:品官新受恩典,祭告家庙祖墓,告文用黄纸书写,祭毕即焚去,谓之焚黄。后亦称祭告祝文为焚黄。

⑪ 占候:视天象变化以附会人事,预言吉凶。推步:推算天象历法。古人谓日月转运于天,犹如人之行步,可推算而知。星历:天文历法。气数:气运,命运。气,底本作“器”,据“朐抄本”改。

⑫ 樽俎:盛酒食的器皿。樽以盛酒,俎以盛肉。

澹轩文集今注

【卷之六】

序

送参政杨公之任福建序[①]

大梁杨公逊之[②]，为户科给事中[③]，宣宗皇帝尝慎简在廷侍从[④]，首被知遇，命专掌科事。舆论以为当。迨今天子嗣位之初[⑤]，大简内外官，诏公卿大臣，各举所知堪寄方岳之任者以闻[⑥]。于是名公大臣又交章荐公[⑦]，遂迁是秩，赐玺书乘传[⑧]。既行，相知者祖饯都门外[⑨]，命予序其事。

予闻昔裴行俭有言[⑩]："仕当先器识而后文艺。"[⑪]谈者以为确论，莫或非之。彼谓士先器识，则足以任重致远，见诸事业者光明俊伟[⑫]，不为落落如《诗》所谓"凭翼"、《易》所谓"包荒"是已[⑬]。行俭斯言，真足以尽观人世之大人君子。苟不能然，欲为国家求士，所知不过私亲比昵、燕游交处之流[⑭]。于若疏远，不免得彼而遗此，责细而弃大，往往不惬与议[⑮]，盖以此。

今之公卿大臣，不啻百辈行俭其人[⑯]，故举皆知名士，未有以疏远昵迩为遗谬，一出于公道然也。况予知公自举乡贡，登进士，从事馆阁，为中书，居近侍，迨今二十年，未尝去书不观，问学才猷见重于缙绅之间[⑰]，匪一日矣。于今非惟不孤名公大臣之知，第恐名公大臣知公有未尽耳[⑱]。虽然，古人有受一言之诺，必欲有以践己；治三家之邑，必欲有以泽物。况圣天子特命以藩翰之寄[⑲]，岂寻常命吏比哉[⑳]。公尚导迎德泽[㉑]，推心黎庶[㉒]，异时称东南藩臣之最[㉓]，将必有在。而崇阶峻位之进[㉔]，亦于是乎征。

【注释】

① 杨逊之,即杨盛,字逊之。河南开封府延津县(今新乡延津市)人。永乐十六年(1418)三甲进士。历中书舍人、户科给事中。宣德十年(1435)十月,升福建布政司左参政。

② 大梁:战国魏都。在今河南省开封市西北。后以大梁代称开封。

③ 给事中:官名。秦始置,历代有沿革。明洪武六年(1373年)设给事中十二员,始分为吏、户、礼、兵、刑、工六科,分科治事。主要掌侍从、谏诤、补阙、拾遗、审核、封驳诏旨,驳正百司所上奏章,监察六部诸司,弹劾百官,与御史互为补充。品卑而权重。

④ 慎简:谨慎简选。简,选择,选用。

⑤ 今天子:指明英宗。

⑥ 方岳:传说尧命羲和四子掌四岳,称四伯。至其死乃分岳事,置八伯,主八州之事。后因称任专一方之重臣为"方岳"。

⑦ 交章:官员交互向皇帝上书奏事。

⑧ 玺书:古代以泥封加印的文书。秦以后专指皇帝的诏书。乘传(shèngzhuàn):指使车。传,驿站或驿站的车马。

⑨ 祖饯:饯行。

⑩ 裴行俭:绛州闻喜(今山西闻喜东北)人,唐高宗时名臣。官至礼部尚书,兼右卫大将军,封闻喜县公。

⑪ "士当"句:见《新唐书》卷一〇八《裴行俭传》。原文作"士之致远者,先器识,后文艺。如勃(指初唐诗人王勃)等虽有才,而浮躁衒露,岂享爵禄者哉?"器识:器局与见识。

⑫ 俊伟:卓异壮美。

⑬ 落落:犹磊落。用以形容人的气质、襟怀。凭翼:见《诗经·大雅·卷阿》:"有冯有翼,有孝有德。"冯,也作"凭"。冯,辅佐。翼,说明。包荒:包含荒秽。指度量宽大。见《周易·泰》:"包荒,用冯河,不遐遗。"王弼注:"能包含荒秽,受纳冯河者也。"

⑭ 比昵:亲近。燕游:宴饮游乐。

⑮ 惬:恰当,合适。

⑯ 不啻:不仅,何止。

⑰ 问学:即学问。才猷:才能谋略。

⑱ 第恐:只怕。表示拟测。

⑲ 藩翰:比喻捍卫王室的重臣。指布政使。

⑳ 命吏:命官。

㉑ 导迎:招致。

㉒ 黎庶:黎民。

㉓ 藩臣:拱卫王室之臣。

㉔ 崇阶:高位,高官。

送参政董公之任山东序[①]

正统己未夏五月[②],上亲选诸曹郎侍御十余人[③],为诸藩臬牧守参佐[④],盖极选也[⑤]。是月廿有八日,诸使陛辞[⑥],上谕之曰:“今特命尔等作方面[⑦],职任惟重[⑧],尔等其体朕怀,抚予黔黎[⑨],无令失业。是乃惟尔之责,钦予兹命毋忽。”众顿首诸,钦承惟谨[⑩]。地官郎中三山董公某[⑪],得参山东布政司政。既行,其旧僚主事徐君良辅[⑫],予乡友也,求言以祝之行。

惟予家山东,寔其邦人,藩参之位,高大且贵,若有所誉,则近谀[⑬];有所规,则不恭。若夫所职当务,则有圣天子谆谆面命在[⑭],然则宜何言?夫王者有天下之人民,有天下之事功,以天下之才而任之,宜其有余矣。然求天下之才,任天下事功,治天下人民,则有所不足,何耶?若所谓备官,则宜其有余;若所谓有官,则知其不足焉。汉明帝尝曰:“郎官出宰百里,上应列宿[⑮],苟非其人,民受其殃。”夫以百里之寄,尚虑其非人,则知当时郡国刺史守相,肯易其选而轻以予人哉?

我国家幅员之大,视古加辟[⑯],制分天下为十三布政司[⑰],用作藩翰[⑱],盖即唐虞之州牧[⑲],成周之方伯[⑳]。上以承天子德意,宣布于下，以倡所属郡守群吏，咸在统纪[21]，若挈纲维。厥任之不易若是，予故以为取天下之才任之，有不足也。且山东，北方大藩，密迩京畿[22]，其地奄齐鲁、连燕赵、跨辽东，延袤不知其几千里[23]。岱岳河海流峙其中，属有六大郡[24]，州县百十有奇，而穷海边，夷不与焉。土有沃野瘠硗[25]，广谷大泽，水陆异势，桑麻粟稌[26]，鱼盐果蔬，不一其产。居民繁殖，烟火相望，凡其供输之出[27]，力役之征，极为浩穰[28]。职方岳者，一举错繁简，则六郡之休戚系焉[29]。繇昔历今，一方之民屡蒙其泽，咸自选任之有其道，而守职者能体德意以行之也。公由名进士三为主事，又陟正郎，闻望重于朝著[30]，非一日矣。今临于藩，将俾一方之民愈被其泽，而公之后来所至，尤未可量也。

【注释】

① 董公，指董和(？—1454)。福建闽县(今福州市区)人。永乐十六年(1418)进士。授户部主事，升郎中。正统四年(1439)五月，擢山东布政司左参政。景泰元年(1450)八月，改湖广布政司，九月，升贵州左布政使。和为人端谨，有治才，所至人称慕之。景泰初致仕。景泰五年(1454)十一月卒。

② 正统己未：正统四年(1439)。

③ 曹郎：即部曹。部属各司的官吏。

④ 藩臬(niè)：藩司和臬司。明清两代的布政使和按察使的并称。牧守：州郡的长官。州官称牧，郡官称守。参佐：部下，僚属。

⑤ 极选：最佳的选择。

⑥ 陛辞：指朝官离开朝廷，上殿辞别皇帝。

⑦ 方面：古指一个地方的军政要职或其长官。

⑧ 职任：执掌方面之任。

⑨ 黔黎：黔首黎民。指百姓。

⑩ 钦承：恭敬地继承或承受。

⑪ 地官：称户部长官。郎中：官名。始于战国。秦汉沿置。掌管门户、

车骑等事;内充侍卫,外从作战。另尚书台设郎中司诏策文书。晋武帝置尚书诸曹郎中,郎中为尚书曹司之长。隋唐迄清,各部皆设郎中,分掌各司事务,为尚书、侍郎之下的高级官员,清末始废。三山:福州的别称。福州城中西有闽山,东有九仙山,北有越王山,故福州又称三山。

⑫ 徐良辅:即徐弼。见卷五《赠徐主事序》注。

⑬ 谀:谄媚,奉承。

⑭ 面命:当面告语。

⑮ 列宿:众星宿。古人依据星纪、玄枵、诹訾、降娄、大梁、实沈、鹑首、鹑火、鹑尾、寿星、大火、析木十二星次的位置,划分地面上州、国的位置与之相对应,谓之分野。

⑯ 辟(pì):开辟,开拓。

⑰ 十三布政司:明朝建立后,为加强中央集权,改元朝之行省为承宣布政使司。布政使司仅主管民政,又设提刑按察使司掌刑狱、都指挥使司掌军政,合称都、布、按三司,遇大事由三司会商。明布政使司的职掌虽与元行省有差异,但作为行政区划并无本质上的不同,所以,习惯上仍称布政使司为省。有明一代,除京师、南京外,计有山东、山西、河南、陕西、四川、江西、湖广、浙江、福建、广东、广西、云南、贵州十三个布政使司。京师又称北直隶,南京又称南直隶,此即两京(直隶)十三布政使司,俗称为十五省,为明直辖地区的行政区划。

⑱ 藩翰:比喻捍卫王室的重臣。

⑲ 唐虞:指尧与舜的时代。州牧:官名。古代指一州之长。《尚书·周官》:"唐虞稽古,建官惟百,内有百揆四岳,外有州牧侯伯。"汉成帝时改刺史为州牧。后废置不常。东汉灵帝时,再设州牧,掌一州军政大权。魏晋后废。后世借用为对州最高长官的尊称。

⑳ 方伯:殷周时代一方诸侯之长。汉以来之刺史,唐之采访使、观察使,明清之布政使均称"方伯"。

㉑ 统纪:统率。

㉒ 奄(yǎn):覆盖。引申为包括。密迩:贴近,靠近。京畿:国都及其行

政官署所辖地区。

㉓ 延袤:绵亘,绵延伸展。

㉔ 六大郡:据《明史·地理志二》,明代山东领六府,十五州,八十九县。

㉕ 瘠硗(jí qiāo):贫瘠硗薄。指土地坚硬不肥沃。

㉖ 粟稌(tú):稻谷等粮食。

㉗ 供(gòng)输:指赋税。

㉘ 浩穰:众多,繁多。

㉙ 休戚:喜乐和忧虑。

㉚ 朝(cháo)著:犹朝班,古代群臣朝见帝王时按官品分班排列的位次。

送丘宪副之任河南序[1]

监察御史潮阳丘君世杰,考绩至自南京。在廷大臣素闻其为人清介鲠直[2],练达政务;又尝见其有所建白,皆切于时事,知其器可胜重任,乃以名荐。上命为河南按察副使。将之官,江西道监察御史同郡萧君銮[3],祈予言赠。

夫按察使谓之风宪官。宪之为言法也,谓持法以弼政教所不及也[4]。其职以公刺举、省风俗、旌别淑慝、振肃纲纪为务[5]。前代虽废置不同,当时在是责者,未或不殚虑毕志,以求无愧焉。国朝于方面置之,监督所部,官有使、有副,有佥宪、副佥,皆其二也。凡彼吏治得失、民情戚休,咸其所系,威令风裁,与中台相望,所谓清要之职,最为甚重者。故及今七八十年,每选必得异等,非才望备者不预。今之选,寔自上迪简之明[6],与大臣推荐之公,为佥论所多[7],君宜所自知者。

大抵方今之务,风俗为急,而风俗实本于吏治。则夫兴学校,崇礼让,亦杳乎未之闻也。故昔有为之士,使车一出[8],先声入境,而奸吏望风解印绶去者以十数。又有作诗谕民,风以教化,先之以孝弟忠信,老稚传诵,相视以为戒。是曾以刑罚示其猛乎？君今临是邦，殆见别郡之吏，闻风震慑，懦者以立，墨者以洁[9]，雄奸宿蠹一切刮去，无敢肆其渔猎。出则询及闾阎畎亩[10]，俾幽隐穷瘽之氓[11]，咸得达其情，不阽于困溺[12]。民事尽风俗，其有不厚乎？若但曰事钩距、按牍律、琐屑伺察为明，錮犴狴[13]、攻锻炼为威者[14]，予恐不特非风宪之急务，亦非奉德意之所先也。《书》曰："辟以止辟。"[15]君其取于斯。

【注释】

① 丘宪副，指丘俊。字世杰，广东潮州府程乡县（今梅州市）人。永乐十五年（1417）举人，永乐二十二年进士。宣德七年（1432）五月，擢为监察御史。正统七年（1442）七月，升河南按察司副使。正统十三年，改任福建按察司副使。景泰元年（1450）秋七月，以老疾致仕。

② 清介：清正耿直。

③ 萧銮：字景和，广东潮州府潮阳县（今汕头市潮阳区）人。宣德二年三甲进士。授行人司行人，使甘肃，不受馈赠。擢监察御史，雪冤狱百余人。正统间，以御史擢广西提学佥事。累官山西按察司副使。

④ 弼：纠正，辅佐。

⑤ 淑慝：善恶。

⑥ 迪简：选拔引进。

⑦ 佥论：众论。多：称许。

⑧ 使车：使者所乘之车。

⑨ 墨者：指不廉洁的人。

⑩ 闾阎畎亩：指民间。

⑪ 瘽（yìn）：心病。

⑫ 阽（diàn）：临近危险。

⑬ 犴狴（ànbì）：传说中的兽名。指牢狱。明杨慎《龙生九子》："俗传龙生九子，不成龙，各有所好……四曰狴犴，形似虎，有威力，故立于狱门。"

⑭ 锻炼：罗织罪名，陷人于罪。

⑮ 辟以止辟：见《尚书・君陈》。孔颖达疏："刑罚一人可以止息后犯

者。”强调的是敬德慎罚。原文作“有弗若于汝政，弗化于汝训，辟以止辟，乃辟”。大意是说，有人不顺从你的政事，不接受你的教训，处罚可以制止别人犯法，才处罚。

送耿参议序[1]

秋官郎中历阳耿君定秩满[2]，有司述厥绩以闻，上特命为福建布政司右参议。或言于君曰：“岳牧之寄，岂轻也哉！观昔帝舜咨十有二牧[3]，自‘食哉惟时’至‘蛮夷率服’[4]，其事缓急先后有序，大要在于治内绥外、表率诸侯。但不知当时任一州之牧者几人？今观咨命之辞，其任专、其责重，概可知矣。今国家幅员之大，盛于虞时，而布政之设，即周牧遗制。自使而下止六人，控一方面，总治群吏，宣布德泽[5]。凡民生戚休[6]，政理得失，是寄是托，故所命不易。前此方面员缺，屡敕在廷诸大臣推荐，访至再四，始命其谆谆之谕，蔼然虞廷所咨然[7]。又或有佥论虽与，而未久于事者，名虽上，多中寝不下[8]。今于君则不待访而即命者，诚以君久于其官，行绩素著闻，上信然而弗疑也。且闽为东南大藩，地袤岭海，土沃而民夥[9]，麻丝谷帛输佐国用者，浩不可计。君以老成才参佐其间，实宜。然上宠任之重，与吾侪期望之意[10]，在君所当恤者。”

君谢曰：“某辱惠教。某闻之，‘不敢忘者，恩之大也；所难处者，责之备也’。负大任难，某知所慎矣，在某尽心焉耳。某自太学释褐为主事[11]，治刑狱，临断恒矜矜焉[12]，于法未尝敢有所滥也。及陟正郎，持法尤慎，居僚属间[13]，歉歉焉，恒惧或肆，未尝敢有所亵也。兹承圣天子命，佐理一方，信知恩大责备。而吾所酬，惟苟利于同胞是图，而凡茕独鳏嫠[14]，亦莫敢轻以侮也。志焉而已矣，余复奚恤？”

或者曰："若君，信其为岳牧乎？知爱民，其肯孤君命乎？于其往，将何治不可成，而何地之不可至乎？"

乃告其言于予，俾为序以赠。

【注释】

① 耿参议，指耿定。南直隶和州人（今安徽和县）人。宣德元年（1435）三月，由监生擢为监察御史。历刑部郎中、福建布政司右参议。正统十一年（1446）六月，由福建调浙江，仍任布政司右参议，专理银矿。正统十四年，处州盗起，领兵剿捕，率先督战，殁于阵事。赠浙江按察司副使。

② 秋官：称掌司刑法官员。历阳：和县的古称，因县南有历水而得名。

③ 十有二牧：传说中舜时十二州的长官。

④ 食哉惟时：见《尚书·舜典》。原文作："食哉惟时！柔远能迩，惇德允元，而难任人，蛮夷率服。"这是舜的话，大意是说，生产民食要依时！安抚远方，爱护近邻，亲厚有德，信任善良，而又拒绝邪佞的人，这样，边远的外族都会服从。

⑤ 德泽：恩德，恩惠。

⑥ 戚休：犹休戚。忧愁和欢乐，祸福。

⑦ 虞廷：指虞舜的朝廷。相传虞舜为古代的圣明之主，遇事多向贤者咨询。

⑧ 中寝：中止。

⑨ 夥（huǒ）：众多，盛多。

⑩ 吾侪：我辈。

⑪ 释褐：脱去平民衣服。比喻始任官职。

⑫ 矜矜：戒惧，小心谨慎。

⑬ 僚属：属官，属吏。

⑭ 茕（qióng）独鳏嫠（lí）：泛指孤独无依的人。鳏，老而无妻。嫠，寡妇。

送阎佥宪之任陕右序[①]

有楩楠杞梓[②]，必遇匠石[③]，然后选之，当其材用之，成其器。遇拙工焉，则枉其材而用之，甚则伍于樗栎之场[④]，废弃而不见收者，有矣。人之材，遇不遇，亦若是。惟今圣天子在上，其虑民也至，其任人也慎。故凡方面之臣，缺则下诏，在廷大臣百僚中公举，如此者岁数至三四。盖以众人耳目为匠石，不欲使楩楠杞梓之材之违其用也。用是，任推访者必极考察之公，而不昵以近私；膺荐举者，喜得施所蕴，咸矜自惕励[⑤]，砥砺厥操，树立事功[⑥]，用图厥报称[⑦]。则士生斯世，信谓有遇矣。

济南阎君时雍，以江西道监察御史，受大理卿王公荐[⑧]，拜陕西按察佥事。将之官，寅僚请赠言于余。余发乡解时[⑨]，宾与君同榜[⑩]，知君为忠厚士。其尊府君尝宦游南方，甚有教法，君德于闻见为多[⑪]。又其材质颖异[⑫]，器识通敏[⑬]，夐出侪辈中[⑭]。为御史，表表有声于台中[⑮]；出按四方，列郡闻风悚动[⑯]。凡所敷奏[⑰]，每有合时宜者，其都堂尝称之[⑱]。则今日之擢，岂无然哉？

陕右，君旧巡历之地，其间民俗美恶，吏治得失，风土之形胜[⑲]，往贤之遗迹，已尝遍览而详悉矣。今往则当益励所操，发舒平素，居则佐正使，明慎庶狱[⑳]，务得厥中；出则董正郡邑[㉑]，稽弊理滞，务俾豪猾屏息[㉒]，柔良得所[㉓]。过古圣贤遗墟故址，又当思曰："某也，遗泽衣被万世[㉔]，导人知所尊；某也，言行师法百代[㉕]，劝人知所仰。"少补时风，日趋于忠厚，则于朝廷任使盛意，庶有所副；而大臣见知之明，甄拔之公[㉖]，与夫交游之所期望，亦不有所孤云。

【注释】

① 阎佥宪，指阎肃。字时雍，山东历城县（今济南市）人。宣德四年

(1429)举人。宣德八年三月,擢江西道监察御史。正统五年(1440)五月,任陕西按察司佥事。景泰四年(1453)二月,升陕西布政司左参议,八月,致仕。佥宪,对佥都御史的美称。佥都御史,明代都察院官员,地位次于左右副都御史。

② 楩楠:黄楩木与楠木。皆大木。杞梓:杞和梓。两木皆良材。

③ 匠石:古代叫"石"的巧匠。《庄子·徐无鬼》:"郢人垩慢其鼻端,若蝇翼,使匠石斫之。匠石运斤成风,听而斫之,尽垩而鼻不伤,郢人立不失容。"后亦用以泛称能工巧匠或擅长写作的人。

④ 樗栎(chūlì):《庄子·逍遥游》:"吾有大树,人谓之樗,其大本拥肿而不中绳墨,其小枝卷曲而不中规矩,立之涂,匠者不顾。"又《人间世》:"匠石之齐 ,至于曲辕,见栎社树……曰:'散木也,以为舟则沉,以为棺椁则速腐,以为器则速毁,以为门户则液樠,以为柱则蠹。是不材之木也,无所可用。'"后因以"樗栎"喻才能低下。

⑤ 惕励:警惕谨慎;警惕激励。语出《周易·乾卦》:"君子终日乾乾,夕惕若厉,无咎。"

⑥ 事功:指为国勤奋努力工作的功勋。

⑦ 报称:报答。

⑧ 大理卿王公:指大理寺卿王骥(1378—1460)。字尚德,北直隶束鹿(今河北辛集市)人。永乐四年(1406)进士,任山西兵科给事中。宣德九年(1434),升任兵部尚书。正统二年(1437),受命整饬甘肃一带边备。正统六年(1441),总督军务,率部征麓川(今云南省瑞丽)。以征南功,封靖远伯。土木堡之变后,去职。景泰八年(1457),参与发动夺门之变,拥英宗复位,仍任兵部尚书,不久以老告退。三年后卒。赠靖远侯,谥"忠毅"。

⑨ 发乡解:指考中举人。唐宋时,凡举进士者,皆由州县地方推荐发送入京,称为"解"。后因称乡试为解试。

⑩ 宾:列。马愉为永乐十八年举人,此处言"同榜",而据《历乘》、道光《济南府志》等方志记载,阎肃为宣德四年己酉科举人,不详何故。

⑪ 德:指受惠。

⑫ 材质:资质。颖异:聪慧过人。

⑬ 器识:器局与见识。

⑭ 敻(xiòng):远。侪辈:同辈,朋辈。

⑮ 表表:卓异,特出。

⑯ 悚动:震动。

⑰ 敷奏:陈奏,向君上报告。

⑱ 都堂:明代称都察院长官都御史、副都御史、佥都御史。又派遣到外省的总督、巡抚都带有都察院御史衔,亦称都堂。

⑲ 形胜:指山川壮美之地。

⑳ 明慎:明察审慎。庶狱:诸凡刑狱诉讼之事。

㉑ 董正:监督纠正,督察整顿。

㉒ 豪猾:指强横狡猾而不守法纪的人。屏息:敛迹,消失。

㉓ 柔良:柔顺良善的人。

㉔ 遗泽:留下的德泽。

㉕ 师法:效法,学习。

㉖ 甄拔:甄别选拔。

送薛佥事之任山东序①

皇帝纪元之初②,锐向儒术,崇饬旧章③。用少保兼户部尚书黄公言④:“天下郡县学校,独责有司为劝。近者,有司或鞅于庶务⑤,鲜暇及。为师徒者,或乐因循,寡敦本实⑥。宜择人,委一方面,专责厥成。如是,始副建学盛意。”乃诏在廷公卿大臣,各察有学、术行修洁者以闻。吏部尚书郭公⑦,首荐云南道监察御史河东薛君德温,为山东按察司佥事。偕数人,并赐玺书⑧,给课条,乘传乃行⑨。一时在朝闻人,咸欣然称谓得人。或赋诗为君饯,属予序首简。

窃惟朝家建学⑩,于今余七十年,规模制度,愈修而益完。凡为是,非独为罗致俊乂⑪,苟一时之宜然尔,期欲古先圣哲之微言懿行，具在民生日用间者，耿若日星，永不使泯坠，一公古今意也。至是，虑寻常士弗克祗率，无以激倦怠[12]，有不容不举公天下之选，以取公群望之材，与语成公古今之务。余山东得以君临之，而士大大皆贺以为宜，是又足以慰余山东士民之望。虽然，且有告焉。

山东之区，郡邑余百十，井落联比数千里[13]，哲愚异禀[14]，奚啻百千类[15]。且其设学，官师有职，生徒有数，教条课试有程[16]，于焉作其材而止耳。余恐其所及者未广，若夫闾里族伍家塾乡人之教，鲜能讲之者久。余以为先王之世，必由美风化，然后培士气，德行道艺，人能肄习，不徒诵说文辞而已。故《兔罝》[17]，野人有足以语干城；津女馌妻[18]，有足以谈礼义。未闻旷数百里礼让缺然[19]，而独拘拘责备于数十生徒[20]。此余所以正有望于今日。然训有之："未见颜色而言谓之瞽。"又曰："可与言而不与之言，失人。"余虽识君，盖知其为雅德君子也。故予宁"瞽"也，而不为"失人"也。于是乎言。

【注释】

① 薛佥事，指薛瑄（1389—1464），字德温，号敬轩。山西河津县（今属运城市）人。永乐十九年（1421）进士。宣德三年（1428），擢监察御史。正统元年（1436），为山东提学佥事；六年，出任大理寺正卿。因触怒太监王振，放还为民。景泰二年（1451），擢南京大理寺卿。天顺元年（1457），转礼部侍郎，翰林院学士。因石亨等人专权，辞官，居家讲学。天顺八年卒，谥"文清"。著名理学大师，河东学派的缔造者。著有《读书录》《薛文清集》。

② 皇帝纪元之初：指英宗皇帝即位初。

③ 旧章：昔日的典章。

④ 黄公：指黄福，见卷二《送黄尚书》注。

⑤ 鞅：羁绊。庶务：各种政务，各种事务。

⑥ 本实：本来的真实含义。

⑦ 郭公：指郭琎（jīn）。字时用，初名进，京师保定府新安县（今河北保定安新县）人。永乐初，以太学生擢户部主事。进吏部侍郎。仁宗即位，命兼詹事府少詹事，更名琎。宣德四年（1429），升吏部尚书。

⑧ 玺书：古代以泥封加印的文书。

⑨ 乘传：乘坐驿车。传，驿站的马车。

⑩ 朝家：国家，朝廷。

⑪ 俊乂：才德出众的人。

⑫ 倦怠：疲乏懈怠，厌倦懈怠。

⑬ 井落：村落。

⑭ 异禀：非凡的天资。

⑮ 奚啻：何止。"啻"，底本作"帝"，据"朐抄本"径改。

⑯ 教条：官署或学塾中所颁布的劝谕性的法令或规章。

⑰ 兔罝（jū）：《诗经·周南》中一篇。首章云："肃肃兔罝，椓之丁丁。赳赳武夫，公侯干城。"罝，捕兽的网。干城，捍卫城池。

⑱ 津女：渡口上的女子。馌（yè）妻：指往田间送饭的妇女。

⑲ 缺然：废弛。

⑳ 拘拘：拘泥的样子。

送戴佥宪考绩还任序[1]

宣德初，予始官于朝，获识监察御史淄川戴君守一。睹其为人，风裁骨立[2]，辞貌严毅[3]，有刚正气。及衔命按治浙东[4]，又闻所至豪猾屏息[5]，列郡肃然。凡所核刺，一以循至公，人无怨嗟；苏困振弊[6]，罔有不至，其才猷足以有为者矣[7]。逮九载论最[8]，擢佥山西按察事。继有自河汾来者[9]，皆能道君为政。首至，即按行所部，询问民瘼[10]，究极弊端，廉贪暴，举循良，理悬逋[11]，起废滞。不徒任刑辟[12]，而宿奸积蠹[13]，铲涤无滋蔓。其在僚寀中[14]，诚易洞信，辞不吐茹[15]，同列多称道焉。予益信向所见闻为非诬矣。岁四月，考绩天官[16]，既还，朝绅之旧游者，命予言为祝。予与君家邻郡，又既识之，遂不辞为言。

窃惟风宪为清要之职，自昔所简重[17]。在内则都察院，纠正庶僚，维持纪度，朝廷得以尊严，百辟得以知所惕厉[18]，率由是模楷焉。在外曰按察司，刺举贪愒[19]，禁戢暴慢[20]，范化正俗，必使一方善焉有劝[21]，恶焉有惩，昭法令如日星下，人持守敬畏，凛然不违犯，刑将置而不用者，斯乃职风纪者所当从事耳。彼有自为刻深[22]，必恃刑戮而后行，日拘拘于尺牍之烦，縻詈锻炼[23]，务人畏威而不蒙德，此则寻常法律吏之所为，乌在其霈扬德泽，通上下之情乎？孔子曰："听讼，吾犹人也。必也使无讼乎！"[24]盖甚言不以听讼为难，无讼可听为贵。君能为此而不为彼，真得夫孔子之教，知职风纪者所当务也。然河汾之区，自古名公贤臣之出处、游历多在其间，于今遗迹犹有存者。君巡访之暇，得所观览，于以因其存慕其为人，扩充其志量，后日所至，声光事烈[25]，几于古之名公贤臣之所为，位亦以峻大，皆在理所可必者。君勿以予为迂云然。

【注释】

① 戴佥宪，指戴诚。字守一，山东济南府淄川县（今淄博市淄川区）人。永乐十五年（1417）科举人。嘉靖《淄川县志》赞其"任监察御史，摄服豪贵，所至肃乂，人谓之真御史"（卷五）。宣德八年（1433）五月，升山西按察司佥事。正统十三年二月，升河南布政司右参议。累官左参政。文中所言"考绩"，当是戴诚任山西按察佥事之后的第一个三年考核，时间是正统元年（1436）。

② 风裁：风度神采。

③ 辞貌：言语和姿态。严毅：严厉刚毅。

④ 衔命：遵奉命令。

⑤ 豪猾：强横狡猾而不守法纪。屏息：敛迹，消失。

⑥ 苏：拯救，解救。

⑦ 才猷:才能谋略。

⑧ 论最:犹课最,论功。《明史》:"凡内外官给由,三年初考,六年再考,并引请九年通考,奏请综其称职、平常、不称职而陟黜之。"(卷七十二《职官一》)

⑨ 河汾:黄河与汾水的并称。指山西省西南部地区。

⑩ 民瘼:民众的疾苦。语本《诗经·大雅·皇矣》:"监观四方,求民之莫。"

⑪ 逋(bū):指逃亡的人。

⑫ 刑辟:刑法,刑律。

⑬ 宿奸:过去的奸猾行为。积蠹:指多年的弊病。

⑭ 僚寀:同僚。

⑮ 吐茹:即"吐刚茹柔"。吐出硬的,吃下软的。比喻怕强欺弱。

⑯ 天官:官名。《周礼》分设六官,以天官冢宰居首,总御百官。唐武后光宅元年改吏部为天官,旋复旧。后世亦称吏部为天官。

⑰ 简重:庄严持重。

⑱ 百辟:百官。

⑲ 愒(kài):贪恋,贪图。

⑳ 禁戢:禁止,杜绝。暴慢:凶暴傲慢。

㉑ 劝:奖勉,鼓励。

㉒ 刻深:苛刻,严酷。

㉓ 锻炼:罗织罪名,陷人于罪。

㉔ "孔子曰"句:见《论语·颜渊》。听讼,听诉讼以判案。

㉕ 声光:声誉风光。事烈:事业。

赠翁都指挥序

沈阳右卫指挥使翁君继武①,以征南诏功②,蒙恩升秩都指挥使。所与游者都指挥范雄③,谒予求言赠。

予尝观世有承先人之业,累十金于盈亿,跻一命于崇阶④,

固必由甚克自树[5]，立于所职任，所以报称笃念不忘[6]，凡所当为，志焉而靡他[7]，矢焉而不回者之所致[8]。然非先世阴德培植之厚，亦未见其能必至者。

继武自少席父荫[9]，克振家声[10]，内奉慈氏于家庭[11]，有爱日之诚焉[12]，有色养之容焉[13]，毋以孝子称。外事师友，和寮寀[14]，待士卒，动循礼度，不为武弁子弟态[15]，人以贤行称。每校武于大帅，大帅多礼遇之。或称之曰："某绰有父风，而器识过之甚。志常耿耿，终当策勋万里[16]，扬休于前人者。"则知今日所至，盖其素行固足以致之，然亦有所本也。

君之祖，自寿春布衣起家[17]，受知于太祖皇帝，以老辞户侯，而复起为太仆卿。盖有功于国家，有惠政及民，未食其报，有所积于冥冥中矣。考自户侯至挥使，数从征伐[18]，仗义不惑，远残暴，惜物命。凡其平南夷、靖朔漠[19]，咸预有功，不遐寿年以荣厥躬，此天道有知，必待今日。况又遭值圣天子在上，离照物类[20]，臣下有勤于国事者，崇报之际，寸善必录，微劳必褒，务俾心志快然[21]，罔有觖望[22]，尤臣子嘉遇之时也。不云"无言不雠，无德不报"[23]。继武受于君亲既深且厚如此，则其中感激当何如，亦惟竭其诚耳！夫诚则志一，而忠孝所由本，立身之始终备矣。微是而语事功[24]，吾未之信，此为臣子不可以不知。

【注释】

① 翁都指挥：指翁绍宗，字继武。南直隶凤阳人（今属安徽）人。正统七年（1442），以都指挥使奉敕总督金山卫。景泰五年（1454），以捕盗有功，升都督佥事。钦敕总督直隶、扬州等处镇守，因家于吴。史载："时沿海营堡倾圮岁久，瞭望者无所于止，奏拨苏松嘉三郡夫丁修筑。独树胡家江门等堡，加甃砖石，内设廨宇营屋，岁调官军守备。又调太仓、嘉兴卫所官军贴守，海道肃然。至今守，其法不废。"（《正德金山卫志》下卷二）其祖父铭，任锦衣卫千户者。父兴，以征

讨有功,迁南京、沈阳右卫指挥使。明代卫、所武阶都世袭,翁绍宗之子熊年甫十四,便于成化四年(1468)袭金山卫指挥使。

② 南诏:古国名。建于盛唐时,是以乌蛮为主体,包括白蛮等族建立的奴隶制政权,受唐册封,历十三王,唐末为贵族郑买嗣所灭。盛时辖有今云南全部、四川南部、贵州西部等地。

③ 范雄:河南杞县人。永乐六年(1408),袭锦衣卫指挥佥事。历升都督同知。天顺元年(1457),改掌南京前府事。未几,以老罢。成化元年(1465)卒。

④ 崇阶:高位,高官。

⑤ 自树:树立自己的权势,自己有所建树。

⑥ 报称:报答。笃念:深切怀念,深切顾念。

⑦ 靡他:指无二心。

⑧ 矢焉:意指下定决心。

⑨ 父荫:指因父辈之官爵而得官职。荫,庇荫。

⑩ 家声:家族世传的声名美誉。

⑪ 慈氏:指母亲。

⑫ 爱日:指儿子供养父母的时日。

⑬ 色养:指人子和颜悦色奉养父母或承顺父母颜色。

⑭ 寮寀:同僚。

⑮ 武弁:武官。

⑯ 策勋:记功勋于策书之上。

⑰ 寿春:今安徽寿春。

⑱ 数(shuò):屡次。

⑲ 朔漠:北方沙漠地带。

⑳ 离照:比喻帝王的明察。

㉑ 快然:喜悦的样子。

㉒ 觖(jué)望:不满,怨望。

㉓ “无言不雠”二句:见《诗经·大雅·抑》。雠,回答。“不云”前似当有“诗”字,疑脱。

㉔ 微:无,没有。是:此,这些。

王都指挥宅宴序[1]

山东都指挥王公本忠，以番卫上京师，寓居城兑隅之第[2]。正统壬戌七月吉旦[3]，蒙恩锡诰命[4]，交游用牲玉踵门而贺者沓至[5]。公方为张具召会[6]，维时积雨既收，金飙散爽[7]，庭除清溉[8]，凉动抱襟，几席明莹[9]，俎豆嘉洁[10]，旅肴毕陈，主宾酬酢[11]，觥筹交错[12]，雍容揖让[13]，哀丝豪竹[14]，以侑礼节。其恭敬欢洽，咸遂意畅。客有起者曰："夫饮必扬觯[15]，扬觯必有辞。吾曹不能为，亦必求之，有以备也。"于是使来请，予辞不获，因此求意而语之曰："'喜有庆'，《礼经》所载，古先圣王之教。诸侯以贺庆之礼，亲异姓之国，推而至于公卿、大夫暨士、庶人，莫不法而行之。盖其缘情饬貌之自然[16]，有非出于强勉矫拂之伪为者[17]。故曰：'礼者，天地之纪，人情之所不能免也。'[18]今兹庆有忠孝之教焉，有报施之利焉。公之祖以荆湖豪俊，当太祖皇帝初起时，能仗戈从之，积有武功，至挥使。公克踵厥武，笃孝不怠，屡效勤诚[19]，以图报称。凡从征伐，恒奋勇自拔，虽深涉难险无惮色，厥绩茂著[20]，遂有藩镇之寄[21]，此其为可庆也。朝廷嘉臣下有劳勚[22]，崇报是先，官必其世。大者刻以金书[23]，载诸盟誓[24]；次则制之竹帛[25]，俾其父祖子孙英名伟绩，赫然暴白于世[26]，而传之无穷。其忠厚有如此。故为臣子，益由此感激奋切，铭镂不忘[27]，思所以继承，愿效答于君亲者。卑尊大小同一心，罔或间也。斯恩之颁，有关于伦理为大，在礼之当庆，又孰有过于此哉？兹会实出人情之真好，非比朋徒狎昵[28]，适然相聚而为酣觞之乐也[29]。"

来使喜而拜之，曰："信然！信然！"归而告诸(扬觯扬觯)[主人，主人]述而语宾[30]。众皆曰："知所以劝矣。由今而知为人父祖，苟有所遗，帖然得所托。为人子孙，亦相率自励，油然启其忠孝之心，有不敢肆以怠矣。"于是旅酬主人[31]，尽欢而退。

翌日，公授简，曰："昨承惠言，醉识不能悉，愿笔之以示后。"予为焬诵以书[32]。凡是日在坐者，悉序次于左云。

【注释】

① 王都指挥，指王信，字本忠。任山东三司都指挥。（乾隆）《山东通志》卷二十五《职官志》载："永乐元年，每省设都指挥使，掌官军之政令，各率其卫所以隶于五府，而听于兵部。有都指挥使，有都指挥同知，有都指挥佥事，使与同知、佥事不并设，常以一人统司事，曰军政掌印。"

② 兑隅：西边。

③ 正统壬戌：正统七年(1442)。吉旦：农历每月初一。

④ 诰命：特指皇帝赐爵或授官的诏令。

⑤ 牲玉：指牺牲和玉器等礼物。踵门：登门，上门。

⑥ 张具：即帐具。陈列帷帐几筵。指备膳。张，通"帐"。

⑦ 金飙：秋季急风。

⑧ 庭除：庭院。

⑨ 明莹：光亮莹洁。

⑩ 俎豆：俎和豆。古代祭祀、宴飨时盛食物用的两种礼器。亦泛指各种礼器。

⑪ 酬酢：主客相互敬酒，主敬客称酬，客还敬称酢。

⑫ 觥筹交错：酒器和酒筹交互错杂。形容宴饮尽欢。觥筹，酒器和酒令筹。

⑬ 雍容：形容仪态温文大方。揖让：宾主相见的礼仪。

⑭ 哀丝豪竹：指悲壮的乐声。丝，指弦乐器。竹，指管乐器。

⑮ 扬觯：举起酒器。古时饮饯时的一种礼节。

⑯ 缘情：抒发感情。

⑰ 矫拂：拂逆，违背。

⑱ "故曰"句：见《礼记·乐记》。

⑲ 勤诚：勤勉忠诚。

⑳ 茂著：卓著。

㉑ 藩镇：地方方面长官。

㉒ 劳勚(yì)：劳苦。

㉓ 金书：指用金简刻写或金泥书写的文字。

㉔ 盟誓：指盟约。

㉕ 竹帛：竹简和白绢。古代初无纸，用竹帛书写文字。

㉖ 暴(pù)白：暴露。

㉗ 铭镂：在器物上镌刻文字或图案。比喻感受极深，永志不忘。

㉘ 狎昵：亲近，亲昵。

㉙ 适然：偶然。

㉚ 此处，底本作"扬觯扬觯"，"朐抄本"作"主人，主人"，据改。此句疑当作"归而告诸主人，主人扬觯，述而语宾"。

㉛ 旅酬：众亲宾一起宴饮，相互敬酒。

㉜ 焊(xún)诵：温习。焊，将肉放在热汤中使之半熟。

太守孟公德政序①

正统甲子夏六月望②，青州二守李晟③，偕诸僚走书遗予④，曰："太守孟公，今年秩满⑤，当赴京。凡在同寅洎治下⑥，戴公德不能舍去。又公平日设施⑦，咸出无意，迹著在民间，公不能自知。概举数事，愿绩之文，庶公知其攸为，虽在寻常，而人皆识之，不孤其用心之万一。"予因摭而序之。

公正统初莅郡，因前守李姓者政多颇僻⑧，力用革去。振壅滞⑨，杜隙漏，民改观听⑩。行事必平易趋简，求近民情，不为矫激。属邑有豪吏，饰诈制县官⑪，而肆毒乡里⑫，公迹得戮于狱，人大称快。郡比岁蝗⑬，公谓僚佐曰："民仰于农，孽乃作菑⑭，民将饥。征古之论，咎在长史。吾安可坐视乎？"即分督其属捕之。公绾章戴星出入，冒炎雨，行阡陌。众自为劝，患息岁登⑮。每旱，有祷于神，雨随至。余如捐俸廪装饰夫子庙，严敬神祀；敦奖士类,科贡得人。劝民出粟备荒歉,令不加督,属邑得入以石计五十余万。建市集,通懋迁[16],卫卒有持之缘取于民者,公拘之惩以法,无敢复犯。均远输之税,不迫贫民;约奉己之隶,不役富室。官师其廉,吏惮其严。尝有劫盗就捕,赃具俱明,犹以肌肤拒刑而不承,公一讯即得。乃谕其众曰:“吾知盗非人所欲为,或出饥寒不得已者,犹可矜怜;若皆温饱,恃强为之,乌得不杀!”盗由是息。在郡于今几十年,德政之美,有不能悉述。

予尝闻方伯、臬司多言公之政在六郡之首[17],及闻乡人来,称之一口[18],无异词,谓视前守数辈,未有可方驾者[19],岂不信然。《诗》曰“岂弟君子,民之父母”[20],其公之谓与?今满考,预有司议[21],必因众论之同,以达明天子,其将拔用循良[22],被异等旌擢[23],审矣。然予郡之民,留不能得,去后怀思,何日可穷已乎?予序而赠之,非徒以著夫郡人受公实德之深,且将告夫后之为政者,尚取于斯焉。

【注释】

① 太守孟公,指孟迪。字公辅,山西太原县(今太原市晋源区)人。永乐六年(1408)举人。历苏州府同知、嘉兴府同知。正统二年(1437),升任青州知府。任满,致仕归乡。

② 正统甲子:正统九年(1444)。望:农历每月十五日。

③ 李晟:据嘉靖《青州府志·职官表》,“同知”有“李升”,正统元年任。颇疑“升”为“晟”字之讹。

④ 走书:去信,来信。

⑤ 秩满:指官吏任期届满。秩,底本作“秋”,据“朐抄本”径改。

⑥ 同寅:同僚。

⑦ 设施:指施政措施。

⑧ 前守李姓者:孟迪前任李姓知府,嘉靖《青州府志》等失载。颇僻:邪佞,不正。

⑨ 壅滞:积压。

⑩ 观听：看和听。引申指舆论。

⑪ 饰诈：作假骗人。

⑫ 肆毒：任意残杀和迫害。

⑬ 比岁：连年。

⑭ 菑：同"灾"。

⑮ 岁登：年谷丰收。

⑯ 懋迁：贸易。

⑰ 方伯：指布政使。臬司：提刑按察使司的别称。主管一省司法。六郡：指山东六府。

⑱ 一口：出语一致，异口同声。

⑲ 方驾：比肩，媲美。

⑳ "《诗》曰"句：见《诗经·大雅·泂酌》。岂弟，和乐平易。

㉑ 有司：官吏。古代设官分职，各有专司，故称。

㉒ 循良：指循良的官吏。

㉓ 旌擢：表彰提拔。

送黄太守之任庐州序①

士有许与于邂逅②，果克施于时，而不负平素所志者，岂不为难乎哉？予始赴礼闱③，因识同郡先进黄君汝霖④，为人器宇端重⑤，非泛泛浮躁者比，知其必至远大。既而以进士为吏科给事中，又迁户科。居近侍凡十余年⑥，小心慎密如一日，廉静之誉闻于朝著⑦。

今天子嗣位之初，首诏廷臣举内职出补郡守，其意若曰：郡守比古诸侯，于群吏，有君臣之道焉；于百姓，有父母之道焉。民或罹于饥寒也，于以为吾铺饲焉，襦袴焉⑧；民或愆于礼度⑨，或陷于罪戾也，于以绳束焉，正救焉⑩。用纳元元于皇极⑪，共康吾民，岂曰徒厉役之而罔恤耶？其责任之靡轻也如此，于选择也曷敢弗慎？尚资弼辅[12]，共亮采之[13]。一时大臣奉命唯谨，精为推访。君首在荐中，受守处州[14]。处地素产重利，郡务颇殷。然其间多文物儒雅[15]，洞知世故，于凡吏于兹者，仁则亲之，虐则疾之，誉毁判然，锱铢不诬[16]。君在郡虽未能久，郡人来者，咸能道君政尚宽平，明察臧否，民故畏而爱之如慈父母焉。予益知君克祇若德[17]，意不玷所选也。

今复移守庐州，庐视处为愈近。民事加简、贡赋多寡，亦颇不同，其为治若易。然俗尚文雅，大略相似，君以治处者施之，有若不足为者。《诗》不云乎："高山仰止，景行行止。"[18]庐有宋龙图待制孝肃包公祠在[19]，君暇拜谒，宁不慕其为人，以师法其余绪[20]？繇是充焉[21]，有不独庐之民受赐，将施之天下有不可胜用者。矧今公道大明[22]，凡仕有著绩者，曾不候历考即横飞直上，陟之显要。君所至，又岂予所能知！

【注释】

① 黄太守，指黄澍，字汝霖。山东青州府益都县（今青州市）人。永乐十九年(1421)进士。历官吏科给事中、户科给事中。正统初，出为浙江处州知府。后改知庐州。正统八年，出任浙江严州府知府。庐州府，明属南直隶，辖二州六县，治所在合肥。

② 许与：结交引为知己。邂逅：不期而遇。

③ 礼闱：指古代科举考试之会试，因其为礼部主办，故称礼闱。

④ 先进：前辈。

⑤ 器宇：仪表，气概。

⑥ 近侍：指亲近帝王的侍从之人。

⑦ 廉静：指秉性谦逊沉静。朝著：朝班。

⑧ 铺饲：喂饭。襦袴：短衣与裤。亦泛指衣服。

⑨ 愆(qiān)：违背，违失。

⑩ 绳束：约束，束缚。

⑪ 元元：百姓，庶民。皇极：指大中至正之道。

⑫ 弼辅：辅佐。亦指辅佐君王之臣。

⑬ 亮采：辅佐政事。

⑭ 处州：指浙江处州府。元处州路，朱元璋于1359年改为安南府，寻曰处州府。领十县，治所在丽水（今丽水市）。

⑮ 文物：文人，文士。儒雅：指博学的儒士或文人雅士。

⑯ 锱铢：锱和铢。比喻微小的数量。

⑰ 祗（zhī）：通“振”。显扬。

⑱ “高山仰止”二句：见《诗经·小雅·车舝》。

⑲ 宋龙图待制孝肃包公：即包拯，字希仁，庐州人（今安徽合肥肥东人），北宋官员，以清廉公正闻名于世。曾任天章阁待制，人称“包待制”。后进为龙图阁直学士，故后人亦称“包龙图”。卒谥“孝肃”，赠礼部尚书。

⑳ 余绪：留传给后世的部分。

㉑ 繇：同“由”。

㉒ 矧（shěn）：况且。

送孟太守之青州序[①]

太原孟公公辅，二守嘉兴秩满[②]，郡民陈辞于浙江藩臬司[③]，累章上闻乞留[④]，不可，迁佘青州太守。在朝荐绅俾余言贺。余言乌足重于公？然以郡得贤守，不自知其喜之不能已也。

闻公初登明经科[⑤]，拜苏州，以□继移嘉兴。二郡俱当吴越之区[⑥]，东南要地，濒海距江，沃土膏腴，财货之饶甲天下，人物萘萃[⑦]，极为繁夥[⑧]。太民有封君之侈[⑨]，鱼肉单弱[⑩]，狱讼滋兴，莫此为甚。公赋所入，尤浩穰不可计[⑪]。尝闻士大夫以二郡难治，居此不为其所负累盖鲜。公两临之，虽处大剧，事无少留。狱有疑，未尝拘以法，必钩得其情然后决。繇是，豪猾屏息[⑫]，人用爱服。及满，不舍去，至上章乞留，其声实高迈[⑬]，较著于人可知。

余青古齐国地，井里连络[14]，疆袤旷远，所谓鸡犬相闻之境也。然民性质朴，俗习简略[15]，视吴越财贿之出，风俗靡曼[16]，狱讼赋税之多，则大不及。况今当圣治维新之日，苛务积习，一切荡去。于焉顺而导之，犹扶颠木于既泽之后，其植必茂，而收实亦易。昔宋寇莱公准、庞庄公籍、富韩公弼、范文正公仲淹、欧阳文忠公修[17]，皆尝来守，有遗爱于人[18]，后相继入相，天下称之，为宋名臣。于今故迹如表海、醴泉诸亭[19]，三元阁类[20]，犹有可寻之数。君子道德功业铭诸传记，焯焯使人歆叹仰慕，以为不可及。公傥余暇省耕问俗，因访数君子遗迹，追想遐风[21]，慨当时所以惠爱斯民之意，师而取焉，后来台辅之列[22]，至与不至，固非余之所知。若其遗爱于后，当与数君子并传无疑。

【注释】

① 孟太守，指孟迪，见本卷《太守孟公德政序》注。

② 二守：州府长官的副手。孟迪永乐间任嘉兴府同知。嘉兴：指嘉兴府。明嘉兴府领嘉兴、秀水、嘉善、崇德、桐乡、平湖、海盐七县，治所在嘉兴县。秩满：官吏任期届满。

③ 藩臬司：指藩司和臬司。藩司，布政使的别称。主管一省民政与财务的官员。臬司，提刑按察使司的别称。主管一省司法。

④ 上闻：向朝廷呈报。

⑤ 明经：汉朝选举官员的科目，始于汉武帝时期，至宋神宗时期废除。被推举者须明习经学，故以“明经”为名。明代以后，士大夫雅称贡生为明经。

⑥ 吴越：指春秋吴越故地（今江浙一带）。

⑦ 蘩（cóng）萃：聚集，荟萃。蘩，同“丛”。

⑧ 繁夥（huǒ）：繁多，甚多。

⑨ 封君：受有封邑的贵族。

⑩ 单弱：孤单势弱。

⑪ 浩穰:众多,繁多。

⑫ 豪猾:强横狡猾而不守法纪的人。屏息:敛迹,消失。

⑬ 高迈:高超,超逸。

⑭ 井里:乡里。古代同井而成里,故称。

⑮ 简略:疏阔。

⑯ 靡曼:奢侈淫靡。

⑰ 宋寇莱公准:即寇准,字平仲,华州下邽(今陕西渭南)人。宋太宗太平兴国五年(980)进士,授大理评事,知巴东县。累迁枢密院直学士,判吏部东铨。为官敢直言。后贬道州司马,再贬雷州司户参军。天圣元年卒于贬所,谥忠愍。封莱国公,故称寇莱公。庞庄公籍:庞籍,字醇之,单州武城(今山东省成武县)人。大中祥符八年(1015)进士。累官中书门下平章事、昭文馆大学士。谥号庄敏。富韩公弼:即富弼,字彦国,洛阳(今河南洛阳东)人。天圣八年(1030),以茂才异等科及第。曾知郓州、青州,封郑国公。范文正公仲淹:即范仲淹,字希文,祖籍邠州(今陕西省彬县),先人迁居苏州吴县(今江苏苏州),世称"范文正公"。为政清廉,体恤民情,刚直不阿,力主改革,屡遭奸佞诬谤,数度被贬。欧阳文忠公修:欧阳修,字永叔,号醉翁,晚年又号六一居士。吉州永丰(今江西吉安永丰)人,自称庐陵人。谥号文忠,世称欧阳文忠公。

⑱ 遗爱:遗留仁爱于后世。

⑲ 表海、醴泉诸亭:指表海亭和醴泉亭。表海亭,系为纪念姜子牙所建。醴泉亭,即范公井。北宋皇祐三年(1051),范仲淹以户部侍郎知青州,兼淄、潍等州安抚使,有惠政于民。《明一统志》:"表海亭在府城北南洋桥北。取《左传》'世胙太公,以表东海'为名。宋欧阳修尝有诗。"(卷二十四)《大清一统志》:"醴泉亭在府西门外。范仲淹知青州,洋溪侧出醴泉,公构亭泉上,后人名范公泉。"(卷一百三十五)

⑳ 三元阁:宋代寇准所建。《齐乘》载:"三元阁,旧府城内,寇莱公典郡日所建,今废。"(卷四)

㉑ 遐风:影响深远之教化。指仁义道德之类。

㉒ 台辅：三公宰辅之位。

送黄太守之严州序[1]

同郡友黄君汝霖，治浙之严陵。郡人仕于朝者，皆谓其为政平易，一宜于民，未尝事苛刻，民甚爱服，邑属令长亦率师法。视彼不过乎暴则失之怠者，不侔矣[2]。予闻之喜。君今考绩来京[3]，予将以前闻为贺。君退然曰[4]："某不佞[5]，受天子明命，长治一郡，惟一郡之民是托，将俾安辑之、抚摩之、富之、逸之[6]，无拂所愿欲[7]。岂以其驱逐之、困苦之，颠踣而不加恤焉[8]？《孟子》谓：'受人之牛羊而为之牧，则必为之求牧与刍。'[9]此为至喻，不可以忽。某方尽心民事，以行吾政而已，非敢必民信己，要人之誉[10]。幸彼郡素习尚义，众不吾鄙，讼不至庭而息，赋不加责而输[11]。惟兹是赖，庶几足远尤辱[12]，吾何善之有？"

予闻君言，乃知为长者之言，则夫畴昔严之士夫所称道[13]，不诬也。《书》曰："休兹知恤，鲜哉！"[14]若君，其可谓知恤矣！今人有一善，惟恐人不知，揄扬之不速[15]，必矜饰以求誉[16]，媚近而欺远。甚至自号于人曰："某事吾所能，某善吾所为。"汲汲向人[17]，如有所诉，然听者弗察，则将徇声而遗实，信微而略大，取人鲜有不惑。若谦退寡默[18]，嫌于自荐，则耻言之。夫苟有善，虽不自言，而声实流著，公论在人者，彰彰乎自不容掩[19]。今观君之言，不自有其善，而惟严陵民知向义为归，其存心忠厚，有非世俗浅薄矜夸自衒者比也[20]。

兹当还郡，予述严之士夫昔所称道，与君自抑之辞，序以为赠。欲君尚坚初志，益加爱子民，复欲被民敦。夫尊君亲上之义不违，命吏乐于趋事[21]，则唇齿之郡，自让其风俗之美矣。予昔闻乡人蒲日新者[22]，尝为严陵府推[23]，论严陵民俗淳笃[24]，号称易治，为浙东西诸郡之冠，于今益以为然。

【注释】

① 黄澍，见本卷《送黄太守之任庐州序》注。严州府，明属浙江省，下辖建德、桐庐、淳安、分水、遂安、寿昌六县。治所在建德。

② 不侔：不相等，不等同。

③ 考绩：按一定标准考核官吏的成绩。明代地方文官一般是三年一考，九年考满。《明史·选举三》云："考满之法，三年给由，曰初考，六年曰再考，九年曰通考。依《职掌》事例考核升降。"（卷七十一）

④ 退然：谦卑，恬退。

⑤ 不佞：谦辞，犹言不才。

⑥ 安辑：安抚。抚摩：抚爱，照料。

⑦ 愿欲：志愿，欲念。

⑧ 颠踣：比喻死亡。

⑨ "《孟子》谓"句：见《孟子·公孙丑下》。后一"牧"，意为牧场。刍，饲草。

⑩ 要（yāo）：求取。

⑪ 输：交出，献纳。

⑫ 尤（yóu）：过失，罪愆。

⑬ 畴昔：往日，从前。

⑭ "《书》曰"句：见《尚书·立政》。大意是，美好的时候就知道忧虑的人，很少啊！休，美好。恤，忧。鲜，少。

⑮ 揄扬：称引，赞扬。

⑯ 矜饰：矜夸修饰。

⑰ 汲汲：心情急切的样子。

⑱ 谦退：谦让。

⑲ 彰彰：昭著，明显。

⑳ 自衒：炫耀自己，自我吹嘘。

㉑ 命吏：命官。趋事：办事，立业。

㉒ 蒲日新：光绪《严州府志》载有推官"蒲升"者，当即此人。永乐二年

(1404)任。

㉓ 府推:指"推官"。唐朝始置。明朝为各府的佐贰官,属顺天府、应天府的推官为从六品,其他府的推官为正七品,掌理刑名、赞计典。

㉔ 淳笃:质朴厚重。

送郭太守还邳州序[1]

河南新安郭君珏以国子生与特选[2],拜邳郡太守已三年。予乡友李文经[3],实其同寅[4]。往时,文经尝称君之才若行,谓其:"理繁治剧,迎刃节解。处寅寮,尤谦恭[5],忘其势位。吾辈深有资焉。"予闻之信然,诚亦人所难能也。既而君至京,凡再识。即其为人,则知文经之言不妄。兹有司课其绩[6],以最奏,上命还任。锦衣卫百户徐能[7],其郡人也,求予文为赠。

予尝谓:"县令不越任之力,酌地方利以平民赋、均民役,以给公上。听民之讼,正直是与,而邪恶是惩,与其治簿书、严期会而已[8],果何以为难乎?"若曰役赋必均,田里必治,俗化必兴,顽恶正直,必惩必扶。令焉而民从,言焉而民顺,俾人无所指议者,果可以易为乎?前代有国者知其不易为,故常选之极其精,核之极其严,其间得人亦不多见。今我国家简授益精[9],考核益严,故虽州郡之多,比比得人之盛,非前代所及。宜政治风俗渐复乎古,非近代所能仿佛也[10]。君尚自兹益为奋励,施实惠于民,远彼虚誉,则何古贤守之不可及?况下邳为郡[11],密迩邹鲁[12],民俗简朴质重[13],雅好义礼。苟能因而导之,俾田里安、民生遂,又何古弦诵之习[14],不可复作于今日哉!

【注释】

① 郭太守,指郭珏。河南新安县(今属洛阳市)人。正统元年(1436),

由监生授邳州知州。《明英宗实录》卷七十四载：正统五年十二月，“癸巳，起复淮安府邳州知州郭珏，仍旧任。珏以母丧去职，属县民数百人保。珏莅政廉明，抚恤不怠，乞令起复，以终惠民。行在吏部核实，从之。”史称其“廉勤爱民”（咸丰《邳州志》卷十一）。邳州，今属江苏徐州。明洪武初年，隶属凤阳府。后属淮安府，领宿迁、睢宁二县。

② 特选：对官吏的特别选拔。

③ 李文经：山东临朐人，生平不详。

④ 同寅：犹同僚。

⑤ 寅寮：同僚。寮（liáo）：百官，官吏。后多作“僚”。

⑥ 课：考核，考查。

⑦ 锦衣卫百户：是锦衣卫中的一级官阶，为正六品。锦衣卫，即锦衣亲军都指挥使司。明洪武十五年始设。原为管理护卫皇宫的禁卫军和掌管皇帝出入仪仗的官署，后逐渐演变为皇帝心腹，特令兼管刑狱，给予巡察缉捕权力。明中叶后，与东西厂并列，成为厂卫并称的特务组织。徐能，生平不详。

⑧ 期会：指在规定期限内实施政令。多指有关朝廷或官府的财物出入。

⑨ 简授：铨叙授职。

⑩ 仿佛：比拟，比并。

⑪ 下邳：邳州府治所在，在今江苏省睢宁县古邳镇。此处代指邳州。

⑫ 密迩：贴近，靠近。邹鲁：邹国、鲁国的并称。邹，是孟子故乡；鲁，是孔子故乡。因以“邹鲁”指文化昌盛之地，礼义之邦。

⑬ 简朴：简单朴素。质重：诚朴敦厚。

⑭ 弦诵：弦歌诵读。也用以称诗礼教化或学校教育。

送杨太守之任庆远序①

宣宗皇帝在御时，恒虑天下牧守或未尽得人，乃敕重臣公荐之。今天子嗣位，于此尤惓惓焉[②]。今年冬十月，有司奏牧守缺状，命复下。于时大臣遵承唯谨，悉意推访。礼部侍郎兼翰林侍读学士西昌王公[③]，乃荐四川道监察御史太和杨君佑之。名既上，遂拜庆远太守。其寅僚饯之，复求予序。

予以为御史清要[④]，太守重职。自其势观之，御史实朝臣，而太守似为外任。然古人谓："人生五马贵，驾朱轮横皂。"[⑤]盖由汉以来皆重之。韩愈所谓："有地数百里，趋走之吏数十，乐则一境之人喜，不乐则一境之人惧。丈夫官至刺史，亦荣矣。"[⑥]然则兹岂易得哉？所谓寄民社、系休戚[⑦]，居一州之表，为千里之师。饥者待以食，寒者待以衣。诚使安于田里，而无愁叹之声，至见之诗谣歌咏有迹，卓卓可称述者，兹又岂易哉？或者谓："兹职不易为，孰不为之耶？"余则曰："州郡非不多，而古今为之者固不少，然而所谓卓卓可称述者，则寥寥也。谓之不易也，岂不信？"

余闻君以文儒登乙卯科[⑧]，两为校官于川蜀[⑨]，生徒咸造就；居台宪[⑩]，风裁表表[⑪]，著人耳目。尝被恩赐，敕赠父母以官。又以父母殁，荣弗建，乃为"孝思堂"著其志，缙绅多咏之。于亲既殁若此，则孝于存之日可知矣。孔子说："《书》曰：'惟孝友于兄弟，施于有政。'是亦为政。"[⑫]君盖以是德为之本，则于是也何有？且庆远为郡，虽去京师万里，山川险阻，控扼蛮夷，为岭南要害之地。自入郡县，人沾风教[⑬]，向仰服役[⑭]，兴于礼义，与中州等。故朝廷不以遐僻鄙[⑮]，恒为择贤守，冀永以安之。君于是宣德意、布恩信，俾赋焉以均，讼焉以平，身率而化导之，则彼境士人获所休恤，后来治绩之美，宁不有卓卓可称述、播之于诗谣歌咏者乎？故序为之祝。

【注释】

① 杨太守，指杨禧。见卷三《题杨御史孝思堂》注。明广西庆远府，洪

武元年(1368)置,二月改庆远南丹军民安抚司,三年复旧称。领河池、南丹、东兰、那地四州,宜山、天河、忻城、思恩、荔波五县。

② 惓惓:恳切的样子。

③ 王公:指王直。见卷前《澹轩历受诰词》注。

④ 清要:指地位显贵、职司重要而政务不繁的官职。

⑤ 五马:汉时太守乘坐的车用五匹马驾辕,因借指太守的车驾。借以指知府。朱轮:古代王侯显贵所乘的车子。因用朱红漆轮,故称。

⑥ "韩愈所谓"句:见《赠崔复州序》。

⑦ 民社:民间祭祀土神。借指人民和社稷。休戚:喜乐和忧虑。

⑧ 乙卯科:指宣德十年(1435)乡试。

⑨ 校官:指乡试考官。

⑩ 台宪:指御史台或御史台官员。此处指杨禧曾出任御史。

⑪ 风裁:指刚正不阿的品格。表表:卓异,特出。

⑫ "孔子说"句:见《论语·为政》。大意是:"《尚书》上说,'孝呀,只有孝顺父母,友爱兄弟,把这种风气影响到政治上去。'这也是参与政治了呀"。"曰"《论语》作"云"。

⑬ 风教:指风俗教化。

⑭ 向仰:向往仰慕。服役:役使,支配。

⑮ 遐僻:边远偏僻之地。

送李太守之任东莱序①

秋官员外郎西蜀李君思诚②,受某官某公荐,拜东莱太守。寅友某辈,既喜君之才之美,克施于民社③;又重兹别,不得相与规益,欲致其意于君。冀君勉进于道,俾兹民得被其泽,而声誉益著,足为同寅增重,乃以其言见属于予。

夫东莱,余乡唇齿郡也。厥壤颇僻,厥俗甚淳,厥产麻丝菽粟,并海鱼盐。所谓齐域"有琅琊、即墨之饶,渤海之利"者④,即此。民生朴素质重[5]，无靡曼之习、谲诈之风[6]，业耕桑[7]，俭勤是尚。然于赋输之出，则竭力以急供上，无或敢怠。往临治者，皆乐与民相安以治，未闻有猜忍苛刻，以愚侮其民；亦未闻有狙狯顽恶[8]，以诬拒夫上者。苏子瞻言："予自钱塘移守胶西，释舟楫之安，而服车马之劳；去雕墙之美，而被采椽之居；背湖山之观，而适桑麻之野。人初疑予之不乐，处之期朞年，而貌加丰。予既乐其风土之淳，而民亦安于予也。"[9]东莱密迩胶西[10]，其风物宦况，盖亦尔也[11]。

今君将治于此，诚能以平易子谅之德下惠于民[12]，民必安其政；俾邑吏咸率德若行，无敢摇毒肆奸以鱼肉于民，然后可。矧今圣天子以纯仁实德，惠悯元元[13]，举凡百需汰去八九，期与天下相安于无事。然求所以共斯责者，尤在牧守。故每有除拜[14]，必命大臣佥访，得一时极选，然后畀[15]。君在郎曹，籍籍有清誉[16]，其受兹命，固宜。而又得易治之郡，会见厥政既孚，厥民既服。于时无所纷纭鞅掌[17]，而从容闲暇，必有如苏子所谓乐于物之外，而不游于物之内。则超然之台不必作，盖公之堂不必辟[18]，而一时德泽之盛，遗爱在人，如金石之不可泯者，又不特如苏子而止也。

【注释】

① 李太守，指李思诚。四川保宁府昭化县（今广元市市辖区）人，永乐间举人。授工部主事。正统七年（1442），出任莱州府知府，卓有政声。东莱，指莱州府。辖平度、胶州二州和掖县、潍县、昌邑、高密、即墨五县。

② 西蜀：今四川省。古为蜀地，因在西方，故称"西蜀"。

③ 民社：指州、县等地方。

④ "有琅琊"句：见《史记·高祖本纪》。琅琊，指今山东东南滨海一带。即墨，今属青岛市。

⑤ 朴素：质朴，无文饰。

⑥ 靡曼：奢侈淫靡。谲诈：狡诈，奸诈。

⑦ 耕桑：种田与养蚕。也泛指从事农业。

⑧ 狙狯(kuài)：狡猾奸诈。

⑨ “苏子瞻言”一段：见苏轼《超然台记》。引文与原文不尽相同。超然台，故址在今山东诸城市内，近年当地又重建。北宋熙宁七年(1074)秋，苏轼自杭州通判移知密州(治所在今诸城)，第二年(1075)建超然台，并作《超然台记》。雕墙：饰以浮雕、彩绘的墙壁。采椽：栎木或柞木椽子。言俭朴。朞(jī)年：一年。

⑩ 密迩：贴近，靠近。

⑪ 宦况：做官的境况、情味。

⑫ 子谅：慈爱诚信。

⑬ 元元：百姓，庶民。

⑭ 除拜：授官。除旧职，拜新官。

⑮ 畀：授予。

⑯ 籍籍：声名盛大的样子。

⑰ 鞅掌：指职事纷扰烦忙。

⑱ 盖公：西汉胶西(约当今山东诸城一带)人。《汉书·曹参传》载：“孝惠元年，除诸侯相国法，更以参为齐丞相。参之相齐，齐七十城。天下初定，悼惠王富于春秋，参尽召长老诸先生，向所以安集百姓。而齐故诸儒以百数，言人人殊，参未知所定。闻胶西有盖公，善治黄、老言，使人厚币请之。既见盖公，盖公为言治道贵清静而民自定，推此类具言之。参于是避正堂，舍盖公焉。其治要用黄、老术，故相齐九年，齐国安集，大称贤相。”北宋熙宁年间，苏轼知密州，景慕盖公，“求其坟墓、子孙而不可得，慨然怀之。师其言，想见其为人，庶几复见如公者。治新寝于黄堂之北，易其弊陋，达其壅蔽，重门洞开，尽城之南北，相望如引绳，名之曰盖公堂。时从宾客僚吏游息其间，而不敢居，以待如公者焉”(《盖公堂记》)。盖公堂在明代前已圮毁无存。

送青州二守严公还任序[1]

比岁乡人至京[2]，予每询其田里生业丰俭，与夫人情休戚之状，事为缓急之形。皆言方今赖国家无事，务在抚安群姓，屡蒙宽典之下，轸恤备至[3]，不胜其庆幸矣。然又遭值郡诸大夫皆贤明仁爱，罔事苛虐[4]，一切政令之施，咸得其宜。由是人被其福，得优游生遂于田里[5]，而免窘迫流离之困矣。二守严公大宾，稽理戎务，数莅于属邑，为人廉公宽恕，岂弟乐易[6]，爱人如慈父母之于赤子。凡是非当否、人情直枉，必研核至再然后行。故人或远戍者，无怨焉。予闻之，窃自称叹，然未识其人。兹考绩至京，获一见。接席之顷，论议焕发，蔼乎德义之辞，确乎忠善之辨。一言及民事，辄颦蹙嗟慨[7]，念其所未周；一言及职治，辄归善僚辈，不道己长。非其存心忠厚、贤而有礼者，能然乎？既还任，乡诸友谓予宜为言以侑行。

予素乐道人之善者，世常人或言其有道，虽异世殊壤，尚以为信然，况于吾乡人之迩者乎？于人虽未尝识，苟有善焉，且为之传述播扬，况于郡大夫之贤又既识之者乎？则予于言不能已矣。

惟朝廷选任众职，期共康元元[8]。故虽以天下郡县之多，其守令与佐皆用儒术士，正以士自修身立行，而学术明者，将以效用于时，利泽乎物耳。公出关中之华阴，始作于邑庠[9]，擢乡贡[10]，成德于太学[11]。盖其修之有素，充之有本，用能佐大郡，临民施政，克合乎道，甫三载而收誉若此。于其久也，声闻之著，宜又甚焉。矧今公道大明，人无比德[12]，凡士论淑慝[13]，锱铢较然[14]。公自尔益励，无替厥初，将必受知有司，请于天子，宠之以优秩[15]，则又不独于予一郡之民之专其惠也。

是为序。

【注释】

① 严公,指严大宾,陕西华阴县人。嘉靖及咸丰《青州府志》,均失载。

② 比岁:近年。

③ 轸恤:深切顾念和怜悯。

④ 苛虐:严厉残暴。

⑤ 生遂:生育,生长。

⑥ 岂弟乐易:和乐平易。

⑦ 颦蹙(píncù):皱眉蹙额。形容忧愁不乐。嗟慨:慨叹。

⑧ 元元:百姓,庶民。

⑨ 作:起。邑庠:县学。

⑩ 擢乡贡:指考中举人。

⑪ 太学:指国子监。是设于京城的最高学府。西周已有太学之名。汉武帝元朔五年(前124年)立五经博士,弟子五十人,为西汉置太学之始。东汉太学大为发展。魏晋到明清,或设太学,或设国子学(国子监),或两者同时设立,名称不一,制度亦有变化,但均为传授儒家经典的最高学府。

⑫ 比德:指结党营私的行为。

⑬ 淑慝(tè):善恶。

⑭ 较(jiào)然:明显的样子。

⑮ 优秩:高贵的职位。

送朱通判序①

东郡节判瑞安朱君子律②,考绩还所治,其友礼部郎中黄君养正言于予曰③:"子律掌郡之马政,三年间,其郡民亲爱,下吏惮服④,令不加严而事集。诸大吏至,咸加礼遇,且称之曰能,籍籍然有声于时。某在乡里,诚预有光,愿一言以赠。"

予闻而善之，曰："今之为政，孰不先于事功，然欲集事功，不免病乎民；欲仁夫民，则必缓于事。且朝廷制自学校、屯田、水利、储蓄之属，皆设官分治。惟马政尤关民事，时字育、谨刍秣、慎教阅[5]，皆民力所为。或有不节，则令出货财市之，至鞭朴日加[6]，老稚就系[7]，产业削鬻焉，数是而民困矣。苟有仁者思欲宽之，则不免大吏诟而谓不胜其任矣。兹事之尤难于他政也。子律居是郡，畜牧蕃而民自富，公事集而吏弗扰，所为必有大过人者。儒先有云：'一命之士，苟存心于爱物，于人必有所济。'[8]夫存心爱物，非知道之士不可与语。国家虽以不得已之事而烦于民，必选良吏以牧之，实欲安于民也。受命者苟能体其意，而充广夫民胞物与之心，则持己廉、虑患周、处事公；推之以恻怛慈爱施于号令，督责之间，煦然妪然若保赤子[9]，则民之相感，有不待教诏而自服，威不试而事集。子律其克职于兹者乎？矧东郡为山东富实右地[10]，土沃民众，俗尚淳朴，趋事而向义，得若子律之贤大夫，以倡率于其间，宜其政之易成，犹沃膏于焦，不灼而燃者矣。《诗》云：'左之左之，君子宜之。右之右之，君子有之。'[11]律之才之贤若此，异日有司称荐循良[12]，受明天子知遇，由阶而升，列于崇品，属任以大事，知无施不可。尚奚一郡之佐、一事之职为足云乎？"

予为序以俟。

【注释】

① 朱通判，指朱子律，浙江瑞安县（今温州市）人。永乐二十一年(1423)举人。历官山东东昌府通判、常州府同知。通判，宋初始于诸州府设置，即共同处理政务之意。地位略次于州府长官，但握有连署州府公事和监察官吏的实权，号称监州。明设于各府，分掌粮运及农田水利等事务，职务远较宋初为轻。

② 东郡：秦取魏地置，汉因之。约当今河南省东北部和山东省西部部

分地区。东汉以后，废置无常。此处代指东昌府。

③ 黄养正（1396—1449）：名蒙，以字行，浙江瑞安县人。九岁能书大字，有司荐于朝，留翰林院，授中书舍人。正统二年（1437），授行在礼部祠祭司郎中。累官至太常寺少卿。正统十四年，从明英宗北征，土木之变中殉难，赠太常卿。

④ 惮服：畏服。

⑤ 字育：生育，蕃育。刍秣：牛马的饲料。

⑥ 鞭朴：用作刑具的鞭子和棍棒。亦指用鞭子或棍棒抽打。

⑦ 老稚：老幼。老人和小孩。

⑧ “儒先有云”句：系程颢之言，见《近思录》卷十《政事》。

⑨ 妪（yǔ）然：和悦的样子。

⑩ 富实：富裕殷实。右地：犹要地。

⑪ “《诗》云”句：见《诗经·小雅·裳裳者华》。左、右，指左右辅弼，君子的帮手。之，语气词。宜，安定。有之，指取用他们。

⑫ 循良：奉公守法的官吏。

赠督工靳判府序①

自古国家皆取于民供，然民之趋事，必百司群吏有以统之②，然后始克即绪。故凡漆竹、丝枲、刍秣、薪樵之类③，咸有所司，均为事也。而治之不相案，责之有所归，皆以便时宜然耳④。今国家以薪樵之事，尤资民力以给也。内既有所司，外可不命官以职之乎？于是，北方藩郡牧民员外，每置一官，躬率属吏民诣京畿近地供采，行之有年，诚有其效。迩得汾西靳君理，由国子上舍为青州府通判，董兹事已三年，民善吏劝而工毕集⑤。上自监临⑥，下及部属，无不谈道而称誉之者。兹以考绩上其籍于吏部，即课以最。属邑人方以为贺，而请辞于予。

予因以告曰：“夫士孰不志于仕？仕孰不有所职守？然有所

职守，则尽其心焉。尽其心有不至者，则或力之不逮、时之不偶，有不可必者。苟居职而不尽心焉，则不独有孤朝廷任使盛意，且其父兄之所期、师友之所诲，亦将委为虚空无用之言矣。然其所谓尽心者何？盖以郡邑吏民之众，涉千数百里之远，履险登危以供重役，其休戚劳逸系于一身，皆其所当知者。若其属摄事之人⑦，其间淑慝⑧，宜悉别异，以为劝惩。苟有顽恶凶残，恣其酷虐，视乡人如寇雠⑨，玩国法为蔑然者⑩，尤在痛治而深惩之，俾知所畏惧，善良悉得所安。而以完躯归其乡，则君庶有以副所任，而称牧守斯民之道矣⑪。若其他日秩满，遗泽在民，永永不忘者⑫，又(其)[岂]不在兹⑬！”

是为序。

【注释】

① 靳判府，指靳理。山西汾阳府汾州（今汾阳市）人。宣德四年(1429)举人。仕至临洮府通判。约宣德末、正统初，由国子生授青州府通判。

② 百司：即百官。

③ 丝枲(xǐ)：生丝和麻。刍秣：牛马的饲料。薪槱(yǒu)：柴木。

④ 时宜：当时的需要或风尚。

⑤ 劝：勤勉，努力。

⑥ 监临：负有监察临视责任的官吏。

⑦ 摄事：治事，理事。

⑧ 淑慝：善恶。

⑨ 寇雠：仇敌，敌人。

⑩ 蔑然：空无所有。

⑪ 牧守：州郡的长官。州官称牧，郡官称守。这里用作动词，指管理州郡之民。

⑫ 永永：长远，长久。

⑬ 岂：底本作“其”，据“胸抄本”改。

送徐通判还任东昌序①

通判东昌府徐季安，董役于京师②，得代还任。青州照磨郝刚祈言赠行③，且道季安之贤于予曰："季安世为丰城人。初以儒士举为春官主事④，又徙秋官⑤，继出今任。宣德庚戌⑥，合府民数千当赴工，众乃吁曰：'役，吾往也。愿得如判府公董其事，吾徒幸有赖。不然，吾谁冈诸？'既而果季安行，厥民荷畚锸者争先趋事⑦。君复谕夫民曰：'汝众听吾言，兹役非上之役汝也，当自力于役耳。君民之分，势犹首足，安有手足不捍头目哉？《礼》不云："百姓则君以自治也，养君以自安也，事君以自显也。"⑧民尊乎君，故举四海悉臣悉仆，令而使之，患难有不可辞，死生有不足计，况斯工缮之末哉？汝众宜如期，慎勿以劳故辞避。'众应曰：'惟公命民来兹，皆尽心尽力，罔有怠作。'季安益力抚恤，鹰犬辈鲜得猎食其间，工尤易集。蕃府监临⑨，尝称之曰'能'。然则季安诚贤乎哉！'今圣天子在上，注意养民，蚤夜思贤⑩，与之分牧，诸有治行可称者，往往擢为近侍，以旌显之⑪。季安其爱民若此，又能勤先率民若此，真足以称上意旨，为民父母。噫！诚得人人如季安，则民弗罔宁，政事庶几无殆乎？"

予未识季安，因郝君之称如此，遂书以为序。

【注释】

① 徐通判，指徐季安，江西南昌府丰城县（今属宜春市）人，永乐间出任山东东昌府（治所在今聊城市）通判。

② 董役：监督劳作。

③ 照磨：元代以后设置的掌管宗卷、钱谷的属吏。赫刚：参本卷《送郝照磨董工代还序》注。

④ 春官：古官名。《周礼》六官之一，掌礼法、祭祀。唐睿宗光宅年间曾改礼部为春官，后春官遂为礼部的别称。

⑤ 秋官：古官名。《周礼》六官之一，掌刑狱。唐武则天曾一度改刑部为秋官。后世常以秋官为掌司刑法官员的通称。

⑥ 宣德庚戌：宣德五年(1430)。

⑦ 畚(běn)锸：泛指挖运泥土的用具。畚，盛土器。锸，起土器。

⑧ “《礼》不云”句：见《礼记·礼运》。

⑨ 监临：监督。

⑩ 蚤夜：昼夜，早晚。蚤，通“早”。

⑪ 旌显：旌表。

送陈判府考绩还任序①

宣德壬子，朝廷用行便宜事②，刑部侍郎曹公言③，各府员外置通判一人，专督赋税。于时睢阳陈公思敬，由德州守改判青州。兹三年考绩于吏部，既还，余乡之仕在京者，咸嘉公之政，谓余宜赠言。

余尝观天下之(政)事，欲得其理者，不在所治难易，在其人。苟得其人焉则易，否则，烂漫糜败④，不胜其患矣。今国家急务，莫先食用，凡廪庾储蓄，必自民以时供输，而后充实不虚乏。其赋取之制，著自往昔，惟一于至约，不以厉民。行于今余七十载，鲜有弊者。近岁，为大郡庶务日殷，额员常不及，于是督率输转⑤，员无定人，后期怠事，责罔攸归。至烦星使往来⑥，邮檄交驰⑦，期愈严而事愈怠，民愈困。兹侍郎公所由以陈之，其有补于时政，岂细故哉？

余青之为府，隶郡邑凡十四⑧，出赋为万，不下五六十；抵输之所，亦常四三其地。夫欲赋无悬逋，民免困弊⑨，诚亦难为所规画者。公自临政以来，克尽劳慎，躬屡下属邑，历问闾社⑩，第其门户下上,与里至近远,咸衰次有秩[11],严期约[12],屏侵蠹[13]。遂以积岁所逋[14],悉见即叙,民亦不病费。尝闻今布政使关西王公[15],深加声赏,称首最。上于吏部,亦以为然。则余乡士夫赠言之意,诚非媚谀者为也。余且知公为人,魁岸有容[16],心夷而气舒,是盖宜于子民之责者。昔守德州,有惠政及人,每过彼境,人犹迎送,不释去。矧于余青,所职愈大,而惠愈博,则知异时之去,余青人益有沾公之惠而不能忘。公之誉,或由此(岂)[起],以致显达,岂特征科之足云乎[17]?

【注释】

① 陈判府,指陈思敬,河南开封府商丘县(今河南商丘市区,元代称睢阳县)人。宣德七年(1432)十月,出任青州府通判。据《明宣宗实录》卷九十六载:宣德七年十月,“增置直隶淮安、扬州,山东济南、青州、东昌、兖州、莱州、登州八府佐贰官各一员,专理赋税。盖以巡抚侍郎曹弘奏,山东六府粮草多属京都,旧无粮长,止是委官催督,官少事多,缺人差委,往往税粮亏欠。及淮安、扬州二府,亦系冲要,乞俱增设同知或通判一员,专职理办,故增置焉”。本文手迹今存,据以校订,不一一出注。手迹后附注云:“正统二年岁舍丁巳,夏四月戊辰吉,翰林修撰兼经筵官马愉书。”后又云:“烦善书者画为斗方,端楷书之,书讫,来用图书,就以此稿掷还。”意不甚明,但知此稿曾请人抄录过。

② 便宜:指有利国家,合乎时宜之事。

③ 曹公:指曹弘(1391—1438)。字文渊,湖广长沙府益阳县(今益阳市)人。永乐十三年(1415)进士。授刑部主事,升员外郎。累官至刑部右侍郎,巡抚淮南。为官清廉,家无长物。卒于官。

④ 烂漫:随意,任意。

⑤ 输转:转运。

⑥ 星使:古时认为天节八星主使臣事,因称帝王的使者为星使。

⑦ 交驰:交相奔走,往来不断。

⑧ 郡邑十四：明代青州府，洪武元年（1368）置，治所在益都（即今青州市）。辖潍州、莒州、胶州三州和益都、临淄、博兴、寿光、昌乐、临朐、安丘、诸城、蒙阴、沂水、日照、昌邑、高密、即墨、高苑、乐安（广饶）十六县。后潍州、胶州、高密、昌邑、即墨划归莱州府，仍领十三县一州。底本作“十四”作“四十”，显误，径改。

⑨ 困弊：困顿疲惫。

⑩ 闾社：闾里乡社。

⑪ 衰次：按一定比数递减的次序。

⑫ 期约：约定的共同信守事项。

⑬ 侵蠹：损害或夺占他人、他方的利益。

⑭ 逋（bū）：拖欠，积欠。

⑮ 关西王公：指王卺，字克修。陕西凤翔府郿县（今属宝鸡市）人。洪武末监生，永乐间举人。授苏州府同知。升山西右参政。宣德间任山东左布政使。正统六年（1441），入朝任工部侍郎。正统七年七月，任工部尚书。十一年致仕回乡。关西，指函谷关或潼关以西的地区。

⑯ 魁岸：魁梧高大。有容：宽宏大量。

⑰ 征科：征辟与科举。征辟，指征召布衣出仕。朝廷召之称征，三公以下召之称辟。

送张节判之赵州诗序①

盱江张为学氏，以国子上舍释褐判赵州马政②。将之官，其友秋官主事丁君芹③，合缙绅赋诗饯之，求予序卷端。且道为学之为人，履行端固④，邃于学问，周达事变者⑤。

予闻之《书》云：“学于古训，政乃弗迷。”⑥子夏亦曰：“学而优则仕。”⑦甚言为政不可以不学也。学以明是理于身，理明而睿照诸物，则于政事推之而已矣。为学既勤问学，宜于牧民之术在所优为[8]，无庸益言者。虽然，朝廷以马政畜牧一资于农，特于郡邑设佐贰专督[9]，冀欲司平于民，时其简阅[10]，初非徒谓强物所不齐，责人所不能，缘是以核吏治也。为学学足以明理，宁能不审所重轻于其间乎？且赵郡，畿内近地，最为易治，往之吏于兹者，及去人评其贤否，靡爽锱铢[11]。盖以俗尚质直近义，不摧于暴而逆诸柔良也。为学处之久，则情孚于彼，人自信之，所以归誉之者，大越于昔，而于诸君子咏饯之意[12]，尤为有副云[13]。

【注释】

① 张节判，指张才。字为学（乾隆及同治《新城县志》作"惟学"，未详孰是），江西新城县（今抚州黎川县）人。宣德十年（1435）贡生。正统十二年（1447），任真定府赵州（今河北赵县）判官。累通州同知。

② 上舍：监生的别称。释褐：脱去平民衣服。比喻始任官职。马政：政府对官用马匹的牧养、训练、使用和采购等的管理制度。《明史·太祖纪三》："丁卯，置行太仆寺于山西、北平、陕西、甘肃、辽东，掌马政。"

③ 秋官：掌司刑法的官员。丁芹：见卷五《送朱员外还乡省墓序》注。

④ 履行：行为，德行。

⑤ 周达：通达。

⑥ "《书》云"句：见《尚书·说命下》。与原文不尽相同。

⑦ 学而优则仕：见《论语·子张》。

⑧ 优为：指任事绰有余力。

⑨ 佐贰：辅佐主司的官员。明清时，凡知府、知州、知县的辅佐官，如通判、州同、县丞等，统称佐贰。其品级略低于主管官。

⑩ 简阅：考察，察看。

⑪ 靡爽锱铢：丝毫不差。爽，差错。锱铢，锱、铢都是古代很小的重量单位。比喻极微小的数量。

⑫ 咏饯：吟诗送别。

⑬ 副：相称。

送谢德辰还剡川序[1]

涉浙而东，山明水秀者曰会稽[2]。其最显者唯兰亭、鉴湖[3]，以王逸少、贺知章故[4]，遂名闻天下。后世好事者，往往慕而游之。既皆化为榛莽之虚、沮洳之泽[5]，未尝不为之徘徊而慨叹也。

剡川，故会稽之末也。山深而林密，人迹之所罕至，居而止焉者，皆有淡然忘世之心。盖其耕足以食，渔足以鲙[6]，而无待求于外也。予独怪剡川非游览之胜，而名与所谓兰亭、鉴湖者相上下，得传至今，何哉？盖东晋时隐士戴逵居山之上[7]，与会稽王子猷善[8]。子猷一夕酒酣忆逵，天暮且雪，即扁舟访逵剡上，及门，笑曰："乘兴而来，兴尽则返，何必见故人也！"逵雅鼓琴，武陵王遣使召之[9]，逵怒对使者，扑琴毁之曰："安道不能为王门伶人！"逵之守介不夺如此[10]，则剡川之传，以逵故也。予既想子猷之风流[11]，而又加安道之节，当过剡川，则为之踌蹰四顾[12]；欲寻旧垣废址，既不可得，唯山色之苍茫、水光之潋滟耳[13]。又与兰亭、鉴湖同一感慨也。

今谢德辰世为剡之著姓，其家固裕，乐善自处[14]，不求闻于人。年且老矣，其子贵为金吾校尉[15]，不见者久之。去年秋，德辰自剡来京师视其子，贵亦幸其父至，日为酒馔[16]，会宾友，奉觞上寿[17]，遂天伦之乐。未几，而德辰居剡之兴，悠然不可留。朝之缙绅大夫识其子者，皆为诗饯之，而秋官主事甄君克昭属予序[18]。

予素慕剡川之佳，见德辰则欲从之游，而不可得也。予他日南还，过德辰林下，德辰葛巾杖履[19]，尚能与予访安道之遗迹云。

【注释】

① 谢德辰，金吾校尉谢贵之父。生平履历不详。剡川，指浙江嵊县（今改嵊州市）。汉代在此置剡县（县治在嵊县西南十二里），属会稽郡。

② 会稽：指今浙江绍兴。明时设绍兴府。

③ 兰亭：亭名。在浙江省绍兴市西南之兰渚山上。东晋永和九年（353），王羲之和谢安等同游于此，王羲之作《兰亭集序》。鉴湖：一名镜湖，在浙江绍兴。

④ 王逸少：即王羲之，字逸少，号淡斋。原籍山东琅琊（今属临沂）人，后迁居会稽（今绍兴），以书法名世。贺知章：字季真，唐代越州永兴（今浙江萧山）人，唐代著名诗人。

⑤ 榛莽：杂乱丛生的草木。沮洳（jùrù）：低湿之地。

⑥ 鲙（kuài）：同“脍”。把鱼、肉切成薄片。

⑦ 戴逵：字安道，东晋谯郡铚（今安徽濉溪）人。居会稽剡县，终生不仕。

⑧ 王子猷：即王徽之，字子猷。王羲之子。“性卓荦不羁，为大司马桓温参军”（《晋书・王徽之传》）。

⑨ 武陵王：指晋王室司马遵。

⑩ 守介：保持耿介的品质。

⑪ 风流：犹遗风，流风余韵。

⑫ 踌躕：踯躅，徘徊不进。

⑬ 潋滟：水波荡漾的样子。

⑭ 乐（lè）善：：乐于行善。

⑮ 金吾校尉：负责皇帝大臣警卫、仪仗以及徼循京师、掌管治安的武职官员。

⑯ 酒馔：酒食。借指酒席。

⑰ 奉觞：举杯敬酒。上寿：向人敬酒，祝颂长寿。

⑱ 甄克昭：刑部主事。生平履历不详。

⑲ 葛巾：用葛布制成的头巾。

送郭判府考绩还任序①

六合郭君维新，宣德中，以国子生释褐，为予青州府判。每闻郡人来称其为人，迅发而易直，刚断而慈和，煦煦然有子民心。或有征逋怠期，勾稽缓程，必询以故，而从宽贳②，罕示之威怒，人称为得大体。及在寮寀中③，克礼以和，不闻有渣滓芥蒂意④，殆子夏谓“敬而无失，恭而有礼”者欤⑤！兹再考至京，予复获见，且为予道其家世出唐之汾阳王后⑥，先世有仕宋高宗朝者，遂南徙六合，累有以儒业致显仕。以世次计，某实其二十五代孙也。予闻之怿然，喜君之成德有自。既还郡，予因为言以赠。

《诗》不云：“无念尔祖，聿修厥德。”⑦予尝稽载籍⑧，自古仁贤君子，凡有功德于世，其阴理之报，靡不延绵于后之子孙，既昌而才且贤者。想夫汾阳在唐⑨，当乘舆播迁之际⑩，戎狄侵扰之时，殚心僇力⑪，履险如夷⑫，兼资文武，为将为相，以身系天下安危者，殆三十余年。功盖一世，无与为比。宜其阴理之报，瓜瓞蔓延⑬，至于今益繁，而得若才且贤也。传谓“源之深者流必远，德之厚者泽必长”，斯谁其不信？

君既为仁贤君之后，且以儒发身，佐理巨郡，其行迹表表然著之民心，又皆已试明效而不可泯者。尚祗若圣天子悯惠元元盛意⑭，以教以育，尽子民责任，则良有司为天子寄聪明、操衡石者⑮，将明扬而峻陟之⑯，必不见其少缓矣。然是又岂不于仁贤君子愈大有光！

【注释】

① 郭判府，指郭维新，江苏六合县（今属南京市）人。永乐十一年（1413）贡生。宣德三年（1428），出任青州府通判。

② 宽贳（shì）：宽赦，宽恕。

③ 寮寀：同僚。

④ 渣滓：杂质。芥蒂：比喻积在心中的怨恨、不满或不快。

⑤ "子夏谓"句：见《论语·颜渊》。原文作"君子敬而无失，与人恭而有礼，四海之内，皆兄弟也"。

⑥ 汾阳王：指唐代名将郭子仪。华州郑县（今陕西华县）人，祖籍山西汾阳。以武举高第入仕从军，累迁至九原太守、朔方节度右兵马使。天宝十四载（755），安史之乱爆发后，任朔方节度使，率军收复洛阳、长安两京，功居平乱之首，晋为中书令，封汾阳郡王。

⑦ "《诗》不云"句：见《诗经·大雅·文王》。

⑧ 载（zǎi）籍：书籍，典籍。

⑨ 汾阳：汾水之北地区。春秋时属晋。

⑩ 播迁：迁徙，流离。

⑪ 僇力：合力，尽力。僇，通"勠"。

⑫ 夷：平坦。

⑬ 瓜瓞（dié）：大曰瓜，小曰瓞。比喻子孙蕃衍，相继不绝。

⑭ 祇若：敬顺。

⑮ 衡石：泛指称重量的器物。比喻国柄，相权。衡，秤。石，古代重量单位，一百二十斤为一石。

⑯ 峻陟：显著提拔。

送郭通判考绩序[①]

牧民之任，从古重焉。观之汉宣之言[②]，辞意切到，恳恳然责望深至[③]。惟君民一体，休戚相关，自不容以缓也。国家列圣继作，咸重爱民，以为莅民之官莫切郡县，凡选任之际，未尝轻忽。以故在职咸能祇若德意[④]，流泽于下[⑤]，涵育滋息，于今六七十载，幅圆之广，民物殷殖，百倍于昔。夫何然哉？养民有其政、教民有其具也。然行教与政，惟有司存，自古肩此者，虽圣贤犹未以为易也。语故曰:“平易近民。”[6]盖平,天下之正理也,天下之物得其正则不颇,不颇则易行。易,天下之简理也,天下之事取诸简则不烦,不烦则易从。古之圣贤,临民之有道如此。又或有以烹鲜喻为治者[7],其亦有祖此乎?

六合郭君某,自戊申岁通判青州政[8],临政之际[9],以爱民自处。予青州,大府也。隶州县十四,地方千余里,闾阎相望[10],烟火相连[11]。民若此其众,赋索输作,实亦繁多。若县诚勤力矣,而或有不逮,尤不能不烦于府。然当督责之际,苟不与其勤、励其顽,非惟无以劝惩[12],且人不能平。公尝往来属邑,咨询劳徕[13],一从宽广,不待励声色、任绳木[14],而公务日集,民力亦纾。盖公以平易之政施于下,而人亦以诚信奉公也。兹以三载报政于京,主临朐县簿孙昇[15],久在其属,知公之行为,悉求予言赠。

惟士莫不欲仕,仕而不称其位,欲推以泽世,难矣。公出当盛时,佐大郡,获展所蕴,其不负初学如此。为政平直简易,罔事烦苛,俾人爱慕欣戴[16],其不负所职又如此。矧今朝家崇尚宽厚,举先德行。公之政成而去,知其膺超荐而振耀于朝也审矣[17],奚予言之俟?

【注释】

① 郭通判,指郭维新。见《送郭判府考绩还任序》注。

② 汉宣:指汉宣帝。

③ 恳恳:诚挚殷切的样子。

④ 祗若:敬顺。

⑤ 流泽:流布恩德。

⑥ 平易近民:指谓态度谦逊温和,使人容易亲近。语出司马迁《史记·鲁周公世家》。原文作:“夫政不简不易,民不有近;平易近民,民必归之。”司马贞索隐:“言为政简易者,民必附近之。近谓亲近也。”

⑦ 烹鲜:《老子》第六十章有“治大国若烹小鲜”之说。意指不多事琐碎。小鲜,即小鱼。

⑧ 戊申：指宣德三年(1428)。

⑨ 临政：亲理政务。

⑩ 闾阎：里巷内外的门。后多借指里巷。

⑪ 烟火：指炊烟。泛指人烟。

⑫ 劝惩：奖惩。

⑬ 劳徕：慰问、劝勉前来的人。

⑭ 绳木：指刑具。

⑮ 孙昇：广东吴川县(今湛江吴川市)人，临朐县主簿。

⑯ 欣戴：欣悦拥戴。

⑰ 振耀：照耀，显耀。

送许通判致仕还乡序[①]

永乐中，严之遂安许君叔琰[②]，为余青州节推。宣德初，以满去郡，迁梧州通判。考绩至京，将以老为请。

或谓君曰："方今治尚简靖[③]，优劣昭核，子年未耄，而精力未甚衰，耳目聪明，犹堪胜事。乃遽以是请，得无有司者之未然乎？"君曰："吁[④]！行当可者，义也；不易得者，时也；顺义以时退让者，贞也。非徒知食君之禄，而不知所以报也；吾非惧事鞅己，而惮任其劳也；吾非恶长山远水，而畏跋涉之艰也。国家作兴培养[⑤]，士类汇出[⑥]，而皆欲有为者，不乏也。吾入仕迨今，几二十载，安然无谴责。况又蒙升秩，图报之虑，实未尝忘。但年已迈，知命渐不及前，尚可及时而归，以展敬先人坟墓，聚宗族、会故旧，幸徜徉余日[⑦]。奚必待其疲老羸疾[⑧]，喘息道路，而役役于利禄[⑨]，不知所止哉？则吾诚宜归。况今朝廷恩德博大，凡以礼辞谢者，咸赐之冠带，复其家。盖以悯其任劳，既久居民上，而弗忍令与齐民服伍[⑩]，所以示忠厚也。兹岂易得哉！亦遂吾时矣。吾决去！"乃力陈于有司。有司以闻，果得许。既行，余郡人之在京者，咸重公昔在郡时惠政及民，民至今念之不置。兹喜于见，而复离也，并以其告余，序以赠。

余雅知君为人，廉静恬易，匪赫［赫］以激名⑪，匪泛泛以混俗者。若今之勇归，岂不出于衷情也哉？君归暇谒子陵祠下⑫，见有渔于泽者，为语曰："今圣天子在上，可以出而仕矣！"必有以其志应，而卒亦以其志归者。

于是乎书。

【注释】

① 许通判，指许琬。字叔琰，浙江严州府遂安县（今淳安县）人。永乐七年(1409)，严州府学岁贡生。永乐年间，出为青州府节推。宣德初，迁广西梧州府通判。

② 严：指浙江严州府。元建德路，"太祖戊戌年三月为建安府，寻曰建德府。壬寅年二月改曰严州府"（《明史·地理志五》）。领建德、桐庐、淳安、遂安、寿昌、分水六县。府治建德。1958年，遂安县撤销，并入淳安县。

③ 简靖：简约清静。

④ 吁(xū)：叹词。表示惊怪、不然、感慨等。

⑤ 作兴：器重。

⑥ 汇出：集中涌现，辈出。

⑦ 徜徉：安闲自得的样子。

⑧ 羸疾：衰弱生病。

⑨ 役役：劳苦不息的样子。

⑩ 齐民：平民。

⑪ 赫：底本无，据"胸抄本"补。"激"疑为"邀"字之讹。邀名，求取好的名声。

⑫ 子陵：指严光，字子陵，浙江会稽余姚（今宁波慈溪市）人，东汉著名隐士。少与刘秀同学。刘秀登基后（即汉光武帝），多次征召，严子陵婉拒之并隐居富春江一带，终老于林泉间，被时人及后世传颂为

不慕权贵追求自适的榜样。

送节推彭君还郡序[①]

节推，刑官也。前代于节度、于观察、于军、于府，皆置焉，专典刑狱。然必以道德文学士为之，冀刑罚用平，人服其辜。其间德泽足以及人、功业足以名世、声光足以垂后无穷者，惟钱若水在[同]州雪冤死[②]，赵清献公辨武安疑狱[③]。后来二公皆仕至枢辅[④]，为宋朝名臣。自是而后，鲜有能继之者。

国朝制，诸郡设是官，郡诸务不与。盖欲于刑狱在所矜恤[⑤]，望其如二公之所为，尤惓惓也。故人咸能祇若德意[⑥]，务存平恕[⑦]，其间有如二公之所为者，仕未尝不至显也。

维扬彭君允昇[⑧]，自太学生为予青州府节推已三年，予尚未之识。但乡人来，咸谓君用法平恕，民无称冤者。予闻，喜弗胜。既而君考绩至京，始获识，知其为人，明慎端厚，直毅奋发，真所谓善为民牧者。兹还郡，乡诸友谓予宜言赠。

予以为青为山东巨郡，民物颇多[⑨]，鼠牙之争常常有之[⑩]。至于冥顽无知、迷执狡狯之徒[⑪]，间不能无。人皆以为于此非固狴犴、备五木[⑫]、锻炼穷鞫[⑬]，则不得其情，而反为所罔。予则以为不然，古语有之："公能生明。"在我苟以至公，则照于彼者，已判然矣。若彼二公之所为，率亦兹道。君尚法于斯，将俾人无遁情、庭无留狱。君后日所至如二公否，予虽未能知，若其遗爱在民，称道传颂，亦有不可泯者。

是为序。

【注释】

① 彭君，指彭程。字允昇，南直隶泰州（今江苏泰州市）人。永乐十七

年(1419)贡生。授山东青州府节推。

② 钱若水：字淯成，一字长卿，河南新安人。幼聪悟，十岁能属文。雍熙中，登进士第，授同州观察推官。历谏议大夫、同知枢密院事。真宗时从幸大名，陈御敌安边之策。后拜并、代经略使知并州事。为人有器识，能断大事。卒谥“宣靖”。《宋史》有传。同，底本阙，据《宋史》钱若水本传补。

③ 赵清献：即赵抃，字阅道，宋衢州西安(今浙江衢州市)人。景祐元年(1034)进士，任殿中侍御史，弹劾不避权势，时称“铁面御史”。为政简易，日所为事，夜必衣冠露香以告于天。累官至参知政事，以太子少保致仕，卒谥“清献”，苏轼曾为之作《清献公神道碑》。

④ 枢辅：指中央掌军权的大臣。

⑤ 矜恤：怜悯抚恤。

⑥ 祇若：敬顺。

⑦ 平恕：持平宽仁。

⑧ 维扬：扬州的别称。

⑨ 民物：泛指人民、万物。

⑩ 鼠牙：指讼事或引起争讼的细微小事。

⑪ 迷执：执迷不悟。狡狯：诡诈。

⑫ 狴犴(bì'àn)：指牢狱。五木：古代束身的刑具。

⑬ 锻炼：罗织罪名，陷人于罪。穷鞫：彻底审讯或追究。

送赵纪善序[①]

藁城赵惟宪，丙辰春中礼闱乙榜第[②]，佐教予临朐。未三祀[③]，以尤去[④]。兹起复，有司复选为郑王府纪善，其乡友以酌饯之辞属予。

尝闻惟宪之曾大父民望[⑤]，前元时进士，国朝洪武初，征为四辅官兼太子宾客[⑥]。终，乡人景其行，弗即忘，且恐久而泯也，为祠于学宫之傍，目乡先生[7]，时而祀奠焉。大父即亦校官，终郢王府纪善[8]。其家庭之训有自矣。向惟宪在予邑时，乡人之来京，予必询及学中士习[9]，皆言惟宪每侵晨入斋舍[10]，先晷以烛[11]，授诸生读，讲析义理，探索幽赜[12]，必中肯綮[13]。计刻试课[14]，有程度[15]，靡一日懈。慕而归奉其父，有色养之敬焉[16]，有先意之诚焉[17]。故诸生勤而志者多从之，乐有所观法。予闻而喜乡后进殆有所就[18]，且嘉惟宪不怠乎“惟斅学半”之功[19]，而益力于进也。今获事贤王，又窃有期者。《诗》不云：“有冯有翼，有孝有德。”[20]盖以人行有诸躬，然后足以有冯翼焉。昔宋孙莘老为昌王记室参军[21]，王雅重之。一日，访终身之戒，莘老为陈诸侯奉身守国之要，取往古盈满倾覆之鉴[22]，作《富贵箴》以进。王甚珍之，礼待益厚。惟宪平素履行固已谂矣[23]，兹往必闳所闻见，精诣问学，日以仁义忠善陈说于前，退而稽前行、考故实[24]，需侍燕闲[25]，侃侃如莘老之所为[26]，辅成河间、东平之懿[27]。则人以贤与之者，又孰能御之云。

【注释】

① 赵纪善，指赵準。字惟宪，北直隶藁城县（今属河北）人。宣德十年(1435)举人。官至赵府纪善。纪善，明代亲王属官名，掌讲授之职。

② 丙辰：指明英宗正统元年(1436)。礼闱乙榜：指会试副榜。科举时代会试或乡试取士，除正榜外另取若干名，列为副榜。副榜始于元至正八年。明永乐中会试有副榜，给下第举人以做官的机会。嘉靖中有乡试副榜，名在副榜者准作贡生，称为副贡。《明史·选举志一》：“举人入监，始于永乐中。会试下第，辄令翰林院录其优者，俾入学以俟后科，给以教谕之俸。是时，会试有副榜，大抵署教官，故令入监者亦食其禄也。宣德八年尝命礼部尚书胡濙与大学士杨士奇、杨荣选副榜举人龙文等二十四人，送监进学。翰林院三月一考其文，与庶吉士同，颇示优异。后不复另试，则取副榜年二十五以上者授教职，年未及者，或依亲，或入监读书。既而不拘年齿，依亲、入

监者皆听。依亲者，回籍读书，依亲肄业也。又有丁尤、成婚、省亲、送幼子，皆仿依亲例，限年复班。”礼闱，指古代科举考试之会试，因其为礼部主办，故称礼闱。

③ 三祀：三年。

④ 以尤去：指因父或母丧而去官。

⑤ 曾大父：即曾祖父。赵民望：字有容。洪武初，遣中使周通征召，由儒士授四辅院四辅兼太子宾客。

⑥ 四辅官：明洪武十三年(1380)，罢中书省，旋置春、夏、秋、冬四辅官，位列公、侯、都督之次。任职者于一月内分旬轮流值班，辅助皇帝处理政务。旋罢。

⑦ 目：看作。

⑧ 郢王：指郢靖王朱栋，洪武二十四年(1392)封，永乐六年(1408)就藩国于湖广安陆府，永乐十二年(1643)年薨，无子封除。

⑨ 士习：士大夫的风气，读书人的风气。

⑩ 侵晨：天快亮时，拂晓。

⑪ 晷(guǐ)：日影，日光。这里指照明。

⑫ 幽赜：幽深精微。

⑬ 肯綮(qìng)：筋骨结合的地方。比喻要害或最重要的关键。

⑭ 试课：考核，考查。

⑮ 程度：法度，标准。

⑯ 色养：指人子和颜悦色奉养父母或承顺父母颜色。

⑰ 先意：“先意承志”的省称。指孝子先父母之意而承顺其志。《礼记·祭义》：“君子之所为孝者，先意承志，谕父母于道。”

⑱ 后进：后辈。

⑲ 惟斆(xiào)学半：见《尚书·说命下》：“惟斆学半，念终始典于学，厥德修罔觉。”斆学半，意即教人是学习的一半。斆，教。

⑳ “有冯有翼”二句：见《诗经·大雅·卷阿》。

㉑ 孙莘老：即孙觉，字复明，号莘老。北宋高邮人。敢于直言，屡遭贬斥。辗转知湖州、庐州、苏州、福州、徐州、南京应天府。官至秘书省少监、谏议大夫、给事中、吏部侍郎、御史中丞。授龙图阁直学士。

㉒ 盈满：指到达极限。

㉓ 平素：平时。谂（shěn）：知悉。

㉔ 稽（jī）：考核，查考。故实：有参考或借鉴意义的旧事。

㉕ 燕闲：公余之时，闲暇。

㉖ 侃侃：直抒己见，从容不迫。

㉗ 河间：指汉河间献王刘德。东平：指汉刘苍。因其封东平王，故称。《后汉书·东平宪王苍传》："（汉明帝永平）十五年春，行幸东平……帝以所作《光武本纪》示苍，苍因上《光武受命中兴颂》，帝甚善之。"后以"东平献颂"为宗室歌颂帝德的典实。

送姚助教出宰沁水序[①]

朝廷自宣德中以来，深以方岳郡守为重[②]，屡敕大臣公推端洁士任之[③]，仍赐玺书勉谕[④]。今天子嗣位二年[⑤]，复虑及县令，乃谕一二臣若曰："凡厥国家胥为久安而长固者，惟民是与。县令实为君抚民之最切者。向独责郡守而不及县令，是犹行水徒浚其源[⑥]，而不顾下流之壅遏[⑦]，如之何其可遂？敕在内五品及台宪近侍，各举所知，俾以次出补。"又其科条甚严，例以八字策者难其人。于时户部郎中同邑冯公仲昇[⑧]，首以宗器姚先生为荐，出宰山西之沁水。

先生来别予，且言之曰："某念向昔奔走道路于外几二十年。比得承乏国学[⑨]，始获与吾乡二三朋辈相聚，从容谈笑，不觉久于客也。今乃千数百里，复背二三友而去，尚虑临政之际，于彼人情风土有所未习，为治难易，未审何似。或有弗至，不能称上意旨，诸君何以释之？"

予曰："先生何为然耶？夫是别也，吾辈岂不以先生之去重为之惜？然以友朋相爱，私情也；为国以推贤济人，公义也。况先生履道操义，夙为太学诸先生所称道爱慕焉者。今之彼邑，有丞簿宾幕，日相聚处，咨评论议，不犹密于友朋之爱乎？沁邑，古唐地[⑩]，民俗简质，务本节用[⑪]，与吾乡大略相似。先生因俗而饰以礼义，予知其政教兴行，习尚益美，皆先生所优为而无难者。吾闻之周公曰：'平易近民。'孔子曰：'君子学道则爱人。'[⑫]夫平易，则不尚烦苛，动乎众者易以从；爱人，则不事扰害，行乎民者易以亲。周公、孔子皆大圣人，其言治民必如是而可，在先生所当知。若然，庶几不失为周孔之法，亦足以上副圣天子慎择盛意，下不孤吾党之所推重云。"

【注释】

① 姚助教，指姚琏，字宗器。山东临朐县人。永乐九年(1411)举人。宣德九年，任国子监助教。正统二年(1437)正月，授山西泽州沁水县(今属晋城市)知县。

② 方岳：指任专一方的重臣。

③ 端洁：正直清廉。

④ 玺书：皇帝的诏书。勉谕：晓喻，劝说。

⑤ 今天子：指明英宗朱祁镇。

⑥ 行水：使水流通，治水。

⑦ 壅遏：阻塞，阻止。

⑧ 冯公仲昇：冯暹，字仲昇，山东临朐县人。永乐六年(1408)举人。初授行在兵部主事，升户部郎中。卒于官。

⑨ 承乏：承继空缺的职位。后多用作任官的谦词。国学：指国子监。

⑩ 唐：西周诸侯国名。周成王封弟叔虞于唐。今山西翼城县西有古唐城。

⑪ 务本：指务农。

⑫ 平易近民：参本卷《送郭通判考绩序》注。"君子学道"句：见《论语·阳货》。

送蔡指挥还乡雷州卫序[①]

汝宁蔡君[②]，承先荫为永清左卫指挥同知[③]。宣德丁未岁，补广东之雷州卫。比以干至京师[4]，既还，故与其父交好及尝谓同寅者都指挥李公[5]，命酒殽之，且言于予曰："蔡之祖若父，皆亲在戎行[6]，当矢石[7]，立功名，备经艰苦。历事太祖皇帝、太宗皇帝[8]，出入扈跸[9]，积累六七十年乃能至斯。承衣冠之后[10]，固未尝履涉艰险，而能不为膏粱所溺[11]，忠勤孝友，出于天性，卓然有祖父风。昔承命雷州之初，人或有言：'雷去京师几万里，濒海土恶，百毒瘴疠[12]，炎热薰灼，山川险怪，民夷杂处，风气与中州不侔[13]。万里而往，宁有不戚然者[14]？'某乃慨曰：'不然。夫人好利而远害，固情也。若缘利而喜、临害而惧，岂情之正也哉？吾承祖父之业，受朝廷之命，惟知效尺寸以尽吾分，何惮地里之远且险哉！况吾祖又尝守其地，吾得登其旧垒，求其故人，知吾禄位之所自，庶俾吾展其孝思[15]，励吾职之所不逭也。'闻其言者莫不善之。今得复会而别，请为序以赠。"

观之《书》曰："若考作室，既底法，厥子乃弗肯堂，矧肯构？厥父菑，厥子乃弗肯播，矧肯获？"[16]言人继续先志，业有未成则力为，苟守其已成，则增大之。彼有欲兴而仆，中道而止，岂若人子孙哉？某之祖既以功致禄位，其父又因而陟之，则作室菑田有其人矣。今某又从而嗣显之，毅然以忠义自许，不拘拘利禄[17]，其肯构肯获者，非贤而能乎？苟由是而进，将不止此，传子若孙，益无穷矣。

【注释】

① 蔡指挥，指雷州卫指挥同知蔡鼎。河南汝州府信阳县人(今信阳市区)。初以父荫授永清左卫指挥同知。宣德二年(1427)调雷州卫。《广东通志》载："蔡鼎，信阳人。雷州卫指挥佥事。正统初，掌卫政。守法奉公，不惮劳勚，建卫治，修钟楼，葺城浚隍，整饬营所，规制焕然一新。"(卷四十一)蔡氏数代镇守雷州，其子瑜，因功升雷州卫指挥使。雷州卫，据万历《雷州府志》载："国朝洪武戊申，征南将军廖

永忠平岭南。诏制立卫于府治。命指挥张秉彝率千户王清、欧阳昌镇守。壬子，复以卫隶广东都司，领左右两千户所。”

② 汝宁：府名。元至元三十年(1293)升蔡州置。洪武初因之，府治在汝阳(今河南汝南)。领信阳、光州二州，汝阳、真阳、上蔡等十二县。

③ 永清左卫：明初置，属北平都司，后更名常山左护卫，宣德初年复更名永清左卫，改为亲军。

④ 干：事务，事情。

⑤ 同寅：同僚。李公：不详所指。

⑥ 戎行：行伍，军队。

⑦ 矢石：箭和垒石，古时守城的武器。指战争，打仗。

⑧ 太祖皇帝：指明太祖朱元璋。太宗皇帝：指明太宗朱棣。

⑨ 扈跸：随侍皇帝出行至某处。跸，指帝王的车驾或行幸之处。

⑩ 衣冠：称缙绅、士大夫。

⑪ 膏粱：肥美的食物。

⑫ 瘴疠：指瘴气。

⑬ 中州：指中原。不侔：不同。

⑭ 戚然：忧伤的样子。

⑮ 孝思：孝亲之思。

⑯ “《书》曰”句：见《尚书·大诰》。考，父。底法，确定办法。堂，基。矧，何况。构：盖。菑(zī)：开垦，耕耘。播，播种。

⑰ 拘拘：拘泥的样子。

送金华陈经历还任序①

金华于浙江为右郡②，隶县凡若干，土地贡赋、山川产植之盛，饶于他郡。朝廷之制，郡治自太守而下，别驾诸寮若干员③，于以宣德化，于以达情隐，以承方伯之政。既而又设幕府，总理出入，凡政事罔有大小，必经参画，然后施之，少有舛于理而蛊于务[4]，不咎之守而咎之幕[5]。职乎是者，良惟艰哉！

醴陵陈受，端谨廉直，素达治理。洪武间，应诏举天官试[6]，掌文安县史。右迁[7]，三历巡司[8]，再升今任。郡之守佐寮寀[9]，相与语道理，论事当否，沛然若川决而东注也[10]，泮然若春至而冰释也[11]。宜其克迈声烈[12]，芳誉琅琅焉[13]。岁之九月，循例考绩，有司以为允称厥职，爰命旋归金华之官。于朝著若兵科给事吴君辈[14]，列筵而饯，复属予言以赠。

予谓士之仕用于时，不必重阶侈禄[15]，以求遂私之所愿，荣期达乎志而已。陈君由时举入仕途，而克效劳于公，数膺升秩，厥志亦既达矣。今而归乎旧治之所，盖必修乎旧所设施，赞成一郡之政[16]，将使若守、若佐、若士民，不谋而同曰："陈君真有志乎为政也，志必要乎有成也。盖将有无所不至焉也欤。"君其勉之。

【注释】

① 陈经历，指陈受。湖广醴陵县（今属湖南株洲市）人。洪武间，应吏部试，出为文安县（今属河北廊坊市）典史。历官浙江金华府经历。

② 右郡：指好的郡县。古代崇右，故以右为上，为贵，为高。

③ 别驾：通判的别称。

④ 舛（chuǎn）：相违背。蛊：迷乱。

⑤ 守：指知府。

⑥ 天官：指吏部。

⑦ 右迁：升职。

⑧ 巡司：巡检司。职掌地方治安。

⑨ 寮寀：指僚属或同僚。

⑩ 沛然：疾速行驶的样子。

⑪ 泮：融解。

⑫ 声烈：显赫的名望。

⑬ 芳誉：美好的名声。琅琅：形容人品坚贞，高洁。

⑭ 朝著：朝班。吴君：不详所指。

⑮ 重阶侈禄：即高官厚禄。

⑯ 赞成：助其成功。

送王经历谢事南归序[1]

秣陵王尚宾[2]，以海门卫经历受代至京[3]。年六十，请老得归[4]，词林诸公咸赋诗为饯。同修国史、大理评事张君士谦[5]，其婿也，与予善，命予序卷端。

予观今天下之士类，矜势而尚名，崇德而惘失，规规局局[6]，与时下上，其气能内自定、不为得丧冰炭其中者鲜[7]。幸既入焉，则贪冒不止[8]，沉溺而忘返，视昏耄听，尚骛于声华利禄之途。彼其人于世何哉？闻君初自赣节推入朝为御史，能抑然居之，不以自泰。逮复出推开封，再迁是秩，能优然处之[9]，不以自戚。士大夫以是重之。今年未耄，颜未衰，步履尚强健，毅然求去，甘自静退，其弃荣禄如脱敝屣[10]，时论于是尚焉。且仕者往往以官为家，罢而无所归。或乃厚殖装橐[11]，易取田宅，为子孙良久计，曾未能从容闲暇，抗思埃壒之外[12]。君子有五，人皆克家[13]。田园池沼，广辟自昔。若乃奉身祀先，素有余饶，故宦途三十年，一篋萧然[14]，惟衣冠书物而已。予知君之归，盖发于中之不能自已，有非他人出于事之不得已者然也。高哉！归乎。异时有自南方而来，道“秣陵江上，见博衣大冠、肩舆酒壶[15]，与二三朋旧相群，夷犹于茂林修竹之下[16]，歌太平，如所谓香山、洛社之俦者”[17]，知必为君也。

予因诸君之诗，故书以为序。

【注释】

① 王经历，指王尚宾。应天府江宁县(今属江苏南京)人。任海门卫经

历。海门卫属浙江都司，在台州府城临海县东南九十里，明洪武二十年建。卫筑城周五里有奇，三面阻水，为浙东门户。

② 秣陵：古县名。秦始皇三十七年（前210）改金陵邑置。治所在今江苏南京江宁区秣陵关。东汉后几经分合，隋平陈后并入江宁。用以指代江宁。

③ 海门：今属江苏南通。经历：官名。明都察院、通政使司、布政使司、按察使司等置经历，职掌出纳文书。受代：指官吏任满由新官代替。

④ 请老：官吏请求退休养老。

⑤ 张士谦：张益（1395—1449），字士谦。南直隶吴县（今江苏苏州市）。永乐十三年（1415）进士。选庶吉士。授中书舍人，转大理评事。与修《宣庙实录》，书成，迁翰林修撰，进侍读学士。正统十四年（1449）五月，入内阁典机务。八月，死土木之难，赠翰林学士，谥"文僖"。大理评事：职官名。汉置廷尉平，与廷尉正、廷尉监同掌决断疑狱。魏晋改称评，隋改为评事，属大理寺。清末废。

⑥ 规规局局：浅陋、拘泥的样子。

⑦ 冰炭：冰块和炭火。比喻矛盾冲突。

⑧ 贪冒：贪得，贪图财利。

⑨ 优然：安然。

⑩ 敝屣：破烂的鞋子。

⑪ 橐（tuó）：盛物的袋子。

⑫ 埃壒（ài）：犹尘土。壒，灰尘，尘埃。

⑬ 克家：指能承担家事。

⑭ 萧然：空寂，萧条。

⑮ 肩舆：指乘坐轿子。

⑯ 夷犹：从容自得。

⑰ 香山：山名。在今河南省洛阳市龙门山之东。唐代白居易曾在此筑石楼，自号香山居士。洛社：宋时欧阳修、梅尧臣等在洛阳时组织的诗社。

送郝照磨董工代还序[①]

临城郝君刚，在宣德戊申冬[②]，由国子生授青州府照磨。予，郡人也，时识君，知其为慎厚人[③]，是克负厥任者。既而郡人有来京师，具道如予所言。辛亥春[④]，十四邑民当就役[⑤]，例郡以官督之。太守及佐皆弗暇，遂委郝君行，民间咸欢趋罔怠。将逾岁，于兹得代还郡。予邑人从事于京者，所言赠行。

夫照磨，幕职也，《周礼》谓掌故之官[⑥]。盖以明习当代故事，凡簿书檄札[⑦]，咸有(成)[程]度[⑧]，纪于典章，百司庶事，凭式以行。若簿书檄札之出入，则是官得以阅校焉。校之而或违于故典者[⑨]，则从而纠正焉。国朝制，内自户、刑部与宪院[⑩]，外自藩、宪司及府[⑪]，有是官，余则否。盖以政殷，而簿书檄札之多故耳。为职虽曰幕僚，然各自有章，非有所属隶，亦一要地矣。苟有人焉，明习其典章，稽究乎宪，则能辨察于似是之机，俾百度悉以就矩法[⑫]，然后可谓举其职。由此而升，曷尝泥资限[⑬]。不然为虚，其位秩何由以进哉[⑭]？郝君自授职来，克勤所务，至董工，又善抚其民，谓举厥职无惑矣。第满将由此而升之，亦必矣，孰谓幕官下吏为未足荣乎？

【注释】

① 郝照磨，指郝刚。北直隶赵州临城县(今属河北邢台)人。宣德三年(1428)，任青州府照磨。照磨，掌管宗卷、钱谷的属吏。董工，指监督劳役之事。

② 宣德戊申：宣德三年(1428)。

③ 慎厚：谨慎敦厚。

④ 辛亥：指宣德六年(1431)。

⑤ 十四邑民：指青州府所属十四县百姓。

⑥ 周礼:也称《周官》《周官经》。儒家经典之一。搜集周王室官制和战国时各国制度,添附儒家政治理想,增减排比而成的汇编。现在一般认为是战国时期的作品。掌故:官名,也作“掌固”。

⑦ 簿书:官署中的文书簿册。

⑧ 程度:法度,标准。程,底本作“成”,据“朐抄本”改。

⑨ 故典:旧的规章制度等。

⑩ 宪院:指都察院。

⑪ 藩、宪司:藩司和宪司。藩司,指布政使司,主管一省民政与财务的官员。宪司,指提刑按察使司,主管一省司法。

⑫ 百度:百事,各种制度。矩法:规矩,法式。

⑬ 泥:局限。

⑭ 位秩:官爵和俸禄。

澹轩文集今注

【卷之七】

序

送孝义刘知县朝回序[1]

宣德五年正月，天下方岳大臣率群吏朝元[2]。因上计其成[3]，皇上既受觐，遂赐敕勉，谕令各修职业，以惠安民生。越数日，乃命还。惟时予同邑友刘宗旻，以孝义知县与其列。将归，地官主事同邑冯仲昇辈[4]，皆作诗以送，复属予序[5]。

予惟朝觐之礼古矣，自有虞以迄成周[6]，皆时举行，觐群后以考功能[7]。故古之治称盛者，盖必由此。钦惟国家立经国之制[8]，兼前古之善，其朝觐之礼，三年一行。则人臣尊君，远不至于慢，近不至于亵[9]；疏数得宜[10]，而适时中也[11]。方天下百司辟吏[12]，会同阙下[13]，于以齐其政令，稽其制度，又从而察其勤惰焉。则是行不徒然，皆国家典章制度所关，政教礼法之所系也。今天下之治，既无不同，于其职之朝，亦无所事考矣。故皇上惟谆谆命谕，恩慰遣众[14]，人臣优蒙兹遇，宜何如耶？亦惟祗奉玉音[15]，恪修所职，以尽牧民之责，可也。且宗旻自去年始宰兹邑，未及岁而来，其间民情深隐，概亦知悉；而政务之繁，租赋之多，则未能不艰。然今去岂可以故虐其民而不恤其隐，恐民踣困不胜而愈艰[16]，则失牧民之宜矣。诚能以慈惠加乎民[17]，则民得以宽恤，而自服其令，其务奚复有所艰乎？他日政成而去，遗爱于民[18]，俾民将思慕歌谣之不置[19]，目之为贤令，则不惟有劝于后来，亦不负予邑之所出矣。

予因其诗，序以为期。

【注释】

① 刘知县,指刘仑,字宗旻。山东临朐县人。永乐十五年(1417)举人。宣德四年(1429),任山西汾州府孝义县(今吕梁孝义市)知县。

② 方岳:指任专一方的重臣。朝元:古代诸侯和臣属在每年元旦贺见帝王。

③ 上计:地方官于年终将境内户口、赋税、盗贼、狱讼等项编造计簿,遣吏逐级上报,奏呈朝廷,借资考绩,谓之上计。

④ 地官:指户部。冯仲昇:见卷六《送姚助教出宰沁水序》注。

⑤ 属:通“嘱”。委托。

⑥ 有虞:即有虞氏。古部落名。传说其首领舜受尧禅,都蒲阪。故址在今山西省永济市东南。

⑦ 群:底本漫漶,据“朐抄本”补。群后:四方诸侯及九州牧伯。《尚书·舜典》:“乃日覲四岳群牧,班瑞于群后。”泛指公卿。

⑧ 钦惟:发语词。等于说敬思。

⑨ 亵:轻慢。

⑩ 疏数(cù):稀疏和密集。

⑪ 时中:儒家指立身行事,合乎时宜,无过与不及。

⑫ 百司:即百官。辟(bì)吏:被荐举而任用的属吏。

⑬ 阙下:宫阙之下。借指帝王所居的宫廷。

⑭ 恩慰:指帝王的慰问。

⑮ 祇(zhī):敬。玉音:尊称帝王的言语。

⑯ 踣(bó)困:困顿,艰难。

⑰ 慈惠:犹仁爱。

⑱ 遗爱:遗留仁爱于后世。

⑲ 歌谣:歌颂。不置:不止。

送任知县朝回序①

宣德癸丑冬②,绛郡任君景华由国子生授知予临朐③。命下之日，予尝有言以祝之矣。继而邑人来京，咸道其为政，勤而不苛，宽而有制，克以廉谨自持，于若小大事罔不敬[④]。且又重学校，礼师儒，凡其兴滞起废，一宜于民，民甚安之。予私喜而且贺曰："予朐民之困于弊政也久矣。老羸转徙[⑤]，孺弱流离[⑥]，而衣食乎他所，栖息无依者，十常二三，或至六七。至迫于追摄[⑦]，还之乡里，又或莫之肯恤。是致逋徙而居者日困[⑧]，征科之人不给，敦促之政益严。非得令之贤者善抚绥之[⑨]，则一邑之民不得蒙其泽，百里之治，终莫能得其善矣。今君能副民之望若此，殆惬予所愿乎！"

正统改元丙辰之春[⑩]，君偕天下诸司朝觐来京师，予既见而谢焉。及还，邑人复祈予言，以再祝之。向既道予邑风俗之所由弊，欲君以礼教邑人，服君之教，毋恣愚惑以自弃。今闻其劝学重士，是能以礼为教，将以复故风俗。第恐生齿浩穰[⑪]，而冥顽梗塞[⑫]，未易渐洽[⑬]，尚溺陂险者众[⑭]，予亦无如之何也。予宜复何言？尚愿邑人视予之言，以老而告诸幼，以贤而戒诸昧，曰："民，吾分也；官府，吾所当尊畏也。官无毒我，吾其可慢乎？"在君，亦宜守初心，以惠予邑人，将愈久而民无不从者矣。

洪惟我朝[⑮]，列圣相承，受天明命，仁涵义育；东渐西被，而子惠困穷[⑯]，先后一揆[⑰]。况今圣天子嗣位之初，诞布维新之治[⑱]，凡百蠹习[⑲]，一切荡去焉。民牧者正当仰体圣心[⑳]，导迎德泽[㉑]，用跻康阜[㉒]。若然，匪惟不孤平昔问学之初志[㉓]，且有以副国家任用之盛意[㉔]。不然，予不知其他。

【注释】

① 任知县，指任荣，字景华。山西绛州人。宣德八年(1433)(癸丑)，由国子生授临朐县知县。

② 国子生：在国子监肄业的学生。明代学校分为国学(国子监)和府、州、县学。学生经考核进入国子监的，通称监生，监生就初步具备了

做官的资格。

③ 绛郡:指山西绛州。隋大业三年(607)置,治正平县(今山西新绛县)。唐武德元年(618)改为绛州。明绛州隶平阳府,领稷山、垣曲、绛三县。

④ 小大:小的和大的。指一切、所有。

⑤ 转徙:辗转迁移。

⑥ 孺弱:指幼弱的孩子。

⑦ 追摄:追捕。

⑧ 逋(bū):逃窜,逃亡。

⑨ 抚绥:安抚,安定。

⑩ 正统改元丙辰:指明英宗继位后的1436年。

⑪ 第恐:只怕。表示拟测。生齿:人口,人民。浩穰:众多,繁多。

⑫ 冥顽:愚昧顽固。梗塞:阻塞。

⑬ 澌:至,到。

⑭ 陂(bì):倾危。

⑮ 洪惟:句首语助词。

⑯ 子惠:慈爱,施以仁惠。困穷:指处境艰难窘迫者。

⑰ 一揆:指同一道理,一个模样。

⑱ 诞布:广泛宣布。

⑲ 蠹习:有害的习俗。

⑳ 仰体:指体察上情。

㉑ 导迎:招致。德泽:恩德,恩惠。

㉒ 跻:升登,达到。康阜:安乐富庶。

㉓ 问学:求知,求学。

㉔ 副:相称,符合。

赠乐平王知县序①

淮阴王德裕,以国子生释褐授知江右之乐平县②。同志既贺[3]，而且为之惜曰："君行修于身，业勤于学，德器足以有容，众之所期，初不止于一邑也。君今在所优为[4]，何足以展其蕴[5]？"言未已，德裕矍然作曰[6]："恶是何言！百里之政，岂易以为？有万家生齿之众[7]，有社稷山川百神之祀，咸于我乎是主是依。主，欲其安；依，欲其血食，将惟德是视。否则，何亲何歆之有！夫自侯国罢而守令置，汉代贤君尝为言称：'责成之令益久[8]，益备世俗夸毗[9]。'士妄有自负，曾不量度[10]，往往于是有不满其意者。某敢自易以欺人乎？古之贤哲为治[11]，戴星出入，岂以贤哲之才有不给而劳如是乎？持民事不可缓，持己不可怠也。世之尚循良者[12]，专务德化，致人爱，不忍欺。有拯灾恤患，流惠泽于下，旁及庶物，臻迹非常，为史氏所传录，斯不可尚已。次则因俗为治，不拂众欲；兴学劝农，成忠厚风，人可师法而不可企及。下则务严明[13]，谨期会[14]；知有所持循，不蹈邪慝[15]，可为人称道者亦廖廖焉。余若役役于狱讼薄书间[16]，旰食晏退[17]，日不遑给，仅能赋足、讼听、薄书就治者，辄号于人曰：'吾为政若是足矣，吾何尤？'而人亦以是与之。人从而誉之，视与可传录、可称道者，何如？复有小慧自用[18]，偶值夫朴茂之乡[19]，事功易集，因以苟延及期，曾不恤夫咨嗟谤讟[20]，特崇饰外泽以肆言[21]，曰：'吾力有余一邑，不足为也。'诸君谓吾效兹乎？盖无是也。吾于是将穷吾之力，信所行，以自待者待人。且闻乐平之民，读书尚义，阅所莅者不少；行事善否[22]，与所从违，必有公论，吾不预计也。"

或以其言告予。予嘉其有理，可谓能审己量力者；又可谓于事脱然[23]，不以累其中者，故著之文以赠。

【注释】

① 王知县，指王容，字德裕。南直隶淮安府（今江苏淮安）人。宣德间，淮安府学岁贡生。正统十年，授江西饶州府乐平（今属景德镇市）知县。

② 释褐：脱去平民衣服。指开始任官职。

③ 同志：指志趣相同的人。

④ 优为：指任事绰有余力。

⑤ 蕴：指才能，才智。

⑥ 矍(jué)然：惊惧的样子。

⑦ 生齿：人口，人民。

⑧ 责成：责任，职责。

⑨ 夸毗(pí)：以谄谀、卑屈取媚于人。毗，阿附。

⑩ 曾：竟然。量度：估量。

⑪ 贤哲：贤明睿智的人

⑫ 循良：指循良的官吏。

⑬ 严明：指赏罚分明。

⑭ 期会：指在规定的期限内实施政令。多指有关朝廷或官府的财物出入。

⑮ 邪慝：邪恶。

⑯ 役役：劳苦不息貌。

⑰ 旰(gàn)食：晚食。指事务繁忙不能按时吃饭。

⑱ 小慧：小聪明。

⑲ 朴茂：质朴厚重。

⑳ 咨嗟：赞叹。谤讟(dú)：诽谤。

㉑ 崇饰：粉饰，夸饰。肆言：无所顾忌地说话，纵言。

㉒ 善否：善恶，好坏。

㉓ 脱然：超越寻常貌。

赠陈知县复治新城序[1]

秋官主事丁君芹[2]，予同年进士也，言于予曰："芹家建昌之新城，民夥务殷[3]，实为剧邑[4]。尹于兹土者[5]，恒难其人。迩得浙东临海陈君员韬，真其人也。君以进士初领兹任，为人廉静岂易[6]，识为政体。爰自莅事以来，铲去烦苛弊习，务崇宽简，敦善励顽[7]，兴滞补弊。凡百施设[8]，无一不因民宜。征科督责之际，约之以常期，酌之以平恕，曾不恃绳木而众志一[9]，百务集。尤加意学校，以为崇化励贤之本。苟激劝弗至，则不足以副朝家作兴盛意[10]。每鸣琴暇[11]，辄与诸生弟子讲论经史，严程其课试殿序[12]，次第赏罚，示之讽诫。用是，士由科贡彬彬焉接武而出[13]。江右风纪之臣及方伯、郡牧，咸知状，交章荐之[14]。适君以十载奏绩来，吾邑人咸以谓君遂此超迁他所[15]，若失厥怙恃[16]，将陈状请留。会被命，俾复任，某实幸邑人克谐所愿欲[17]，喜不能已，敢祈之言以赠。"

予曰："噫，丁君之言其信然乎！今天下郡邑不少也，如此正尹，皆其朝臣所推荐，其间固有旧。然兴起自振拔[18]，不坐于流俗庸辈，然得如员韬之为人者，或寡矣。今且公道大明，外内士大夫苟克自修饰[19]，稍见誉于人者，罔不旌拔显擢[20]，第于高位。况其行迹暴白[21]，下著之百姓，上闻于圣天子者乎？予知员韬将必不久于新城，而新城之民，将为失所怙恃而至于怅然者[22]。新城人今日欲留员韬，不过为己之私情；方岳牧守之荐员韬[23]，则天下之公义。虽然，且有告焉。昔吾夫子告颛孙师为政曰：'居之无倦，行之以忠。'[24]员韬为政，固有得于斯旨，尚其勉焉！以始终不懈为存心行事，则隆誉庶永于后，人谁不曰'是为孔门之徒，无孤所学焉'者。"

是为序。

【注释】

① 陈知县，指陈员韬(1399—1453)，字从熙(康熙《临海县志》作从周，《广东通志》作从颐，当误)，号勿斋。浙江临海县(今临海市)人。宣德五年(1430)进士。正统三年(1438)，授江西建昌府新城县(今黎川县)知县。正统六年七月，改知永新。正统七年，为会试同考官。

拜监察御史，巡按四川。打击贪污，推广廉政。景泰元年(1450)，升广东布政使右参政。景泰三年正月，升福建布政司右布政使，九月，以疾卒于官。有《勿斋稿》。同治《新城县志·名宦传》载，陈员韬在任内，"廉介自持，动由矩蠖。导民以俭，事上不阿。抑豪强，抚穷困，黜奸黠。平赋宽征，勤恤民隐。劝农桑，修水利，毁淫祠，以废寺田业贫民……国朝令新城者，以为称首。居三年，以才优治剧调永新。擢御史，历升福建布政使。邑人思其德不忘，立遗爱亭，镌其德政于石"。翰林学士刘定之撰《遗爱亭碑记》。据《新城县志》记载，陈员韬任新城知县在正统三年，且仅任三年，与本文中所言"复任"不太一致，其详不可考。

② 秋官：指掌司刑法的官员。主事：官名，明代于各部司官中置主事，官阶为从六品。丁芹：见卷五《送朱员外还乡省墓序》注。

③ 夥(huǒ)：众多，盛多。

④ 剧邑：政务繁剧的郡县。

⑤ 尹：治理，主管。

⑥ 岂(kǎi)易：和乐平易。岂，同"恺"，和乐。

⑦ 励玩：劝勉刁顽之人。

⑧ 施设：措置，措施。

⑨ 绳木：指刑罚。

⑩ 作兴：指使振兴、奋起。

⑪ 鸣琴：弹琴。《吕氏春秋·察贤》："宓子贱治单父，弹鸣琴，身不下堂而单父治。"后因用"鸣琴"称颂地方官简政清刑，无为而治。

⑫ 程：监督，考核。

⑬ 接武：步履相接。形容人多拥挤。

⑭ 交章：指官员交互向皇帝上书奏事。

⑮ 超迁：越级升迁。

⑯ 怙恃：依靠，凭借。

⑰ 愿欲：志愿，欲念。

⑱ 振拔：振奋自拔。

⑲ 修饰：指约束言行，使合乎礼义。

⑳ 显擢：显耀地擢升。

㉑ 暴(pù)白：显扬。

㉒ 怙恃：依靠，凭借。

㉓ 方岳：指任专一方之重臣。牧守：州郡的长官。州官称牧，郡官称守。

㉔ “居之无倦”二句：见《论语·颜渊篇》。意思是说，在位尽职不要倦怠，执行政令要忠诚。吾夫子，指孔子。颛孙师，复姓颛孙、名师，字子张，春秋时陈国阳城(今河南登封)人，孔子弟子。

送张大尹复任荥泽序[①]

宣德五年二月初吉[②]，荥泽县尹济南张宗源以考绩复任[③]。其友户科给事薛君、监察御史赵君、审理郭君及尝所知者[④]，为求文赠行。且曰：“君始以文学魁洪武癸酉乡进士[⑤]，继登礼闱乙第[⑥]，两正教于应州及奉化州[⑦]，几十有余年。所至，以诗书礼乐、仁义道德淑诸其徒，以尽开导诱掖之方[⑧]，俾二郡人才辈出，教泽沛行，名擅一方。于今二郡犹称道之。永乐中，以散闲居丰润凡数岁[⑨]，以恬淡安乐为事，教子读书。接人以礼，心胸扩然，居人多推长之。寻为知者荐，授知是县。劝学兴礼，敦本务农，平徭简赋之类，平心率物，一宜于民。不察察以为明[⑩]，不琐琐以为能[⑪]。故民易以从，而政由以兴焉。百姓誉之，有司贤之，吾诸人又喜而贺之。于其行，可无赠乎？”

予不辞而应之，曰：“人能于宦达进退之际，不可以静躁荣瘁易其所守，亦已难矣。彼有得于是者，孰不轩轩以为名[⑫]，扬扬以为美？至其失也，则戚戚以为容[⑬]，咄咄以为辞[⑭]。临乎事也，则羡羡于利财，邈邈于道义。曾何知名之当恤，分之当尽哉？君于科第有名，足以荣其乡；于学校有功，有以成乎人。至其暂斥，则能宴然自处[15]，不尤于人，又有以检乎己矣。及临民为政，德行而爱施，则及人者益以博矣。非达道君子，固能如是乎？是以闻于有司，绩称上最，宜也。今圣天子在上，宽仁爱人，其于选用才俊，未尝不简迪惟慎[16]。至于守令之职，尤在不忽。君以老成之才，居亲民之责，其所历试[17]，已有效者于兹，亦惟体思其所以牧民之宜，以行学古之道。他日绩政异著，特被旌擢[18]，不惟作当今为令者劝，当与古贤令并驾齐驱，而共扬其休矣。”

予因其行，序以祝之。

【注释】

① 张大尹，指张本，字宗源。山东历城县（今属济南市）人。洪武二十六年（1393）癸酉科举人（《历乘》作丙子科，疑误）。授河南荥泽县（今郑州市辖荥阳市）知县。大尹，对府县行政长官的称呼。

② 宣德五年：1430 年。初吉：朔日，即阴历初一。

③ 县尹：一县的长官。考绩：按一定标准考核官吏的成绩。

④ 薛君：指薛理。参卷五《送户科给事薛君省墓焚黄序》注。赵君、郭君：不详所指。

⑤ 魁：第一名。乡进士：指乡试中式的人。明清称举人。

⑥ 礼闱：指古代科举考试之会试，因其为礼部主办，故称礼闱。乙第：指进士副榜。即正卷外另取若干名。明会试副榜始于永乐四年。

⑦ 应州：位于山西北部。唐末置，领金城、浑源两县，治所在金城县。明属大同府，民国时改为应县。奉化州：今浙江奉化县，明代属明州府。

⑧ 诱掖：引导和扶持。

⑨ 丰润：今属河北唐山市。

⑩ 察察：苛察，烦细。

⑪ 琐琐：形容事情细小，不重要。

⑫ 轩轩：扬扬自得的样子。

⑬ 戚戚：忧伤的样子。

⑭ 咄咄：感叹声。表示感慨。

⑮ 宴然：安定的样子。

⑯ 简迪：选用。

⑰ 历试：屡试，多次考验或考察。

⑱ 旌擢：表彰提拔。

赠宋贰尹考绩还任序[1]

予乐道人之善，苟有所闻，未尝不念慕其人，欲叹其所为，宣扬称道之不暇。故虽往而未尝接者犹尔，况于今兹乎？远而未尝识者且然，况于其近乎？

予朐邑贰尹宋君本忠，自己未春始丞于邑[2]。比乡人来，予必询及田里事[3]，皆能历言君之政有益于民者。初至，属少旱，乃与大尹暨僚属，精诚斋沐，结坛神祠而祷焉。神为之应，泽乃霑足[4]，岁谷用登[5]。异岁蝗[6]，复各分其隅，露次野宿，督丁壮逐捕焚瘗[7]，灾势为杀，亦得中稔[8]。部使郡守廉其状，咸奖重之。君尝独承郡符，专理邑从戍者，邮赤沓至，月不下百数。君乃从容审处，必遣其所当役，而矜恤其鳏茕[9]；未尝概以期会程督为功[10]，绳木威虐为急[11]，人无枉于戍者。他事多类此。予闻其说，胸次洒然为快[12]，喜予邑得若贤佐也。

君为睢阳人[13]，其大父尝为郡守[14]，先府磨官沂州同知[15]。君宦游蚤承严训[16]，克知务学，操行卓有立志。故[17]居官以耿介自持[18]，不为浮靡[19]。在寮寀，尤谦和恭敬，相爱如昆季[20]，未尝有彼己。临下务简政平，民易以从，其得牧民之体者焉。予尝观古今显达[21]，未有不自其声誉著于下而跻于高者。君今考以最称，是善有诸已矣。然当年方壮，志方锐，往益弘厥施，宣德意以致之民，则闻誉之著有不能已，将必不以百里而濡滞其进也[22]。韩子谓“丞负余”者[23]，盖有所激而云。如谓信然，则予所不知。

【注释】

① 宋贰尹：指宋信，字本忠。河南开封府睢阳（今属商丘市）人。正统四年（1439），任临朐县丞。贰尹，县令副职县丞的别称。本文当作于正统七年宋信三年考绩之时。

② 己未：正统四年（1439）。

③ 田里：指故乡。

④ 霑足：《诗经·小雅·信南山》：“既霑既足。”后以“霑足”指雨水充分浸润土壤。

⑤ 登：丰收。

⑥ 蝗：指有蝗灾。

⑦ 焚瘗（yì）：焚化并埋葬。瘗，埋葬。

⑧ 中稔（rěn）：中等年成。

⑨ 矜恤：怜悯抚恤。茕（qióng）：孤独无依。

⑩ 期会：指在规定的期限内实施政令。多指有关朝廷或官府的财物出入。程督：对于法定赋税、工程劳役、学课等的监督。

⑪ 威虐：凶恶残酷。

⑫ 胸次：胸间。洒然：畅快的样子。

⑬ 睢阳：今属河南商丘市，因地处古睢水之北而得名。明初属开封府。

⑭ 大父：祖父。宋忠祖父宋徽，洪武间贡生，官镇宁州知州。

⑮ 先府：尊称他人已故去的父亲。宋忠之父宋翚，永乐年间河南归德府贡生，官沂州同知。同知：官名，称副职。

⑯ 严训：指父训。

⑰ “卓有立志故”：五字底本漫漶，据“朐抄本”补。

⑱ 耿介：正直不阿，廉洁自持。

⑲ 浮靡：浪费。

⑳ 昆季：兄弟。长为昆，幼为季。

㉑ 显达：指显赫闻达的人。

㉒ 濡滞：迟延，迟滞。

㉓ 韩子：指韩愈。字退之，河南河阳（今河南孟州市）人。唐代著名文学家。负余者：见韩愈《蓝田县丞厅壁记》，原文作"丞哉，丞哉！余不负丞，而丞负余。"此文主要描写当时县丞一官，有职无权，形同虚设，使有抱负的人居官无所作为。

送饶阳贰尹庄士廉考绩复任序[1]

饶阳职马政二尹庄君士廉[2]，予桑梓长也[3]。为人倜傥[4]，有机智，谦和乐易[5]。自游庠序[6]，四方人士多识之。初从天官试职[7]，巡检江西清江镇[8]。初，人以为难，谓彼以洪江会津，遥通闽广，上下舟船日千数，民居贾肆[9]，亘延如百里，丛庞杂集，不能无豺虎噬窃善良。朝廷初设是司，正以此为之者，诚不易。君居是三年，以镇以抚，设百几防。凡积岁未除巨寇猾奸，情状可诘，具服以罪。其匿情未露者，亦窜伏屏迹[10]，不复渔猎于其间。由是能声籍籍[11]，著之士民耆老之谈[12]。任满考，有司称优等，遂升今任。既至，君乃反其前日巡职之威猛，而为宽惠子民之泽，惟勤己任，以忠以导；别其户之肥瘠强弱以为等，校阅孳耗有差，教以水草孕字之候毋失[13]。未几，马大蕃息[14]，倍他邑。大仆往来巡督[15]，每称独最。今三年赴考绩，将还，予邑宦友冯君辈共设祖饯[16]，复属予为言。

予惟饶阳乃冀北名邑，民淳俗质，著自古昔。为之长者，政不劳而易治。君既试江西有声，治兹邑有效，不其贤乎哉？然今往，尚益修前政，加勤诚以劝民[17]，俾生育蕃盛[18]，群类异产，龙媒骥子[19]，充牣天闲[20]，以佐国家威武之用，庶其尽乎职之务矣。九载荣考称异，能不可量也。予故序以期之。

【注释】

① 庄士廉，山东临朐县人。生平详内文。贰尹，县令副职县丞的别称。

饶阳，明属京师真定府晋州，今属河北衡水。

② 马政：历代政府对官用马匹的牧养、训练、使用和采购等的管理制度。明代，太仆寺掌马政，属兵部。

③ 桑梓：指家乡。

④ 倜傥：卓异，不同寻常。

⑤ 乐易：和乐平易。

⑥ 庠序：古代的地方学校。后亦泛称学校。

⑦ 天官：指吏部。

⑧ 巡检：官署名巡检司，官名巡检使，省称巡检。始于五代后唐庄宗。宋时于京师府界东西两路，各置都同巡检二人，京城四门巡检各一人。又于沿边、沿江、沿海置巡检司。掌训练甲兵，巡逻州邑，职权颇重，后受所在县令节制。明清时，凡镇市、关隘要害处俱设巡检司，归县令管辖。

⑨ 贾(gǔ)肆：商店。

⑩ 屏(bǐng)迹：避匿，敛迹。

⑪ 籍籍：众口喧腾的样子。

⑫ 耆老：老年人。

⑬ 字：怀孕，生育。

⑭ 蕃息：滋生，繁衍。

⑮ 大(tài)仆：周官名。掌传达王命、侍从出入等事。

⑯ 冯君：指冯暹。见卷六《送姚助教出宰沁水序》注。祖饯：饯行。

⑰ 勤诚：勤勉忠诚。

⑱ 蕃盛：繁茂，兴旺。

⑲ 龙媒：《汉书·礼乐志》："天马徕龙之媒。"颜师古注引应劭曰："言天马者乃神龙之类，今天马已来，此龙必至之效也。"后因称骏马为"龙媒"。骥子：良马。

⑳ 充牣：丰足。天闲：皇帝养马的地方。

赠颜县丞复任序[1]

士自读书学问，素所蓄志[2]，罔不必于沾一命、治一事，欲泽及于人者。或既得焉，惟不计其资之崇卑、务之广狭[3]，行所志，底于有成耳。惟其然，是以往往有自下职而荐居高位者。若或植德靡恒，而矫揉作为，困民朘物[4]，强伐其善，则非所谓学矣。若颜君敏达者，其所谓无负初学乎？

敏达丞广平之曲周县[5]，治马政已三年，兹考绩还，户部郎中宋君瓛道其善于予[6]。且求为文赠，而其言曰："敏达家东平之汶上，自郡庠游太学，历事司马部。释褐丞兹邑，由初迄今，勤敬厥职，于督劝孳牧，咸有程次。田里不扰，蕃息倍称。迩以考绩于有司，有司课居最。请命，俾还治。敏达于瓛邑人惠实有加，此所以欲有赠也。"

予闻之，曰："噫！牧民之任难乎久矣。近者，上谆命有司遴选，凡为士因以奋励，力于为善，无或自坠者。且马政，实国家重务，必时孕育[7]，谨刍秣[8]，然后始息遂，所以资于民力尤切。朝廷必命官以司之者，非徒务息乎马也，要先息乎民也。彼昧者为之，徒知取足于数，苟远罪戾而已[9]，视民曾不以为意。至为逼迫驱逐，无所控吁[10]，转徙流离而不胜者，其视敏达马数蕃息而民不罢者[11]，何如哉？敏达方治一事，善于所职，如此，则知其他日进于荣显、任大责备[12]，将无所不可者。"故为序，用规诸。

【注释】

① 颜县丞，指颜聪，字敏达。山东汶上县人。监生。正统间，任广平府曲周县(今属河北省邯郸市)县丞。

② 蓄志：蕴藏已久的志愿。

③ 崇卑：高低，高下。

④ 朘(juān):缩减,剥削。

⑤ 丞:指任县丞。

⑥ 宋瓛(huán):北平广平府曲周县(今属河北邯郸)人,洪武二十九年(1396)府学岁贡。官户部郎中。

⑦ 时:按时。

⑧ 刍秣:牛马的饲料。

⑨ 罪戾:罪愆。

⑩ 吁(yù):呼告,呼求。

⑪ 罢(pí):疲劳,衰弱。

⑫ 责备:责任多。

送傅判簿之任序[①]

古人于行者未尝不有言,然言亦未尝为无益而发。去欲有益于人,而于相知之浅者发,激之则近厉,谀之则非忠厚,是言有不可苟者。京兆傅希贤[②],以明经为国子生,除主予临朐簿[③]。命下之初,邑之人即请予言赠。

予未知希贤,予言宜何辞?惟士自读书致身,孰不欲期于仕进,光耀于家,推厥平素,求裨益于时。此其志之所必有者。然往往有勤苦历年,邅屯龃龉[④],而造物者不遂,垂白不沾一命者[⑤]。又有资气浚发[⑥],才器可观[⑦],而或禀于天者薄,不逮其年,抱志而没者。其获享一资,食一方,亦由素修所定,有得于天者然尔。至其名分崇卑,盖有不必较焉者也。且今自方伯而下,及郡邑长佐,通谓之牧民。位虽不伦[⑧],所系则均。且吾临朐为县,百里有奇[⑨],以户计者凡万有数。于其间土壤沃硗[⑩],物产丰约[⑪],民居饶匮,与夫茕嫠孤弱[⑫],生业无聊[⑬],盖万不齐同。为政者虽屡尝施惠,仁字绥抚[⑭],然大明悬照覆盆之下[⑮],独有不能烛者。希贤今临之,宜思所以副朝廷责任,牧民之意。况大尹任君暨诸僚[16]，皆雅量慈祥人也[17]。希贤益竭力相赞，以礼让相睦，不自构隙[18]，导迎德泽，俾民受其惠，庶乎无倍幼学壮行之初心[19]，而且有誉于后也。

予之所以望于希贤者若此，不知希贤之意以为如何？

【注释】

① 傅判薄，指傅梁，字希贤。国子生，授山东临朐县主簿。

② 京兆：指京都及附近地区。

③ 除：拜官，授职。临：底本漫漶，据文意补。

④ 邅屯（zhānzhūn）：困顿，不顺利。龃龉：指仕途不顺达。

⑤ 垂白：白发下垂。指年老。

⑥ 浚发：从深处发出。

⑦ 才器：才能和器局。

⑧ 不伦：不相当，不相类。

⑨ 有奇：有余。

⑩ 硗（qiāo）：指土质坚硬瘠薄。

⑪ 约：贫乏。

⑫ 茕嫠（qiónglí）：寡妇。

⑬ 无聊：贫穷无依。

⑭ 绥抚：安定抚慰。

⑮ 悬照：垂照，下察。覆盆：覆置的盆。晋葛洪《抱朴子内篇・辨问》："是责三光不照覆盆之内也。"谓阳光照不到覆盆之下。后因以喻社会黑暗或无处申诉的沉冤。

⑯ 大尹任君：指时任知县任荣。参本卷《送任知县朝回序》。

⑰ 雅量：指气度宏大。

⑱ 构隙：造成裂痕。指结怨。

⑲ 倍：通"背"。背弃，背叛。幼学：《礼记・曲礼上》："人生十年曰幼，学。"郑玄注："名曰幼，时始可学也。"因称十岁为"幼学之年"。后引申为幼时的学业。

送李主簿还任辽东序[①]

予同邑李君克恭，以乡贡进士授辽东苑马寺主簿[②]。今考绩还任，邑友合酒殽饯之。或谓予曰："国家以职任仕于内外百司，其间所处，烦简劳逸之不相若，不啻百倍[③]，非特地与事而然，亦士之偶与不偶耳[④]。彼有司狱、理泉赋、掌工虞[⑤]，及长治临民之重、人治数事[⑥]，又兼数事。案牍盈前，日不遑给。又有事奔趋，罢马病卒[⑦]，尚恒惧谴诃[⑧]。甚则殚力竭才，窘迫备至，尤不能胜任。至以职被累者不少。虽有禄位之荣，然卒不贯其躬之劳[⑨]。独太仆与苑马，其务最闲暇。自主孳牧，余无毫发干。况辽东去京师数千里，寺因藩城而治，正有卿，佐有丞，属有监牧，责务有归。"主簿则曰："幕僚治簿书，不能他，有司百务之一二，或千之一二不止也。其地多山水，有花木禽鱼、参苓异药。暇日携仆观猎于原，睇渔于河[⑩]，采山殽，撷野蔬；退而与僚友宴饮，酣畅而忘其宦游之远，其乐无如者。然逸乐庸可以久！第见任满膺他秩，未必不烦劳于兹。克恭处之，宜何如？"予曰："不然。克恭宽博敏勤，士将无施不可者。虽劳百倍，予知其处之裕如也。"或曰："然。"遂为序。

【注释】

① 李主簿，指李安，字克恭。山东临朐县人。永乐受十二年(1414)举人。授辽东苑马寺主簿，升河南开封府同知。苑马寺，是明朝掌管养马的机构。据《明史·职官四》，苑马寺设卿一人，从三品；少卿一人，正四品；寺丞无定员，正六品。其属官有主簿一人，从七品；牧监、监正一人，正九品；监副一人，从九品；录事一人。各苑，圉长一人，从九品。掌六监二十四苑之马政，而听命于兵部。苑分三等，上苑牧马万匹，中苑七千，下苑四千。永乐四年(1406)置北直隶、辽东、平凉、甘肃四苑马寺。

② 乡贡进士：宋时，诸州解试合格，按额解送礼部，参加省试的举人，称乡贡进士、漕贡进士、监贡进士等名目。元时，泛称乡试中式，并贡于礼部参加会试者。也用作会试落第举人的雅称。

③ 不啻：不仅，何止。

④ 偶：适应。

⑤ 泉(quán)：钱币。

⑥ 长(zhǎng)治：统治，统率。

⑦ 罢(pí)、病：均是使动用法。

⑧ 谴诃：谴责呵叱。

⑨ 贳(shì)：交换。

⑩ 睇(dì)：斜视，流盼。

送陈判簿考绩还任诗序[1]

古人尝观人处家而知所以为政，是何耶？无物不自身仪[2]，身仪而子刑之[3]，一家之政孰美焉？于以交焉而人信，令焉而民从，于为政也奚有？世多以事为末节，了人事之平生，殊不知人于事为可观，由处家有道所推。观其事为能否而不知所处，则有未尽其人矣。

会稽陈君彦辉[4]，习文儒，昔以材选，主苏之吴县簿。县，郡倚郭也[5]，民夥而讼繁[6]，治逼而务穰。视中邑，恒加什之伍；视僻，则倍之，或再倍者亦有焉。况其守宰出朝廷所慎简[7]。及朝之出镇重臣并驻节于兹[8]，征发期会[9]，风飞雷烈，督察下吏，为故多端，益严且加密以细，则获谴诃逼责[10]，甚则摈斥而黜罚者[11]，往往有之。为是邑者，其日仆仆救过不暇给[12]，以自病且困也。彦辉则处之裕如[13]，不以其繁且剧者为累，自令丞而下，资所裁决居多。于职六年，彼其谓谴诃督责者，一无所自加。盖彦辉为人警敏[14]，有才略，平居好士大夫，命其子金[15]，力学穷经，志在必显。昼勤于公务，夜课诵弗倦。子亦克承其志，遂登宣德癸丑进士第。时宣宗皇帝命文臣遴选诸进士入翰林，其子又在选中，遂拜行人⑯。予知彦辉仪刑于素⑰，由是推之政事，而人信以从者皆所优为⑱，岂可以是为末节而观之耶？兹考绩南还，词林诸君尝与其子游者，咸赋诗饯之，予则序诸首简云。

【注释】

① 陈判簿，指陈瑰，字彦辉。浙江上虞县（今改市）人。南直隶吴县（今江苏苏州市）主簿。其子陈金，字汝砺，宣德八年（1433）癸丑科进士，时年二十五岁。任行人，奉使安南，不受贿，安南人义之。累官广东布政使。

② 身仪：自己做表率。

③ 刑：效法。

④ 会稽：郡名。秦始皇二十五年（前222）始置，郡治在吴县（今苏州市）。西汉后，辖境屡有变化。常用以代称绍兴一带。

⑤ 倚郭：亦作"倚廓"。指郡治所在之县。

⑥ 夥（huǒ）：多，盛多。

⑦ 慎简：仔细挑选。

⑧ 驻节：指身居要职的官员于外执行使命，在当地住下。节，符节。

⑨ 征发：征集调遣人力或物资。期会：指在规定的期限内实施政令。多指有关朝廷或官府的财物出入。

⑩ 谴诃：谴责呵叱。

⑪ 摈斥：排斥，弃去。黜罚：贬斥，处罚。

⑫ 仆仆：奔走劳顿貌的样子。

⑬ 裕如：自如的样子。

⑭ 警敏：机警敏捷。

⑮ 金：指陈金。

⑯ 行人：官名。明代设行人司，掌传旨，册封、抚谕等事。

⑰ 仪刑：为法，做楷模。素：平时。

⑱ 优为：指任事绰有余力。

送卢训导序[①]

周礼以乡三物教万民，曰德、行、艺。然德先行，行先艺。非不偕重，然有序也。理具于心谓之德，德见于外谓之行，艺则肆夫文焉。文以载道，则为德、为行，亦非所以离夫文也。本末不偏胜也，礼用不相悖也，斯古之所谓教也，所以陶人才而隆政治也。今之教犹古之教。其于文也，有《易》《诗》《书》《春秋》《礼记》《语》《孟》、诸子百家、记传之言，礼、乐、射、御、书、数之习，莫不条具庠序而肄讲之矣[②]。然国家达学育才，一皆是道。至于用人取士，虽律以文辞，课以才艺，尤必以德行为先。士苟不以德行自修、礼义自蹈，则虽工事虚词[③]，亦何所有诸己、补于用哉？故才之所出在乎师范[④]，非师范，固无以为甄陶之具[⑤]。士既由师范之甄陶，复以为人之师范，其可不先修厥行以为之本乎？

淮阳卢廷玉，自太学生预考选，得除巨鹿县学司训[⑥]。以其师姚君为予友[⑦]，故于往也，求言于予。凡廷玉平日之所修于家、行于乡，与其习于文也，予不能知。予但以朝家兴学育才之意，古今教法之备，与士所服习之本末先后为之告，冀廷玉勉于其所已能，而求其所未逮，勿徒佔毕多记、足病生徒为己长也[⑧]。《书》曰："惟斅学半。"[⑨]《记》曰："教然后知困。"[⑩]廷玉其知之！

【注释】

① 卢训导，指卢廷玉。河南开封府陈州（今属周口市）人。监生，授京师顺德府巨鹿（今属河北省）县学教谕。

② 条具：分条陈述。庠序：古代的地方学校。后亦泛称学校。

③ 虚词：空话，假话。

④ 师范：学习的模范。

⑤ 甄陶：烧制瓦器。比喻化育，培养造就。

⑥ 除：拜官，授职。司训：县学教谕的别称。

⑦ 姚君：指姚鹏，见卷二《赠余友姚君子大》。

⑧ 佔(chān)毕：指经师不解经义，但视简上文字诵读以教人。后亦泛称诵读。《礼记·学记》："今之教者，呻其佔毕，多其讯，言及于数，进而不顾其安。"

⑨ 惟斅(xiào)学半：见《尚书·说命下》。斅，教。朱熹云："惟斅学半，盖已学既成，居于人上，则须教人。自学者，学也，而教人者亦学。盖初学得者是半，既学而推以教人，与之讲说，己亦因此温得此段文义，是斅之功亦半也。"(《朱子语类》卷七十九)

⑩ "记曰"句：见《礼记·学记》："是故学然后知不足，教然后知困。知不足，然后能自反也；知困，然后能自强也。故曰教学相长也。"

赠尤训导之泰安州学序①

姑苏尤用和，以明经中礼部乙榜②。尝为莒学训导③，以尤其去④，移教泰安州学。在朝旧与用和游者求予言。

夫泰山，神岳之宗也⑤。郡在鲁域，去阙里密迩⑥，乃吾夫子过化之邦⑦，与夫贤君哲后柴望巡守、朝观诸侯所常经履之地⑧，圣贤德泽涵渍亦久⑨，流风余韵存乎人者，于今犹古也。彼人物之生，钟磅礴英灵之气⑩，发为秀异，教之易入可知。用和居是官，非有有司政令之干、廪饩簿计之累⑪，檐居徐步，端几正坐，执经考业者，接武于前⑫，揖逊左右⑬。于乃敷阐微言⑭，发挥性命道德之懿⑮。弦诵之暇⑯，引领而上⑰，睹峻极造天之势⑱，兴高山仰止之叹，宜必畅意肆志⑲，吟咏而乐，视彼日仆仆废食寝饫、烦聒困奴焉⑳，不侔矣。虽然，受之厚者其责专，任之简者其望切。惟国家崇儒重术，务先学校，以化民易俗在是，作兴贤能在是，礼乐刑政并由是出。教之泥行，实在师儒之当否，故选用非明经科弗预。用和年富而学益勤，向在莒时，教条分明，人足师法。于兹郡诚能益厉平素，视在莒时有加，吾见其士类得所成就，犹时泽之茂乎沃壤之树㉑，以长以遂，蘖育而并秀㉒，汇实而类登也，审矣。况昔徂徕石先生守道、孙先生明复㉓，皆生其间，道德高迈㉔，为宋大儒，目往事者，皆能道之。方今文治盛明，安知是郡不复有如二先生者出耶？政在今日，职教事者所以振作，何如也？吾故为用和尚有以取诸。

【注释】

① 尤训导，指尤用和。苏州人。训导，学官名，府、州、县儒学的辅助教职。

② 礼部乙榜：指进士副榜。详卷六《送赵纪善序》注。

③ 莒学：指莒州州学。

④ 尤：指居父母丧。

⑤ 神岳：对山岳的敬称，言其具有灵异。

⑥ 阙里：孔子故里。在今山东曲阜城内，因有两石阙，故名。孔子曾在此讲学。密迩：贴近，靠近。

⑦ 吾夫子：指孔子。过化：指经过其地而教化其民。

⑧ 哲后：贤明的君主。后，君主。柴望：古代两种祭礼。柴，烧柴祭天。望，祭国中山川。亦泛指祭祀。巡守：也作“巡狩”，指天子出行，视察邦国州郡。经履：犹经历。

⑨ 涵渍：覆盖浸润。

⑩ 钟：汇聚，集中。英灵：精灵，神灵。

⑪ 廪饩(xì)：指科举时代由官方发给在学生员的膳食津贴。饩，赠送人的粮食。

⑫ 接武：步履相接。形容人多拥挤。

⑬ 揖逊：揖让。宾主相见的礼仪。

⑭ 微言：精深微妙的言辞。指儒家经典的深刻含义。

⑮ 性命：中国古代哲学范畴。指万物的天赋和禀受。懿：美，美德。

⑯ 弦诵：弦歌诵读。

⑰ 引领：伸颈远望。

⑱ 峻极：指极高。造：到。

⑲ 肆志：快意，随心。

⑳ 饫（yù）：饱食。烦聒：烦扰吵闹。

㉑ 时泽：犹时雨。

㉒ 藂（cóng）育：聚集生长。藂，同“丛”。

㉓ 石守道：即石介，字守道。北宋兖州奉符（今山东泰安）人，曾读书于徂徕山（泰安城东南）下，世称徂徕先生。仁宗天圣八年（1030）进士，历任秘书省校书郎、郓州观察推官、镇南军节度掌书记、嘉州军事判官、国子监直讲等职。曾著《唐鉴》，以诫奸臣、宦官，指切时政。孙明复：即孙复，字明复，北宋晋州平阳人。举进士不第，退泰山。学《春秋》，著尊王发微十二篇。庆历中，范仲淹、富弼荐其有经术，除秘书省校书郎、国子监直讲。累迁殿中丞。

㉔ 高迈：高超，超逸。

送张训导之任蕲水县学序[①]

士有负艺抱器足以利用而卒[②]，沉没遗逸于闾阎畎亩间[③]，与庸人俗子伍，不得推所蕴以及诸人者，在天下盖不少。苟非际夫上之求访有道，奉命于下者咨访推荐，虽有才，孰能用诸？犹夫玉之初在山也，璞而蕴之，顽砥碱砆等耳[④]。孰知温润而泽，廉而不刿[⑤]，美德之可贵哉？

往岁，朝廷屡下明诏，令郡邑各举所知，贡之京师。时江西藩臣奉命惟谨，乃以番阳张坤膺荐而来[⑥]。时天下校官多缺，吏部总藩郡以明经荐者若干人请于上，就内廷试之。当试时，皆台部大臣程其文，节目宽疏[⑦]，又其科条简略，不及选举科之半。

然非洞明经旨者不与，而中者即得补员。于是，坤得训导于邵武之泰宁县学[8]，士论以为公。居无何[9]，以内艰归家[10]。逮服阕[11]，方谒选吏部[12]。予仅一识之，虽不甚习，固已得其为人之大略，温乎其容，确乎其言，叩其中则铿锵焉[13]，炳焕焉[14]。是盖得于家学渊源者有自[15]，是岂寻常章句士可一概观耶[16]？兹得调黄州蕲水县学，蕲水之去其乡，视泰宁为尤甚迩，在坤又何幸哉！既行，锦衣卫总旗邵安以尝舍坤[17]，求予言饯之。

予观今之职教事者，其初至，惟以科贡是图[18]。苟未得，则惴惴焉以惧；其既得而将满也，则嬉嬉焉以乐。甚者，遂纵肆优游，而不复知检使，后来者多误此。其何心哉？殊不知己之初至而为往者，惩己之既去而为来者图[19]，庶其于人无少訾议之者[20]。坤在泰宁，固俾其才有成于今，兹又必以家学淑诸其徒，而以始终不懈居之。予知他日荆湖论秀[21]，必以蕲水为称首。而坤也匪惟无负昔之知者所荐，亦且有誉于无穷。

【注释】

① 张训导，指张坤。江西鄱阳人，岁贡生。宣德五年(1430)，授绍武府泰宁县(今属福建三明市)训导。改任黄州府蕲水县(今湖北浠水)训导。

② 抱器：《周易·系辞下》：“君子藏器于身，待时而动，何不利之有。”后以“抱器”喻怀才待时，不苟求名利。

③ 闾阎：里巷内外的门。泛指民间。畎亩：田地，田野。引申指民间。

④ 碔：同“珷”，似玉的美石。碔砆(wǔfū)：似玉之石。

⑤ 廉而不刿：有棱边而不至于割伤人。刿(guì)：割，刺伤。

⑥ 番阳：鄱阳县的古称。膺荐：承受荐举。

⑦ 节目：指条目。

⑧ 泰宁县：今福建泰宁县，明代属邵武府。

⑨ 无何：不多时，不久。

⑩ 内艰：旧时称遭母丧。

⑪ 服阕:守丧期满除服。阕,终了。

⑫ 谒选:官吏赴吏部应选。

⑬ 铿锟(kēnghōng):形容声音洪亮。

⑭ 炳焕:显著。

⑮ 有自:有其原因。

⑯ 章句士:寻章摘句之人。章句,即剖章析句,是经学家解说经义的一种方式。亦泛指书籍注释。

⑰ 锦衣卫:全称"锦衣亲军都指挥使司",是明代专有军政特务机构,其前身为朱元璋设立的"拱卫司",后改称"亲军都尉府"。主要职能为"掌直驾侍卫、巡查缉捕",其首领称为锦衣卫指挥使,一般由皇帝的亲信武将担任,直接向皇帝负责。总旗:明代军队编制五十人为总旗,十人为小旗。

⑱ 科贡:科举制度中,府州县举荐人才进入国子监习业,谓之"科贡"。后亦泛指科举。

⑲ 惩:鉴戒。

⑳ 訾(zǐ)议:非议。

㉑ 荆湖论秀:指湖广省的乡试。

送临朐县幕吴君辞官归南昌序①

古者士大夫七十致仕,未闻有未七十而去者。后世有乞骸骨、辞疾以礼去官②,亦必待其衰老,未闻有猷及其壮自决去者。今皇上仁厚,优礼人臣③,凡文臣人士,无问其老壮,自求退避者,即许归故乡。有若卿,若大夫,若庶士群吏,往往以引年辞疾谢官而去者,数不能纪。

予邑幕宾吴君胜祖④,精神不衰,犹堪任事,况居邑且久,人情安熟,井臼甘美⑤,官况从容,而胜若故里,宜其留而不宜其去也。君乃毅然不以恬利为愿,诣阙力乞以归⑥。其视垂白⑦,老犹营营役役[8]，苟利禄常若不足者，相去远矣。故予邑宦在京师者，咸重君之退，尤惜君之去，乃相聚议曰："若君在县，相尹佐而行政令，宽厚和平，曾不挠乱颠倒[9]，恃威楚以迫吾民，其德即在耳目。于兹别，甚难为情。"于是设祖饯[10]，复属序于予。

予惟君自读书立身，至于居官任事，忽忽若干年。其案牍之繁，行役之劳[11]，形神智虑不能无倦。今而张帆鼓棡[12]，浩然南归；顾瞻桑梓之旧，亲朋故友咸在；杯盘宴集，杖屦追随[13]，优游于林泉水石之间[14]，与鱼鸟麋鹿同欢。所以放情骋怀，徜徉自适[15]，其喜乐为何如耶！然君之去固云乐矣，而予邑士民之慕于君者，将不能忘。而君之教子读书田园，扶杖之余，念予邑风土士人之旧，尤不能不以之兴怀也[16]。予因是以序焉。

【注释】

① 吴县幕，指吴胜祖。江西进贤县(今属南昌市)人。永乐十七年(1419)，任山东临朐县典史。在官近十年，颇有政声。光绪《临朐县志·大事表》载："宣德十年，典史吴胜祖督丁壮赴役京师。"典史，始设于元朝，原本职责是"典文仪出纳"。明清两代均有设置，设于州县，掌管缉捕、稽查狱囚，为县令的佐杂官。虽未入流(九品之下)，但由吏部铨选，也属朝廷命官。因典史为知县属官，故称县幕。

② 乞骸骨：古代官吏自请退职，意谓使骸骨得归葬故乡。

③ 优礼：优待礼遇。

④ 幕宾：地方军政官署中协助办理文案、刑名、钱谷等事务的人员。语出南朝宋刘义庆《世说新语·雅量》："桓宣武与郗超议芟夷朝臣，条牒既定，其夜同宿。明晨起，呼谢安、王坦之入，掷疏示之，郗犹在帐内。谢都无言，王直掷还，云：'多。'宣武取笔欲除，郗不觉，窃从帐中与宣武言。谢含笑曰：'郗生可谓入幕宾也。'"

⑤ 井臼：水井和石臼。借指屋舍、庭院。

⑥ 诣阙：指赴朝堂。

⑦ 垂白：白发下垂。指年老。

⑧ 营营:劳而不知休息,忙碌。役役:奔走钻营的样子。

⑨ 挠乱:烦乱。

⑩ 祖饯:饯行。

⑪ 行役:旧指因服兵役、劳役或公务而出外跋涉。

⑫ 鼓枻:划桨。指泛舟。

⑬ 杖屦(jù):手杖与鞋子。古礼,五十岁老人可扶杖;又古人入室鞋必脱于户外,为尊敬长辈,长者可先入室,后脱鞋。借以尊称老者、尊者。

⑭ 优游:悠闲自得。

⑮ 徜徉:安闲自得的样子。自适:悠然闲适而自得其乐。

⑯ 兴怀:引起感触。

送吴县幕还临朐序①

政不难,在得人。人惟其贤,否则无措焉②。有司之用,才不苟妄,而士之仕于时,亦必自为淬砺③,日以求益。苟可利于时,则出于时,度无少益,又岂敢妄有以取耶?

惟江右南昌之进贤吴公胜祖,性资温固,雅有大节,明习法律,书数老成④。自永乐己亥宾兹邑幕⑤,于今八载矣。政不烦而百度举⑥,刑不威而民自服。凡邑之政令,或有疑不能决,滞不能通,缺不能补,废不能兴,罔有大小巨细,必咨焉。以赞画唯诺相行事⑦,而纠群吏之弊况。为人喜且直,而又有文,所谓吏而华者也。今年春,会朝廷缮理召工,君即鼓率属民服乃事,民亦乐而从之,争先奔走,少有后期者。盖由君劝率倡导之有其方,亦出民之心悦诚服而不惮其劳也。役期及代南归,众曰:“比来役力半年矣,未尝多遭棰督,功集而力舒,视他郡,鞭笞咨辱致困苦死亡者甚众⑧,则知吴公异乎人之所为,而独得乎子民之道也。”君曰:“不然。夫为吏者,人役也。役于人而食其力,可无报耶？吾自幼学，志在君民而已。今而食禄牧民，必有补于公而利及乎人，斯可矣，又何有于人哉？”众以是告予，予既嘉其言而奇其志，知君出自名阀[9]，其先大父尝为闽漳太守[10]，至今声誉炯炯，在人耳目；矧君尤素期于远大者[11]！其暂职典幕，特其发兆耳[12]。夫枳棘宁可为鸾凤之栖乎[13]？因其行也，书以为祝。

【注释】

① 吴君，指吴胜祖。见本卷《送临朐县幕吴君辞官归南昌序》注。据文意推测，本文当作于宣德二年秋冬之际。

② 无措：无法对付。

③ 淬砺：激励，磨炼。

④ 书数：指六书、九数之学。

⑤ 永乐己亥：永乐十七年(1419)。

⑥ 百度：百事，各种制度。

⑦ 赞画：辅佐谋划。唯(wěi)诺：形容卑恭顺从。

⑧ 鞭笞：鞭打，杖击。

⑨ 名阀：名门豪族。

⑩ 大父：祖父。

⑪ 矧(shěn)：况且，而况。

⑫ 发兆：讨个吉利。

⑬ 枳棘：枳木与棘木。因其多刺而称恶木。常用以比喻恶人或小人。鸾凤：鸾鸟与凤凰。比喻贤俊之士。

赠王所正考绩序[1]

营缮所正王君至隆，予同学友也。正统庚申春[2]，以国子上舍授是职。初，至隆有若不怿然者。予释之曰：“仕之崇卑晦显，百不齐同，未必皆其才之逮否，有司为之抑扬也。或时焉，或命焉,不可觊而求。幸而致然,其慎职守,勤事功,则一也。故虽胥史与上卿[3],均之为王臣,均之为共天禄、享人爵者[4]。况《周书》言:'六卿分职,各率其属,以倡九牧,阜成兆民。'[5]谓六官必有众职,奉王之政令,宣导于下,始及于民。《中庸》乃曰:'官盛任使,所以劝大臣也。'今营缮为冬官属[6],制亦以古。其长为七品,绾铜章[7],佐卿郎,以治缮修之政,故必择人任之,非有所抑扬也。若是皆欲曰显要高位,则委吏乘田[8],岂可试于孔子哉?"

至隆以予言为然,忻然居之。历三载,职以修行惟谨如一日。于是,滞者振,坠者举,初考于冬官之卿,与曰称[9];诣天官亦与曰称,偕诸有司最者。闻于上,命仍其职,俟再、俟三听陟明焉[10]。乡诸友方将造贺,求予言。

予喜至隆以予初言为然,能修明于其职,又得士大夫称许之不置,实予平生之所重者。然训有之:"谨于始者,必善其终;啬于前者,必丰于后。"至隆于此诚不以所能为多,而以所未至为勉,如韩子所谓"蚤作而夜思,勤力而劳心"[11],以求副朝家所教育,所任用。殆行愈彰,功愈著,所司度德以进之,录功而庸之,骎骎乎显要可致矣[12]。兹非友朋所私期,诚今朝廷用人,不遗其才,进之有渐不骤,可必如此。

【注释】

① 王所正,指王至隆。山东临朐人。监生。正统五年(1440)任营缮所所正。明代,营缮所为工部所辖,设所正、所副各一人。所正为正七品。

② 正统庚申:即正统五年(1440)。

③ 胥史:犹"胥吏"。官府中的小吏。

④ 天禄:俸禄。人爵:爵禄,指人所授予的爵位。《孟子·告子上》:"孟子曰:有天爵者,有人爵者。仁义忠信,乐善不倦,此天爵也。公卿大夫,此人爵也。古之人,修其天爵,而人爵从之。今之人,修其天

爵，以要人爵。既得人爵而弃其天爵。则惑之甚者也。”

⑤“《周书》言”句：见《尚书·周书·周官》。九牧：指地方长官。

⑥冬官：上古设置官职，以四季命名。据《周礼》，周代设六官，司空称为冬官，掌管工程制作。后世亦以冬官为工部的通称。

⑦铜章：古代铜制的官印。

⑧委吏：古代管理粮仓的小官。乘(shèng)田：春秋时鲁国主管畜牧的小吏。

⑨称：称职。据《明史·选举三》，明代官员考满，“其目有三：曰称职，曰平常，曰不称职”。

⑩陟明：进用贤能。语本《尚书·舜典》：“黜陟幽明。”这里指得到提拔。

⑪“蚤作”二句：见柳宗元《送薛存义之任序》。意思是“每天很早便起床工作，晚上还在考虑问题，辛勤用力而耗费心血”。蚤，通“早”。文中“韩子”当为“柳子”之讹。

⑫骎骎(qīnqīn)：渐进的样子。

送国子生彭彦常归省序[1]

人子久违其亲，必有怀思之念，而欲归省以展其孝，盖人心之所同愿也。故归省有期，祭扫有制，俾人子有以遂其所志，父母尽其欢心，又皆国家仁恩之所推广焉。

彭生彦常，乃斟鄩忠孝士[2]。自昔以明经贡入成均之上舍[3]，于今逾三年。念惟母寿弥八旬余，而不获左右调护，是以望云兴悲，读诗增感，朝夕怵然[4]，其心歉如也。今年夏，例用归宁[5]，指日严装南向，而时同门之宦于京师者，咸载酒追而饯之，复祝之以辞，曰：“子之念亲，怀归不忘，幸获一旦承颜[6]，举觞称寿[7]，萱堂之庆[8]，其喜其乐，是宜何如！兹固孝之有足嘉者，毕时复就前业，进登于显位，正当移孝为忠，以行其所志所学。忠焉于君,仁焉于民,兼爱焉于物。斯又足以显亲扬名于天地间,垂永誉而不泯,不惟无愧于朝廷作新教育之初意[9],亦不负今日同门之所期望也。幸勉旃[10]!"

【注释】

① 彭彦常,生平履历不详。国子生,指在国子监肄业的学生。

② 斟鄩:古国名。夏同姓诸侯国。辖境在今山东省潍坊市西南。

③ 成均:古之大学。泛称官设的最高学府。上舍:宋代太学分外舍、内舍和上舍,学生可按一定的年限和条件依次而升。故用"上舍"作为一般读书人的尊称。

④ 怵然:怜悯、凄惶的样子。

⑤ 归宁:男子归省父母。

⑥ 承颜:顺承尊长的颜色。谓侍奉尊长。

⑦ 称寿:祝人长寿。

⑧ 萱堂:指母亲。

⑨ 作新:《尚书·康诰》:"汝惟小子,乃服惟弘王,应保殷民。亦惟助王,宅天命,作新民。"孔传:"弘王道,安殷民,亦所以惟助王者居顺天命,为民日新之教。"本意指教导殷民,服从周的统治。后因以"作新"比喻教化百姓,移风易俗。

⑩ 勉旃(zhān):努力。多于劝勉时用之。旃,语助词,之焉的合音字。

送高生卒业南京国学序[1]

庐陵高生顺,以羲经充贡于礼部[2],朋试内廷[3],中高选[4],例廪南京国子学。于行,其乡友咸赋诗饯之,求予序卷端。

予尝观国家造士,自郡邑上及京都,咸建之学,居有公舍,廪有常饩[5],职有官师,教条有经术政事[6],课试以为程,以三岁大比[7],尚不足乎任使也。乃岁令郡邑大夫及其师友,推士之学有成而贤且才者，以礼宾遣，谓之岁贡[⑧]。天子既试之，始令就国学，俟其久而次进之，颛颛乎若迟任于树艺[⑨]。待材于萌蘖，养之不苟，序之不骤。如此，迨及任使，又不徒贵一身，必推恩及其父母，俾之咸沐光宠，荣垂悠久。所以激劝之厚，又如此。士故所以自待，罔不知所贵重。凡以士大夫名者，一惟其称之求，而耻沦为庸俗者流。

生遭值盛时，受教庠序有日，素为邑大夫师友之所称重。今进之太学，交四方之士，而四方士必将有取于生者，是又不特如昔推重于一邑校止也。计日而进，序之士大夫之列，其自知所贵重，不为庸俗者流，审矣。若夫显亲耀家，亦在兹日。此固其乡之诸君共期，而予亦以是望之。生其勉哉！

【注释】

① 高生，指高顺。江西吉安府庐陵县（今属吉安市）人，生平履历不详。

② 羲经：《周易》的别称。相传伏羲始作八卦，故名。充贡：贡举应举名。宋贡举试，凡应举者亦称充贡。

③ 内廷：内朝。对外廷而言。皇帝召见臣下、处理政务之所。

④ 高选：指考试中高榜。

⑤ 廪饩（xì）：府、州、县学廪生所享受的经济补贴，一般每人每月谷五斗。饩，廪给，俸禄。

⑥ 教条：官署或学塾中所颁布的劝谕性的法令或规章。

⑦ 大比：周代每三年对乡吏进行考核，选择贤能，称大比。隋唐以后泛指科举考试。明清两代称乡试。

⑧ 岁贡：贡入国子监的生员的一种。明清两代，每年或两三年从府、州、县学中选送廪生升入国子监肄业，故称。

⑨ 颛颛：用心专一的样子。迟任：当为迟任，传说中的上古贤人。颛，通“专”。树艺：种植，栽培。

送太学生武叔诚归省序[1]

《大传》有云："积善之家，必有余庆。"[2]予六七年前习闻同郡诸友亟称东莞庠武叔诚之为人[3]，然未识也。壬子春，其邑以明经贡于春官[4]，为国子生，始获识焉。观其动容[5]，词气纯笃详雅[6]，蔼蔼乎君子人也[7]。乃知向之所云，信非过与。予尚疑其人非出于天性，或不能不变，处之愈久，乃如初。

癸丑之秋[8]，予归南省游，尝一过武居所，二亲具庆。其父翁年几八十，长眉广颡[9]，姿度魁梧，修颈，美须髯，鬓发黝黑[10]；兴不几凭[11]，行不杖曳，草冠短褐，逍遥乎泉石町疃之间[12]，步复健捷如年少人[13]；而遐视物色，无纤芥爽[14]，浩浩乎古老俦也[15]。二弟恪博侍父侧，柔声和气，色笑可掬。父子俱寡言，问然后应语之，不出乎家庭几席之上，若其讪官府、薄里族、侮夷丑，无有也。又知其淳淳乎齐民之良者也[16]。予爱其然，舍信宿而行[17]。观其闺门雍肃[18]，亲不狎息[19]，所谓父父子子兄兄弟弟者矣[20]。又其田树丰腴，俯仰饶裕[21]，不以自足矜人，所谓安处善乐循理者矣。然非先后积善之厚，不能尔也。

叔诚今归省，同郡诸君作诗以贶其行[22]，复属予为序。予目录叔诚一家素修之行[23]，与诸君乐道人之善之意，归为亲寿[24]。若夫叔诚享禄位，受恩命，荣显及乎父母，增光其家庭，俾不负乎所修者，此其素有，则不待言。

【注释】

① 武叔诚，山东青州府莒州（今日照莒县）人。宣德七年（壬子）贡生。

②"积善"句：见《周易·坤·文言》。大传，是解释《周易》"经"的文字。传，解释。

③ 亟（qì）：屡次，一再。东莞：古郡名，东汉建安初分琅邪、齐郡置。治

今沂水东北。这里代指莒县。

④ 春官:礼部的别称。

⑤ 动容:举止仪容。词气:言语或文词的气势。

⑥ 详雅:安详温雅。详,通“祥”。

⑦ 蔼蔼:温和的样子。

⑧ 癸丑:指宣德八年(1433)。

⑨ 广颡(sǎng):额头宽。颡,额头。

⑩ 鬃(gōng):头发乱。

⑪ 兴:站起来。

⑫ 町疃:田舍旁空地。

⑬ 健捷:雄健而敏捷。

⑭ 纤芥:细微。

⑮ 俦:辈,同类。

⑯ 齐民:百姓。

⑰ 信宿:连宿两夜。

⑱ 雍肃:和睦庄重。

⑲ 狎息:狎游,一同寝处。

⑳ 父父子子兄兄弟弟:前一“父”“子”“兄”“弟”,都用作动词,意思是“做得像……”,或者是“当……看待”。《周易·家人》:“父父,子子,兄兄,弟弟,夫夫,妇妇,而家道正。”

㉑ 俯仰:周旋,应付。饶裕:富饶丰裕。

㉒ 贶(kuàng):赐给,赐予。

㉒ 目录:亲眼看到。

㉓ 寿:祝寿。

送上舍高腾远省墓序①

庠友高腾远,自宣德乙卯充贡入成均为诸生②,三年,援例得归省坟墓,来别余。余为言以告之。

昔鲁肃过吕蒙[3]，观其言论，惊曰："非复吴下阿蒙矣!"蒙曰："士别三日，即当刮目相待。兄何见之晚邪?"斯言虽戏，诚亦有理在焉。人处偏州下邑，友一方之士，习一方之风，拘于僻陋而未睹乎广远[4]，则心思所及者狭，耳目所加者有限。必游通都大邑，交接四方之士，因以得闻山川人物、风土气习之异，然后始有以豁其心胸，而开其固塞[5]，知识充广，洒然如出突奥[6]，登高旷，遐瞩观，而不蔽近小矣。

腾远来京师，合聚于春官[7]，试文于内墀[8]。追游太学，得于天下英才交友，资其德业，讲肄其道艺[9]，学问日见高明。宏远之士因自奋励，以企高明之什，一矣。及观国家甲兵财赋之美，市井人物之阜，车马货具充斥穰溢，平生所未闻见名品，皆得以寓目焉。又尝从绣衣使按行山西[10]，历览三晋形胜[11]，羊肠之险[12]，太岳之雄[13]，龙门砥柱[14]，滂湃峥嵘[15]，与彼乡土风俗，靡有不晓。今而归家，具豆觞[16]，烹羔豚，望丘墓而悲泣[17]。荐裸之余[18]，退而谒诸庠序[19]，乡党见向所同游，尊酒相观，以所见所闻恣为谈论，孰不倾耳专听，奚止刮目相待而已。虽然，"维桑与梓，必恭敬止"[20]。子之归乡，人固已加敬，子其益修悌逊[21]，揖长上，信朋友，和好闾里，俾人无睨侧[22]。人皆以为得太学师友之渐，其异于人有如此。相慕而教其子弟，必以子为法者，庶有补于吾乡之风。

【注释】

① 高腾远，即高鹏。山东临朐县人。宣德十年岁贡。官顺天府文安县(今属河北)主簿。宋代太学分外、内、上三舍，初入学为外舍，经考核，学业、品行皆合格者逐级递升内舍、上舍。学行优异之上舍生可直接授官。明清因以"上舍"为监生的别称。

② 成均：指官设的最高学府。

③ 鲁肃：字子敬，东汉临淮东城(今安徽定远)人。曾为孙权提出鼎足

江东的战略规划，得到孙权赏识。过：前往拜访。吕蒙：字子明，汝南富陂（今安徽阜南）人。东汉末年名将。他发愤勤学的故事，成为中国古代将勤补拙、笃志力学的典型。

④ 僻陋：指地处僻远，风俗粗野。

⑤ 固塞：闭塞。

⑥ 窔（yào）奥：室中东南和西南二隅。喻幽深处。

⑦ 春官：指礼部。

⑧ 内墀（chí）：内廷。

⑨ 讲肄：讲论肄习。

⑩ 绣衣使：指御史。详卷二《送成御史分巡福建》注。

⑪ 三晋：战国时赵、韩、魏三国的合称。赵氏、韩氏、魏氏原为晋国大夫，战国初，分晋各立为国，故称。其地约当今之山西省及河南省中部、北部，河北省南部、中部。后因以“三晋”指称山西省。

⑫ 羊肠：指羊肠坂。古坂道名。萦曲如羊肠，故称。其地有两处：一在今山西省壶关县东南；一在今山西省晋城市南。

⑬ 太岳：即霍山。亦称霍太山。在今山西霍县东南。

⑭ 龙门：即禹门口。在山西省河津市西北和陕西省韩城市东北。黄河至此，两岸峭壁对峙，形如门阙，故名。砥柱：又称厎柱山、三门山。在今河南省三门峡市，当黄河中流。以山在激流中矗立如柱，故名。今因整治河道，山已炸毁。

⑮ 滂（pēng）湃：澎湃。波浪相击声。峥嵘：高峻的样子。

⑯ 豆觞：豆肉，觞酒。指酒馔。

⑰ 丘墓：坟墓。

⑱ 荐：进献。祼（guàn）：祭名。以香酒灌地而求神。

⑲ 庠序：古代的地方学校。后亦泛称学校。

⑳ “维桑与梓”二句：见《诗经·小雅·小弁》。大意为，桑树、梓树为父母所栽，见桑梓易怀念父母而起恭敬之心。

㉑ 逊：辞让，退让。

㉒ 睨侧：斜视。

送陈良医致仕序[①]

越府良医姑苏陈君林南[②]，以年至乞致仕，上许之。归有日[③]，所交友予乡王文王氏求予序赠行。

予虽未识君为人，屡闻朝中士大夫多能道姓名，且称许之。翰林自学士以下，无不与之游，至以诗文相酬，巨篇短章，卷帙仞室[④]。初，予不知诸士大夫以何交于君，矧今人之交，非势则利，势降而贱，利穷而疏，在人情无怪然者。外此则艺术技能适济一时，因以神其业并重其人，礼貌亲爱之是加。若然，则交乎艺而已。如以艺，京师以医鸣者不少，何独重君？或谓予曰："非徒尔也。君处两京几三十年[⑤]，虽售业诸市，其居室必虚，明见清深，几席常洁；有花竹木石之玩，图画书史不去左右。文人士大夫相过，必延款移日[⑥]，焚香茗饮，谈笑哗然，至尽欢乃已。其平居，有求药，辄随求与之。或与之，直多寡有无[⑦]，一不问。或视疾，至公卿权贵家，一如平交[⑧]，行辈相礼[⑨]，不为势利移易所操。逮寻常负贩之人[⑩]，反竭诚尽仁，乐然为施，无一毫傲忽意[⑪]。当仁宗皇帝在位[⑫]，既建藩辅[⑬]，遴选精其业者充府僚太医，以君名奏，得拜是官，行不变如初。士大夫以是重之。"

予闻之，曰："噫！人有言，观人不于其□，于其友，则知君为人矣。今之归，其乡在东南繁富之邦，山水奇绝，异产珍丽，茂林修竹之下，多故人隐者，好文而乐道，君从之觞咏其间[⑭]，优游天年之余[⑮]，予知其乐固有甚于今日。若其俯仰之际[⑯]，念及贤王眷顾之深，士大夫平昔交游之盛，其意又未尝不在京师也。"

【注释】

① 陈良医，指陈林南。苏州人。生平履历不详。越府，指越王府。越王，明仁宗朱高炽嫡三子朱瞻墉。永乐二十二年(1424)封，建邸衢

州府，未行。正统四年（1439）卒，谥号“靖”。无子，国除。

② 姑苏：苏州吴县（今苏州市）的别称。因其地有姑苏山而得名。

③ 有日：有期，不久。

④ 仞：通“牣”。满，充满。

⑤ 两京：指南京、北京。

⑥ 延款：接纳款待。

⑦ 直：价值。

⑧ 平交：平辈交往，平等之交。

⑨ 行（háng）辈：同辈。

⑩ 负贩：担货贩卖。指小商贩。

⑪ 傲忽：傲慢。

⑫ 仁宗：指明代第四位皇帝朱高炽，明成祖朱棣长子。1424 年登基，次年暴卒，在位仅十个月。

⑬ 藩辅：指藩国、藩镇。

⑭ 觞咏：指饮酒赋诗。

⑮ 天年：自然的寿数。

⑯ 俯仰：应付，周旋。

无锡医学训科李公挽诗序①

古人哀死而述其行之辞，则谓之诔②。至秦人哀三良，而有《黄鸟》之什③；宋玉闵屈平，而有《招魂》之作④：其挽诗之权舆乎⑤？然三良、屈子皆不得正而毙⑥，故人之忠厚恻怛悼惜之意⑦，自不得不形于言，其作良亦宜哉。近代，自王公迄庶人，生有极尊荣、备盛福、臻耆年、丰后嗣，易箦于正寝⑧，无复遗憾，亦皆有哀挽之作。何欤？盖有德泽及人者，人咏其德泽而不能忘；有行义可称者，人重其行义而为之永叹⑨。亦皆出于情意之至，油然不能已者。故观之足知其人平生之所存，虽死犹有光于地下。

今诸缙绅于无锡医学训科李君文翰之死，有既哭吊，有远在数千里恨不获一临[10]，有或素名相闻未尝相识，率皆为之篇什。或述其行义，或称其孝友[11]，或论医术之精，或言问学之富。读其诗，宛然即其人，咸舒写情素，寄寓哀思，蔼若不可遏。予知是作，非为悲君以寿考终于不幸，盖惜君德行道义孚于乡邦[12]，一旦溘然长逝[13]，老成人为不多见也。君，姑苏长洲人。子敏，为太医院医士，与予交，故予略为序诗。君生平履历，自有太史氏铭志[14]。

【注释】

① 李公，指李文翰。苏州府长洲（今苏州市）人，为无锡医学训科。参卷三《题李医士橘井》。明代各府、州、县各设一专司医学的官员，府称正科，官为从九品；州称典科，县称训科，均有官职无俸禄。

② 诔：文体的一种。列述死者德行，表示哀悼。《周礼·春官·大祝》："作六辞以通上下亲疏远近，一曰祠，二曰命，三曰诰，四曰会，五曰祷，六曰诔。"

③ 黄鸟：《诗经·秦风》篇名。《左传·文公六年》："秦伯任好卒，以子车氏之三子奄息、仲行、鍼虎为殉，皆秦之良也。国人哀之，为之赋《黄鸟》。"

④ 招魂：《楚辞》中篇章。汉王逸《题解》："《招魂》者，宋玉之所作也……宋玉怜哀屈原，忠而斥弃，愁懑山泽，魂魄放佚，厥命将落。故作《招魂》，欲以复其精神，延其年寿。"

⑤ 权舆：起始。

⑥ 毙（bì）：死亡。

⑦ 恻怛（cèdá）：哀伤。

⑧ 易箦（zé）：更换寝席。用以称人病重将死。箦，华美的竹席。正寝：泛指房屋的正厅或正屋。

⑨ 永叹：长久叹息。

⑩ 临（lìn）：哭吊死者。

⑪ 孝友：事父母孝顺、对兄弟友爱。

⑫ 孚：信服。

⑬ 溘(kè)然：忽然。

⑭ 太史氏：史官。

赠医学典科考绩还莒序①

国朝置郡邑阴阳与医之所，亦皆曰学，盖以诲士徒肄习艺业于其间②。其教之官，在府曰正术、正科，州曰典术、典科，县曰训术、训科，皆以土人任之者，有深意也。曰阴阳，则断群疑，定休咎③，协人谋，而契诸天道焉；曰医，则顺四时，调寒燠④，保人命，而跻乎寿考焉⑤，有益于生人大矣。然非专门名家箕裘世绍者⑥，则必不恒而业不精，或求吉而反诬之凶，祈生或反速之死，其妄可怪也。必出世业之士，学之专而守之一，用之博而验之广，然后乡之人稔信而倚重⑦，其官是职宜哉。吾尝据是而求之，有得于莒之成公瓒者。以医业传家，祖宗以来，积德厚深，州人倚之为生。永乐初，郡大夫举之于朝，授郡医学典科。今年正月，来赴考绩，筮日将行。秋官主事郡人李素等⑧，咸把酒赋诗以送，复请予为序。

今之士为官者，受天子之命，出居民上，其显亲扬名诚美矣。然而，或必之千里之远，虽衣轻乘肥，呵前拥后，欲夸耀于乡里，不恒遂也。公瓒则峨冠博带⑨，华荣乎家庭，冗案繁牍，不干乎几席。其高闲静雅有如此。今而归乎旧职，被乎新荣，苍颜华发，酩酊乎离觞别酌之余⑩，去而乐于家者，宜又何如哉？若夫杏林丹子之硕⑪，橘井甘泉之美⑫，积善源以泽诸子孙，又公瓒之素知也。

群公诗成而酒半，予遂书，以冠其端云。

【注释】

① 医学典科，指成瓒。山东莒州（今日照市莒县）人。

② 艺业：技艺，学业。

③ 休咎：吉凶，善恶。阴阳，是指星相、占卜、相宅、相墓之类方术，民间以为与人的吉凶、福祸相联系。

④ 寒燠（yù）：冷热。

⑤ 寿考：寿数，寿命。

⑥ 箕裘世绍：世代相传。箕裘，比喻祖上的事业。详卷二《送萧江》注。

⑦ 稔（rěn）：素常。

⑧ 李素：山东莒州（今莒县）人，洪武间岁贡。历官刑部主事。

⑨ 峨冠博带：高冠和阔衣带。古代儒生或士大夫的装束。

⑩ 离觞：离杯。指离别之酒。

⑪ 杏林：相传三国吴董奉隐居庐山，为人治病不取钱，但使重病愈者植杏五株，轻者一株，积年蔚然成林。后因以“杏林”代指良医，并以“杏林春满”“誉满杏林”等称颂医术高明。

⑫ 橘井：晋葛洪《神仙传·苏仙公》载，苏仙公修仙得道，仙去之前对母亲说：“明年天下疾疫，庭中井水，檐边橘树，可以代养。井水一升，橘叶一枚，可疗一人。”来年果有疾疫，远近悉求其母治疗，皆以得井水及橘叶而治愈。后因以“橘井”为良药之典。

送涂尚美之任序①

士负才美偶于众中，虽不自外见，终不能泯焉。举而暴之，事为之际，自特出庸辈②，犹之太阿、干将杂施于寻常刀锯间③，铦利未之见④，必至断犀革、决髋髀⑤，然后知非钝器可比，自有以异其用，孰得而舍诸？

惠安涂君尚美，今翰林编修谢君重器同年乡贡进士也⑥。

初以太学生补南康星子丞[7]，始至，人以众人易之。会郡有疑狱不决者累岁[8]，太守下尚美治，不三数日，即得所以起狱状，而当辜者服其明[9]，无隐情。守以此贤之。未几，以旧官代还，邑民数百人诉于郡，留其状，有“廉勤公正、刑名谙晓”之语。郡上之未报，而尚美已诣京。适有诏命，朝职五品以上，各举县正一员。户部郎中冯君廉其行[10]，乃荐，遂擢知儋之宜伦县[11]。或言：“儋为地在南徼海外[12]，幽僻远迥[13]。其民多侏离夷獠[14]，其土赋供输无几[15]，政务从简略，宜若易为者，亦向烦荐人为？况尚美负才美，可刳繁剧[16]，于此奚足展其骥足哉[17]？”予曰：“不然。疆域固有远迩不同，圣人视天之赤子夷夏同仁[18]，不闻有中外异治也。儋虽在海外，沐中国风教已久[19]，编户实夥[20]，自唐宋诸名贤皆尝临治，当时政迹，至今人犹称之。且士有才美可用，不施之遐方[21]，使远人蒙惠，亦何以显所蕴？尚美尹兹邑也[22]，寔宜。尚美于是当伸惠蠲虑[23]，思所以辑宁[24]。而或曲乡僻峒[25]，其礼让文物未周者[26]，为柔以教，诏令与中国钧[27]，勿为以夷而鄙之。若斯，庶其导迎德泽[28]，被诸遐荒[29]，将有光继前代诸贤俊，有非今之寻常吏士者比也。”

尚美行，重器需予言，予故以告诸。

【注释】

① 涂尚美，即涂元。福建泉州府惠安县(今属泉州市)人。永乐十五年(1417)丁酉科举人。入国子监。初授江西南康府星子县(今属九江市)县丞，有廉勤公正之声。正统间，由户部郎中冯暹举荐，出为广东琼州府宜伦县(今海南儋州市)知县。

② 特出：格外突出，特别出众。

③ 太阿、干将：均是宝剑名。

④ 铦(xiān)利：锋利，锐利。

⑤ 髋髀(kuānbì)：胯骨与股骨。

⑥ 谢重器:即谢琏。见卷二《送谢编修省母》注。乡贡进士:指举人。

⑦ 南康星子:明代南康府领星子、都昌、建昌、安义四县。星子,为府治所在,今属九江市。

⑧ 累岁:历年,连年。

⑨ 辜:罪,罪过。

⑩ 户部郎中冯君:指冯暹。见卷六《送姚助教出宰沁水序》注。

⑪ 儋(dān)之宜伦县:今海南儋州市。古称"儋耳"。明洪武元年(1368)十月改儋州,属广东琼州府,统宜伦、感恩和昌化三县。洪武十九年(1386),割感恩县属崖州,儋州领宜伦、昌化二县。正统四年(1439)六月,以州治宜伦入省儋州,领昌化一县。

⑫ 南徼:南方边陲,南部边界。

⑬ 远迥:遥远,僻远。

⑭ 侏离:指古代少数民族。夷獠:古代对西南少数民族之称。

⑮ 供(gòng)输:指缴纳赋税。

⑯ 刓(tuán):裁决,治理。繁剧:事务繁重之极。

⑰ 骥足:比喻高才。

⑱ 夷夏:夷狄与华夏的并称。古代常以指中国境内的各族人民。

⑲ 中国:指中原地区。

⑳ 编户:编入户籍的普通人家。寔(shí):通"是"。夥(huǒ):众多,盛多。

㉑ 遐方:犹远方。

㉒ 尹:治理,主管。

㉓ 蠲(juān)虑:指献出聪明才智。

㉔ 辑宁:安抚,安定。

㉕ 峒(dòng):宋代以后羁縻州辖属的行政单位。大者称州,小者称县,又小者称峒。

㉖ 礼让:守礼谦让。文物:指礼乐制度。古代用文物明贵贱,制等级,故云。

㉗ 中国:指中原。

㉘ 德泽:恩德,恩惠。

㉙ 遐荒:边远荒僻之地。

送刘源清还乡养母序[1]

有存心焉仁志于济人[2]，孝笃于事亲，必两尽而不违者，人情所共愿。然卒得遂者鲜，何也？人事有不齐，时有所龃龉[3]，有不可以智计期者[4]。苟有遂焉，宜其快然以自庆其幸也。

予骈邑刘君源清[5]，初从其伯父习岐黄术[6]。永乐中，举人太医院，以二亲托养诸弟。宣德中，父老且病，源清日夜规计，觊一归为送终[7]，竟不果。及闻讣，哀号屡绝，中迫不胜[8]，即日陈所司，促自往，不以家累偕[9]。至家，望其墓悲号，益伤衰麻[10]。拜母氏，且和颜更色，以慰母心。躬调膳，侍侧问安否[11]，以故母维老恃无疾病。制既终还京[12]，回顾母氏，不能即途[13]，泣且曰："昔别时，二亲俱无恙，虽在客所，尚堪衣物之奉，音问之通，不幸父没，而不及亲送，此常以干心。今以九秩之母在堂，而子出千里之外，幸他日天假之便，俾吾与母相见，殁能临圹[14]，则终天之痛，万一少释。如其复然，则又何以生为耶？"泣既收涕而来。又三年，比以疾陈之春官，当道深怜之，听其子瀵代源清，得释役。予乡人谓宜以言侑其归。

予知源清自为医诸乡暨在京师，常制药以应人求。人求之，不问其资有无，问其疾之状，辄施予不较。有必欲其往视者，不以暑寒泥淖辞[15]，辄为往。其急于济人如此。昔家居奉亲，甘旨务丰盛[16]；及来京，未尝忘之。且市药都城，人多知名，求之者众，足以罔四方之利[17]，乃不以为意，惟汲汲以养母求归[18]，此又其孝之笃也。今归，奉寿母在高堂之上，诸弟若侄、朋戚旧故，长少咸在，怡怡欣欣[19]，捧觞为乐[20]，则母氏悦豫欢畅[21]，年虽加而身愈康。源清于是喜跃忭蹈[22]，快然以自庆[23]。其幸也，为何如哉！噫！予二亲在堂，别来数岁，未卜归养遂在何日[24]，故因源清行，临文重有所感。

【注释】

① 刘源清，山东省临朐人。永乐中，为太医院医士。

② 存心：犹居心。指心里怀有的意念。

③ 龃龉(jǔyǔ)：不顺达。

④ 智计：计谋，智谋。

⑤ 骈邑：临朐的古称。《论语·宪问》：“问管仲。曰：‘人也。夺伯氏骈邑三百，饭疏食，没齿无怨言。’”杨伯峻注：“骈邑，地名。阮元曾得伯爵彝，说是乾隆五十六年出于山东临朐县柳山寨。他在《积古斋钟鼎彝器款识》里说，柳山寨有古城的城基，即春秋的骈邑。”

⑥ 岐黄：岐伯和黄帝。相传为医家之祖。借指中医医生或医书。

⑦ 觊(jì)：希望，企图。

⑧ 中：指内心。

⑨ 家累：家属，家眷。偕：一起。

⑩ 衰(cuī)麻：丧服，衰衣麻绖。

⑪ 侍侧：陪侍左右。

⑫ 制：指服丧期。

⑬ 即途：上路。

⑭ 圹(kuàng)：墓穴。

⑮ 泥淖：烂泥，淤泥。

⑯ 甘旨：指养亲的食物。

⑰ 罔：牟取。

⑱ 汲汲：心情急切的样子。

⑲ 怡怡：喜悦的样子。

⑳ 捧觞(shāng)：奉酒。觞，盛满酒的杯。亦泛指酒器。

㉑ 悦豫：喜悦，愉快。

㉒ 忭(biàn)蹈：高兴得手舞足蹈。

㉓ 怏然：喜悦的样子。

㉔ 遂：成，如愿。

送李孟彰还乡诗序[①]

宣德丁未春余登第时，适会郡庠先乡进士孟彰于京师[②]。盖先未尝识荆[③]，一见遂如故人。相与处之数日，目其威仪[④]，温柔之著，雅如也；耳其谈论，忠信之发，焕如也；至探其心志，则又坚毅方正[⑤]，有若不为隐晦荣达所易也[⑥]。因以知其为人，有可称道者。惜其志锐而年迈，畏道路往来之艰，尝自言曰："吾年衰老且疾，倘授以职，固荣。不然，获归田里，休养疲骸，尤千万幸也。"既而还太学，又历政冬官[⑦]。偶承恩诏，国子生凡老疾者，赐免归。孟彰欢然自庆，遂携箧以行[⑧]。其友太学李文经氏来谓余曰："孟彰与我昔游同门，且有族戚之旧，交契雅好[⑨]，几于殆老。今孟彰舍我而归，我之情况又能已于言哉?"既邀诸公赋诗以歌送之，复请予序以冠乎首。

余不辞而为之言，曰："孟彰之归，放乎山林，游乎田野，守祖宗丘园庐舍，会乡邦兄弟宗族。或登垄拜扫，或因时庆集，怡怡愉愉，少长咸在。又必为烹羔封豚[⑩]，置酒交欢。于时醉兴吟怀，肆志乎偃仰之间[⑪]，其乐为何如也！然今日获其乐者，尤当有以思其乐于长久也。苟能以诗书礼义之方，训诸子孙，施诸族党乡里[⑫]，修身齐家，俾人因为之范，斯不负初父师教育读书之懿训，与国家悯怀宽纵之洪恩。又岂徒顾夫田园之乐，苟终天年，甘与草木鸟兽同于腐坏澌尽泯灭而已哉[⑬]！"

【注释】

① 李孟彰，即李真，山东临朐县人。永乐三年(1405)举人。官户部主事。据《明宣宗实录》载，宣德四年(1429)九月，"放南北两京国子监生年五十五以上学无成效及老疾者姚哲等二百五十三人，还乡为民"。李真当即此时归老。

② 郡庠:科举时代称府学为郡庠。乡进士:指举人。

③ 识荆:初次识面的敬辞。

④ 威仪:庄重的仪容举止。

⑤ 方正:指人行为、品性正直无邪。

⑥ 隐晦:指隐居不仕。荣达:位高显达。易:改变。

⑦ 冬官:指工部。

⑧ 箧(qiè):小箱子,藏物之具。大曰箱,小曰箧。

⑨ 交契:交情,情谊。

⑩ 刲(kuī):刺,割。

⑪ 肆志:快意,纵情。

⑫ 族党:聚居的同族亲属。

⑬ 腐坏:腐烂损坏。澌(sī):尽,消亡。

送井敬安之官序①

正统甲子冬十二月朔②,井君敬安将赴山西藩司之典狱③,告别于予,且求言。予以其有桑梓之好,因以其居小事大、存心恤人者语之。

典狱之官,卑者也。阶不盈九品,禄不溢十斛④;有诸大夫临莅于上⑤,日朝夕谒,疾趋应命,恒若谴诃诟辱之在听⑥,凛乎不敢肆颜色⑦,缓步履。此固下官事大吏之常理,非云为足恭分限然耳。虽然,大吏过下僚,亦有鉴照以区别焉。夫克循理知分,不愆于矩度,不隳于政务,颛颛其晨夜效力⑧,敬恭职业者,必改容以优待之。奚虑夫谴诃之或加,诟辱之或至哉?缮囹圄,严闭系⑨,固扃钥⑩,慎防卫,固在所职。然人于祸患,孰不知辟?刑宪,孰不知畏?但其不幸罹于鼠牙雀角,投躯就拘⑪,遂蹈犴狴⑫,具三木⑬,幽重关⑭,岂其情哉?故在昔圣王,有见而下车为泣者。盖哀矜恻怛之意,悯人无知而蹈祸也⑮。

敬安今典兹狱，其亦以爱己之心，推之于人，毋以非道妄加，俾至困苦呻吟，阨于非命。古人有以治狱积阴功，荣显厥身，庇及后裔者，不可不知。他若守己以廉慎，莅事以公勤[16]，皆仕途立身之大节，不待予言，君当砥砺而服膺者[17]。从事于斯，诸大吏必见知异，稽绩考最，茂膺声称，于斯可卜。不然，非予所知也。

【注释】

① 井敬安，即井渊。山东临朐县人。岁贡生。累官大名府长垣县（今属河南省新乡市）县丞。

② 正统甲子：正统九年（1444）。

③ 藩司：明清时布政使的别称。典狱：执掌刑狱之事。

④ 斛（hú）：量器。十升为斗，十斗（南宋末年改为五斗）为斛。

⑤ 临莅：来到，来临。

⑥ 谴诃：谴责呵叱。诟辱：辱骂。

⑦ 颜色：面容，面色。

⑧ 颛颛：用心专一的样子。颛，通“专”。

⑨ 闭系：囚禁。

⑩ 扃钥：门户锁钥。

⑪ 投躯：舍身，献身。

⑫ 犴（àn）狴：监狱。

⑬ 三木：古代加在犯人颈、手、足上的三件刑具。

⑭ 重关：两道闭门的横木。

⑮ 祻（gù）：用同“祸”。

⑯ 莅事：视事，处理公务。

⑰ 服膺：铭记在心，衷心信奉。

赠戚文美还辽东序①

苏子有云：“称人之善，必本其父兄师友，厚之至也。”②予尝深味其言，真得圣人取人之旨矣。夫人孰不欲子孙贤且智哉？亦孰不择师尊傅教其子孙哉？又孰不经营利名，期以富厚为长久业哉？苟或身之未备，不暇于为善之计，行不足法，流泽未远，而必欲获于后，不识天之果可报之耶？

广宁左卫戚氏子琳字文美者[3]，故户侯彦中之孙、善之子、今瑛之弟也。适予归省于家，琳以干至予邑。予见其为人，愿谨恭恪，言动温雅，不肆与人交接。常执谦虚，刿去牙角[4]，谦退自居，虽章逢之士[5]，未见或多过也。邑人敬贤之，予盖知其有自[6]。琳之祖，予不及知。尝见其父来此，俶傥乐易[7]，善与人交，盖必善教其子者矣。其瑛又往来益熟，予爱其静秀端好，敦笃确实[8]，质美而言信，气和而貌舒，盖足继其家，又克友爱其弟者矣。二子之贤若此，非祖、父之善教，何克至哉？苏子之言，岂不益信！琳还，有祈言赠者。予既喜琳父兄之贤，又嘉琳克承家训，于赠宜何言？

琳之行也，渡溟渤[9]，触风涛，暑雨炎蒸，跋越数千里，劳筋苦力不足辞矣。但当竭心以勤公事，归而语其兄，益当宣力[10]，祗慎职业[11]，上以报朝家禄位之锡[12]，下以副祖、父家庭之训，其庶几乎？《诗》不云"毋念尔祖"[13]，幸毋为忽诸。

【注释】

① 戚文美，指戚子琳。广宁左卫人。

② "苏子有云"句：见朱熹《论语集注·公冶长》引。苏子，指苏轼。

③ 广宁左卫：辽东都司所辖二十五卫之一。洪武二十六年(1393)置于广宁卫城，二十八年废；洪武三十五年(1402)十一月复置。辽东都司，全称辽东都指挥使司，是明朝在辽东地区设立的军政机构，在建制上属于山东承宣布政使司，又称山东行都司。领二十五卫，二州。

④ 刿(guì)：割。牙角：牙角：牙齿和角。比喻锋芒。

⑤ 章逢："章甫缝掖"的省称。指儒者或儒家学说。《礼记·儒行》："丘

少居鲁，衣缝掖之衣；长居宋，冠章甫之冠。”

⑥ 有自：有其原因。

⑦ 俶傥：卓异不凡。乐(lè)易：和乐平易。

⑧ 敦笃：敦厚笃实。确实：确切信实。

⑨ 溟渤：溟海和渤海。多泛指大海。

⑩ 宣力：效力，尽力。

⑪ 祇慎：敬慎。

⑫ 朝家：朝廷。

⑬ 毋念尔祖：见《诗经·大雅·文王》。

詹通叔亨字序①

龙溪詹氏德怀，比以公事来京师，乃以其子通名请字于予，且冀一言勉之。予与之字曰叔亨，复因为之云。

古者，男子生，既从师训，必举以礼为，名称诸父兄族党之间。既长，则必为之筮日筮宾②，告诸祖之庙，戒以严父之命，三加冠服③，然后始为之字，以讳其名，重成人之道也。是故圣人著之典礼，以为万世之常。自天子达于庶人，率由行焉④。然非读书好礼之士，出于故家遗俗，则不能识其义；能举而行者，亦寡矣。

德怀衣冠巨族，乡邦望氏，代以诗礼训子孙，其子孙之出，章逢奕奕⑤，有非他氏族比。故观通之为人，质美而言信，气和而貌舒，虽处膏粱纨绮⑥，而无一息骄盈气习⑦，温然布衣韦带⑧，动容周旋⑨，揖逊可观⑩，其《诗》所谓“威仪抑抑，惟德之隅”者耶⑪。

夫既先礼而冠，受责成人，是宜因名而为之字。顾予非有道者，既不能表发其名之美，又不能致夫规进之辞。辱德怀之请之坚，徇臆以申其义。且通之为同也，天下之理同则吉，吉则亨通⑫，无往而不利矣。谓子通名而亨字，虽若类训诂之义⑬，欲以祝子进进于善⑭，将履康吉而已⑮。之子服父师之教，习诗礼之益，其孝友恭俭，固足以勉之于家，而宜于宗族矣。若或他日出而见用于时，尤当志其远者大者。务曰于何而显亲扬名，于何而绍前裕后，直取古人之所尚，以距今人之所法，举天下之善，必求其至而后止，又奚往而不亨也哉！孔子所谓“未见其止”⑯，孟子所谓“莫之能御”云者⑰，予正以是勉。

【注释】

① 詹通，字叔亨，福建龙溪县人。詹德怀之子。德怀，生平不详。字，指起字。

② 筮日筮宾：筮，以蓍草占卜。日，指加冠的日子。宾，指主持冠礼的人。《礼记·冠义》：“古者冠礼筮日筮宾，所以敬冠事，所以重礼；重礼所以为国本也。故冠于阼，以著代也；醮于客位，三加弥尊，加有成也；已冠而字之，成人之道也。见于母，母拜之；见于兄弟，兄弟拜之；成人而与为礼也。玄冠、玄端奠挚于君，遂以挚见于乡大夫、乡先生；以成人见也。”

③ 冠服：帽子和衣服。古代服制，官吏的冠服因官爵不同而有别。

④ 率由：遵循，沿用。

⑤ 章逢：“章甫缝掖”的省称。指儒者。《礼记·儒行》：“丘少居鲁，衣缝掖之衣；长居宋，冠章甫之冠。”

⑥ 膏粱：肥美的食物。借指富贵人家及其后嗣。纨绮：精美的丝织品。引申为富贵安乐的家境。

⑦ 气习：气质，习性。

⑧ 布衣韦带：贫寒之士的服饰。

⑨ 动容：举止仪容。周旋：指交际应酬。

⑩ 揖逊：揖让。

⑪ “威仪抑抑”二句：见《诗经·大雅·抑》。原诗作“抑抑威仪”。二句大意是，审密的容止礼节，是同道德相匹配的。威仪，容止礼节。抑抑，严密审慎。隅，通“偶”，匹配。

⑫ 亨通：通达，顺畅。

⑬ 训诂：对字句作解释。

⑭ 进进：奋力前进的样子。

⑮ 履：临，至。

⑯ 未见其止：见《论语·子罕》。原文作："子谓颜渊，曰：'惜乎！吾见其进也，未见其止也。"止，停止。

⑰ 莫之能御：见《孟子·梁惠王上》。御，阻挡。

赠孝子李文莹序[1]

人子于亲，生事葬祭之间[2]，分所当尽，但人有能否耳。自圣贤身任人伦之至道，施已极而人犹未以为过。若程子谓周公之功固大矣[3]，皆臣子之分所当为；孟子谓"事亲若曾子可也"[4]。至全于众人，莫不知爱其亲，然于道所当尽，厚薄殊万焉。诚以生禀有不同[5]，闻道有难易。其或知之，情欲尽而弗称，志欲遂而弗逮。是贤者亦有所不能，其下则溺于流俗，困于所习，虽于天理民彝之良知[6]，仅能不昧。然或养之而不以道，至于贻羞逆志，伤败伦俗，终则邈焉如弃，临丧而歌。否则惑于异端，忽于苟简，况望其有终身之忧，求所谓必诚必信，勿之有悔焉者。兹所以笃于伦理，翼化善俗之士，世未多见也。

河东副转运莒国孔君文明考绩来京[7]，谒予馆，言蒲之安邑有著姓李氏瑛字文莹者[8]，系出唐振武节度使、赠尚书、左仆射光进之后[9]，昆季皆孝谨敦义[10]，让奉二亲，咸跻高寿。居父丧，哀毁逾礼[11]；及葬，文莹即庐于墓侧，日负土筑坟，封之隆然。缭以周垣，端树以门，中建祠，曰"昭穆之堂"，用修时奠，植松柏数千，由把及拱[12]，时攀以悲号焉。既祥而禫[13]，未尝一返私室[14]。族里耆庶咸相谋曰："文莹之心，哀慕固无穷，而圣人中制[15]，不可违也。"共款其属，告文莹，泫然流涕，不之应。如是至于再，又至于四三，始免练绖[16]，其情犹未释然，若将终身而弗忍者。运使永嘉韩公异其行[17]，欲属求一言为彰美之。予乐道人之善，孔君之言为然，安得不为之言乎？然圣朝以孝治天下，凡人子制行卓然足以仪世范俗[18]，未有不被旌异[19]，至锡之显位，光宠身家，庸风励臣庶。文莹克尽子道若此，则朝家褒异之典[20]，将有必至。后世史氏录之，与古闻人共不朽，未必不以斯言为张本[21]。

【注释】

① 李文莹，即李瑛，山西平阳府安邑县(今运城夏县)人。《山西通志·孝义五》载："李瑛，安邑人，庐父墓三年，绝甘旨，择隙种瓜，备时祭，孟冬犹生，人谓孝感。"(卷一百四十五)

② 生事：指父母在世时奉事之。

③ 程子：指程颐，字正叔，人称伊川先生。北宋洛阳人。程颢胞弟。历官汝州团练推官、西京国子监教授。元祐元年(1086)除秘书省校书郎，授崇政殿说书。与其胞兄程颢共创"洛学"，为理学奠定了基础。

④ "事亲"句：见《孟子·离娄上》。

⑤ 生禀：禀赋。

⑥ 民彝：犹人伦。指人与人之间相处的伦理道德准则。

⑦ 孔君文明：指孔哲，字文明。参卷二《谢河东孔运副惠琴兼寄葡萄酒》注。

⑧ 蒲：古邑名。春秋晋地。安邑在古蒲地。明代蒲州属平阳府。

⑨ 李光进：本姓阿跌。本河曲(今山西河曲县)部族。与弟少依姊夫舍利葛旃，因家于太原。至德间，授代州刺史，封范阳郡公。永泰初年，进封武威郡王。大历四年(769)，检校户部尚书，知省事。元和六年(811)，拜银青光禄大夫、检校工部尚书，为振武节度使。以功著，赐姓李氏。卒赠尚书左仆射。振武：唐方镇名。乾元元年(758)置。治所在单于都护府(今内蒙古和林格尔西北)。节度使：官名。唐初沿北周及隋旧制，于重要地区设总管，后改称都督，总揽数州军事。唐睿宗景云二年，贺拔延嗣为凉州都督，充河西节度使，自此始有节度使之号。其初，仅于边地有之，安史之乱后遍设于国内。一节度使统管一道或数州，总揽军、民、财政。尚书左仆射：官名。秦

始置，汉以后因之。汉成帝建始四年，初置尚书五人，一人为仆射，位仅次尚书令，职权渐重。汉献帝建安四年，置左右仆射。唐宋左右仆射为宰相之职。宋以后废。

⑩ 昆季：兄弟。长为昆，幼为季。

⑪ 哀毁：居亲丧悲伤异常而毁损其身。后常作居丧尽礼之辞。

⑫ 拱：指两手或两臂合围的径围。

⑬ 祥：亲丧的祭名。古代居父母、亲人之丧，满一年或二年而祭的统称。禫（dàn）：除丧服的祭祀。《仪礼·士虞礼》："中月而禫。"郑玄注："中，犹间也；禫，祭名也，与大祥间一月。自丧至此，凡二十七月。"

⑭ 私室：私人的寝室，内房。

⑮ 中制：合乎中庸之道的典章、制度。

⑯ 练绖（dié）：指丧服。绖，古代丧服所用的麻带。扎在头上的称首绖，缠在腰间的称腰绖。

⑰ 运使永嘉韩公：这里指河东盐运使韩伟。盐运使，是主要产盐区主管盐务之官。始设于元代，明清相沿。其全称为"都转盐运使司盐运使"，简称"运司"。设都转运使、同知、副使、判官等。都转运使官阶为从三品。河东都转运司建于洪武二年置。韩伟，浙江永嘉人，监生。正统二年（1437），任河东盐运使。

⑱ 制行：指德行。

⑲ 旌异：旌表，褒奖。

⑳ 朝家：国家，朝廷。

㉑ 张本：开始。

义民传后序[①]

余读少保、礼部尚书兼武英殿大学士澹庵杨先生所著《义民周孟敬传》[②]，知人之为善，必有所自[③]，其事足为世劝也。

孟敬名珪，世居江阴之顾山，号顾山。周氏祖伯源甫存曰：

"有余赀[④],恒以周人之急为务。"孟敬蚤丧父[⑤],与兄孟德事祖尽孝,得其欢,祖以寿终。兄弟友爱甚笃。孟敬恒自惟曰:"吾承守厚业,甲于乡里,皆吾祖阴骘所致[⑥]。若使吾祖之德泯而不闻,安在其为后嗣耶?"故凡起居食饮,罔顷刻忘。辛酉,岁颇不登,邑民告饥,诏命有司发廪赈之[⑦]。孟敬慨然曰:"天时之灾,人所不幸,圣天子犹轸念之,吾积而不散,岂仁所忍为?"即以粟六千石助于官。有将以名上[⑧],孟敬复祈曰:"吾所以为此,非敢要于己。必当归荣吾祖,使得蒙恩于地下,庶生平好义之心,知有所继续,无遗憾。且以伸吾仰承庇佑,不敢坠忽之微意。"有司乃以其情闻,朝廷赐敕褒谕,表伯源墓[⑨],为义民。祖、子孙存殁,咸被光荣。宜名公为之表章,以传诸后。余尝观之,人有十金之产,必欲其子孙守之。子孙嗣承先业,亦孰不欲传之后裔,永保其富也?后世俗鄙之徒,务为增大其家,视同胞之寒饥,漫不加意,比比皆是。其得如孟敬孝义兼尽,克显于先者,岂多见哉?《传》曰:"君子富,好行其德。"又曰:"人富而仁义附焉。"[⑩]《礼》云:"士庶人有善,本诸父母。"[⑪]孟敬其庶几乎?

余嘉孟敬之志,特书诸后,方以贻世劝,非敢以文道也。

【注释】

① 义民,指周珪。字孟敬,江苏江阴县(今江苏江阴市)人。

② 澹庵杨先生:指杨溥。见《澹轩历受诰词》注。

③ 所自:由来,来源。

④ 余赀:富余的资财。

⑤ 蚤:通"早"。

⑥ 阴骘(zhì):阴德。

⑦ 有司:官吏。古代设官分职,各有专司,故称。

⑧ 有:后当有"司"字。

⑨ 表:指立石碑。

⑩ "君子富"及"人富"句:见《史记·货殖列传》:"礼生于有,而废于无,

故君子富，好行其德；小人富，以适其利。渊深而鱼生之，山深而兽往之，人富而仁义附焉。”

⑪《礼》云句：见《礼记·祭义》。

庆封氏母寿诗序[1]

古称治世之民多寿[2]，亡国之民鄙夭[3]。岂不信然乎哉？夫以太平盛治之世，风气完美，俗化真淳[4]，上无横暴之施，急迫之令；下无悖逆谲诈之习[5]，侵陵争夺之患[6]。凡民壮者得服力于畎亩[7]，修其孝弟忠信，以事其父兄，仁及族属，以至鳏寡癃疾，亦有所仰赖资藉[8]，得终其天年矣。方今朝家自驭宇以来几八十年[9]，仁风惠泽，熏陶涵濡，如天地之育万物庶类[10]，生灵洪纤[11]，悉被其泽。所谓“建其有极，敛时五福，用敷锡厥庶民”之日乎[12]。此所以黄耇鲐背之老[13]，皓首之翁，酡颜鹤发[14]，含饴弄孙之媪[15]，井里相望[16]，在在有之[17]。优游怡悦于光天化日，而夭阏札瘥殃沴凶残之祸无有也[18]。民生斯世，何幸如之！然所以致是者，其亦民之柔良，累世好德所钟，而获报于天者然也。

莒郡封氏之母，享年八秩余，身日强捷，疾病不侵，寒暑不累。盖以其家有恒产，而务勤俭，积而不乏，有足以具甘旨、奉温暖，诸子若孙，罗列满前，足以奉起居，承意指；虽默然而喻，虽颔而解[19]。故其母有不劳，气和平而意畅快。且长子和字景新[20]，以才能授阳武簿[21]；其仲子圭字廷瓒，为郡庠弟子员，课业勤励不懈，殆底于成，以光大其家，又其母之所喜者。盖非其先世积善之至，焉得致如是之盛耶？太学生邢正辈[22]，皆与廷瓒合志者也。兹得归省于家，重惟封氏之母之年，诚乡里所罕比。其子孙之盛，家道之兴，亦乡里之所称羡者。故欲求文持归以为贺。予尝适其郡，识廷瓒于诸生[23]，知其将有进者。又嘉其母之寿，多表正之义，故为序诸其端。

【注释】

① 封氏母，指封圭之母。圭，字廷瓒，山东莒州（今日照莒县）人。正统间岁贡。官至县丞（据嘉靖《青州府志》）。

② 治世：太平盛世。

③ 鄙夭：指性情贪鄙，寿命不长。

④ 真淳：真率淳朴。

⑤ 谲诈：狡诈，奸诈。

⑥ 侵陵：侵犯欺凌。

⑦ 畎亩：田地，田野。

⑧ 癃（lóng）疾：衰弱疲病。资藉：凭借，依赖。

⑨ 朝家：国家，朝廷。驭宇：统治宇内。

⑩ 庶类：万物，万类。

⑪ 洪纤：大小，巨细。

⑫ "所谓"句：见《尚书·洪范》。建，立。指建立君权。敛，同收聚。时，这。敷，普遍。锡，施予。

⑬ 黄耇（gǒu）：年老，高寿。鲐（tái）背：指老年人背上生斑如鲐鱼之纹，为高寿之征。

⑭ 酡颜：脸红。

⑮ 含饴弄孙：含着饴糖逗小孙子。形容老人自娱晚年，不问他事的乐趣。

⑯ 井里：乡里。古代同井而成里，故称。

⑰ 在在：处处，到处。

⑱ 夭阏：夭亡，夭折。札瘥（cuó）：因疫疠、疾病而死。《左传·昭公十九年》："郑国不天，寡君之二三臣札瘥夭昏，今又丧我先大夫偃 。"杜预注："大死曰札，小疫曰瘥。"沴（lì）：指天地四时之气不和而生的灾害。

⑲ 颔：点头。

⑳ 和：指封和，字景新。官阳武县主簿。

㉑ 阳武:明属开封府。在今河南原阳东南。1919年与原武县合并,名原阳(今属河南新乡)。

㉒ 邢正:生平不详。

㉓ 诸生:明清两代称已入学的生员。

贞节堂诗序[1]

监察御史历城王允母孺人刘氏[2],生于名族,自少习于女教[3]。年十九,父母为择良配,归允之父云[4]。凡七年,年廿六,生二子而寡。时允方五岁,信方三岁。孺人以姑老子幼[5],乃断发,誓不再适[6]。却铅华[7],屏美丽,常衣缟素[8],甘淡泊,旦夕攻丝枲[9],纺绩织纴以自给。人不能堪而独安之,惟以养姑教子为事。姑殁,哭泣尽哀,葬祭循礼。及允稍长,即遣入郡庠,从名师良友游,以启发磨砻其德业[10],且尝戒之曰:"家虽贫,无以是废学也。"自是,允益刻励勤苦,至忘饥渴寒暑,学底于成。遂登进士第,擢今官。是皆孺人慈训之所致也[11]。其所守,五十年如一日,乡党歆羡[12],咸称曰"王节妇"。允乃作堂,奉之舆论,扁曰"贞节",以著其实也。允顷出示诸名公所为诗歌,而请予为之序。

呜呼!人伦之至重者,三纲也。夫夫妇妇,三纲所系。人禀天地之中以生而灵于万物者,以其有人伦焉。大《易》论家人,首曰"利女贞",而有"嘻嘻失节"之戒[13]。世之为人妇者,夫死不再醮[14],从一而终,理之常也。不幸遭乎时异事殊,或值事势之危迫,故宁蹈水火而不践二姓之庭[15],由其秉彝之性根于中[16],而自不能不然耳。孺人当盛年丧偶,秉志不回,逮今年逾七秩,尚康强无恙。而允职风纪,食厚禄,豸冠绣衣[17],归拜慈颜[18],极欢忻怡愉之奉于斯堂之上,诚世之罕俪焉[19]。昔欧阳子生四岁而孤[20]，家无所庇以为生，其后成立贵显者，皆出于其母魏国太夫人郑氏也。今允蚤孤家贫，赖母氏守节，鞠育抚教而底于成[21]，与欧阳子绝相类。而孺人之贤，视魏国岂多让哉！天之报施于善人，其不爽明矣[22]。然则是堂也，非惟表于一乡一时，而将垂名于天下后世，实有关于世教民彝之大[23]，不可不书也。是为序。

【注释】

① 贞节堂，王允为彰显其母所建。允，字执中，山东历城县(今济南市)人。正统十年(1445)进士。正统十年九月擢为监察御史。历官温州知府、山西按察司按察使、湖广布政司左布政使。《历乘》称：允"事母克尽孝爱，所至以清洁称。母卒，庐墓哀毁。景泰三年，有司上其母贞节，允孝行，来旌表。"(《人物志·名臣》)

② 孺人：明为七品官的母亲或妻子的封号。

③ 女教：指对女子进行的教育。

④ 归：嫁给。

⑤ 姑：丈夫的母亲。婆婆。

⑥ 适：嫁人。

⑦ 铅华：妇女化妆用的铅粉。

⑧ 缟素：喻朴素。

⑨ 丝枲(xǐ)：生丝和麻。指缫丝绩麻之事。枲，大麻的雄株。只开雄花，不结子，纤维可织麻布。亦泛指麻。

⑩ 磨砻(lóng)：磨练。砻，磨。

⑪ 慈训：母亲的教诲。

⑫ 歆羡：爱慕，羡慕。

⑬ "大《易》"数句：指《周易·家人》。此卦首句云："家人，利女贞。"《彖》曰："家人，女正位乎内，男正位乎外。男女正，天地之大义也。家人有严君焉，父母之谓也。父父，子子，兄兄，弟弟，夫夫，妇妇，而家道正。正家而天下定矣。""九三，家人嗃嗃，悔厉，吉。妇子嘻嘻，终吝。"《象》曰："'家人嗃嗃'，未失也。'妇子嘻嘻'，失家节也。"嗃

(hè)嗃,严肃拘谨。嘻嘻,嘻皮笑脸,毫无检束。

⑭ 醮(jiào):指女子嫁人。

⑮ 践二姓之庭:指改嫁。践,踩。二姓,指缔结婚姻的男女二家。《礼记·昏义》:"昏礼者,将合二姓之好,上以事宗庙,而下以继后世也。"

⑯ 秉彝:持执常道。

⑰ 豸(zhì)冠:即獬豸冠。古代御史等执法官吏戴的帽子。

⑱ 慈颜:慈祥和蔼的容颜。称尊上的音容,多指母亲而言。

⑲ 俪:比,相配。

⑳ 欧阳子:指欧阳修。欧阳修四岁丧父,随叔父长大,幼年家贫无资,母亲郑氏以荻画地,教以识字。

㉑ 鞠育:抚养,养育。语本《诗经·小雅·蓼莪》:"父兮生我,母兮鞠我。拊我畜我,长我育我。"

㉒ 爽:差错。

㉓ 民彝:犹人伦。指人与人之间相处的伦理道德准则。

春江别意图诗序

春江别意图者,武昌郡庠掌教暨诸生送太学上舍牛生之作也[①]。生尝以使至武昌,与其师生游,情好日笃[②]。生既还,于是,师生命酒供帐[③],濒江湄而送之[④],咸歌诗道其义,复绘图于前。盖当送别时,淑景明和[⑤],天光媚丽,惠风淡荡[⑥],徐来江水之上,怒涛不兴,微波绉绿[⑦],纡徐弥漫[⑧],一望千里。沙鸥野鹭,立浴狎游;锦鲤循鳣[⑨],或潜或跃,熙熙然乐彼春意而自适也[⑩]。汀蒲岸柳,翠碧交横,溪草山花,幽秀递发[⑪],草木争妍竞秀,与时而敷荣焉[⑫]。然江间景物,固无穷尽,与时列者亦如之。但见篙师奏工[⑬],帆张维解,席者杯盘狼籍[⑭]。离觞献毕[⑮],不能已而形之言,言不已而成之诗。咏歌之,图画之,其缱绻留连之意[⑯],

何其至耶！

今年秋，生来京师，款予舍，曰："彼之人士，惠我厚矣！然而有诗与图，而无序引以冠之，犹之衣裳，黼黻虽具而无冠冕[17]，不可言备于身矣。敢请于先生。"予惟诗也者，发于情而美其德也。《烝民》之饯山甫[18]，《嵩高》之于申伯[19]，其义可见矣。今武昌人士，或以合璧南金之珍[20]，或以邓林楚材之具[21]，吐诸口而为章，所以期待于生者不浅也。生其因以益奋励，植志远大[22]，以求无负彼之所望，然后可谓有志之士矣。诗凡若干，首予之序焉。

【注释】

① 掌教：主管教授。明清称府、县教官及书院主讲。诸生：明清两代称已入学的生员。

② 情好：感情，交情。

③ 命酒：命人置酒，饮酒。供帐：陈设供宴会用的帷帐、用具、饮食等物。亦谓举行宴会。

④ 江湄：江边。

⑤ 淑景：美好的时光。

⑥ 惠风：和风。淡荡：水迂回缓流貌。引申为和舒。

⑦ 绉(zhòu)：细葛布。

⑧ 纡(yū)徐：从容宽舒的样子。

⑨ 鳣(zhān)：鲟鳇鱼。

⑩ 自适：悠然闲适而自得其乐。

⑪ 递：交替，轮流。

⑫ 敷荣：开花。

⑬ 篙师：撑船的熟手。奏工：收效，成功。

⑭ 狼籍：纵横散乱的样子。

⑮ 离觞：离杯。指饯别之酒。

⑯ 缱绻(qiǎnquǎn)：缠绵。形容感情深厚。

⑰ 黼黻：泛指礼服上所绣的华美花纹。

⑱ 烝民：指《诗经·大雅·烝民》。传统说法，以为此诗是周宣王大臣尹吉甫所作，赠给仲山甫，赞扬其美德及辅佐宣王的忠直。

⑲ 嵩高：指《诗经·大雅·崧高》。传统说法，以为此诗是周宣王大臣尹吉甫所作，赠予申伯。

⑳ 合璧：两个半璧合成一圆形，称之为合璧。南金：南方出产的铜。后亦借指贵重之物。

㉑ 邓林：古代神话传说中的桃林。比喻荟萃之处，聚汇之所。

㉒ 植志：立志。

岁寒三友序[1]

世称松、梅、竹为三友。或曰："世之无情，莫草木若也。友则人道五常之一[2]，有合志之好焉[3]，有死生之期焉，非知道者尚不能尽其义[4]，彼植物恶足与语云？"余曰："不然。林然、蓁然、蔚然、勃然[5]，媚于阳春，荣于盛夏，红紫芳菲，容冶妖艳[6]，纷纷焉均草木也。一旦秋气初临，露沾林麓，望风凋谢，萎败槁死[7]。况至于天地闭藏，重阴凝沍之时[8]，根荄株叶[9]，洪纤俱折，曾有一存者乎？斯时也，而兹三物则有郁郁苍苍，而柯叶不易者；有敷华吐芳，皎然于尘俗之外者；又若翠干森然，凌霜雪而不变其色者。盖同得天地贞固之气[10]，而其意同，节操同，怡然相附，若有通其好，达其情者。谓之三友，不亦宜乎？"

秋官主事盱江丁君廷用[11]，常植三物于家。及来京师，又为图于所居之官舍[12]，间请余序。余观三物见取于君子者，以其异乎众植也。士之所以见重于世者，宁不繇志趣高迈[13]，特然独立[14]，以自别于凡庸哉[15]？廷用，余进士同年，为人清约厚重[16]。居官临事，小心慎密[17]，赫赫声势之下，远斥不居[18]，而其中介然[19]，亦不苟合于人，日以斯图玩之，得非将以自况者乎？

【注释】

① 本文系马愉为其同年进士丁芹《岁寒三友图》所作序。丁芹，见卷五《送朱员外还乡省墓序》注。

② 五常：指五种伦常道德，即父义、母慈、兄友、弟恭、子孝。

③ 合志：同一志向，同心。《礼记·儒行》："儒有合志同方，营道同术。"孔颖达疏："合志同方者，方犹法也，言儒者与交友合齐志意而同于法则也。"

④ 知道：指通晓天地之道，深明人世之理。

⑤ 藂(cóng)：聚集，丛生。

⑥ 容冶：容貌美艳。

⑦ 槁：通"槁"。枯槁。

⑧ 凝沍(hù)：结冰，冻结。沍，冻结，凝聚。

⑨ 根荄：植物的根。

⑩ 贞固：守持正道，坚定不移。

⑪ 盱江：发源于江西广昌县血木岭，流往南丰、南城，注入抚河。《汉书·地理志》称为"盱水"。代称建昌府。

⑫ 圃(pǔ)：种植蔬菜、花果或苗木的园地。

⑬ 高迈：高超，超逸。

⑭ 特然：特立的样子。

⑮ 凡庸：平凡，平庸。

⑯ 清约：清静自守。

⑰ 慎密：认真细致。

⑱ 远斥：疏远排斥。

⑲ 中：指内心。介然：耿介，高洁。

送沈子茂序①

人有处江湖田里间，而能遨游四方，结交人士；合而翕然相聚[2]，执袂拍肩[3]，欢好日给，有胶漆之固焉[4]，有兰馨之誉焉[5]；离而索然不能为怀，情绪缱绻[6]，致而为阳关之唱[7]，河梁之悲[8]，连轸结驷[9]，以出于祖道者[10]。是何致耶？繇其人之尚德好义，平素之行，有以达于乡邦，达于四方，凡同负气义之人，自相投合，不觉其契谊之深也[11]。若今淮安沈子茂氏，其几是乎？

子茂初自姑苏徙于淮[12]，善居货[13]，家用富饶，有腴其田，有裕其廛[14]。乡邻有困乏危急，汲汲周之如不及。尤精于医，恒蓄善药以济人。凡有疾者，不问戚疏贫富远近，能报与否，皆一其心，无少负。往岁，值有劝分之令[15]，即输粟若干石，助官赈民。有司上闻，诏旌为义民，刊碑石于门。子茂乃走舸诣阙谢[16]，京邑所尝交识与闻子茂之名者，争迎致之，惟恐后。日相款曲[17]，无不倾倒。及还，复合辞求言以为饯。

予闻《礼》"丈夫生，设桑弧蓬矢，以射四方"[18]，言四方皆男子所有事也。夫既为男子，孰不有志四方乎？然志焉者，不必登荣阶、莅官守为得。但其心主于利人济物，泽足及人，致声闻于远永。尤必观览于通都大邑，广接耳目，充其胸次，知天下之善。凡人可为者，皆吾分内事，或求之未得，行之未至，必愈砺其志，不以已得之区区者为是，斯可也。

子茂游京师，观光而还，凡人情世故事物道理，皆目击耳闻。归而益廓其见闻，增卑为高，进而至于高明之域，以孝第忠信化乡人，俾其乡称为善人，此则是游之所得，又不徒交游之缱绻相送为贵也。岂不闻节孝先生[19]，敦厚乐义，隐约终身，虽在家居，而名在朝阙[20]。子茂居其乡，可不知其人乎？子茂须知予之所属[21]。

【注释】

① 沈子茂，淮安府人。因捐粟助官赈民，旌为义民。

② 翕(xī)然：一致的样子。

③ 执袂：拉住衣袖。形容分别时依恋不舍。拍肩：轻拍别人的肩膀。表

示友好或爱护。

④ 胶漆：胶与漆。比喻情谊极深，亲密无间。

⑤ 兰馨：义同“兰臭”。指情投意合。《周易·系辞上》：“同心之言，其臭如兰。”

⑥ 缱绻(qiǎnquǎn)：缠绵。形容感情深厚。

⑦ 阳关：古曲《阳关三叠》的省称。亦泛指离别时唱的歌曲。

⑧ 河梁：旧题汉李陵《与苏武》诗之三：“携手上河梁，游子暮何之？……行人难久留，各言长相思。”后因以“河梁”借指送别之地。

⑨ 连轸：车后横木相接。形容车多。结驷：一车并驾四马。

⑩ 祖道：古代为出行者祭祀路神，并饮宴送行。

⑪ 契谊：交情，友谊。

⑫ 姑苏：苏州府吴县(今苏州市区)的别称。因其地有姑苏山而得名。

⑬ 居货：指积货售卖。

⑭ 廛(chán)：古代平民一家在城邑中所占的房地。后泛指民居、市宅。

⑮ 劝分：劝导人们有无相济。

⑯ 走舸(gě)：指乘船。舸，大船。诣阙：指赴京都。

⑰ 款曲：殷勤酬应。

⑱ “丈夫生”三句：见《礼记·内则》。原文作“国君世子生，告于君，接以大牢，宰掌具，三日，卜士负之，吉者宿齐，朝服寝门外，诗负之，射人以桑弧蓬矢六，射天地四方。”大意是，古时男子出生，以桑木作弓，蓬草为矢，射天地四方，象征男儿应有志于四方。后“桑弧蓬矢”成为成语，用为勉励人应有大志之辞。

⑲ 节孝先生：即徐积，字仲车。宋楚州山阳(今江苏淮安)人。三岁父殁，因父名“石”，终身不用石器，行遇石则避而不践。事母至孝，母亡，七日水浆不入口，庐墓三年，哭不绝音。治平四年(1067)进士，神宗数召对，以耳聋不能仕，屏处乡里，而四方事无不知晓。元祐初，近臣交荐其孝廉文学，乃以扬州司户参军为楚州教授。卒谥“节孝处士”。《宋史》有传。

⑳ 宫阙：朝廷之阙漏。借指朝廷。

㉑ 属：同“嘱”，叮嘱。

澹轩文集今注

【卷之八】

墓志铭

故行在广东道监察御史刘君墓志铭[①]

礼科给事中刘福承祖丧还[②]，将遥父子厚公柩自任丘归[③]，以正统六年□月□日[④]，葬于某原，求予志其墓。予尝识公，不可辞。

公讳淳[⑤]，子厚字。其先安丘解胡人。元季[⑥]，祖缄府君逐兵乱，转居益都之洋河里。国朝平定，遂家焉。父讳文，有善行，乡里重之。洪武末，为乡兵百户[⑦]。母，李氏。公自少颖异[⑧]，补邑庠弟子员[⑨]，锐于进学，明壁经[⑩]，领永乐戊子乡荐[⑪]。壬辰中乙榜[⑫]，授山西祈县训导[⑬]。满，以绩著升河间任丘县教谕[⑭]。凡二邑士经指授者[⑮]，咸能成。

方之任丘时，师席久虚，学政怠甚[⑯]。公始至，大为振作。简点其徒弗率者而作其良[⑰]，荐邑明经士二[⑱]，请于朝，俱为训导，分教两斋。凡百务悉举，课诸生业如程[⑲]。宣德六年，御史王理者按郡县[⑳]，深推公器识[㉑]，遂荐之，诏拜文林郎、行在广东道监察御史[㉒]。八年正月二十日，以疾卒于官。时福尚在寓居任丘，遂迎厝焉[㉓]。诸生空馆送数十里，至百数十里，奔走哭尽哀[㉔]。咸曰："吾师抚我成我者也。昔被征，吾侪失依归矣[㉕]，今忍见其永背耶!"

公为御史时，监廪储之入[㉖]。有黑军十余辈盗官米数百斛[㉗]。觉，未即服，复具毒陷人。公为踪迹其实[㉘]，抵以罪，悉平反所诬仓使等。其他伸雪，亦多时中[㉙]，执法太康。顾公佐最难为下者[㉚]，独称公为能明。

公为人性果介[31]，端厚恭慎。两为校官[32]，常奉其母孺人于官所[33]，养之尽孝。教诸子甚严。美姿仪[34]，有襟度[35]。卒年四十有九。配，张氏。子，男五人，长即福，以丙辰进士为今官；曰祐、曰禧、曰禴[36]。女一，孙男二，孙女一。铭曰：

呜呼刘公，令德孔仪[37]。胡止中年，未尽厥施。彼苍者玄，人难焉知。尧山峨峨[38]，洋水漪漪[39]。公千里来，返窆于斯[40]。公其安之，监我铭辞。

【注释】

① 刘君，指刘淳，字子厚。山东益都县（今青州市）人。永乐六年（1408）举人。历官文林郎、行在广东道监察御史。

② 刘福：刘淳之子，字庆之。正统元年（1436）进士。授户科给事中。累官山西布政司右参政，以疾致仕。史称“持正廉介，历任三十余年，家无遗赀，人咸重之”（嘉靖《青州府志》卷十四《人物》）。给事中：官名。详卷二《送侯给事》。祖丧：奠祭送丧。

③ 任丘：任丘市，明代属京师沧州府（今属河北省）。

④ 正统六年：1441 年。

⑤ 讳：指已故尊长者之名。

⑥ 季：末，指一个时期的末了。

⑦ 百户：元设百户为“百夫之长”，隶属于千户，为世袭军职。明时此职务为卫所军中职务，掌军户一百。

⑧ 颖异：聪慧过人。

⑨ 邑庠：明清时称县学为邑庠。弟子员：明清时对县学生员的称谓。

⑩ 壁经：亦称“壁书”，汉代发现于孔子宅壁中的藏书。指儒家经典。

⑪ 永乐戊子：永乐六年（1408）。乡荐：唐宋应试进士，由州县荐举，称“乡荐”。后世称乡试中式为领乡荐。

⑫ 壬辰：指永乐十年（1412）。乙榜：指进士副榜。详卷六《送赵纪善序》注。

⑬ 祈县：明属山西太原府。训导：学官名。明清府、州、县儒学的辅助

教职。《明史·职官志四》:“儒学:府,教授一人,训导四人。州,学正一人,训导三人。县,教谕一人,训导二人。教授、学正、教谕,掌教诲所属生员,训导佐之。”

⑭ 教谕:学官名。宋代在京师设立的小学和武学中始置教谕。元、明、清县学亦置教谕,掌文庙祭祀,教育所属生员。

⑮ 指授:指导,传授。

⑯ 学政:指教育工作。

⑰ 简点:选定。

⑱ 明经:通晓经术。明清时用作对贡生的敬称。

⑲ 课:考核,考查。诸生:明清时指已入学之生员,即秀才。

⑳ 王理:江西吉安府吉水县(今属吉安市)人。宣德二年(1447)进士。选庶吉士。历官兵科给事中。按:巡行,巡视。

㉑ 器识:器局与见识。

㉒ 文林郎:文散官名。隋置,取北齐征文学之士充文林馆之义。历代因之。明清时用来授正七品文官。

㉓ 厝(cuò):停柩待葬。

㉔ 尽哀:竭尽哀思。

㉕ 依归:依托,依靠。

㉖ 廪(lǐn):粮仓。

㉗ 斛(hú):量词。多用于量粮食。古代一斛为十斗,南宋末年改为五斗。

㉘ 踪迹:按行踪影迹追查、追寻。

㉙ 时中:儒家谓立身行事,合乎时宜,无过与不及。

㉚ 顾佐:见卷二《送顾都御史致仕》注。

㉛ 果介:诚实,耿直。

㉜ 校官:古代的学官。掌管学校的官员。

㉝ 孺人:古代称大夫的妻子,唐代称王的妾,宋代用为通直郎等官员的母亲或妻子的封号,明清则为七品官的母亲或妻子的封号。亦通用为妇人的尊称。

㉞ 姿仪:容貌,仪表。

㉟ 襟度:襟怀与气度。

㊱ 禴(yuè):古代祭名。指夏祭或春祭。

㊲ 令德:美德。

㊳ 尧山:指益都境内的尧王山,位于今青州市城区西北。因传说中尧王巡狩至此而得名。峨峨:高耸的样子。

㊴ 洋水:当指北阳河。北阳河古称浊水,发源于清凉山,东北至广饶入巨淀湖,经小清河注入渤海。《水经注·淄水》:"浊水,东北流,径尧山东。"此外,青州境内尚有南阳河、弥河(古称具水、巨洋水)、洋水,常因音近致疑。漪漪:水波荡漾的样子。

㊵ 窆(biǎn):将棺木葬入圹穴。

故昭武将军山西都司都指挥佥事苗公合葬墓志铭[①]

山西都指挥佥事苗公卒,葬都城东南通州南花园侧之原[②]。凡若干年,从孙山东都指挥佥事贵[③],奉公配于淑人之柩[④],卜以今年五月□日,将合葬焉。持翰林修撰许彬所状事[⑤],请墓铭。

按状:公讳青,字□,其先为蒙古氏考阿都赤。在元,为国公[⑥]。妣,翁氏,封夫人。国朝初归附,居北平,会改北平为顺天,遂为顺天府大兴县人[⑦]。子男四:长八剌,任千户;次桑哥赤,任都指挥佥事;次可可帖木儿,任指挥同知。公,其第三子也。生而倜傥,有膂力[⑧]。初自戎伍,隶金吾左卫[⑨],从大将征朵颜山黑松林[⑩],所至有功。逮太祖皇帝举靖南师[⑪],闻公名,召侍仗下[⑫],从卫四讨[⑬],每居众先。时著令,凡士卒有功当升擢者,必自总小旗始,非有奇功不得授官。公毅然奋力,务取高级,遂以斩获,越资升副千户,授武略将军,始赐姓。继又升指挥同知,累怀远将军[⑭]。洪武三十五年[⑮],渡江克金川门[⑯]。上既正位[⑰],论功,升指挥使,阶昭勇将军。永乐八年,平沙漠,复以杀敌进昭勇将军、山西都司都指挥佥事。又以其扈从久、不欲违左右故[18]，但领其官，命总三千之伍，宿卫如旧[19]。十五年十月三十日[20]，以疾卒，享年四十。讣闻，上甚悼惜，遣太监江保谕祭于家[21]，特赐恤赙优厚[22]，人皆荣之。配淑人，金吾右卫于□之女。公殁时，淑人年二十，孀居，以节自持，绝膏沐[23]，服疏粗，食蔬食者三十余年。养翁夫人极孝敬，晨昏扶持，未尝去左右。翁夫人恃之以安，得寿至九十有九，人皆谓淑人之贤。淑人无所出，侧室生子黄头[24]，淑人抚之如己出，优给[25]。未几，亦死。有司援例[26]，请以荫及贵。贵，八剌孙也。袭金吾左卫指挥使，调平山[27]，实理卫事。正统九年，以功升今职。淑人就养贵所，十二年三月二十三日，以疾卒，寿五十一。启公之右窴而窆焉[28]。从夫之义，于礼合也。为述其概，用志诸墓。铭曰：

公之启家，实际风云。以忠以壮，累此绩勋。受自戎行[29]，洊膺阃寄[30]。君子有伤，年不满志。有美淑人，妙岁孀居。孝敬贞惠，始终弗渝。都城东南，花园之侧。伉俪同归，永安是宅。

【注释】

① 苗公，指苗青。生平详内文。都司，是明代都指挥使司为一省掌兵的最高机构，简称都司。都指挥佥事，是明代军事指挥职务，都指挥使属官，秩正三品，分管屯田、训练、司务等事。

② 通州：即今北京通州区。

③ 从孙：兄弟的孙子。贵：指苗贵。正统九年，任山东都指挥佥事。

④ 淑人：明为三品官员祖母、母、妻封号。

⑤ 许彬：参卷五《送许修撰归省序》注。

⑥ 国公：封爵名。隋始置，自唐至明皆因之。

⑦ 顺天府：明清两代北京地区称为顺天府。元朝时称大都路，直属中书省。明朝洪武元年(1368)八月，改为北平府，十月隶属于山东行省。洪武二年，改属北平。次年，建立燕王府。永乐元年(1403)正月，升为北京，改为顺天府。大兴县：今属北京。

⑧ 膂(lǚ)力：体力。

⑨ 金吾左卫：据《明史·兵志》，明朝自京师至郡县，皆立卫所。在军事上重要的地方设卫，次要的地方设所。明朝军队都编置在卫所中，大抵每 112 人编为一个百户所，1120 人编为一个千户所，5600 人为一卫。卫所的军官称卫指挥、千户、百户。军户皆另立军籍，是世袭的。精锐的军队多驻在京师。在京各卫，称为京卫。京卫有上直卫，南京卫，北京卫，品秩相同。各有掌印、佥书。上直卫的亲军指挥使司有 26 个卫，即锦衣卫、旗手卫、金吾前卫、金吾后卫、羽林左卫、羽林右卫、府军卫、府军左卫、府军右卫、府军前卫、府军后卫、虎贲左卫(以上 12 卫，洪武中置)，金吾左卫、金吾右卫、羽林前卫、燕山左卫、燕山右卫、燕山前卫、大兴左卫、济阳卫、济州卫、通州卫(以上十卫，永乐中置)、腾骧左卫、腾骧右卫、武骧左卫、武骧右卫(以上 4 卫，宣德八年置)。

⑩ 朵颜山：在今内蒙古东北部。洪武二十二年(1389)，明置朵颜卫，牧地在今内蒙古洮儿河流域一带。宣德、正统以后南徙至今河北东北部长城线外。16 世纪中叶以后，依附蒙古哈喇嗔(喀喇沁)部，渐为同化。

⑪ 太祖皇帝：指明太祖朱元璋。

⑫ 仗下：指朝堂。

⑬ 四讨：四处讨伐。

⑭ 累：指屡次升官到某一位置。

⑮ 洪武三十五年：实即建文帝四年，即 1402 年。

⑯ 江：长江。1402 年，朱棣率兵过长江，自金川门入城。金川门：位于南京城北，坐南向北，因金川河由此出城故名。明代所建十三城门之一。

⑰ 正位：正式登位、就职。指 1402 年，朱棣兵进南京城，建文帝不知去向，朱棣自立为皇帝，即明成祖。

⑱ 扈从：随从皇帝出巡。

⑲ 宿卫：在宫禁中值宿，担任警卫。

⑳ 十五年：指永乐十五年，即 1417 年。

㉑ 谕祭：天子下旨祭臣下。

㉒ 赙(fù)：送给丧家的布帛、钱财等。优厚：丰厚。特指礼遇、待遇的优渥。

㉓ 膏沐：古代妇女润发的油脂。

㉔ 侧室：指妾。

㉕ 优给：从优给予，从优资助。

㉖ 援例：引用成例。

㉗ 平山：即今河北平山县。

㉘ 竁(cuì)：墓穴。窆(biǎn)：将棺木葬入圹穴。

㉙ 戎行：行伍，军队。

㉚ 洊(jiàn)膺：多次受到。洊，一次又一次，再次。阃(kǔn)寄：委以军事重任。指寄以阃外之事，故云。阃，门槛。借指军事或政务。

故处士马公墓志铭[①]

处士马公既卒二十有六年，其子大理评事豫[②]，持翰林检讨王玉所为状[③]，谒予请铭。

处士讳□，字□。其先云中人[④]，代以武勋显于辽金间，当时称云中马氏为巨族。大父文乡，任元为万户[⑤]；父德芳，未仕。值元季兵乱[⑥]，宗族离散，乃挈家南迁[⑦]，至东昌之临清[⑧]。国初，入编户，遂占籍焉[⑨]。

处士孝友天赋[⑩]，以父蚤亡[⑪]，不逮养。言及辄流涕，没身不懈。事母极诚敬[⑫]，出入面告，务得其欢心。衣服饮食之奉，身有不足，而于母必丰备。侍母疾，夙夜不解带[⑬]。居丧，哀毁逾礼[⑭]。已禫[⑮]，而服不忍除。处兄弟，笃友爱人[⑯]，无间言。性刚直，蚤自树立[⑰]。耕稼之余，即从乡校学[⑱]，聪明善记，读《易》能讲究玩索[⑲]，邃于占卜之理[⑳]。人事之有疑，志之有未定，咸取决处士。断之吉凶、悔吝、攸往[㉑]，靡不利。士大夫获一识者，皆雅重之。

处士尤好义，遇人之急，必极力周济，乡人多德焉㉒。处士疾革㉓，语其配曰："诸孤在幼，必教以读书勤礼，庶继吾志。毋纵惰慢㉔，为吾累。"语毕而卒。时大明永乐丙申七月十四日也㉕。上距其生之元至正己亥㉖，得年五十有八。配，孙氏，元万户成甫之孙。少聪慧，有淑德㉗。归处士㉘，事亲奉祭，克殚孝敬㉙，有贤妇之称焉。迨处士殁，益躬勤俭，如处士语，课诸子以严，有贤母之德焉。正统癸亥五月二日卒㉚。将以是年某月某日，祔葬处士墓之右窆㉛。子男四，长履，读书承家；次即豫，由进士为今官；次谦；次泰。泰今为邑庠生。女三，皆适士人。孙男二，孙女五。铭曰：

呜呼处士，怀道弗试。乃以其名，遁于卜筮㉜。虽弗于躬，子显盛时。阴骘有报㉝，天道显而。清源之浒，郁彼者阡㉞。处士之墓，妥兹永年㉟。

【注释】

① 马公，指马豫之父青岩。生平详内文。豫（？—1449），字彦安。山东临清州（今属聊城市）人。宣德八年（1433）进士。累官大理寺副。为人刚直不阿。从英宗北征，明军溃于土木，豫追驾，厉声斥贼，遇害。

② 评事：官名。汉置廷尉平，隋炀帝改为评事，属大理寺，掌平决狱。历代因之，至清末，改大理寺为大理院，评事废。明代，大理评事阶为正七品。

③ 检讨，官名，宋有史馆检讨。明时始属翰林院，位次于编修，与修撰、编修同谓之史官。王玉：字廷器。山东东昌府武城县（今属德州市）人。宣德八年（1434）进士。礼部右侍郎王士嘉长子。弱冠登第，选翰林院庶吉士。授检讨，历侍读，擢河南按察司副使，卒于官。

④ 云中：今山西大同一带。

⑤ 万户：官名。金初设置，为世袭军职，统领千户（猛安）、百户（谋克），

隶属于都统。元代相沿，其军制设万户为万夫之长，隶属于中央枢密院，驻扎各路者，则分属于行省。设万户府以统领千户所：统兵七千以上称上万户府；五千以上称中万户府；三千以上称下万户府。诸路万户府各设达鲁花赤一员，万户一员。又有海道运粮万户府，设官与诸路万户府同。

⑥ 元季：元末。

⑦ 挈(qiè)：携带，率领。

⑧ 东昌府：元为东昌路，直隶中书省。洪武初，为府，属山东。领三州、十五县。

⑨ 占籍：上报户口，入籍定居。

⑩ 孝友：事父母孝顺、对兄弟友爱。

⑪ 蚤：通“早”。

⑫ 诚敬：诚恳恭敬。

⑬ 夙夜：朝夕，日夜。

⑭ 哀毁：指居亲丧悲伤异常而毁损其身。后常作居丧尽礼之辞。逾礼：行动超出礼仪所要求。

⑮ 禫(dàn)：除丧服的祭祀。《仪礼・士虞礼》：“中月而禫。”郑玄注：“中，犹间也；禫，祭名也，与大祥间一月。自丧至此，凡二十七月。”

⑯ 笃友：指谓忠诚于友。

⑰ 树立：建立，建树。

⑱ 乡校：古代地方学校。

⑲ 玩索：反复玩味探索。

⑳ 邃(suì)：精通，深晓。

㉑ 悔吝：灾祸。

㉒ 德：感激。

㉓ 疾革：病情危急。《礼记・檀弓下》：“卫有大史曰柳庄，寝疾。公曰：若疾革，虽当祭必告。”郑玄注：“革，急也。”

㉔ 惰慢：懈怠不敬。

㉕ 永乐丙申：永乐十四年(1416)。

㉖ 元至正己亥：元至正十九年(1359)。

㉗ 淑德：美德。

㉘ 归：嫁给。

㉙ 殚(dān)：尽，竭尽。

㉚ 正统癸亥：正统八年(1443)。

㉛ 窾(cuì)：墓穴。

㉜ 遁：隐匿。

㉝ 阴骘：犹阴德。

㉞ 阡(qiān)：田间南北向的小路。亦泛指田间小路。此指坟冢，坟墓。

㉟ 永年：长久。

挽　诗

挽阁下□□先生

桂芳詹府老儒师①，鸣珮三朝侍幄帷②。日晏金銮宣对后③，夜深莲炬赐归时④。百年制作留华衮⑤，一代文章著茧丝。人事俄惊成逝水⑥，士林憔悴岂胜悲⑦。

【注释】

① 儒师：元明时称官学的教官。

② 鸣珮：佩玉。比喻出仕。帷幄：指帝王。天子居处必设帷幄，故称。

③ 日晏：天色已晚。金銮：即金銮殿。泛指皇宫正殿。宣对：臣下应诏回答皇帝的垂询。

④ 莲炬：莲花形的蜡烛。

⑤ 华衮：古代王公贵族的多彩礼服。常用以表示极高的荣宠。

⑥ 逝水：一去不返的流水。

⑦ 憔悴:形容枯槁瘦弱。

词林潇洒记容颜,共惜骑鲸去不还[①]。只有声名传海外,更余翰墨满人间[②]。雠文阁下思衡鉴[③],视草堂中忆珮环[④]。埋玉定知何处是[⑤],江流日夜自潺湲[⑥]。

【注释】

① 骑鲸:比喻隐遁或游仙。此处指去世。

② 翰墨:笔墨。借指文章书画。

③ 衡鉴:衡器和镜子。比喻准绳、楷模。

④ 视草:古代词臣奉旨修正诏谕一类公文,称“视草”。泛指代皇帝起草诏书。珮环:玉珮。形容诗文韵调铿锵。

⑤ 埋玉:埋葬有才华的人。

⑥ 潺湲:流动的样子。

挽致仕尚书黄公[①]

昔年曾送郑均归[②],俄见南天没少微[③]。昭代衣冠林下少[④],老成人物眼中希。持衡尚忆留清鉴[⑤],感旧何堪慕德辉[⑥]。寂寞新阡芳草里[⑦],每令行客泪沾衣。

【注释】

① 尚书黄公,指黄宗载,见卷二《送黄尚书》。

② 郑均:字仲虞,东汉东平任城(今山东济宁市)人。《后汉记·郑均传》载:“均屡辟不诣,公车特征,拜侍御史,月余迁尚书,肃宗 敬重之,后以病告归。元和二年,帝东巡过任城,乃幸均舍,敕赐尚书禄以终其身,故时人号为‘白衣尚书’。”后亦用以指辞官归里仍享受尚书官爵俸禄的大臣。

③ 俄:短暂的时间,一会儿。少(shào)微:星座名。共四星,在太微垣西南。《史记·天官书》:"廷藩西有隋星五,曰少微,士大夫。"张守节正义:"少微四星,在太微西,南北列:第一星,处士也;第二星,议士也;第三星,博士也;第四星,士大夫也。占以明大黄润,则贤士举;不明,反是;月、五星犯守,处士忧,宰相易也。"借指隐士、处士。

④ 昭代:政治清明的时代。常用以称颂本朝或当今时代。衣冠:衣和冠。古代士以上戴冠,因用以指士以上的服装。代称缙绅、士大夫。林下:指山林田野退隐之处。

⑤ 持衡:"持衡拥璇"的省称。比喻执掌权柄。璇、衡,北斗七星中的二星名。

⑥ 德辉:仁德的光辉。

⑦ 阡:坟冢,坟墓。

挽户部王侍郎①

未点秋霜入鬓丝,那堪东路见凋衰②。云霄事业人多羡,冰檗襟怀众所知③。藩翰屡闻施德政④,列卿尤喜识丰姿⑤。伤心何处埋苍碧,颍水荆山草树悲⑥。

【注释】

① 王侍郎,指王质,字梦瑾。南直隶凤阳府太和县(今属安徽阜阳)人。永乐十二年(1414)举人。授南阳县学训导,秩满擢监察御史。宣德十年(1435),升四川参政,寻迁山东右布政使。正统六年(1441),升户部右侍郎,八年,升刑部尚书。居五月,以失狱囚,左迁户部侍郎。会闽浙银场盗起,受命往治其事,至彼得疾,卒于杭之武陵驿,时正统九年九月。性清介,所食惟蔬,人呼"青菜王"(《江南通志》卷一百五十)户部,六部之一,明代户部其属有四:一曰总部,掌天下户口、田土、贡赋;二曰度支部,掌考校、赏赐;三曰金部,掌市舶、库藏、茶

盐；四曰仓部，掌漕运、军储。

② 东路：通往东方的道路。

③ 冰檗(bò)：喻寒苦而有操守。檗，亦作“蘗 ”“蘗”，即黄檗、黄柏，性寒味苦。襟怀：胸怀，怀抱。

④ 藩翰：比喻捍卫王室的重臣。

⑤ 丰姿：风度仪态。

⑥ 颍水：源出河南省登封市嵩山西南，上游支流众多，东南流至安徽省寿县正阳关入淮河。系淮河最大支流。荆山：指在今安徽省怀远县西南的荆山。《水经注·淮水》：“淮出于荆山之左，当涂之右，奔流二山之间。”

生平志业薄青冥[①]，才过人间半百龄。两贰地官专国计[②]，再迁司寇掌邦刑[③]。方从上界听朝履[④]，岂意东南陨使星[⑤]。遗行堂堂知不泯[⑥]，如椽大笔勒新铭。

【注释】

① 薄：迫近。青冥：形容青苍幽远。指青天。

② 地官：古代六官之一。《周礼·地官·序官》：“乃立地官司徒，使帅其属而掌邦教，以佐王安扰邦国。”唐武则天曾改户部为地官(旋复旧)，因亦以地官称户部长官。国计：国家的经济，国家的财富。

③ 司寇：官名。夏殷已有之。周为六卿之一，曰秋官大司寇。掌管刑狱、纠察等事。后世用作刑部尚书的别称。

④ 上界：天界。指仙佛所居之地。

⑤ 使星：《后汉书·李合传》：“和帝即位，分遣使者，皆微服单行，各至州县观采风謡。使者二人当到益部，投合候舍。时夏夕露坐……合指星示云：‘有二使星向益州分野。’”后因称使者为“使星”。

⑥ 遗行：指死者生前的品行。堂堂：形容盛大。

礼部章侍郎挽章①

科名争羡甲申闱②，五色文章出锦机③。三十年来居显达④，那堪人事忽成非。

【注释】

① 章侍郎，指章敞(1376—1437)。字尚文，号质庵。浙江会稽县(今绍兴)人。永乐二年(1404)甲申科三甲进士。选翰林院庶吉士，与修《永乐大典》。授刑部主事。宣德五年(1430)，擢礼部右侍郎。两使安南，谕黎利父子，得使臣体。正统初，转礼部左侍郎。正统二年(1437)十二月己未(初四)卒。有《质庵文集》。子瑾，亦累官至礼部侍郎。

② 科名：科举功名。甲申闱：指永乐二年会试。

③ 锦机：织锦的织机。

④ 显达：显赫闻达。

省郎三署早蜚英①，恩命亲承拜亚卿②。共惜清才施未尽③，却随飞鹤度辽城④。

【注释】

① 省(shěng)郎：指中枢诸省的官吏。三署：此处指官署。蜚英：扬名，驰名。

② 亚卿：周制，卿分上、中、下三级，次者为中卿，又称亚卿。唐以后太常寺等官署少卿的别称。此处尊称侍郎。

③ 清才：卓越的才能。

④ 飞鹤度辽城：用“辽城鹤化”之典。晋陶潜《搜神后记》卷一：“丁令威，本辽东人，学道于灵虚山。后化鹤归辽，集城门华表柱。时有少年，举弓欲射之。鹤乃飞，徘徊空中而言曰：‘有鸟有鸟丁令威，去

家千岁今来归，城郭如是人民非，何不学仙冢垒垒。'遂高上冲天。今辽东诸丁云其先世有升仙者。"后世遂以"鹤冲天"谓羽化登仙。

两持使节入蛮烟[1]，专对独称陆贾贤[2]。诞布皇威扬海外，重看白雉远朝天[3]。

【注释】

① 蛮烟：指南方少数民族地区山林中的瘴气。借指南方蛮荒之地。

② 专对：谓任使节时独自随机应答。陆贾：西汉政治家、文学家。其先为楚人。刘邦起事时，以其有口才、善辩论，常派他出使诸侯各国。高祖十一年（前196），奉命出使南越（今两广一带），说服故秦南海尉赵佗臣属汉朝，立为南越王。文帝即位后，再次出使南越，劝说自称南越武帝的赵佗废去帝号，重新恢复与中原的臣属关系。有《新语》传世。

③ 白雉：白色羽毛的野鸡。古时以为瑞鸟。

象简绯袍白玉珂[1]，霜华染鬓未婆娑[2]。丰标此日归何处[3]，楚些吟成不忍歌[4]。

【注释】

① 象简：即象笏。绯袍：红色官服。珂（kē）：白色似玉的美石。珂色白如玉，相击有声，常作马勒的饰物。故用以借指马。

② 婆娑：指蓬松，散乱。

③ 丰标：风度，仪态。

④ 楚些（suò）：《楚辞・招魂》是沿用楚国民间流行的招魂词的形式而写成，句尾皆有"些"字。后因以"楚些"指招魂歌。

挽工部李侍郎父[1]

生平名利不关情，坐阅光阴近百龄。令子早闻登画省[2]，封官重得勒新铭。传家旧业书盈箧[3]，继世兰荪荫满庭[4]。螭刻堂堂遗行在[5]，高风千古薄青冥[6]。

【注释】

① 李侍郎，指李賷，字茂实。南直隶长洲县（今江苏苏州市）人。永乐十三年(1415)年进士。授兵部武选司主事，历员外郎、郎中，升太仆寺少卿。正统六年(1441)，从兵部尚书王骥往麓川，次年，以功升工部左侍郎。正统十年十月，改兵部右侍郎。正统十二年八月，以疾卒于官。《明英宗实录》载，正统九年六月“命工部右侍郎李賷复职，以亲丧服阕也”（卷一百十七）。又《续吴先贤赞》：“从靖远伯征麓川，父卒，不听归，以墨衰从。”（卷之一）《姑苏志》：“靖远伯王骥征麓川，奏賷为佐。俄丁父尤，诏起复视事。”（卷五十二）据此，可推知李賷之父卒，当在正统六年。

② 画省：指尚书省。汉书省以胡粉涂壁，紫素界之，画古烈士像，故别称“画省”。或称“粉省”“粉署”。

③ 箧(qiè)：小箱子，藏物之具。大曰箱，小曰箧。

④ 兰荪：即菖蒲。一种香草。喻指优秀的子弟。

⑤ 螭(chī)：传说中无角的龙。古代常雕刻其形，作为碑碣及鼎之类青铜器的纹饰。

⑥ 青冥：指青天。

挽李侍郎[1]

华岳新闻一柱摧[2]，悲风惊动士林哀。星槎曾泛张骞节[3]，国用多资刘（宴）[晏]才[4]。年过稀龄心益壮[5]，神游廖廓梦难回。凄凉何处埋苍璧[6]？千里终南灞水限[7]。

【注释】

① 李侍郎，指李暹（？—1445），字宾旸。陕西长安（今属西安市）人。

洪武间领乡荐入太学。永乐初，擢为户部主事，坐累左迁清河监副。奉命五使西南诸夷，能宣布朝廷之命，夷人效顺。升户部郎中，不久奉命督理京畿仓储。正统初，以秩满升右通政，再升通政使。正统六年(1441)，迁户部左侍郎。正统十年九月十三日卒于官。

② 华岳：高大的山。此处指华山。

③ 星槎(chá)：往来于天河的木筏。传说古时天河与海相通，汉代曾有人从海渚乘槎到天河，遇见牛郎织女。泛指舟船。张骞：字子文，汉中郡城固(今陕西省城固县)人。汉武帝时奉命出使西域，开拓汉朝通往西域的南北道路。此句意指李暹出使西南夷事。

④ 刘晏：字士安，唐曹州南华(今山东东明县)人。七岁举神童，授秘书省正字。数领诸道度支、盐铁、转运、铸钱、租庸、常平等使，长于理财。累官吏部尚书。此句意指李暹督理京城储备事。晏，底本作"宴"，据新旧《唐书》改。

⑤ 稀龄：指七十岁。杜甫《曲江》诗之二："酒债寻常行处有，人生七十古来稀。"后因用"古稀""稀年""稀龄"为七十岁的代称。

⑥ 苍碧：青色的玉璧。古人以苍璧礼天。《周礼·大宗伯》："以玉做六器，以礼天地四方，以苍璧礼天，以黄琮礼地，以青圭礼东方，以赤璋礼南方，以白琥礼西方，以玄璜礼北方。"

⑦ 灞水：源出陕西省蓝田县西北，流入渭水。隈(wēi)：水边。

挽洪侍郎母夫人①

早自闺门肃令仪②，每将机杼助佳儿③。贤同挽鹿安儒素④，勤比和熊有教规⑤。生被龙章旌淑德⑥，眼看少宰辅明时⑦。千钟钟遽尔违荣养⑧，应是瑶池促燕期⑨。

【注释】

① 洪侍郎，指洪玙(？—1445)，字宗器。浙江遂安县(今杭州淳安县)

人。永乐十九年(1421)进士。授刑部主事,转工部主事。正统初年,经杨士奇荐,为经筵官。与修《宣宗实录》成,升翰林院侍讲。正统二年(1437),进吏部右侍郎。其进退人才,必求其实,不苟为异同。正统十年(1445)十一月三十日卒于官。《明英宗实录》卷一百二载,正统八年三月"辛酉,吏部右侍郎洪玙母许氏卒,遣官赐祭"。

② 闺门:妇女所居之处。

③ 机杼:织布机的转轴和梭子。借指织机。此处指以纺织贴补生活。杼,织梭。

④ 挽鹿:"挽鹿车"的省称。后汉鲍宣从妻父学,父奇其清苦,以女妻之,妆奁甚盛。宣谓妻:"吾实贫贱,不敢当礼。"其妻乃悉归侍御服饰,更着短布裳,与宣共挽鹿车归乡里。事见《后汉书·列女传·鲍宣妻》。后因以"挽鹿车"为夫妻共守清苦生活的典故。鹿车,古时的一种小车。《太平御览》卷七七五引汉应劭《风俗通》:"鹿车,窄小裁容一鹿也。"

⑤ 和(huó)熊:母亲教子勤学之典。详卷三《慈训堂为南阳汪同知题》注。

⑥ 龙章:对皇帝文章的谀称。借指诏书,敕令。

⑦ 少宰:明清时吏部侍郎的俗称,也叫少冢宰。

⑧ 遽尔:骤然,突然。

⑨ 瑶池:古代传说中昆仑山上的池名,西王母所居。燕:通"宴"。宴饮,宴请。

挽□侍郎同妻淑人①

内助贤名著壶闱②,心存孝敬行无违。能承家道勤机杼③,贵荷恩荣被翟翚④。使节江南能委辙,婺星天北亦沉辉⑤。人生最重惟偕老,况复同衾一日归⑥。

【注释】

① 此侍郎,不详所指。淑人,明为三品官员祖母、母、妻封号。

② 壸(kǔn)闱:闺闱。壸,宫中道路。引申指内宫。亦泛指妇女居住的内室。

③ 机杼:指纺织。

④ 翟(dí):长尾的野鸡。翚(huī):五彩山雉。

⑤ 婺(wù)星:即婺女星。星宿名,即女宿。又名须女,务女。二十八宿之一,玄武七宿之第三宿,有星四颗。《史记·天官书》:"婺女,其北织女。"

⑥ 同衾:共被而寝。

挽虞侍郎[①]

起从芹泮席[②],给事复银台[③]。司马初承命[④],亚卿独擅才[⑤]。文园惊卧病[⑥],庄梦不知回[⑦]。哭吊多朝士,长吟楚些哀[⑧]。

【注释】

① 虞侍郎,指虞祥,字仲祯。南直隶昆山县(今苏州昆山市)人。永乐九年(1411)举人。历官金华训导、上虞教谕,皆以善教知名。宣德间,升礼科给事中。正统改元,升通政司左参议,敷奏详明。正统八年(1443),进户部右侍郎,寻转兵部。奉命巡抚畿内,其所到之处,铲除贪酷,存问民间疾苦,人民安宁。正统十年九月,卒于官。

② 芹泮:指学宫、学校。《诗经·鲁颂·泮水》:"思乐泮水,薄采其芹。"

③ 银台:"银台门"的省称。唐时翰林院、学士院都在银台门附近,后因以银台门指代翰林院。

④ 司马:官名。周时为六卿之一,曰夏官大司马。掌军旅之事。汉武帝元狩 四年改太尉为大司马。后汉因之,旋又改名太尉,南北朝与大将军并称二大,至隋废。后世用作兵部尚书的别称,侍郎则称少司马。

⑤ 亚卿:侍郎别称。

⑥ 文园:司马相如曾任文园令,故用作其代称。

⑦ 庄梦：用庄周梦蝶典故。《庄子·齐物论》："昔者庄周梦为蝴蝶，栩栩然蝴蝶也；自喻适志与，不知周也；俄然觉，则蘧蘧然周也。"

⑧ 楚些（suò）：指招魂歌。

闻道斯人没，哀声动士流①。官高三品贵②，年始六旬周。生死从今隔，功名竟此休。凄风丹旐发③，旅榇向吴州④。

【注释】

① 士流：泛指读书人、文士。

② 三品：明代侍郎为正三品。

③ 凄風：寒风。丹旐：犹丹旌。

④ 旅榇（chèn）：客死者的灵柩。

挽尹侍读子①

诗礼初闻自过庭②，常将孝友慰亲情③。克家有志成贤业④，处世何缘未半生。鸾凤镜中人独去，鹡鸰原上恨难平⑤。那堪白发词林老，坐抱孤孙泪满缨。

【注释】

① 尹侍读，当指尹凤岐。见卷二《送尹侍读》注。

② 过庭：指长辈的教训。

③ 孝友：事父母孝顺、对兄弟友爱。

④ 贤业：善美的事业。

⑤ 鹡鸰原："鹡鸰在原"的省称，也作"鹡原"。《诗经·小雅·常棣》："脊令在原，兄弟急难。"后即以"鹡鸰在原"比喻兄弟友爱之情。恨：遗憾。

挽王修撰母史安人[①]

令德宜贤配，名门著母仪。生平彤管纪[②]，蚤岁柏舟诗[③]。机杼兴家日[④]，熊丸教子时[⑤]。空闺春已暮[⑥]，寸草徒衔悲[⑦]。

【注释】

① 王修撰，指王钰(1383—?)，字孟坚，号葵轩。浙江诸暨县(今属绍兴市)人。永乐十年(1412)会试第三名，殿试一甲三名。授翰林编修。任满，升修撰。宣德元年(1426)，出任顺天府乡试主考官。与修两朝实录，书成，以病回乡归养。正统元年(1436)，经杨士奇举荐，擢江西按察佥事，提督学政。正统五年四月，考绩进京，显者"倨傲弗为礼"，遂引退，安居田里，以文翰自娱。

② 彤管：杆身漆朱的笔。古代女史记事用。

③ 柏舟：《诗经·鄘风》篇名。指丧夫或夫死矢志不嫁。详卷三《题周节妇贞节堂》注。

④ 机杼：借指纺织以持家。

⑤ 熊丸：以熊胆制成的药丸。后用为贤母教子的典故。详卷三《慈训堂为南阳汪同知题》注。

⑥ 空闺：谓丈夫外出，妻子寂寞独居之处。

⑦ 寸草：比喻子女对父母的微薄心意。

修龄逾八秩[①]，未半即孀居。采藻频供祀[②]，捐簪只市书[③]。寒机初断织[④]，令子遂成儒。喜有生前诰，褒封耀里闾[⑤]。

【注释】

① 秩：十年为一秩。

② 藻：植物名。指藻类植物。古代常用作祭祀品。

③ 簪(zān)：古人用来绾定发髻或冠的长针。后来专指妇女绾髻的首

饰。市:买。

④ 断织:相传孟轲少时,废学归家,孟母方绩,因引刀断其机织,曰:“子之废学,若吾断斯织也。”轲因勤学自奋,师事子思之门人,遂成大儒。后遂用为母亲督子勤学的典故。

⑤ 里閈:里巷,乡里。

挽邢编修①

当年科第百人中,行义真诚孰与同?子羽持身端夙志②,王裒泣墓出情衷③。凤池遗誉繇清论④,乌府生疏岂至公⑤。倏尔翔游寥廓外⑥,令人垂涕洒西风。

【注释】

① 邢编修:指邢恭。见卷二《送邢中书省墓》注。

② 子羽:澹台灭明。春秋鲁人,孔子弟子,状貌丑陋。《史记·仲尼弟子列传》:“(澹台灭明)状貌甚恶。欲事孔子,孔子以为材薄。既已受业,退而修行,行不由径,非公事不见卿大夫。南游至江,从弟子三百人,设取予去就,名施乎诸侯。孔子闻之,曰:‘吾以言取人,失之宰予;以貌取人,失之子羽。’”夙志:平素的志愿。

③ 王裒(póu):字伟元。魏晋时营陵(今山东昌乐)人。《晋书》:“裒少立操尚,行己以礼,身长八尺四寸,容貌绝异,音声清亮,辞气雅正,博学多能,痛父非命,未尝西向而坐。示不臣朝廷也。于是隐居教授,三征七辟皆不就。庐于墓侧,旦夕常至墓所拜跪,攀柏悲号,涕泪著树,树为之枯。母性畏雷,母没,每雷,辄到墓曰:‘裒在此。’及读《诗》至‘哀哀父母,生我劬劳’,未尝不三复流涕,门人受业者并废《蓼莪》之篇。”(《列传第五十八》)情衷:衷情。《河南通志》载:邢恭“嫡母殁,自京师奔丧,昼夜兼行,不入城郭。既葬,结庐墓所,三年,屡有祥应。有司上其事,诏旌其门曰孝子。”(卷六十四)此典所指即

邢恭为孝之事。

④ 凤池：指朝廷中枢机构。清论：公正的评论。

⑤ 乌府：《汉书·朱博传》："是时御史府吏舍百余区，井水皆竭；又其府中列柏树，常有野乌数千栖宿其上，晨去暮来，号曰'朝夕乌'。"后因称御史府为"乌府"。

⑥ 倏尔：迅疾貌。亦形容时间短暂。寥廓：辽阔的天空。

挽封何检讨①

常甘拙逸傲公侯②，得意林泉任白头③。骨肉有恩推分与，乡邻多乏散钱周。词林供职贤郎贵，锦诰封官宠渥优④。惆怅高风今不见，生刍欲致愧无由⑤。

【注释】

① 封何检讨，指翰林院检讨何瑄之父鼒。瑄，字孟焕，浙江余姚县(今属宁波市)人。宣德八年(1433)进士，十一月选庶吉士。宣德九年三月，进学文渊阁。宣德十年八月，授翰林院检讨。与修《宣宗实录》。正统八年，充经筵讲官。景泰元年(1450)，升四川布政使司右参政，六年转左。《明英宗实录》卷一百七十九载：正统十三年六月，何瑄"以亲丧服阕"复旧任。据此推知，瑄正统十年有亲丧之事。

② 公侯：泛指有爵位的贵族和官高位显的人。

③ 得意：犹得志。林泉：山林与泉石。指隐居之地。

④ 宠渥：皇帝的宠爱与恩泽。

⑤ 生刍：称吊祭的礼物。

挽刘给事母①

毓自名门族②，归来诗礼家。相夫勤道义，治业绩丝麻③。

丹桂联芳秀[④]，灵萱忽谢华[⑤]。佳儿心独苦，风木恨无涯[⑥]。

【注释】

① 刘给事母，指刘益母解氏。益，字崇益，江西吉水县人。宣德八年(1433)进士。历兵、刑二科给事中。正统己巳(1449)升湖广左参议，天顺间为国子祭酒。

② 毓(yù)：养育。

③ 丝麻：治丝绩麻。旧指女工之事。

④ 丹桂：桂树的一种。

⑤ 萱(xuān)：萱草。古称母亲居室为"萱堂"。后因以"萱"为母亲或母亲居处的代称。

⑥ 风木：比喻父母亡故，不及奉养。亦作"风树"。《韩诗外传》卷九："树欲静而风不止，子欲养而亲不待也。"无涯：无穷尽，无边际。

慈寿过稀有[①]，儿心愿尚违。遽辞三釜养[②]，俄作九原归[③]。虚拟荣翚服[④]，无从试彩衣[⑤]。潘舆空对处[⑥]，双泪日频挥。

【注释】

① 慈：慈母的省称。稀有：指古稀之年。即七十岁。

② 三釜：比喻菲薄的俸禄。

③ 九原：春秋时晋国卿大夫的墓地。泛指墓地。

④ 翚(huī)服：即翚衣。皇后服之一种，素质、五色、以翚雉为领褾。

⑤ 彩衣：五彩衣服。用老莱子穿彩衣为戏娱亲之典。详卷二《奉和少傅东里杨先生送杨允宽觐省后还闽中十绝韵》注。

⑥ 潘舆：晋潘岳《闲居赋》："太夫人乃御版舆，升轻轩，远览王畿，近周家园。体以行和，药以劳宣，常膳载加，旧疴有痊。"后因以"潘舆"为养亲之典。

挽邓给事母[①]

阿母瑶池去[②]，深闺懿德存[③]。相夫荣皂盖[④]，教子仕黄门[⑤]。勤俭终身事，慈仁后业尊。贤郎哀慕切[⑥]，憔悴泣鱼轩[⑦]。

【注释】

① 邓给事，当指邓仑(1395—1451)，字惟玉。号淡庵，湖广武陵县(今湖南常德)人。永乐二十二年(1424)进士。宣德四年(1429)十二月，授刑科给事中，改兵科，数上章论事。正统四年(1439)五月，升河间长芦盐运使，建议盐课利害，多切时病。终兵部侍郎。

② 瑶池：古代传说中昆仑山上的池名，西王母所居。

③ 懿德：美德。

④ 皂盖：古代官员所用的黑色蓬伞。

⑤ 黄门：指官署。

⑥ 哀慕：因父母、君上之死而哀伤思慕。

⑦ 鱼轩：古代贵族妇女所乘的车。用鱼皮为饰。用以代称夫人。

挽给事中陈宜父处士[①]

辽城鹤化已千年[②]，追念人寰事惘然[③]。蚤岁罹孤知自立[④]，青云有志更中捐[⑤]。书香远继繇先世，阴德深培庇后贤。令子黄门方显达，龙章指日贲重泉[⑥]。

【注释】

① 陈宜，字公宜，号静轩。江西泰和人。正统七年(1442)进士。正统八年三月，授工科给事中。历应天府丞、云南左布政使，升都察院右副都御史。巡抚贵州，屡著奇绩，远人向化。成化五年(1469)，进兵

部右侍郎。成化八年，母丧归，卒于道。为人谨厚，有德望，而经术尤正。有《静轩集》。宜父从先，去世时间不详。处士，本指有才德而隐居不仕的人，后亦泛指未做过官的士人。

② 鹤化：指羽化登仙。详本卷《礼部章侍郎挽章》注。

③ 人寰：人间，人世。

④ 罹(lí)：被，遭受。孤：幼年丧父或父母双亡。

⑤ 中捐：中年去世。

⑥ 龙章：对皇帝文章的谀称。借指诏书，敕令。贲(bì)：文饰，装饰。重泉：犹九泉。指死者所归。

挽张给事父①

早将诗礼擅家声②，闾里兼传孝友名③。教子有成双桂秀，周贫不吝万金轻④。草堂寂寞秋猿断⑤，宰树荒凉夜月明⑥。青琐推恩承紫诰⑦，九泉深慰被光荣⑧。

【注释】

① 张给事，不详所指。

② 家声：家族世传的声名美誉。

③ 闾里：里巷，平民聚居之处。

④ 周贫：救济生活贫乏的人。

⑤ 草堂：茅草盖的堂屋。旧时文人常以“草堂”名其所居，以标风操之高雅。

⑥ 宰树：坟墓上的树木。

⑦ 青琐：装饰皇宫门窗的青色连环花纹。借指宫廷。紫诰：指诏书。古时诏书盛以锦囊，以紫泥封口，上面盖印，故称。

⑧ 九泉：犹黄泉。指人死后的葬处。被：加上。

挽给事中屈伸父母①

士行高乡里，母道闺门师。俯仰无愧怍，致子遭明时。推恩自黄门，锦诰颁彤墀②。命服两辉煌，寿考希期颐③。凄风起天末④，椿萱遂凋衰⑤。雷湖有佳城⑥，松柏涵清滋。明月照山阿⑦，遗德留穹碑⑧。行人一读罢，因之双泪垂。

【注释】

① 屈伸，江西湖口县人。永乐四年(1406)进士。授监察御史，巡按交州。宣德十年(1435)十二月，由给事中升贵州按察司佥事。累官至布政司参议。

② 彤墀：即丹墀。借指朝廷。

③ 期颐：一百岁。语本《礼记·曲礼上》："百年曰期、颐。"

④ 天末：天的尽头。指极远的地方。

⑤ 椿萱：代指父母。详卷三《题具庆堂》注。

⑥ 佳城：喻指墓地。

⑦ 山阿：山的曲折处。

⑧ 穹碑：圆顶高大的石碑。

挽侯御史父母①

椿萱八十世难期②，含笑同归古亦稀。白屋收书心有在③，青云教子愿无违④。生前爵秩天恩锡⑤，没后贤名众论归。墓道铭文遗行在⑥，几回过客为沾衣。

【注释】

① 侯御史，似指侯春。直隶大名府开州(今河南濮阳市)人。永乐十九

(1421)进士。宣德元年(1426)十月，擢监察御史。正统四年(1439)五月，升浙江提刑按察使副使。(嘉靖)《开州志》载："有孝行。尝庐墓，免丧犹居墓七年。"

② 椿萱：指父母。详卷三《题具庆堂》注。

③ 白屋：指不施采色、露出本材的房屋。一说，指以白茅覆盖的房屋。为古代平民所居。代指平民或寒士。

④ 青云：比喻远大的抱负和志向。

⑤ 爵秩：犹爵禄。

⑥ 墓道：墓前或墓室前的甬道。遗行：指死者生前的品行。

挽康御史[①]

我怀康侍御[②]，衣绣尚青春[③]。奏记无强御[④]，平反有恕仁[⑤]。冰霜临瘴海[⑥]，狐鼠避清尘[⑦]。正尔人多仰，星轺忽驻轮[⑧]。

【注释】

① 康御史，指河南道监察御史康荣。字孟嘉，江西泰和县(今属吉安市)人。杨士奇外甥。宣德间举乡荐，擢广西按察司知事。正统二年(1437)春正月，升监察御史，巡按浙江。正统七年，奉使广东。次年秋，使事毕，将归，得热疾，不治，九月三日卒，时年四十八岁。杨士奇撰有《河南道监察御史康孟嘉墓志铭》。

② 侍御：侍奉君王的人。

③ 衣绣：穿锦绣衣裳。谓显贵。青春：年纪轻。

④ 奏记：用书面向公府等长官陈述意见。强御：豪强，有权势的人。

⑤ 恕仁：即仁恕，仁爱宽容。

⑥ 瘴海：指南方有瘴气之地。

⑦ 清尘：车后扬起的尘埃。用作对尊贵者的敬称。清，敬词。

⑧ 星轺(yáo):使者所乘的车。亦借指使者。驻轮:停车。

修短理难定,苍天那可求。甫随鹏翼转[①],俄作漆园游[②]。乌府名犹重[③],丹衷志未酬[④]。凄凉埋玉处,荒冢近龙洲。

【注释】

① 甫:刚刚。鹏翼:大鹏的翅膀,借指鹏。比喻仕途显达者。

② 漆园:古地名。战国时庄周为吏之处,在今安徽蒙城县。《庄子·秋水》中有庄子与惠子游于濠梁之上辩论“鱼之乐”的寓言故事。漆园游,此处意指闲适的生活。

③ 乌府:指御史府。

④ 丹衷:赤诚之心。

挽陈郎中铉[①]

蚤岁科名海内闻,省郎重拜荷恩频[②]。论交不杂清如水,守己无瑕洁似珉[③]。正尔衰衣居枕块[④],那堪飞鹤上承尘。可怜贤业成终竟[⑤],应有诗书启后人。

【注释】

① 陈郎中铉,指陈铉。江西安福县人。永乐二十二年(1424)进士。正统三年(1438)六月,由礼部主事升为郎中。郎中,官名,始于战国。隋唐迄清,各部皆设郎中,分掌各司事务,为尚书、侍郎之下的高级官员,清末始废。

② 省郎:这里指朝廷官员。

③ 珉:似玉的美石。

④ 衰(cuī)衣:丧服。枕(zhěn)块:古时居父母丧,睡时头枕土块,表示极其悲痛。块,土块。

⑤ 贤业：善美的事业。

挽陆郎中母①

阿母瑶池宴不回，可怜人世忽成哀。潘舆无复花前奉②，孟织难忘杼下裁③。危难益家成厚业，殷勤课读育良材。中郎粉署承恩宠④，锦诰行看贲夜台⑤。

【注释】

① 陆郎中，不详所指。

② 潘舆：指养亲。

③ 孟织：指孟母断织教子事。

④ 粉署：即粉省。尚书省的别称。

⑤ 贲：文饰，装饰。夜台：坟墓。亦借指阴间。

挽陈郎中①

早岁趋庭学礼诗②，壮年校艺擅乡闱③。外台赞政清操励④，两署持衡众论归⑤。共惜才华施未尽，独怜人世忽先违。青山埋玉知何处？镜水苍凉对月晖⑥。

【注释】

① 陈郎中，不详所指。

② 趋庭：指子承父教。详卷二《题杨御史孝思堂》注。

③ 乡闱：科举时代士人应乡试的地方。亦代指乡试。

④ 外台：汉因秦制，以尚书为中台，御史为宪台，谒者为外台，合称“三台”。

⑤ 持衡:持秤称物。比喻公允地品评人才。

⑥ 镜水:平静明净的水。

挽王员外父①

生平重义万金轻,疏戚多承爱厚情。堂上槐阴昭世德②,日边桂子擅芳名。簪缨晚岁方膺宠③,鸥鹭秋风忽断盟。惆怅青山埋玉处④,几人弹泪读新铭。

【注释】

① 王员外父:不详所指。底本《目录》中无“父”字。

② 槐阴:指祖先的荫庇。

③ 簪缨:古代官吏的冠饰。比喻显贵。

④ 埋玉:埋葬有才华的人。

挽蒋主事祖母姚宜人①

自昔虞沩有庆源②,东吴贤淑配高门③。散财常济贫兼独,劝学能成子与孙。白发又看承凤敕,重闱俄报泣鱼轩④。煌煌太史镌遗行⑤,明月胡山对九原⑥。

【注释】

① 蒋主事,当指蒋性中,详卷三《题蒋文荣乐耕堂》注。宜人,明代五品官妻、母封号。

② 虞沩(wéi):沩,与“妫”通。传说舜居妫水限曲之处于此,尧将两个女儿嫁给他。借指有名望的贤祖。

③ 贤淑:指德性佳美的女子。高门:高大的门。借指富贵之家,高贵门

第。

④ 重闱:旧称父母或祖父母。鱼轩:古代贵族妇女所乘的车,用鱼皮为饰。用以代称夫人。

⑤ 太史:指史官。

⑥ 九原:指墓地。

挽兵部吴主事父母①

荣利无关乐隐沦②,弓旌肯为起丘园③。常分粟帛周穷匮④,剩有诗书教子孙⑤。辽海旧闻来化鹤⑥,草堂空复听啼猿。贤郎粉署能官者⑦,紫诰褒封及九原⑧。

【注释】

① 吴主事,指吴宁(1399—1482)。字永清,南直隶歙县(今属安徽黄山市)人。宣德五年(1430)进士。宣德十年十一月,授兵部主事。正统十年(1445)三月,再升至职方司郎中。郕王监国时,于谦荐,擢兵部右侍郎。景泰初,乞疾归。《明史》有传。吴宁父仕仁,母许氏。兄弟三人,宁行三。

② 隐沦:指隐居。

③ 弓旌:弓和旌。古代征聘之礼,用弓招士,用旌招大夫。借指延聘。丘园:指隐逸。

④ 穷匮:指贫困的人。

⑤ 剩(shèng)有:犹有。

⑥ 化鹤:指成仙。多用以代称死亡。

⑦ 粉署:即粉省。尚书省的别称。

⑧ 九原:九泉,黄泉。

毓德名门自姆师①,母仪妇道著箴规②。周贫睦族捐簪珥③,

教子兴家读礼诗。早痛藁砧归未夜④，忽从金母赴瑶池。庭前喜有三株树⑤，季也云霄荷宠私⑥。

【注释】

① 毓德：修养德性。姆师：古时以妇道教女子的女师。

② 母仪：指做母亲的仪范。妇道：为妇之道。旧多指贞节、孝敬、卑顺、勤谨而言。箴：文体的一种。以规劝告诫为主。

③ 簪珥：发簪和耳饰。古代多为高贵妇女的首饰。

④ 藁砧：古代处死刑，罪人席稿伏于砧上，用铁斩之。铁、"夫"谐音，后因以"藁砧"为妇女称丈夫的隐语。

⑤ 三株树：古代神话中珍奇的树名。《山海经·海外南经》："三株树在厌火北，生赤水上。其为树如柏，叶皆为珠。一曰，其为树若慧。"

⑥ 季：兄弟排行次序最小的。宠私：恩宠与私惠。

挽顾主事父①

修龄阅世近期颐②，五福兼全世所奇③。经籍传家成令子④，龙章封爵荷恩私⑤。义方独继燕山训⑥，遗行今传有道碑。倏尔新阡封夏屋⑦，乡人无不为兴悲。

【注释】

① 顾主事，似指顾谦。字叔谦，应天府上元县(今南京市江宁区)人。洪熙初，以善书征。宣德元年四月，擢中书舍人。秩满，升礼部精膳司主事。正统十年，升礼部祠祭司郎中；是年，其父顾至善卒，顾谦丁忧归上元。正统十二年三月，病卒，年四十八。王直撰有《主事顾叔谦墓表》，收录于《抑菴文集·后集》。

② 修龄：长寿。期颐：一百岁。语本《礼记·曲礼上》："百年曰期、颐。"郑玄注："期，犹要也；颐，养也。不知衣服食味，孝子要尽养道而

已。”

③ 五福：五种幸福。详卷三《题具庆堂》注。

④ 令子：犹言佳儿，贤郎。多用于称美他人之子。

⑤ 龙章：指诏书，敕令。恩私：犹恩惠，恩宠。

⑥ 义方：指教子的正道，或曰家教。燕山：指窦燕山。原名窦禹钧，五代后晋时期蓟州渔阳（今天津蓟县）人。渔阳古属燕国，地处燕山一带，故此后人称窦禹钧为窦燕山。他有五子，家教甚严，建书房四十间，买书数千卷，聘请文行之士为师授业。四方有志学者，听其自至。五个儿子聪颖早慧，文行并优，时人赞为“窦氏五龙”。

⑦ 倏尔：形容时间短暂。

挽程司务母①

双亲偕老是初期②，岂意萱堂早见萎③。（非）[不]为庄周随蝶梦④，只从金母宴瑶池⑤。青云游宦思慈训⑥，彤管[传]家（声）著令仪⑦。画省（衰）[缞]麻奔讣日⑧，杯圈在目不胜悲⑨。

【注释】

① 程司务，指程羽。江西建昌府人。由邑庠生充贡入太学，官吏部司务。其母夏氏，正统八年（1443）十月十一日卒于家。王直撰有《孺人夏氏墓志铭》，言之甚详。明代六部都设有司务，掌出纳文书及衙署内部杂务。本诗手迹存，题作《程司务母夏氏挽诗》，据以校正。

② 初期：本来的期望。

③ 萱堂：指母亲。

④ 庄周随蝶梦：《庄子·齐物论》：“昔者庄周梦为蝴蝶，栩栩然蝴蝶也；自喻适志与，不知周也；俄然觉，则蘧蘧然周也。”后多用“梦蝶”表示人生原属虚幻。

⑤ 金母：古神话传说中的女神。俗称西王母。

⑥ 慈训：母亲的教诲。

⑦ 彤管：杆身漆朱的笔。古代女史记事用。令仪：指美好的仪容、风范。

⑧ 画省：指尚书省。缞(cuī)麻：粗麻布丧服。

⑨ 杯圈：一种木质的饮器。《礼记·玉藻》："母没而杯圈不能饮焉。"孔颖达疏："杯圈，妇人所用，故母言杯圈。"后因用作思念先母之词。

挽湖广罗宪使[1]

彼苍那可问，物理孰否臧[2]？材美寿宜畀[3]，顾乃早见戕[4]。繄惟乌府彦[5]，掌宪临湖湘[6]。列郡凛风裁[7]，六月飞清霜。霈泽轸孤嫠[8]，煦焉如春阳[9]。伟器众所望[10]，指日登严廊[11]。一朝骑黄鹤[12]，飘然去何乡。些哀楚俗旧[13]，为君独悲伤。引领极淮浦[14]，丹旐何悠扬[15]！逝川知不返[16]，遗爱无能忘[17]。凄其鹦鹉洲[18]，寒月空苍凉。

【注释】

① 罗宪使，指罗铨，字文衡。南直隶山阳县(今江苏淮安市)人。永乐十九年(1421)进士。宣德元年(1426)四月，擢广西道监察御史。才能著称。宣德九年十二月，升湖广按察使，大振风纪。正统四年(1439)九月十四日，卒于官，年四十七。

② 物理：事物的道理、规律。否臧：品评，褒贬。

③ 畀：赐予。

④ 顾乃：却，反而。戕(qiāng)：残害。

⑤ 繄(yì)：叹声。乌府：指御史府。

⑥ 掌宪：掌管风纪法制。湖湘：湖南省洞庭湖和湘江地带，常用来代指湖南。此处泛指两湖一带。

⑦ 风裁：指依法裁处。

⑧ 霈泽:雨水。比喻恩泽。轸(zhěn):顾念,悯惜。孤嫠(lí):孤儿寡妇。

⑨ 煦:温暖。

⑩ 伟器:大器。指堪任大事的人才。

⑪ 严廊:庄严的廊庙。借指朝廷。

⑫ 骑黄鹤:指死亡。唐崔颢《黄鹤楼》诗:“昔人已乘白云去,此地空余黄鹤楼。黄鹤一去不复返,白云千载空悠悠。”后以“黄鹤”比喻一去不返的事物。

⑬ 些(suò):辞赋的代称。

⑭ 引领:伸颈远望。多以形容期望殷切。

⑮ 丹旐:犹丹旌。

⑯ 逝川:指一去不返的江河之水。

⑰ 遗爱:遗留仁爱于后世。

⑱ 鹦鹉洲:在今湖北省武汉市西南长江中。相传东汉末江夏太守黄祖长子射在此大会宾客,有人献鹦鹉,祢衡作《鹦鹉赋》,故名。后衡为黄祖所杀,葬此。自汉以后,由于江水冲刷,屡被浸没,今鹦鹉洲已非宋以前故地。

挽尹参议徐母孺人①

彤管习闻自姆师②,昭昭懿范著慈闱③。相夫有道频共绩,教子多方学断机④。棘寺褒封恩并美⑤,闽烦荣养愿先违⑥。贤郎此际情何极,独对残萱泪满衣⑦。

【注释】

① 尹参议,指尹弼。应天府上元县(今南京市江宁区)人。永乐二十二年(1424)进士。正统元年(1436)十月,由大理寺评事擢福建布政司右参议。《明英宗实录》卷七十载:正统五年八月,“福建布政司右参

议尹弼亲丧服阕，复除山西布政司，专理军政”。据此推测，弼正统二年有亲丧之事。此诗当即作于此时。参议，官名。明通政使司有左、右参议，为通政使佐官。布政使下也设左、右参议，无定员，分守各道，并分管粮储、屯田、清军、驿传、水利等事。孺人，明代为七品官母亲或妻子的封号。

② 姆师：古时以妇道教女子的女师。

③ 懿范：美好的道德风范。专用以赞美妇女的好品德。

④ 断机：断织。用孟母断织教子之典。

⑤ 棘寺：大理寺的别称。古代听讼于棘木之下，大理寺为掌刑狱的官署，故称。

⑥ 荣养：指儿女赡养父母。

⑦ 萱：古称母亲居室为“萱堂”。后因以“萱”为母亲或母亲居处的代称。

挽李知府①

昔从乌府见乘骢②，皂盖重闻驻洛中③。抗直当年比唐介④，治平今日继吴公⑤。半头发白心愈壮，四友堂开月已空⑥。惆怅灵輀东去远⑦，几人怀惠泣西风⑧。

【注释】

① 李知府，指李骥，字尚德。山东郯城县（今属临沂市）人。洪武二十六年（1393）举人。入国子监，三年，授户科给事中。建文时，任新乡知县。洪熙时，擢为监察御史。宣德五年（1430）十一月，出任河南府知府。为人端正谨慎。莅郡六年，正统元年（1436）六月二十七日卒，年七十。士民赴吊，咸哭失声。《明史》入《循吏传》。

② 骢（cōng）：青白色相杂的马。

③ 皂盖：古代官员所用的黑色蓬伞。洛中：指今洛阳一带。

④ 抗直：刚强正直。唐介：字子方，江陵（今属湖北）人。宋神宗宰相。

自幼深明大义,德行高尚。后中进士,为官清正廉明。

⑤ 治平:指官吏治理政事的功绩。吴公:西汉上蔡人。文帝时,为河南守,曾荐贾谊为博士。后因以指政绩突出者。

⑥ 四友堂:李骥为知府时,于署后植松竹梅。公事毕,盘桓其中,因曰:"三友而益我一人,得非四友乎?"因名其堂曰"四友堂"(《国朝献征录》)。

⑦ 灵輀(ér):丧车。輀,载运棺柩的车。

⑧ 怀惠:感念长上的恩惠。

挽何知府①

人生若浮埃②,沉没固有期。重惟德器流③,摧陨诚可哀。所以三良什④,千载今传之。顾瞻大行阿⑤,伊尹实处兹⑥。策驾凌青云,康庄成奔驶⑦。泮水藉芳润⑧,花封余泽滋⑨。炎徼需辑宁⑩,五马承恩私⑪。于焉仁惠给⑫,边氓睹威仪⑬。述职稽常经⑭,远道毒疠危⑮。药石乃罔功⑯,七尺终见萎⑰。遂使生平操,泯焉幻化为。欲假楚招魂⑱,巫阳语朱离⑲。彼苍遐且高,何由能问之。持致挽歌词,冥漠其有知⑳。

【注释】

① 何知府,当指广西太平府知府何某,见卷二《送何太守之太平》注。

② 浮埃:浮尘。

③ 德器:指有道德修养与才识度量的人。

④ 三良什:指《诗经·黄鸟》。三良,指秦穆公时的奄息、仲行、鍼虎。秦穆公死时,让三人随葬,国人哀之,而作《黄鸟》。

⑤ 顾瞻:回视,环视。大行阿(ē):即太行山。阿,大的丘陵,泛指山。

⑥ 伊尹:商汤大臣,名伊,一名挚,尹是官名。相传生于伊水,故名。是汤妻陪嫁的奴隶,后助汤伐夏桀,被尊为阿衡。

⑦ 康庄：四通八达的大道。

⑧ 泮水：古代学宫前的水池，形状如半月。芳润：芳香润泽。亦用以喻文辞之精华。

⑨ 花封：古代赐给贵妇人的封诰。余泽：遗留给后人的德泽。

⑩ 炎徼：南方炎热的边区。辑宁：安抚，安定。

⑪ 五马：汉时太守乘坐的车用五匹马驾辕，因借指太守的车驾。用作太守的代称。

⑫ 仁惠：仁慈惠爱。

⑬ 边氓：即边民。

⑭ 述职：指外任官员向朝廷陈述职守。常经：固定不变的法令规章。

⑮ 毒疠：导致疫病之毒气。

⑯ 药石：药剂和砭石。泛指药物。

⑰ 七尺：指身躯。人身长约当古尺七尺，故称。萎：指人死亡。

⑱ 假：借。招魂：这里指招死者之魂。《楚辞》有《招魂》篇，是招生者之魂。

⑲ 巫阳：古代传说中的女巫。《楚辞·招魂》："帝告巫阳曰：'有人在下，我欲辅之。魂魄离散，汝筮予之。'"朱离：我国古代西部民族的音乐。

⑳ 冥漠：指死者。

挽李知州[①]

其一

清时典郡见连城[②]，切切忧民几尽情。欲问山东贤太守，从来第一说东平[③]。

【注释】

① 李知州，指李湘，字永怀（万历《吉安府志》及《明史》等均如是。王直《赠李知府赴任诗序》《送尹执中归省序》作允淮）。江西泰和县人（《山东通志》及民国《太和县志》误作南直隶太和县）。永乐中，由国

子生理刑都察院。以才擢东平知州,莅州十余年,深得民望。正统元年(1436)七月,擢怀庆知府。东平民扶携老幼,泣送数十里。怀庆有军卫,素挟势厉民。湘随时裁制,皆不敢犯。居三年卒。《明史》有传。此诗手迹存(有阙字),题作《李知府挽歌 有序》。手迹《序》作:"予久闻东平知州李君有廉明声,第未有荆州之识。今既卒于怀庆知府,其子诚来以挽辞见属。遂录所闻为歌五章,不楚声、不蒿里,主于易为里巷之咏,亦以为劝于方来云。""其一""其二"等,底本无,从手迹补。

② 清时:清平之时,太平盛世。连城:战国时,赵惠文王得和氏璧,秦昭王寄书赵王,愿以十五城易璧。事见《史记·廉颇蔺相如列传》。后以"连城"指和氏璧或珍贵之物。此处形容人品之高。

③ 东平:北宋宣和元年(1119)升郓州为东平府,治所在在须城(今山东东平县)。元改东平府为东平路。明初改东平路为东平府,后又降为降东平府为东平州,属济宁府。

其二

政平讼简有闲余,劝学询农事事俱。招集流(忘)[亡]垦田野①,蒿莱荆棘尽菑畬②。

【注释】

① 流亡:指逃亡流落在外的人。亡,底本作"忘",据手迹改。

② 蒿莱:野草,杂草。荆棘:泛指山野丛生多刺的灌木。菑畬(zīyú):亦泛指农田。菑,初耕的田地。畬,开垦过三年的田地,熟田。

其三

曾闻报政几朝天,只为民留久不迁。一旦使车违郡去①,攀辕卧辙溢喧阗②。

【注释】

① 使车:使者所乘之车。

② 喧阗：喧哗，热闹。

其四

覃怀三载未能过[①]，更比东平(沾)[霈]泽多[②]。尚恨廉公来已暮[③]，那堪一梦入南柯[④]。

【注释】

① 覃(tán)：悠长。

② 霈泽：雨水。比喻恩泽。

③ 廉公：用廉颇之典。战国时赵国名将廉颇，屡立战功，后受同僚忌恨，不得已出亡到魏国，还时常想回去为赵国出力。

④ 南柯：唐李公佐作《南柯太守传》，叙述淳于棼梦至槐安国，娶公主，封南柯太守，荣华富贵，显赫一时。后率师出征战败，公主亦死，遭国王疑忌，被遣归。醒后，在庭前槐树下掘得蚁穴，即梦中之槐安国。南柯郡为槐树南枝下另一蚁穴。后因以指梦境。亦比喻空幻。

其五

扁舟旅榇过东城[①]，痛哭追随老稚声[②]。若(被)[彼]幸灾称快者，如君端不愧平生。

【注释】

① 旅榇：客死者的灵柩。

② 老稚：老幼。老人和小孩。

挽方进士母[①]

淑德自天性[②]，闺范仪族闾[③]。孝以奉姑舅[④]，俭勤相厥夫。兴家惟远谋，还解储诗书。谆谆诲其子，早致青云衢[⑤]。三釜相康食[6]，庶谓酬劳劬[7]。风木遽兴悲[8]，子心违所图。梨云梦何许[9]，渺渺瑶池途。人世识长越，今昔竟成殊。尚冀有褒典，华彩生丘墟[10]。（排律）

【注释】

① 方进士：当指方熙，字孟明。福建莆田人，宣德五年（1430）进士，选庶吉士。出为潮州通判，因目疾致仕。据《世德集》，马愉曾"延莆田方氏教于家塾"。

② 淑德：美德。

③ 闺范：指妇女应遵守的道德规范。

④ 姑舅：丈夫的父母，即公婆。

⑤ 青云：喻高官显爵。

⑥ 三釜：指微薄的俸禄。康食：足食。

⑦ 劳劬：劳苦，劳累。

⑧ 风木：比喻父母亡故，不及奉养。

⑨ 梨云：即"梨花云"，指梦中恍惚所见如云似雪的缤纷梨花。后用为状雪景之典。

⑩ 丘墟：陵墓，坟墓。

挽阎都指挥[1]

一身是胆万夫雄，破虏曾收百战功。藩翰折冲忠义表[2]，旌旄指顾笑谈中[3]。玉阙诏下期生入[4]，辽海鹤归恨莫穷[5]。徒有元戎门外柳[6]，春来依旧舞东风。

【注释】

① 阎都指挥，当指阎俊。永乐十年（1412）三月，由宁夏卫指挥使升陕西都指挥同知。洪熙元年（1425）十一月，其子理袭指挥同知。金文靖在为俊父所撰《绥德卫指挥阎子能墓碑铭》中云："俊今累官至都

指挥，历事三朝，出镇边城，屡征漠北。擒捕强敌，焯著伟绩，荐膺赉锡。”（《金文靖集》卷九）

② 藩翰：比喻捍卫王室的重臣。折冲：使敌人的战车后撤。即制敌取胜。冲，冲车。战车的一种。

③ 旌旄：旗帜。指顾：指挥。

④ 玉阙：指皇宫、朝廷。

⑤ 鹤归：指羽化登仙。详本卷《礼部章侍郎挽章》注。

⑥ 元戎：大的兵车。

挽王千户①

继世勋庸属妙龄②，早持旌节寄专城③。心闲韬略期无敌④，志在凌烟惜未成⑤。戈钺已从秋雨暗⑥，剑光犹映晓霜明。庭前玉树真材俊⑦，足慰寒泉永夜情⑧。

【注释】

① 王千户，不详所指。

② 勋庸：功勋。

③ 旌节：古代使者所持的节，以为凭信。专城：指任主宰一城的州牧、太守等地方长官。

④ 韬略：古代兵书《六韬》《三略》的并称。泛指兵书。

⑤ 凌烟：“凌烟阁”的省称。凌烟阁在唐皇宫内三清殿侧。贞观十七年，唐太宗为表彰共创天下的文臣武将，命阎立本在凌烟阁内图画二十四位功勋图像，并亲为之赞，褚遂良题字。

⑥ 钺（yuè）：古兵器。圆刃，青铜制。形似斧而较大。盛行于殷周时。又有玉石制的，多用于礼仪。

⑦ 玉树：称美佳子弟。材俊：才能卓越的人。

⑧ 寒泉：清冽的泉水或井水。《诗经·邶风·凯风》：“爰有寒泉，在浚

之下。有子七人,母氏劳苦。”《诗序》谓:“美七子能尽其孝道,以慰其母心。”后世遂以“寒泉”为子女孝敬母亲的典故。

挽石首陈教谕[①]

曾闻石首旧儒师[②],磊落高风不可期[③]。一派文章推典则[④],百年模范肃威仪[⑤]。芹宫昔赋招魂些[⑥],太史今成有道碑[⑦]。挂剑空怀无处所[⑧],欲因贤子寄哀词[⑨]。

【注释】

① 陈教谕,据乾隆《石首县志》,当指陈良,苏州府吴县人(今苏州市)。石首,今湖北荆州石首市,明属湖广荆州府。

② 儒师:元明时称官学的教官。

③ 高风:高尚的风操。

④ 典则:准则。指诗文等的法则、章法。

⑤ 威仪:庄重的仪容举止。

⑥ 芹宫:指学宫、学校。些(suò):辞赋的代称。

⑦ 有道碑:指郭有道碑。郭泰,字林宗,汉末名士,受士林推重,四十二岁卒。死后,各方人士为其刻石立碑,著名学者蔡邕撰碑文。

⑧ 挂剑:用季札挂剑的典故,表达对亡友的悼念。季札,春秋时吴国人。吴王寿梦少子。封于延陵,称延陵季子。季札出使,北上路过徐国,徐君喜欢季札之剑,但未敢言。季札心中已觉察,但因使命在身,未献出。季札回程至徐,徐君已死,季札于是就解其宝剑,系之徐君墓树而去。随从不解,季札说:“开始我心中已答应要给他了,岂能因为徐君死了我就违背自己内心的承诺呢!”事见《史记·吴太伯世家》。后借以作伤悼亡友或信守重诺的典实。

⑨ 哀词:文体名。古用以哀悼夭而不寿者,后世亦用于寿终者。多用韵语写成。

挽钱所副妻[①]

女德贤名少[②]，闺门独善柔[③]。相夫登仕宦[④]，训子绍箕裘[⑤]。鸾镜先分影[⑥]，瑶池遽远游。杯棬遗泽在[⑦]，诸嗣泪空流。

【注释】

① 钱所副，不详所指。此诗手迹存，题目作《钱所副妻挽章》。

② 女德：犹妇德。旧指妇女应具备的品德。

③ 柔：温和，温顺。

④ 仕宦：出仕，为官。

⑤ 箕裘：比喻祖上的事业。详卷二《送萧江》注。

⑥ 鸾镜：指妆镜。

⑦ 杯棬（quān）：用作思念先母之词。

挽睢州陈吏目[①]

共识郎曹彦[②]，表表佳誉新[③]。偶出赞名郡[④]，莲幕佐贤宾[⑤]。抚字有殊绩[⑥]，沦没期复伸[⑦]。咄彼造物者[⑧]，胡为啬其仁[⑨]。一朝竟长逝，恸哭伤州民。遂令歌谣者，怆然成悲辛[⑩]。旅榇故园归[⑪]，孰不为沾巾[⑫]。

【注释】

① 睢州陈吏目，指陈贵。南直隶吴县（今江苏苏州市）人。正统元年（1436），由郎中谪任河南归德府睢州（今商丘市睢县）吏目。史称其“剧介有为，吏民畏服”（弘治《睢州志》）。吏目，为古代文官官职名，明于知州下有吏目掌文书。

② 郎曹：郎中，郎官。

③ 表表：卓异，特出。

④ 赞：辅佐，说明。

⑤ 莲幕：《南史·庾杲之传》："（王俭）乃用杲之为卫将军长史。安陆侯萧缅与俭书曰：'盛府元僚，实难其选。庾景行泛渌水，依芙蓉，何其丽也。'时人以入俭府为莲花池，故缅书美之。"后因称幕府为"莲幕"。

⑥ 抚字：抚养。谓对百姓的安抚体恤。殊绩：特出的政绩、功绩。

⑦ 沦没：指死亡。

⑧ 咄（duō）：叹词。表示嗟叹。

⑨ 胡为：何为，为什么。

⑩ 怆然：悲伤的样子。悲辛：悲伤辛酸。

⑪ 旅榇：客死者的灵柩。

⑫ 沾巾：沾湿手巾。形容落泪之多。

挽静诚陈先生[①]

初当草昧任沉浮[②]，晚际风云庆会秋[③]。王道略陈卑众论，嘉谟屡进协神谋[④]。终辞黄阁丝纶命[⑤]，甘作青山杖屦游[⑥]。千载高踪人仰止[⑦]，重重制墨焕林丘[⑧]。

【注释】

① 陈先生，指陈遇（1313—1384），字中行。应天府上元县（今南京市）人。笃学博览，精象数之学。元末为温州教授，已而弃官归隐。学者称为"静诚"先生。朱元璋下金陵，遣使聘至，与语，大悦，遂留参密议，日见亲信，优礼备至。明兴，累授翰林学士、礼部侍郎，皆不受。乃赐肩舆一乘，卫士十人护出入，以示荣宠。洪武十七年卒，赐葬钟山。《明史》有传。其子陈恭，字孟起，以举人出任兴化府通判，升工部郎中，超拜大理寺少卿，正统、景泰间为工部尚书。此诗手迹

存，题为《静诚陈先生挽词》，下注“工部侍郎恭父也”。

② 草昧：草野，民间。

③ 风云：比喻时势。

④ 嘉谟：犹嘉谋。神谋：犹神算。

⑤ 丝纶：指帝王诏书。此句指陈遇屡辞授职事。

⑥ 杖屦：拄杖漫步。

⑦ 高踪：高尚的行迹。仰止：仰慕，向往。止，语助词。

⑧ 制墨：指诏书。林丘：树木与土丘。指隐居的地方。

挽吴景亮[①]

白首林泉乐此身[②]，生平孝友重天伦。诗书賸积惟传业[③]，赀货赢余每赈贫[④]。秩进亚卿缘子贵，褒封鸾诰荷恩新。堪怜人事成今昔，独有芳馨播八闽[⑤]。

【注释】

① 吴景亮，礼部左侍郎吴廷用之父。吴廷用（？—1440），名栋，以字行。福建政和县（今属南平市）人。永乐二年（1404）进士。擢户科给事中。办事勤谨，得太子朱高炽赏识。朱高炽即位后，特升为刑部右侍郎。宣德十年（1435）七月（《礼部志稿》卷四十二作九年），迁左侍郎，改礼部。正统五年（1440）二月致仕，八月卒。据《明英宗实录》载：正统元年（1436）六月，吴廷用言其父景亮年九十有三乞赐归省，从之。可知，吴景亮跻高寿，与诗中所云“百岁修龄”相吻合。据诗意，吴景亮去世当在吴廷用归省之时，即正统元年。

② 林泉：山林与泉石。指隐居之地。

③ 賸（shèng）积：大量积累。

④ 赀货：资财货物。赀，通“资”。

⑤ 芳馨：芳香。比喻美好的名声。

百岁修龄世所稀，贤郎觐省荷恩归。正期太白光南极[①]，俄见寒蟾入少微[②]。黄鞠径余成寂寞[③]，野鸥盟在永相违。佳成已就滕公室[④]，松梓苍苍淡夕晖[⑤]。

【注释】

① 太白：星名，即金星。又名启明、长庚。南极：星名。即南极老人星。旧时以为此星主寿，故常用于祝寿时称颂主人。

② 寒蟾：指月亮。传说月中有蟾，故称。少（shào）微：星座名。共四星，在太微垣西南。借指隐士、处士。详本卷《挽致仕尚书黄公》注。

③ 鞠：通“菊”。菊花。菊径，指隐士住所。陶渊明《归去来兮辞》中有“三径就荒，松菊犹存”句。

④ 佳成：即佳城。指墓地。张华《博物志・异闻》：“汉滕公薨，求葬东都门外。公卿送丧，驷马不行，局地悲鸣，跑蹄下地得石，有铭曰：‘佳城郁郁，三千年见白日。吁嗟滕公居此室。’遂葬焉。”滕公：即夏侯婴（？—前172）。西汉沛（今江苏沛县）人。随刘邦起兵，屡立战功，任太仆。后封为汝阴侯。因曾任滕令，故称滕公。

⑤ 夕晖：日暮前余辉映照，夕阳的光辉。

挽王淑人[①]

慈母高风众莫伦，修龄九十有三春。贤郎已作银台使[②]，紫诰新封太淑人。正拟旨甘荣禄养，俄惊机杼暗芳尘[③]。遥知引绋牛眠地[④]，明月娟娟吊鹤频[⑤]。

【注释】

① 王淑人，不详所指。

② 银台：翰林院的代称。详本卷《挽虞侍郎》注。

③ 芳尘：指落花。

④ 引绋：执绋。指送葬。牛眠地：指卜葬的吉地。典出《晋书·周访传》："初，陶侃微时，丁艰，将葬，家中忽失牛而不知所在。遇一老父，谓曰：'前岗见一牛眠山污中，其地若葬，位极人臣矣。'又指一山云：'此亦其次，当世出二千石。'言讫不见。侃寻牛得之，因葬其处，以所指别山与访。访父死，葬焉，果为刺史，著称宁益，自访以下，三世为益州四十一年，如其所言云。"

⑤ 娟娟：明媚的样子。吊鹤：《世说新语·贤媛》"陶公少时作鱼梁吏"，刘孝标注引《陶侃别传》："及侃丁母尤，在墓下，忽有二客来吊，不哭而退，仪服鲜异，知非常人。遣随视之，但见双鹤冲天而去。"后常以"吊鹤"为颂扬死者之典。

挽恭人孙氏[①]

早闻贤淑配名门[②]，朝露虽先懿德存。忠孝劝夫图报国，诗书教子荷推恩。九原雨露沾松柏，五鼎春秋荐藻蘩[③]。更说慈闱隐德厚[④]，堂前楚楚见兰孙[⑤]。

【注释】

① 恭人孙氏，不详所指。

② 贤淑：形容女子德性佳美。

③ 五鼎：古代行祭礼时，大夫用五个鼎，分别盛羊、豕、肤（切肉）、鱼、腊五种供品。藻蘩（fán）：两种植物。指祭品。藻，指藻类植物。蘩，即白蒿。多年生草本，可食用。

④ 慈闱：母亲的代称。隐德：施德于人而不为人所知，谓之"隐德"。

⑤ 楚楚：形容杰出，出众。

挽孺人王氏[①]

孝敬兴家肃令仪，早闻彤管著威仪[②]。和熊曾就丸千颗[③]，教子终攀桂一枝。鹤发虽云违禄养[4]，黄门深喜荷恩私[5]。龙章华服褒存殁[6]，足慰杯棬泣对思[7]。

【注释】

① 底本正文标题有“吏科郑给事母”六字，而《目录》中无，此六字当是作者自注，今从《目录》，删。郑给事，似指郑泰（？—1458），字景阳。南直隶舒城县（今属安徽省六安市）人。永乐十九年（1421）进士。宣德元年（1425）十二月，擢礼科给事中，改吏科。正统五年（1440）五月，迁都给事中，参预铨官。正统五年十一月，迁南京刑部右侍郎。办事明允。景泰二年（1451）二月，迁本部左侍郎。天顺元年（1457）二月，改南京吏部左侍郎，二年十二月十二日卒。

② 彤管：杆身漆朱的笔。古代女史记事用。藉以指女子文墨之事。

③ “和（huó）熊”句：贤母教子勤学之典。详卷三《慈训堂为南阳汪同知题》注。

④ 禄养：以官俸养亲。古人认为官俸本为养亲之资。

⑤ 黄门：官署名。

⑥ 龙章：对皇帝文章的尊称。

⑦ 杯棬：思念先母之词。

挽华母孺人[1]

孝敬兴家自惠柔，闺门仪范古人俦[2]。教儿不倦和熊胆[3]，制行无亏诔柏舟[4]。萱砌正荣三釜养[5]，仙姿竟作九京游[6]。乌台令子闻哀讣[7]，目断南天涕泗流[8]。

【注释】

① 华母孺人：不详所指。

② 俦（chóu）：辈，同类。

③ 和熊胆：母亲教子勤学之典。详卷三《慈训堂为南阳汪同知题》注。

④ 柏舟：《诗经·鄘风》篇名。谓丧夫或夫死矢志不嫁。详卷三《题周节妇贞节堂》注。

⑤ 三釜：比喻菲薄的俸禄。

⑥ 九京：犹九泉。指地下。

⑦ 乌台：指御史台。

⑧ 涕：眼泪。

挽李夫人[1]

毓秀貂蝉族[2]，来归荣戟侯[3]。元戎谐伉俪[4]，闺阃仰慈柔[5]。未卒班昭史[6]，仪从王母游。鱼轩犹在室[7]，诸子泪空流。

【注释】

① 李夫人：不详所指。

② 貂蝉：貂尾和附蝉，古代为侍中、常侍等贵近之臣的冠饰。指侍中、常侍之官。亦泛指显贵的大臣。

③ 来归：嫁给。

④ 元戎：大的兵车。

⑤ 闺阃(kǔn)：宫院或后宫；内室。亦特指妇女居住的地方。借指妇女。慈柔：仁慈温和。

⑥ 班昭：一名姬，字惠班。东汉扶风安陵(今陕西咸阳东北)人。史学家班彪之女、班固之妹，博学高才，嫁同郡曹氏，早寡。兄固著《汉书》，八表及《天文志》未竟而卒，昭继承遗志，独立完成撰述，使《汉书》成为完帙。帝数召入宫，令皇后贵人师事之，号曹大家(gū)。善赋颂，有《东征赋》《女诫》等。

⑦ 鱼轩：古代贵族妇女所乘的车。用鱼皮为饰。代称夫人。

挽章孺人[1]

夙闻敦妇道[2]，孝敬重天常[3]。闺阃遗模在[4]，瑶池去梦长。锦藏机杼宇[5]，尘压宝奁香。夫子膺时用[6]，幽泉被宠光[7]。

【注释】

① 章孺人，不详所指。

② 敦：崇尚，注重。

③ 天常：天的常道。常指封建的纲常伦理。

④ 闺阃：古代妇女居住的内室。

⑤ 机杼：指纺织。

⑥ 时用：《周易·坎》："王公设险，以守其国。险之时用大矣哉。"本指在特定时间的作用。后指为当世所用。

⑦ 宠光：指恩宠光耀。

挽贵溪善妇冯孺人[1]

古人重节义，忠臣与良妻。为臣毕所事，妇德终所齐。卓哉冯孺人，既归誓老偕。藁砧中路别[2]，二孤方在携。华年谢芳姿，槁木其形骸。世事从变迁，中心焉可摧。更将书与诗，殷勤课孩提[3]。织纴事躬执[4]，家道日以跻。佳树联柯芳，荪兰充庭阶[5]。冥冥好福善[6]，锡庆弗尔回。修龄逾八十，享乐期无涯。一朝随王母，宴彼昆仑池。軿车竟不返[7]，里巷空街哀。煌煌《女戒》篇[8]，仪范垂深闺。

【注释】

① 冯孺人，不详所指。贵溪，明属江西广信府。

② 藁砧：妇女称丈夫的隐语。详本卷《挽兵部吴主事父母》注。中路：半路。

③ 孩提：幼儿，儿童。

④ 躬：亲自。

⑤ 荪(sūn)兰：指优秀的子弟。荪，香草名。

⑥ 冥冥：指阴间。

⑦ 軿(píng)车：有帷幕的车子。

⑧ 女戒：通作《女诫》，东汉史学家班昭所著指导妇女行为准则之书。

挽王孝子[①]

林下曾传高士风[②]，俄闻归化恨无穷。家贫甘旨亲常范[③]，业薄诗书子足攻。依草旧庐来异瑞，矢心诚孝格苍穹[④]。生前况复膺褒典，华彩亭亭晋水东。

【注释】

① 王孝子，不详所指。

② 高士：志行高洁之士。

③ 甘旨：指养亲的食物。

④ 格：感通，感动。苍穹：苍天。

挽义民胡有初[①]

文江有遗逸[②]，白发乐闲身。怀宝非忘世，倾赀每济贫[③]。清风归众论，高义先时人。曾被宸章宠[④]，诗歌播缙绅[⑤]。

【注释】

① 胡有初，江西吉水县人。宣德五年(1430)，江西、淮安饥，胡有初等

出谷千余石赈济，被朝廷旌为义民。正统八年(1443)十月廿四日卒，享年七十。

② 遗逸：隐士，遗才。

③ 赀：通“资”。货物，钱财。

④ 宸章：皇帝所作的诗文。

⑤ 缙绅：指士大夫。

初报少微陨，哀音动士流[①]。露残彭泽柳[②]，雪滞剡溪舟[③]。挂剑空怀恨[④]，生刍致莫由[⑤]。铭文烦太史[⑥]，遗行贲林丘[⑦]。

【注释】

① 士流：泛指读书人、文士。

② 彭泽：县名。汉代始设。在今江西省北部。晋陶潜曾为彭泽令，因以“彭泽”借指陶潜。

③ 剡(shàn)溪：水名，曹娥江的上游。在今浙江嵊州南。这里用王子猷雪夜访戴的典故。

④ 挂剑：用季札挂剑的典故。详本卷《挽石首陈教谕》注。

⑤ 生刍：称吊祭的礼物。

⑥ 太史：指史官。

⑦ 遗行：指死者生前的品行。贲(bì)：华美光彩的样子。此处是使动用法。林丘：树木与土丘。指隐居的地方。

挽淮安纪医人父母[①]

早际升平世，萧间乐此生[②]。义方归士论，遗行重乡评。子檀活人术，家传有道名。淮阳新冢上，宰树暮云平。

【注释】

① 纪医人，生平不详。

② 萧间：即萧闲。潇洒悠闲，寂静。

毓自名门秀，习闻彤管规①。奉亲敦孝敬，恤下尽仁慈。别镜先分影，幽泉今共期。杯棬犹在室②，嗣子不胜悲。

【注释】

① 彤管：指女子文墨之事。

② 杯棬：思念先母之词。

挽无姓处士①

优游乐石泉②，华发未盈颠③。易学周程后④，诗名李杜边⑤。黄粱仙梦远⑥，乌府令郎贤⑦。锦诰褒遗行，新铭太史镌。

【注释】

① 无姓处士，不详何人。此诗手迹存，题作《无姓处士挽词》。诗后附注云："右求此诗者称名楷，而不言其姓。且云赠御史，故记为无姓处士云。"

② 优游：悠闲自得。

③ 盈颠：满头。颠，头顶，头。

④ 周程：指周敦颐和程颢、程颐，皆为宋代理学大师，精于易学。

⑤ 李杜：指李白、杜甫。

⑥ 黄粱仙梦：唐沈既济《枕中记》载：卢生在邯郸客店遇道士吕翁，生自叹穷困，翁探囊中枕授之曰：枕此当令子荣适如意。时主人正蒸黄粱，生梦入枕中，享尽富贵荣华。及醒，黄粱尚未熟，怪曰："岂其梦寐耶？"翁笑曰："人世之事亦犹是矣。"后因以"黄粱梦"喻虚幻的事和不能实现的欲望。

⑦ 乌府：指御史府。

挽李志刚[①]

永乐夔龙会[②]，惟公知遇深。藩维承驿召[③]，桂馆耀华簪[④]。礼乐凭陶铸[⑤]，丝纶寄腹心[⑥]。穹碑今蔓草[⑦]，行客每沾襟。

【注释】

① 李志刚，从诗的内容看，似当为"李至刚"，颇疑"志"字误。《明史》《明实录》均有"李至刚"，而不见尚书"李志刚"。李至刚，初名钢，以字行，南直隶华亭县（今属上海）人。洪武二十一年（1388）举明经。选侍懿文太子，授礼部郎中。坐累谪戍边，寻召为工部郎中，迁河南右参议。成祖即位，左右称其才，遂以为右通政。与修《太祖实录》，称说洪武中事，甚见亲信。寻进礼部尚书。永乐中，兼左春坊大学士，直东宫讲筵。坐事下狱，久之得释，降礼部郎中。解缙下狱，词连至刚，亦坐系十余年。仁宗即位，得释，复为左通政。后出为兴化知府，时年已七十。再岁，殁于官。《明史》有传。李至刚卒于宣德二年，时马愉初入翰林院，与李氏当无交往，不知为何会有此挽诗，颇让人疑惑。

② 夔龙：相传舜的二臣名。夔为乐官，龙为谏官。后用以喻指辅弼良臣。

③ 藩维：指藩国。驿召：以驿马传召。

④ 桂馆：泛称道观。华簪：华贵的冠簪。古人用簪把冠连缀在头发上。华簪为贵官所用，故常用以指显贵的官职。

⑤ 陶铸：比喻造就、培育。

⑥ 丝纶：指帝王诏书。

⑦ 穹碑：圆顶高大的石碑。

闻说丰姿在[①]，琼林挺玉柯[②]。春卿名望重[③]，学士宠恩多。

史局频挥笔[4]，银台复振珂[5]。可怜今昔异，翁仲倚山阿[6]。

【注释】

① 丰姿：风度仪态。

② 琼林：琼树之林。此句形容其风度，犹如玉树临风。

③ 春卿：周春官为六卿之一，掌邦礼。后因称礼部长官为春卿。

④ 史局：即史馆。

⑤ 银台：翰林院的代称。详本卷《挽虞侍郎》注。珂：白色似玉的美石。珂色白如玉，相击有声，常作马勒的饰物。

⑥ 翁仲：传说秦始皇初兼天下，有长人见于临洮，其长五丈，足迹六尺，仿写其形，铸金人以象之，称为“翁仲”。后遂称铜像或石像为“翁仲”。

挽陈叔刚[1]

文物闽中秀[2]，清才重士林[3]。诗书三世泽，孝友一生心。俄断黄粱梦[4]，虚期早岁霖[5]。讣闻千里外，挥涕为沾襟。

【注释】

① 陈叔刚（1394—1440），名枨，以字行，号䌹（jiǒng）斋。福建闽县（今属福州市）人。少从训导刘九畴受《春秋》。永乐十九年（1421）进士。依亲读书，从谕德林志学古文。任吏部郎中。宣德元年（1426），擢四川道监察御史。宣德五年五月，与修《太宗实录》和《仁宗实录》成，升翰林修撰。丁母尤，哀毁庐墓。正统三年四月，与修《宣庙实录》成，进侍读。闻父病，乞归省。居一年，得疾。遭父丧，疾益甚，竟卒，年四十七。性温雅，以文行推重于时。有《䌹斋集》。《闽中理学渊源考》称：“叔刚温雅洁悫，出言行事，皆有思裁。为文亦复如是。见人过，密规而疏覆之，遇良时饮酒赋诗，襟怀洒如也。”（卷

四十三)。弟叔绍,亦进士,官副使。子炜,进士,官布政使。俱有声。

② 文物:指文人,文士。

③ 清才:卓越的才能。

④ 黄粱梦:比喻虚幻的事和不能实现的欲望。

⑤ 霖:比喻恩泽。

苍天何此吝,半百未能周。昨为双亲觐[1],今闻八极游。简编余翰墨[2],襟度想风流[3]。埋剑知何处[4],闽山一土丘。

【注释】

① 觐:拜见。

② 简编:串连竹简的带子。借指书籍。

③ 襟度:襟怀与气度。

④ 埋剑:《晋书·张华传》载,张华时见有紫气映射于斗牛二宿之间,邀雷焕共议,以为系宝剑之光上冲所致,当在豫章丰城,因命雷焕为丰城令访察其物。焕到县,掘狱屋基,入地四丈余,果得龙泉、太阿二宝剑。后以“埋剑”喻被埋没或不得彰显。

挽熊景方[1]

笑阅升平世,年高八十余。周贫存德义,教子业诗书[2]。幕府承欢日,天恩锡命初。俄言尘世隔,哀些动乡闾[3]。

【注释】

① 熊景方,熊尚初之父熊纪。字景方,号松节,江西南昌人。生于元至正十七年(1357)十月十六日,正统七年(1442)十一月五日,以疾卒于家,年八十六。王直撰有《都事熊公墓志铭》(《抑庵文集·后集》卷二十九)、杨士奇撰有《封宣义郎都察院都事熊君墓表》(《东里续集》卷三十

三），对其生平经历言之甚详。熊尚初，见卷三《茂恩堂》注。

② 业：底本漫漶，据“朐抄本”补。

③ 乡闾：古以二十五家为闾，一万二千五百家为乡，因以“乡闾”泛指民众聚居之处。借指家乡，故里。

违世去何许[①]，逍遥寥廓间[②]。残书堆几案，遗行满湖山。鸥鸟从今散，风光任自闲。犹余旧隐处，松颠鹤空还。

【注释】

① 违世：去世。

② 寥廓：辽阔的天空。

挽泰和陈仲恒[①]

西昌有遗逸[②]，轩冕等锱铢[③]。学业图南辈[④]，高风孺子俱[⑤]。人方师楷范，梦已断江湖。乡里耆英会[⑥]，相看失旧儒。

【注释】

① 陈仲恒，底本《目录》作“陈士恒”，疑均误。据杨士奇《止斋陈先生墓志铭》及陈循《止斋陈先生挽诗序》所载，陈仲亨，名泰，止斋为其讲授之居所名，江西泰和人。正统戊午八月二十九日卒，享年八十五岁。其次子陈直，累官福建按察司照磨。

② 遗逸：隐士，遗才。

③ 轩冕：指官位爵禄。锱铢：锱和铢。比喻微小的数量。

④ 图南：比喻人的志向远大。详卷三《题金台送别图赠南京太学王博士》注。

⑤ 孺子：指徐稚，字孺子。东汉豫章南昌人。家贫，隐居不仕。后亦以指清贫淡泊，隐居不仕者。

⑥ 耆英：高年硕德者之称。

早得闲中趣，逍遥九十龄。青山旧为主，白首尚谈经。尘暗南州榻①，云遮处士星②。凄凉后学者，无复仰仪刑③。

【注释】

① 南州榻：东汉陈蕃做豫章太守时，不接待宾客，唯徐稚来访，特设一榻，徐一去就把榻悬挂起来。因徐稚为豫章人，故称“南州榻”。后用为礼遇嘉宾之典实。

② 处士星：即少微星。详本卷《挽致仕尚书黄公》注。

③ 仪刑：仪容，风范。

挽周岐凤①

濂溪家学有源流②，桃李春风满道周。惆怅哲人零落后③，空余松菊在磻州④。

【注释】

① 周岐凤，名鸣，号退斋，以字行。江西吉水县（今属吉安市）人。由府庠生初任桐城县学训导，历仕即墨县主簿、国子监学正、汉王府纪善、长州教谕、国子监博士、南京兵部职方员外郎。授奉直大夫致仕。正统三年（1438）四月五日卒。著有《职方集》《退斋稿》等。

② 濂溪：湖南省道县水名。宋理学家周敦颐世居溪上。周晚年移居江西庐山莲花峰下，峰前有溪，因取旧居濂溪以为水名，并自以为号，世称濂溪先生。

③ 惆怅：因失意或失望而伤感、懊恼。零落：比喻死亡。

④ 磻州：周氏世居之地。周岐凤之子叙，字功叙，永乐十六年（1418）进士，授翰林修撰，升南京翰林院侍讲学士。父子博学高才，并有时

誉，曾经将其所居之胜命为八景，其一便是磻州烟树。

芹宫几度拥青毡[①]，佐邑还闻德政传。秩进郎曹身未老，便从萧散乐林泉[②]。

【注释】

① 芹宫：《诗经·鲁颂·泮水》："思乐泮水，薄采其芹。"后因以"芹宫"指学宫、学校。青毡：指仕宦人家的传世旧业。详卷三《题王训导芝轩》。周歧凤一族世代业儒，故称。

② 萧散：犹潇洒。形容举止、神情、风格等自然，不拘束。

一心孝友笃家庭，遗范犹能淑后生[①]。太史新铭表贞石[②]，理塘风月有余清[③]。

【注释】

① 遗范：指前人遗留下来可作楷模的法式、规范、标准等。

② 贞石：坚石。用作碑石的美称。

③ 理塘：周歧凤死后葬理塘锦峰山。

六经白首尚穷研，万卷亲题手自编。滚滚箕裘承世泽[①]，此心犹足慰重泉[②]。

【注释】

① 箕裘：比喻祖上的事业。详卷二《送萧江》注。

② 重泉：犹九泉。指死者所归。

昔从京国睹仪刑[①]，此日俄闻奠两楹[②]。词苑却怀交令子，生刍特为致深情[③]。

【注释】

① 仪刑：仪容，风范。

② 俄：短暂的时间，一会儿。两楹：房屋正厅当中的两根柱子。两楹之间是房屋正中所在，为举行重大仪式和重要活动的地方。《礼记·檀弓上》："殷人殡于两楹之间。"后亦以"两楹"借指停放棺柩、举行祭奠之所。

③ 生刍：吊祭的礼物。

挽武陵邓处士①

高人仙去自当年，孝友清名里闬传②。片语折词人敬服，千金济急意勤惓③。常思轩冕承先德，賸积诗书启后贤④。今见令孙三品贵，光荣真足慰重泉⑤。

【注释】

① 邓处士，指邓仑祖父，见本卷《挽邓给事母》注。

② 里闬（hàn）：里门。代指乡里。

③ 惓（quán）：恳切，忠谨。

④ 賸（shèng）积：大量累积。

⑤ 重（chóng）泉：犹九泉。旧指死者所归。

挽处士马公①

前朝都统有闻孙②，行义乡邦众所尊。湖海高情娱白发，云霄令子侍黄门。未沾三釜生前养③，定见重封殁后恩。太史铭文书有道④，千年遗躅贲丘园⑤。

【注释】

① 处士马公，即本卷《故处士马公墓志铭》一文所志马青岩，可参看。

② 都统：武职官名。闻(wèn)孙：指有声誉的子孙。

③ 三釜：比喻菲薄的俸禄。

④ 有道：指有才艺或有道德的人。

⑤ 遗躅(zhuó)：遗迹。躅，足迹。喻人的行为、业绩。

挽龙处士①

乐隐林泉不售名②，只将文史寄闲情③。饶田已足周闾里④，义塾多能启后生⑤。堪叹仪刑尘世隔⑥，空余宰树晚风清⑦。致身喜见贤郎贵⑧，忠孝传家更有声。

【注释】

① 龙处士，指龙志海，字彦方，号静乐。江西袁州府万载县(今属宜春市)人。洪武中选举茂才，以亲故辞不赴。宣德十年(1435)正月十一日卒。其子骏，字执毅。宣德七年，以《易经》领乡荐，赴春闱中次选。授河源儒学训导，擢翰林孔目。终金乡知县。正统元年(1436)，骏自河源闻讣，十二月扶柩合葬其乡，终丧入京，请士大夫铭。刘球撰有《故龙处士墓志铭》(《两溪文集》卷二十三)

② 林泉：山林与泉石。指隐居之地。

③ 文史：指文学、史学的著作或知识。

④ 周：周济，救济。闾里：乡里。

⑤ 义塾：不收学费的私塾。

⑥ 仪刑：楷模，典范。

⑦ 宰树：大树。

⑧ 致身：指出仕。

挽柳处士[①]

处士星沉自昔年，生平行谊世争传[②]。收书课子常盈箧，倾橐周贫不计钱[③]。心志未施身已殁[④]，阴功多积庆犹绵[⑤]。乌台显达推贤嗣[⑥]，会见龙光烛九泉[⑦]。

【注释】

① 柳处士，指柳宗仁，南直隶吴县（今苏州市）人。其子柳华，字彦辉。宣德五年(1430)进士。宣德十年八月，擢监察御史。正统十三年(1448)，升山东按察司副使。

② 行谊：事迹，行为。

③ 橐(tuó)：盛物的袋子。

④ 心志：意志，志气。

⑤ 庆：福泽。

⑥ 乌台：指御史台。

⑦ 龙光：皇帝给予的恩宠，荣光。龙，通“宠”。

挽罗处士[①]

手栽松菊自怡情，赢得烟霞几许龄。避俗庞公惟习隐[②]，起家韦氏只传经[③]。生平行谊留乡曲[④]，一代衣冠尚典刑[⑤]。惆怅徐岩山下路[⑥]，几人弹泪读新铭。

【注释】

① 罗处士，指罗道生，字孟昭。江西泰和县人，未仕。宣德九年(1434)二月卒。其次子罗崇本，原名谌，宣德二年(1427)进士。授刑部主事。历员外郎、郎中。正统十四年(1449)十一月，升广东布政司左

参政。景泰七年(1456)三月,以服阕复任云南布政司左参政。天顺三年(1459)九月致仕。陈循《罗处士传》及王直《罗处士墓志铭》,对其生平言之甚详。

② 庞公:指庞德公。东汉襄阳人。躬耕于襄阳岘山之南,曾拒绝刘表的礼请。后隐居鹿门山,采药以终。

③ 韦氏:指韦贤。字长孺,西汉鲁国邹(今邹城东南)人。善求学,精通《诗》《礼》《尚书》,号称邹鲁大儒。征为博士,进宫授昭帝《诗》,迁光禄大夫詹事、大鸿胪。宣帝时,赐爵关内侯,徙为长信少府。前71年,代蔡义为丞相,封扶阳侯。韦贤有四个儿子,长子韦方山曾为高寝令,早丧;次子韦宏官至东海太守;三子韦顺留守邹县为父亲守坟;小儿子韦玄成又以才学超群受到皇帝重用,位至丞相。时人云:"遗子黄金满籝,不如教子一经。"

④ 行谊:事迹,行为。乡曲:家乡,故里。

⑤ 典刑:典范。

⑥ 徐岩山:不详所在。

挽俞廷辅①

青春科第重当年②,别驾声华数郡传③。封事尚存刘向疏④,宾藩曾预穆生筵⑤。鹤归辽海秋风外⑥,猿断稽山落月边。数尺穹碑荒草里⑦,行人读罢为潸然⑧。

【注释】

① 俞廷辅,初名昞,钦改今名。浙江萧山县人。永乐十三年(1415)进士。选庶吉士。历官兵部主事、郑府长史、审理所审理正、河南府通判。洪熙元年四月,曾上书建言取士法。

② 科第:指科举考试。

③ 别驾:官职名,全称为别驾从事史,也叫别驾从事。汉代设置,为州

刺史的佐吏。因其地位较高，出巡时不与刺史同车，别乘一车，故名。宋各州的通判，职任似别驾，后世因以别驾为通判之习称。声华：言声誉荣耀。

④ 封事：密封的奏章。古时臣下上书奏事，防有泄漏，用皂囊封缄，故称。刘向：原名更生，字子政。西汉经学家、目录学家、文学家。作为皇室近亲，他多次上疏。

⑤ 宾藩：指做藩国宾客。穆生：汉代鲁人。楚元王刘交敬礼穆生，常为设醴，后交孙刘戊嗣立，忘设醴，穆生知其意怠，遂去。见《汉书·楚元王刘交传》。

⑥ 鹤归：参本卷《给事中陈宜父处士》注。

⑦ 穹碑：圆顶高大的石碑。

⑧ 潸然：流泪的样子。

挽陈叔刚父①

家世风流说太丘②，林间白发自优游。生平课子敦诗礼③，晚岁封官荷冕旒④。词苑宜隆三釜养⑤，佳城俄掩九原秋⑥。生刍一束无由致⑦，几为招魂赋楚讴⑧。

【注释】

① 陈叔刚，见本卷《挽陈叔刚》注。其父陈周，字仲昌，未仕。《闽中理学渊源考·陈氏家世学派》："陈氏叔刚父仲昌，世家荣绣里。林默斋先生尝撰其《筠轩记》，称仲昌耕读自乐，不求闻知于人。四子皆玉立夙成，而长叔刚尤颖异。"（卷四十三）

② 太丘：指陈寔。见卷三《题庐陵陈宏德德星堂卷》注。

③ 敦：崇尚，注重。

④ 冕旒：古代大夫以上的礼冠。顶有延，前有旒，故曰"冕旒"。

⑤ 三釜：比喻菲薄的俸禄。

⑥ 佳城：指墓室。九原：指九泉，黄泉。

⑦ 生刍：称吊祭的礼物。

⑧ 讴：歌曲，民歌。

海内科名说妙年[1]，词林游艺羡才贤[2]。鹏程共拟终当远，蝶梦那知去不旋[3]。身后铭章传大笔，墓前松柏久成阡。更看家学箕裘在[4]，黉舍于今有座毡[5]。

【注释】

① 科名：科举功名。

② 词林：指文人之群。游艺：泛指修习学问或技艺。

③ 蝶梦：比喻迷离惝恍的梦境。

④ 箕裘：比喻祖上的事业。详卷二《送萧江》注。

⑤ 黉(hóng)舍：校舍。亦借指学校。

挽连景贤[1]

云鬓童颜思洒然[2]，无人不羡玉堂仙。闲来对酒敲棋局，兴至挥毫扫锦笺[3]。槐国梦沉成倏尔[4]，辽城鹤返是何年[5]。床头虚有焦桐在[6]，三抚无音识绝弦[7]。

【注释】

① 连景贤，即连智。以字行，福建建安县(今建瓯市)人。永乐三年(1405)举人，十三年乙未科进士。笃学谨行，选庶吉士。除翰林院修撰，与修《永乐大典》及《五经》《四书》。

② 洒然：潇洒，洒脱。

③ 锦笺：精致华美的笺纸。

④ 槐国梦：也省作"槐梦"。唐李公佐《南柯太守传》载，淳于棼饮酒古

槐树下，醉后入梦，见一城楼题大槐安国。槐安国王招其为驸马，任南柯太守三十年，享尽富贵荣华。醒后见槐下有一大蚁穴，南枝又有一小穴，即梦中的槐安国和南柯郡。后因用“槐安梦”比喻人生如梦，富贵得失无常。倏尔：迅疾的样子。亦形容时间短暂。

⑤ 鹤返：参本卷《给事中陈宜父处士》注。

⑥ 焦桐：东汉蔡邕曾用烧焦的桐木造琴，后因称琴为焦桐。

⑦ 绝弦：断绝琴弦。

挽钱允中①

吴中诗礼有家声②，白发优游住两京③。散粟赈贫曾不靳④，收书课子竟能成。精魂遽隔黄粱梦⑤，行谊终归月旦评⑥。共羡凤池膺宠日⑦，九原行见贲光荣⑧。

【注释】

① 钱允中，生平履历不详。

② 吴中：吴县（今江苏苏州市）一带。亦泛指吴地。家声：家族世传的声名美誉。

③ 两京：指南京和北京。

④ 靳：吝惜。

⑤ 黄粱梦：比喻虚幻的事和不能实现的欲望。

⑥ 月旦评：指品评人物。亦省作“月评”。

⑦ 凤池：“凤凰池”的省称。禁苑中池沼。魏晋南北朝时设中书省于禁苑，掌管机要，接近皇帝，故称中书省为“凤凰池”。明代，朱元璋废中书省，以六部分掌庶政。此处指朝廷中枢机构。

⑧ 九原：指九泉，黄泉。

挽陈克逊[1]

侍节南宁有孝名[2]，深居更喜远尘婴[3]。传家只有经为业，教子须期禄代耕[4]。未待人间丹灶熟[5]，遽云天上玉楼成。生平行义应难泯，荒塚秋陂对月明[6]。

【注释】

① 陈克逊，似即陈让，字克逊，浙江钱塘县（今杭州市）人。宣德间任崇安县丞。勤于所职，征输得宜，人怀其惠。

② 南宁：广西南宁府，即今广西南宁。

③ 婴：纠缠，羁绊。

④ 代耕：旧时官吏不耕而食，因称为官食禄为代耕。语本《礼记·王制》"诸侯之下士，视上农夫，禄足以代其耕也"。

⑤ 丹灶：炼丹用的炉灶。

⑥ 陂（bēi）：山坡。

挽居密处士[1]

由来出处素无心[2]，孺子高风重古今[3]。爱弟宁知辞远戍，周贫曾不吝兼金[4]。百年猿鹤盟犹在[5]，三径松篁梦已沉[6]。却喜传家遗泽厚，满庭兰桂郁森森[7]。

【注释】

① 居密处士，不详何人。

② 由来：自始以来，历来。出处：出仕和隐退。

③ 孺子：即徐穉，字孺子。东汉时期著名高士。家贫，隐居不仕。

④ 兼金：价值倍于常金的好金子。古代金银铜通言金。亦泛指多量的

金银钱帛。

⑤ 猿鹤:猿和鹤。借指隐逸之士。

⑥ 松篁(huáng):松与竹。

⑦ 兰桂:比喻子孙。

挽张光启①

政成无事坐琴堂②,蠹简编离播四方③。凫舄远飞将觐阙④,锦衣乘便适还乡⑤。那堪伏枕淹旬朔⑥,为报修文去杳茫⑦。建水多人歌薤露⑧,春风犹似咏甘棠⑨。

【注释】

① 张光启,江西南城县(今属抚州市)人。永乐间,以人材荐,为上杭县令。宣德间任建阳县知县。锄强暴,雅爱文事,邑民威服。嘉靖《建宁府志》入《名宦》。

② 琴堂:《吕氏春秋·察贤》:"宓子贱治单父,弹鸣琴,身不下堂而单治。"后遂称州、府、县署为琴堂。

③ 蠹简:被虫蛀坏的书。泛指破旧书籍。

④ 凫舄(fúxì):《后汉书·方术传上·王乔》:"王乔者,河东人也。显宗世,为叶令。乔有神术,每月朔望,常自县诣台朝。帝怪其来数,而不见车骑,密令太史伺望之。言其临至,辄有双凫从东南飞来。于是候凫至,举罗张之,但得一只舄焉。乃诏尚方诊视,则四年中所赐尚书官属履也。"后因以"凫舄"指仙履。亦常用以指县令。凫,野鸭。状如家鸭而略小。舄,古代一种以木为复底的鞋。

⑤ 锦衣:精美华丽的衣服。旧指显贵者的服装。

⑥ 伏枕:伏卧在枕上。多指因病弱、年老而长久卧床。旬朔:十天或一个月。亦泛指不长的时日。

⑦ 修文:旧以"修文郎"称阴曹掌著作之官,故以"修文"指文人之死。

杳茫：指渺茫的天际。

⑧ 薤露：本意指薤叶上的露水。乐府《相和曲》有《薤露》，是古代的挽歌。

⑨ 甘棠：即棠梨。用以称颂循吏的美政和遗爱。

挽周时立①

客邸昔曾见二难②，数年人事总堪叹。生平节行同徐积③，说笑才名陋建安④。丹桂藂成重结实⑤，青田鹤去有遗翰⑥。况知家学多贤俊，茂宰声华即凤鸾⑦。

【注释】

① 周时立，江西泰和县人，未仕。其父周启，字公明。曾任庐陵县学训导、黄冈县学教谕、长洲教谕。其弟周时简，为翰林院修撰。

② 客邸：旅舍。二难：指兄弟两人才德俱佳，难分高下。《世说新语·德行》："陈元方子长文，有英才，与季方子孝先各论其父功德，争之不能决。咨之太丘。太丘曰：'元方难为兄，季方难为弟。'"刘孝标注："一作'元方难为弟，季方难为兄。"意谓元方卓尔不群，他人难为其兄；季方也俊异出众，他人难为其弟。后遂以"难兄难弟"。

③ 徐积：字仲车，宋楚州山阳（今江苏淮安）人。见卷七《送沈子茂序》注。

④ 建安：指建安时以曹操为代表的诗人、名士。

⑤ 藂（cóng）：聚集，丛生。

⑥ 遗翰：前人遗留下来的诗文。

⑦ 茂宰：旧时对县官的敬称。声华：声誉荣耀。凤鸾：凤凰之类的神鸟。指优秀人才。

挽张伯铭①

优游林下雪盈簪，徐稚高风重古今②。教子常期开万卷，济人曾不吝千金。石床仙去棋犹在[3]，花径春闲草自侵。画省箕裘沐恩宠[4]，龙章光贲九原深[5]。

【注释】

① 张伯铭，福建建安县（今建瓯县）人。未仕。其子张珂，字鸣玉。永乐四年（1406）进士。拜行人，迁吏部郎中。练达老成。升赣州知府、宗人府经历。正统三年（1438）十二月，擢浙江布政司左参政。致仕卒。

② 徐稺：字孺子，豫章南昌人，东汉时期著名的高士贤人，家贫，隐居不仕。后亦以指清贫淡泊，隐居不仕者。

③ 石床：供人坐卧的石制用具。北魏郦道元《水经注·夷水》："村人骆都少时到此室边采蜜，见一仙人坐石床上，见都凝瞩不转。"

④ 画省：指尚书省。箕裘：比喻祖上的事业。详卷二《送萧江》。

⑤ 龙章：指皇帝的文章。

挽松江钱处士[1]

寒暑倏代谢[2]，昼夜无停机。人生各修短，那能百年期。嗟彼高义者[3]，于焉同途归[4]。闾里怀清风[5]，仪刑惜成非[6]。庭前有嘉树，及早双腾菲。一作词垣杰[7]，一文秋香魁[8]。乞铭太史公，尤足扬潜辉[9]。宰木瞰吴水[10]，长共涵清漪[11]。

【注释】

① 钱处士，指钱惟庆，字汝明。南直隶松江府华亭县（今属上海）人。未仕。正统六年（1441）七月六日卒于家，年七十。王直有《钱处士诔辞》，见《抑庵文集·后集》卷三十四。其次子钱溥，字原溥。正统四年（1439）二甲进士。御试蔷薇露诗，大见称赏，特授翰林检讨。天顺元年（1457）十二月，授翰林侍讲学士。成化中，进南京吏部尚

书，谥“文通”。

② 倏（shū）：疾速，忽然。

③ 嗟（jiē）：叹息。

④ 于焉：从此，于此。

⑤ 闾里：里巷。清风：指高洁的品格。

⑥ 仪刑：楷模，典范。

⑦ 词垣：词臣的官署，如翰林院之类。

⑧ 秋香：秋日开放的花。多指菊花、桂花。

⑨ 潜辉：指掩藏的才智。

⑩ 宰木：大树。

⑪ 清漪：水清澈而有波纹。

哀　辞

曾学士哀辞①

辛酉初夏廿有二日②，翰林侍讲学士曾公卒。在朝士大夫咸惊叹伤悼，走哭吊。予忝在同官，情不能已，故为辞以哀之。其辞曰：

慨造化之更代兮③，错昼夜其相因。嗟人事之靡常兮④，般死生其递循⑤。固兹理之有恒兮，孰能知其所根。概古今之同然兮，孰智愚之或分。忆斯人之初降兮⑥，挺西昌之江渍⑦。撷琼琚与玉佩兮⑧，而以华夫厥身。早奉对于廷墀兮⑨，舒缔思之清新⑩。粲五色之丽章兮，吐天葩之奇芬⑪。魁多士之科名兮⑫，列翰苑之词臣⑬。䌷金匮之秘藏兮⑭，效纂组之屡勤⑮。进玉堂之贰亚兮,步容与其怡神[16]。何时命之迍邅兮[17],遭二竖之弗仁[18]。遽纠缠于旦朝兮[19],曾不留于晡申[20]。动士林之悲怆兮,孰不为之酸辛。盼公魂之来复兮,徒控辞而难伸。遣巫阳之四方兮[21],为吾道其殷勤[22]。惨天风之泠泠兮[23],散桂魄之缤纷。伫廖泬之无垠兮[24],辞既终而复陈。

乱曰:公之魂既已游兮,悠扬扬于无际兮,听楚声之呜呜入范昧兮,庶盘桓其少憩兮。

【注释】

① 曾学士,指曾鹤龄。见卷四《素履轩引》注。曾鹤龄去世在正统六年(1441)三月二十一日,终年五十九岁。杨士奇撰《故翰林侍讲学士奉训大夫曾君墓碑铭》(《东里续集》卷二十七),王直撰《翰林侍讲学士曾君墓志铭》(《抑庵文集》卷九)。

② 廿有二日:《明英宗实录》卷七十七、杨士奇《碑铭》、王直《墓志铭》等,均作二十一日。此处疑误刻。

③ 造化:自然界的创造者。亦指自然。更代:替换。

④ 靡常:无常,没有一定的规律。

⑤ 递:交替,轮流。

⑥ 初降:初生。

⑦ 渍(fén):水边。

⑧ 琼琚:精美的玉珮。

⑨ 廷墀(chí):指朝堂。墀,殿堂上涂饰过的地面。

⑩ 缔:郁结,牢结。

⑪ 天葩:非凡的花,常比喻秀逸的诗文。

⑫ 魁:居第一位,中第一名。多士:指众多的贤士。

⑬ 翰苑:翰林院的别称。

⑭ 紬(chōu):缀缉。金匮:铜制的柜。古时用以收藏文献或文物。

⑮ 纂组:搜集编撰。

⑯ 容与:从容闲舒貌。

⑰ 迍邅:处境不利,困顿。

⑱ 二竖:语出《左传·成公十年》:"公梦疾为二竖子,曰:'彼良医也,惧伤我,焉逃之?'其一曰:'居肓之上,膏之下,若我何?'医至,曰:'疾不可为也,在肓之上,膏之下,攻之不可,达之不及,药不至焉,不可为也。'"后用以称病魔。

⑲ 纠缠:搅扰不休。旦朝:指君王早朝听政。

⑳ 晡(bū)申:申时,即十五时至十七时。

㉑ 巫阳:古代传说中的女巫。阳,巫的名字。

㉒ 殷勤:情意深厚。

㉓ 泠泠:形容声音清越、悠扬。

㉔ 廖泬(xuè):指晴朗的天空。

朱尚宝哀辞[①]

尚宝少卿朱君永年卒于官,其子扶柩归于杭之海宁王家桥原[②],从先兆也[③]。以君在朝久,交游士大夫间,多爱慕者。及其殁也,皆走哭吊悼惜不道。予故为辞以哀之。其辞曰:

岁旃蒙赤奋若兮[④],时未逾乎孟春[⑤]。忽士林之动悲兮,乃陨伤于缙绅[⑥]。纷趋跄而走哭兮[⑦],洒涕泪之沄沄[⑧]。呼彼苍而问兮,胡不淑于猗人[⑨]。矧猗人之生世兮[⑩],赋质嫩而气清[⑪]。抱才华以侈富兮[⑫],洞理数之虚盈[⑬]。有荐雄文似相如兮[⑭],早受知于圣明。遂纡组以华其躬兮[⑮],列近侍于彤庭[⑯]。日承恩而沐宠兮,荐进居乎禁密[⑰]。从先皇于巡狩兮[⑱],扈万乘之仙跸[⑲]。稽年绩而序劳兮[⑳],迁词林之清秩[㉑]。益从容其职务兮[㉒],偄承明之晚直[㉓]。转尚宝之贰卿兮,肆禄食之愈崇。谐众论之共与兮,识宠数之益隆。宜寿考需大厥施兮[㉔],庶毕其所志也。何二竖苦婴累兮[㉕],而竟止于是也。盖人生必有死兮,或定数之短修。洞今昔于一辙兮，岂上天之可尤。嗟生死之永隔兮，恸奚已于交游。奄日月之易流兮[26]，倏春花其草秋[27]。睹灵辆之既驾兮[28]，云将返于故乡。卜窀穸于吉土兮[29]，从先兆之允藏。惨悲风以淅沥兮[30]，曳丹旐之悠扬[31]。叆愁雾之溟蒙穴[32]，黯海日之苍凉[33]。君之灵宜无不之兮，驾言翔乎寥廓[34]。上下四方不可以久留兮，盍止安夫冥漠[35]。山之峨而水之秀兮，俨郁郁之佳城[36]。封斯固而树斯茂兮，用永妥于兹灵。呜呼！睇诸杭于东南兮[37]，迥茫渺兮天涯[38]。递清风与明月兮，纾余哀而无穷期。

【注释】

① 朱尚宝，指朱祚，字永年。浙江海宁县人。性聪敏，九岁能诗，有神童之誉。永乐八年(1410)，以秀才征，试事詹事府。洪熙初，擢中书舍人。宣宗时，升翰林院修撰。秩满，升尚宝司少卿。历永乐、洪熙、宣德三朝，皆以词赋被赏累。正统十年正月卒。有《雪崖集》行于世。尚宝，参卷二《送尚宝丞宋士皋之南京》注。底本《目录》有此篇名，正文未刻，今据《目录》补。

② 扶柩：护送灵柩。王家桥：今属浙江宁波市鄞州区洞桥镇所辖。

③ 兆：营葬。

④ 岁旃蒙：此三字底本漫漶，据“朐抄本”补。赤奋若：古代星(岁星)岁(太岁，亦称岁阴、太阴)纪年法所用名称。谓太岁在丑、岁星在寅的年份为“赤奋若”。

⑤ 孟春：春季的第一个月，农历正月。

⑥ 缙绅：指士大夫。

⑦ 趋跄：形容步趋中节。

⑧ 沄沄：水流汹涌的样子。

⑨ 猗(ē)：柔美的样子。

⑩ 矧(shěn)：况且，而况。

⑪ 赋质：天赋资质。媺(měi)：同“美”。好，善。

⑫ 侈富：豪富。

⑬ 理数:天理,天数。虚盈:空和满。比喻事物的盛衰、消长、兴亡等变化。

⑭ 雄文:内容精深、气势雄伟的诗文。常用为他人诗文之美称。相如:指司马相如,西汉著名辞赋家。

⑮ 纡组:系佩官印。指身居官位。

⑯ 彤庭:泛指皇宫。

⑰ 禁密:犹禁近。指宫中官署或文学近侍之臣。

⑱ 先皇:明成祖朱棣。

⑲ 扈(hù):随从,护卫。后多指随侍帝王。仙跸:指天子的车驾。

⑳ 稽:考察。

㉑ 词林:指翰林院。清秩:清贵的官职。

㉒ 从容:顺利,顺手。

㉓ 儤(bào):指官吏连日值宿。承明:古代天子左右路寝称承明,因承接明堂之后,故称。

㉔ 寿考:年高,长寿。

㉕ 二竖:称病魔。详本卷《曾学士哀辞》注。婴累:指疾病缠绕。

㉖ 奄(yǎn):忽然,骤然。

㉗ 倏(shū):疾速,忽然。

㉘ 灵輀(ér):载运棺柩的车。

㉙ 窀穸(zhūnxī):墓穴。

㉚ 淅沥:象声词。形容雪霰、风雨、落叶、机梭等的声音。

㉛ 丹旐:丹旌。

㉜ 叆(ài):云气浓盛的样子。溟蒙:昏暗,模糊不清。

㉝ 海日:海上的太阳。

㉞ 寥廓:辽阔的天空。

㉟ 冥漠:指阴间。

㊱ 佳城:喻指墓地。

㊲ 睇(tī):视,望。杭:渡船。

㊳ 迥:高远。

刑部员外王佐母太安人罗氏哀辞　有序[①]

昔欧阳文忠公见宋景文公为其友人谢景山撰母夫人墓志[②]，称夫人好学通经，则知景山之登进士而以诗歌知名当时者，出于其母之所教也。今观某述刑部员外王功载母太安人罗氏行实[③]，言太安人赋性聪慧警悟[④]，幼承父教，书史传记，尝亦遍观而味其旨。治家俭勤，敦孝敬于舅姑[⑤]，内助其夫君，教其子，严甚有程法[⑥]。则知功载之为进士，能文词，其亦由于慈训之所成乎[⑦]？为刑官十余年，太安人恒致书，示以用法务从平恕[⑧]，又知其贤于人也。昔隽不疑为京兆[⑨]，每行部归[⑩]，其母必问所平反，得多，乃喜，故不疑为吏，严而不刻。功载得母教如此，得不有志于不疑乎？太安人既殁，功载归将合葬于其考之墓[⑪]。以余同年故[⑫]，来求哀辞，为序而赋之。辞曰：

惨悲风之欻忽兮[⑬]，起天末之沕茫[⑭]。倏飘飒于北堂兮[⑮]，折灵谖之茂芳[⑯]。奄结帨之凝尘兮[⑰]，黯深闱之长扃[⑱]。瞻潘舆之就委兮[⑲]，怅杯棬之莫呈[⑳]。嗟内行成子幼龄兮[㉑]，备女德之纯良。夙比类于少君兮[㉒]，欲齐名乎孟光[㉓]。相夫君克勤内助兮[㉔]，惟道义之是修。奉舅姑竭其孝敬兮[㉕]，谨寒温于膳羞[㉖]。善教子以课读兮[㉗]，效和熊之颛勤[㉘]。致其业臻于有成兮，遂高步于青云。既司刑而尤教以平恕兮[㉙]，示谆谆之戒言。希善果之清贞兮[㉚]，慕不疑之平反。忆令辞犹在耳兮[㉛]，慨音容之永隔。乡邦景其仪范兮[㉜]，遗闺门之效则。悼良人之昔别[㉝]，而今会晤于重泉也。惟没之俱得其愿，亦无所憾于生前也。

乱曰：宝婺沉兮陨光晶[㉞]，辩车驾兮云溟溟[㉟]，瑶池既远兮盍返兹灵，令子悲号兮涕泗零[㊱]，仿佛如见兮月白青天[㊲]。

【注释】

① 王佐,字功载,号竹斋。江西吉水县(今属吉安市)人。宣德二年(1427)进士,官刑部主事,历员外郎。天顺间出守临安,以勤慎著闻于士大夫间。著有《新增格古要论》。员外,"员外郎"的省称。原指设于正额以外的郎官。晋以后有员外散骑侍郎,为皇帝近侍官之一。隋开皇三年(538)于尚书省二十四司各置员外郎一人,为吏中的要职。明清各部仍沿此制,以郎中、员外郎、主事为司官的三级,得以递升。

② 欧阳文忠公:指欧阳修。谢景山,即谢伯景,字景山,福建晋江人。宋仁宗天圣二年甲子(1024)进士。与北宋名宰曾公亮同榜。天圣七年己巳(1029),谢伯景来到京师与准备参加考试的欧阳修相识。

③ 行实:生平事迹。

④ 赋性:天性,品性。警悟:机敏聪慧。

⑤ 舅姑:公婆。

⑥ 程法:程式,法则。

⑦ 慈训:母或父的教诲。

⑧ 平恕:持平宽仁。

⑨ 隽不疑:字曼倩,西汉渤海(治今河北沧县东)人。初为郡文学,后被荐于武帝,任为青州刺史。昭帝即位,齐孝王孙刘泽与燕王旦联络郡国谋反,他发觉收捕,擢为京兆尹,治民严而不残,吏民服其威信。

⑩ 行(xíng)部:指巡行所属部域,考核政绩。

⑪ 考:对死去的父亲的称呼。

⑫ 同年:古代科举考试同科中式者之互称。唐代同榜进士称"同年",明清乡试、会试同榜登科者皆称"同年"。

⑬ 欻(xū)忽:忽然,迅疾的样子。

⑭ 沕(hū)茫:渺茫无涯。

⑮ 飄飒(xílì):叠韵联绵字。大风。

⑯ 谖:通"萱",借指母亲。

⑰ 结帨(shuì):古代嫁女仪式之一。帨,佩巾。古代女子出嫁时,母亲

所授。用以擦拭不洁。在家时挂在门右,外出时系在身左。

⑱ 扃:关闭。

⑲ 潘舆:晋潘岳《闲居赋》:“太夫人乃御版舆,升轻轩,远览王畿,近周家园。体以行和,药以劳宣,常膳载加,旧疴有痊。”后因以“潘舆”为养亲之典。

⑳ 杯棬:一种木质的饮器。用作思念先母之词。

㉑ 内行:平日家居的操行。

㉒ 比类:仿效,效法。少君:指西汉勃海鲍宣妻桓氏,字少君。她不避清苦,恪尽妻子责任,是古代贤妻的典型之一。详见本卷《挽洪侍郎母夫人》“挽鹿”注释。

㉓ 孟光:东汉隐士梁鸿之妻,字德曜。夫妻隐居于霸陵山中,以耕织为生。后至吴。鸿为佣工,每食时,光必举案齐眉,以示敬爱。见《后汉书·逸民传·梁鸿》。后作为古代贤妻的典型。

㉔ 克勤:指能勤劳。《尚书·蔡仲之命》:“克勤无怠,以垂宪乃后。”

㉕ 舅姑:公婆。

㉖ 寒温:指问候冷暖起居。膳羞:美味的食品。

㉗ 课读:指进行教学活动,传授知识。

㉘ 和熊:母亲教子勤学之典。详卷三《慈训堂为南阳汪同知题》注。

㉙ 平恕:持平宽仁。

㉚ 善果:佛教语。指依善业所生之善妙结果。

㉛ 令辞:美好的言辞。

㉜ 景:仰慕。仪范:仪容,风范。

㉝ 良人:古时女子对丈夫的称呼。

㉞ 宝婺:即婺女星。用为妇女的美喻。光晶:光辉。

㉟ 軿车:有帷幕的车子。

㊱ 悲号(háo):悲伤呼号。涕泗:眼泪和鼻涕。

㊲ 仿佛:隐约,依稀。

后　序

张昇跋①

右诗文二册，乃故礼部右侍郎古齐马先生之遗稿也。先生蚤以学行受知明圣②，入司帝制，寻与机政③，硕德重望④，屹为当代伟人。九原不复作矣⑤，而手笔犹存，天下之士敬仰愿见者也。然而散落甚多，十不存一二。顷赖山东参政邢君居正访缉⑥，仅成此帙。青守刘君时勉⑦，又锓梓以传⑧。噫，二君之用心厚矣！其亦景慕先生而不能已者与⑨？

成化十六年八月既望⑩，赐进士及第、左春坊、左谕德、奉训大夫盱江张昇谨跋。

【注释】

① 张昇，字启昭，号柏崖。江西南城县人。成化五年(1469)进士第一。授修撰，进谕德。任东宫讲读官、左赞善、右谕德、左庶子。后因劾内阁首辅刘吉，贬南京工部员外郎。刘罢官后复原职，累迁礼部尚书。因宦官刘瑾擅权，谢病乞归。卒赠太子太傅，谥“文僖”。著有《张文僖公文集》十四卷、《张文僖公诗集》二十二卷。

② 蚤：通“早”。

③ 机政：国家枢机政务。

④ 硕德：大德。重望：崇高的声望。

⑤ 九原：九泉，黄泉。

⑥ 邢居正：详卷前《马学士澹轩文集序》注。

⑦ 刘时勉：详卷前《马学士澹轩文集序》注。

⑧ 锓梓：刻板印刷。书板多用梓木，故称。

⑨ 景慕:景仰,仰慕。

⑩ 成化十六年:1480年。既望:周历以每月十五、十六日至廿二、廿三日为既望。后称农历十五日为望,十六日为既望。

马说跋①

我高祖澹翁文集一帙,旧刊历年多,其板已散落无存矣。孙等弗克嗣,每惧不能绍扬先德②,几致手泽之失传也③。恭惟我朐冈迟老先生雅爱斯文④,壬戌之秋⑤,奉命巡抚南藩,亲造愚家塾,力索其未刻者,续刻焉。其所参入,各归于类。至于校正之际,读之凡再三四。其板比旧刻博寸许⑥,其字更端大便观。及夫梓人廪饩之需⑦,称事之赏⑧,一推其俸给之。先生之用心可想见矣!适承命北上,行李萧然⑨,惟此刻凡数簏,其珍重之意,又何如耶!刻成矣,谨僭言于后⑩,以识其岁月⑪,因以见斯文之兴也有待⑫,益以见我朐翁表章之功⑬,亦甚勤且劳也。

时嘉靖四十又二年仲春吉旦⑭,五世孙举人马说顿首谨跋。

【注释】

① 马说,马愉五世孙,嘉靖二十五年(1546)举人。未仕。

② 绍扬:继承发扬。

③ 手泽:犹手汗。后多用以称先人或前辈的遗墨、遗物等。《礼记·玉藻》:"父没而不能读父之在,手泽存焉尔。"孔颖达疏:"谓其书有父平生所持手之润泽存在焉,故不忍读也。"

④ 迟老先生:指迟凤翔,见《续刻马学士澹轩文集序》注。

⑤ 壬戌:指嘉靖四十一年(1562)

⑥ 博:大。与"小"相对。

⑦ 梓人:指刻板工人。廪饩(xì):泛指薪给。

⑧ 称(chèn)事:与事功相当。

⑨ 萧然:简陋。

⑩ 僭(jiàn)言:越分妄言。用为谦词。

⑪ 识(zhì):记载。

⑫ 斯文:指礼乐教化。

⑬ 表章:显扬。

⑭ 吉旦:农历每月初一。

澹轩文集今注

【附　录】

一、马愉诗文拾遗

廷试策

策问　明宣宗朱瞻基

制曰：朕惟礼乐之道，原于天地，具于人心，所以治天下国家之大器也。盖以和神人，以辨上下，以厚俗化，皆由于斯。故圣帝明王，咸所重焉。我国家自太祖皇帝，暨我皇祖、皇考，圣圣相承，功成治定，法古立制，极于盛矣。爰及朕躬，获承鸿绪，永惟海宇之广，生齿之繁，化理之方，躬行为要。肆夙夜饬励，恭己思道，罔敢怠宁。诸生学古有年，究于治理。夫合父子之亲，明长幼之序，以敬四海之内；而兵革不试，五刑不用，百姓无患，此盛治之至（《皇明进士登科考》《皇明贡举考》《皇明历科状元全策》作“致”）也。爰始行之，其事何先？乐由中出，礼自外作，近世大儒又谓其本皆出于一。夫欲安上治民，移风易俗，不考其本，何以施之？知礼乐之情能作，识礼乐之文能述，稽诸往古，畴其当之。昔者圣人制作之盛，极于虞周，况以伯夷、后夔、周公为之辅，仲尼定万世之制，何独取其《韶》冕欤？夫礼乐之效，致人心之感，则道德一而风俗同；致和气之应，则膏露降而醴泉出。器车、马图、凤凰、麒麟之物毕至，亦理之所必臻欤？朕虚己图治，冀闻至理，其悉陈之，将亲择（《皇明进士登科考》《皇明贡举考》作“览”）焉！

（据《明宣宗实录》卷二十六）

臣对：臣闻礼乐之本原，肇乎造化之理；礼乐之制作，本乎圣人之心。盖圣人之心，即造化之理也。圣人以一心之礼乐达于政教，以格神人，以参天地，由是而臻寸至治，四海熙洽，诸福之物，莫不毕至焉。考之尧、舜、禹、汤、文、武所以致太和之盛者，莫不出乎此。岂非治天下国家之大器，而帝王之所重欤？

洪惟天朝太祖高皇帝，龙飞江左，统一寰宇；扫胡元之陋俗，明先王之政教，功成治定，制礼作乐，规模弘远矣。逮夫太宗文皇帝，以不世出之资，肃清内难，奠安宗庙，万几之暇，表章六经，制作之备，光前裕后。仁宗昭皇帝，重华协帝，丕阐鸿猷，以道德为本，以礼乐为辅，仁心仁闻，洋溢四海。盖三圣一心，皆所以为生民立命，为万世开太平，猗欤盛哉！钦惟皇帝陛下，以至圣之德，统绍鸿图，秉奉天子民之诚，隆继志述事之孝，治已臻矣，而犹以为未臻；道已至矣，而尤以为未至。故又进臣等于廷，以礼乐赐问。且曰“爰始行之，其事何先？”又曰“不考其本，何以施之？”臣有以知陛下是心，即古帝王兢兢业业，不自满假之心，稽于有众询于刍荛之意也。臣虽愚昧，敢不拜手稽首，以对扬圣天子之明命？

臣闻鸿濛肇开，而礼乐之理已具；阴阳既判，而礼乐之用遂行。故曰天高地下，万物散殊，而礼制行矣；流而不息，合同而化，而乐兴焉。圣人因上天下泽之理，制礼以辨上下，定民志。因雷出地奋之理，作乐荐之上帝，以配祖考。夫岂有所勉强而为之也哉？盖其一心之和，即天地之和；一心之节，即天地之节。由是达之于政教，用之于国家天下，是所谓礼乐也。然乐者为同，礼者为异；同则相亲，异则相敬。礼乐之在天下岂可一日缺乎？圣人以是而齐家，则父子之亲合，长幼之序明，而家齐矣。以是而治国平天下，则亲吾亲以及人之亲，长吾长以及人之长；人人亲其亲长其长，而国家治天下平矣。于是暴民不作，诸侯宾服，而兵革不试，五刑不用，百姓无患矣。盖礼之本立，而人心得其序，则乐之效达而人心得其和也。爰始行之，皆本之人君躬行心得之余，又岂待求之民生日用彝伦之外哉？

若夫欣喜欢爱之和出于中，进退周旋之序著于外，是故礼乐之出，虽有内外之分，而和敬之实，皆本乎人心之诚。盖先儒朱熹有曰："礼之诚即乐之本也，乐之本即礼之诚也。"圣人所以安上治民，所以移风易俗，以一心之和敬，感天下之和敬，要皆出于诚而已，又岂假乎器数仪文之末哉？

考之于古，如黄帝、尧、舜之造律吕垂衣裳，禹、汤、文、武之不相沿袭，知礼乐之情者也；若季札观乐而各有所论，识礼乐之文者也。周公经制，尽取先代之礼乐而参用之，兼圣明之作述也。吾夫子述而不作，有其德而无其位故也。然圣人酬酢斯世，因时制宜，质文异尚，损益不同。求其制作之备，莫盛虞周。观其修五礼之文，著三礼之目，八音克谐而神人以和，《箫韶》九成而凤凰来仪，与夫六官六礼之讲画，六乐、九夏之并作，大而宗庙朝廷，小而民生日用，纤悉曲折，靡不备具，诚以大舜、文、武、成王为之君，伯夷、后夔、周公为之臣也。周衰，圣王不作，礼乐废坏。仲尼生于其时，未尝一日而忘天下，故因颜渊为邦之问，而独有取于《韶》冕者，以舜绍尧致治，揖逊而有天下，《韶》尽美而尽善。三代之礼，至周始备，冕为文而得中。盖斟酌先王礼乐，发此以为之兆，而其余则皆可考也。向使孔颜得位，则春秋之世，可挽而为帝王之朝；问答之辞，可易为赓歌之咏。礼乐之用，又岂特《韶》冕而已哉？

至于致人心之感，和气之应，皆礼乐之功效也。以人心之感而言，君臣上下，莫不和敬；父子兄弟，莫不和亲；长幼朋友，莫不和顺，则道德一而风俗同矣。以和气之应而言，天不爱道而有膏露之降，地不爱宝而有醴泉之出，以至山岳效灵而器车成，河洛呈神而马图见，凤凰麒麟皆在郊薮，而诸福之物、可致之祥，莫不毕至。此又礼乐之神功，圣人之能事，皆其理之所必臻者矣。圣人所以参赞天地，役使群动，宰制万物，统合天人，皆自一心之微而达之也。

恭惟陛下，心识乎情文之备，身任乎制作之隆，陶人心而归诸礼，淑人心而归于乐，际天极地，焕乎文德之诞敷，灿然礼乐之宣布；天地以位，万物以育，至和之气，发为嘉祥。自生民以来，未有盛于今日者。斯皆陛下一心中和之德以致之也，尚何询于愚臣哉？然臣既以礼乐为陛下陈之矣，而于终篇窃有献焉。伏愿陛下始终此心，始终此治，始终此礼乐之道，功光祖宗，德合天地，以隆亿万斯年无疆之太平，则斯民幸甚，天下幸甚，万世幸甚！

臣诚鄙陋，不足以奉大对。敢以是干冒天听，臣不胜战惧之至。臣谨对。

（据《皇明历科状元全策》，万历十九年刻本，国家图书馆藏）

修城隍庙记

临朐县城隍庙，乃国朝洪武初命有司所建，通天下之祀，岁时厉祭请祷于焉。庙建六十余年，塑像未设，以木主祀，至于今。

宣德辛亥，吴川孙公昇来主县簿，适夏亢旱，民方汹汹。公乃大戚，偕僚长诣（譗）[诸]祠祷，复即庙设坛斋沐，仰吁于天。未几，一雨弥日，达旦乃止。农人告足，喜气交动。翊日，刑牲（絜）[洁]盛，拜谢庙下，退而宴乐以相贺。孙公举酒，作而前曰："神人之际，幽明虽殊，其理则一。凡人事之休咎，实神攸摄也。兹岁方属旱，人以为忧，是乃吾属任咎之日。而顾得与宴享于此，易戚为乐者，固雨之赐，岂非神之贶乎？吾属既受牧一邑，惟一邑百神是主。一礼之废，一器之敝，皆在所责。况兹庙神像尚缺，苟因循不举，是岂有司事神之道哉？吾今力而完之，其亦为政之一端耶！"众应曰："诺。"知县南阳张公凤，首倡诸僚各出俸余为费，吏胥耆老，亦各以资助。始工于六月之初，迄九月之望，像成。衣冠俨然，丹彩辉映。又饬殿庑门壁，规度咸新。吉旦具仪，宾从执事，踊跃升阶，环视瞻拜，竦然兴敬，如神之接于耳目之间，欲降下其威灵焉者。

今年冬，余归省于家，孙公征文以记。於戏！神之灵明，非必俟像而后显。然孙公素蕴之诚，睹兹缺典，涣发于衷，不能已已，遂兴滞于六七十载之余，荫美可嘉也。诸以工力协赞者，列于碑之阴。

（据嘉靖《临朐县志》卷四《杂志·诗文》；嘉靖《青州府志》卷十亦载此文，据以校订）

（《临朐续志·金石略》载："《创塑城隍神像记》，在城隍庙大殿前。翰林院修撰邑人马愉撰文，临朐县教谕张玉书丹，训导周彬篆额。宣德七年冬□月立。按《碑记》，临朐县城隍庙乃洪武初命有司所建。庙建六十余年塑像未设，以木主祀至今。宣德辛亥，主簿吴川孙昇以夏亢旱祷雨而应，乃倡议为像，塑以祀之。知县南阳张凤洎僚属各出俸余为助。"）

景信公墓石几记

祖考讳景信，享寿八十有四；祖妣谷氏，生同年而先三岁终。既合葬兹兆，父士贤谨命工琢石为几于墓前，岁时展祭，以奠豆觞。且命愉识其岁月。惟训云："事死如事生。"吾父之于吾祖，生事无憾，而谨于送终，祗严追祀于庙于墓者，以时罔怠。而斯石之设，则尤致意焉耳。愉惧弗克嗣，宁敢后于斯？恭拜手书，用示吾子孙，其谨之勿忽。

敕封翰林院修撰、长男士贤，次男肃，赐翰林院修撰、孙愉，次孙悦、怡　　宣德八年癸丑三月己未日　立石

（据乾隆版临朐马氏家谱卷前《世德集》）

贺瑞雪诗

拂曙□云遍八纮，俄看瑞雪满神京。楼台上接瑶天迥，城郭遥连玉宇清。霈泽已知沾四海，丰年预喜慰苍生。

右贺瑞雪诗，正统元年十二月初六日。

（据马愉手迹。手稿右侧有“写讫见还”四字）

题邓郎中孝行录后（残篇）

送终而尽其诚，子道当然也。亲有善而能述之，亦子道之当然也。然人惟不知其所以然，故不能尽其所当然也。夫天地鬼神之理，极幽而诚，能极吾心之至诚，必有以感通之。今观邓公之于母，用情诚恳如此，宜其答如影响，殊异乎常也。其子为文以述之，是又不独为肯构肯获者，尤足见其爱亲之心没无已也。噫，“孝子不匮，永锡尔类”，凡具秉彝之性者，监观于此，宁不惕然有动其中乎？知羡慕于此，则于子道其庶几乎？史氏录之以传诸后世，又岂不为劝于永久乎？

右题邓郎中孝行录后

正统壬戌冬十月初吉　齐郡马愉题

（据马愉手迹）

游沂山百丈崖

披云直上最高巅，石势巍巍欲插天。日暖峰峦生万态，地灵今古孕多贤。崖封苔藓几千尺，树带烟霞数百年。登眺不知豪兴发，敲诗对月夜忘眠。

（据《东镇沂山》，济南出版社，1998）

柬寄骈庠诸友

昨谒黉宫诸友，行辈先后相半，以余旧同游也，咸欣喜加敬，亲爱殊厚。既来京，缅想于怀，特成近体一首，少伸报谢，兼致相期之意云。寓金台马愉柬寄骈庠诸友。

归来缓步谒骈庠，黉友交亲意何长。误起临渊思结网，不知博塞已亡羊。敢忘恭敬归桑梓，还见栽培出栋梁。珍重诸公须努力，云霄指日看翱翔。

（据马愉手迹，题目为整理者所加）

正统元年会试批语

正统元年及十年，马愉两次出任会试考官，一为同考，一为主考。两科《会试录》中均存有其所作批语若干条，今作为佚文收录于此。

批孙遇《礼记》文："场中作此题者固多，未免举此遗彼，辞复意重，读之令人可厌。此篇独能剪截浮辞，析理明顺，可取，可取。"

批韦观《礼记》文："此题所重，在实之以德。上诸作多与衣服、容辞并说，殊不知所轻重。此篇独能体认明白，行文条畅，必熟于《礼》经者。"

（据《正统元年会试录》，见《天一阁藏明代科举录选刊·会试录》，宁波出版社，2007）

正统十年会试批语

批周宣《四书》文："议论有据，词简理明，可取。"

批李庸修《四书》文："文词清新，议论正大，寘之选列，孰曰不宜。”

批周宣《易》文：“笔力老健，辞有发明，佳作也。”

批徐瑄《易》文：“能发明《说卦》之旨，必熟于经者，宜在选列。”

批曾蒙简《书》文：“词畅理明，结能文说出伊尹尧舜君民之心，尤见其妙。”

批商辂《书》文：“文词明畅，讲理亲切，可取。”

批刘昌《诗》文：“文理条畅，词气春容，可取。”

批刘昌《诗》文：“观声乐之备，如在周庭，可谓善于形容者矣。”

批周鉴《春秋》文：“议论正大，得《春秋》之旨。”

批方杲《春秋》文：“属辞比事，贵得其理。此篇铺叙严整，文有发明，可取。”

批史敏《礼记》文：“此题作者固多，惟此篇结能发出先王作人之意，信为有识，宜表而出之。”

批向敬《礼记》文：“此题诸作，于几于礼处不知所主而妄说者多，此篇独得其妙，可取。”

批商辂“论”文：“理明词畅，夐异众作。”

批商辂“表”文：“表词典重，可取。”

批商辂文“策”文（第一问）：“论简意备，善对策者也。”

批张翰“策”文（第二问）：“辨析明畅，足破众疑，盖深于理学者也。”

批毛玠“策”文（第三问）：“策条答有序，文思可观。”

批陈云鹏“策”文（第四问）：“策有考据，可取。”

批李庸修“策”文（第五问）：“策有考据，善答所问，有识之士也。”

（据《正统十年会试录》，见《天一阁藏明代科举录选刊·会试录》，宁波出版社，2007）

淮安府增修学舍记(残)

翰林院侍讲学士　齐郡　马愉　撰

国朝稽仿前代，诏郡县咸建学□□生徒，辟舍宇/宣至□以求成效焉/淮安府学在郡城南/严□构，祗□□舍/师生所愿□陋/东簿海隅，西承□□，北连齐□□区。民/顾□学舍弗□，吾徒所以/况今□务日□，官府无事。及□□举/明伦堂。□辟屋南向，名之曰“文会堂”，为师/乐室□间，四十有□/六艺之□□之用/情使

董率风励则颛贡□□政欲承/僚采曰是/郡□□□□□都会/道德诗□□□□彬彬呼/市材□□□陶旋乃/东为□馔堂庖湢□具百/之教□以孝弟忠信礼义/行又□有

恭敬于/亦非□教差/知事黄□□照磨马□□检校/曲沃邹□/典史陈

相觐德进于善/治于斯为盛/盖将期之于无/于斯盖亦/无惑于道/苟/知金山/通判金华□□□/武昌郡/迪功□□矣/淮安府/训导古

列圣相承，向用儒□□陶/今上嗣位初，虑其父□恐堕。□□风宪/究心于学。诚谓□所终□□然。凡游于/居官守，当以身□□必由学以辨其/期待也。是为记

大明正统捌年，□次

（据淮安出土残碑。因碑破损严重，碑文难以拼接，此处按残存碑块为单位，存其文字而已）

二、马愉轶闻传说选编

马愉自幼聪慧，在当地一直流传着很多关于他的轶闻传说。这些传说多不见于正史，其虚实不可详考，但从传播学角度看，又不为无据，故择其流传较广者录于此。其中颇有几首诗作，亦可视为对轶作之补充。

1. 巧对学友

马愉自幼聪敏，四岁开始读书，七八岁就能对对子，十来岁的时候就已经小有名气。一日，与几位学友同行，忽见大树上有鸟巢被大风吹落。某学友出对曰：

风吹鹊巢，一二子连窠及地。

此句不仅是叙述眼前事，更巧妙的是其谐音技巧，即“连窠”谐音“连科”，“及地”谐音“及第”，就是预祝大家科举考试顺利。大家都觉得这个句子很有趣，但要工整地对出来下联，并不容易。其他人都还在思索时，马愉已经对了出来：

雨打猴穴，众诸猴带露朝天。

此句同样用了谐音技巧，即“诸猴”谐音“诸侯”，“带露”谐音“带禄”，意思是以后我们都会做官，享受俸禄，成为国家、朝廷的栋梁，一起去朝见皇帝。表达出了远大的志向。

（改编自李文郑著《巧联妙对话古今》，中原农民出版社，2007）

2. 巧对官员

据传，一官员乘轿下乡，群童随观，此官戏云：“红口白牙谁家子。”马愉略一思索,便对曰:“蟒袍玉带哪朝官。”此官员见马愉小小年龄,思维却如此敏捷,大为称奇。

3. 巧对塾师

马愉在家乡私塾读书时,邻近私塾的菜园里有棵樱桃树。樱桃成熟的时节,马愉与同学一道拨开篱笆进入园中,采摘树上樱桃。园主告到塾师那里,塾师十分不快,将学生聚拢起来,指着远处的樱桃树,厉声喝问:“拔箔障,摘樱桃,何人所为?”众人不知所措,惶惶无语,只有马愉站出来,从容应道:“步蟾宫,攀桂树,乃吾之为!”塾师听罢,感到马愉年纪轻轻,却能敢做敢当,且出语不凡,对句工稳,将来定成大器。因此,不仅没有批评他,还对其勇气和才华予以表扬。

4. 智买“十菜”

某日,塾师欲测试学生的智力,要学生在半个时辰内买回十种菜来。众学生纷纷奔跑回家,向父母要钱,去菜园买菜,个个累得气喘吁吁,但一时又无法把十种菜买全。惟马愉从容回家,向父母要了两个鸡蛋。他用一个鸡蛋换了少许韭菜,然后,连同另一个鸡蛋一起交给老师。塾师一看,质疑道:“你这不是只买来两种菜吗?”马愉则道:“韭菜韭菜,即可谓九种菜,再加一个鸡蛋,不就是十种菜了吗?”塾师欣然,深知马愉智力超群。

5. 画巧千匹马

某次,塾师要求学生们在课本版面大小的一张白纸上画出千匹马。众生遵命绘画,但一千匹马实在难以画下。马愉略加思考,顷刻便画好交卷。塾师一看,马愉先在纸上画了一座大山,从山后绕出一条大道,大道上只有一匹马的前半部分。塾师便问:"马愉,这是画了一千匹马吗?"马愉答道:"这正是一千匹马。领头的一匹马才露出半身,其余九百九十九匹马,还被大山挡着,没有走出来。"师生们都赞叹马愉聪明绝伦。

6. 智对樵夫

西去马愉老家朱位不远,有石门坊,以"晚照"著称,乃临朐县一大名胜。相传阳春三月,塾师领众弟子游石门坊,当行至仙人桥时,有一樵夫挑着柴挡住去路。塾师见状请其让道,樵夫说:"让道可以,请先与我对句。"塾师说"请讲"。樵夫指着背上的柴出上句"此木为柴山山出",塾师一时对答不上,众学生也面面相觑。马愉忽见村中炊烟缭绕,顿有所悟,说:"老师,我有下句了,是'因火成烟夕夕多'。"塾师大声叫绝,众皆叹服,樵夫也点头称许,瞬间寂然不见。人们传说后来马愉高中状元是仙人指点,曾经遇见的樵夫即八仙之一的吕洞宾。

7. 巧渡美女

马愉十七岁时,与同学去村西边的弥河游玩,见一位女子望水兴叹,不敢贸然过河。马愉见状,不避男女之嫌,大大方方地背女子过河。塾师闻知此事后,让他以此为题作首诗。马愉提笔写道:

"淑女临河叹激流,蓝衫权作渡河舟。已将书手挽绣手,斜倚龙头靠凤头。一枝红杏插儒背,十分春意满河洲。轻轻放在沙滩上,默默无言各自羞。"

塾师看罢,暗自称奇。

8. 显扬启蒙师

永乐十八年(1420)，马愉参加乡试，以礼经中省魁(举人前五名称“魁”，愉中第三名)。中举后，马愉要登门拜谢自己的张奶师(初学启蒙老师)。而张奶师当时正在沂水县某地教书，愉即前往。拜师礼过，学东设宴款待，陪客多为当地文人。席间谈及学东新建的一座高楼，张老师被邀题匾额曰“听月楼”。此时，有陪客发难说：“愿闻听月楼之意？”张老师一时语塞，众客人哂笑。马愉不动声色，徐曰：“愿一睹高楼和恩师所题匾额。”于是主客共同离席，去参观高楼和匾额。看过之后，马愉慨然曰：“恩师书法苍劲，胜于欧柳；笔力锋神，不亚右军。匾额豪迈，气象万千。在下不才，愿以诗和之，请诸位师长赐教。”遂索纸笔，挥毫写出《听月楼诗》：

听月楼高接太清，楼高听月倍分明。碾霜毂辘冰轮转，捣药叮叮玉杵鸣。乐奏宫商声细细，斧伐丹桂响铮铮。忽然一阵香风过，吹落姬娥笑语声。

众客看罢，齐声称绝：“大雅之作，不愧是魁首之文。”自此张奶师的威信大大提高，被赞誉为“名师出高徒”，倍受钦敬。

三、马愉历史文献选编

1. 陈循：礼部侍郎兼翰林侍讲学士赠翰林学士礼部尚书马公墓志铭

宣宗皇帝在位，蒐揽天下材能文学之士，布列庶位，以致太平。而其制科所选出乎其伦者，又置之于储养之地，以备他日讲学待问，任重道远之用。是以，至今用不乏其人。孟子曰："尧舜之智而不遍物，急先务也。尧舜之仁不遍爱人，急亲贤也。"非宣宗皇帝之圣，其孰能预于此？肆即位之又明年，制科首得马公，以为翰林修撰。虽循国家旧典，而卒有[以]副乎储养备用之心，不爽其为仁智，孰大？

公讳愉，字性和。其先扶风人。有讳近者仕宋，为青州郡儒学教授，因家临朐，故其子孙为临朐人。天骖（据《世德集》当为"驷"）、景信，公之曾大父、大父也。皆业儒，有隐德。父士贤，以淳德笃行见称于乡，封翰林修撰、儒林郎，再封翰林侍讲学士、奉直大夫。母刘[氏]、继魏氏，俱累赠宜人。张氏，累封宜人。皆自公推恩也。

公四岁知读书，稍长，即能属对，出语惊人。为大父所钟爱，曰："是孙子必振吾家。"八岁失恃，执丧如成人。比长丧魏，亦如之。既而被选补邑庠弟子员，力学至忘寝食。事师处友，必诚必信。故自博士至于伦辈以上，咸器重之。上官有课学者，得所试其文辞，叹曰："奇才！奇才！他日必(中)[光]科目。"公闻，[愈]不自足。永乐庚子，以礼经魁乡选，为第三人。明年，赴礼部试，中途得疾而归。既愈，益肆力以问学。数年，无所不窥。遂举宣德龙飞第一榜进士第一人。

今上将御春宫，宣宗皇帝欲为选备臣属。公以修撰与人，被召试“诸葛孔明可与兴礼乐论”于文华门。公所作称旨，得赐宝楮，月给灯火之费，俾益进其所学。上嗣位之明年，诏开经筵，馆阁之臣，多预选擢；公与四人，特被简拔，日侍讲读。岁时屡赐三品服带，其他赐赉尤厚。正统二年，以岁满，升侍读。三年，以《宣庙实录》恩，再升翰林侍讲学士。五年，预闻机务于文渊阁。十年，迁礼部右侍郎兼侍讲学士。十二年九月，得风疾，诏遣中官以善药名医来视。越三日，卒，是月初六日也。讣闻，上深嗟悼，赐赙万缗及棺，特赠翰林学士、资善大夫、礼部尚书。[遣礼部尚书胡公濙]谕祭，命有司归其丧，营葬于乡(某)[牛]山之原。

其初丧也，自近臣以至于公卿、贵人、贤大夫、士，莫不痛惜，往吊祭之，如失其所亲爱。呜呼！公何[以]得此？于当时，盖其为人，重厚简默，端谨和易。言无所忤于人，行无(所)[敢]愧于己。性至孝，事继母，尤务得其欢心。以父[母](子)惟一[子]，且春秋高，不欲就养于官，故(甫)[所]得禄，悉请给于其乡。与凡恩赐之物，亦必寓归，以备甘暖之奉。父尝得疾，公为心动，即请于朝，诏命给驿及道里费归省焉。既至，父喜而疾以愈。其诚孝所感，率类此。

正统以来，礼部会试天下贡士，公为同考及考试官各一，皆称克公衡鉴。其在朝莅官也，进讲，必以尧舜三代仁义之说为言；论事，必以圣贤存心忠厚之要为本。其退而休暇也，杜门却扫，而肆力群书。惟勤延师讲学，以笃教于诸子恐后。乡人有在京师至贫乏者，极力赒之，虽重费，不少吝。尤笃于其所亲。人或有忤之者，虽甚不较，其旷怀雅度，盖有人所不能及者。而乃止于斯焉，此人所以不能不为痛惜于其没也！自没距其生洪武二十八年九月二十五日，春秋五十有三。有诗文若干卷，藏于家。配陈氏，有淑行，封安人，进封宜人。子男二，徵、徽。女一人。幼孙男一人，石麟。其葬以卒之年(某)[十二]月[初三]日。

其子以余与公同事相知，乃奉公进士同年友、翰林杜侍讲宗

谧所述状来求[为]铭。呜呼![余]与公方相好,自以为得,孰计遽尔铭其葬耶?然谊不可辞也,故为志而铭之。铭曰:

齐鲁之邦,昆冈之地。惟才惟玉,实产于此。谓天弗厚,胡备厥美?谓天果厚,曷止于是?才也登庸,玉也成器。中道而捐,用有弗既。孰为之耶?抑命所俾?呜呼马公,莫究厥自。我铭其藏,以告来世。聊舒余怀,亦慰其子。

(《芳洲文集》卷七)

(《马愉墓志铭》铭文由时任嘉议大夫、户部侍郎兼翰林学士、修国史知制诰兼经筵官陈循撰,中顺大夫、太常少卿、直文渊阁黄养正书丹,中议大夫、赞治尹、太常少卿兼经筵侍书程南云篆额。2000年初秋,马愉墓部分塌陷,其族人借修复之际,入墓探之,《墓志铭》现于世。碑文与《芳洲文集》中所录颇有些异文,今据以校订)

2. 杨士奇:宣德二年进士题名记

宣德二年三月朔,廷试进士,得马愉等百有一人。国朝廷试,天子御正朝,亲出制策,既第其高下。明日传胪,天子具弁服,御正朝;文武群臣朝服,东西叙立。传胪既,群臣上贺。其词曰:"天开文运,贤俊登庸。"士之与于斯者,其荣矣哉!

自设科兼取南北士,而前十有五科,南士往往数倍于北。皇上嗣统之初,诏礼部科举,岁取百人,南士什六,北什四,著为令。盖简用人材,南北并进,公天下之道也。至是,合前科未廷试者一人,而其第一人出山东;前此南北士合试,未有北士占首选者,有之,寔自今始。皇上至公一念,感应之速,有非偶然者矣。礼部尚书臣濙言:"故事,有题名刻石太学,矧今龙飞第一科,宜有示后。"制可,命臣士奇述文。

臣士奇既拜受命,仰惟国家取士非一途,士必以科第为荣者，天子亲擢之也。今朝廷宠科第，廷试有录，以示中外；题名有碑，以垂永远，夫岂徒显其名哉？固望为当世之用，太平之具也。士平居勤苦学问，亦岂徒藉为名哉？固将推所学，见诸功业，及诸天下也。名之所在，使后人睹之，而思其所立，歆艳爱慕之无已，荣莫大焉。不然，碌碌无称，或所行非所学，后将有指其名而疵议之者矣。此系其立志与否。呜呼！可不勉欤。于是，朝之令典宜有纪，士之立志宜有劝，敬拜手稽首，具书于题名之首。时奉命读卷及执事之臣，列诸其阴。

宣德二年三月□日

（据碑文原刻。《东里文集》卷一及《明文衡》卷三十四均收录此文）

3.（明）廖道南：文渊阁学士赠礼部尚书马愉

马愉，字性和，山东临朐人。宣德丁未进士第一，授修撰。正统初，转侍读，侍经筵。预修《宣庙实录》，进侍读学士。庚申，命入内阁。乙丑，迁礼部侍郎兼侍读学士。尝奏谳疑狱，多所平反。两考会试，甄拔才隽，人咸称之。忽晨起趋朝，仆不能语。事闻，即命医往治。越四日卒，年五十三。上闻嗟悼，赐棺椁、赙镪万缗，命有司营兆域，赠礼部尚书兼学士。旧例赠者无兼官，兼之自愉始。

廖道南曰："予观《山东志》，谓愉淳雅宽厚，行义可式。及读国史，则又云'端重简默，自处淡如，门无私谒'。於乎！使居台揆者其门如市，其心如水，亦何愧于愉哉！"

赞曰：青州之野，象应虚危。伦魁之擢，文炳壁奎。商彭匪寿，子渊匪夭。大化司之，若彼莽眇。於乎若人，入掌丝纶。胡为遽陨，天夺良臣。天夺之良，不慭遗老。蒐幽秘史，丹青厥貌。

（《殿阁词林记》卷三，明嘉靖刻本）

4.(明)顾祖训汇编:状元马愉

宣德二年丁未,廷试赵鼎等一百人,擢马愉第一。

按:马愉,字性和,号璞庵。山东临朐人。七岁方言,下笔成诵。后廷试第一,授修撰。二年,父病归,赐驿骑并药饵费。卒年五十三。

《客坐新闻》:临朐渡口有士人夜乘凉,闻渡口鬼揶揄曰:"明日午时,我辈得替矣,可托生也。"其人明午伺验之。至期,见一舟载五六人,解缆鼓枻。忽一妇求渡,舟子挽舟载之。渡竟,无他。至夜,仍于渡口纳凉,鬼复揶揄且哭曰:"却被马丞相救了一船人,我辈苦也。"士人迹其妇,乃马融长子之妻,正怀娠,后生一子曰愉,官至入阁。其为世瑞,鬼神乌得害之哉!

《皇明通纪》:自洪武甲子一新科目,迨今凡一十五科,以廷对魁天下士者恒出于东南,而北方学者鲜与焉。独以东齐之秀魁天下士,北方学者与有光。仁宗与侍臣论科举之弊,仁宗曰:"北人学问远不逮南人。"杨士奇对曰:"自古国家兼用南北士。长才大器多出北方,南人有文多浮。试卷例缄其名,请今后于缄外书'南''北'二字。如一科取百人,南取六十,北取四十,则南北人才皆入用矣。"上命计议以闻。至宣宗嗣位,始奏行之。后复分南、北、中卷,以百名为率,南北各退五名为中卷。北卷则北直隶、山东、河南、山西、陕西;中卷则四川、广西、云南、贵州,及凤阳、卢州二府,徐、滁、和三州;余皆南卷。

(《明状元图考》卷一)

5.(清)张廷玉等:马愉传

马愉,字性和,临朐人。宣德二年进士第一。授翰林修撰。九年秋特简史官及庶吉士三十七人进学文渊阁,以愉为首。正统元年充经筵讲官,再迁至侍读学士。时王振用事,一日,语杨士奇、荣曰:"朝廷事久劳公等,公等皆高年,倦矣。"士奇曰:"老臣尽瘁报国，死而后已。”荣曰：“吾辈衰残，无以效力，当择后生可任者，报圣恩耳。”振喜而退。士奇咎荣失言。荣曰：“彼厌吾辈矣，一旦内中出片纸令某人入阁，且奈何？及此时进一二贤者，同心协力，尚可为也。”士奇以为然。翼日，遂列侍读学士苗衷、侍讲曹鼐及愉名以进。由是愉被擢用。五年，诏以本官入内阁，参预机务，寻进礼部右侍郎。十二年卒。赠尚书兼学士。赠官兼职，自愉始。

愉端重简默，门无私谒。论事务宽厚。尝奏天下狱久者多瘐死，宜简使者分道决遣。帝纳焉。边警，方命将，而别部使至，众议执之。愉言：“赏善罚恶，为治之本。波及于善，非法。乘人之来执之，不武。”帝然之，厚遣其使。

（《明史》卷一百四十八）

6. 马愉著述相关记载

马愉《澹轩文集》八卷。（《明史》卷九十九）

马愉《澹轩文集》八卷。字性和，临朐人。一甲第一人。礼部右侍郎，直内阁。谥襄敏。（《千顷堂书目》卷十九）

马愉《澹轩集》二十卷。（《山东通志·经籍志》卷三十四）

《澹轩集》七卷（浙江巡抚采进本）　明马愉撰。愉，字性和，临朐人。宣德丁未进士第一。正统五年，以侍讲学士入直文渊阁，官至礼部右侍郎。事迹附见《明史·杨溥传》。愉没后，诗文散失。成化庚子，山东参政邢居正命青州知府刘时勉裒集遗亡而刊之。凡诗赋四卷、杂文三卷，第六卷又有歌诗错杂其中。盖随得随编，故先后无序。诗多酬应之作，或佳者多佚耶。然史称愉“端重简默，门无私谒，论事务宽厚”。又载其清理滞狱及善处蕃使二事，绝不称及其著作，盖不以文采见也。（《四库全书总目

提要·集部二十八·别集类存目二》)

《别本澹轩集》八卷(两淮盐政采进本) 明马愉撰。愉集散佚之后,其乡人都御史迟凤翔(底本两处均误作"翔凤")购得残本,更于愉家掇拾逸作,补葺刻之,故题曰《续刻》。目中注"续刻"字者,皆凤翔所增也。(《四库全书总目提要·集部二十八·别集类存目二》)

马愉《澹轩集》七卷。愉,字性和,临朐人。宣德丁未进士第一。官至礼部侍郎。臣等谨案,愉诗文没后均皆散佚。今本乃成化间邢居正等裒集遗篇,编次无序。又《别本澹轩集》八卷,则其乡人迟凤翔(底本误作迟翔凤)补辑刻之,故题曰"续刻"。(《钦定续文献通考》卷一百九十一)

马愉《秘阁书目》二卷。(《千顷堂书目》卷十)

明钱溥《秘阁书目》,《千顷堂书目》称此书为马愉撰。溥别有《内阁书目》一卷。今考溥《序》实载此书卷首,则虞稷所纪误矣。(《清朝通志》卷一百十一)

《秘阁书目》(无卷数,两淮盐政采进本) 明钱溥撰。溥有《使交录》,已著录。是编前有自序,盖其致仕归里后所作。称自选入东阁为史官,日阅中秘书凡五十余大厨,因录其目,藏以待考。近兒子山自京授职回,又录未收书目,芟其重复,并为一集。所载书只有册数而无卷数,大抵多与《文渊阁书目》相出入。正统六年杨士奇等奏疏一篇,亦附于后。黄虞稷《千顷堂书目》载此书为马愉撰,而溥别有《内阁书目》一卷。然溥《序》实载此书卷首,疑虞稷所记误也。(《四库全书总目提要·史部四十三·目录类存目》)

参考文献

（按书名首字音序排列，方志类书名有朝代者按地名首字。同一丛书，仅在第一次出现时标注出版信息；所引方志类丛书，基本为影印本，简洁起见，不注影印底本）

A

（清）尹袭澍纂修：（同治）《安福县志》，见《中国地方志集成》，南京，凤凰出版社，2004。

（明）汪瑀修，林有年纂：（嘉靖）《安溪县志》，见《天一阁藏明代地方志选刊》，上海，上海古籍书店，1963。

（民国）杨世瑛等修，王锡祯等纂：《重修安泽县志》，见《中国方志丛书》，台北，成文出版社，1968。

B

（清）王尔鉴纂修：《巴县志》，乾隆二十五年刻本。

（明）冯惟敏纂修，王国桢续修，王政熙续纂：（万历）《保定府志》，见《日本藏中国罕见地方志丛刊》，北京，书目文献出版社，1992。

（明）杨思震纂修：（嘉靖）《保宁府志》，见国家图书馆编《原国立北平图书馆甲库善本丛书》，第357册，北京，国家图书馆出版社，2013。

C

（清）吴履福等修，缪荃孙等纂：（光绪）《昌平州志》，见《中国方志丛书》。

（清）李光祚修，顾诒禄等纂：《长州县志》，见《中国地方志集成》。

(清)阳正笋修,冯鸿模纂:(雍正)《慈溪县志》,见《中国方志丛书》。

(明)姚宗文纂修:(天启)《慈溪县志》,见《中国地方志丛书》。

(明)杜纬修,刘芳篡:(正德)《长垣县志》,见《天一阁藏明代方志选刊》。

(明)王崇纂修:(嘉靖)《池州府志》,见《天一阁藏明代方志选刊》。

(清)王定安等纂修:《重修两淮盐法志》,光绪刻本。

(明)姚鸣鸾修,余坤等篡:(嘉靖)《淳安县志》,见《天一阁藏明代地方志选刊》。

D

(明)申时行等修,(明)赵用贤等纂:《大明会典》,见《续修四库全书》,上海,上海古籍出版社,1995。

(明)李贤、彭时等纂修:《大明一统志》,天顺五年刊本,北京,国家图书馆藏。

(明)陈敬宗:《澹然先生文集》,见《四库全书存目丛书》,济南,齐鲁书社,1997。

(明)林文:《澹轩稿》,见《四库全书存目丛书》。

(民国)吕学元等修,严绥之等纂:《德平县续志》,见《中国方志丛书》。

(明)廖道南撰:《殿阁词林记》,明嘉靖刻本,北京,国家图书馆藏。

(清)吴霁等纂修:《嘉庆东昌府志》,见《中国地方志集成》。

杨士奇:《东里全集》,《文渊阁四库全书补遗》,集部第5册,北京,北京图书馆出版社,1997。

(明)杨士奇:《东里文集》《东里文集续集》,见《原国立北平图书馆甲库善本丛书》,第707—708册。

(民国)张志熙等修,刘靖宇纂:《东平县志》,见《中国方志丛书》。

F

(明)陈循撰:《芳洲文集》,见《四库全书存目丛书》,济南,齐鲁书社,1996。

(清)孙和相修,戴震纂:(乾隆)《汾州府志》,见《续修四库全书》。

(清)陈寿祺等撰:《福建通志》,台北,华文书局,1968。

(明)林濂等纂修:(万历)《福州府志》,见《日本藏中国罕见地方志丛刊》。

G

(明)康河修,董天锡纂:(嘉靖)《赣州府志》,见《天一阁藏明代地方志选刊》。

(清)魏瀛等修,钟音鸿等纂:(同治)《赣州府志》,见《中国方志丛书》。

(明)李正儒创修,(清)赖于宣重辑,汪度续修:《藁城县志》,见《中国方志丛书》。

(嘉庆)《高邮州志》、(道光)《续增高邮州志》,见《中国地方志集成》。

(明)李时勉:《古廉先生诗集》,见《原国立北平图书馆甲库善本丛书》,第704册。

(明)王鏊撰:(正德)《姑苏志》,见《中国史学丛书》,台北,台湾学生书局,1965。

(明)张元忭撰:《馆阁漫录》,见《四库全书存目丛书》。

(明)翁相修,陈棐纂:(嘉靖)《广平府志》,见《天一阁藏明代地方志选刊》。

(清)谢启昆修,胡虔纂:(嘉庆)《广西通志》,见《续修四库全书》。

(清)李昱等修,陆心源纂:《归安县志》,清光绪八年刊本。

(明)雷礼纂辑:《国朝列卿纪》,见《明代传记丛刊》,台北,明文书局,1991。

(明)焦竑撰:《国朝献征录》,见《明代传记丛刊》。

(明)谈迁著,张宗祥校点:《国榷》,北京,中华书局,1958。

H

(清)战鲁村修:(道光)《海宁州志》,见《中国地方志丛书》。

(明)郜相修、樊深纂:(嘉靖)《河间府志》,见《天一阁藏明代地方志选刊》。

栗祁修,唐枢编:(万历)《湖州府志》,见《日本藏中国罕见地方志丛刊》。

(清)冯鼎高等修,王显曾等纂:《华亭县志》,见《中国方志丛书》。

(明)陈建撰,沈国元订补:《皇明从信录》,《四库禁毁书丛刊》,北京,北京出版社,1997。

(明)陈鎏辑:《皇明历科状元录》,见《北京图书馆古籍珍本丛刊》,北京,书目文献出版社,2000。

(明)吴中行(一作蒋一葵)辑:《皇明历科状元全策》,万历十九年刻本,北京,国家图书馆藏。

(明)张弘道、张凝道同辑:《皇明三元考　科名盛事录》,见《见北京图书馆古籍珍本丛刊》。

(明)卢希哲纂修:(弘治)《黄州府志》,见《天一阁藏明代地方志选刊》。

(明)薛鎣、陈艮山纂修:(正德)《淮安府志》,见《原国立北平图书馆甲库善本丛书》,第300册。

(明)宋祖舜,方尚祖纂修:(天启)《淮安府志》,见《原国立北平图书馆甲库善本丛书》,第301册。

(清)卫哲治等修,叶长扬、顾栋高等纂:(乾隆)《淮安府志》,见《续修四库全书》。

(明)彭泽修、汪舜民纂:(弘治)《徽州府志》,见《天一阁藏明代地方志选刊》。

J

(清)定祥修、刘绎纂:《吉安府志》,见《中国方志丛书》。

(明)王时槐纂修:(万历)《吉安府志》,见《日本藏中国罕见地方志丛刊》。

(清)孙承泽:《畿辅人物志》,见《明代传记丛刊》。

(清)成龙、格尔古德监修:(乾隆)《畿辅通志》,乾隆刻本。

(清)成瓘等纂修:(道光)《济南府志》,见《中国地方志集成》。

(清)周树槐纂:(道光)《吉水县志》,清刻本。

(清)穆彰阿等纂:《嘉庆重修一统志》,见《四部丛刊》续编,上海,商务印书馆1934。

(清)吴宗焯修,温仲和纂:《嘉应州志》,见《中国方志丛书》。

(明)夏良胜纂修:(正德)《建昌府志》,见《天一阁藏明代地方志选刊》。

(明)夏玉麟、郝维岳等修,汪佃等纂:(嘉靖)《建宁府志》,见《天一阁藏明代地方志选刊》。

(民国)詹宣猷等修,蔡振坚等纂:《建瓯县志》,见《中国方志丛书》。

(清)祝宏修,赵节等纂:《建水县志》,见《中国方志丛书》。

(明)冯曾修,李汛纂:(嘉靖)《九江府志》十六卷,见《天一阁藏明代地方志选刊》。

(清)许绍锦等纂修,《莒州志》,见《中国地方志丛书》。

K

(明)孙巨鲸修,王崇庆纂:(嘉靖)《开州志》,见《天一阁藏明代地方志选刊》。

王道成:《科举史话》,北京,中华书局,1988。

(明)曾棨:《刻曾西墅先生集》,见《四库全书存目丛书》。

(明)杨逢春修,方鹏纂:(嘉靖)《昆山县志》,见《天一阁藏明代地方志选刊》。

L

(清)刘廷槐纂修,余培森修订:(道光)《来安县志》,合肥,黄山书社,2007。

(明)郭永泰等修:《历乘》,影印崇祯六年本,北京:中国书店,1959。

(清)陈廷桂纂辑:《历阳典录》,见《中国方志丛书》。

(明)刘球:《两溪文集》,见《原国立北平图书馆甲库善本丛书》,第707册。

(明)毕恭等修:(嘉靖)《辽东志》,见《辽海丛书》,辽海书社印行。

(清)钱谦益著:《列朝诗集小传》,上海,上海古籍出版社,1983年新1版。

(明)王家士修,祝文、冯惟敏纂:(嘉靖)《临朐县志》,见《天一阁藏明代地方志选刊》。

(清)姚延福修,邓嘉辑等纂:《光绪临朐县志》,见《中国方志丛书》。

(民国)周钧英修,刘仞千纂:《临朐续志》,见《中国方志丛书》。

贺廷寿等纂修:(光绪)《六合县志》,见《中国地方志集成》。

(魏)何晏注,(宋)邢昺疏:《论语注疏》,影印阮元刻本,北京,中华书局,1980。

M

(汉)毛亨传,(汉)郑玄笺,(唐)孔颖达疏:《毛诗正义》,影印阮元刻本,北京,中华书局,1980。

(汉)赵岐注,(宋)孙奭疏:《孟子注疏》,影印阮元刻本,北京,中华书局,1980。

郭培贵:《明代科举史事编年考证》,北京,科学出版社,2008。

龙文彬纂:《明会要》,北京,中华书局,1956。

陈文新、何坤翁、赵伯陶:《明代科举与文学编年》,武汉,武汉大学出版社,2009。

郭皓政、甘宏伟编著:《明代状元史料汇编》,武汉,武汉大学出版社,2009。

《明代登科录汇编》,台北,学生书局,1969。

(清)阎湘蕙编辑:《明鼎甲征信录》,见《明代传记丛刊》。

(清)龙文彬辑:《明会典》,北京,中华书局,1956。

(清)李周望辑:《明清历科进士题名碑录》,台北,华文书局,1969。

(清)张廷玉等撰:《明史》,北京,中华书局,1974。

(台湾)“中央研究院”历史语言研究所编:《明实录》,“中央研究院”历史语言研究所校印,1962。

(清)陈田撰:《明诗纪事》,见《明代传记丛刊》。

(清)夏燮著,沈仲九标点:《明通鉴》,北京,中华书局,1959。

(清)黄宗羲编:《明文海》,北京,中华书局,1987。

（明）顾祖训汇编：《明状元图考》，三卷，汉阳叶氏平安馆藏本，明万历三十七年刻。

N

（明）闻人诠修，陈沂等纂：《南畿志》，见《中国方志丛书》。

（明）陈霖纂修：（正德）《南康府志》，见《中国方志丛书》。

（清）盛元等纂修：（同治）《南康府志》，见《中国方志丛书》。

（明）雷礼辑：《内阁行实》，见《明代传记丛刊》。

（明）倪谦：《倪文僖公集》，见《原国立北平图书馆甲库善本丛书》，第710册。

（清）曹秉仁纂：（雍正）《宁波府志》，见《中国方志丛书》。

（民国）李丙麾等撰：《民国宁国县志》，见《中国地方志集成》。

O

（清）邓其文纂修：《瓯宁县志》，见《中国方志丛书》。

Q

（明）杜思修、冯惟讷等修：（嘉靖）《青州府志》，见《天一阁藏明代地方志选刊》。

（清）毛永柏修，李图、刘耀椿纂：《咸丰青州府志》，见《中国地方志集成》。

R

（清）锡德修，石景芬纂：（同治）《饶州府志》，见《中国方志丛书》。

（清）于敏中等编纂：《日下旧闻考》，北京，北京古籍出版社，2000。

（清）吴敬梓：《儒林外史》，清嘉庆八年卧闲草堂刻本。

S

（明）陆釴等纂修：（嘉靖）《山东通志》，明嘉靖刻本。

(清)曾国荃、张煦修,王轩、杨笃纂:(光绪)《山西通志》,见《续修四库全书》。

(清)莫祥芝、甘绍盘合纂:(同治)《上江两县志》,见《中国地方志集成》。

(汉)孔安国传,(唐)孔颖达疏:《尚书正义》,影印阮元刻本,北京,中华书局,1980。

(明)萧镃:《尚约文钞》,见《四库全书存目丛书》。

(清)李亨特总裁,平恕等修:《绍兴府志》,乾隆五十七年刊本。

(明)刘大谟、杨慎等纂修:(嘉靖)《四川总志》,见《北京图书馆古籍珍本丛刊》。

(宋)朱熹:《四书章句集注》,北京,中华书局,1983。

(清)尤应鲁等撰:(光绪)《泗水县志》,清刻本。

(清)张佩芳修,刘大櫆纂:《歙县志》,见《中国方志丛书》。

(清)吴汝纶撰:《深州风土志》,光绪二十六年文瑞书院刊本。

(明)周叙:《石溪周先生文集》,见《四库全书存目丛书》。

(明)陆容撰,佚之点校:《菽园杂记》,北京,中华书局,1985。

(明)叶盛撰,魏中平点校:《水东日记》,北京,中华书局,1980。

(明)沈应文、张元芳纂修:(万历)《顺天府志》,见《四库全书存目丛书》。

(清)周家楣、缪荃孙等:《光绪顺天府志》,北京,北京古籍出版社,2000。

(明)黄瑜:《双槐岁钞》,北京,中华书局,1999。

(明)方岳贡等纂修:(崇祯)《松江府志》,见《日本藏中国罕见地方志丛刊》。

T

（清）冉棠重辑：（乾隆）《泰和县志》，乾隆十八年刻本。

丁炳烺修，吴承志等纂：（安徽）《太和县志》，见《中国方志丛书》。

（明）任弘烈编辑：《泰安州志》，见《中国方志丛书》。

（清）曾曰瑛等修，李绂等纂：《汀州府志》，见《中国方志丛书》。

W

（明）沈德符：《万历野获编》，北京，中华书局，1959。

（民国）陈桢修、李兰增等纂：《文安县志》，见《中国方志丛书》。

（明）吴节：《吴竹坡先生文集》，见《四库全书存目丛书》。

（清）吴九龄修，史鸣皋等纂：（同治）《梧州府志》，见《中国方志丛书》。

（清）钟铜山修，柯逢时纂：《武昌县志》，见《中国地方志丛书》。

X

（明）张萱撰：《西园闻见录》，见《明代传记丛刊》。

（明）薛应旂撰，展龙、耿勇校注：《宪章录校注》，南京，凤凰出版社，2014。

（清）刘昌岳修，邓家祺纂：（同治）《新城县志》，见《中国方志丛书》。

（明）王世贞撰，魏连科点校：《弇山堂别集》，北京，中华书局，1985。

（明）涂山辑：《新刻明政统综》，见《四库禁毁书丛刊》，北京，北京出版社，1997。

（明）高穀：《育斋先生诗集》，见《原国立北平图书馆甲库善本丛书》,第705册。

Y

(清)吴世荣修,邹柏森纂:《严州府志》,见《中国方志丛书》。

(明)杨守仁等修:(万历)《严州府志》,见《日本藏中国罕见地方志丛刊》。

(明)杨洵等纂修:(万历)《扬州府志》,见《北京图书馆古籍珍本丛刊》。

(明)杨溥:《杨文定公诗集》,见《续修四库全书》。

(明)杨荣:《杨文敏公集》,明正德刊本,北京,国家图书馆藏。

(清)张思勉修,于始瞻纂:(乾隆)《掖县志》,见《中国方志丛书》。

(清)陈食花修,钟锷等纂:《益都县志》,见《中国方志丛书》。

(明)王直:《抑庵文集》,见《原国立北平图书馆甲库善本丛书》,第703册。

(清)潘遇莘等纂修:(乾隆)《沂州府志》,清刻本。

(明)管景纂修:(嘉靖)《永丰县志》,见《天一阁藏明代地方志选刊》。

(清)游智开修,史梦兰纂:(光绪)《永平府志》,见《中国地方志集成》。

Z

(明)崔铣纂修:(嘉靖)《彰德府志》,见《天一阁藏明代地方志选刊》。

(明)蔡懋昭纂修:(隆庆)《赵州志》,见《天一阁藏明代地方志选刊》。

(魏)王弼注、(唐)孔颖达疏:《周易正义》,影印阮元刻本,北京,中华书局,1980。

（明）王琮纂修：（嘉靖）《淄川县志》，见《天一阁藏明代地方志选刊》。

（宋）司马光撰，（元）胡三省音注：《资治通鉴》，北京，中华书局，1956。

（宋）黎靖德编，王星贤点校：《朱子语类》，北京，中华书局，1986。

跋

着手整理澹轩公诗文集，始于2012年的那个冬天，其时我仍在心丧之中。三历寒暑，数易其稿，2015年12月，《澹轩文集校注》由山东人民出版社正式出版，以繁体竖排形式面世。采用这种形式，最主要的考虑，是想尽可能地保持原著的本来面貌，做一个可资征信的版本，并使之化身千百，免于失传之虞。然自整理伊始，做简体字版的想法就一直挥之不去，毕竟阅读古文，对当今不少非专业人士来讲，已经不是一件轻松的事情。

在整理过程中，每一稿成形，我都要做一个阶段性的总结，数码印刷几册，分赠友朋，听取意见，以便进一步修改。期间，先后印过三个版本，每次都是繁简字体各做一种。繁体字版杀青后不久，2015年7月，简体字版的整理工作也基本告竣。为区别起见，将其定名为《澹轩文集今注》。出于各种原因，《今注》并未及时付梓，这一延宕，倒给了我不断修改的机会。2015年冬及2016年春，又两次校订正文、修改注释。自感每多做一遍工作，就会减少一些差错。校书过程中，或为发现新的材料而欣喜，或为找到一处错误而自责，诸般心情，冷暖自知，洵不足为外人道也。

这是2016年春分时节写下的一段文字，记录了其时的一点感慨：丙申正月，藉春节假期之机，又将书稿打磨一过，以期少些遗憾。在此过程中，发现了《澹轩文集校注》中的一些舛误，顿觉汗颜，如芒在背，又一次体悟了古人“校书如扫落叶”之慨！《校注》木已成舟，修订尚不知时日，幸而《今注》仍在编校中，还算是一次补救的机会。如此说来，《今注》其实也不再仅仅是《校注》的通俗本了。

去冬以来，乡邦文化方面的研究，依然占据了我大部分的业余时间。出于各种机缘，我整理了《世德集》（即乾隆版临朐马氏家谱卷首);考证了马愉迁居河南的后裔马嗣光,以及迁居阳信的马愉叔父马士能的家族情况。这些工作之所以能够进行,一个重要因素,就是近年来大量馆藏文献、尤其是方志的公开。翻阅这些方志,感觉有不少资料可以用来完善《今注》的注释,这也触发我想再校一遍书稿的冲动。夏末秋初的八月,利用暑期短暂的平静,我又翻阅一遍书稿,重点打磨注释文字,修改补充近三千字。自忖到目前为止,已是竭尽驽钝,一时再难有优化的余地,也只能就此收手了。

2017年是澹轩公大魁天下590周年,也是其辞世570周年。宇宙浩渺,人生短暂,个体生命都是时间中的过客,但也是无穷已的生命链条上的永恒。状元荣耀,内阁风光,终将归于沉寂,能唤起人们长久记忆的,还是这浸润着生命印痕的文字。曹子桓有云:"年寿有时而尽,荣乐止乎其身,二者必至之常期,未若文章之无穷。是以古之作者,寄身于翰墨,见意于篇籍,不假良史之辞,不托飞驰之势,而声名自传于后。"(《典论·论文》)信矣夫!希望本书的出版,能为澹轩公文章之无穷再助绵薄之力。这,也算是一个不肖子孙献给先人的菲薄纪念吧!

2017年8月15日初稿于清华园,次日午夜改定

时值乙酉年初秋,炎暑退,夜渐长

附记:

自丁酉初冬以迄于今,由于陆续找寻到一些可资利用的新材料,遂趁付印前的间隙,又修补了个别疏漏之处,以期最大限度地降低差错,少留遗憾。这是一本普通的古籍整理之作,但前后耗时六年,其间利用一切可能不停地修改完善,不佞所以执着于此,是因为这其中寄寓着一份慎终追远之情和桑梓之念。舍此,似乎找不出更多的理由。

"嘤其鸣矣,求其友声"。在书稿最终付梓之前,在下不能

不表达对山东人民出版社胡长青社长、刘晨主任及责编刘娇娇女士的谢忱,正是诸位的鼎力支持,本书才得以正式出版。“山东”二字颇能令我思绪飞扬,我乐见其出现在自己作品的封面之上。

2018年4月26日补记于京北

时在戊戌春末夏初,绿肥红瘦